Elizabeth Musser

UND JENSEITS DER BERGE DAS LEBEN

gelesen

Elizabeth Musser

Und jenseits der Berge das Leben

francke

Über die Autorin:
Elizabeth Musser schreibt Romane, die Unterhaltung und Nahrung für die Seele bieten. Ihren kreativen Arbeitsplatz hat sie nahe bei Lyon in ihrem kleinen „Chalet“, das ursprünglich einmal ein Geräteschuppen war. Elizabeths Bücher sind schon in viele Sprachen übersetzt worden. Ihr packender Roman „Und jenseits der Berge das Leben“ ist in den Niederlanden zu einem Bestseller geworden.

Seit mehr als fünfundzwanzig Jahren sind Elizabeth und ihr Mann Paul nun schon im Rahmen der Arbeit von „International Teams“ in Europa missionarisch und sozial-diakonisch tätig. Die beiden haben zwei Söhne, eine Schwiegertochter und drei Enkel, die alle (leider viel zu weit weg) in Amerika leben.

Mehr über Elizabeth können Sie unter www.elizabethmusser.com erfahren.

Bibliografische Information Der Deutschen Bibliothek
Die Deutsche Bibliothek verzeichnet diese Publikation in der Deutschen Nationalbibliografie; detaillierte bibliografische Daten sind im Internet über http://dnb.ddb.de abrufbar.

ISBN 978-3-86827-597-1

Originally published in English under the title
The Long Highway Home

Originally published by Uitgeverij Kok, Utrecht

35037 Marburg an der Lahn
Deutsch von Julian Müller
Umschlagbilder: iStockphoto.com / mihtiander
Umschlaggestaltung: Verlag der Francke-Buchhandlung GmbH / Christian Heinritz
Satz: Verlag der Francke-Buchhandlung GmbH
Druck und Bindung: CPI books GmbH, Leck - Germany

www.francke-buch.de

Widmung

Für meine wundervollen Schwiegereltern
Doris Ann und Harvey Austin Musser

Danke, dass ihr uns mit euren außergewöhnlichen und erstaunlichen Geschichten darüber inspiriert habt, wie ihr inmitten eurer Missionsarbeit fünf Kinder erziehen konntet. Euer Vorbild und die fröhliche Verbundenheit, die ihr uns als Musser-Familie vorgelebt habt, haben mich in all den Jahren unserer eigenen Missionstätigkeit sehr ermutigt.
Ich fühle mich dadurch gesegnet, dass ich ein Teil des großen Musser-Clans sein darf.

Und für all die Missionare, die im Rahmen der Arbeit von „International Teams" schon viele Jahre ihren Dienst in Europa tun.

Ihr seid wirklich mutig und stark. Manche eurer Geschichten habe ich in diesem Buch wiedergegeben. Danke, dass ihr inmitten von Schwierigkeiten und Herausforderungen nicht müde werdet, in Gottes Auftrag Gutes zu tun.

Prolog

Außerhalb von Wien, Dezember 1989

Der alte rote Transporter mit dem ausgeblichenen Lack stand hinter unserer „Kaserne“, wie wir sie liebevoll nannten, und wartete darauf, mit Schmuggelware beladen zu werden. Ich lief hinter Jenny her und hatte wie sie die Arme voller Bücher. Jeremy legte seine auf der Erde ab und schloss „Dusty“, unser treues Gefährt, auf.

Er stieg hinten ein und klappte die Polster der Sitzreihen nach oben. Ich fröstelte in der Dämmerung dieses Dezembermorgens. Der Himmel über Wien legte allmählich seinen dunkelgrauen Mantel ab und brachte sanfte Pastelltöne in violett, rosa und blau zum Vorschein. Ich dachte an Amir, wie er zusammengekauert in diesem öden Raum im Flüchtlingsheim in Traiskirchen saß.

„Jill, ich habe ihn gefunden, und alles nur durch dich.“

„Nein, das war er selbst. Er schafft das ganz allein.“ Das Herz klopfte mir bis zum Hals.

„Ich habe Angst. Sie schicken mich weg. Ich habe ihn doch erst kennengelernt und jetzt schicken sie mich weg.“

„Für die, die ihn suchen, ist er überall“, flüsterte ich und merkte, dass ich nach seinen Händen gegriffen hatte und uns beiden die Tränen übers Gesicht liefen.

Amir nickte. „Ja. Aber ...“

„Vertrau ihm.“

„Das tue ich. Aber Jill. Was ist mit dir? Wie werde ich dich wiederfinden?“

„... und es soll schon wieder Krawalle in Rumänien gegeben haben. Jill! Hörst du mir überhaupt zu?“

Ich wischte mir eine Träne von der Wange und wandte mich Jeremy zu. „Entschuldige. Ich war in Gedanken. Hier sind die restlichen Bücher.“

Ich reichte ihm den Stapel und las den rumänischen Titel. Nach fünf Jahren beherrschte ich die Sprache endlich einigermaßen. Jeremy nahm eine kostbare Fracht nach der anderen und legte sie in die kleinen Fächer, die unter den Sitzen versteckt waren. Bibelstudienbriefe, Bibeln, Biografien – wir machten den „B"-Transport, wie wir ihn nannten.

Endlich waren die Bücher verladen und Jeremy schlug die hintere Tür zu. „Fertig?"

Ich zuckte mit den Achseln und dachte wieder an Amir. Heute stieg er in den Zug. Als Flüchtling. Heute wurde er in eine andere Stadt in Österreich gebracht, um auf das Ergebnis seines Asylantrages zu warten.

„Alles wird gut, Jill", sagte Jeremy, als hätte er meine Gedanken gelesen. „Er hat das Buch und er hat den Freund kennengelernt."

So lief das bei uns, wir sprachen immer in dieser Geheimsprache, nutzten falsche Namen, flüsterten und taten, was man nicht tun durfte. Seit fünf Jahren trug ich den Titel *Bibelschmugglerin.* Dutzende Fahrten über die Grenze in einem alten, rostigen Transporter. Erst seit Kurzem hatte ich einen neuen Titel bekommen, *Flüchtlingshelferin* – für die, die aus ihrer Heimat geflohen und der Brutalität entkommen waren. Die, die sich in Westeuropa ein neues Leben aufbauen wollten. Bibelschmugglerin, Flüchtlingshelferin, hoffnungslos verliebt ...

Ich stieg auf der Beifahrerseite ein, zog die Tür zu und meine Jacke eng um mich. Jeremy legte den ersten Gang ein und wir rumpelten aus der Kaserne. Ich spürte die Blicke von Kelly, Brenda, Lisa und Fred auf mir – unsere Kollegen, ebenfalls mit falschen Namen und Identitäten. Ich konnte spüren, wie sie uns nachsahen und still beteten. *Vater, beschütze sie. Verschließe die Augen der Grenzbeamten. Lass sie sicher über die Grenze kommen und ohne Zwischenfall ihren Kontakt erreichen.*

Ja, Herr, stimmte ich ein, als Jeremy einen Gang hochschaltete. Wir rollten auf die Straßen südlich von Wien und nahmen Kurs auf Rumänien, die Morgensonne knapp überm Horizont.

Wir sollten unseren Kontakt in einer kleinen Gasse hinter der Kirche im Zentrum von Temeswar treffen. Die Scheinwerfer waren ausgeschaltet und wir saßen im Dunkeln. Eine Viertelstunde warteten wir schon, die Sekunden tickten wie bei einer Bombe, und ich fragte mich wie immer, ob dieses Mal jemand anderes kommen würde, jemand mit einer Waffe, der uns in eine feuchtkalte Gefängniszelle warf.

Wie schaffst du das nur?, wollten meine Freunde aus der amerikanischen Heimat wissen. „Mut ist Angst, die gebetet hat“, wiederholte ich dann den Spruch, den ich einmal auf einem Blechschild in einem Buchladen gelesen hatte. Ich betete wirklich viel, aber in dieser Nacht fühlte ich mich kein bisschen mutig.

Zwanzig Minuten vergingen, dreißig. Wir zitterten, hatten uns Decken umgewickelt, der Motor schwieg und unser Atem machte kleine Wölkchen, wenn wir redeten. „Sollten wir lieber fahren? So spät war er noch nie.“

Jeremy spähte durch die Windschutzscheibe. Dann fluchte er leise. In den vergangenen fünf Jahren hatte ich ihn nicht ein einziges Mal fluchen hören. Ich folgte seinem Blick und entdeckte zwei Männer, bewaffnet und in Uniform, die auf unser Auto zukamen.

Das ist das Ende.

„Mitkommen“, sagte der eine Mann auf Rumänisch und zeigte einen Ausweis hoch. „Sofort.“ Ein schroffer Blick aus kalten Augen.

Wir stiegen aus. Diesen Fall hatten wir trainiert. Ich würde nichts sagen. Kein Wort. Und wenn sie mich folterten. Ich kannte die echten Namen sowieso nicht. Nur den des Kontaktmannes, und der war genauso falsch wie unsere.

„Schneller“, knurrte der Größere der beiden und schubste uns voran.

Ich fing an zu zittern.

Der Bewaffnete griff nach meinem Arm und lief neben mir. „Keine Angst. Beruhigen Sie sich. Folgen Sie mir bitte.“ Wir schlängelten uns durch einen engen Gang und traten durch eine Kellertür.

Plötzlich waren wir in der Kirche und der Pastor, mager und aufgewühlt, aber mit einem Lächeln im Gesicht, stand vor uns. „Gott sei Dank, ihr seid in Sicherheit“, flüsterte er auf Englisch.

„Was ist hier los?“ Jeremys Blick wanderte von den bewaffneten Männern zum Pastor und zu mir.

„Da draußen? Ein Wunder. Ein Wunder! Aber es wird Leben kosten. Vielleicht meins, vielleicht eures. Und dennoch ein Wunder.“

Mittlerweile war sein Flüstern zu einem begeisterten Raunen geworden. „Vor drei Tagen kamen die Behörden und haben mich entlassen. Ich sollte in ein kleines Dorf viele Hundert Kilometer von hier verbannt werden. Und als sie mich holen wollten, Ceaușescus *Securitate*, da passierte es. Es ging so schnell, dass wir euch nicht mehr Bescheid geben konnten. Die ganze Gemeinde umstellte die Kirche und verwehrte der *Securitate* den Eintritt. Drei Tage halten sie nun schon aus und die Behörden sind wütend!" Seine Augen strahlten. „Sie haben gedroht, das Feuer zu eröffnen, aber das wird nicht passieren."

„Wieso nicht?"

„Ceaușescu ist im Iran. Ohne seinen direkten Befehl wird die Armee nichts tun und im Augenblick kann ihn niemand erreichen." Der Pastor lächelte glücklich.

Ich sah aus dem Fenster auf die Schatten, die die Kirche umringten. Der magere, ältere Gottesmann leitete eine der größten Kirchengemeinden in Rumänien. „Da draußen sind fast dreitausend Brüder und Schwestern", sagte er ergriffen.

Ich ließ die Menge auf mich wirken. Irgendwo flackerte etwas auf. Ein Mann hatte eine Kerze angezündet und gab das Feuer weiter an seinen Nachbarn. Erst eine nach der anderen, dann leuchteten reihenweise Kerzen. Allmählich löste sich die Menge auf. „Sie gehen zum Marktplatz!", jubelte der Pastor. „Kommt! Werdet Teil der Revolution!"

Die Bewaffneten waren verschwunden. Das war nicht das erste Mal, dass Männer aus dem Nichts erschienen waren, um uns zu retten, und sich dann genauso schnell wieder in Luft aufgelöst hatten. Wir nannten sie die „Engel der Nacht" und das waren sie auch. Unsere osteuropäischen Brüder und Schwestern erzählten regelmäßig, wie Engel sie beschützt hatten.

Jeremy und ich traten hinter dem Pastor aus der Kirche und mir stand der Mund offen. Hunderte, Tausende von Menschen, jeder mit einer Kerze, marschierten langsam und schweigend die Straße hinunter, und auf dem Weg schlossen sich ihnen immer mehr Leute aus ihren Häusern an. Später hörten wir, dass über zehntausend Kerzenträger an diesem Freiheitsmarsch teilgenommen hatten.

Die Energie der schweigenden Menge wärmte mich und entzündete ein Feuer in mir, als wäre ich selbst eine Kerze in der Menge. Revolution! Der Pastor hatte das Wort gebraucht. Es war 1989 und immer wieder hatten wir es im Fernsehen gesehen und im Radio gehört. Einige von uns aus der „Kaserne“ hatten am Umbruch in verschiedenen Ländern mitgewirkt. Ich nicht. Und jetzt stand ich auf dem Marktplatz von Temeswar und sah zu, wie jemand das Schaufenster einer Buchhandlung mit einem Ziegelstein einwarf. Sofort stürmten einige ins Ladeninnere und kamen mit Büchern heraus, hoch erhoben. „Freiheit!“, skandierten sie.

„Die Werke von Lenin, Marx und Ceaușescu“, flüsterte Jeremy mir ins Ohr, und während er noch redete, wurden Bücher und Kerzen auf einen Haufen geworfen und angezündet. Der Pastor hob siegesgewiss die Hände und rief: „Dies ist das erste Mal, dass Marx’ Schriften unser Volk erleuchtet haben!“ Die Menge jubelte. Er stieg die Treppe des ehrwürdigen Opernhauses empor. Vom Balkon aus sprach er gemeinsam mit der Menschenmenge, die ich später die „Versammlung der Stunde Null“ nennen würde, das Vaterunser.

Vater unser, der du bist im Himmel, geheiligt werde dein Name ...

Wir sahen zu, wie das kommunistische Terrorregime ins Wanken geriet, und ich betete mit, voller Inbrunst. „Und für Amir“, sagte ich. „Sei mit Amir, Herr, wohin auch immer du ihn führst. Amen.“

Kapitel 1

Bobbie
Atlanta, Georgia, im Oktober 2005

Ich klopfte zweimal an der Tür im siebten Stock der vornehmen Seniorenresidenz in der Peachtree Street. „Peggy? Bist du da?" Die Frage war eigentlich überflüssig. Mit zweiundneunzig verließ Peggy Milner selten am Nachmittag ihre kleine Wohnung. Sie erledigte ihre Besorgungen stets am Morgen, bevor ihr Körper seinen täglichen Wutanfall bekam, wie sie es nannte.

Ich besaß einen Schlüssel und schloss auf. Peggy saß mit dem Rücken zu mir in ihrem Rollstuhl und sah durch die große Glasschiebetür auf den Balkon und das Treiben auf der Peachtree Street hinunter. Langsam drehte sie sich mit dem Rollstuhl zu mir um. Dichtes, weißes Haar zu einem Bob geschnitten umrahmte ihr runzliges Gesicht. Trotz Altersstar war das Grün ihrer Augen noch satt. „Und?"

„Die Ärztin sagt, ich habe noch ein Jahr. Und das ist schon optimistisch gerechnet." Ich spuckte die Neuigkeit aus und hockte mich vor sie hin.

„Das tut mir sehr leid, Bobbie", sagte sie und strich mir mit ihrer knochigen Hand über die Wange. „Ich wünschte, wir könnten tauschen."

Ich wusste, dass sie das nicht nur so sagte. Peggy Milner wartete seit Jahren darauf, *zum Herrn zu gehen.* „Ich bin froh, dass du noch da bist. Was wäre nur ohne dich aus mir geworden?"

„Du warst schon immer eine starke junge Frau. Du und der Herr, ihr habt das wunderbar geschafft. Mich brauchtet ihr gar nicht." Typisch Peggy. Sie konnte keine Komplimente ertragen.

„Was mache ich jetzt nur?"

„Was hat denn die Ärztin gesagt? Wie wird es behandelt?"

„Mit einer Tablette. Einer lächerlichen Tablette am Tag, zwei Monate lang. Dann Chemotherapie, hoffentlich, wenn er nicht schon gestreut hat."

„Dann weißt du, was zu tun ist. Wieso fragst du mich?“

„Ich möchte wohl einfach hören, wie *du* es sagst.“

„So, wie ich es nun schon zwölf Jahre lang sage? Du bist ein Sturkopf, Bobbie.“

Ich nickte und wusste, dass sie recht hatte.

„Geh zurück.“ In ihrer alten, betagten Stimme schwang keinerlei Zweifel mit.

Peggy, Ziehmutter und Freundin seit über achtzehn Jahren, war die Einzige, die mich je hatte weinen sehen. Meine Augen füllten sich mit Tränen und sie wusste wohl, dass es nicht um die Diagnose ging. „Ich kann nicht. Ich habe zu viel Angst.“

Sie lehnte sich in ihrem Rollstuhl zurück und legte die runzligen Hände im Schoß übereinander. Ihre blassen Augenlider flackerten. „Du wolltest immer zurückgehen.“

„Aber was, wenn ich wieder versage?“

„Kind, was hast du zu verlieren?“, sagte sie mit fast scharfem Unterton. „Geh zurück.“

„Tracie hat angeboten, mich zu begleiten.“

„Also hast du doch schon Pläne gemacht“, sagte sie und lächelte.

„Ich habe noch nicht *Ja* gesagt.“

„Dann sag Ja. Schließ die alte Wunde. Lass sie heilen. Geh zurück.“

Ich hockte immer noch vor ihr und legte meinen Kopf in ihren Schoß, spürte ihre Hände auf meinem Rücken, hörte ihre Stimme, das Alter, die Weisheit, und wie sie leise betete. „Lieber Gott, führe Bobbie zurück, damit sie sich vergeben kann. Damit sie sich daran erinnert, was sie längst weiß. Du kannst alles neu machen.“

Temeswar, wenige Wochen später

Langsam und bedächtig lief ich über das Kopfsteinpflaster auf dem Siegesplatz und achtete darauf, wo ich meinen Stock hinsetzte. Ich konnte es mir nicht leisten zu stolpern. Die Erinnerung an jene Nacht vor vielen Jahren war so lebendig, dass ich fast die brennenden Kerzen riechen und das Vaterunser der Menge hören konnte. Ich bekam Gänsehaut, obwohl es mild war. Heute herrschte Ruhe auf dem Platz, die Kapitolinische Wölfin mit Romulus und Remus war von Studenten und Geschäftsleuten umringt, der Springbrunnen plätscherte und eine ganze Taubenschar balgte sich darum, in den Fontänen zu baden. Die Beete waren mit hellvioletten Petunien und Rosen bepflanzt. Überall Rosen. Mir fiel ein, dass man Temeswar auch die Stadt der Rosen nannte.

Ich humpelte voran, versuchte so gut es ging, meine Gehbehinderung zu verbergen, und wollte in der Menge untertauchen, obwohl meine Nichte Tracie immer sagte, ich würde überall herausstechen. Ich wandte mich in Richtung Oper und blieb vor einem verzierten Gebäude stehen, in dessen Erdgeschoss ein McDonald's eingezogen war.

„Da, siehst du?“ Ich deutete auf das Haus und zog Tracie näher. „Da sind sie.“ Im dritten Stock waren noch immer die Einschusslöcher zu sehen, die in der schicksalshaften Nacht 1989 den Putz von der Wand schlugen.

„Und du warst wirklich dabei“, staunte Tracie. „Und jetzt bist du wieder hier.“

Sie sagte das so unschuldig, ihre braunen Augen voll kindlichem Staunen. Ich freute mich, dass nach zwei Monaten Trübsal der Glanz darin wieder zurück war. „Ja“, sagte ich. „Ich war in jener Nacht hier.“ Und ich war geblieben. Nachdem die Mauer 1989 gefallen war, hatte ich noch viele Monate in diesem Land verbracht und war mit einigen Teamkollegen auf eine faszinierende und entsetzlich schmerzvolle Reise durch Osteuropa gegangen, bis mich das Leben – mein anderes Leben – eingeholt hatte und ich wieder in die Vereinigten Staaten zurückgekehrt war.

Tracie nahm fast verspielt meine Hand. „Die gute alte *Jill.*“

Ich lächelte. Tracie kannte viele meiner Geschichten. Viele, aber ganz gewiss nicht alle. *Amir.* Sein Name kam mir plötzlich in den Sinn, wie immer in diesen unerwarteten Augenblicken, wenn ich nicht auf der Hut war, wenn ich mir die Erinnerung erlaubte. Ich schob die Gedanken an ihn fort. Verdrängte ihn krampfhaft. „Na komm, Tracie. Ich möchte dir die orthodoxe Kirche am andern Ende des Platzes zeigen.“

Meine liebe Tracie, zweiundzwanzig, frisch aus dem College mit einem Abschluss in Gesang und Musiktherapie, eine hochtalentierte junge Frau mit gebrochenem Herzen. Verwundet, aber es ging aufwärts, beruhigte ich mich. Diese Reise, so hoffte ich, würde das Ihre tun. Wie eigenartig, dass ich bei Tracie so optimistisch war und bei mir so ängstlich.

Das Staunen in ihrem Blick erinnerte mich an mich selbst, als ich diese neue Welt entdeckte. „Oh, wie wunderschön!“ Sie betonte jede Silbe einzeln und ließ die leere Kathedrale auf sich wirken. Jede Kirche auf unserer Reise entlockte ihr einen überschwänglichen Kommentar.

Vor einem Ikonenständer in der Kirchenmitte, auf dem ein Gemälde der Jungfrau Maria mit ihrem Kind lehnte, standen einige ältere Frauen. Eine nach der anderen trat heran und küsste das Bild. „Orthodoxer Glaube“, flüsterte ich Tracie zu.

„Die küssen das tatsächlich. Wie unhygienisch. Und warum gibt es keine Kirchenbänke?“

„Orthodoxer Glaube“, wiederholte ich. „Alle müssen stehen.“ Obwohl ich mir am liebsten eine Bank herzaubern wollte. Mein linkes Bein schmerzte wie verrückt. Ich stützte mich auf den Stock. Zorn wallte in mir auf – ich sah mich eigentlich nicht als verbitterte Person. Aber ich wollte jemandem den Stock so über den Kopf ziehen, dass er zerbrach, und ihn ins Feuer werfen.

Neununddreißig, Herr. Ist das nicht ein bisschen jung, um zu sterben? Versteh mich nicht falsch, ich freue mich auf den Himmel, aber es gibt einfach so viele Dinge, die ich hier noch tun wollte, bevor ...

„Alles in Ordnung, Tante Bobbie?“ Tracy nahm meinen Arm. „Du zitterst ja!“

„Keine Sorge. Ich bin nur etwas erschöpft.“

„Schau mal, dort drüben. Da stehen Bänke an der Wand.“ Tracy führte mich. Ich protestierte nicht, platzierte den Stock ein ums andere Mal vor mich und lief langsam auf die Mahagonibank zu, auf der schon zwei alte Frauen saßen. Aus jeder meiner Poren kochte die Wut. *Schwäche! Ich bin nicht schwach!*

Ich setzte mich neben die Frauen. Es war mir unendlich peinlich. Das hier war erst der dritte Tag unserer Europatour! Ich wollte ihr in unserem gemeinsamen Monat noch so viel zeigen. Eigentlich wollte ich überhaupt nicht nach Europa zurück. Manche Dinge waren viel zu schmerzhaft. Aber dann war die Diagnose gekommen und mein Leben hatte mich wieder einmal eingeholt. Wenn ich nur noch ein

Jahr zu leben hatte, dann war es wohl Zeit, Peggys Rat zu befolgen und zurückzugehen. Dorthin, wo alles angefangen hatte.

Tracie

Aus dem Augenwinkel heraus beobachtete ich Tante Bobbie, wie sie neben den zwei Mütterchen auf der abgewetzten Bank in der Kathedrale der Heiligen drei Hierarchen saß. Die ganze Szene stimmte nicht. Die runzligen Mütterchen unterhielten sich angeregt, während Tante Bobbie sich zurücklehnte, den Kopf gegen die Wand gelehnt, die Augen geschlossen, in der rechten Hand den Stock. *Nein, nein, nein!* Ich wollte am liebsten schreien. Stattdessen tat ich so, als würde ich ein Bild betrachten und ließ die letzten Wochen Revue passieren.

Meine Tante hatte die Welt gesehen und mir schon als Kind immer gesagt, dass „es tausend Dinge gibt, die ich dir unbedingt zeigen will. Eine Million Orte, die wir besuchen müssen“. Und weil sie am Sterben war, genau wie ich, zumindest innerlich, beschloss ich, dass wir zumindest ein paar Orte davon sehen würden, und wenn es uns umbrachte.

Aber Bobbie sah nicht aus, als würde sie sterben. Ich hatte die jüngste, coolste Tante überhaupt. Sie war die kleine Schwester meiner Mutter, geboren, als Mom zehn war. Mom hatte mit sechsundzwanzig geheiratet und sich dann sofort daran gemacht, Kinder in die Welt zu setzen – mich zuerst –, sodass ich schon früh lernte, auf meine Geschwister aufzupassen. Ich war die Ersatzmutter für fünf Brüder: Timmy, Travis, Teddy, Theo und Thomas. Meine Eltern hatten irgendwie eine Vorliebe für Namen mit T. Der einzige Ort, wo sich jemand wirklich um mich kümmerte, war bei Tante Bobbie, die ironischerweise nie geheiratet oder Kinder bekommen hatte. Seit ich zehn war, behandelte sie mich wie eine Ebenbürtige. Wir planten Urlaube, machten uns für Restaurantbesuche schick, tuschelten über jeden Jungen, für den ich schwärmte. Sie kam zu meinen Schultheateraufführungen und entführte mich eines Sommers nach London zu *Romeo und Julia* und *Das Phantom der Oper*. Sie war davon überzeugt, dass ich es mit meinen schauspielerischen

Fähigkeiten und meiner Gesangsstimme bis nach London oder Stratford schaffen konnte.

Als wir zusammen in Paris waren, erzählte sie mir die Geschichte der Stadt der Lichter mit so vielen spannenden Details, als hätte ich *Eine Geschichte aus zwei Städten* von Charles Dickens gelesen. Tante Bobbie liebte Geschichte, liebte das Reisen, das Exotische, das Spontane. Und sie liebte Menschen.

Später überhäufte sie auch Timmy und Travis, Teddy, Theo und Thomas mit Aufmerksamkeit. Allerdings sagte sie oft, dass die Jungs viel besser mit Moms Bruder Jack auskamen – spätestens, seit sie zehn waren, weil es von da an sowieso fast nur noch um ihre erwachende Männlichkeit ging.

Aber viele Jahre hatte ich mich um die „T-Bande" gekümmert und Bobbie kümmerte sich um mich.

Alles an Tante Bobbie faszinierte mich. Sie hatte schwarze, schulterlange Locken, strahlend blaue Augen, war groß, stark und auffällig. Sie konnte sich sofort für etwas begeistern, konnte sehr überzeugend sein, und ja, manchmal auch etwas penetrant. Wenn sie etwas wollte, bekam sie es auch. Sie nahm kein Blatt vor den Mund, was ihren Glauben betraf, ihre Meinung, ihre Fähigkeiten und ihre Art, sich um Menschen zu kümmern. Sie hatte zeitlebens Verantwortung getragen, und als Daddy starb, nahm sie ganz natürlich die Rolle der Ersatzmutter ein.

Als Mom mir am Telefon von Tante Bobbies Diagnose erzählte, hatte ich vor Schreck mein Handy fallen gelassen. „Unmöglich", stammelte ich.

Und dann machte ich mich daran, Bobbies verbliebene Träume zu erfüllen.

Ich wusste, dass sie als junge Frau zehn Jahre in Europa gelebt hatte, bis mein Vater mit zweiundvierzig an einem Herzinfarkt gestorben war und Mom mit uns sechs Kindern allein gelassen hatte. Bobbie, die ewige Retterin – wie Mom sie nannte – gab ihren faszinierenden und geheimnisvollen Beruf in Europa auf, zog zu uns und half meiner Mutter, die T-Bande zu bändigen. Ich sah Tante Bobbie vor mir, am Flughafen von Atlanta, umgeben von Kisten und Koffern.

„Es tut mir so leid, Schwesterchen", hatte sie gerufen und meine

Mutter in eine ihrer wunderbaren Umarmungen gezogen, während wir Kinder die bisher fast unbekannte Tante bestaunten. „Na los, Kinder! Helft eurer Tante das ganze Zeug hier ins Auto zu bringen! Da sind jede Menge toller Überraschungen für euch drin."

Das war Tante Bobbie, lustig, aufregend, großzügig. Sie schaffte es, unsere trübsinnigen Gedanken auf die Geschenke zu lenken, die sie uns aus Europa mitgebracht hatte. Ich schloss sie sofort ins Herz. Ich fand sie wunderschön und exotisch, fast extravagant, mit Augen, in denen der Schalk blitzte. Sie trug an jenem Tag einen großzügig geschnittenen, hellorangefarbenen Hosenanzug und umarmte mich stürmisch, wobei sie mich an ihren üppigen Busen drückte, was mich irgendwie tröstete. Im Gegensatz dazu war Mom in ihren Kleidern geradezu verschwunden. Viel zu locker hingen sie an ihrem zerbrechlichen Körper herunter.

Und so zerrte oder schleppte an jenem heißen Sommertag in Atlanta jeder von uns – außer Thomas, der 1994 noch ein Baby war – eine Kiste oder Tasche zu unserem Auto. Ich werde nie Moms dankbaren Blick vergessen.

Tante Bobbie war keine Leisetreterin und doch hatte sie etwas Anmutiges an sich. Sie strahlte etwas Starkes und Tröstendes und Gemütliches aus, sodass ich in ihrer Nähe sein wollte und hoffte, dass es irgendwie auf mich abfärbte. Sie ließ sich nicht die Butter vom Brot nehmen und wurde sogar aufbrausend, wenn nötig. Aber zugleich spürten alle um sie herum, wie zuvorkommend und liebenswürdig sie war. Ich glaube, es lag daran, dass sie immer alles so bewusst tat. Sie schien sich immer brennend dafür zu interessieren, was bei mir so los war. Nie gab sie mir das Gefühl, meine Probleme seien lächerlich oder unwichtig. Und auch, wenn sie vor mir nie wirklich Schwäche zeigte, fing ich allmählich an, sie wahrzunehmen und zu verstehen, was sie für uns aufgegeben hatte und womit sie sich jetzt noch herumschlug, während sie vorsichtig die Kirche verließ, Schritt für Schritt, immer auf den Stock gestützt.

Wenn Mom und ich in den Urlaub fuhren, wollten wir Luxus. Tante Bobbie war eher die Abenteurerin. Sie schmuggelte Bibeln, wohnte in einer Baracke und hatte nichts für Luxus übrig. Nein, so stimmte es nicht. Sie genoss die Bequemlichkeit und den Luxus, wenn er sich ergab, aber sie legte es nie darauf an. Einmal hatte sie sich, nachdem in einem bulgarischen Dorf der Empfänger der „Schmuggelware" nicht aufgetaucht war, eine Kuhle im Boden gegraben und darin geschlafen, um sich vor Wind und Kälte zu schützen. Sie meinte, es sei „eine tolle Erfahrung" gewesen. Im Familienurlaub wiederum gönnte sie sich die größte Suite auf einem Kreuzfahrtschiff im Mittelmeer und genoss es sichtlich.

„Eines der wichtigsten Dinge, die ich in meinem Leben gelernt habe, ist es, dankbar anzunehmen, was mich an jedem Tag erwartet. Sozusagen ein vierundzwanzig-Stunden-Abenteuer." Das hatte sie nicht nur einmal gesagt.

Mom und ich hatten daher entschieden, dass Tante Bobbie ein malerisches Fünf-Sterne-Hotel in Venedig verdient hatte. Sie war unter einer Bedingung einverstanden gewesen: danach wollte sie nach Temeswar in Rumänien. Das Hotel dort war alles andere als ein Luxusquartier. Tante Bobbie nannte es eine „Kommunistenabsteige". „Du weißt schon, dunkel, schweres Holz, beklemmend, einfallslos."

Ihr Zittern in der Kirche spielte sie herunter. „Das sind Nebenwirkungen der Medikamente", versuchte sie meine Ängste zu beruhigen, was ihr nicht wirklich gelang, aber ihr Blick verbot mir jede Nachfrage. Zurück im Hotel zog sie ihre Slipper aus – früher hatte sie stets Stiefeletten mit Absatz oder Sandalen getragen –, ließ sich auf das flache und durchhängende Bett sinken, legte den Stock ab und lächelte mich an. „Ah, schon viel besser."

Mir schnürte sich die Kehle zu. Ich wollte nicht weinen! Krampfhaft konzentrierte ich mich darauf, mir ihre Zeit in Europa vorzustellen. Ab 1985 hatte sie hier gelebt und war erst 1994 in ein Flugzeug gestiegen, um ihrer trauernden Schwester und ihren sechs Kindern beizustehen.

„Sie hat geschmuggelt", hatte Onkel Jack mir vor einigen Jahren erzählt, woraufhin Mom ihm den Ellenbogen in die Rippen gestoßen hatte. Er hatte sie finster angesehen. „Was? Sally, das ist doch nun wirklich kein Geheimnis mehr. Tracie darf das ruhig wissen."

Ich hüpfte aufs Bett – wir teilten uns das große Doppelbett – und knipste das Nachtlämpchen an. „Denkst du manchmal noch an das, was du früher gemacht hast? An Wien und die Schmuggelei und alles? Fehlt es dir?" Bobbie erzählte gerne Geschichten von früher, aber jedes Mal, wenn ich ihr diese Frage gestellt hatte, war sie ausgewichen und hatte Dinge geantwortet wie: „Wie soll ich das denn vermissen, wenn ich doch jetzt dich und deine Brüder habe?"

Aber heute sah sie mich nur traurig an. „Ich denke immerzu daran und es fehlt mir jeden Tag."

Ich muss ziemlich erschrocken ausgesehen haben, denn sie griff nach meiner Hand und drückte sie. „Es fehlt mir, aber das heißt nicht, dass ich nicht glücklich bin. Es schließt sich nicht aus, Sehnsucht zu haben und dennoch etwas anderes zu genießen."

„Wenn du meinst." Ich verzog das Gesicht und konzentrierte mich auf die abblätternde beige Wandfarbe vor mir. Da war sie wieder, so eine Aussage von Tante Bobbie über ihr Leben, die ich gleich auf meines anwenden konnte. Ich wusste genau, was sie meinte. „Ich freue mich wirklich, dass wir zusammen hier sind. Aber es tut immer noch so weh, weißt du? Dass er mit mir Schluss gemacht hat. Ich glaube, es wird keinen Tag geben, wo ich nicht dauernd an ihn denke."

Sie seufzte. „Junge Liebe tut weh."

„Sie ist zum Kotzen." Ich sah meine Tante an und beschloss, die Gelegenheit beim Schopf zu packen und noch eine von diesen Fragen zu stellen, denen sie sonst immer auswich. „Ganz ehrlich, Tante Bobbie. Wolltest du jemals heiraten?"

Sie lächelte. „Natürlich. Manchmal heute noch. Ja, es gibt Leute über vierzig, die noch heiraten!" Sie musste lachen. „Ich habe darüber nachgedacht, aber dann kamt ihr, eine große Familie mit vielen Kindern, und ich brauchte gar keinen Mann mehr."

„Aber ..." Ich ließ nicht locker, obwohl ich mir nicht sicher war, ob ich ihre Antwort hören wollte. „Du wärst lieber in Österreich geblieben, oder? Um dort weiterzumachen?"

Sie legte den Kopf schief, lehnte ihn gegen die roten Polster am Kopfende und schloss die Augen. „Tracie, irgendwann wirst du lernen, dass das Leben aus Phasen besteht. Ich habe mich damals eurer Familie gewidmet. Das hat mir niemand aufgezwungen. Ich habe mich dafür entschieden und ich habe es niemals bereut. Und nun steht eine neue Phase an."

In ihrer Stimme schwang Sehnsucht nach der Vergangenheit

mit. Ich konnte in diesem Moment nur daran denken, dass ihr der Onkologe vor einem Monat das Todesurteil überbracht hatte. Ich wollte nicht, dass Tante Bobbie in diese Phase eintrat. Die letzte. Niemals.

Amir

Die neuen Flüchtlinge waren vor zwei Tagen angekommen. Amir konnte sich vorstellen, wie sie ins Flüchtlingsheim gestolpert waren, müde, orientierungslos, durchgefroren, ängstlich, Verzweiflung im Blick. Er erinnerte sich an seine eigene Flucht, als er 1989 in Traiskirchen gelandet war. Traiskirchen. Ob es wirklich „Drei Kirchen" waren, hatte er in der Geschichte des Ortes nie nachgeforscht. Er wusste nur, dass er *die* Kirche gefunden hatte. Die, deren Mitglieder Jesu Hände und Füße waren. Er hatte sie kennengelernt, noch bevor er den Herrn selbst kennengelernt hatte. In den tristen Fluren mit all den anderen Flüchtlingen hatte das Raunen begonnen. „Es gibt einen Ort hier mit guten Menschen, die Kleidung und Essen und Zeit verschenken. Er heißt ‚Die Oase'."

Niemand hatte damals gewagt, das Beste zu nennen, was man dort bekam: Hoffnung.

Heute half Amir dem bunt gemischten Team von der „Oase" einmal im Monat.

Die Flüchtlinge dort hatten denselben verstörten Gesichtsausdruck, dieselbe Hoffnungslosigkeit im Blick, dieselbe Angst. Wenn er die Augen schloss, sah er sofort, was er hinter sich gelassen hatte vor all den Jahren.

Die ersten Bomben fielen um Mitternacht. Amir schreckte voller Grauen hoch, warf sich seine Kleider über und stürzte ins Nebenzimmer der winzigen Wohnung. „Maamaan! Baba! Steht auf, zieht euch an! Wir müssen fort." Er scheuchte sie aus dem Haus, über die Straße und durch die Gassen. Im Abstand von wenigen Minuten leuchtete der Himmel auf. Die Soldaten hatten ihre Offensive mitten in der Nacht begonnen. Sie würden jeden niedermetzeln, der sich ihnen in den Weg stellte.

Amir dachte nicht gerne an jene Nacht zurück, aber die Erinnerung überfiel ihn in den unerwartetsten Momenten – wie heute, wo die „Oase" brechend voll mit jungen Männern aus dem Iran, Irak und Afghanistan war. Sie belagerten die Bar, wo zwei freiwillige Helfer aus einer Kirche in Wien hektisch Kaffee oder Chai-Tee ausschenkten. *Jeder nur einen Becher*, wiederholten sie immer wieder. Amir passte an der Tür auf. Die Männer sahen hungrig aus, rastlos, verwirrt. Genauso hatte er mit dreiundzwanzig ausgesehen, ein gebrochener junger Mann, der die Gebirgsketten im Iran, der Türkei und Albaniens überquert hatte, um seine Eltern zu retten.

Hinter ihm erklang Gelächter, und als er sich umsah, erblickte er fünf junge Männer, ohne Zweifel Iraner, die die Arme umeinander gelegt hatten und lachend für ein Foto posierten. Trish zählte auf Farsi bis drei und drückte auf den Auslöser. Morgen würde sie die Fotos entwickeln lassen, damit sie sie ihnen am nächsten Dienstagabend überreichen konnte. Das war Trish – immer mit neuen Ideen, wie sie den jungen Männern Gutes tun konnte.

Amir wandte den Blick ab. Trish erinnerte ihn zu sehr an eine Frau aus seiner Vergangenheit – die dunklen Haare, die blauen Augen, das Feuer darin. Ihr Südstaatenakzent aus Georgia, dem amerikanischen Bundesstaat. Das war schon so lange her. Eine hübsche junge Amerikanerin, die ihm Kaffee brachte; die seine Mutter nach dem Tod seines Vaters tröstete; die einen Mantel für seine erste kalte Nacht in Österreich auftrieb, als Schnee die Straßen bedeckte; die ihn überzeugte, die Bibelstunde zu besuchen ...

Amirs Gedanken schnellten zur Gegenwart zurück. Die Bibelstunde! Die Räume an der Hinterseite des Gebäudes waren mit Zeitungspapier an den Fenstern verdunkelt, der Hintereingang verschlossen. Später, viel später, wenn Kaffee und Tee ausgetrunken und die meisten gegangen waren, würden sich einige Männer nach hinten schleichen, unter dem Schutz der übervorsichtigen Blicke ihrer Kameraden, und würden drei Mal an die Tür klopfen. Sie würden warten und noch einmal klopfen. Sich hineinschleichen und begierig lauschen.

Amir begrüßte einen jungen Mann und klopfte ihm auf die Schulter. „Schön, dich zu sehen, Sami."

Sami nickte und deutete mit dem Blick in Richtung Flur. „Später. Um neun. Nicht jetzt." Sami war dünn, fast schmächtig, dafür sehr neugierig, wenn auch desillusioniert, und voller Fragen.

Ja, später würde Amir ihm aus der Bibel erzählen, das *Injil,* das Evangelium erklären und Jesus als den Herrn der Herrn verkündigen. So, wie Jill es einst getan hatte.

Kapitel 2

Hamid

Hamid hatte es satt, wegzulaufen. Seit zwei Monaten nun schon sah er ständig über die Schulter, immer mit der Angst, jeden Augenblick würde jemand mit einer Waffe auftauchen und abdrücken. Er zog die schmutzige Decke um sich und dachte mit Schaudern an die Nachrichten, die er gestern trotz des Rauschens im Radio gehört hatte. Bei einem Sprengstoffattentat waren vier Menschen aus seinem Dorf ums Leben gekommen. Gehörte Alaleh dazu? Und Rasa? Er mochte nicht einmal daran denken.

Und das Baby? Der Geburtstermin stand kurz bevor. Wohin würde Alaleh sich wenden? Konnte man der Hebamme trauen? Sein Magen verkrampfte sich. Er dachte an seine siebenjährige Tochter. Ob Alaleh ihr Fotos von ihm zeigte und sie daran erinnerte, wie lieb er sie hatte? Neuigkeiten! Was er für Neuigkeiten von seiner Familie geben würde.

Er beugte sich vor und legte das Ohr an das leise krächzende Radio, lauschte dem aufgeregten Ansager und zitterte vor Anspannung. In einer Nacht wie dieser war er geflohen, unter dem Mond, der einen einzigen Stern in seiner Sichel trug, und einem vom kobaltblau ins schwarz übergehenden Himmel. Hamid presste die Augen zusammen, um die Erinnerung an den brennenden Schmerz des Abschieds zu verdrängen, das hektische Zusammensuchen der Dokumente, das überall in der Kleidung versteckte Geld. Er sah wieder Alaleh vor sich, hochschwanger, das Gesicht tränenüberströmt, die ihn anflehte: „Geh, Hamid. Ich werde dich finden, egal, was passiert. Ich komme mit unseren Kindern nach."

Die kleine Rasa, die seine Beine umklammerte und weinte: „Geh nicht, Baba! Geh nicht! Nimm mich mit, Baba!"

Der letzte Kuss, leidenschaftlich, fürchterlich, das Voneinander-Losreißen, die letzte Umarmung mit Alaleh, ihr dicker Bauch, gegen seinen gedrückt. Noch zwei Monate, dann hätte er die Geburt ihres zweiten Kindes miterleben können. Aber jeder weitere Tag in seinem Dorf konnte den sicheren Tod bedeuten. Er hatte sich hingehockt und Rasa auf die Stirn geküsst ...

Nur zwei Mal hatte er in den zwei Monaten Alalehs Stimme gehört, flüsternd, ängstlich, voller Liebe. „Rasa wächst, sie wird stark und schön. Sie liebt ihren Vater. Das Baby tritt so oft, dass ich nicht schlafen kann!“ Sie klang fröhlich, damit er sich keine Sorgen machte. Aber Hamid war krank vor Sorge. „Ich liebe dich, Hamid ...“

Die wenigen Neuigkeiten erreichten ihn sporadisch und verschlüsselt. Vergangenen Monat war ein Arzt mitsamt seiner Frau und den drei Kindern ermordet worden. Die Intellektuellen wurden getötet und dann würde das Land im Chaos versinken. Wahnsinn, der reine Wahnsinn.

Hamid lief nun schon seit zwei Monaten davon, aber er war noch lange nicht in Sicherheit. Das Bergdorf, in dem er sich versteckte, war kaum vor den gelegentlichen Schüssen aus dem Tal geschützt. Vergangene Woche hatte ihn ein Projektil in den Arm getroffen, als er und seine Kameraden Ashar und Merif atemlos dem stillen Fluchthelfer durch das bergige Gelände gefolgt waren. Hamid hatte sich gezwungen, weiterzulaufen und den brennenden Schmerz in der Nähe der Schulter zu ignorieren. Es war zwar ein glatter Durchschuss gewesen, aber die Wunde hatte sich entzündet. „Die Wunde muss gesäubert werden, mein Sohn“, hatte der alte Mann geflüstert, als Hamid am Abend im Zelt zusammengebrochen war.

Nun, eine Woche später, waren die Schmerzen unter dem provisorischen Verband kaum noch auszuhalten. Hamid flehte zu Gott, dass er die Wunde heilen lassen möge.

Bald, bald würde Hamid über die Berge im Nordwesten des Irans die Türkei erreichen und nach Van gehen, der Stadt an der Grenze, wo sich die Flüchtlinge sammelten. Von dort aus würde er sich nach Bulgarien durchschlagen, und immer weiter und weiter, bis nach Österreich! Österreich, wo sein Cousin sich niedergelassen und Asyl beantragt hatte, wo man neu anfangen konnte. Und dann, gelobt sei Gott, ja, gelobt sei Khoda, dann würde er Alaleh und Rasa und das Baby nachholen.

Ashar und Merif, junge Männer wie er, die der Barbarei in ihrem Land entflohen waren, hockten mit ihm ums Feuer herum, wärmten sich die Hände und zogen die dicken Decken um sich, über ihnen der nächtliche Novemberhimmel mit Tausenden von Sternen. Die Silhouette des schneebedeckten Ararat in der Ferne unter den wie Ausrufungszeichen blinkenden Gestirnen hätte ihn unter anderen Umständen zum Dichten gebracht. Für ihn als Philosophen war eine solche Nacht die perfekte Leinwand für seine Wortmalerei. Aber er fühlte nur diese Leere und Angst, nackte Angst.

Und wenn die Radionachrichten stimmten? Wenn es doch Alaleh und Rasa waren? Welche Hoffnung würde dann noch bleiben? Wofür all das Weglaufen und Verstecken, wofür diese Entschlossenheit, ihnen ein besseres Leben aufzubauen, wofür der Glaube an Freiheit und Frieden? Wenn sie getötet worden waren, war alles verloren.

Das Rauschen im Radio nahm Überhand und Merif drehte am Rädchen, um einen Sender mit besserem Empfang zu finden. Die Stimme aus dem kleinen Kasten war zuerst verrauscht, aber dann klar zu hören: „... von allen Ländern. Der Schrei nach Freiheit, nach Hoffnung ..."

Hamid beugte sich vor und legte das Ohr an den Kasten. „... umsonst, denn es gibt nur *eine* wahre Hoffnung ..." Rauschen. Merif mühte sich mit dem Rädchen ab, während die drei Männer fragend zu den Sternen hinaufsahen, als würden die sie im Stich lassen. Dann wandten sie sich wieder dem kleinen Feuer und dem Radio zu.

„... und deswegen gibt es Hoffnung trotz Angst, trotz Schmerz, trotz Blutvergießen. Die Worte des Herrn rufen uns zu: ‚Kommt alle her zu mir, die ihr euch abmüht und unter eurer Last leidet! Ich werde euch Ruhe geben. Lasst euch ..." Das Rauschen wurde stärker, die Worte waren nicht mehr zu verstehen und die Männer knurrten ungehalten.

Das Feuer brannte herunter und die Kälte kroch mit jedem Atemzug näher. Die drei drängten sich aneinander und lauschten immer weiter, um vielleicht doch noch Neuigkeiten über ihr Dorf, ihre Heimat zu erfahren.

Irgendwann streckte sich Hamid auf dem harten Boden aus, zog die Decke über sich, legte die Hände als Kissen unter den Kopf und dachte an seine schöne Alaleh, die kleine Rasa, an sein ungeborenes Kind und an die undeutliche Stimme aus dem Radio, die „Kommt alle her zu mir, die ihr euch abmüht und unter eurer Last leidet! Ich werde euch Ruhe geben" gesagt hatte. Was für seltsame Worte. Aber Ruhe, ja, Ruhe konnte er gebrauchen.

Alaleh

Das Geräusch der Querschläger ließ Alaleh hochschrecken. Sie befühlte ihren dicken Bauch und schützte ihn instinktiv mit der Hand. Dann lauschte sie zitternd in die plötzliche Stille hinein. „Rasa?", flüsterte sie ihrer Tochter zu, die neben ihr auf der Matratze lag.

Die Kleine gähnte. „Ja, Maamaan?"

„Wir müssen los. Sofort. Komm schnell."

Alaleh setzte sich mühsam auf. Das Baby gab ihr einen Tritt. Es war bereit, ihren warmen schützenden Bauch zu verlassen. „Noch nicht. Noch nicht, mein kleines Kind. Bitte, warte noch." Alaleh schloss die Augen und kämpfte sich durch eine Wehe. *Bei Khoda, nicht heute, nicht jetzt, wo die Hölle losbrach!*

Sie stieß im Flur auf ihre Schwiegermutter Myriam. „Schnell!", raunte die ältere Frau ängstlich. Zusammen zogen sie die kleine Rasa mit sich. Wieder ertönten Schüsse. Sie klangen, als wären die Schützen direkt vor dem Fenster.

Alaleh ging stöhnend auf die Knie. Myriam öffnete die kleine Tür und spähte in das Versteck. „Du zuerst, dann Rasa. Alles wird gut." Aber beide Frauen wussten, dass es nie wieder gut werden würde. Es hatte angefangen, als Hamid eines Nachts vor zwei Monaten geflohen war, um seine Familie vor der Verfolgung durch die Religionspolizei zu schützen. Alaleh hatte gewusst, dass sie sich eines Tages den Rest der Familie vorknöpfen würden. Sie würden nicht glauben, dass das Buch allein auf Hamids Konto ging, auch wenn Myriam nach Kräften protestiert und argumentiert hatte.

Alaleh zog sich mühsam auf dem Rücken durch die kleine Öffnung. Ihr runder Bauch schrammte am oberen Rand entlang. Als sie in dem kleinen Versteck war, streckte sie die Hand nach der siebenjährigen Rasa aus. Dann kletterte Myriam hinein und zusammen zogen sie den alten Schrank vor die kleine Tür. Vor Wochen, nachdem Hamid verschwunden war, hatte Myriam darauf bestanden, die alte Speisekammer mit Nahrung und Ausrüstung zu füllen, falls sie sich einmal verstecken mussten. Alaleh und Myriam hielten einander schweigend fest, während draußen die Soldaten vorrückten.

Zwei Stunden vergingen. Zuerst hörten sie Rufe und noch mehr Schüsse. Dann unerträgliche Stille. Schließlich herumgestoßene Möbel, zerschellendes Geschirr, splitterndes Holz. Alaleh hielt ihrer Tochter die Ohren zu, obwohl Myriam sie fest umklammerte. Wie lange mussten sie hier drin bleiben? Und was würden sie vorfinden, wenn sie sich wieder herauswagten? Alaleh ertrug den Gedanken nicht.

Die Wehen kamen nun regelmäßig und wurden immer stärker, sodass ihr zweimal ein kleiner Schrei entfuhr. Myriam sah sie entsetzt an. „Sei still! Niemand darf uns hören!"

„Dann gib mir etwas, auf das ich beißen kann", flehte Alaleh unter Schmerzen. Sie dachte an Rasas Geburt, mithilfe der Hebamme, die Frauen aus dem Dorf um sie geschart, ein Gefühl von Gemeinschaft trotz der Qualen. Und dann endlich der Schrei ihrer Tochter nach dreizehn nicht enden wollenden Stunden der Geburt.

Die Freude.

Aber heute Nacht durfte sie kein Geräusch machen. Dass nur ihre Tochter und ihre Schwiegermutter bei ihr waren, verursachte ihr Panik. Sie hatten oft darüber gesprochen, über die eventuelle Geburt im Versteck. Der winzige Kocher war da, die Wasserflaschen, die sauberen Laken, die Kleidung. Essen. Aber konnte sie es schaffen? Die meisten iranischen Frauen gebaren mittlerweile mit Kaiserschnitt. Ihre Ärztin hatte schon vor Monaten darauf bestanden, falls es Komplikationen geben sollte wie bei Rasa. Alaleh schloss die Augen und stöhnte. Myriam drückte fest ihre Hand. „Du schaffst das. *Wir* schaffen das."

Hamid

Die Sterne funkelten über den drei Männern, die in ihrem Versteck in den Bergen auf dem Flüchtlingspfad der Freiheit wieder einen Schritt näher gekommen waren. Hamid beobachtete ängstlich Merif und Ashar. Sie waren zusammen aufgebrochen, als Kameraden, als Intellektuelle, die von der Regierung verfolgt wurden. Sie dachten, er wäre einer von ihnen. Zusammen hatten sie den Fluchthelfer bezahlt, zusammen die Berge erklommen und sich in Höhlen versteckt, nach Essbarem gesucht und sich ans Feuer gedrängt. Zusammen hatten sie Hasen gejagt und mitten in der Nacht aus kleinen Bächen getrunken. Und unablässig lauschten sie, warteten, waren getrimmt auf jedes feindliche Geräusch.

Und doch fühlte sich Hamid einsam. Er konnte Ashar und Merif nicht trauen. Sie waren längst am heruntergebrannten Feuer eingenickt, aber Hamid hatte unruhig geschlafen und fand jetzt keine Ruhe mehr. Er drückte das Transistorradio an die Brust und stahl sich leise davon. Er wollte die Sendung weiterhören. Schon der Gedanke daran ließ sein Herz höherschlagen.

Er schob sich durch knorrige Büsche und Gestrüpp, stieß sich von Sand und Gestein ab und kletterte höher, wo der Empfang besser war. Weg von Ashar und Merif. Wenn sie aufwachten und merkten, was er tat – Hamid lief ein Schauer über den Rücken.

„Hört doch zu! Sie verkünden die Wahrheit!" Hamid winkte Ashar und Merif näher heran. Es war der vierte Abend in Folge, an dem er die Radiosendung empfing, gesendet aus Holland, aber in seiner Muttersprache. Die Stimme aus dem kleinen Kasten sprach von der Bibel, von Christus – Isa al-Masih –, von Hoffnung, einem Retter. Sein Herz sehnte sich nach den Worten, fremd und gefährlich. Warum zogen sie ihn so an? Sie hatten ihn doch überhaupt erst zur Flucht gezwungen.

Ashar beugte sich vor. „Schon wieder! Was du hörst, ist Gotteslästerung! Wir fliehen um unser Leben, weil wir Khoda ehren und an die Kraft des Verstandes glauben. Unser Land will uns töten, weil wir unseren Kopf gebrauchen. Aber was werden sie uns erst antun, wenn sie merken, dass wir auch noch Gott lästern? Sie werden uns quälen und langsam sterben lassen, verstehst du? Sie werden sich unsere Familien holen."

Merif zog ein Messer und entriss Hamid das Radio. „Wir sind nicht bis hierher gekommen, um Khodas Zorn über uns zu bringen!" Er hielt Hamid das Messer an die Kehle. „Wir kämpfen um unser Leben. Und wenn du dafür sterben musst, dann ist es eben so."

Hart stieß er Hamid zu Boden. „Nie wieder hörst du diesen Sender, verstanden!"

Hamid schüttelte die Erinnerung an das Ereignis vor drei Tagen ab und kletterte noch höher. Er hoffte, noch einmal die Sendung zu hören, während die anderen schliefen. Im Traum hatte er deutlich eine Stimme gehört und war hochgeschreckt. Die Worte brannten in ihm. *Heute Nacht! Jetzt! Geh!* Mit klopfendem Herzen kämpfte er sich im Dunkeln voran, stolperte über Gestrüpp und Steine, das Radio fest unterm Arm.

Außer Atem hielt er an und sah hinunter auf das Lager. Hier war er in Sicherheit, außer Hörweite von Ashar und Merif, selbst wenn sie aufwachen sollten. Morgen würde der Fluchthelfer zurückkehren und sie näher an die türkische Grenze führen. Morgen schon ...

Als er das Radio abstellen wollte, sah er einen kurzen Lichtschein im Lager. Er spähte in der Dunkelheit hinunter. Wieder ein Lichtkegel, dann ein Geräusch. Ein Schuss. Noch einer. Dann war es wieder still.

Hamid war wie gelähmt. Waren Ashar und Merif gerade ermordet worden? Seine Hände zitterten und ihm brach der Angstschweiß aus. Ihm wurde übel und er musste sich übergeben. *Reiß dich zusammen! Weiteratmen!*, versuchte er sich wieder unter Kontrolle zu bringen.

Er starrte ins Dunkel. Nichts war mehr zu hören. Mit einem unterdrückten Schluchzen in der Kehle klammerte Hamid sich an das Radio und stolperte eilig durch die Nacht, höher und höher hinauf, weg von Ashar und Merif, weg von den Feinden, die ihnen mitten in der Nacht aufgelauert hatten. Wo sollte er sich verstecken? Wohin sollte er laufen? Sie wurden verfolgt, immerzu verfolgt, selbst in den kargen Bergregionen.

Es war erst Anfang November, aber der Boden war schon schneebedeckt. Hamid rutschte auf den glatten Felsen aus. Er fing sich, ließ aber das Radio fallen. Mit zitternden Händen hob er es wieder auf und wunderte sich über sein Glück. Welche eigenartige Vision hatte ihn aufgeweckt und zur Flucht genötigt? Diese Helligkeit, diese Dringlichkeit, diese klare Aufforderung, alleine zu fliehen. *Heute Nacht! Jetzt! Geh!* Er dachte, es ginge nur um die Radiosendung. Und nun hatte das sein Leben gerettet. Wessen Stimme war es gewesen?

Isa. Jesus. Der Prophet. Wie er diesen Namen gehasst hatte. Isa al-Masih. Der Grund für seine Flucht war sein Buch – das Neue Testament. Das Injil.

Hamid dachte an die ersten Wochen und seinen Weg zu Fuß aus Teheran in den nordwestlichsten Zipfel des Iran. Dort hatte er den

Schleuser kennengelernt, der ihn mit einigen anderen in ein kurdisches Dorf im Norden geführt hatte. Ashar, Merif und er waren bei einer Familie untergekommen. Es gab zu essen, Decken – gegen Geld, natürlich. Dann wurden sie auf einem Pritschenwagen im Zickzack durch die Berge gefahren, zu fünft, Iraner und Afghanen. Als sie einen Kontrollpunkt der Polizei erreichten, hielt der Wagen an und die Schleuser brachten sie in ein Haus, befahlen ihnen, warme Kleidung anzuziehen und setzen sie auf Pferde. Eine Karawane aus zwanzig Pferden schlängelte sich die Bergpfade hinauf. Sie ritten die Nacht hindurch, bis sie das nächste Dorf erreichten, immer in der Hoffnung, bald türkischen Boden unter den Füßen zu haben.

Hamid kämpfte sich um den Berg herum und war dem einsetzenden Regen schutzlos ausgeliefert, der allmählich in Hagel überging. Er kauerte sich auf einem Felsvorsprung zusammen und betete, dass die Polizei keine Hunde dabeihatte. Wenn die Hunde nämlich seine Fährte aufnahmen ... Er nahm eine Handvoll Schnee und führte ihn an die Lippen. Die Kälte fühlte sich gut an. Vorsichtig ging er weiter. „Al-Masih Isa, ich bin nur wegen deines Buches hier. Und jetzt habe ich nichts mehr und weiß auch nicht wohin. Hilf mir, Isa, wenn du Gott bist. Ich setze mein Leben für dich aufs Spiel. Bitte."

Zwei Schritte weiter entdeckte er eine Höhle im Berg. Er hockte sich hin und kroch durch den Eingang. Fledermäuse flatterten an ihm vorbei. Hamid arbeitete sich bis zum hintersten Winkel vor und sackte mit klopfendem Herzen zusammen. Als der Morgen graute, schlief er ein.

Alaleh

Der Schrei brach sich aus ihrem tiefsten Inneren Bahn und wurde erst vom Holzstück zwischen ihren Zähnen aufgehalten. Warum kam das Kind nicht? Wie lange konnte sie das noch durchhalten?

Das Geschrei vor der Tür hatte aufgehört. Waren die Soldaten noch im Haus? Warfen sie die Möbel um, brachen Türen heraus und suchten nach den Frauen? Wie lange würde es dauern, bis sie sich den alten Schrank vorknöpften, der das kleine Türchen verdeckte? Alaleh drehte den Kopf zur Tür und zog ängstlich die Augenbrauen hoch.

Myriam folgte ihrem Blick. „Denk nicht an das, was da draußen passiert", flüsterte sie. „Du musst dich konzentrieren." Sie tauchte etwas Stoff in eine kleine Wasserflasche und wischte Alaleh die Stirn ab. „Das Baby kommt bald. Nicht mehr lange. Du schaffst das, meine Tochter. Warte. Noch nicht. Und pressen!"

Alaleh biss die Zähne zusammen und presste noch einmal mit aller Kraft. „Noch mal! Noch mal! Ich sehe den Kopf! Es ist fast geschafft. Noch mal, Alaleh!"

Die Wehen waren unerträglich, die Schmerzen drohten sie zu übermannen. Alaleh stöhnte, wartete und presste noch einmal. Da spürte sie den Druck nachlassen, die Schmerzen einer seligen Freiheit weichen und hörte Myriam leise murmeln, „Danke, Khoda, danke." Wie durch einen Schleier hindurch hörte Alaleh den Schrei des Neugeborenen. Dann wurde sie ohnmächtig.

Hamid

Die Glut der Feuerstelle neben den beiden Leichen war noch warm. Da lagen sie, Ashar und Merif, jeder mit einem Kopfschuss niedergestreckt. Hamid wandte sich ab und übergab sich erneut. Den ganzen Tag über hatte er sich in der Höhle versteckt. Erst als die Feldflasche leer war und er wusste, dass er entweder gehen musste oder hier verenden würde, hatte er sich zurück zum Lager getraut. Nun betrachtete er seine Kameraden und weinte.

Hamid schloss die Augen und wich zurück. Er zog die Decke um sich und fröstelte. Vor seinem inneren Auge sah er das zarte Gesicht seiner Tochter, die großen braunen Augen, ihren bettelnden Blick. Die kleine Rasa.

„Baba, die nette Frau hat mir ein Buch geschenkt. Mit vielen schönen Geschichten drin. Nur für mich." Hamid nahm das kleine bunte Buch mit dem Titel auf Farsi. „Sie hat gesagt, das ist ein gutes Buch, aber", dabei wurden ihre Augen groß und sie flüsterte ihm ins Ohr, „aber auch ein gefährliches. Ich darf es niemandem zeigen. Nur dir und Maamaan."

Dieses Buch – damit hatten die Schwierigkeiten für seine Familie angefangen! Wie er es verflucht hatte.

Alaleh ging es wegen der Schwangerschaft schlecht. Sie brauchte Bett-

ruhe. Sie hatte schon zwei Fehlgeburten hinter sich. Bettruhe, und so Gott wollte, würde sie dieses Kind zur Welt bringen. Bei Rasas Geburt hatte es Komplikationen gegeben, aber die Hebamme hatte sich zu helfen gewusst, und nach endlosen Stunden voller Schmerzen hatte Alaleh Rasa zur Welt gebracht, auf natürlichem Wege.

Als die Nachbarn Rasa zum Geburtstag ihrer Tochter eingeladen hatten, war Hamid einverstanden gewesen. Ein ruhiger Nachmittag für Alaleh. Sie mochten ihre Nachbarn, auch wenn sie armenische Christen waren. Sie waren gute Menschen, freundlich, und auch wenn ihre Überzeugungen seltsam waren, hielten sie trotz allen Drucks mutig zu ihrer Religion. Hamid ließ Rasa gehen. Die kleine Noyemi und Rasa waren Freundinnen.

Hamid arbeitete an der Universität und machte sich wegen der Gerüchte Sorgen, die Regierung würde das Militär gegen die Intellektuellen einsetzen. Außerdem war er besorgt um Alalehs Gesundheit, und deswegen war er froh über einen Ort, wo die kleine Rasa mit anderen Kindern zusammen sein konnte, auch wenn es nur für einen Nachmittag war.

Aus dem Nachmittag wurde schnell eine Woche. Die Nachbarn hatten ihm von ihrem Gast aus Amerika berichtet, der den Kindern jeden Tag Geschichten erzählte. Ein richtiger Kinderklub. Rasas Augen strahlten jedes Mal, wenn sie nach Hause kam. Sie brachte kleine Basteleien mit und erzählte von der netten Frau aus Amerika. Erst am letzten Tag zeigte sie ihrem Vater das Buch, als er sie abholte.

Er kannte dieses Buch und fühlte sich dreckig dabei, es auch nur in der Hand zu halten. Das Injil, das Neue Testament. In Farsi. Ein Teil der Bibel. Gotteslästerung! Hamid wünschte sich, Rasa nie zu den Nachbarn geschickt zu haben. Sie hatten seine Tochter einer Gehirnwäsche unterzogen – diese Christen! Er hatte an jenem Nachmittag noch bei den anderen Eltern gesessen, die meisten von ihnen Armenier, und gesehen, wie die Amerikanerin, jung, korpulent, auf Englisch sprach und von ihrem Dolmetscher übersetzt wurde. Sie sprach von Christus, dem Propheten. Nannte ihn Gott. Blasphemie!

Da hatte er Rasas Hand genommen und sie weggeführt, auch wenn sie protestiert und geweint hatte. Warum nur hatte er das verdammte Buch nicht dort gelassen? Stattdessen hatte er Rasa mit sich gezogen, während sie es fest umklammert hielt. Es war nicht weit bis zu ihrem

Haus, keine Minute Fußmarsch. Aber an jenem Tag wartete die Religionspolizei an der Ecke. Wussten sie etwa von der Amerikanerin? Vom Kinderklub? Hielten sie Ausschau, ob Muslime daran teilnahmen? Hamid entdeckte sie zu spät. Sie hielten auf ihn zu und demonstrierten mit geschwenkten Waffen ihre Autorität. Sein Arm legte sich fester um seine Tochter und er nahm ihr still das Buch ab, um es unter einem vorgetäuschten Hustenanfall hinter sich in den Staub fallen zu lassen, in der Nähe der Nachbarn, wo es hingehörte. Die Religionspolizei durchsuchte sie beide, fand aber nichts, und Hamid und Rasa flüchteten nach Hause.

Natürlich würden sie ihn befragen. Nicht am nächsten Tag, aber am übernächsten oder dem danach. Ihm blieb nur ein Ausweg: die Flucht. Sie würden ihn sonst festnehmen, monatelang einsperren, vielleicht jahrelang, oder ihn aufknüpfen. Er kannte die Geschichten von Männern wie ihm, die politisch anders dachten. Und was würden sie erst einem Muslim antun, der ein christliches Buch herumtrug? Auf Gotteslästerung stand der Tod.

Alaleh war in Tränen aufgelöst, Rasa schluchzte, auch die Mutter hatte geweint und gesagt: „Du musst fort von hier. Geh, Hamid, oder sie töten uns alle."

Die Flucht durch die Nacht, das ständige Verstecken, die Kontaktaufnahme zum Schleuser ...

Hamid sammelte die wenigen Dinge auf, die die Mörder liegen gelassen hatten. Wussten sie, dass es drei Flüchtlinge waren? Würden sie die Hunde holen und ihn verfolgen? Er zog die Karte aus der Tasche. Sie hatten sie akribisch gezeichnet und zugesehen, wie der Schleuser sie mit Details für den nächsten Abschnitt ergänzt hatte. Zwei Tage bis zum nächsten Dorf, dann noch vier Tage mit dem Schleuser bis zur Grenze. Ob er noch andere Überlebende mitbrachte? An Freiheit war noch nicht zu denken, aber an Hoffnung. Zwei Tage. In Richtung Westen. Hamid nahm das Radio, die Feldflasche, die Vorräte und lief los.

Rasa

Rasa beobachtete ihre Großmutter, die hektisch neben ihrer Mutter arbeitete. Das Neugeborene lag in Windeln gewickelt neben ihr und schlief, aber Maamaan war wach, die Augen glasig, der Atem flach.

Rasa spürte, dass ihre Mutter starb. Sie sah das Blut und tat alles, was Maamaan-Bozorg, ihre Großmutter, ihr zuflüsterte. Aber es hörte nicht auf.

Sie dachte an den Kinderklub bei Noyemi und die korpulente weiße Frau – Miss Beverly –, deren Gesicht stets strahlte, wenn sie ihnen die wunderschönen Geschichten erzählte. Es ging um Heilung – um einen Gott, der Körper und Herzen gesund machen konnte. Rasa mochte Miss Beverly sehr. Und das Buch! Von ihr hatte sie es bekommen. Rasas Mundwinkel zogen sich nach unten. Wegen dieses Buches hatte Baba fliehen müssen. „Es ist ein gutes Buch", hatte die nette Frau gesagt, „aber auch ein gefährliches. Darin steht die Wahrheit, aber nicht allen gefällt sie. Du musst sehr aufpassen."

Rasa hatte keine Angst. Sie las für ihr Leben gern. Das hatte sie schon mit vier Jahren gelernt und konnte inzwischen alle geschwungenen Buchstaben des persischen Alphabets. Sie erinnerte sich an die Geschichte aus dem Injil, die Miss Beverly am dritten Tag erzählt hatte – von der Frau, die blutete, viele Jahre lang, und niemand konnte ihr helfen. Die so geblutet hatte wie Maamaan jetzt, aber dann hatte sie den Meister berührt, den Miss Beverly Isa al-Masih nannte, und die Blutung hatte aufgehört.

„Gott möchte unser Herz und unseren Körper gesund machen. Wir müssen ihn nur fragen. Er liebt uns und vergibt uns", hatte Miss Beverly gesagt.

Rasa kroch zu ihrer Mutter und legte eine Hand auf ihren schlaffen Arm. Ihr Atem war kaum noch zu hören. „Bitte, Gott, bitte Isa al-Masih, du kannst machen, dass es aufhört! Wir schaffen es nicht, nicht mal Maamaan-Bozorg. Dabei hat sie schon viele Kinder auf die Welt geholt. Bitte, bitte, mach, dass es aufhört, Isa al-Masih." Ihre Großmutter sah sie an, das Gesicht verhärmt und voller Trauer. Rasa fügte noch an, was die korpulente Frau immer gesagt hatte: „In Jesu Namen, Amen."

Kapitel 3

Bobbie

Diese kleinen weißen Tabletten schlugen ganz schön kräftig zu – einerseits hoffte ich das ja auch. Ich sollte wohl dankbar für mein Hinken und das Zittern sein, weil die Ärztin mir versichert hatte, dass diese Nebenwirkungen harmlos wären. Vielleicht bedeuteten sie sogar, dass die Behandlung anschlug. Ich hoffte nur, dass Tracie keine Panik bekam. Und dass mir nicht jeder Schritt und jede Stufe so schwerfiel! Europa schien nur aus Stufen zu bestehen – alten, ausgetretenen Stufen.

„Was machen wir denn morgen?" Das fragte mich Tracie jeden Tag. Ich hatte mir das Recht auserbeten, die ganze Reise zu planen und ihr nichts zu verraten. Ich tat so, als wolle ich sie überraschen, aber in Wahrheit schob ich nur das eigentliche Ziel unserer Reise auf – ein Ort außerhalb von Wien, der „Die Oase" hieß. Doch ich drückte mich davor und dachte mir irgendwelche Ausreden für einen Zwischenstopp in Innsbruck aus. Aber Tracie ließ sich nicht hinters Licht führen.

„Wann fahren wir denn endlich nach Wien? Du denkst doch sowieso jeden Tag daran. Komm schon. Ich möchte nicht, dass uns am Ende die Zeit fehlt."

Am Ende fehlt die Zeit. Die Worte jagten mir einen Schauer über den Rücken.

„Du hast recht. Es wird Zeit." Wir standen auf einem der begrünten Plätze in Innsbruck, hinter uns rauschte der Inn, vor uns stand eine Gruppe alter Männer mit Schirmmützen, die Hände hinter ihren Rücken verschränkt. Aufmerksam verfolgten sie das Schachspiel zweier Kontrahenten auf dem riesigen Schachfeld am Boden. Die Schachfiguren waren enorm groß. Tracie war fasziniert davon.

„Hier erfüllen sich wirklich alle Stereotypen über Europa, die ich kenne", raunte sie mir zu. „Kleine Rentner mit Mützen, die den Tag im baumüberschatteten Park beim Schach mit übergroßen Figuren vertun. Das ist so viel romantischer als meine Onlinespiele." Sie seufzte. „Und dann die Liebespaare, die überall Hand in Hand laufen und sich auf den Steinbänken und hinter den alten Statuen küssen." Sie nickte in Richtung eines der Paare.

Ich warf meiner Nichte einen Seitenblick zu. Aus ihr war eine richtige junge Frau geworden, auch wenn sie gegenüber ihren fünf Brüdern ihren Mann hatte stehen müssen. Das Leben war kein Zuckerschlecken für sie gewesen. Ich liebte sie über alles, als wäre sie meine Tochter, und war froh, dass sie einmal aus ihrer gewohnten Umgebung herauskam.

„Ach, wenn das Leben doch so romantisch sein könnte. Wenn die Männer doch ehrlich wären und nicht gleich weglaufen würden, wenn die rosarote Brille mal abgelegt ist. Wenn sie einen nicht so angucken würden und sagen: ‚Du bist eine tolle Frau, aber ich bin einfach noch nicht bereit für etwas Festes!'"

Sie wandte sich von den Liebespaaren ab und starrte mich trotzig an. „Einen Antrag sollte er mir an diesem Abend machen! Stattdessen bricht er mir das Herz und hatte noch nicht mal den Mumm, mir zu erklären, wieso!"

Ihr kamen die Tränen. Ich legte ihr einen Arm um die Schulter und zog sie an mich. Ich hörte die Geschichte nicht zum ersten Mal. „Ach Tracie, das tut weh, ich weiß. Aber du bist noch jung und lebendig und voller Fähigkeiten. Du wirst schon sehen. Es warten noch wundervolle Abenteuer auf dich." Ich sah in ihr zweifelndes Gesicht, holte tief Luft und sagte: „Ich war auch einmal verliebt, bis über beide Ohren."

Sofort wünschte ich mir, es nicht gesagt zu haben.

Tracie wand sich aus meiner Umarmung und verschränkte die Arme. „Okay, und weiter?"

Ich zögerte. Noch nie hatte ich ihr davon erzählt, aber angesichts von Tracies verletztem und verhärtetem Gesichtsausdruck beschloss ich, ihr wenigstens einen kleinen Einblick in meine schmerzvolle Vergangenheit zu geben.

„Er war ein Flüchtling."

„Ein was?"

Ich sah sie entsetzt an. „Sag mir nicht, du weißt nicht, was ein Flüchtling ist!"

„Natürlich weiß ich das!"

Ich war nicht überzeugt. Geschichten hin oder her, Tracie steckte immerzu in ihrer eigenen Welt. Vielleicht wusste sie es wirklich nicht.

Sie verdrehte genervt die Augen. „Ein Flüchtling ist jemand, der aus irgendeinem Grund aus seinem Land rausgeworfen wird oder fliehen muss. Es gibt zig Gründe, aber auf jeden Fall ist er ein Herumtreiber, der ein neues Zuhause sucht. Richtig?"

Ich zuckte mit den Schultern. „Das ist auch eine Art der Definition, ja."

„Und warum hast du mit einem Herumtreiber angebandelt – ich meine, mit einem Flüchtling? Ich dachte, du hast damals Geheimaufträge erfüllt und Bibeln und so hinter den Eisernen Vorhang geschmuggelt."

Ich musste lachen. „Das klingt ja wie in einem James-Bond-Film."

„Tut es ja auch, wenn du die Geschichten von damals erzählst. Nur, dass dich nicht die kleinen Gadgets von ‚Q' retten, sondern Gott."

„Genau."

„Oder Engel", fügte sie hinzu. „Wenn ich da an eine besonders aufregende Story denke."

„Ja, die Nummer geht wohl auch auf Gottes Konto." Ich band Tracie meine Erfahrungen mit Gott nicht gerade auf die Nase, aber es tat dennoch weh zu hören, wie wenig sie für ihn übrighatte.

„Also, ich höre. Wo hast du den Flüchtling getroffen?"

„Wir haben natürlich nicht Tag und Nacht nur Bibeln geschmuggelt. Es gab Zeiten, wo wir tagelang, wochenlang und sogar monatelang auf dem kleinen Grundstück außerhalb von Wien festsaßen und darauf warteten, die nächste Fahrt zu planen. Und dann gab es noch Fred."

„Hieß er wirklich so?"

„Nein, natürlich nicht. Fred gehörte zum Team der ‚Kaserne'. Davon habe ich dir ja schon oft erzählt."

Tracie nickte.

„Er war mit uns ausgebildet worden, noch in den USA, aber als es dann konkret wurde, merkte er, dass er das nicht konnte, das Schmuggeln. Er konnte nicht lügen, konnte seine Mimik nicht beherrschen und beschwören, dass er keine illegalen Waren mit in den Osten nahm. Das war ein echtes Dilemma. Er hatte sich für zwei Jahre verpflichtet und hockte nun in Wien und hatte riesige Schuldgefühle, weil seine moralischen Überzeugungen ihn daran hinderten, Bibeln zu schmuggeln." Ich musste schmunzeln, wie jedes Mal, wenn ich an die Ironie seiner Situation dachte.

„Fred war ein toller Kerl. Niemand hat ihm Vorwürfe gemacht. Manche sind für solche Dinge geschaffen und manche eben nicht. Jedenfalls besuchte Fred regelmäßig das Flüchtlingsheim in unserem Ort und fing kurze Zeit darauf an, den Kindern und Frauen Englisch beizubringen und mit den Männern Schach zu spielen. Dann bot er Bibelstunden an und bald darauf lernten einige Flüchtlinge, von denen ein Großteil aus kommunistischen Ländern kam, Jesus kennen und wollten Christen werden."

„Aha. Cool."

„Es war sehr cool! Und wenn wir anderen vom Team nichts zu tun hatten, also keine Fahrt planten oder unterwegs waren, gingen wir mit Fred mit."

„Und da hast du ihn dann kennengelernt, den Herumteiber?" Tracie zog gespannt die Augenbrauen hoch, hakte sich bei mir ein und wir schlenderten über den Platz.

„Ja." Meine Stimme war kaum zu hören. „Ja, das stimmt."

„Tut mir leid, wenn ich ein schmerzvolles Thema anspreche."

Ich zuckte wieder mit den Achseln. „Schmerz und Freude gehören zusammen."

„Und was ist passiert?"

Ich konnte nicht. Ich konnte seinen Namen nicht sagen, weil dann all die Erinnerungen, auch die schlimmsten und furchtbarsten, auf mich eingestürmt wären. „Sagen wir es so: Ich bekam einen anderen Ruf und er ebenfalls und damit war es dann vorbei."

„Oh." Jetzt machte sie ein langes Gesicht. „Du kannst einen echt zur Weißglut treiben, wenn du deine Geschichten für dich behältst."

„Ich weiß."

„Und das Flüchtlingsheim gibt es immer noch?"

„Natürlich."

„Dann los! Wann fahren wir endlich dorthin?"

Meine Augen füllten sich mit Tränen, und als mir eine die Wange hinunterkullerte, wischte ich sie weg.

„Ach, Tante Bobbie. Immer sage ich das Falsche. Tut mir leid."

„Du hast etwas sehr Schönes gesagt."

„Aber du musst wegen mir weinen."

„Ich weine nicht wegen dir, Tracie. Ich habe einfach nicht damit gerechnet, diesen Ort noch einmal zu sehen, jedenfalls nicht in diesem Leben."

Tracies Augen wurden zu schmalen Schlitzen. „Hör auf, so zu reden! Als würde dir die Schlinge die ganze Zeit schon um den Hals liegen!"

Ich räusperte mich und blieb stehen, um die Statue eines nackten kleinen Jungen zu betrachten, der die Arme um ein Rehkitz geschlungen hatte.

Irgendwann schaffte ich es, Tracie anzusehen. „Ich würde sehr gerne mit dir nach Wien ins Flüchtlingsheim fahren. Ich bin nur schon so viele Jahre nicht mehr dort gewesen. Wir könnten im Gästehaus übernachten." Kaum hatte ich das gesagt, fingen die Gedanken an zu rotieren. „Weißt du, heutzutage kommen die Flüchtlinge meist aus dem Nahen Osten und sind Muslime. Damals waren es fast nur Osteuropäer, die vor dem Kommunismus flohen. Sie waren Intellektuelle – Professoren, Ärzte, Rechtsanwälte, Dichter." Beim letzten Wort war meine Stimme plötzlich belegt. Wir standen bestimmt fünf Minuten schweigend vor der Statue, sahen den alten Männern beim Ziehen der Figuren zu und lauschten dem fröhlichen Geschrei einiger Kinder auf einem Karussell.

„Komisch, dass die Statue ausgerechnet hier steht", sagte Tracie schließlich leise. Sie strich dem Rehkitz über den Kopf und dem Jungen über die Wange.

„Kennst du sie etwa?"

Tracie schüttelte den Kopf. „Nein, sie erinnert mich nur an etwas." Sie verfiel wieder in Schweigen und ich auch. Woran sie dachte, wusste ich nicht, aber meine Gedanken waren bei Amir, dem Flüchtling, der mir damals in dem kleinen Ort vor Wien begegnet war und an den ich vor so vielen Jahren mein Herz verloren hatte.

Tracie

Vielleicht hätte ich doch nicht mitfahren sollen, auch wenn ich meine Tante wirklich mochte. Bei so viel gemeinsamer Zeit mussten wir ja auf das Thema Gott zu sprechen kommen. Gott und ich, da herrschte seit Ewigkeiten Funkstille. Tante Bobbie hatte keine Ahnung wieso und verstand nicht, warum ich keinerlei Interesse daran hatte, „Gott an erste Stelle zu setzen“, wie sie immer sagte.

Vielleicht würde ich es ihr auf dieser Reise sagen. Womöglich konnte sie es ja jetzt verstehen? Ich meine, Gott ließ sie doch genauso im Stich. Er hatte ihr den Rücken zugedreht und sah einfach weg, genauso wie bei mir.

Ich beugte mich zu dem kleinen Reh aus Stein hinunter und legte ihm die Arme um den Hals, als wäre ich die Schwester des Jungen. Still überließ ich mich meinen Erinnerungen.

Es war der letzte Tag des Zeltlagers. Ich war nun schon fünf Tage weg. So lange war ich noch nie von zu Hause fort gewesen, aber ohne meine Brüder fühlte es sich an wie im Paradies. Ihre blöden Streiche und ihre endlose Energie fehlten mir kein bisschen. Endlich war ich mal für mich. Ich konnte allein sein und mit den anderen Kindern durch die Gegend flitzen.

An diesem letzten Morgen saß ich im Wald und „hielt Andacht“. So nannten das die Großen. Morgens bekamen wir immer ein Blatt Papier, auf dem ein paar Bibelverse und einige Fragen geschrieben standen. Der Vers von heute hieß: „Wie der Hirsch lechzt nach frischem Wasser, so schreit meine Seele, Gott, zu dir.“ Ich hatte ihn gerade gelesen, als ich etwas knacken hörte. Als ich aufsah, stand keine drei Meter von mir entfernt ein Reh mit einem kleinen Rehkitz.

Sie waren wie erstarrt, ängstlich. Sie rochen mich. Ich hielt den Atem an. Dann verschwanden sie im Unterholz.

Ich sah wieder auf das Blatt. Ein Windstoß strich über mein Gesicht, warm und wohltuend. Da spürte ich es. Etwas war hier. Als würde das Reh noch neben mir stehen. Aber es war nicht das Reh. Sondern etwas anderes. Jemand anderes.

Die Frage auf dem Papier war einfach: Hast du schon einmal Gottes Nähe verspürt?

Das konnte kein Zufall sein – der Vers, das Reh, der Wind, das Gefühl, nicht allein zu sein, und dann diese Frage.

Ich bekam Gänsehaut und ein Glücksgefühl brach sich in mir Bahn, dass ich am liebsten laut losgesungen hätte. Ich summte vor mich hin und blieb mit geschlossenen Augen sitzen, um den kostbaren Augenblick noch etwas festzuhalten.

Von irgendwo her hörte ich die Stimme des Leiters. „Tracie! Tracie Hopkins, kommst du bitte zum Hauptzelt?"

Ich rannte durch den Wald, hüpfte wie das Reh, und mein Gesicht war ganz warm vor Freude. Als ich beim Hauptzelt ankam, stand der Leiter vor mir und starrte mich an. Er war kreidebleich. „Tracie! Du glühst ja."

Ich strahlte ihn an. „Ich weiß! Mir ist gerade was ganz Tolles passiert ..." Atemlos berichtete ich ihm von meiner Begegnung. Aber er lächelte nicht. Sein Gesicht war schmerzverzerrt.

„Hab ich etwas Falsches gesagt?"

„Nein, Tracie. Natürlich nicht."

Seine Frau kam dazu, das Gesicht voll hektischer roter Flecken, und umarmte mich fest. „Tracie. Tracie, es ist leider etwas passiert. Dein Vater ... dein Vater hatte einen Herzinfarkt."

So wie sie mich ansah, wusste ich sofort, dass mein Vater tot war.

Ich riss mich los, hielt mir die Ohren zu und wich zurück, bis ich gegen einen Baum stieß. Da drehte ich mich um und floh an genau den Ort im Wald, wo ich das Reh gesehen hatte. Ich stand steif und still da, aber nichts passierte. Da fing ich an zu schluchzen, erst leise, dann laut und dann ganz heftig, bis ich irgendwann einfach nur noch heulte. „Nein!", sagte ich schließlich zu mir selbst. „Nein, das kann nicht sein! Nicht nach dem Reh und dem Vers und dem Wind!"

Nun liefen mir wieder Tränen übers Gesicht und ich umklammerte tatsächlich die Statue. Gott hatte sich mir als Kind gezeigt und dann hatte er mir am selben Tag meinen Vater genommen. Mit so einem Gott wollte ich nichts mehr zu tun haben. Nie wieder. Ich stand auf, wischte mir mit dem Ärmel die Augen und ging zu der Bank, wo Tante Bobbie inzwischen saß. Ihre Hände zitterten wie verrückt.

Ich sah sie alarmiert an.

„Das ist nichts, Tracie."

Ich musste mir auf die Lippe beißen, um nicht loszuschluchzen.

Tante Bobbie nahm meine Hände. „Das ist nur eine Nebenwirkung der Behandlung. Das hat mir die Ärztin schon vorher gesagt." Sie sagte das so leichtfertig, dass ich am liebsten schreien wollte.

„Hör zu, Tracie. Es geht mir gut. Mach dir nicht so viele Sorgen um mich. Wenn ich Gefahr laufen würde, dir hier wegzusterben, dann wäre ich niemals mitgekommen!"

Sie sagte es plötzlich so laut, dass ich zusammenzuckte.

„Das ist es doch, wovor du Angst hast, oder?"

Ich nickte. Gott ließ zu, dass Tante Bobbie von ihrer Krankheit langsam zerfressen wurde. Weil er alle hinterging, die ihm vertrauten! „Sieh dich doch an!", platzte es aus mir heraus. „Du wirst immer weniger! Was für ein grausamer Gott lässt so was zu, nach allem, was du für ihn getan hast?"

Tante Bobbie sah mich ruhig an und lehnte sich dann mit leicht gerunzelter Stirn an die Bank zurück. Sie trank einen Schluck aus ihrer Wasserflasche und betrachtete lächelnd das glitzernde Sonnenlicht auf den Bergen in der Ferne. „Meinst du nicht, dass man im Leben sowohl das Gute als auch das Schlechte annehmen muss?" Ich glaube nicht, dass sie eine Antwort von mir erwartete. „Es geht mir gut, Tracie. Für mich ist jeder Tag ein Geschenk."

„Wie kannst du das nur so sagen, ich verstehe es nicht! Nicht bei allem, was gerade mit dir passiert und was aus deinen Träumen geworden ist."

„Du meinst, mein Leben damals war aufregend, weil ich so viele Geschichten davon erzählt habe?"

„Na ja, auf jeden Fall war Gott damals viel netter zu dir. Er hat dir geholfen."

„Und doch ist er jetzt derselbe wie immer." Sie sprach leise, fast zu sich selbst. Vielleicht versuchte sie sich auch zu überzeugen, dass es sich lohnte, weiterzuglauben. „Hör zu. Ich habe hier noch für einen ganzen Monat Tabletten, bevor die nächste Chemo dran ist, die Ärztin hat mir ihr Okay gegeben und es geht mir gut. Bitte mach dir nicht so viele Sorgen."

„Aber der Krebs ist aggressiv und keine Behandlung hilft wirklich. Wie soll ich da ruhig bleiben?"

Tante Bobbie schloss die Augen und ließ sich das Gesicht wärmen, bevor die nächste Wolke kam. „Man nennt es Vertrauen. Vertrau mir."

Ich rührte mich keinen Millimeter.

„Ich rufe morgen bei der Ärztin an und erzähle ihr von den Zitteranfällen. Hilft dir das?"

Ich seufzte. „Ja, auf jeden Fall."

„Dann ist es abgemacht. Und jetzt Schluss damit!"

Aber selbst nachdem wir abends in den Betten lagen, musste ich immer noch an ihren Satz denken. *„Meinst du nicht, dass man im Leben sowohl das Gute als auch das Schlechte annehmen muss?"*

Peggy

Peggy Milner bewegte sich mühsam über den Parkplatz in Richtung Hintereingang eines Nebengebäudes der New Dawn Church in Atlanta. Ihre Arthritis plagte sie. Es fiel ihr immer schwerer, den Körper morgens noch zu mobilisieren. Sie hatte nie damit gerechnet, so alt zu werden. Eigentlich wollte sie im reifen Alter von 85 längst abberufen sein. Und nun war sie 92, fuhr immer noch Auto und war am Montagmorgen stets die Erste, um für alle Gebetswilligen die Gemeinde aufzuschließen.

Längst hatten andere ihr angeboten, diesen Dienst zu übernehmen, aber Peggy hatte abgelehnt. Vor Langem schon hatte sie dem Herrn Jesus zu verstehen gegeben, dass sie den Gebetskreis für die Missionare, den sie vor über sechzig Jahren nach einem zehnjährigen Missionarsdienst in China ins Leben gerufen hatte, weiterführen würde, solange er sie auf der Erde ließ. Damals hatte die Kulturrevolution vom Land Besitz ergriffen und alle Missionare waren ausgewiesen worden. Wie viele Tränen hatten sie und ihr Mann vergossen. Wie inbrünstig hatten sie gebetet! All die Jahre des Gebets, und heute war China tatsächlich voller gläubiger Menschen.

Peggy drehte den Schlüssel und zog langsam die Tür auf. Sie schien schwerer als sonst. Peggy war außer Atem, als sie schließlich mit dem Rollator im Gebäude und an dem Raum angekommen war, wo sich die Frauen morgens trafen. Über viele Jahre war die Gruppe nur klein gewesen. Aber dann war Bobbie Blake gekommen und hatte erzählt, wie Gott in Osteuropa wirkte, hatte vom Bibelschmuggel und dem immer löchriger werdenden Eisernen Vorhang berichtet, von Engeln, die verängstigten Glaubensgeschwistern beigestanden hatten.

Als Bobbie 1987 für mehr Beteiligung am Gebetskreis geworben hatte, waren die Frauen der Gemeinde begeistert gewesen. Seitdem war der Raum der Sonntagsschule zu klein geworden. Fünfzig, sechzig, manchmal siebzig Frauen nahmen an den Gebetsrunden teil, die von morgens um sieben bis zum Mittag dauerten. Jede kam und blieb, so lange sie konnte, kniete vor den Fotos der Missionare und bat Gott, sein Werk in der Welt voranzutreiben.

Peggy hörte ein Geräusch hinter sich und sah Sheila Hart auf sie zukommen. Die liebe Sheila, immer besorgt um Peggy. „Was für ein herrlicher Himmel heute Morgen, nicht wahr? Unser Herr ist ein wahrlich meisterhafter Maler."

Nachdem die ersten Frauen eingetroffen waren, etwa an die zwanzig, meldete sich Peggy mit ihrer dünnen Stimme, aber voller Gottvertrauen zu Wort. „Ich habe gestern eine E-Mail von Bobbie bekommen."

Die Frauen beugten sich gespannt vor. Bobbie Blake hatte vor einem Monat die Krebsdiagnose bekommen und sie hatten alle noch an der Neuigkeit zu knabbern. „Sie hat geschrieben, dass sie morgen mit Tracie nach Traiskirchen fährt."

Gemurmel brandete auf. „Bobbie bittet uns um Gebet für sie", fuhr Peggy fort. Ihre runzligen Hände zitterten etwas, als sie den Zettel aus ihrer Handtasche fischte. Ihr Sohn hatte ihr die E-Mail ausgedruckt. „‚Bitte betet auch für Tracie, die immer noch nichts von Gott wissen will ...'"

Peggy schüttelte angesichts der Tatsache ungläubig den Kopf, dass sie hier Neuigkeiten verlesen konnte, die erst gestern Abend von einem Hotel in Innsbruck ihren Weg durch dieses Internet bis zu ihrem Haus in der Peachtree Street gefunden hatten.

Sie schloss die Augen und spielte mit dem Papier in ihrer Hand. Hier und da entstanden private Gespräche, bis Peggy anfing zu beten. „Lieber Vater im Himmel, sei bei unserer Bobbie. Tröste du sie. Nimm ihr das Zittern. Und lass Tracie dich in den Flüchtlingen entdecken. Wir bitten für Bobbie um Heilung, auf welche Weise du auch immer willst. Du weißt, wie sie Wien damals verlassen hat und warum. Gib ihr die Heilung, die sie braucht. In Jesu Namen, Amen."

Peggy stellte sich Bobbie Blake als junge Frau vor, auffallend, stark, voller Tatendrang. Und mit gebrochenem Herzen. Ja, sie würde kommen und ihrer Schwester mit den Kindern helfen, nachdem ihr Mann verstorben war. Natürlich würde sie sich sofort auf den Weg machen. Aber den wahren Grund für den plötzlichen Aufbruch kannte nur Peggy Milner. Bobbie hatte ihn ihr vor vielen Jahren gestanden. Dass Peggy noch lebte und klar im Kopf war, überraschte sie jeden Tag aufs Neue. Aber nun betete sie still: „Bitte lass mich noch erleben, wie Bobbies alte Wunde geheilt wird. Und wenn du planst, sie bald zu dir zu holen, dann bin ich zwar neidisch, aber möchte dich bitten, ihr noch die Gelegenheit zu geben, ihren Frieden zu finden. Lass sie dieses Kapitel abschließen. Sie braucht das, Herr. Und du weißt das. Amen."

Kapitel 4

Hamid

Hamid stolperte halb erfroren und völlig erschöpft in das kleine Dorf. Zwei Tage lang war er von Gipfel zu Gipfel geklettert, durch Schnee und Wälder. Immer wieder war er stehen geblieben und hatte mit klopfendem Herzen und offenem Mund angestrengt gelauscht, wenn ein Ast knackte oder in der Ferne Hundegebell zu hören war. Die Kartenskizze schien völlig nutzlos zu sein und doch war er bis hierher gekommen. Wieder ein staubiges Bergdorf, wieder ein jämmerlich aussehender Fremder, der nach Essen und Unterkunft suchte, und irgendwo hier wartete der Schleuser. Ob er sein Leben für Hamid aufs Spiel setzen würde? Hatte er schon von Hamids Kameraden gehört? Würde er sich zeigen?

Hamid wusste längst nicht mehr, welcher Tag heute war. Die Erschöpfung hatte jeden Zentimeter seines Körpers erfasst und sein Magen knurrte unaufhörlich. Seine Kleider waren völlig nass geschwitzt, auch wenn es mittlerweile nur noch knapp über null Grad war.

Im Dämmerlicht tauchte plötzlich eine kleine Frau auf, die Hamid mit den Augen bedeutete, ihr auf der schmalen, gewundenen Straße zu folgen, vorbei an direkt in den Felsen gehauenen Häusern. Sie verschwand in einem der Häuser und Hamid folgte ihr. Die Decke war niedrig und der kleine Raum dunkel. In der Ecke stieg eine schmale Rauchsäule auf. Hamid kniff die Augen zusammen und erkannte erleichtert das Gesicht Zemars, des Schleusers. Seine Miene war versteinert wie die Wände ringsherum und er hatte dunkle, ausdruckslose Augen. Zemar war stämmig, sein Bart dicht und schwarz. Seine ganze Erscheinung jagte einem Ehrfurcht ein.

„Bist du allein?“

Hamid nickte. Dann berichtete er flüsternd vom Schicksal seiner Kameraden und seiner langen Flucht.

Zemars Miene änderte sich nicht. „Wir müssen sofort los. Die Polizei wird noch heute Nacht hier sein. Sehr bald.“

Hamid stöhnte auf. Er hatte keine Kraft mehr und zitterte vor

Kälte. Alles, was er wollte, war etwas zu essen, um seinen rebellierenden Magen zu beruhigen. Als hätte sie seine Gedanken gelesen, brachte die kleine Frau einen Teller mit Reis und Bohnen. „Setzen Sie sich", sagte sie und gab ihm den Teller. Hamid sank zu Boden. Er verschlang Reis und Bohnen wie ein Wolf. Wie einer dieser Wölfe, der einige Flüchtlinge in den Bergen angegriffen und nichts von ihnen übrig gelassen hatte als ihre verstreute und zerrissene Kleidung.

„Eine Stunde Schlaf. Dann gehen wir. Sobald es ganz dunkel ist." Zemar warf seine Zigarette auf den Boden und drückte sie mit seinem Stiefel aus.

Der Himmel war schwarz geworden. Hamid hatte sich ein wenig ausgeruht. Er war sofort tief und fest eingeschlafen, so tief, dass Zemar ihm eine Ohrfeige verpassen musste, um ihn zu wecken. „Ich dachte, du bist tot! Eine halbe Stunde versuche ich schon, dich zu wecken. Du bist steif wie ein Brett." Zemar befahl der Frau, Hamid trockene Kleidung zu bringen. Vielleicht war er ja tatsächlich gestorben, dachte Hamid. Für einen Augenblick hatte er geträumt. Es war warm und trocken. Er war bei Alaleh und Rasa, seiner kleinen Rasa, die ihn anstrahlte und etwas in ihren Armen wiegte. Ein Kind. Sein Kind.

Er hatte einige Zeit gebraucht, um wach zu werden und die neue Kleidung anzuziehen, und jetzt folgte er Zemar durch das Dorf, gemeinsam mit fünf anderen Männern, zweifelsohne Iraner und Afghanen, die sich ihnen einzeln aus verschiedenen Ecken des Dorfes heraus angeschlossen hatten.

Zemars Miene war immer noch wie versteinert. „Wir müssen weiter durch die Berge", raunte er. „Aber wenn wir Glück haben, überqueren wir bald die Grenze zur Türkei." Die sechs Männer folgten ihm schweigend. Jeder war in Gedanken.

Um den ersten Kontrollpunkt zu umgehen, hatte Zemar einen dreistündigen Umweg gemacht. Nun führte er sie Schritt für Schritt durch den Schnee, ohne ein Wort, während der schwarze Himmel erbarmungslos ihren Aufenthaltsort zu vermelden schien, obwohl die Wolken gerade den Mond verdeckten. Irgendwann durchbrach Zemars Stimme die Stille. „Schnell!", raunte er. „Lauft! Ihr müsst laufen!" Geduckt umklammerten sie ihre wenigen Habseligkeiten und brachen durchs Unterholz, der Schnee knirschte unter ihren ausgetretenen Schuhen, Äste zerkratzten ihnen das Gesicht. Sie rannten um ihr Leben.

Irgendwann wurde Zemar endlich langsamer, hob einen Finger vor die Lippen und flüsterte: „Wir sind in der Türkei." Die Männer lächelten erleichtert und sahen dankbar gen Himmel. „Wir müssen durch ein Dorf. Ich gehe zuerst. Es ist immer noch sehr gefährlich. Überall Polizei. Ihr kommt nach, immer zu zweit, und mit Abstand! Kein Wort!"

Hamid sah zu, wie Zemar losging und ihm nach einiger Zeit bedeutete, mit einem jungen Mann namens Rasheed zu folgen. Hamid hörte sein Herz klopfen und sah angestrengt zu Boden, um bloß nicht über eine Wurzel oder Steine unter dem Schnee zu stolpern. Hamid und Rasheed waren keine drei Minuten gelaufen, als sie hinter sich einen Tumult hörten. Rasheed blieb wie angewurzelt stehen und sah Hamid ängstlich an.

Wieder gab es Geräusche und wütende Stimmen.

„Sie haben sie. Lauf! Lauf!", raunte Rasheed panisch. Die beiden duckten sich und flohen auf Zehenspitzen, damit ihre Fußabdrücke sie nicht verrieten, bis zu einer dichten Baumgruppe. Hamid sah, wie drei türkische Polizisten ihre Taschenlampenkegel durch den Wald schweifen ließen. Irgendwann machten sie kehrt und gingen zurück. Rasheed und Hamid hörten Schläge und dumpfe Schreie und dann die dröhnende Stimme eines der Polizisten, der mit der Taschenlampe in Richtung der iranischen Grenze leuchtete. „Zurück! Da lang! Wenn ihr Glück habt, überlebt ihr. Oder die Polizei fängt euch und schickt euch zurück nach Afghanistan. Oder ihr erfriert und werdet von den Wölfen gefressen!"

Kaum war das Licht der Taschenlampen erloschen und die Stimmen verklungen, stürzten Hamid und Rasheed blindlings vorwärts durchs Geäst, die Arme schützend vor sich gehalten. Plötzlich stolperten sie auf eine unbefestigte Straße. Sie waren gerade wenige Hundert Meter gerannt, als sie hinter sich einen Wagen hörten, der zu ihnen aufschloss. Hamid drehte ab in Richtung Wald und hoffte, dem Auto davonlaufen zu können, aber er wusste, dass das aussichtslos war.

Jemand packte ihn am Kragen und zerrte ihn herum. „Einsteigen!“, befahl die Stimme. Hamid wurden die Knie vor Erleichterung weich. Es war Zemar. Rasheed und Hamid kletterten auf die Rücksitzbank, während Zemar sich zum Fahrer setzte. Der Wagen rollte die ganze Zeit über weiter. Als beide Türen zugeschlagen waren, drehte sich Zemar um und lächelte. „Alles Teil des Plans.“

Hamid wusste nicht, wie lange sie durch die Nacht rasten – eine Stunde, vielleicht zwei –, weil er immer wieder einnickte. Einmal wachte er mit dem Kopf auf Rasheeds Schulter auf. Peinlich berührt setzte er sich wieder gerade hin. Rasheed schlief ebenfalls.

Dann, so plötzlich, wie er aufgetaucht war, spuckte sie der Wagen mitten auf einer anderen unbefestigten Straße aus, ließ Zemar, Hamid und Rasheed zurück und verschwand. Wieder liefen die beiden Flüchtlinge hinter Zemar her. Dieses Mal führte er sie auf einen kleinen Pfad, der sich um einen Berg schlängelte. Zur einen Seite der Berg, zur anderen eine tiefe Schlucht. „Bleibt hier“, sagte Zemar und verschwand.

Sie standen da, stundenlang, den Rücken an den Felsen gelehnt und versuchten sich so gut es ging vor den Windböen aus dem Tal zu schützen. Als Rasheed zu zittern anfing, fischte Hamid ein paar alte Brotreste aus seinem Rucksack und gab Rasheed davon. Der junge Mann nickte dankbar. Wasser hatten sie keines, also bückten sie sich und aßen Schnee. Als die Erschöpfung sie übermannte, setzten sie sich Rücken an Rücken und lehnten den Kopf an den Felsen.

Trotzdem war an Schlaf nicht zu denken. Rasheed fing an zu flüstern, als hätten Berg und Schlucht Ohren. „Ich bin wegen meiner politischen Überzeugungen aus dem Iran geflohen. Die Regierung wusste von unserer kleinen Gruppe und hat uns verfolgt. Meine Freunde hatten nicht so viel Glück wie ich. Gefängnis. Folter.“ Hamid hörte, wie nahe das seinem Mitflüchtling ging. „Wenn ich versage, haben wir alle versagt.“

„Wir haben es fast geschafft“, erwiderte Hamid. „Wir werden nicht versagen, hörst du?“ Ihm klapperten die Zähne. Innerlich schrie er. *Isa, es ist zu schwer. Werden wir niemals die Freiheit finden?*

Sie warteten Stunde um Stunde auf Zemars Rückkehr. Die kalte Nacht fuhr ihnen durch die dünnen Kleider, ihre Hände und Füße waren aufgeschrammt und blutig. *So kurz vor dem Ziel, und wir erfrieren hier*, dachte Hamid.

Rasheed dämmerte weg. „Erzähl mir von deiner Familie“, bat Hamid. „Rede mit mir, damit wir nicht einschlafen.“ Und so berichteten die beiden einander von ihren Familien und stießen sich gegenseitig an, wenn einer einzuschlafen drohte. „Wir dürfen nicht schlafen. Nicht schlafen!“

Endlich tauchte Zemar wieder auf. Er hielt entschuldigend die Hände vor sich. „Wir schaffen es heute Nacht nicht mehr bis Van. Es tut mir leid.“ Hamid fragte sich, ob sie es überhaupt *irgendwohin* schaffen würden oder einfach an diesem Berg starben. Van, die Stadt, wo sie endlich in Sicherheit waren. Bitte nicht noch einen Tag! „Aber ich habe einen sicheren Unterschlupf. Folgt mir.“ Wieder stolperten sie den Bergpfad entlang, zwangen ihre eiskalten Füße voran, quälten sich Schritt für Schritt.

Schließlich blieb Zemar vor einer kleinen Hütte stehen. „Hier hinein.“ Hamid und Rasheed legten sich neben einer Feuerstelle auf den Boden. Rasheed lächelte. Hamid war zum ersten Mal seit Tagen nicht mehr kalt.

Rasa

Seit die Blutung aufgehört hatte, behandelte Maamaan-Bozorg die kleine Rasa mit argwöhnischem Respekt. „Wie hast du das gemacht?“, fragte sie immer wieder.

„Hab gebetet“, sagte Rasa nur.

„Ich habe auch gebetet“, erwiderte Maamaan-Bozorg. „Deine Gebete waren anders. Du hast eine Kraft in dir, mein Kind. Du kannst Menschen heilen.“

So, wie Maamaan-Bozorg das sagte, machte es Rasa Angst. Als wäre diese Kraft etwas, was man verkaufen und zu Geld machen konnte. Rasa hatte keine besondere Gabe. Sie hatte nur einen besonderen Gott. Den von Noyemi und der amerikanischen Frau. Rasa wollte seinen Namen flüstern, Isa al-Masih, aber sie bekam ihn nicht über die Lippen. Sie traute sich nicht, vor allem nach dem Ärger, den Baba wegen des Buchs bekommen hatte.

Den kleinen Omid im Arm saß Rasa neben ihrer Mutter, die in

der Ecke der Speisekammer lehnte. Bald würde er aufwachen und Hunger haben, aber im Augenblick konnte sie beobachten, wie ihre Mutter ihr neues Kind ansah. Maamaan war so schwach. Und es gab nichts mehr zu essen, kein Wasser.

Der kleine Omid fing leise an zu weinen und Rasa wiegte ihn vorsichtig im Arm. Sie konnte nicht aufhören, ihn anzulächeln. Seine dunklen, ernsten Augen waren unentwegt auf sie gerichtet. Er war so wunderschön, ihr kleiner Bruder. „Du wirst mal ein ganz starker Bruder sein", flüsterte sie ihm zu. „Ein guter Bruder. Maamaan hat es geschafft. Keine Angst. Isa al-Masih hat uns beschützt."

Ja, Maamaan war noch sehr schwach, aber sie lebte. Sie lebte! Und sie lächelte matt, als Rasa ihr den kleinen Omid gab. „Danke, mein kleiner Schatz", flüsterte sie dankbar.

Sie waren noch immer in ihrem Haus, harrten in der fensterlosen Speisekammer aus und hatten keinerlei Vorräte mehr. Maamaan-Bozorg beugte sich zu Rasa und sah sie müde und erschöpft an. „Rasa, krabble nach draußen. Sieh nach, was passiert ist."

Zusammen schoben Rasa und ihre Großmutter den schweren Küchenschrank beiseite, bis er knarzend einen Spalt freigab, der groß genug war, damit Rasa hindurchschlüpfen konnte. Die letzte Flasche Wasser war aufgebraucht und sie hatten keine Wahl. Maamaan-Bozorg umarmte sie fest, zitierte einen Koranvers und schickte sie dann nach draußen. Maamaan sah ihr mit dem kleinen Omid von der Matratze aus nach. Rasa zwängte sich durch den Spalt und stand zitternd in der Küche.

Das Haus war leer. Überall lagen Glassplitter und umgestürzte Möbel. Die Soldaten waren gewaltsam in das Haus eingedrungen und hatten Tische und Stühle umgeworfen, die gesamte Küche geplündert und den Kühlschrank ausgeräumt. Rasa kehrte zur Speisekammer zurück, um Nachricht zu erstatten. Vor dem Küchenschrank blieb sie stehen. Die Türen standen weit offen, die Teller lagen in Scherben im Schrankboden. Rasa wollte sie vorsichtig herausholen, da entdeckte sie eine kleine, dunkelgrüne Vase, die sie noch nie im Küchenschrank gesehen hatte. Aber sie kannte sie von woanders her.

„Oh, die ist aber hübsch! Schade, dass sie kaputt ist." Das hatte sie nach der Geburtstagsparty zu Noyemi gesagt, nachdem Miss Beverly aus dem Injil vorgelesen hatte. „Schmeißt ihr die jetzt weg?"

„Nein, natürlich nicht!", empörte sich Rasas Freundin.

„Wieso? Das Wasser läuft doch immer wieder heraus. Die ist zwar geklebt, aber da fehlen doch ein paar Stücke. Maamaan-Bozorg würde sagen, die kann man zu nichts mehr gebrauchen."

„Aber man kann sie doch trotzdem noch benutzen. Nur eben anders. Siehst du?" Noyemi hatte eine rote Kunstmohnblume hineingesteckt.

„Stimmt. Das sieht schön aus, dunkelgrün und rot."

„Wir Menschen sind wie diese Vase", sagte Miss Beverly in gebrochenem Farsi. Dann bat sie ihren Dolmetscher, ihr zu helfen. „Ich habe diese Vase mitgebracht, um euch zu verdeutlichen, was Isa al-Masih sagt. Wir sind der Ton und er ist der Töpfer. Er kann uns so formen, wie er uns braucht. Und er kann jeden von uns gebrauchen, ob jung, ob alt, ob ganz oder kaputt ...

Aber wieso stand die Vase hier in ihrem Schrank? War Noyemi hier gewesen, nachdem die Soldaten weg waren? Rasa griff danach und sah, dass etwas darin steckte. Sie schob ihre schmale Hand in die Öffnung, berührte ein Stück Papier und angelte es heraus. Schnell schlüpfte sie wieder durch den Spalt in die Speisekammer.

„Ein Zettel!" Sie gab ihn Maamaan-Bozorg, die auf das Papier starrte und den Kopf schüttelte. Sie konnte nicht lesen.

„Ich lese ihn dir vor", sagte Rasa und konzentrierte sich auf die Worte in der kindlichen Schrift ihrer Freundin.

Es tut mir leid. Ich habe die Soldaten gesehen. Sie haben rumgeschrien und alles mitgenommen. Aber nicht dich. Ich habe Angst um dich, Rasa. Wo bist du und deine Mutter und Großmutter? Wir verstecken uns im Haus. Mutter sagt, wir fliehen, sobald kein Vollmond mehr ist. Komm zu uns, Rasa. Wenn du noch lebst.

Maamaan-Bozorg und Maamaan weinten. Was sollten sie tun? Rasa wusste es nicht.

Aber eins wusste sie. Miss Beverly hatte ihnen die Geschichte von Isa al-Masihs Geburt erzählt. Auch er war verfolgt worden. Auch ihn suchten böse Männer und auch seine Familie musste in ein fremdes Land fliehen, als er noch ein Baby war. Und die Frau hatte es gesagt – er beschützt die Seinen. Er war gar nicht nur Prophet. Er war Gott! Gott als Mensch. Der alles konnte.

Sie sah zu, wie ihre Mutter Omid die Brust gab. Omid würde überleben. Isa al-Masih würde sie alle beschützen. Sie würden mit

Noyemi und ihrer Familie in ein anderes Land fliehen. Allein und doch nicht allein. Isa war bei ihnen. Rasa war sich da ganz sicher.

Hamid

Hamid und Rasheed kauerten sich um die Feuerstelle, tranken heißen Tee und aßen Brot und Käse. Viel war es nicht und Hamids Hunger war längst nicht gestillt. Sie blieben den ganzen Tag über in der Hütte. Mehr zu essen gab es nicht, aber immerhin war die Freiheit nun in Reichweite! Hamid konnte sie schon spüren, schon schmecken. Und er betete zu Isa, dass er ihn nicht im Stich ließ. Hamid umklammerte die Riemen seines Rucksacks mit den Papieren, ein paar Brotresten und seinem Radio.

Als es dunkel geworden war, stiegen sie wieder in ein Auto und fuhren zum nächsten Kontrollpunkt. Drei Mal in dieser Nacht wiederholte sich die Prozedur. Sie stiegen aus und folgten Zemar auf einem Schleichweg um den Posten herum, der sie mehrere Stunden kostete. Dann tauchte aus dem Nichts wieder ein Auto auf und fuhr sie zum nächsten Kontrollpunkt. Müdigkeit und leichter Schwindel waren ihre steten Begleiter, sowie nagender Hunger. Hamid teilte seine letzten Brotreste mit Rasheed und sie versuchten, möglichst langsam zu essen. In Rasheeds Blick wechselten sich Benommenheit und Panik ab. Würden sie überleben? Sie schliefen tagsüber vor Erschöpfung im Freien und wieder waren ihre Sachen so nass geschwitzt, dass sie in der Kälte fast gefroren. Würden sie so kurz vor der Freiheit noch sterben?

„Heute Nacht kommt das letzte Stück", sagte Zemar, als es dunkel wurde.

Erneut liefen sie Stunde um Stunde, umgingen einen weiteren Kontrollpunkt und bewältigten mehrere Hügel. Rasheed stolperte, fing sich und stolperte gleich noch einmal. Er fiel geradewegs mit dem Kopf auf den Boden und blieb liegen. „Rasheed, steh auf!", drängte Hamid. „Wir sind fast da. Steh auf!"

„Geht ohne mich", stöhnte Rasheed. „Lasst mich hier. Ich kann nicht mehr. Ich kann nicht mehr laufen."

„Lass ihn!", sagte Zemar. „Er wird von den Wölfen gefressen werden, wie die anderen auch."

Aber Hamid wollte seinen Kameraden nicht im Stich lassen. Er war wie ein Bruder für ihn geworden, nach allem, was sie in den letzten Tagen durchgestanden hatten. Er blieb stehen und half Rasheed unter Aufbietung all seiner Kräfte auf die Beine. Mit Rasheeds Arm um seine Schulter kämpfte sich Hamid voran.

Zehn Minuten vergingen, dann fünfzehn. Hamid spürte seine Füße nicht mehr. Alles verschwamm vor seinen Augen. So würde es also enden – sie beide würden sterben und Zemar würde weiterlaufen und es noch nicht einmal merken. Da drehte sich Zemar um, verschränkte die Arme und sah Hamid an. „Du bist so ein Dickkopf", sagte er und ging auf Rasheeds andere Seite. Zusammen schleppten sie ihn weiter.

„Es ist nicht mehr weit", sagte Zemar schließlich.

Hamid spürte Hoffnung in sich aufkeimen. Rasheed hatte sich inzwischen so weit erholt, dass er allein laufen konnte. Als er Zemars Worte hörte, drehte er Hamid den Kopf zu und formte die Lippen zu einem lautlosen „Danke".

Da hörte Hamid pötzlich die Polizeihunde. Scheinwerfer wurden eingeschaltet. Adrenalin schoss durch Hamids Körper. Er war wie gelähmt. Jetzt war es Rasheed, der nach seiner Hand griff und verzweifelt flüsterte: „Runter! Komm schon, Hamid. Runter!"

Die Versuchung, sich hinzulegen und einfach zu sterben, war stark. Hamid war sich nicht einmal sicher, ob er wach war, denn das Hundegebell schien einmal weit entfernt, einmal geradewegs neben seinem Ohr. Die Scheinwerferkegel suchten den gefrorenen Acker ab. *Isa. Hilf mir.* Zu mehr war er nicht fähig. Da spürte er, wie eine übernatürliche Kraft seinen Körper durchströmte, und er fing an zu laufen, sich zu ducken, zu laufen. Das Gebell der Hunde kam immer näher. Hamids Lunge brannte, aber er hastete voran, schneller, noch schneller. Doch den Polizeihunden konnte man nicht entwischen! Rasheed schubste Hamid zu Boden und warf sich neben ihn, bis der Scheinwerfer über sie hinweggegangen war. Dann sprangen sie wieder auf und rannten. Hundegebell. Scheinwerferkegel. Sirenen. Und dann plötzlich Stille.

Hatte Isa sie genommen und fortgetragen? Was war geschehen? Hamid wusste es nicht. Er wusste nur, dass er und Rasheed irgendwann hinter Zemar die Stadtgrenze von Van passierten, müde, durchgefroren und völlig erschöpft.

Rasa

Sie hatten sich auf den Kissen im großen Raum von Noyemis Haus niedergelassen. Kein Licht brannte. Rasa lauschte in die Stille und versuchte, Frieden zu hören. Maamaan-Bozorg hielt sie fest umklammert. Eine dicke Decke hielt sie warm. Maamaan-Bozorg seufzte im Schlaf. Neben ihnen schliefen Maamaan und der kleine Omid. Aber Rasa war hellwach. Ihr Herz klopfte noch wie verrückt von der kurzen Flucht. Eine richtige Flucht! Sie mussten sich zwar nur aus ihrem Haus schleichen und die kurze Strecke zu Noyemis Haus gehen, aber ihr war es wie ein stundenlanger Marsch vorgekommen.

Sie hatte den kleinen Omid gehalten, ihm ganz leicht auf den Rücken geklopft und leise Lieder vorgesungen, damit er nicht weinte, während Maamaan-Bozorg und Maamaan die Papiere, ein paar Anziehsachen und die wichtigsten Dinge im Haus zusammengesucht hatten. Sie verließen ihr Zuhause, vielleicht für immer. Viel war sowieso nicht übrig, nachdem die Polizei das Haus geplündert hatte. Rasa hatte noch zwei kleine Puppen gefunden und ihr Lieblingskleid. Und dann mussten sie auch schon hinaus in die dunkle Nacht. Rasa hatte schon fast vergessen, wie frisch die Luft draußen roch.

Sie hatte den kleinen Omid an sich gedrückt und war hinter Maamaan-Bozorg nach draußen getreten. Die kalte Luft ließ Rasa lächeln. Sie roch den blumigen Jasmin, spürte den schneidenden Wind. Rasa hob das Gesicht zum Himmel und sah Dutzende von Sternen, die sie anblinkten. Vielleicht waren das ja Gottes Engel. Vielleicht würde einer von ihnen sie an einen sicheren Ort führen, zu Isa, so, wie der Morgenstern im Injil. *Isa. Isa.* Sie wiederholte das Wort leise vor sich hin.

Rasa konnte nicht schlafen. Sie steckte die Hand in ihre Rocktasche und befühlte das glatte Holz. Dann schloss sie die Faust darum.

Miss Beverly hockte sich vor sie hin. „Rasa, ich möchte dir dieses kleine Kreuz schenken." Sie gab ihr ein einfaches Holzkreuz, zwei winzi-

ge Stücke aneinandergeleimt. Rasa wusste, was das Kreuz bedeutete! Das Kreuz, an dem Jesus gestorben war, war sehr bedeutend. Er war gestorben, damit sie ihn kennenlernen und er in ihr wohnen konnte. Ihre Mundwinkel zogen sich nach unten. Isa war gestorben. Aber dann hatte die weiße Frau gesagt, dass er auferstanden war, so, wie es nur ein Gott kann.

„In vielen Ländern tragen Christen als Zeichen ihres Glaubens ein Kreuz um den Hals. Aber hier im Iran gibt es Menschen, die nicht wollen, dass du Christin wirst. Deswegen wirst du es nicht tragen, hörst du? Steck es in deine Tasche. Du nimmst es überallhin mit und es kann dich immer daran erinnern, dass Isa al-Masih bei dir ist. Jesus passt auf dich auf."

Rasa zog das kleine Kreuz hervor und küsste es. „Isa, wir müssen eine lange Reise machen", flüsterte sie. „Ich weiß nicht, wohin, aber du weißt es. Pass auf uns auf. Und gib uns Mut. Pass auf Maamaan auf und auf Maamaan-Bozorg und auf den kleinen Omid. Gib uns Kraft. Und Baba. Du weißt, wo er ist. Beschütze ihn und lass ihn dich auch finden." Müde flüsterte sie noch einmal das kleine Wörtchen. „Isa."

Alaleh

Alaleh hätte alles dafür gegeben, um etwas von Hamid zu hören. Nur zwei Wörter – zwei winzige Wörter: Ich lebe! Ob über Telefon, E-Mail, SMS – ganz egal. Sie wollte nur wissen, dass er noch lebte, irgendwo zwischen dem Iran und Österreich. Manchmal war ihr Magen vor Angst ein einziger Knoten, wenn sie den kleinen Omid anlegte und ihre Schwiegermutter und ihre Tochter beobachtete. Manchmal zitterte sie vor Angst. Und manchmal ließ sie die Tränen einfach laufen, wenn die anderen nachts schliefen.

Welche Bedeutung hatte dieses aberwitzige Verstecken und Weglaufen, wenn es am Ende keinen Hamid mehr gab? Hamid war immer ein Teil ihres Lebens gewesen, seit sie ihn zum ersten Mal gesehen hatte. Sie war damals sechzehn gewesen, er zweiundzwanzig. Einer der besten Studenten in seinem Jahrgang. Er hatte mehrere Monate lang Philosophie an ihrer Schule gelehrt, als der Lehrer krank gewesen war. Es genügte ein verstohlener Blick in seine Richtung, während er vor der Klasse stand und seine Notizen durchging, und ihr Herz schlug schneller. Ihre Blicke trafen sich und sie verlor sich in seinen freundlichen Augen. Da war etwas Warmherziges, nicht mit Worten zu beschreiben, mehr als nur sein jungenhaftes Gesicht, das verschmitzte Lächeln, die markanten Züge. Ja, Hamid war schön für einen Mann. Erst Tage zuvor hatte Alaleh diese Feststellung ihrer Mutter gegenüber geäußert. „Männer schminken sich nicht und sie lackieren sich auch nicht die Fingernägel und Fußnägel. Und doch sind sie schön." Ihre Mutter hatte sie ausgelacht, aber Alaleh war es egal. Manche Männer stachen so aus der Menge heraus, dass ihre Männlichkeit strahlte wie Schönheit. Und dieser junge Mann war so jemand gewesen.

Selbst jetzt noch wurde Alaleh bei dem Gedanken rot. Wie er um sie geworben hatte, trotz aller Regeln, aller Tabus. Und jetzt, zehn Jahre später, war sie seine Frau und sie hatten zwei gemeinsame Kinder. Ihre Kinder. Diese waren jetzt ihr Leben. Aber die Sehnsucht nach Hamid hielt sie wach, auch nachdem Omid getrunken hatte und friedlich lächelnd an ihrer Brust schlief. Alaleh sehnte sich nach Hamid.

Die kleine Rasa hatte ihr versichert, dass es Baba gut ging. In letzter Zeit verstand Alaleh ihre Tochter nicht. Sie war schon immer anders gewesen. Altklug. Ernst. Fast weise. Mit drei Jahren hatte Rasa schon begeistert verkündet: „Maamaan, guck mal, ich kann meinen Namen schreiben! Ist er nicht schön?" Und tatsächlich, da stand er, in fließenden farsischen Buchstaben.

Alaleh war es gewohnt, dass ihre Tochter ihrem Alter etwas voraus war, aber seit Kurzem sagte sie Dinge, die eher nach einem Propheten klangen als nach einem Kind. „Baba geht es gut, Maamaan. Isa al-Masih hat mir gesagt, dass Baba es nach Österreich schafft. Und dann holt er uns. Du wirst sehen."

Zuerst hatte sie nur Verbitterung und Wut für diesen Propheten übriggehabt, Isa al-Masih. Jesus! Oh, sie hatte durch den Koran schon viel über ihn gehört. Und sie wusste, dass ihre armenischen Nachbarn ihn als Gott verehrten. Aber als Rasa anfing, über ihn zu sprechen, als würde sie ihn kennen – *persönlich* kennen, wie einen Freund –, da hatte Alaleh Angst bekommen. Und dann dieses Injil! Das war der Grund, warum Hamid überhaupt fliehen musste.

Alaleh hatte dieses Buch verflucht und Isa al-Masih und ihre armenischen Nachbarn gleich mit.

Aber dann hatte Rasa ihr und dem kleinen Omid das Leben gerettet. Anders konnte man es nicht sagen. Und ohne mit der Wimper zu zucken hatte sie gestern Abend verkündet: „Maamaan, mach dir keine Sorgen. Isa hat alles ertragen, damit wir frei sein können. Du und Baba, ihr sprecht schon so lange von Freiheit. Davon, den Iran zu verlassen. Und jetzt hat Isa uns einen Schubs gegeben, damit wir es machen. Sei nicht böse, Maamaan. Isa passt auf seine Leute auf. Er lässt uns nicht im Stich."

Dass ihre Mutter nicht an Isa glaubte, schien Rasa überhaupt nicht zu stören. Rasa glaubte an ihn und deswegen würde er ihre ganze Familie beschützen. Davon war Rasa felsenfest überzeugt.

Was für eine eigenwillige Tochter sie hatte! Alaleh konnte ihr die innere Kraft, das Ruhen in sich selbst, das Glücklichsein tatsächlich abspüren. „Das ist, weil Isa mir Freude gibt, Maamaan."

Alaleh schloss die Augen und dachte an Hamid, der sich irgendwo in den Bergen in einer Höhle versteckte, fror und Angst hatte. Sie dachte an die Hunde, die Waffen, Polizei und Soldaten. Wie viele Geschichten hatte sie gehört. Sollte Rasa doch daran *glauben*, dass es ihrem Vater gut ging. *Sie* hingegen brauchte ein Lebenszeichen. Zwei Wörter. Mehr nicht.

Hamid

Hamid sah sich hektisch auf dem belebten Platz in Van um und versuchte zu erkennen, wer es gesagt haben könnte. Das Wort. Ein Wort, aber er hatte es gehört, als hätte der Wind es nur für seine Ohren herbeigetragen. *Isa!* Er war sich sicher. Irgendjemand hatte es gesagt.

Der Marktplatz war ein Meer von Köpfen, die auf und nieder gingen, sich langsam voranbewegten, Früchte aufnahmen, daran rochen, sie betasteten und die Reife beurteilten. Die Fleischstände waren mit Schweineköpfen und Rindertorsos beladen, Fliegen schwirrten herum – bei dieser Kälte! Hamid wedelte sie davon, ging am Verkaufsstand vorbei und lehnte sich in den Wind, hoffte, es noch einmal zu hören, das Wort, das eine Wort.

Er bog um eine Ecke und stieß fast mit einem Verkäufer zusammen. Er war vielleicht Anfang dreißig, groß, schlank, hatte einen Vollbart und trug einen Turban, aber Hamid sah sofort, dass er weder Türke war noch aus dem Nahen Osten oder Nordafrika stammen konnte. Der Mann sah ihn an, lächelte und deutete auf den Tisch vor ihm. Hamid folgte seinem Blick. Ja, er musste es gewesen sein, der das Wort gesagt hatte. Und auf dem Tisch lagen Bücher! Bücher auf Türkisch, aber auch auf Farsi. Die geschwungenen Linien verzierten die Cover und jeder konnte es lesen: Das Neue Testament, die Bibel, die Kinderbibel, das Leben Jesu. Hamid las die Titel, und bevor er sich beherrschen konnte, berührte er das Buch, das Rasa an jenem verhängnisvollen Tag mitgebracht hatte. Das Injil. Ihm wurde das Herz schwer. Rasa. Seine kleine Rasa mit den strahlenden Augen, die das Neue Testament umklammerte, als hinge ihr Leben daran.

Der Mann kramte in einem der Kartons zu seinen Füßen herum, als wüsste er, dass zu viel Aufmerksamkeit seinen Besucher verscheuchen würde. Vorsichtig und zögerlich hielt Hamid ihm das Injil hin. Seine Hände zitterten. War das eine Falle?

„Ich grüße dich im Namen Christi“, raunte der Mann auf Farsi. „Kennst du dieses Buch?“

Hamid versuchte zu sprechen, aber die Strapazen der Reise wollten ihn übermannen und seine Kehle war wie ausgedörrt. „Ich bin geflohen“, krächzte er. „Wegen dieses Buchs.“ Er spürte, wie seine Knie nachgaben. „Ich wollte meine Familie retten. Deswegen musste ich fliehen.“ Die Kräfte verließen ihn. Der Himmel fing an sich zu drehen. Er versuchte, sich am Tisch abzustützen, griff aber ins Leere. Das Buch fiel ihm aus der Hand und landete im Sand und Hamid stürzte hinterher. Der Mann mit dem Turban war aufgesprungen und hatte die Arme weit über den Tisch nach vorne gestreckt, um Hamid zu fangen.

„Keine Angst. Ich helfe Ihnen“, hörte Hamid ihn noch flüstern. Dann wurde alles schwarz.

Kapitel 5

Tracie

Die Fahrt von Innsbruck nach Wien war wie eine Reise zurück in meine Schulzeit. Bobbie und ich sangen lustige Lieder, tratschten und kriegten uns angesichts der Schönheit der österreichischen Alpen überhaupt nicht wieder ein. Ich war so dankbar für diese Reise. Ich brauchte dringend eine Ablenkung. Von der Trennung von Neil und von meiner Entscheidung gegen die Rolle in einem Off-Broadway-Musical. Österreich mochte der Schauplatz von *The Sound of Music* sein, aber es war auch weit genug entfernt vom Sound meines alten Lebens, den ich gerade überhaupt nicht gebrauchen konnte, wenn ich je wieder aus meinem Loch herauskommen wollte.

Ich hatte draußen vor dem Büro des kleinen Hotels in Innsbruck gewartet, die Daumen gedrückt und einen Kloß im Hals, während Tante Bobbie mit ihrer Ärztin in Atlanta telefonierte. Ich spähte zweimal durch das kleine Fenster in der Tür, sah Bobbie, wie sie wie immer wild mit ihren Armen gestikulierte, sah die Furchen auf ihrer Stirn, das Nicken, und wie sie sich auf das Sofa fallen ließ. Das war der Augenblick, als mein Herz aussetzte. Aber irgendwann kam sie aus dem kleinen Büro und verkündete: „Wir können fahren!"

„Sie lässt dich?" Ich war verblüfft.

„‚Lässt mich' passt vielleicht nicht so ganz. Sie hat mir ihre Sicht erzählt und ich ihr meine, und dann haben wir uns am Ende geeinigt."

„Und?"

„‚Also schön, Miss Blake. Weil Sie so ein Dickkopf sind. Aber Sie müssen mir versprechen, alle vierzehn Tage den Blutdruck messen zu lassen, die Ernährungsregeln zu beachten, den Stock zu benutzen, und so weiter und so fort", Bobbie verdrehte die Augen, „und ich kann Sie nur warnen. Bitte.'"

Sie ließ ihr selbstbewusstes Lachen erklingen und sah so frisch und stark und robust aus wie immer. Wir begaben uns zum Mietwagen und beim Einsteigen sagte sie: „Was sollte sie auch sagen? Es ist mein Leben und ich bin erwachsen." Ich wünschte, sie hätte das nicht gesagt. Es hatte so etwas Schicksalhaftes an sich.

„Erzähl mal von den Flüchtlingen, die wir treffen", forderte ich sie auf, während ich den Wagen durch die Alpentäler lenkte. „Du hast gesagt, heutzutage kommen sie nicht mehr aus Osteuropa, sondern aus dem Nahen Osten. Wo denn da genau? Und warum?"

„Aus dem Iran, dem Irak, Afghanistan und Tschetschenien. Sie fliehen vor einem Gewaltregime und träumen von einem besseren Leben. Manche flüchten, weil ihr Leben akut in Gefahr ist. Manche bringen ihre ganzen Familien mit, aber bei anderen kommt nur der Sohn oder der Vater und hofft, eines Tages die Familie nachholen zu können, nach Europa, in die Freiheit."

„Und was passiert, wenn sie es nach Europa geschafft haben?"

„Oh, das hängt ganz vom Land ab. In Griechenland leben sie auf der Straße, nahezu ohne Hilfe von der Regierung, ohne Wohnung. Hier in Österreich müssen sie die komplizierte Bürokratie überwinden – ein Papierkrieg, der Jahre dauern und mit Abschiebung oder Gefängnis enden kann. Oder noch schlimmer." Tante Bobbie zuckte mit den Achseln. „Aber es gibt auch viele Happy Ends. Viele bekommen schließlich Asyl. Das Team in der ‚Oase' besteht im Augenblick aus zwei alleinstehenden Frauen aus den USA, zwei amerikanischen Familien, einer australischen Familie und etwa sieben Kindern, als ich das letzte Mal gezählt habe." Bobbie nannte alle ihre Namen. „Und dann gibt es noch eine ganze Reihe von Freiwilligen aus den Kirchen vor Ort."

„Also hast du dich doch auf dem Laufenden gehalten!", hielt ich ihr vor. „Du weißt ja alles über diese ‚Oase'."

„Natürlich. Ich bekomme den Gebetsbrief jedes Teammitglieds. Ich war zwar nicht wieder hier, aber durch das Gebet bin ich immer noch mit dem Team verbunden. Wie diverse andere Frauen von der New Dawn Church. Wir beten jede Woche für die Leute hier."

Ich verdrehte die Augen, aber Tante Bobbie konnte es nicht sehen. *Gebetsbrief.* So ein typisch missionarischer Begriff. Ich konnte mich noch gut an Bobbies vierteljährliche Berichte über ihre Arbeit und die aktuellen Ereignisse in Österreich erinnern. Als kleines Mädchen hatte ich sie gerne gelesen, fast wie einen Fortsetzungsroman. Jetzt ließ mich schon der Gedanke daran zusammenzucken.

Ich wusste auch, dass sie seit Jahren zum Gebetskreis gehörte. Immer, wenn ich mich nicht beschwerte, erwähnte sie nebenbei in unseren Gesprächen „eine ganz tolle Gebetserfahrung", die sie in jener Woche im Gebetskreis gemacht hatte. Der Gebetskreis war eine große Runde von Frauen, die sich montagmorgens zum Gebet für verschiedene Missionare in verschiedenen Einsatzgebieten trafen. Ich glaube, einige der Frauen hatten schon für Bobbie gebetet, als sie nach Österreich ging – wahrscheinlich auch schon, bevor ich geboren war. Sie beteten andauernd. Sie beteten für den Bibelschmuggel und hatten sicher auch für den Rest des Teams gebetet, als diese anfingen, sich mit Flüchtlingen zu treffen. Als Bobbie nach Atlanta zurückkehrte, war es für sie wohl selbstverständlich gewesen, zum Gebetskreis dazuzustoßen.

Mich interessierten diese Frauen herzlich wenig, aber als ich den kleinen Peugeot aus Innsbruck so über die Autobahn steuerte, die Berge am Horizont, spürte ich plötzlich wieder großes Interesse an Tante Bobbies Leben von damals.

Auf diesen Teil von Wien war ich nicht im Geringsten vorbereitet. Ich stellte mir die Spanische Hofreitschule vor, wo Lipizzaner stolzierten und Pirouetten ritten, während Mozart, Bach und Beethoven im Opernhaus gespielt wurden und wir uns in kleinen Cafés Sachertorte gönnten.

Stattdessen landeten wir in einem kleinen Ort außerhalb der Stadt und vor uns ragte ein gewaltiges Gebäude auf, eindrucksvoll und Achtung gebietend, rings umgeben von Weinbergen. „Das ist es", sagte Bobbie, als ich irritiert bremste. „Das Flüchtlingszentrum."

„Das ist ja riesig. Aber irgendwie auch schön."

„Lass dich mal nicht täuschen. Da drin herrschen erbärmliche Zustände." Tante Bobbie zog die Nase kraus. Wir schlängelten uns auf einer kleinen Seitenstraße an der hohen Backsteinmauer entlang, die das Gelände umgab, und an der zweiten Kreuzung schloss Tante Bobbie kurz die Augen und konzentrierte sich. „Rechts abbiegen! Und jetzt links. Ja, genau, die Richtung stimmt. Ich erinnere mich." Kurze Zeit darauf hielt ich vor einem zweistöckigen, cremefarbenen Gebäude mit einem langen Schaufenster und Glastüren. Über dem Eingang hing zwischen zwei Fenstern ein großes Schild aus Plexiglas, auf dem eine grüne Palme abgebildet war und in hellblauen Buchstaben „Die Oase" zu lesen stand.

Ich parkte ein.

„Warte mal kurz", sagte Tante Bobbie und beeilte sich, auszusteigen. Sie versuchte es an der Glastür, aber der Haupteingang schien verschlossen. Ohne zu zögern ging sie zu einem Seiteneingang und klingelte. Nach einer kurzen Wartezeit rief sie irgendetwas durch die geschlossene Tür, worauf sie geöffnet wurde und eine schlanke Frau mit kurzen, braunen Haaren heraustrat. Sie trug einen blauen Pullover und Jeans, stieß einen Freudenschrei aus und fiel Bobbie um den Hals. „Wir haben gehört, dass du kommen willst. Wir konnten es aber kaum glauben. Oh, Bobbie!"

Ich merkte einen Hauch von Eifersucht in mir aufkeimen. Mir wurde plötzlich bewusst, dass Tante Bobbie tatsächlich ein ganz anderes Leben geführt hatte und dass ihre Geschichten stimmten. Sie hatte eine Familie in Wien.

Zehn Minuten später hielten wir vor dem Gästehaus und Bobbie seufzte zufrieden. „Es sieht aus wie früher."

Für mich sah es einfach aus wie ein gemütliches Gästehaus, mit Blumenkästen voller Stiefmütterchen und Primeln, sauber und einladend. Eine junge Frau, die Tante Bobbie nicht kannte, checkte uns in einem Raum mit hellgrünen Wänden und Stuck an der Decke ein und gab uns den Schlüssel. Dann folgten wir ihr die polierte Holztreppe hinauf und richteten uns in einem kleinen Zimmer ein. Die beiden Betten waren frisch bezogen. Die Wände waren zartgelb gestrichen, durch die geöffneten Fenster kam frische Luft herein und der Ausblick auf die Weinberge und Hügel in der Ferne war wunderschön.

Tante Bobbie legte sich ein wenig hin und ich ging nach unten in den großen Aufenthaltsraum, wo eine Tischtennisplatte, Bücherregale und in einer Ecke ein riesiges Sofa und ein großer Fernseher standen. Ich stöberte in den Büchern und CDs, aber was mich wirklich interessierte, war, wieso all diese Leute – die Missionare – hierherkamen. Wieso verließen sie ihre komfortable Welt in den USA oder Australien, um Gott in einem Land zu dienen, das von Flüchtlingen überschwemmt wurde? Ich verstand es nicht.

Ich rechnete aber mit genügend Gelegenheiten, um meine Fragen loszuwerden, denn Carol, die Frau, die Bobbie so stürmisch begrüßt hatte, ließ uns wissen, dass das „Kaffeehaus" um sieben Uhr abends anfing und wir herzlich eingeladen waren. Das Lächeln auf Tante Bobbies Gesicht, mit dem sie „Ich kann es kaum erwarten" sagte, würde ich so schnell nicht vergessen.

Bobbie

Das Gebäude vor mir sah noch genauso aus wie in meiner Erinnerung. Ich erkannte sofort das Schild mit der Palme, die sich über „Die Oase" beugt, als dasjenige, welches nur wenige Monate vor meiner Abreise 1994 aufgehängt worden war.

Am Abend jedoch erinnerte nichts mehr an unsere unerfahrenen Versuche von damals, denn heute war die Straße vor der „Oase" voller südländisch aussehender Männer, die alle auf Einlass warteten. Ich drängte mich durch die Menge in den großen Versammlungsraum. Tracie hielt meine Hand, als hätte sie Angst, jeden Augenblick von mir getrennt zu werden. Dutzende Männer jeden Alters und jeder Herkunft drängten sich im Saal. Einige saßen mit Tee- und Kaffeetassen an Tischen, viele standen. In einer Ecke posierte gerade eine Gruppe junger Männer für ein Foto.

Ich ließ das Chaos auf mich wirken und spürte Dankbarkeit. So ein Gefühl hatte ich schon seit Langem nicht mehr gehabt, vielleicht sogar seit einem Jahrzehnt. Peggy hatte recht. Trotz meiner Angst und der Erinnerungen war dieser Ort genau der richtige für mich. Da erkannte ich in der Frau neben mir Julie, eine meiner Kolleginnen von damals. Sie bemerkte mich ebenfalls, lächelte und tätschelte mir den Rücken, während sie sich weiter mit einigen jungen Iranern unterhielt. „Könntest du beten?", fragte sie zwischendurch. Das war also ihre Begrüßung nach so vielen Jahren. „Könntest du beten?" Typisch Julie.

Ich nickte und führte Tracie durch das Gewühl. Männer belagerten den Tresen, wo Kaffee und Tee ausgeschenkt wurde. Durch eine kleine Durchreiche sah ich in die Küche, wo mehrere ältere Frauen Tassen abwuschen und abtrockneten.

„Macht es dir etwas aus, beim Abwasch zu helfen?", fragte ich Tracie.

Sie riss erschrocken die Augen auf, nickte aber. „Na gut, wenn du meinst."

„Das ist lieb von dir", erwiderte ich und trat mit ihr in die Küche. Schnell stellte ich mich und meine Nichte den anderen vor. Eine Frau kam aus dem Iran, eine andere aus Australien, eine Dame stammte aus North Carolina, eine aus Großbritannien – und alle waren sie hier, vermutete ich, um einen Abend, einen Monat, ein Jahr oder ein Jahrzehnt lang auszuhelfen.

Erinnerungen stürmten auf mich ein. Genau hier hatte ich gestanden und dieselben Tassen abgetrocknet, als die elfjährige Anjila zu mir gelaufen kam, mir die Arme um die Taille schlang, Seifenflecken auf ihrem verwaschenen rosafarbenen Pullover, den ihre Mutter für sie vor drei Tagen aus der Kinderkleiderkammer ausgesucht hatte.

„Ich habe ihn gefunden", jubelte sie und umklammerte mich. „Genau wie du gesagt hast." Sie hatte mich angesehen und ihre Augen strahlten.

Ich ließ Tracie mit einem „Komme bald wieder. Ihr werdet schon miteinander klarkommen" in der Küche zurück und schüttelte die Erinnerung ab. Es zog mich zurück in den vollen Saal, zu einigen verschleierten Frauen, die am Rand beisammenstanden. Sich mit Händen und Füßen mit ihnen zu unterhalten, das schien mir das Natürlichste von der Welt und ich verlor jedes Zeitgefühl.

Da fiel mir irgendwann ein, worum Julie mich gebeten hatte. *Bete*. Sie hatte mir den Schlüssel zum Büro im ersten Stock gegeben, das immer verschlossen war, wenn das „Kaffeehaus" öffnete. Ich stieg die Treppe hinauf und öffnete mit Julies Schlüssel die Tür. Dann lief ich durch den schmalen Flur am Bücherschrank vorbei, der aus allen Nähten platzte. In einem offenen Bereich standen mehrere Schreibtische mit Computern. Ich ging in einen Raum, in dem zwei Sofas standen, ein weiteres übervolles Bücherregal und mehrere dick gepolsterte Stühle. Dort ging ich vor einem der Stühle auf die Knie und fing an, laut zu beten.

„Herr, Vater, mein Erlöser und Helfer", kam es mir wie von selbst über die Lippen. „Sei bitte heute Abend hier. Ich kann nicht glauben, was hier los ist! Ich bin so froh, dass ich das miterleben darf. Gib Julie und den anderen, wenn nötig, sogar Augen im Hinterkopf, damit sie sehen können, wer Hilfe braucht, wer Durst nach dir hat und wen du für heute Abend schon vorbereitet hast."

Ich muss mindestens eine halbe Stunde auf Knien verbracht haben, vielleicht auch mehr, tief versunken in Gedanken an mein früheres Leben.

Irgendwann ging die Tür auf und Julie kam herein. Jetzt holte sie die Umarmung nach. „Danke“, sagte sie.

„Julie! Wie schön, dich wiederzusehen.“ Sie musste fast siebzig sein, das Haar längst ergraut, aber noch immer war ihr die nüchterne Art geblieben, wie ein Leutnant, der seine Soldaten befehligt. Ich konnte mich noch sehr gut daran erinnern, wie es gewesen war, unter Julies Fuchtel zu stehen. Heute lächelte ich darüber.

„Du musst dir das ansehen. Unglaublich“, sagte sie und führte mich aus dem Büro durch den Flur zu einem anderen Raum. Vor der Tür blieb sie stehen. „Alle diese Männer, jung und alt, voller Angst, voller Trauer, voller Hoffnung – sie sind alle hier, um von Isa zu hören.“

Isa. Wie lange war es her, dass ich Jesu Namen auf Farsi gehört hatte?

Tatsächlich, der kleine Raum war mit mindestens zwanzig Männern, die auf einem Sammelsurium aus alten Stühlen saßen, mehr als voll. Julie nickte in Richtung eines Mannes in den besten Jahren, der vorne stand und fließend Farsi sprach. „Er ist ein iranischer Prediger. Er erzählt ihnen vom Evangelium, aber sie haben Angst. Angst, was die anderen sagen. Angst, angegriffen zu werden. Aber ihre Seele dürstet.“

Ich beobachtete einen jungen Mann mit blond gefärbten Haaren, die Jeans zu groß, das T-Shirt zu eng, bis sein Blick zu mir sprang und an mir auf und nieder wanderte. In seinen Augen standen tausend Fragen.

„Der mit der weißen Jacke und dem Schal ist Kameel“, flüsterte Julie. „Er und seine Frau haben Isa im Iran kennengelernt. Als sie die Diagnose Krebs bekam, sind sie wegen der Ärzte nach Österreich gekommen. Sie ist vor ein paar Monaten gestorben, aber er ist noch hier und erzählt jedem von Jesus ...“

Ich musste mich schnell abwenden und merkte, wie mein Magen sich zusammenkrampfte. Dieses eine schreckliche Wort ließ meine ganze Freude verpuffen. Vielleicht war ich doch falsch hier. „Ich bete weiter“, murmelte ich, verließ den Raum auf Zehenspitzen und ging wieder nach unten. Mein Herz klopfte. Ich kam an Carol vorbei, die aus dem Keller kam, wo Julies Information zufolge die Frauen und Kinder einen Film über Jesus sahen. „Erst letzte Woche haben eine Mutter und ihre Tochter nach unserem Film Jesus angenommen", raunte mir Carol freudig zu.

Ich sah Amir vor meinem inneren Auge, dachte an seine Geschichte, den Schmerz, den Treuebruch, die Liebe. *Krebs. Amir.* Zu viele Erinnerungen. Zu viel auf einmal. In meinem Kopf drehte sich alles. Jeder Platz auf diesen drei Etagen, jeder Raum, jeder Zentimeter schien von Menschen belegt zu sein, die unbedingt etwas über Gott hören wollten. Sie hörten es im Film, durch den Prediger, aber auch durch die freiwilligen Helfer, die mit einer Gruppe Jugendlicher Uno spielten. An einem anderen Tisch saßen Erwachsene und zeichneten mit Buntstiften und Bleistiften Botschaften der Hoffnung in Farsi auf Papier.

Verschiedene Sprachen drangen von allen Seiten auf mich ein. Im Flur sprach jemand Urdu. Im Hinterzimmer Tschetschenisch. Oben gab es eine Fragestunde in Farsi und im Erdgeschoss saßen serbische und kosovarische Roma, Kurden, Irakis, Nordafrikaner und Iraner beisammen, spielten Spiele und tranken Kaffee und Tee. Das hier war ein Schmelztiegel und sie alle schienen so bedürftig, so hilflos und zugleich so stark, argwöhnisch und doch optimistisch.

Auf meinem Weg in die Küche beobachtete ich die Helfer. Weniger als ein Dutzend Angestellte und Helfer versorgten über hundert Flüchtlinge. Ich kannte sie – vielleicht nicht persönlich, aber ich wusste, wie es in ihnen aussah. Sie wollten helfen und opferten bereitwillig Stunden, Tage und Jahre, um dieses scheinbare Chaos am Laufen zu erhalten. Sie hatten stets ein Lächeln auf den Lippen, sie liefen unermüdlich die Treppen hinauf und hinab und passten aufeinander und die Räumlichkeiten auf. Hier war Gott am Werk.

Ich war wieder ein Teil davon, aber jetzt platzte er aus allen Nähten, dieser Dienst, von dem wir damals nur zu träumen wagten. Und jetzt sah ich es mit eigenen Augen und es zog mich zurück. Ich hatte ewig nicht mehr arabisch gesprochen. Trotzdem hockte ich mich einfach neben ein kleines Mädchen und sprach sie an. Sie kicherte über meine eingerosteten Versuche, korrigierte mich aber fröhlich und zeigte auf ein Bild, das sie malte. Ihre Mutter sah mich schüchtern an und ließ sich zögerlich auf ein Gespräch ein.

Tracie

Wir nahmen an diesem Abend am „Kaffeehaus" teil. Der große Saal war hauptsächlich mit Männern gefüllt, dazu einige wenige Frauen und Kinder, hauptsächlich aus dem Nahen Osten, vermutete ich. Die Mitarbeiter liefen eilig herum, servierten Kaffee, Tee und Gebäck, während die Männer Karten und Schach spielten und sich in kleinen Grüppchen zusammentaten. Es herrschte ein lautes Durcheinander an Sprachen, von denen ich nichts verstand außer ein paar Brocken Deutsch. Ich rechnete insgeheim damit, dass jeden Augenblick eine Bombe hochgehen oder ein Messer aufblitzen würde. Und dann würde ich vielleicht einen Engel sehen, so wie in Tante Bobbies Geschichten.

Carol, die schlanke Brünette, die etwa so alt war wie Bobbie, nahm mich dankbar in Empfang, nachdem Tante Bobbie mich in die Küche verfrachtet hatte. „Die Kaffeemaschine ist hier. Wir kochen ständig nach. Sobald er fertig ist, können Sie die Tassen vollmachen und neuen aufsetzen. Und bitte stark. Die Männer mögen ihn stark." Das war also meine Aufgabe, während eine Iranerin dafür sorgte, dass immer genug Tee da war.

Ich machte mich an die Arbeit und war froh, mich in der Küche und hinterm Tresen verstecken zu können, dankbar für den Abstand zwischen mir und den Flüchtlingen, als würde mich das retten, falls einer der Männer oder gar eine ganze Gruppe mitten beim Spiel aufspringen und „*Dschihad!*" rufen würde.

Tante Bobbie hingegen stürzte sich in die Menge und scherzte mit einer anderen Helferin herum. Dann ging sie in eine Ecke des großen Raums, wo sich Frauen in Burkas versammelt hatten. Sie machte sich mit Händen und Füßen verständlich, hörte gespannt zu und nickte hin und wieder überschwänglich.

Hätte ich nicht das Ausmaß ihrer Erkrankung und den Schaden gekannt, den diese Bobbies Körper bereits zugefügt hatte – ich hätte schwören können, dass Bobbie Blake fit wie ein Turnschuh war. Heute jedenfalls strahlte sie eine Freude aus, die ich schon lange nicht mehr in ihren Augen gesehen hatte. Als wäre dieser Ort mitten in den Weinbergen der Ort, an dem sie am liebsten war. Es schien, als sei sie nach Hause gekommen.

Die Männer waren schmutzig, einige rauchten und nur selten sah ich sie lächeln. Aber gewalttätig sahen sie nicht aus. Irgendwann verließen drei junge Männer ihren Platz in der Nähe des Tresens und folgten einem der Helfer, einem gemütlichen blonden Kerl namens Tom, durch eine Tür in den hinteren Bereich.

„Wohin gehen sie denn?", fragte ich Carol leise und malte mir irgendeine schlimme Folterstrafe aus.

„Sie sehen einen Film über Jesus in ihrer Muttersprache."

Dieser Ort ist so seltsam, dachte ich nur.

Ich wechselte vom Kaffeeausschank am Tresen in die kleine Küche, wo ich Tassen und Untertassen abwusch. Da kam ein junger Mann auf mich zu.

„Hallo", sagte er mit starkem Akzent. Mit seiner bronzefarbenen Haut und dem dichten schwarzen Haar sah er definitiv südländisch aus. „Ich heiße Naseef."

Ich nickte. Plötzlich war meine Kehle ganz trocken und ich wünschte, ich wäre hinterm Tresen in der Nähe der anderen Helfer.

„Und du?"

Ich räusperte mich. „Tracie", krächzte ich.

„Bist du neu hier? Neue Missionarin in ‚Oase'?"

Ich runzelte die Stirn und versuchte ihn zu verstehen. „Oh, nein. Nein, überhaupt nicht. Also, ja. Ich bin neu, aber nur zu Besuch. Ich bin keine Missionarin."

„Ah. Aber aus Amerika?"

„Ja", antwortete ich und befürchtete, er würde mich gleich anflehen, ihm zu helfen, ins Land der unbegrenzten Möglichkeiten zu kommen.

„Wo in Amerika?"

Es gefiel mir, wie er es e-me-riiika aussprach. „Südosten. Atlanta."

Er nickte und lächelte. „Atlanta. Coca-Cola!"

Ich musste lachen. „Ja. Woher kommen Sie?"

„Iran. Du kennst Iran?"

Der Kloß im Hals war zurück. Oh ja, ich kannte den Iran, das

Land des verrückten Ajatollah, das Land, wo man Frauen köpfte, die nicht verschleiert waren. Ich nickte.

„Ich komme aus Iran. Musste fliehen." Er setzte sein Tablett voll dreckigem Geschirr ab und befüllte das Waschbecken. Er tat es mit einer Selbstverständlichkeit, dass ich nicht anders konnte, als ihn zu fragen: „Arbeiten Sie hier?"

„Ich helfe. Kochen." Er lächelte mich wieder an und der Eisberg in meinem Herzen fing an zu schmelzen. „Ich wasche, du trocknest ab, ja?" Er zeigte auf einen Stapel Geschirrtücher auf einem Wäscheständer.

„Okay."

Also erledigten wir gemeinsam den Abwasch und während seine Arme im schaumigen Wasser steckten, erzählte er mir seine Geschichte. Er war in einer wohlhabenden muslimischen Familie aufgewachsen. „Ich war ein guter Muslim. Und Chefkoch in einem Hotel in Teheran."

„Sie haben *gekocht*?", sagte ich erstaunt und musste lachen. Er lachte mit.

Eines Tages war er nach Hause gelaufen – normalerweise nahm er den Bus – und in irgendwelche Studentenproteste an der Universität von Teheran geraten. Hunderte von Studenten waren vom Universitätsgelände gejagt worden und wurden nun auf der Straße von der Polizei verhaftet. Über fünfhundert Studenten setzte die Polizei an jenem Tag fest – auch Naseef, der offensichtlich nur zur falschen Zeit am falschen Ort gewesen war.

„Wir kamen ins Gefängnis – Männer hier, Frauen da –, dunkler Raum, nur Brot. Niemand wusste, wo wir sind." Er spülte die Abtropffläche ab und steckte die Hände wieder tief ins Spülwasser. „Ein Polizist kam in unsere Zelle und lachte. ‚Was ihr wollt lieber haben? Prügel auf den Kopf oder Fingernägel ziehen?'"

„Nein!", rief ich erschrocken so laut, dass Naseef mich überrascht ansah.

„Ja. Die Religionspolizei ist grausam. Niemand darf eine andere Meinung als die Regierung haben. Die Studenten haben protestiert. Das ist gegen das Gesetz. Jeden Tag kamen Studenten ins Verhör. Manche sind dabei gestorben, andere waren danach lange im Krankenhaus mit schweren Traumata. Ich verschweige die Details. Es ist zu schlimm." Er schüttelte den Kopf, sah zu Boden und ließ die Schultern hängen. „Ich habe in diesem dreckigen Gefängnis gewartet, habe Gott gefragt: ‚Warum? Ich war ein guter Muslim und nur am falschen Ort. Ich habe kein Verbrechen begangen. Was ich habe falsch gemacht?'"

So wie Naseef sprach, merkte man ihm an, dass er die Geschichte nicht zum ersten Mal erzählte. „Vielleicht willst du das gar nicht hören. Entschuldige. Das ist nicht nett von mir. Du bist Besuch."

„Nein, bitte erzählen Sie weiter. Ich möchte es hören."

Es schnürte mir den Brustkorb zu, mir die grausame Wartezeit auf das Verhör vorzustellen, und dann brannten meine Augen mit Tränen, als er die sieben Stunden entsetzlicher Folter beschrieb – wie die Sonne noch durchs Fenster geschienen hatte, als er in den kleinen Raum geschubst worden war, und als sie fertig waren, war es Nacht. Weil Naseef nichts zu verbergen hatte, war sein Gegenüber irgendwann rasend geworden und hatte ihm ein Brett auf den Schädel geschlagen. Naseef war bewusstlos geworden. Als er aufwachte, lag er im Krankenhaus.

„Viele Tage lag ich da wie tot. Niemand durfte ich anrufen. Aber endlich fand ich einen Weg, meine Eltern zu erreichen." Er gab mir die letzte Tasse und trocknete sich die Hände an einem Handtuch ab. „Sie durften mich besuchen, weil ich am Protest nicht beteiligt gewesen war. Sie haben viel Geld in Anwälte investiert, aber es gab keine Gerechtigkeit für mich. Am Ende war es die einzige Lösung für mich, aus dem Iran zu fliehen. Ich habe immer gebetet: *Allah, hilf mir*. Einen Tag bevor ich floh, hatte ich einen Traum. Ich sah ein helles Licht und eine Stimme sagte: ‚Ich bin der Weg'. ‚Der Weg *wohin*?', habe ich gefragt, wieder und wieder.

Irgendwann bin ich aus dem Iran geflohen, in Richtung Türkei. Es war ein langer Weg, hart." Er sah zu Boden, als wolle er sich nicht daran erinnern. Ich konnte mir dabei nichts Schlimmeres vorstellen als die Folter, die er erlebt hatte. Naseef fing an, Tassen in die Küchenschränke zurückzustellen. Als er sich umdrehte, strahlte er vor Freude. „Und dann habe ich *Isa* kennengelernt!" Er sah mich erwartungsvoll an, als müsste ich nicken und zurückstrahlen und Halleluja rufen. Aber ich hörte nur zu.

„In der Türkei habe ich einen anderen Iraner getroffen. Er hat mich in eine Kirche eingeladen. Ich war noch nie in einer Kirche gewesen! Im Iran ist es für Muslime verboten, in eine Kirche zu gehen. Darauf steht die Todesstrafe. Aber in der Türkei bin ich gegangen. Ich wollte einen Gottesdienst miterleben. Dort traf ich Christen aus dem Iran! Wie sie Gottesdienst gefeiert haben! Und sie waren so fröhlich und sehr nett. Man konnte sehen, dass sie Gott aus Liebe und Freude dienen. Nicht, wie bei uns Muslimen, aus Angst oder Pflicht. Ich bin viele Male in die Kirche gegangen. Und ich habe in Istanbul Arbeit gefunden. Ich habe als Koch gearbeitet und bin in die Kirche gegangen.

Aber dann sind mir meine muslimischen Mitbewohner eines Tages gefolgt. Sie waren sehr neugierig, wo ich sonntags immer hingehe. Als ich zurückkam, haben sie mich verspottet und geschlagen. Ich wusste, dass sie mich töten würden, wenn ich nochmal in die Kirche gehe. Aber ich wollte so gerne von Jesus hören! *So* gerne."

Ich versuchte Naseefs Begeisterung nachzuvollziehen und die Ernsthaftigkeit, mit der er von Jesus Christus sprach, als wäre er ein Superstar oder ein Fußballidol.

„Also habe ich die Türkei verlassen. Ich bin nach Bulgarien aufgebrochen, der Weg war hart. Kennst du Bulgarien?"

Ich wurde rot und gestand mir insgeheim ein, dass ich nicht sicher war, wo genau der Iran lag und wie dieser mit der Türkei und diese wiederum mit Bulgarien verbunden war.

Da kam Carol in die Küche. „Oh, Naseef. Das ist übrigens Bobbies Nichte Tracie. Danke fürs Aufräumen, ihr zwei. Wir machen in ein paar Minuten zu."

„Gut. Wir sind fertig." Er folgte Carol in den Saal und ich eilte hinterher. „Und dann?", fragte ich und war selbst überrascht, wie gerne ich das Ende seiner Geschichte hören wollte.

„Ich hatte gehört, dass es von Bulgarien aus einen Weg gibt, um nach England zu kommen. In England gäbe es Arbeit. Aber ich kam in Bulgarien kurz nach den Ereignissen des 11. September an und die Gesetze hatten sich gerade geändert. Flüchtlinge konnten nicht mehr nach England." Er zuckte resigniert mit den Schultern und fing an, Stühle an der Wand entlang aufeinanderzustapeln. Ich tat es ihm gleich. „Also bin ich gelaufen. Gelaufen und gelaufen und gelaufen, sieben Monate, durch fünf Länder, bis ich hier im Flüchtlingsheim ankam."

„Tracie! Da bist du ja. Carol hat gesagt, du hast den ganzen Abwasch gemacht. Wie lieb von dir. Können wir?" Tante Bobbie strahlte.

„Gleich. Einen Augenblick noch." Ich nahm noch einen Stuhl und stellte ihn auf Naseefs Stapel. Ich schämte mich ein bisschen für die Dringlichkeit in meiner Stimme. Aber aus irgendeinem Grund wollte ich den Rest seiner Geschichte unbedingt hören.

„Im Flüchtlingsheim habe ich gehört, dass es hier nette Leute gibt, die einem Kleidung und Getränke geben und Filme zeigen. Dass Christen hier sind. Also kam ich her." Er nickte in Richtung Carol und Julie und Bobbie, die sich noch mit einigen Frauen unterhielten. „Ich kam her und bekam das Injil, auf Farsi."

„*Injil?*"

„Das Neue Testament. Ich habe es sofort gelesen, habe den Film über Jesus gesehen und die Bibel studiert. Da wusste ich, warum ich meine Heimat verlassen musste. Um Isa hier zu finden." Naseef lächelte breit. Seine bronzefarbene Haut ließ seine Zähne blitzen. Er sah aus, als würde er mir einen Sechser im Lotto verkünden. „Ich wurde getauft und jetzt helfe ich hier. Ich koche, gebe Getränke aus und ich dolmetsche, weil ich Englisch gelernt habe. Ich besuche die iranische Kirche hier. Und ich warte auf Asyl, damit ich wieder eine Heimat habe. Meine Eltern habe ich schon drei Jahre nicht mehr gesehen. Ich kann nicht nach Hause. Aber ich habe ein neues Land. Ich bin jetzt Bürger im Himmel und habe Frieden gefunden."

In dieser Nacht konnte ich nicht schlafen. Immer wieder ließ ich die Bilder aus dem „Kaffeehaus" an mir vorüberziehen, aber vor allem war es Naseefs Geschichte, die mich wachhielt. Nachdem alle gegangen waren, hatte Carol zu Bobbie und mir gesagt: „Naseef ist ein lieber Kerl. Er hat ein Loch im Kopf, weil man ihn im Gefängnis im Iran geschlagen hat, und manchmal hat er fürchterliche Kopfschmerzen. Aber er ist eine treue Seele. Er kommt immer. Und manchmal kocht er uns Spezialitäten aus seiner Heimat."

„Hat er denn ein Zuhause und Geld?", wollte ich wissen.

„Er bekommt ein bisschen Unterstützung vom Staat und hat ein kleines Zimmer in einem Privathaus im Nachbardorf."

Ich hatte nun erst ein Flüchtlingsschicksal gehört, war mir aber ziemlich sicher, dass fast jeder an diesem Abend mit einer ähnlich traurigen Geschichte aufwarten konnte. Aber am meisten trieb mich um, wie sehr sich Naseef über den Glauben an Jesus freute. Einerseits glaubte ich ihm. Ich meine, er hatte wirklich gestrahlt wie ein Honigkuchenpferd. Aber andererseits kaufte ich es ihm nicht ab. Sein Leben war nun wirklich nicht das Gelbe vom Ei. Konnte er es wirklich ernst meinen, als er sagte, Christus sei alles für ihn? Hatte er wirklich Frieden gefunden?

Und diese Träume! Naseef hatte mehrere Träume erwähnt.

Ich wälzte mich die ganze Nacht herum. Als Jugendliche war ich zweimal mit der Jugendgruppe von Tante Bobbies Kirche auf Missions- und Hilfseinsätze gefahren. Ich bin zwar in Tante Bobbies Kirche nie richtig zu Hause gewesen – aus Gründen, die ich meiner Tante nicht verraten hatte –, aber ihr zuliebe ging ich hin und wieder zur Jugendgruppe und war auf diese zwei Fahrten mitgekommen. Wir hatten in den Slums von Mexiko und in einem rumänischen Waisenhaus ausgeholfen und ich musste zugeben, dass sich das sehr sinnvoll angefühlt hatte. Die Erinnerungen kamen wieder hoch – wie zufrieden und fröhlich es mich gemacht hatte, den armen Kindern zu helfen, und wie sehr ich mich für mein komfortables Leben geschämt hatte, während die Kinder nichts hatten. Überhaupt nichts.

Aber ich wollte nicht, dass mir *das hier* naheging. Ich wollte nichts für diese Leute empfinden, weder für die Flüchtlinge noch für die Helfer. Ich bereute es nicht, hergekommen zu sein, weil ich es – wie alles andere auch – für Tante Bobbie tat. Sie so froh und gelöst in der „Oase" zu sehen, das war es allemal wert gewesen.

Und dabei bleibt es dann auch, ja?, befahl ich der Nacht. Ich wollte nicht, dass Gott durch einen Traum oder einen grinsenden Flüchtling zu mir sprach. Und schon gar nicht durch eine Vision. Das hatte er einmal getan und damit mein ganzes Leben ruiniert. Er sollte mich in Ruhe lassen.

Kapitel 6

Alaleh

Alaleh dachte mit Schaudern an ihre Flucht durch die Nacht. Den kleinen Omid hatte sie fest an sich gedrückt, Rasa ging an Myriams Hand. Die Stille, die Angst, die Dunkelheit. Die Erleichterung, als sie nach einer Stunde Zickzacklauf durch die Straßen endlich in ihr neues Versteck stolperten. Hier, in dem kleinen Haus in einem abgelegenen Viertel von Teheran, waren sie zumindest für ein paar Tage sicher. Alaleh seufzte, drückte das Baby an sich und betrachtete sein schlafendes Gesicht. Sie war sich sicher, ein winziges Lächeln auf seinen Lippen zu sehen. Was der Morgen bringen würde, wusste sie nicht, aber diesen Augenblick mit Omid wollte sie festhalten. Sie wünschte sich, Hamid könnte seinen Sohn sehen oder zumindest erfahren, dass er einen Sohn hatte.

Hamid! Sie machte sich unendlich viele Sorgen um ihn. Hamid, der Philosoph, der Linguist, der sich immer im Hintergrund hielt und alles beobachtete. Was hatte er nur für Ideen! Immerzu hatte er etwas Neues im Sinn. Und Sprachen! Er sprach nicht nur Farsi, sondern auch Türkisch, Englisch und Arabisch. Und dann die Erschöpfung, wenn er nach Hause kam. Er brauchte seine Ruhe, aber das verstand man in ihrer Kultur nicht. Wie oft war er in Gedanken verloren. Aber sie hatte Verständnis dafür. Ihr Mann war sehr intelligent, aber er brauchte seine Routine, feste Strukturen, Ruhe und Prinzipien.

„Warum ist mein Hamid nur so kompliziert", beklagte sich seine Mutter andauernd. „Wieso muss er erst alles dreimal durchdenken?" Wenn die beiden Frauen allein waren, lachten sie manchmal darüber. Hamid, der kleine Philosoph, Hamid, der nur seine Bücher im Kopf hatte.

Alaleh wurde rot. Er hatte nicht nur seine Bücher im Kopf. Seine Liebe zu ihr war leidenschaftlich. Er liebte sie von ganzem Herzen. Aber er hatte das System so satt, das System mit seinen Regeln, die keinen Sinn ergaben. „Wie man uns zwingt, unseren Glauben auszuleben, das ist doch völlig unlogisch!“, hatte er sich schon unzählige Male beklagt.

Aber dann lachte er verbittert und zitierte das persische Sprichwort: „Wenn *überall* Ungerechtigkeit herrscht, ist es gerecht.“

Die Arbeit an der Universität war wie für ihn gemacht und die Studenten liebten ihren Dozenten, den weisen Mann, der den persischen Dichter und Mystiker Rumi zitierte. Er arbeitete hart und hatte immer ein offenes Ohr für seine Studenten. Aber Alaleh hatte stets Angst. Würde er etwas gegen die Regierung sagen? Würde er jemandem sein Herz ausschütten?

Jahrelang hatten sie schon über eine mögliche Flucht gesprochen. Hamid hatte es offen ausgesprochen. *Flucht*. Sie wollten nach Österreich, wo Hamids Cousin Jalil lebte. Er hatte Asyl beantragt und lebte ganz legal in seiner neuen Heimat.

Legal. Alaleh schloss die Augen und ließ das Wort auf sich wirken. In ihrem Leben war gerade überhaupt nichts legal. Würde Hamid es überhaupt bis nach Österreich schaffen? Würde er die Berge überwinden? Hamid war doch überhaupt nicht für Abenteuer und Risiko gemacht. Aber für sie, für Rasa, für seine Familie hatte er alles auf sich genommen und war mitten durch die Hölle gelaufen, um einer noch größeren Hölle zu entkommen.

Omid weinte im Schlaf und Alaleh küsste ihn sanft auf die Stirn. Eine Träne lief ihr die Wange herunter. Rasa durfte nicht sehen, dass sie weinte. Myriam durfte nicht merken, wie viele Sorgen sie sich machte. Es war das Beste, sich auf ihre Aufgaben zu konzentrieren. Sie musste sich um diese Menschen kümmern und ihnen helfen, die Freiheit zu erreichen. Nur mit der Nacht durfte sie ihre Angst um Hamid teilen. Mit der Nacht und einem Gott, der wahrscheinlich sowieso nicht zuhörte.

Hamid

„Erfrierungen zweiten Grades und schwere Mangelernährung.“ Hamid hörte die englischen Worte wie durch dichten Nebel hindurch. Wo war er? Wer waren diese Leute? Er versuchte, die Augen zu öffnen, aber alles drehte sich. Aus Angst vor dem Schwindelgefühl brach er den Versuch ab. Die Stimme fuhr fort. „Immer wieder tauchen hier welche in diesem Zustand auf. Halbtot, halb verhungert, halb erfroren. Sie glauben, endlich in Freiheit zu sein, aber sie wissen gar nicht, dass es hier auch nicht sicher ist."

Nicht sicher! Bilder der letzten Wochen jagten durch seinen Kopf – die Flucht, die Hunde, die Polizei, die Kälte. Rasheed! Er musste Rasheed Bescheid geben, wo er war.

„Können Sie ihn ein, zwei Tage hierbehalten? Er wohnt ohne Zweifel in der schlimmsten Absteige. Ich kenne diese Leute, glauben Sie mir. Sie rufen mich immer erst, wenn es zu spät ist ..."

Hamid wollte wach bleiben, wollte zuhören, wollte Fragen stellen, aber er driftete ab, immer weiter, sank immer tiefer ...

Als er wieder erwachte, zwang er seine Augenlider nach oben. Dieses Mal drehte sich der Raum nicht. Er lag auf einem Bett in einem kleinen Zimmer mit weißen Wänden. Hamid kniff die Augen zusammen und versuchte zu erkennen, was auf den zwei Bildern an der Wand zu sehen war. Weiße Häuser, manche mit Flachdächern, andere mit Runddächern, das türkisblaue Meer. Da fiel es ihm wieder ein. Er war in der Türkei! Er spürte wieder die große Erleichterung, die er empfunden hatte, als er dem Schleuser hinterherlief. Sie waren über die Grenze gelangt, waren den Hunden und der Polizei davongelaufen. Dann der schier unendliche Marsch, bis ihm die Füße abfallen wollten. Und dann das Hotel. Der argwöhnische Blick des Hotelmanagers, die mit geheimen Losungsworten gespickte Erklärung des Schleusers. Hamid hatte das Geld über den Tresen geschoben und war mit Rasheed in ein Zimmer im Keller geführt worden, wo das Fenster kaputt war und die Farbe sich von den Wänden schälte. Verdreckt, aber sicher.

Sie wissen gar nicht, dass es hier auch nicht sicher ist.

Hamid versuchte sich gerade aufzusetzen, als eine junge Frau in der Tür erschien. „Ah, Sie sind wach! Ich dachte schon, das wird gar nicht mehr." Sie sprach Englisch, hatte einen amerikanischen Akzent. „Verstehen Sie mich?"

Hamid nickte nur.

Sie war hübsch, hatte wellige braune Haare, trug westliche Kleidung und hatte ein Baby auf dem Arm.

Sie kam ins Zimmer und blieb mit gebührendem Abstand vor

seinem Bett stehen. „Ich habe Ihnen Suppe gekocht. Meinen Sie, Sie können etwas essen?"

„Danke, ja. Essen", murmelte er. „Wo bin ich?"

Sie legte sich das Kind an die Schulter und klopfte ihm leicht auf den Rücken. „Sie sind in Van. In der Türkei. Sie sind in der Medina zusammengebrochen. Mein Mann hat Sie zu uns ins Haus gebracht. Der Arzt war da und hat uns Medikamente gegeben. Wenn Sie sich ausruhen, wird es Ihnen sicher bald besser gehen."

Sie lächelte. Hamid hatte Argwohn und Angst in ihrem Blick erwartet, aber sie strahlte Gelassenheit aus. „Mein Mann ist gerade unterwegs. Er heißt Jim. Ich bin Anna. Wie heißen Sie?"

„Hamid. Hamid." Er griff nach seiner Jackentasche, aber er trug fremde Sachen. Panik überkam ihn. Die Tasche, die Papiere, das Geld!

„Der Arzt hat Ihnen saubere Kleidung angezogen. Ihre Sachen sind dort drüben." Anna zeigte auf einen Stuhl in der Ecke, wo seine abgewetzten Sachen hingen. „Ich kann sie waschen, wenn Sie möchten. Ich habe noch nichts damit gemacht."

So wie sie ihn ansah, wusste Hamid, dass sie das Geld gefunden und nicht angerührt hatten. Sein Herzschlag beruhigte sich. Ihm wurde wieder schwindlig.

„Ich hole Ihnen die Suppe. Ich will nur noch schnell das Kind hinlegen."

„Danke", sagte Hamid und merkte, wie der Raum sich wieder zu drehen begann. Er sank zurück ins Bett und schlief ein.

Hamid saß im Bett, den Rücken an der Wand. Langsam führte er Löffel für Löffel zum Mund. Die Suppe schmeckte so gut! Er biss vom Brot ab und kaute gemächlich, schluckte. Die junge Frau hatte ihm den Stuhl mit seinen Sachen neben das Bett geschoben. Noch bevor er den ersten Löffel Suppe gekostet hatte, hatte er die Taschen untersucht und das eingenähte Geld gefunden. Die Papiere waren alle da. Das kleine Radio steckte hinten im Rucksack. Er aß schweigend.

Anna kam herein. „Na sehen Sie, Hamid. Sie essen ja schon! Bald sind Sie wieder bei Kräften, Sie werden schon sehen."

Hamid versuchte zu lächeln, aber seine Lippen waren gesprungen. Auch der Löffel fühlte sich so eigenartig an.

„Sie haben Erfrierungen. Der Arzt sagt, das kann noch ein bisschen dauern, bis Sie Ihre Hände und Füße wieder spüren. Aber es kommt bestimmt."

Hamid stellte die leere Suppenschüssel aufs Tablett. „Sehr gut. Danke."

„Ich hole Ihnen noch ein bisschen."

Hamid verstand die Frau nicht. Sie fragte nicht nach Geld, schimpfte nicht. Da fiel es ihm wieder ein. Ja, die Medina! Den schlafenden Rasheed hatte er im Kellerzimmer gelassen und war auf den Markt gegangen, um etwas zu Essen zu kaufen. Aber er war so schwach. Und dann hatte er das Wort gehört! Isa! Der bärtige Mann am Stand. Er war tatsächlich im Haus von Christen. Er sollte eigentlich Angst verspüren wie damals, als er ins Haus seiner armenischen Nachbarn gegangen war, aber er war zu müde dazu.

„Kinder?", fragte er leise. Anna lächelte.

„Ja. Wir haben drei Kinder. William ist acht. Jacob ist sechs. Und die kleine Lilly haben Sie ja schon gesehen. Unsere Kleine wird bald ein halbes Jahr."

„Kleine", wiederholte Hamid. „Kleine."

„Haben Sie Familie?"

Er nickte und griff nach seinem Mantel. Aus den Taschen fischte er das zerknitterte Foto. „Meine Frau – Alaleh. Meine Tochter – Rasa." Er zeigte auf die lächelnden Gesichter.

„Sie sind sehr hübsch."

„Und Baby. Vielleicht ein Baby. Jetzt."

„Ihre Frau war schwanger, als Sie ... fort sind?"

Hamid nickte.

„Und der Geburtstermin stand kurz bevor?"

Er nickte wieder.

„Dann sollten Sie sie anrufen. Rufen Sie sie an und fragen, ob es ihr gut geht."

Hamid schüttelte traurig den Kopf. „Kein Telefon."

„Dann nehmen Sie unseres."

Was für eine seltsame Frau! „Nein, danke." Er wollte ihre Familie nicht in Gefahr bringen, auch wenn er sich nach Alalehs Stimme sehnte und hören wollte, ob sie und Rasa in Sicherheit waren, ob das Baby schon da war. Oder hatte er schlicht zu viel Angst, um anzurufen? War die Geheimpolizei gekommen, hatte sie gefunden, das Undenkbare getan?

Anna kam und nahm die leere Schüssel. „Ruhen Sie sich aus, Hamid. Wenn Jim zurück ist, wird er Ihnen alles erklären. Sie sind nicht der Erste, der von hier aus zu Hause anruft. Wir sind das gewohnt. Alles wird gut.“ Sie ging und schloss leise hinter sich die Tür.

Hamid sank in die Kissen. *Alles wird gut*, klangen Annas Worte in ihm nach.

Alaleh

Irgendwo im Flur klingelte ein Handy. *Ihr* Handy! Alalehs Herz setzte kurz aus. Ihr Telefon hatte nicht mehr geklingelt, seit Myriam, Rasa, Omid und sie mit den armenischen Christen geflohen waren.

Wer konnte das sein? War es eine Falle?

Trotzdem eilte sie hin und nahm das Gespräch mit zitternden Fingern an. „Hallo?“

Es knisterte. „Alaleh!“ Es war Hamids Stimme.

Alaleh schossen Tränen in die Augen. „Du lebst. Oh, mein Hamid.“ Ihre Hände zitterten so stark, dass sie befürchtete, das Telefon fallen zu lassen. „Wo bist du?“, flüsterte sie, als könnten die Wände selbst sie an die Geheimpolizei verraten.

„Ich bin in der Türkei. Ich bin in Sicherheit.“ Er klang so schwach, so müde. „Und du? Wie geht es dir? Wo bist du?“

„Wir verstecken uns. Die Polizei kam in der Nacht, als dein Sohn geboren wurde.“

Es knisterte in der Leitung. Alaleh rechnete jeden Augenblick damit, dass die Verbindung abbrach.

„*Was?*“

Sie grinste. „Ja, dein Sohn wurde in der geheimen Speisekammer geboren, während die Polizei das Haus durchsuchte. Deine Mutter hat Omid auf die Welt geholt und deine Tochter hat mir das Leben gerettet.“ Alaleh wollte am liebsten gleich alles auf einmal erzählen. Hamid lebte! Er war in der Türkei. Er war frei!

Einige Augenblicke weinten beide still am Telefon.

„Wir müssen hier weg."

„Ich schaffe es bis nach Österreich. Dann hole ich euch nach. Könnt ihr euch noch verstecken?"

„Im Augenblick ja. Diese Christen sind gute Menschen. Bete für uns, Hamid."

„Ich bete jeden Tag. Den ganzen Tag. Immerzu. Ich liebe dich, Alaleh. Ich liebe dich. Bitte, sag Rasa und meiner Mutter und meinem Sohn, dass ich sie liebe."

„Er heißt *Omid*."

„Omid. Ich rufe wieder an, sobald ich kann."

„Ich liebe dich, Hamid."

Hamid

Die Gefühle übermannten ihn. Erleichterung, Freude, Tatendrang, Angst. Alles in einer verwirrenden Mischung. Er hatte einen Sohn. Omid war gesund. Aber sie alle waren in Gefahr. Seine Familie konnte nicht auf demselben Weg aus dem Iran fliehen wie er, auf dem Pferderücken, auf der Flucht vor Hunden. Aber sie mussten fliehen.

Er gab sich der Freude über Alalehs Stimme noch einmal hin. Wie gerne wollte er an diesem warmen Ort noch verweilen, aber Rasheed war sicher verängstigt und inzwischen davon überzeugt, dass die Geheimpolizei Hamid doch noch geschnappt und zurück über die Berge in den Iran geschickt hatte.

Das Stechen in seinen Zehen war unerträglich. Seine Finger wurden allmählich beweglicher. Er musste los. Da klopfte es und der große, schlaksige Mann namens Jim trat ein.

„Hallo, Hamid. Schön, dass es Ihnen besser geht."

„Danke, dass Sie geholfen. Danke für Essen, für Anruf. Ich muss jetzt gehen. Mein Freund macht sich Sorgen."

„Ihr Freund?"

„Ich bin mit Freund hergekommen, heißt Rasheed. Wir wohnen in Zimmer." Wie viel konnte er diesem Fremden anvertrauen?

„Sagen Sie mir doch, wo ich Rasheed finde. Ich werde ihn benachrichtigen, dass es Ihnen gut geht."

„Es ist besser, ich gehe selbst. Er sonst kriegt Angst, wenn er Sie sieht."

Jim zog sich den Stuhl heran und setzte sich. „In der Medina haben Sie gesagt, Sie sind wegen des Injil aus Ihrer Heimat geflohen. Kennen Sie Isa al-Masih?"

Hamid überlegte. *Kannte* er Jesus? Jedes Mal, wenn er im Radio die Geschichten gehört hatte, brannte ihm das Herz. Seine Tochter glaubte an ihn. Er selbst war in einem Traum gewarnt worden zu fliehen und irgendetwas sagte ihm, dass er von Isa kam. Aber *kannte* er ihn? Der Mensch konnte Gott nicht kennen. Er schüttelte den Kopf.

„Möchten Sie mir Ihre Geschichte erzählen, Hamid?" Die Freundlichkeit in Jims Stimme ließ seine Angst abflauen. „Der Gott, dem wir dienen, interessiert sich für jeden Menschen, wissen Sie. Ihre Geschichte ist ein Teil von Gottes Geschichte für diese Welt. Und sie hat ihre Berechtigung, ganz egal, wie schwer und mühsam es bisher war."

Seine Geschichte? Was sollte er erzählen? Konnte er Jim wirklich vertrauen? Hamid beschloss, lieber selbst zu fragen. „Wo kommen Sie her? Warum Sie sind hier?"

„Wir kommen aus den Vereinigten Staaten, aus dem Süden. Ich bin Ingenieur und arbeite hier in Van. Anna und ich sind hierhergezogen, nachdem wir fünf Jahre in Österreich gelebt haben." Er sah Hamid dabei so durchdringend an, dass er beschämt zu Boden blickte. Österreich! Das Land seiner Träume. Hier wollte er Asyl beantragen.

„Wir haben in einem Flüchtlingszentrum außerhalb von Wien gearbeitet. Und immer wieder hörten wir Geschichten über die Strapazen der Flucht und über die Schwierigkeiten, die Flüchtlinge auch noch in der Türkei erwarten. Also kamen wir her, um zu helfen. Wo wir können. Wann wir können. Samstags habe ich meinen kleinen Stand in der Medina. Ich habe mich sehr gefreut, Sie dort zu treffen."

„Helfen? Was helfen?"

„Wir bieten ein kostenloses Mittagessen in der Woche im Kulturzentrum an. Wir geben Englischkurse. Wir helfen mit dem ganzen Papierkram und bei Interesse lesen wir gemeinsam das Injil. Ich versuche dann, Fragen zu beantworten."

Hamid spürte, wie Hoffnung in ihm aufflammte. Er beschloss,

diesem seltsamen Mann zu vertrauen. „Österreich. Das ist mein Ziel, dort ich will Asyl für meine Frau und meine Kinder. Hoffe ich sehr." Hamid senkte seine Stimme. „Als ich auf Flucht war, habe ich gehört im Radio von Jesus. Ich bin geflohen, weil Frau meiner Tochter ein Injil geschenkt. Injil habe ich gehasst, aber ich bin geflohen, zu beschützen meine Familie. Immer wieder ich hörte von Isa im Radio. Kann das alles stimmen, frage ich?" Bevor Jim etwas sagen konnte, kam ihm Hamid zuvor. „Ich möchte Injil lesen, aber ich habe Angst. Und mein Freund Rasheed macht Sorgen."

„Dann lassen Sie mich Rasheed Bescheid geben, dass es Ihnen gut geht und Sie bald wieder zu ihm kommen. Morgen Abend. Dann könnten wir heute Abend im Injil lesen, wenn Sie wollen."

Hamid zögerte und zuckte dann mit den Achseln. „Er wohnt Hotel ‚Neumond'. Kennen Sie?"

„Ich finde es. Keine Sorge."

Als Jim am Abend zurückkehrte, sagte er nur: „Ich habe Rasheed gesagt, dass Sie noch sehr schwach sind, sich aber langsam erholen. Ich habe ihm etwas zu essen gebracht. Er war sehr erleichtert, dass Sie noch leben. Und ich habe ihm gesagt, dass Sie morgen Abend zurück sind."

Hamid sprach mit Jim bis spät in die Nacht, bis die Erschöpfung seine Neugier überwand und der Schlaf ihn übermannte. Sie sprachen über das Injil, über Isa, Österreich und Asyl. So viele Worte. Und Jim hatte Hamid erklärt, wie er in Van an Papiere kommen konnte. Jim war freundlich und sah die Dinge realistisch. Er kannte sich aus, wusste, wo man Hilfe bekam, aber auch, dass Hamids beschwerliche Reise noch nicht vorüber war.

„Und was ist mit Frau, Kindern, Mutter? Wie lange dauert, bis ich habe in Österreich Asyl?"

Darauf hatte Jim keine Antwort. „Es ist jedes Mal anders. Zuerst müssen Sie zu Kräften kommen. Dann können Sie mit Rasheed durch Bulgarien nach Österreich."

Hamid träumte von Österreich, mit seinen schneebedeckten Bergen, der frischen Luft und den Blumen, die die Holzbalkone schmückten. Er hatte Fotos von seinem Cousin Jalil im Internet gesehen und gehört, wie schön und friedlich es in diesem Land war.

Auf einmal tauchte Jim im Traum auf. Sein Gesichtsausdruck war überhaupt nicht friedlich und wohlwollend. *Lauf, Hamid! Lauf! Hier bist du nicht sicher!*

Hamid schreckte schweißgebadet auf, fühlte sein Herz wie wild pochen und griff nach dem Glas Wasser an seinem Bett. Er konnte Träume nicht deuten, aber so viel war klar: Seine Flucht war noch nicht vorbei und es würde noch eine lange Zeit dauern, bis er seinen Sohn zum ersten Mal in den Armen halten konnte.

Kapitel 7

Amir

Amir saß in der ersten Reihe der kleinen Kirche in Linz und lauschte dem Erfahrungsbericht eines jungen Flüchtlings. Er hatte seine Familie und alles hinter sich gelassen. Die Flucht in der Nacht über die Berge, die Kälte, die Angst, die Ungewissheit, die Kontrollpunkte, der schier unendliche Weg zu Fuß ... Amir bewegte die Erzählung sehr, denn ihm kam das alles so vertraut vor. Er kannte den jungen Mann, Josef. Sehr gut sogar, denn Amir war der Erste gewesen, der ihn in der „Oase" in Traiskirchen angesprochen hatte. Er hatte auch den Kontakt zu dieser Kirche in Linz aufgenommen, nachdem Josef den Bescheid bekam, dass er hierher verlegt wurde. Amir hatte die Gemeinde mit ihren dreiundfünfzig Mitgliedern fast auf Knien angefleht, einem iranischen Flüchtling, der gerade erst seinen Fuß auf österreichischen Boden gesetzt hatte, die Wohnung im vierhundert Jahre alten Pfarrhaus zu geben.

„Für drei Monate. Nur drei Monate. Bitte. Ich passe auch auf ihn auf", hatte Amir der Gemeinde versprochen.

Aus drei Monaten waren drei Jahre geworden und die treuen Gemeindeglieder, viele von ihnen alt und gebrechlich, hatten Josef in die Wohnung aufgenommen, in ihr eigenes Zuhause und letztlich auch in ihre Gemeinde. In den Glauben an Isa al-Masih. Niemand in der Kirchengemeinde sprach Farsi. Wochenlang hatten sie sich mit Händen und Füßen unterhalten, bis Amir zu Besuch kam und eine Bibel auf Farsi mitbrachte. Gustav, einer der Kirchenältesten, hatte daraufhin angefangen, gemeinsam mit Josef die Bibel zu lesen. Gustav las auf Deutsch, Josef auf Farsi, immer denselben Text, und irgendwie konnten sie sich darüber verständigen.

Amir lächelte und dachte an Josefs Bekehrung. „Es stimmt, Amir! Das Injil sagt die Wahrheit. Gustav hat es mir gezeigt." Der hochbetagte Gustav stand im Sonntagsanzug neben Josef, die Haare weiß, das Gesicht vom Leben in den Alpen gegerbt. Er sagte einige Worte nach Josefs Bericht. Amir hätte genau das Gleiche berichten können, denn er war vor Jahren auf derselben Route geflohen. Der

Refugee Highway, wie manche ihn nannten. Alle, die die Strapazen auf sich genommen hatten, nannten ihn nur noch den *Weg aus der Hölle*.

Gustav räusperte sich und seine wässrigen blauen Augen richteten sich in Richtung Himmel. „Wir preisen dich, Vater im Himmel, denn du bist Herr, Herr über die Alpen, Herr über den Schnee und den Winter, Herr über den Wind und die wilden Frühlingsblumen. Herr über die ganze Erde. Und Herr über Josefs Leben."

An Gustav war ein Dichter verloren gegangen. Auch Amir liebte Sprache. Aber der alte Gustav betete nicht, um besonders elegant zu klingen. Sein Gebet kam von Herzen. Gutes und Schlechtes – beides kam aus dem Herzen eines Menschen. Das hatte Amir aus dem Injil gelernt. Und aus dem Herzen dieses alten Mannes, das schon in vielen Tiefen und Höhen des Lebens an Gott festgehalten hatte, kam seit Jahrzehnten nur Gutes.

Die drei Kirchenältesten nahmen Josef in die Mitte. Sein Gesicht strahlte. Dies war seine Aussendung. Genau wie im Buch der Apostelgeschichte. Die Ältesten beteten, legten ihm die Hände auf und sandten ihn in die Welt. „Mein Herz schlägt für das afghanische Volk. Ich werde ihm dienen!" Das war seit Jahren Josefs Wunsch. Er begleitete ihn, wenn er die Kirche putzte und wischte bis sie glänzte, wenn er die schweren Lebensmittelkisten im Supermarkt schleppte, neun Stunden am Tag, sechs Tage die Woche. Seine neu entdeckte Wahrheit brannte ihm auf der Seele und er wollte sie mit seinen afghanischen Brüdern und Schwestern teilen. Es war ihm egal, wie gefährlich es war und dass er als Iraner vom ersten Augenblick auf afghanischem Boden an als verdächtig gelten würde. Er musste es tun!

Gustav ergriff das Wort. „Amir, komm nach vorn. Du hast ihn auf dem Weg in die Freiheit begleitet. Komm und bete für ihn in eurer Sprache."

Amir stand auf und stellte sich neben Josef. Dann ließ er den Blick über die Gemeinde schweifen. Wo vor drei Jahren dreiundfünfzig zumeist ältere Geschwister aus Österreich saßen, drängten sich nun über einhundert Menschen aller Nationen und Altersstufen. Kleine Kinder spielten neben ihren Müttern in der Kirchenbank. Die Mütter waren in lange Kopftücher und helle iranische

Mäntel gekleidet. Nach Josef waren weitere Flüchtlinge angekommen, einer nach dem anderen hatten sie Zuflucht in der Kirche gefunden, Freundlichkeit, einen neuen Glauben. Inzwischen gab es eine iranische Gemeinde, die sich sonntagnachmittags traf. Hin und wieder kamen beide Gemeinden zusammen, wie an diesem Sonntagvormittag, um gemeinsam Gottesdienst zu feiern. So unterschiedliche Kulturen, unterschiedliche Lebensweisen, und doch ein und derselbe Gott. Sie alle waren verändert – die Österreicher, deren Herz nun für Flüchtlinge schlug; die Flüchtlinge, die wieder lernten, Menschen zu vertrauen und einem Gott, der mit ihnen fühlte, ihnen gnädig war, sie liebte und gebrauchen wollte.

„Josef", sagte Werner, einer der Ältesten, „du wirst in ein Land voller Gefahren gerufen. Du weißt, dass du alles hinter dir lassen musst, alles, was du besitzt, um dorthin zu gehen. Bist du bereit?"

Josef, jung, klein, stark, nickte und strahlte. „Ich bin bereit." Dann zog er seine Jacke aus und hielt sie der Gemeinde hin. „Diese Jacke ist mein einziger Besitz. Mehr habe ich nicht. Ihr könnt sie haben, wenn ihr wollt. Ich bin so weit."

Amir fuhr erst spät in der kalten Nacht wieder nach Mauthausen, eine Stunde südlich von Linz, wo seine iranische Gemeinde ihr Zuhause hatte. Er war noch ganz erfüllt von der Zeremonie. Der Mond tauchte die Straße in fahles Licht. So viele Jahre war es nun schon her, dass er mit dreiundzwanzig von Traiskirchen nach Mauthausen geschickt worden war. Wie Josef war er nur mit einem Hemd, einer Bibel in der Hand und Hoffnung im Herzen ausgezogen. Es war das Jahr 1989 und der Eiserne Vorhang um Rumänien war gerade gefallen, wie in so vielen anderen osteuropäischen Ländern. Amir, der Iraner, zog von einem Ort in Österreich in einen andern.

Fünf Monate lang war ihm Gutes widerfahren und er war zu Kräften gekommen. Ein kleines Team von Leuten, jung, unerfahren, ein winziges Café, das heiße Getränke und frische Hoffnung servierte. Eine Oase. Und er hatte Jill kennengelernt. Amir lenkte den Wagen durch die Kurven und dachte an Jill. Jill mit ihren schwarzen Haaren und den strahlend blauen Augen, die voller Freude, Abenteuer und Leben waren. Jill, die ihn an seinem neuen Ort besuchte, mit dem Zug kam, auf dem Bahnsteig stand, die Locken unter einem roten Hut versteckt, ihr Atem in kleinen Wölkchen. Amir war begeistert auf sie zugelaufen.

„Jill! Du gekommen! So schön, dich sehen", hatte er mühsam auf Englisch herausgebracht. Dann sprach er auf Deutsch weiter, das er gerade lernte. „Ich habe vermisst."

Und Jill strahlte ihn an und gab ihm eine behandschuhte Hand. „Habe vermisst auch", versuchte sie sich auf Farsi. Sie mussten beide lachen. „Du kannst mich übrigens Bobbie nennen. Die Mauer ist gefallen. Wir müssen keine Bibeln mehr schmuggeln. Ich heiße Bobbie."

Für ihn würde sie aber immer Jill bleiben.

Und so war es weitergegangen. Sie besuchte ihn zwei Mal 1990 in Mauthausen. Und dann die nächsten beiden Jahre alle vier Wochen. Dann war der Asylantrag endlich bewilligt worden, Amir hatte die österreichische Staatsbürgerschaft bekommen und Arbeit gefunden. Er fuhr oft mit dem Regionalzug nach Traiskirchen und lief die kurze Strecke vom Bahnhof zur „Oase". Und sie war da, sie war immer da, wartete, lächelte, hieß ihn willkommen.

Amir hatte es als Ehre empfunden, die erste iranische Gemeinde in Österreich mitzugründen, eine Gemeinde nur aus Flüchtlingen. Das war 1993 gewesen. Ein Jahr später hatte Jill zu ihm gesagt: „Ich fahre über den Sommer wieder nach Rumänien und helfe im Waisenhaus. Kommst du mit?"

An den nächsten Teil wollte er sich am liebsten nicht erinnern. Wie sie sich gegenseitig ihre Liebe gestanden hatten, an die Ausflüge mit den Waisenkindern, an Vasilica und all ihre Pläne. Sie hatten noch so viel vor. Aber dann ...

Sie war gegangen, ganz plötzlich, geradezu geflohen. Es war verheerend gewesen, dass der Tod ihres Schwagers mit der anderen schrecklichen Tragödie zusammengefallen war. Wie sollte ein Mensch zwei so gravierende Einschnitte innerhalb weniger Wochen verkraften? Jill meinte, es sei Gottes Wille, dass sie wieder zurückging. Er flehte sie an, es sich noch einmal zu überlegen. Aber sie hatte ihm kaum in die Augen sehen können.

Sie kehrte zurück und in den vergangenen zwölf Jahren hatte er nur einen einzigen Brief von ihr bekommen. Er ertrug ihr Schweigen, respektierte ihre letzten persönlichen Worte, die sie im Brief wiederholte. „Bitte, Amir, wenn du mich liebst, dann versuch nie wieder, Kontakt zu mir aufzunehmen."

Er war innerlich tausend Tode dabei gestorben, diesen Wunsch zu respektieren.

Aber hin und wieder hatte er Informationen über sie in der „Oase" aufschnappen können. Er wusste von Atlanta und davon, dass sie sich um ihre große Schwester und ihre Kinder kümmerte. Und er war sich sicher, dass auch sie sich über ihn auf dem Laufenden hielt, denn sie las die Newsletter und war in regelmäßigem Kontakt mit Julie und Carol. Und nun war sie zurück. Carol hatte ihn gestern Abend angerufen. „Amir, ich, ich weiß nicht, wie ich das sagen soll, also sage ich es einfach. Bobbie ist hier mit ihrer Nichte, für eine Woche, vielleicht zwei. Ich dachte ... das würde dich vielleicht interessieren." Die gute Carol, dachte immer mit.

Aber auch was Carol nicht sagte, wusste er schon. Bobbie war krank. Krebs im Endstadium. Das war durch die „Oase" zur Kirche in Linz und schließlich bis zu ihm in Mauthausen durchgedrungen. Bobbie Blake starb. Die Neuigkeit war wie ein Stich ins Herz gewesen. Wie hatte er in jener Nacht mit Gott gerungen!

Bobbie war hier, um einen letzten Blick auf ihr Leben zu erhaschen. Und vielleicht, dachte Amir, vielleicht konnte er sie noch einmal sehen.

Herr, ich verspreche, dass ich ihr nicht noch einmal meine Liebe gestehe. Ich werde nicht wieder versuchen, ihr Dichter zu sein. Bitte, ich will sie nur sehen.

Und vielleicht konnte er diesen einen großen Fehler, diese fürchterliche Sache, wiedergutmachen.

Tracie

An unserem zweiten Tag in Wien wollte Tante Bobbie gleich morgens wieder zur „Oase". „Carol bekommt eine ganze Gruppe amerikanischer Austauschstudenten, die ihr helfen wollen. Sie kommen um neun am Flughafen an. Ich habe ihr angeboten, dass wir in der Zwischenzeit in der „Oase" das Mittagessen vorbereiten."

Ich fand es etwas seltsam, dass Bobbie sich plötzlich für eine Gruppe verantwortlich fühlte, von deren Existenz sie erst am Vorabend gehört hatte. „Carol hat das im Griff. Sie macht einen sehr organisierten Eindruck."

Bobbie lächelte. „Du hast recht. Na ja, die Wahrheit ist, ich kann es kaum erwarten, wieder hinzufahren. Aber", und damit warf sie ein Kissen nach mir, „du kannst gerne hierbleiben und den ganzen Vormittag DVDs gucken."

Ich streckte mich und gähnte. „Nein, ich komme mit. Wenn du mir eine halbe Stunde für einen Kaffee und ein paar Frühstücksflocken gibst. Die haben hier doch so was, oder?"

Insgeheim war ich begeistert davon, wie sehr Tante Bobbie auf diesen Tag brannte. Kein Zittern, keine Erschöpfung. Nur dieser erwartungsvolle Blick.

„Das hier ist das Team der jungen Helfer", stellte uns Carol vor. „Die Mädchen machen eigentlich ein Auslandssemester in Frankreich, aber die nächsten zwei Wochen werden sie uns hier in der ‚Oase' kräftig unterstützen. Aber am besten, sie stellen sich selbst vor."

Eine nach der anderen sagte kurz ihren Namen. Ich hatte ein recht überzeugendes Lächeln aufgesetzt, aber innerlich kochte ich. Zwei Wochen! Oh, wie ich diese sogenannten „Kurzeinsätze" kannte. Ich hatte ja selbst zwei davon mitgemacht. Ja, ich war damals stolz darauf gewesen zu helfen. Aber jetzt machte mich die Erinnerung nur noch wütend. Was war so ein dämlicher Kurzeinsatz anderes als ein geldfressendes Abenteuer für reiche Teenager, die das Gefühl brauchten, etwas Weltbewegendes zu tun? Was hatten wir damals schon von echtem Mitgefühl gewusst? Wir hatten Fotos von uns gemacht und neben halb verhungerten Kindern posiert, unsere Haut so weiß und ihre so dunkel. Und eigentlich hatten wir nur Mitleid. *Ich bin was Besseres als du; na ja du tust mir leid; ich möchte dir helfen – natürlich um deinetwillen, aber auch um meinetwillen, weil ich mich dann besser fühle.*

Ich wünschte, der Zorn hätte mich nicht so unerwartet erwischt. Ich wünschte, ich hätte auf eine große Wiese fliehen und so lange rennen können, bis sich die Wut endlich totgelaufen hatte. Ich wollte nicht zynisch sein und Kurzeinsätze verachten, den Glauben, das Leben. Wirklich nicht. Aber Verachtung war alles, was ich fühlte, als die Gruppe junger Frauen vor mir stand, die bis zum Rand mit gutem Willen gefüllten Rollkoffer in der Hand.

Es waren zwölf amerikanische Studentinnen einer christlichen Universität in Ohio, die ein Auslandssemester in Lyon machten. Der Einsatz in Österreich war irgendwie Teil ihres Programms. Und dann war da noch Connie, eine Amerikanerin in ihren Fünfzigern, zierlich, elegant, aber schüchtern, die wohl in letzter Minute noch dazugestoßen war.

„Ist Connie eure Leiterin?“, fragte ich die Mädchen beim Essen. Connie war mit Carol verschwunden.

„Nein, nein. Sie ist eine Amerikanerin und lebt in Lyon“, erklärte mir die blonde Dee. „Wir haben sie bei einer Veranstaltung in der Kirche in Lyon getroffen und sie machte einen ziemlich einsamen Eindruck.“

„Ich glaube, ihr Mann ist ständig unterwegs“, mutmaßte Alice, eine dünne Brünette.

„Jedenfalls wollte sie sofort mitkommen, als sie hörte, wo wir hinfahren“, fügte Neta, ein Rotschopf, hinzu. „Ich glaube, sie hat mal in Wien gewohnt. Carol war einverstanden, obwohl sie eigentlich gar nicht zu uns gehört.“

„Na dann wollte sie wahrscheinlich auch mal die Welt retten“, blaffte ich.

Danach herrschte betretenes Schweigen.

Nachdem die Mädchen die Tische abgeräumt hatten, an denen am Abend zuvor noch die Flüchtlinge Schach und Uno gespielt hatten, wusch ich ab. Tom, einer der Hauptamtlichen, der immer den weißen Minibus fuhr, hatte unsere Gäste zum Gästehaus gebracht.

Mir ging das Spülmittel aus und ich durchsuchte die Schränke. Ich wollte unbedingt noch die restlichen Tassen spülen. Es war nicht mein Ding, unfertige Sachen zurückzulassen. Also ging ich eilig nach oben, wo Tante Bobbie sich mit einigen Hauptamtlichen zusammensetzen wollte. Es gab noch eine kleine Teeküche für die Mitarbeiter und ich war mir ziemlich sicher, dort Spülmittel gesehen zu haben. Die Tür zum Obergeschoss war stets verschlossen, damit die Flüchtlinge nicht an die Computer und die ganzen Papiere gingen. Ich wollte gerade klopfen, als ich merkte, dass die Tür nur angelehnt war. Ich schlüpfte hindurch.

Da hörte ich Carol und Tante Bobbie miteinander reden. „... aber es gibt Regeln. Du weißt, welche Voraussetzungen die Teilnehmer der Kurzeinsätze erfüllen müssen. Das ist den anderen gegenüber nicht fair. Sie ist noch nicht einmal praktizierende Christin!“ Carol senkte ihre Stimme und ich machte ein paar leise Schritte in Richtung der Büros und spitzte die Ohren.

„Ich mag Tracie, wirklich. Und wir könnten sicher eine Ausnahme machen. Aber sie hat so viel Wut im Bauch! Sie hat sicher ihre Gründe dafür, aber was ist das schon gegen das Leid, das die Flüchtlinge durchgemacht haben? Ich verstehe sie einfach nicht, Bobbie.“

Und dann sprachen sie über die Mädchen und die Pläne für den nächsten Tag. Ich schlich auf Zehenspitzen nach unten, die Plastikflasche mit dem Spülmittel fest umklammert, sodass Dutzende kleine Seifenblasen durch die Luft wirbelten. Mir war plötzlich heiß. Wie konnte Carol es wagen, nach fünf Stunden so über mich zu urteilen!

Na, wenn sie mich nicht wollen, konnte ich auch wieder gehen, ganz einfach!

Ich schmollte vor mich hin und trocknete Gläser ab. Das letzte stellte ich viel zu hart ab, aber zum Glück blieb es ganz. Dann steckte ich die Hände wieder in das heiße Wasser und überlegte. Ja, meine Worte waren verletzend gewesen und ich wollte provozieren. Die Mädchen hatten sich verwirrt angesehen, als ich meinte, was für eine Geldverschwendung diese Kurzeinsätze doch seien.

Warum kam es nur so plötzlich über mich? Ich wollte doch, dass es Tante Bobbie hier gut ging. Der Kontakt mit den Flüchtlingen machte mir nichts aus und auch die Mädchen hatten mir nichts getan. Aber ich war so wütend – auf Neil, auf Gott und irgendwie auch auf Tante Bobbie. Ich wusste nicht im Geringsten warum, aber tief, tief in mir verborgen brodelte es.

Ich spülte die Teller unter heißem Wasser ab, spürte, wie es brannte, und genoss den Schmerz. Schmerz war schon immer ein gutes Mittel gewesen, um den ganzen emotionalen Müll, der sich in mir angesammelt hatte, zu verdrängen.

Bobbie

Tracie war schon als Kind launisch gewesen. Als einziges Mädchen in der Rasselbande, schlau, begabt, hübsch und verantwortungsbewusst, hatte sie wenig Gelegenheit gehabt, die Zicke herauszukehren. Aber als sie wegzog und ins College kam, konnte ich sehen, wie all die aufgestaute Wut aus ihr herausbrach. Es fing mit lauter Missverständnissen mit ihren Freundinnen an und setzte sich in völlig chaotischen Beziehungen zu irgendwelchen Jungs fort. Ich hatte das Gefühl, sie suchte verzweifelt ihren Platz in der Welt, weit weg von zu Hause, aber die Altlasten der Familie und vielleicht noch andere, mir unbekannte Ereignisse holten sie immer wieder ein. *Wie die Vergangenheit das immer so tut*, dachte ich oft. Ich versuchte viele Male, ihr mit ihren Problemen zu helfen. Aber Tracie war genauso ein Dickkopf wie ich. Sie wollte sich nicht ändern, weder für mich noch für sonst irgendjemanden auf der Welt. Und genauso wenig war sie bereit, mir ihr Herz bis in den letzten Winkel zu offenbaren.

Ich war über ihre unpassenden und säuerlichen Kommentare am Mittagstisch erschrocken gewesen, vor allem, weil ich während der ersten Woche unserer Reise nichts davon gespürt hatte. Aber ich erklärte es mir so, dass wir bisher reine Touristen gewesen waren und nun allmählich auf ein Gebiet vorrückten, das Tracie überhaupt nicht gefiel. Arbeit für Gott. Ich war dankbar, dass Carol für den nächsten Tag eine Sightseeing-Tour geplant hatte.

Abends in unserem Zimmer erwähnte ich Carols Pläne. Tracie trug schon ihren Pyjama. Ich wollte eigentlich noch zu den Studentinnen, die ebenfalls im Gästehaus wohnten, nach unten gehen und an den Gesellschaftsspielen teilnehmen. „Hör mal, ich dachte, wir könnten morgen mit nach Wien fahren. Das Opernhaus, den Stephansdom, das Kunsthistorische Museum ansehen, und dann kehren wir eine halbe Stunde nördlich von Wien gemütlich ein. Was meinst du?“

„Von mir aus“, meinte sie lustlos. Sie saß mit angezogenen Beinen auf dem Bett und las. „Und nein, ich möchte lieber nicht heute Abend mit den Mädels ‚abhängen‘.“ Sie zog die Mundwinkel kurz nach oben. „Ja, ich weiß, was du denkst. Aber ich brauche Zeit für mich. Ich bin doch so schrecklich introvertiert.“ Sie strich sich die Haare zurück. „Aber geh nur. Ich komme hier schon klar.“

„Bist du sauer auf mich?

„Nö.“

„Auf jemand anderen?“

„Vielleicht. Vielleicht bin ich ja nur sauer, weil wir Amerikaner immer glauben, wir könnten irgendwo angerauscht kommen und mal eben die Welt retten.“

Ich setzte mich neben sie aufs Bett. „Ich weiß, was du meinst. Wir haben irgendwie eine Veranlagung dazu. Wir sind die Amerikaner, reich, die Elite, und fühlen uns zu allem befugt. Als hätten wir ein Recht auf unser privilegiertes Leben. Manchmal fällt es uns schwer, uns vorzustellen, unter welchen schlimmen Umständen andere Menschen leben müssen. Mir ging es jedenfalls so, als ich damals nach Österreich kam. Was hatte ich für große Ideen und was wollte ich alles erreichen! Aber ich war in meiner eigenen kleinen Welt gefangen gewesen und kannte nichts anderes. Und dann kam ich hierher und sah, wie meine Brüder und Schwestern hinter dem Eisernen Vorhang zu leiden hatten. Und später die Flüchtlinge. Ich habe plötzlich über den Tellerrand geschaut und unvorstellbare Dinge gesehen. Ich glaube, ich habe ein paar Tage nur geheult, als ich begriffen hatte, wie hochnäsig und verblendet ich gewesen war.“

Tracie hatte ihr Buch weggelegt, lag auf dem Rücken und starrte an die Decke. Ihre dunkelblonden Haare flossen über das Kissen. „Erst fühlen wir uns so wahnsinnig wichtig und dann auf einmal so schuldig. Also fahren wir immer weiter auf Einsätze, damit es uns endlich besser geht. Das ist alles so verdammt scheinheilig. Und ich habe auch noch fröhlich mitgemacht.“

„Da ist was dran. Aber vielleicht gibt es gar nicht nur schwarz oder weiß. Sagen wir es so: Ich glaube, die ‚Oase‘ hätte es ohne amerikanisches Geld und diese Kurzeinsätze nie gegeben. Stück für Stück haben die jungen Leute das heruntergekommene Gebäude hier entkernt und dann wieder aufgebaut.“

„Schön für sie.“ Sie starrte noch immer an die Decke.

Ich hatte verstanden. „Dann gehe ich mal runter und sehe, was die Mädels machen.“ Ich drückte ihr die Hand. „Gute Nacht, Tracie.“

„Nacht.“ Aber sie sah mich nicht an.

Wir spielten Brettspiele im Aufenthaltsraum. Während ich die Mädchen kennenlernte, musste ich mich unweigerlich an all die Kurzeinsätze erinnern, die allein während meiner Zeit hier stattgefunden hatten. Zuerst hatten die Teilnehmer ein altes Mietshaus in das Gästehaus umgewandelt. Die nächste Gruppe konnte dann darin wohnen und hatte sich das Gebäude vorgeknöpft, aus dem schließlich „Die Oase“ werden sollte. Ich konnte Tracies Fragen gut verstehen und einige davon waren durchaus berechtigt. Aber als wir so gemeinsam lachten, Scrabble und Uno und Pictionary und Boggle spielten, war ich einfach nur dankbar dafür, dass so viele junge Leute im Lauf der Zeit ihre Ferien dafür geopfert hatten, um eine kleine „Oase“ vor den Toren Wiens aufzubauen.

Carol steckte den Kopf zur Tür herein. „Wollte nur noch mal nach dem Rechten sehen, bevor ich nach Hause gehe.“

„Alles in Ordnung. Ich dachte, du bist schon längst im Bett. Geh nach Hause und ruh dich aus“, sagte ich. Sie lächelte und mir fiel zum ersten Mal auf, wie erschöpft sie aussah. „Geht es dir gut?“

Sie nickte. „Ach, das ist nur der Jetlag.“

„Jetlag? Wieso? Warst du in den Staaten?“ In den vergangenen zwei Tagen hatte sie nichts von einer Reise erwähnt. Typisch Carol.

„Ja, noch vor drei Tagen. Ich war zwei Wochen dort. Zur Beerdigung meiner Großmutter.“

„Das tut mir leid. Kein Wunder, dass du so erschöpft bist. Geh schlafen. Ich bin ja da. Ich passe schon auf, dass die Mädchen keine Dummheiten machen.“

„Du bist ein Schatz. Ach, warum kannst du nicht immer hier sein, Bobs ...“

Sie sprach aus, was mir die letzten zwei Tage durch den Kopf gegangen war. Wieso eigentlich nicht?

In dieser Nacht lag ich wach und dachte über zwei Dinge nach, die während meiner zehn Jahre hier in Österreich ganz automatisch zu meinem Vokabular gehört hatten: *umgekehrter Kulturschock* und *Jetlag*. Ich erinnerte mich an die Aufregung, „nach Hause“ in die Staaten zu fliegen, meine Familie und Freunde wiederzusehen, an die Umarmungen, die Freudentränen, die Geschichten. Dann kamen die Touren von einer Kirche zur nächsten, mit Vorträgen, Bildern und meinen Erfahrungsberichten. An meine erste Tour nach zwei Jahren in Österreich erinnerte ich mich noch genau. Meine älteren Kollegen hatten mich davor gewarnt, dass der umgekehrte Kulturschock noch schlimmer werden würde als der Kulturschock in der Fremde. Ich hatte genickt, ohne es richtig zu verstehen.

Dann war ich am ersten Sonntag seit Langem wieder in meiner Heimatgemeinde in Atlanta gewesen. „Bobbie! Schön, dich zu sehen. Wie war's in Österreich?", fragte ein Freund meiner Eltern, der mich schon von klein auf kannte.

„Oh, einfach unglaublich ..."

„Ja, die Alpen, die kleinen Dörfer, die Volksmusik." Er schmunzelte. „Hartes Leben, aber einer muss es ja machen." Lächelnd klopfte er mir auf den Rücken. „Schön, dass du wieder da bist."

Ich stand wie angewurzelt im Foyer meiner Heimatgemeinde und fühlte mich wie eine Fremde. Wieder und wieder begrüßten mich alte Geschwister, lächelten mich an oder runzelten die Stirn, weil sie sich nicht erinnern konnten, wo genau ich eigentlich die ganze Zeit gewesen war. „Deutschland? Nein, Frankreich?"

„Österreich."

„Ach, richtig. *The Sound of Music*. Das harte Leben einer Missionarin! Na, willkommen daheim."

Ich heulte mir eine halbe Stunde auf dem Damenklo die Augen aus. Das war also der sogenannte „umgekehrte Kulturschock". Dabei war ich schon während der Ausbildung gewarnt worden. *„Ihr werdet das Gefühl haben, als wollten die Leute auf ihre höfliche Frage ‚Wie war es in Österreich?' nur eines hören: ‚Gut.' Keine Details, nichts darüber, unter welchen fürchterlichen Umständen Christen in Osteuropa leben, keine Erklärungen, dass ihr nicht durch Europa getourt seid und den ganzen Tag Lieder von Julie Andrews gesungen habt. Kein Wort darüber, wie schwer euch das alles gefallen ist. Das ist ihnen egal. Sie stecken nach wie vor jeder in seinem Leben und haben ihre eigenen Probleme. Wenn ihr wieder da weitermachen wollt, wo ihr aufgehört habt, freuen sie sich, aber erwartet nicht, dass es sie interessiert, was ihr durchgemacht habt."*

Schließlich tupfte ich mir auf der Toilette die Tränen ab. Vorsichtig schlich ich mich hinaus und war froh, dass niemand zu sehen war. Da kam Peggy Milner auf mich zu. Ich kannte sie nur flüchtig.

Sie war eine der Stützen der Gemeinde, verwitwet, eine Beterin. Sie war groß und schlank und trug ihre weißen Haare in einem akkuraten Dutt. Ihr Rock war rot, gold und grün und farblich auf ihre Seidenbluse abgestimmt. In all den Jahren habe ich sie nicht ein einziges Mal in Hosen gesehen, glaube ich.

„Bobbie! Bobbie Blake. Ich habe gehört, dass du aus Österreich zurück bist." Sie umarmte mich kurz, fasste mich dann an den Schultern und musterte mich prüfend. „Oh, mein armes Kind. Wann bist du denn gelandet?"

„Freitag, am späten Nachmittag."

„Und jetzt bist du zum ersten Mal wieder hier in der Gemeinde."

Ich nickte.

„Und es fühlt sich so an, als wärst du auf einem anderen Planeten gelandet."

Ich muss ziemlich überrascht ausgesehen haben.

Sie kicherte. „Zurück nach Hause zu kommen, das ist noch viel schwerer als all die Entbehrungen und Herausforderungen und der Abschied von der Fremde. Die Leute vergessen, dass du überhaupt weg warst, und erwarten, dass du einfach so weitermachst wie bisher."

Mir kamen wieder die Tränen. „Es ist ihnen einfach egal! Sie tun so, als hätte ich zwei Jahre Ferien gemacht. Dabei war es verdammt schwer."

Peggy nahm mich lange in den Arm. Irgendwann sagte sie: „Die Leute können das nicht verstehen. Und viele haben überhaupt nicht die Zeit, um sich damit zu beschäftigen. Aber, Bobbie", und dabei sah sie mir in die Augen, „es gibt Menschen, die interessiert es, und Menschen, die für dich gebetet haben. Die verstehen, was du alles durchgemacht hast ..."

Peggy lud mich zum Gebetskreis am Montagmorgen ein und bat mich, dort von Österreich zu erzählen. „Wir sind nicht viele, aber wir haben einen heißen Draht nach oben. Wir haben dich in unseren Gebeten begleitet und wir wollen gerne alles hören, was du uns zu erzählen hast."

Also ging ich hin, drei Monate lang jeden Montag, und erzählte meine Erlebnisse. Allmählich sprach es sich herum und immer mehr Frauen tauchten auf. Als ich am Ende der drei Monate wieder nach Österreich zurückkehrte, waren aus der Handvoll Leute fünfundzwanzig Frauen geworden, die sich freiwillig verpflichtet hatten, eine halbe Stunde pro Tag für die Missionare zu beten, die unsere Gemeinde ausgesandt hatte. Ich überlebte meinen Heimaturlaub nur dank dieses Gebetskreises, genauer gesagt dank Peggy Milner.

Sie wurde meine Mentorin, lange bevor das Wort in Mode kam. Ich erfuhr, dass sie zehn Jahre als Missionarin in China gearbeitet hatte. Wir erzählten uns gegenseitig, was wir erlebt hatten, und ich sog ihre Lebensweisheit auf wie ein Schwamm.

Vor meiner Abreise gab sie mir einen Rat. „Bobbie, nimm dir drei Tage frei, ganz frei, hörst du? Damit du dich wieder akklimatisierst. Denk dran, wie schwer es dir hier am Anfang gefallen ist. Der Jetlag wird jetzt noch schlimmer sein. Du wirst dir wünschen, nicht zurückgegangen zu sein, jetzt, wo du deinen Platz wiedergefunden hast. Und du wirst kräftig Gegenwind kriegen. Was du machst, gefällt dem Gegenspieler Gottes nicht. Erwarte Schwierigkeiten und Konflikte mit anderen. Gib der ganzen Sache Zeit."

Und dann rettete Peggy Milner mir schon wieder das Leben. „Ich rufe dich einmal im Monat für eine halbe Stunde an. Haben wir uns verstanden?"

Wenn Peggy etwas sagte, dann gehorchte man besser. Das sollte ich bald begreifen. Aber damals, 1987, raunte ich nur: „Aber das kostet ein Vermögen." Ich wusste, dass Peggy als Witwe und Missionarin im Ruhestand alles andere als wohlhabend war. Aber sie lächelte nur verschmitzt. „Ich habe doch Vitamin B! Mein Sohn hat gerade so eine Firma mit Telefonkarten aufgemacht. Sehr vernünftig."

Und damit war es beschlossene Sache.

Peggy hatte recht gehabt, der Nebel im Kopf und die Müdigkeit waren viel schlimmer, wenn man zurück nach Europa flog. Es dauerte eine ganze Woche, bis ich nachts wieder ordentlich schlafen konnte, und außerdem hatte ich Albträume. Tagsüber hatte ich das Gefühl, eine schwere Last auf den Schultern zu tragen. Ich geriet mit meinen Kollegen in Streit und bekam es mit der Angst zu tun, wenn ich hörte, dass Missionare von den osteuropäischen Behörden gefasst und verhaftet worden waren.

Die Anrufe von Peggy Milner wurden zu meiner Rettungsboje.

Tracie schlief seelenruhig im Bett neben mir und ich wälzte mich hin und her und dachte an Peggy, die auch mit zweiundneunzig noch meine Mentorin war. „Danke, Herr", murmelte ich noch beim Einschlafen. „Danke für Österreich, für die ‚Oase', für die Mädchen und Carol und all die anderen treuen Seelen. Danke für Tracie und ihre kritische Einstellung. Danke, dass ich noch einmal in mein altes Leben eintauchen darf." *Und danke für Amir*, war der letzte Gedanke, bevor ich ins Land der Träume glitt.

Kapitel 8

Keith

Netzwerken nannte man das. Keith liebte das Wort, das er seit Aufkommen des Internets in seinen Wortschatz aufgenommen hatte. Die Praxis des Netzwerkens steckte aber schon viel länger in ihm. Nur heute war es klar definiert: Informelle Interaktion und Kommunikation mit dem Ziel der gegenseitigen Hilfe und Unterstützung.

Er war bereits den größten Teil seines Arbeitslebens Teil eines Netzwerks. Als Kind amerikanischer Missionare war er im Nahen Osten zur Welt gekommen und hatte schon immer das Reisen geliebt, das Christsein und alles, was mit Drähten zu tun hatte. Diese Leidenschaften kombinierten sich in seinem Studium der Elektrotechnik an einem christlichen College in den Vereinigten Staaten. Er heiratete seine Studienliebe Lindsey, fand einen Job in Houston und arbeitete dort vier Jahre, bevor der Ruf kam.

Keith schmunzelte in sich hinein. Den „Ruf", so nannten Missionare oft Gottes Fingerzeig, der sie in ein bestimmtes Land oder Aufgabengebiet brachte. Sein Ruf war ziemlich direkt – ein Anruf des Leiters von World Wide Radio, der seine Eltern gut kannte. „Wir brauchen einen Ingenieur in Holland für den Radiosender. Wie wär's?"

Sie brauchten niemanden, der Bibelstunden ausarbeitete oder Predigten hielt, beides Dinge, die Keith nicht besonders gut konnte. Aber in einem Büro zu sitzen und mit Sendefrequenzen zu jonglieren? Sofort! Er und Lindsey zogen 1998 in die kleine Stadt Amersfoort. Die Arbeit war anstrengend, aber genau das, was seiner introvertierten Persönlichkeit entsprach. Und Holland! Lindsey und er hatten sich einfach in Holland verliebt. Die Kanäle, das flache Land, die Herzlichkeit und Direktheit der Leute, ihre Robustheit, die Liberalität.

Er genoss jede Fahrt mit dem Fahrrad zum Büro, eine halbe Stunde im Morgengrauen, auf Kopfsteinpflaster, an den Kanälen entlang, beobachtete, wie die jahrhundertealten Backsteinhäuser zum

Leben erwachten, eines am anderen, ein unendlicher Strom von Häusern, allesamt mit großen Erkerfenstern, in die die Holländer ihren schönsten Krimskrams stellten und die Vorhänge weit aufzogen. Er liebte den Käse, die *pannenkoeken*, das Wasser, die Kunst. Lindsay und er und Holland – das passte einfach.

Keith überflog noch einmal die E-Mail, die gerade eingegangen war.

Flüchtling getroffen. Hamid. Gerade aus dem Iran geflohen, interessiert am Injil, auf dem Weg nach Österreich. Habe ihm Route empfohlen. Bitte Oase kontaktieren. Jim. P.S.: Hat Radio dabei und hört immer um 20:30 Uhr.

Netzwerken in Aktion! Jim Harris aus Van in der Türkei schrieb Keith McDaniel in Amersfoort, der dann Julie Stevens in Traiskirchen Bescheid geben würde, damit sie den iranischen Pastor – wie hieß er noch, Imir, nein, so ähnlich – in diesem anderen Örtchen in Österreich kontaktierte, der den iranischen Flüchtling mit den anderen iranischen Christen in Verbindung brachte. Oder so.

Kevin schrieb nur ein Wort als Antwort. *Roger.*

Ihr Internet war sicher, bombensicher, aber sie hielten sich trotzdem an wenige Worte und ein paar geheime Schlüsselwörter. Keith grinste zufrieden. Diesem Hamid gefiel also die Sendung um halb neun. Keith auch. Ein Iraner, der in Amerika wohnte, sprach jeden Abend um halb neun holländischer Zeit eine Stunde lang auf Farsi zu seinem Volk von Hoffnung. Hoffnung war alles, was zählte, dachte Keith. *Espoir, hoop, hope, amal, omid, esperanza.*

Keith sprach nicht nur Englisch, sondern auch etwas Farsi, Niederländisch, Deutsch und Französisch. Lindsey beherrschte Spanisch und Arabisch. „Da habt ihr ja so ziemlich alles abgedeckt“, hatte Jim damals während des Studiums zu seinem Kommilitonen gesagt. „Außer Mandarin. Mandarin wäre natürlich noch gut gewesen.“

Dreimal pro Woche nutzte Keith seine „Moderatorstimme“, wie sein Chef Koen sagte, um ein Live-Segment an die voraufgezeichnete Sendung anzufügen. Dieser Teil seiner Arbeit machte ihm besonders Spaß. Er durfte direkt zu den Zuhörern sprechen. Und trotzdem war er nur eine Stimme, verborgen hinter den Radiowellen.

Er stand mit Kopfhörern vor dem Mikrofon. „Sie hören uns live aus Holland. Wir wünschen Ihnen einen Abend voller Hoffnung. Der Text für heute Abend kommt aus dem elften Kapitel des Hebräerbriefes. ‚Es ist aber der Glaube eine feste Zuversicht auf das, was man hofft, und ein Nichtzweifeln an dem, was man nicht sieht ...'"

Keith las den Rest der Verse und dachte derweil an Hamid. Hinterher setzte er sich und spreizte nachdenklich die Finger gegeneinander. Eine Radiosendung konnten sie den Flüchtlingen bieten. Aber Mut, den hatten sie nicht im Angebot. Den musste Hamid selbst aufbringen. Wenn er es bis nach Van geschafft hatte, einen Kontakt in Österreich bekam und das Injil bei sich trug, dann konnte er es schaffen. Keith ging im Geiste die Stationen durch. Papiere in der türkischen Botschaft, die lange Reise durch die Türkei nach Bulgarien, und dann? Rumänien, Ungarn, Österreich? Zu Fuß, mit dem Bus, Zug, Auto, Flugzeug, einem Boot. Wie auch immer, irgendwie schafften es die Flüchtlinge. Zumindest einige.

Er schrieb schnell eine E-Mail an Julie in der „Oase" und widmete sich dann wieder seiner Arbeit.

Hamid

Wie gerne wäre Hamid bei Jim und Anna und den Kindern mit den lockigen blonden Haaren und den fröhlichen Augen geblieben. Er hielt die kleine Lilly auf dem Arm und dachte an Omid. Er spielte mit William und Jacob dieselben Spiele, die er noch vor Kurzem mit Rasa gespielt hatte. Zwei kurze Tage lang war diese Familie die seine gewesen und Hamid hatte neuen Lebensmut geschöpft. Der Gedanke, dass vielleicht der Gott des Injils seiner Frau den Namen für ihren Sohn eingegeben hatte, machte ihn fröhlich. Omid – Hoffnung.

Spät am letzten Abend zeigte Jim ihm im Internet die genaue Route, die er von Van nach Istanbul nehmen sollte. „Wenn Sie sich genau daran halten, brauchen Sie keinen Schleuser. Jedenfalls nicht bis Istanbul ..." Am Morgen hatte Jim ihm mehrere Hundert türkische Lira in die Hand gedrückt. „Gott mit Ihnen", sagte er zum Abschied. „Wir werden an Sie denken und im Gottesdienst für Sie beten."

Sie waren so freundlich, so herzensgut gewesen. Wie gern wollte Hamid auch einmal an einem Gottesdienst teilnehmen! Einem Moslem war es verboten, in eine Kirche zu gehen. Aber die Sehnsucht war geweckt. Jim und Anna meinten, es gäbe noch andere Iraner, Flüchtlinge wie er, die zum Gottesdienst kamen. Aber heute war erst Montag und er konnte nicht noch einmal sechs Tage verstreichen lassen, bis er zurück ins Hotel ging. Und egal, wie lange es auch dauern mochte, bis er Van mit den nötigen Papieren verlassen konnte, eine christliche Kirche in diesem Ort war für ihn tabu. Viel zu gefährlich! Was, wenn Rasheed es mitbekam?

Hamid saß wieder im Keller des Hotels, fröstelte und hatte Angst. Rasheed tänzelte nervös von einem Bein aufs andere. „Wir müssen verschwinden. Gestern habe ich gesehen, wie die Polizei drei Männer verprügelt und verhaftet hat, als sie sich bei den Vereinten Nationen angestellt haben. Dabei wollten sie nur Papiere beantragen!"

Hamid sah Rasheed verblüfft an. „Aber du willst doch nicht nach Österreich? Du hast immer gesagt, du willst hierbleiben."

Rasheed wollte nur bis Van, dort Asyl beantragen, sich Arbeit suchen und seine Familie nachholen. Das hatte er von Anfang an entschieden.

Rasheed lief schweigend hin und her. Schließlich sagte er: „Bitte, nimm mich mit nach Österreich. Ich traue den Menschen in Van nicht. Sie sind falsch, das sehe ich an ihrem Blick. Du hast gute Informationen. Bitte, kann ich mit dir kommen?"

Rasheed sah so verzweifelt aus. „Ja, natürlich. Wenn du Papiere hast. Die kann ich dir nicht besorgen." Rasheed war ihm ans Herz gewachsen. Aber Hamid vertraute ihm nicht. Nicht nach allem, was mit Ashar und Merif passiert war, seinen ersten Kameraden auf der Flucht.

Hamid und Rasheed hatten über vieles gesprochen in den vergangenen Tagen. „Ich hasse die Regierung, die Gesetze, die Gängelei", hatte Rasheed bekannt. „Ich habe meine Gefühle zu offen gezeigt, zu offen geredet. Sie haben es herausgefunden und ich musste fliehen. Um meine Eltern mache ich mir Sorgen. Ich möchte sie am liebsten anrufen, um zu hören, ob es ihnen gut geht."

Hamid erzählte nichts von seinem Interesse an Isa, vertraute Rasheed aber etwas an, was er in den Wochen zuvor nie erwähnt hatte.

„Meine kleine Tochter Rasa, sie hat ein Injil von unseren armenischen Nachbarn bekommen. Die Geheimpolizei hat es gefunden. Ich bin geflohen, damit sie denken, es war meins. Ich wollte meine Frau und mein Kind beschützen."

Rasheed schüttelte so heftig den Kopf, dass ihm die schwarzen Locken ins Gesicht fielen. „Das ist schlimm! Das Injil ist sehr gefährlich. Ich habe gehört, dass viele Iraner es heimlich lesen. Hüte dich, Hamid. Es war richtig, zu fliehen, um dein Kind zu retten. Sie darf niemals darin lesen! Und du auch nicht!"

An jenem Abend wartete Hamid geduldig, bis Rasheed zu den zwei anderen iranischen Flüchtlingen nach oben gegangen war, mit denen er sich angefreundet hatte. Als er allein in dem heruntergekommenen Raum war – von den Kakerlaken einmal abgesehen –, drehte er das kleine Radio an. Jim hatte ihm die Frequenz und die Sendezeiten aufgeschrieben.

Wir werden an Sie denken, Hamid. Gott wird Sie führen. Isa ist unser Herr und Helfer. Anna hatte beim Verabschieden Tränen in den Augen gehabt. Jim hatte ihm ein zerlesenes Injil und die Psalmen auf Farsi eingepackt, gut versteckt im Umschlag eines anderen Buchs. „So können Sie leichter darin lesen, ohne Angst haben zu müssen", hatte Jim gesagt. Sie füllten seinen Rucksack mit Früchten, Brot und amerikanischen Süßigkeiten. „Lesen Sie jeden Tag darin, Hamid. Einen Psalm und ein Kapitel aus der Apostelgeschichte. Sie werden schon sehen, warum. Er führt uns."

Gestern hatte er den ersten Psalm gelesen. *Glücklich ist der Mensch, der nicht auf den Rat der Gottlosen hört, der sich am Leben der Sünder kein Beispiel nimmt und sich nicht mit Spöttern abgibt. Voller Freude tut er den Willen des Herrn und denkt über sein Gesetz Tag und Nacht nach.*

Tag und Nacht. Tag und Nacht.

Hamid drehte am Empfangsknopf und lauschte gebannt, wie das Radio zum Leben erwachte. Es war so leise eingestellt, dass er es ans Ohr drücken musste. Die Sendung hieß „Leben in Christus". Jeden Abend um halb neun. Auf Farsi. Gestern Abend hatte er noch mit Jim vorm Radio gesessen. Eine halbe Stunde hörte er zu und behielt immer angestrengt die Tür im Auge, falls Rasheed zurückkam. Jeden Augenblick musste er bereit sein, auf einen anderen Sender umzuschalten.

Am Ende der Sendung hörte Hamid die tiefe Stimme, die ihm mittlerweile vertraut geworden war. Er mochte die Stimme. Irgendwie beruhigte sie ihn.

„Sie hören uns live aus Holland. Wir wünschen Ihnen einen Abend voller Hoffnung. Der Text für heute Abend kommt aus dem elften Kapitel des Hebräer-Briefes. ‚Es ist aber der Glaube eine feste Zuversicht auf das, was man hofft, und ein Nichtzweifeln an dem, was man nicht sieht …'"

Nach der Lesung gab es Musik, „Worshipsongs", wie sie es nannten, fröhliche Lieder mit Texten auf Farsi. Aber mitten im zweiten Lied war auf einmal das Signal weg. Fünf Minuten drehte Hamid verzweifelt am Senderknopf, lief durch den Keller und hoffte auf etwas anderes als Rauschen, aber es war vergebens. Mit einem Seufzen stellte er den örtlichen Sender ein, wo gerade Nachrichten liefen. Einen Augenblick später platzte Rasheed mit den anderen beiden Männern ins Zimmer.

„Hamid! Das sind meine Freunde!" Rasheed klopfte den jungen Männern auf den Rücken. Zwei iranische Studenten, die aus ähnlichen Gründen wie Rasheed geflohen waren. Aber Hamid wollte keine neuen Freunde. Er wollte weiter. Ungeduldig hörte er sich bis spät in die Nacht ihre Gespräche und ihre Scherze an, aber insgeheim dankte er Isa, dass das Signal rechtzeitig verschwunden war.

Keith

Keith wollte am liebsten laut fluchen. Stattdessen nahm er die Kopfhörer ab und ging zurück an den Computer, um die Einstellungen für die Sendung zu überprüfen. Dabei tönten ihm die Worte seines Chefs in den Ohren.

„Die Frequenz ist völlig falsch für die Bergregion in Afghanistan. Wir hören, dass dort großes Interesse besteht, aber an den vergangenen Abenden hat man dort fast überhaupt nichts empfangen. Sogar im Iran und in der Türkei ist das Signal fast weg. Du bleibst bitte so lange, bis das wieder stimmt."

Er war müde. Lindsey erwartete ihn in zwanzig Minuten zu Hause. Sie bekamen noch Besuch. Aber eine Stunde würde er hier noch mindestens brauchen.

Aber sie würde es verstehen. Sie hatte immer Verständnis. Und sie freute sich über die Geschichten von Männern in den muslimischen Ländern, die sich um ihre Transistorradios scharten, um zum ersten Mal etwas von der Bibel zu hören. Oder die Geschichten von verschleierten Frauen, die hinter verschlossenen Türen Gott ihr Herz öffneten. Sie konnten Abend für Abend in ihrer Sprache von Gott hören, wenn auch nur im Geheimen. Und wie viele schrieben ihnen hinterher Dinge wie „Ich bin jetzt Christ. Mein Leben gehört Isa al-Masih"!

Keith dachte an den großen Erfolg in der Kabylei in Algerien, an die iranischen Gemeinden in Österreich und die Briefe, die sie nun immer häufiger aus dem Nahen Osten erreichten. „Ich habe Ihre Radiosendung gehört. Danke. Nun kenne ich den Gott der Christen!"

Er dachte an seine Kollegen, die überall auf der Welt in unscheinbaren Gebäuden hinter Schreibtischen ihren Dienst taten, damit Menschen in bibelfeindlichen Ländern von Gott hören konnten. Manchmal wollte er näher am Geschehen sein, in die Türkei ziehen und Jim und Anna helfen, die in direktem Kontakt zu den Flüchtlingen standen.

Er gähnte und streckte sich. Aber das waren nur Träume. Seine Arbeit war wichtig und er mochte sie.

Eines Tages würde er mit Lindsey nach Wien fahren, sie in die Oper ausführen, an der Donau spazieren gehen und schließlich auch die „Oase" besuchen, wo die Flüchtlinge versorgt wurden. Wie oft hatten sie schon von dieser Reise gesprochen? Bald, wenn weniger Stress war, würde er Urlaub nehmen und es endlich in die Tat umsetzen.

Früher als gedacht, nur eine halbe Stunde später, verließ Keith sein Büro in Amersfoort, verabschiedete sich von der Nachtschicht und ging hinaus zum Fahrradständer, wo Hunderte von Fahrrädern angeschlossen waren. Er machte seines inmitten all der anderen aus, schloss es auf und bugsierte es vorsichtig aus dem Ständer heraus. Dann knipste er die Lampe an und trat in die Pedale.

Rasa hielt den kleinen Omid im Arm und sang ihm immer wieder die Lieder vor, die sie bei Miss Beverly gelernt und auch im dunklen Keller mit Noyemi gesungen hatte. Vor drei Tagen hatte Maamaan ein Lebenszeichen von Baba gehört und das hatte alles viel besser gemacht. Maamaan hatte wieder Hoffnung! Rasa konnte es ihr ansehen und hörte es, wenn sie Omid Einschlaflieder sang. Baba lebte und war in einem Land, das Türkei hieß! Er war wirklich geflohen und würde bald in ein anderes Land gehen, dessen Namen sie vergessen hatte. Ein Land, in dem ihr Onkel lebte, ein Onkel, der den Iran schon vor vielen Jahren verlassen hatte. Rasa machte die Augen zu und versuchte, sich das Land vorzustellen. Maamaan hatte ihr gesagt, dass es dort Berge mit Schnee gab, Seen und robuste, großherzige Leute.

„Sind die Leute böse auf uns, wenn wir das Injil lesen?"

Ihre Mutter runzelte erst die Stirn, lächelte dann aber. „Nein, mein Kind. Wir dürfen lesen, was wir wollen. Es ist ein freies Land ..."

Rasa konnte sich das nicht vorstellen. Sie dachte an ihr erstes Schuljahr. Als wäre es gestern gewesen, konnte sie sich noch an den schrecklichen Tag im vergangenen Herbst erinnern, als die Lehrerin, eine hübsche, junge Frau, die Klasse zur Ruhe ermahnte. „Kinder, heute werden wir ein Spiel spielen. Es wird uns helfen, uns besser kennenzulernen. Das Spiel heißt ‚Dinge, die wir besitzen'. Ich halte etwas hoch, und wenn ihr das zu Hause habt, dann meldet ihr euch."

Die Kinder nickten begeistert. Zuerst kam ein Stofftier. Alle Hände flogen nach oben und die Kinder riefen fröhlich, welches ihr Lieblingsstofftier war. Danach hielt die Lehrerin einen Topf hoch. Wieder schnellten alle Hände in die Höhe. Dann ein Radio. Einige Kinder sahen sich um, einige hoben die Hand, andere nicht. Rasa ließ ihre Hand auf dem Schoß.

Ein Kinderbuch. Alle Hände gingen hoch. Eine Zeitung. Überall schnellten Hände in die Höhe, aber Rasa zuckte nur kurz. Viele der Kinder konnten noch kein Farsi lesen. Aber sie schon. Sie hatte den Titel *dieser* Zeitung gesehen. Die Zeitung, die Baba jeden Morgen beim Frühstück las und wegen der er ihr eingeschärft hatte: „Rasa, das hier ist unser Zuhause und hier lesen wir diese Zeitung. Aber du darfst das niemals jemandem verraten, hast du mich verstanden?“ Sie hatte genickt, auch wenn sie nicht begriffen hatte, wieso.

Die Lehrerin griff unter ihren Tisch und hob eine glänzende Flasche hoch. Sie war dunkelbraun und hatte ein rotes Etikett. „Haben eure Mütter und Väter diese schöne Flasche zu Hause?“, fragte sie und lächelte. Manche zuckten mit den Achseln, andere starrten bloß auf die Flasche und schüttelten den Kopf, aber drei Kinder hoben die Hand. „Ja, Baba liebt diese Flasche!“, rief eins davon.

Rasa wusste, wie dumm es war, das zu sagen. Es war eine Flasche, die die Leute nicht zu Hause haben durften. Darin war eine verbotene Flüssigkeit: Alkohol.

Baba erklärte Rasa viele Dinge. „Du bist ein schlaues Mädchen, Rasa. Wir lieben unsere schöne Heimat, aber wir sind nicht mit allem einverstanden, was die Regierung von uns will. Sie schreibt uns vor, welche Bücher und Zeitungen wir lesen dürfen und welche nicht. Sie schreibt uns vor, was wir essen und trinken dürfen und was nicht. Was wir uns im Radio anhören dürfen, im Fernsehen und am Computer ansehen dürfen und was nicht. Also haben wir ein kleines Geheimnis, hörst du? Zu Hause ist zu Hause, das sind nur du und Maamaan und Baba und Maamaan-Bozorg. Aber draußen reden wir niemals darüber, was wir zu Hause machen.“

„Ist gut, Baba. Das ist unser Geheimnis. Ich werde es niemals verraten.“

Rasa hielt ihre Hände still auf dem Schoß gefaltet, während die Lehrerin noch eine Flasche und ein Buch hochhielt. Geheimnis. Geheimnis. Am dritten Schultag waren die Kinder, die sich bei der Flasche und der Zeitung gemeldet hatten, nicht mehr da.

Rasa dachte nach. Sie hatte drei Flaschen und Zeitungen und Bücher geheim gehalten, aber das Injil nicht. Dabei war es das schlimmste Buch von allen, so schlimm, dass die Lehrerin sich noch nicht einmal getraut hatte, es hochzuhalten. Aber wieso? Das Injil war doch ein sehr gutes Buch mit Hoffnung und Leben darin, hatte Miss Beverly gesagt. Und Noyemis Familie war derselben Meinung. Was stimmte denn nun?

Zum Glück war Baba am Leben, und Maamaan und Omid und Maamaan-Bozorg und sie. Bald würden sie im Land mit den schneebedeckten Bergen und der märchenhaften Musik wohnen, einem Land, wo sie alle Bücher der ganzen Welt lesen durfte.

Hamid

Hamid sah auf die ramponierte Karte und ihm war nach Heulen zumute. Es war so weit bis Österreich. Vier Länder und unendlich viele Kilometer. Und er musste all das schaffen, ohne geschnappt zu werden.

„Im ersten Land der Europäischen Union, in das man als Flüchtling seinen Fuß setzt, muss man Asyl beantragen. Also dürfen Sie sich nicht erwischen lassen, bevor sie in Österreich sind. Wenn doch, nehmen die Behörden Ihre Fingerabdrücke und Sie müssen Asyl beantragen." Jim zeigte auf Bulgarien und umkreiste Rumänien und Ungarn. „Manche sagen, die Berge in Serbien sind die heimtückischsten, aber da ist die Wahrscheinlichkeit höher, nicht geschnappt zu werden." Jims Hand ging Richtung Westen und Hamid fuhr die Linie von Van nach Istanbul ab, ungefähr tausendzweihundert Kilometer, und dann nach Nordwesten nach Bulgarien. Und dann?

Welche Route hatte sein Cousin Jalil nach Österreich gewählt? Er musste es in Erfahrung bringen.

Hamid nahm sein kleines Taschenmesser und trennte den Saum seiner Jacke auf. Dann entnahm er vorsichtig ein Bündel Scheine, die Alaleh schnell und gekonnt in seine Jacke, das Hemd und die Schuhe eingenäht hatte. Mit den türkischen Lira, die Jim ihm gegeben hatte, hatte er etwas zu essen gekauft, aber für ein Mobiltelefon hatte es nicht mehr gereicht. Hamid brauchte aber unbedingt ein Telefon.

„Tauschen Sie Ihre iranischen Rial gegen Euro ein", hatte ihm Jim geraten. „Die Händler mögen Euro und werden Ihnen keine Schwierigkeiten machen."

Nachdem Hamid seine Rial umgetauscht und in der geschäftigen Innenstadt ein Handy gekauft hatte, kramte er den Zettel mit der Telefonnummer und Adresse seines Cousins hervor. Linz. Mit zitternden Fingern wählte er die Nummer. Die Flucht war so überstürzt gewesen, dass Hamid keine Gelegenheit mehr gehabt hatte, sein Telefon mitzunehmen oder Jalil zu warnen. Was würde sein Cousin sagen? Er dachte an die Briefe mit den Fotos von Bergen und sauberen Straßen. Jalil hatte nicht nur Arbeit in Österreich gefunden, sondern auch eine Frau. Er würde Hamid sicher helfen.

Es tutete und tutete. Irgendwann sprang der Anrufbeantworter an und eine Computerstimme forderte ihn auf, eine Nachricht zu hinterlassen. Was, wenn es die falsche Nummer war? Hamid konnte das Risiko nicht eingehen. Er würde warten und es später noch einmal versuchen.

Alaleh

Jeden Abend senkte Dina, die armenische Mutter, ihr Haupt und betete für Alaleh, Rasa, Myriam und Omid. Oft musste sie hinterher weinen. „Es tut mir so leid, dass das Injil euch so viel Schwierigkeiten gemacht hat. Beverly war zu naiv. Ihr war nicht klar, wie oft die Religionspolizei ihre Runden dreht und wie gut sie über alles informiert sind, was wir tun." Verzweifelt rang sie die Hände.

„Es muss dir nicht leidtun", entgegnete die kleine Rasa. „Wir haben jetzt das Injil und das ist doch gut! Und wir kennen Isa."

„Du hast recht, Rasa. Es ist wundervoll, dass du Isa kennst. Wirklich wundervoll."

Aber als Rasa schlief, vertraute Dina sich Alaleh an. „Es ist zu gefährlich, wenn wir weiter zusammenbleiben. Wir müssen uns trennen. Wir haben noch Verwandte in einer anderen Stadt. Mein Mann wird sich dort Arbeit suchen. Euch werden wir mit dem Bus nach Westen schicken, näher in Richtung Freiheit, zu einer anderen Familie." Dina sah zu Boden. „Aber danach wird die Reise gefährlich. Für Myriam, für das Baby und auch für das Kind."

Myriam schüttelte den Kopf. „Ich gehe nirgendwo hin. Seit neunundsiebzig Jahren lebe ich hier. Die Regierung hat mir den Mann und meinen Erstgeborenen genommen. Und nun muss auch noch der zweite Sohn fliehen. Ich habe nichts mehr, was sie mir noch nehmen können. Du hast mir von einem Erlöser erzählt, der das ewige Leben schenkt. Daran glaube ich nun. Ich werde hierbleiben. Ich habe keine Angst. Was wollen sie einer alten Frau schon tun?" Sie wandte sich an Alaleh. „Aber du und die Kinder, ihr müsst stark sein. Ihr müsst weiter, euch verstecken. Hamid wird einen Weg finden, euch nach Österreich zu holen. Ganz bestimmt."

Es war beschlossene Sache. Myriam sollte bei Dinas Familie bleiben, aber sie würden fortgehen. Dina drückte Alaleh an sich. „Geh in Frieden, Alaleh. Du bist eine mutige Frau. Wir werden für dich beten. Und sag Rasa, dass sie niemals öffentlich über Isa reden darf. Niemals! Tragt ihn im Herzen und betet zu ihm, aber sprecht niemals zu anderen über ihn."

Kapitel 9

Tracie

Wir waren zwanzig Leute, die zum Abendessen einkehren wollten, und Carol hatte mich gebeten, mit dem Mietwagen den zwei Kleinbussen zu folgen. Ich mochte Carol – sie war direkt, loyal und pragmatisch. „Klar doch", hatte ich gesagt und sie hatte mich dankbar angelächelt.

Zwei der Mädchen in meinem Alter, Alice und Dee, fuhren bei Tante Bobbie und mir mit, außerdem Connie, die ältere Amerikanerin. Auf der Fahrt plauderten wir über unsere Tagestour durch Wien. „Ich mochte ja den ‚Steffi', und zwar alle dreihundertsiebenunddreißig Stufen", sagte Neta und meinte unseren Besuch im Stephansdom. „Meine Eltern werden sich freuen zu hören, dass ich mich mal bewege." Vom Turm aus hatten wir über das einzigartige Dach der Kirche gestaunt, das mit grünen, schwarzen, gelben und weißen Dachziegeln in geometrischen Formen gedeckt war. Dahinter lockte die Wiener Altstadt.

„Ich fand die Sachertorte am besten, noch dazu vorm Hotel Sacher!", jubelte Alice. „Nach dem ganzen Treppengesteige hatten wir uns das auch verdient." Ich nickte und hatte den Geschmack der dunklen Torte noch auf der Zunge, die in dieser Stadt Berühmtheit erlangt hatte.

„Ich bin ehrlich gesagt für meinen *Stephen* auf den Stephansdom gestiegen", bekannte Connie. Wir sahen sie verwirrt an. „Stephen ist mein Sohn. Er lebt in Atlanta, arbeitet aber im Moment in Frankreich wegen der Unruhen. Stephen ist Journalist, wisst ihr. Er ist gerade in Paris und fährt ausgerechnet heute nach Lyon in unser Haus, aber ich bin nicht da. Ist das zu fassen? Er kam erst, nachdem ich schon auf dem Weg hierher war. Schlechtes Timing, würde ich sagen." Sie zuckte mit den Schultern. „Das ist so schade."

„Dann lad ihn doch hierher ein. Der Arme, er muss zu den Unruhen und wir wollten nur weg davon", sagte Dee.

„Ja, wenn du ihm erzählst, was wir hier alles Schönes sehen, dann kommt er bestimmt. Vielleicht möchte er ja nach dem Tumult in

Lyon einen Abstecher ins Paradies machen und über schneebedeckte Bergkuppen und malerische Dörfer schreiben?“, fragte Alice.

„Ich weiß nicht. Stephen arbeitet viel. Er bekommt bestimmt nicht frei.“

„Einen Versuch ist es wert“, meldete ich mich zu Wort. Connie schien zu der Sorte Mütter zu gehören, der die Kinder wirklich fehlten. In den vergangenen zwei Tagen hatte sie ihn schon mehrfach erwähnt. „Erzählen Sie ihm doch einfach, was Sie heute alles gesehen haben.“

Der Tag war tatsächlich einmalig gewesen. Ich hatte mit offenem Mund vor den Kunstwerken im Kunsthistorischen Museum gestanden und es nicht fassen können, die Bilder live und in Farbe zu sehen, die ich sonst nur aus den Büchern am College kannte. Der beste Augenblick bei Weitem aber war, auf der Bühne in der Wiener Staatsoper zu stehen, den verzierten Opernsaal zu betrachten und den Erläuterungen des Reiseführers zu lauschen, wie viel Arbeit es sei, die Bühne für die verschiedenen Opern umzugestalten, die hier jede Woche aufgeführt wurden. Durch den schweren roten Samtvorhang vorbei auf die vielen roten Polstersitze zu sehen, das erzeugte in mir das dringende Bedürfnis, ein Solo aus dem ersten Akt von *La Traviata* zu singen. Viele Erinnerungen an andere Bühnen, auf denen ich gestanden hatte, stiegen in mir auf.

Mittlerweile ging die Sonne unter. Wir schlängelten uns Kilometer um Kilometer durch die malerischen Weinberge, deren gerade Reihen voller leuchtender roter und orangefarbener Blätter Überfluss versprachen.

Während ich den Minibussen hinterherfuhr, fing Alice plötzlich an zu singen. Kurz darauf schmetterten wir alle nach Leibeskräften einen Song aus *The Sound of Music* nach dem anderen. Als ich in voller Fahrt „Die Täääler entlang klingt das Lied der Berge ...“ anstimmte, lehnte sich Alice nach vorn. „Mensch Tracie, du hast ja eine richtig tolle Stimme.“

Ich starrte geradeaus. „Äh, danke.“

„Nein wirklich, das klingt super! So richtig professionell.“

„Da hat sie recht“, stimmte Dee zu.

„Singst du oft?“, wollte Connie wissen.

Mir wurde heiß. Ich redete nicht gerne über meine musikalischen Erfolge. „Ach, na ja. Ich habe während der Highschool und im College in einigen Musicals mitgemacht. Und ein bisschen Gesangsunterricht hatte ich auch." In Wirklichkeit hatte ich schon so oft in *The Sound of Music* mitgespielt, dass ich bereits jedes der Kinder der Familie von Trapp dargestellt hatte und letztendlich bei der Rolle der Maria gelandet war.

„Also, da solltest du auf jeden Fall etwas draus machen", meinte Connie.

„Danke." Ich wusste nicht, was ich sonst sagen sollte.

Tante Bobbie erwies sich wieder einmal als Elefant im Porzellanladen. „Tracie stapelt nur tief. Sie hat in unzähligen Aufführungen mitgewirkt und ist dafür hochgelobt worden. Sie hat nämlich einen Abschluss in Gesang und Musiktherapie. Tracie hat sich für eine Rolle in New York beworben und sie sogar bekommen, aber dann wegen familiärer Gründe abgesagt. Ja, sie ist wirklich sehr talentiert."

Zum Glück hörte Tante Bobbie auf, bevor sie auch noch meine „familiären Gründe" ausplauderte. Ohne Zweifel hatte sie gesehen, wie rot ich geworden war, aber das schien sie nicht zu stören. Sie hatte maßlos übertrieben, aber obwohl sie wusste, dass mir diese Art von Aufmerksamkeit unangenehm war, glaubte sie mir das nie, wahrscheinlich weil ich zwar unter Menschen schüchtern, auf der Bühne aber völlig unbefangen war.

Die Mädchen tuschelten hinten auf der Rücksitzbank und Tante Bobbie summte *These are a few of my favorite things* – wenn auch völlig schief. Tante Bobbie war ausdauernd, konnte kochen, ließ sich nicht die Butter vom Brot nehmen und konnte über Gott reden wie keine Zweite, aber singen konnte sie nicht. Oder nur schief. Vielleicht übertrieb sie deswegen so oft, wenn es um mein musikalisches Talent ging.

„Tracie, sag mal, würdest du uns vielleicht bei etwas helfen?", setzte Dee vorsichtig an. „Wir haben da nächste Woche etwas mit den Flüchtlingen vor ..."

Na großartig, dachte ich. *Jetzt kommt's. Sie wollen einen amerikanischen Abend machen und ich soll „The Star Spangled Banner" singen, oder noch schlimmer, „Amazing Grace"*. Ich hatte ja schon zwei solcher Hilfseinsätze hinter mir.

Ich sagte nichts. „Wir wollen ein kleines Fest ausrichten und die Flüchtlinge bitten, Lieder aus ihrer Heimat mitzubringen, damit wir sie lernen. Und dann wollen wir ihnen auch ein paar unserer Lieblingslieder vorsingen." Ich schwieg immer noch. „Carol meinte, sie singen total gern und hören gern die Musik aus ihrer Heimat. Wir bringen ein Keyboard mit und zwei Gitarren. Vielleicht hättest du ja Lust, ihnen ein paar Lieder beizubringen?"

Ich spürte einen kleinen Stich im Brustkorb, als wäre eine unsichtbare Kraft heruntergefahren und hätte mir auf die Finger gehauen. Ich sollte mich schämen, ihre guten Absichten so zu verurteilen. Was war nur mit mir los? „Mache ich gern. Hauptsache, ich muss den Abend nicht moderieren. Wenn ihr da noch jemanden sucht, fragt Tante Bobbie, die kann das."

Unsere Blicke trafen sich. Bobbies Augen glänzten fröhlich und sie zwinkerte mir zu. Obwohl ich eigentlich nicht wollte, zwinkerte ich zurück.

Stephen

Na toll, dachte ich und beendete das Telefongespräch mit meinem Vater, der sich irgendwo in China herumtrieb. Ich war wegen der Unruhen nach Frankreich gekommen, hatte aber gehofft, wenigstens auch gleich meine Eltern in Lyon zu treffen. Aber sie waren beide verreist, noch nicht einmal gemeinsam. Mom war laut Papa Hals über Kopf mit einer Gruppe religiöser Studentinnen nach Wien gefahren. *Wie bitte*? Das hörte sich sehr seltsam an.

Ich umkreiste das hübsche Bauernhaus am Stadtrand von Lyon, ging dann hinein, setzte mich mit meinem Laptop in die Küche und dachte über die zurückliegenden Tage nach.

Ich war überhaupt nicht auf Paris vorbereitet gewesen, als ich in der vergangenen Woche an einem frühen Morgen im Taxi gesessen hatte und mich ins Hotel fahren ließ. Ich unterhielt mich mit dem Fahrer auf Französisch, aber die Worte fühlten sich im Mund so klobig an. Mein Kopf brummte. „Na, hier ist ja was los", sagte ich.

Der Fahrer, der aus Nordafrika stammen musste, fluchte und warf seine Zigarette aus dem Fenster. Der kalte Windstoß ließ mich frösteln. „*T'as raison, mon pote.*" Er fügte einen Satz Schimpfwörter hinzu, den ich seit der Highschool nicht mehr gehört hatte.

Jugendliche zumeist nordafrikanischer und arabischer Herkunft hatten in den *banlieues*, den Randzonen der Stadt, die Unruhen angezettelt. Am 27. Oktober waren zwei junge Immigranten durch Stromschläge tödlich verunglückt, als sie sich einer Polizeikontrolle entziehen wollten. Ihr Tod brachte das Fass zum Überlaufen und die seit Jahren aufgestaute Wut und Anspannung entlud sich nun jede Nacht in den ärmsten Vororten von Paris.

Nicolas Sarkozy, französischer Innenminister, hatte am 31. Oktober eine *„tolérance zero"* gefordert und ein hartes Durchgreifen angekündigt.

Das Taxi hielt am Hotel, ich holte mein Portemonnaie heraus und zögerte. „Würden Sie mich gleich noch in die *banlieues* fahren? Können Sie kurz zehn Minuten auf mich warten? Soll nicht Ihr Schaden sein."

Der junge Taxifahrer zog einen Mundwinkel hoch, klopfte sich eine neue Zigarette heraus und schaltete den Motor aus.

Auf dem Weg zum Stadtrand las ich die Zeitung. In der Nacht hatte es die stärksten Unruhen seit ihrem Beginn vor zehn Tagen gegeben. Zweihundertsiebenundvierzig Gemeinden hatten Vorfälle gemeldet und gemeinsam mit dem Taxifahrer konnte ich nun die Schäden in den Vororten von Paris begutachten. Dutzende ausgebrannter Autowracks säumten die Straßen. Andere Straßen waren verbarrikadiert. Ich sah einen brennenden Bus, auf den Feuerwehrleute gerade ihre Schläuche richteten. Manchmal dauerte die Gewalt bis in den Morgen hinein an, hatte ich gelesen. Die Sonne ging gerade über Paris auf und ich zweifelte nicht an der Aussage meiner Kollegen.

Meinen Taxifahrer schien das alles nicht zu stören. Er freute sich sogar über mein offensichtliches Unbehagen. Nach anderthalb Stunden Fahrt durch die Vororte und unzählige Fotos mit der Digitalkamera, die mir mein Chef gegeben hatte, war ich bereit fürs Hotel, einen starken Kaffee und meine Story. Ich wusste schon, was ich schreiben wollte. Es war das Wort, das Sarkozy nach der Ankündigung seiner Nulltoleranzstrategie für die Verursacher der Gewalt gebraucht hatte. Er hatte sie *racaille* genannt, „Abschaum". Er meinte die Kinder nordafrikanischer Einwanderer, die zum Großteil für die angezündeten Autos verantwortlich waren.

Racaille. Sarkozy nahm mal wieder kein Blatt vor den Mund. Auf einmal war meine Schulzeit in Frankreich mit voller Wucht wieder da – die Vorurteile, die Angst, das Kopfschütteln, die Überzeugung, dass ein Junge namens Mohammed natürlich nicht vor einem Jean oder einem François bevorzugt werden sollte.

„Präsident Jacques Chirac hat heute den Ausnahmezustand verhängt ..." Meine Finger flogen über die Laptoptastatur, während ich mit einem Ohr France Info lauschte, wo ein Sprecher im Schnelldurchlauf die neuesten Nachrichten verkündete.

Und auf einmal und völlig unvorbereitet traf mich der Gedanke: *Du passt genauso wenig nach Amerika wie nach Frankreich oder London, Brüssel oder sonst irgendeine Stadt, in der du gelebt hast.* Ich schüttelte den Kopf und rieb mir das Gesicht. Jetlag, weiter nichts.

Ich verdrängte den Gedanken, musste aber sofort daran denken, wie Pam, meine Freundin, mich anfangs ausgelacht hatte. „Du bist vielleicht komisch! Nein, ich meine, süß, irgendwie. Was du alles nicht kennst!" Dinge wie irgendeine blöde Sitcom oder den letzten Klatsch über ein Teenager-Idol.

Multikulturell. Das war mein Problem. Papa war in einer verantwortlichen Position bei Peugeot, die uns alle drei Jahre an einen neuen Ort geführt hatte. Wir waren in Paris gewesen, dann in Brüssel, Tunis, London, Wien – und nun lebten meine Eltern wieder in Frankreich. Alle waren der Meinung, dass ich einen großen Vorteil hätte, weil ich einen französischen Vater und eine amerikanische Mutter hatte, drei Sprachen fließend sprach und zwei weitere ziemlich gut beherrschte, in fünf verschiedenen Ländern gewohnt hatte, mit Diplomatenkindern zur Schule gegangen war und das angesehene International Baccalaureate besaß. Die meisten meiner Freunde aus der Highschool hatten einen ähnlichen Hintergrund. Ich hatte Journalismus summa cum laude an der Emory University abgeschlossen. Ich kam herum in der Welt. In der Tat.

Aber dann hatte die Freude daran mit einem Mal aufgehört. All mein Fernweh war verflogen und ich hatte beschlossen, mich in den guten alten Staaten niederzulassen und als Journalist zu arbeiten. Erinnerung für Erinnerung an meine Jugend flammte in mir auf wie die Autos in den *banlieues*. Anstatt an meiner Story zu arbeiten, dachte ich an meine Eltern, die zwei Stunden mit dem TGV entfernt in Lyon lebten ...

Und nun war ich hier in ihrem Haus. Ich lief durch die Räume, blieb vor den Familienfotos stehen, die Mom sorgfältig im *salon* aufgehängt hatte. Da waren wir, die vier Kinder, mal in Sportkleidung, mal auf der Wiese vor einem alten Schloss oder um einen Tisch mit gutem Essen gedrängt. Es war ein typisch amerikanisches Zimmer.

„Mais alors, Connie! Da ist aber jemand stolz auf seine kleine Familie. Die ganze Wand ist ja zugepflastert mit den Fotos. Ça ne se fait pas!"

Ich hatte die abfälligen Kommentare meiner französischen Großmutter noch im Ohr, die jeden Handgriff meiner Mutter kritisierte, ob in der Küche oder beim Dekorieren. Gedankenverloren strich ich über ein Foto, auf dem Mom und ich als Sechsjähriger zu sehen waren. Wir streichelten ein Lamm und meine Augen waren vor Erstaunen weit aufgerissen. Mom strahlte.

Sie würde sich riesige Vorwürfe machen, nicht hier gewesen zu sein, wenn ich schon einmal nach Lyon kam. Ich hämmerte meine Story in die Tastatur, rief Pam in Atlanta an und ließ mir lang und breit erzählen, welche Party ich verpasst hatte.

Irgendwann stand ich auf, nahm das Mobiltelefon und wählte Moms Nummer. Es klingelte und klingelte. Irgendwann sprang der Anrufbeantworter an und ich hörte Moms amerikanisches Französisch: „*Bonjour, vous êtes bien sur le portable de Connie Lefort. Veuillez laissez un message, s'il vous plaît*", und dann auf Englisch, „Hi! Hier ist Connie. Nach dem Piepton können Sie eine Nachricht hinterlassen."

„Hey Mom. Ich war's. Ich bin noch in Lyon. Papa sagt, du bist in Wien. Bitte ruf mich an, wenn du kannst."

Ich klappte das Handy zu und dachte: *Ich will eigentlich nur nach Hause. Aber wo ist das? Wo?*

Nach einer Woche in Frankreich stand ich im Haus meiner Kindheit, allein. Aber ich war nicht zu Hause.

Es war schon fast dunkel, als wir nach über einer Stunde Fahrt den Weinbauort Grinzing erreichten. Ich hatte das Gefühl, dass mein Herz seit über einem Monat zum ersten Mal wieder auflebte. Ich wollte singen und aus dem Wagen hüpfen und mich mit der Gitarre auf einem der Berge niederlassen oder im Dirndl im Kreis drehen, genau wie Maria. Alles lebte – die Alpen, die Weinberge, das Dorf.

Wir suchten uns einen Parkplatz und liefen dann auf dem Kopfsteinpflaster durch den Ort. Carol erzählte uns, dass es Grinzing schon seit dem zwölften Jahrhundert gab, dass die Bewohner die Pest im 18. Jahrhundert überlebt hatten und der Ort im 19. Jahrhundert von Wien eingemeindet worden war. „Und heute kennt man Grinzing für seine *Heurigen*."

Wir sahen Carol fragend an. „Ein *Heuriger* ist ein spezieller österreichischer Ausschank für Wein. *Heurige* gibt es vor allem in dieser Gegend. ‚Heurig', das heißt eigentlich so viel wie ‚in diesem Jahr'. Die kleinen Wirtshäuser schenken den Wein aus, den sie aus dem Weinberg der Familie in diesem Jahr erzeugt haben. Die *Heurigen* sind keine normalen Wirtshäuser. Es gibt da strenge Regelungen. Sie dürfen nur ihren eigenen Wein ausschenken und dazu gibt es normalerweise ein Buffet mit typischen österreichischen Spezialitäten. Der Wein ist sehr günstig und lecker, genau wie das Essen."

Ich fand die Idee faszinierend, anheimelnd, aufregend. Die Häuser waren frisch gestrichen, in gelben, beigen und orangefarbenen Tönen, sauber, und vor jedem *Heurigen* hing eine große Laterne, oft von gusseisernem Efeu umrankt und mit einem geschmackvollen Namen darunter.

„Es gibt Dutzende *Heurige* hier, wie ihr sehen könnt", meinte Carol. „Aber die Regierung schützt sie, indem pro Woche nur einige davon geöffnet sein dürfen, damit es keinen allzu großen Wettbewerb gibt. Sie dürfen auch nur eine bestimmte Anzahl von Tagen im Jahr öffnen. Ob ein *Heuriger* geöffnet ist, sieht man daran, dass die Laterne vorm Haus leuchtet."

Wir gingen an einigen Wirtshäusern mit ausgeschalteter Laterne vorbei, bis wir zu dem Ausschank kamen, den Carol ausgesucht hatte. Hinter der Eingangstür wartete ein Foyer, in dem Weinflaschen auf alten Holzzubern gestapelt waren. Kürbisse waren auf dem Boden verstreut, Dirndl hingen an der Wand.

Wir bestellten den Hauswein, aßen dicke Kartoffelsuppe und Schnitzel und amüsierten uns über den Tag. Ich schaffte es sogar, ohne jeden abfälligen oder zynischen Kommentar am Gespräch teilzunehmen.

„Du erinnerst mich an meine Ashley", sagte Connie und nippte an ihrem Wein. „Hübsch und willensstark, unabhängig, schlau."

„Ähm, danke", murmelte ich.

Sie lachte. „Das war als Kompliment gemeint. Du scheinst ein vernünftiges Mädchen zu sein. Welche Pläne hast du denn im Anschluss an diese Reise?"

„Ich weiß nicht. Eigentlich wollte ich in der Musiktherapie arbeiten. Und singen. Aber im Augenblick ist das alles erst einmal auf Eis gelegt."

„Mein Sohn Stephen, von dem ich vorhin erzählt habe, wollte eigentlich Jurist werden, aber dann hat er auch alle Pläne über den Haufen geworfen." Ich hörte ihr Mitgefühl heraus.

„Wo ist denn Ihre Tochter?", fragte ich.

„Oh, Ashley." Sie zuckte mit den Achseln. „Ich habe keine Ahnung."

„Dann ist sie auch auf Reisen?"

„Oh, nein. Sie ist sicher irgendwo sesshaft geworden. Sie will nur nicht, dass ich weiß, wo." Ich muss Connie einigermaßen erstaunt angesehen haben, denn sie fügte schnell hinzu: „Aber ich habe mich schon daran gewöhnt." Das musste eine Notlüge sein. Ich konnte mir beim besten Willen nicht vorstellen, dass es für eine Mutter okay war, nicht zu wissen, wo sich ihre Rasselbande gerade befand.

Ich aß meinen Knödel, genoss den Duft nach Würstchen und Zwiebeln und versuchte mir eine Tochter vorzustellen, die ihrer Mutter ihren Aufenthaltsort vorenthalten wollte.

Wir hatten gerade fertig gegessen, als mir auffiel, dass Tante Bobbies Zittern wieder eingesetzt hatte, erst ganz leicht, dann immer stärker. Tante Bobbie hielt ihren rechten Arm mit dem linken fest. „Ich gehe nur mal schnell zur Toilette", verkündete sie, aber als sie nach ihrem Stock griff und aufstehen wollte, gaben ihre Beine nach und sie musste sich am Tisch abstützen. Ich sprang sofort auf, nahm ihren Arm und half ihr, sich wieder hinzusetzen.

„Willst du dich lieber hinlegen?“, fragte Carol erschrocken.

Tante Bobbie nickte. „Carol, hast du ein Auge auf sie, während ich das Auto hole?“, bat ich sie.

„Natürlich.“

Noch bevor ich den Raum verlassen hatte, fiel Tante Bobbie vornüber und knallte mit dem Kopf auf den Tisch. Ihre Arme hingen schlaff herunter. „Tante Bobbie!“

Sie reagierte nicht.

„Was genau hat deine Tante?“, fragte Connie. Von einem Augenblick zum nächsten war aus der schüchternen Mutter eine kompetente Krankenschwester geworden, die sich über Bobbie beugte und den Puls maß.

„Krebs im Endstadium. Sie meinte, dass das Zittern von den Tabletten kommt und ganz normal ist.“

Tante Bobbie war bewusstlos. „Also das hier ist nicht normal!“, rief Connie. „Sie muss ins Krankenhaus, sofort!“

Zu meiner Überraschung hastete sie in den hinteren Bereich des *Heurigen*, fand einen Kellner und textete ihn auf Deutsch zu. Ich blieb bei Tante Bobbie, die nun aschfahl geworden war und immer noch zitterte. Wie wir hier zu einem Krankenhaus oder einem Arzt finden sollten, war mir schleierhaft, aber keine drei Minuten später hörten wir die Sirene eines Krankenwagens.

„Fahr du uns im Auto hinterher. Connie und ich fahren im Krankenwagen mit“, befahl Carol, während sie Tante Bobbie mit einem feuchten Tuch über das plötzlich extrem angeschwollene Gesicht wischte. Connie schien alles im Griff zu haben. Mir fiel nichts anderes ein, als zu gehorchen. Carol wandte sich an Dee. „Und du rufst Julie in der ‚Oase‘ an und sagst ihr, was passiert ist. Sie wird jemanden organisieren, der euch nach Hause fährt.“

Wegen der kurvenreichen Straßen wurde mir bald schwindlig. Ich beugte mich vor und spähte nach vorne in die Dunkelheit, dankbar, so unendlich dankbar für das zuckende Blaulicht des Krankenwagens.

Ein Gedanke schoss mir durch den Kopf. Der Arzt hatte es zu Bobbie gesagt. *Halten Sie sich an die Ernährungsbeschränkungen!* Mir lief es kalt den Rücken herunter.

Mein kleiner Bruder Timmy fing mit zwei Jahren auf einmal an zu würgen, das Gesicht schwoll an. Kaum sah das meine Mutter, schrie sie: „Hol das Auto, Tracie! Wir müssen sofort ins Krankenhaus.“ Mom hob Timmy hoch, dessen Augen schon hervortraten.

„Was hat er gegessen?“, fragte ich meinen fünfjährigen Bruder Theo, der in der Ecke kauerte.

„Nur ein bisschen Peanut Butter.“

„Erdnüsse! Er ist bestimmt allergisch darauf!“ Moms Stimme war hysterisch.

„Dann schaffen wir es nicht bis ins Krankenhaus, bevor er erstickt“, stellte ich fest.

Aus einem Impuls heraus schnappte ich mir meinen kleinen Bruder, rannte über die Straße und drei Häuser weiter zu den Nachbarn. Sie hatten ein Kind mit schweren Allergien. Sei zu Hause, bitte, Angie, sei zu Hause, *betete ich und hämmerte an die Tür und klingelte, bis Angie verwirrt und verärgert die Tür öffnete. „Was zum ... Tracie?“ Und dann sah sie den armen Timmy und meinen ängstlichen Gesichtsausdruck.*

Ich sparte mir das Drumherum. „Haben Sie eine Spritze?“

Wir hatten uns erst wenige Monate zuvor über die Allergien ihres Kindes unterhalten, als ich einmal auf es aufgepasst hatte. Sie hatte mir sogar gezeigt, wie man die Spritze setzen musste. Jetzt war ich froh, es zu wissen. Angie stürzte ins Haus und war Sekunden später mit einer kleinen Tasche wieder an der Tür. Sie nahm mir den kleinen Timmy ab, legte ihn im Flur auf die Erde und gab ihm die Spritze mit einer Routine, als wäre sie Krankenschwester.

Mom war mir gefolgt und stand hinter mir. Entsetzt starrte sie auf Timmy, der bewusstlos auf der Erde lag.

Als er wieder zu sich kam und die Schwellung zurückging, waren wir schon auf dem Weg ins Krankenhaus. Mom schluchzte. „Danke, danke ...“

Vielleicht hatte Tante Bobbie auf irgendetwas im Essen allergisch reagiert.

Während der Fahrt, vorbei an den Weinbergen, deren Reihen aussahen wie marschierende Soldaten, kämpfte ich mit der Angst, Tante Bobbie könnte sterben. Der Wind machte unheimliche Geräusche. Da hörte ich Moms Stimme. „Das ist eine wunderbare

Idee mit der Reise, Schatz, aber Tante Bobbie ist sehr, sehr krank. Du kennst sie. Sie wird es herunterspielen. Sie wird so tun, als hätte sie jede Menge Kraft. Ich weiß nicht, ob das so eine gute Idee ist."

Erst war ich verletzt, dann wild entschlossen gewesen, und Mom erlag wie immer Bobbies Überredungskünsten. „Aber Sally, natürlich kann ich fahren. Was für eine schöne Idee!"

Mom, wolltest du Tante Bobbie all die Jahre nur bei dir haben, damit sie dir hilft? Der Gedanke kam aus dem Nichts und erschreckte mich. Noch nie wollte ich meine Mutter das fragen. Natürlich hatte Mom Tante Bobbie gewollt, gebraucht und war unheimlich dankbar gewesen.

Mom, Onkel Jack und Tante Bobbie saßen am Küchentisch. Die Jungs schliefen schon und ich saß zusammengekauert in einer gemütlichen Ecke und war auf den letzten Seiten einer Detektivgeschichte um Nancy Drew. „Schlafenszeit, Leseratte", sagte Mom.

„Och, nur noch ein bisschen. Ein Kapitel?"

„Nein. Morgen ist Schule." Mom klang müde.

„Mensch Sally, jetzt lass sie doch ihr Kapitel fertig lesen. Die fünfzehn Minuten machen den Kohl auch nicht fett."

Mom warf Tante Bobbie einen Blick zu, den ich als Zwölfjährige sehr wohl deuten konnte. Himmel, Bobbie! Es ist meine Tochter! Jetzt lass mich auch einmal ihre Mutter sein!

Und Tante Bobbie lachte und meinte: „Trace, ich kläre das mit deiner Mom. Geh nur und lies noch ein bisschen im Bett."

Langsam und müde stand Mom auf, schlang die Arme um sich und verließ die Küche.

Ich sah die Szene vor mir, als wäre es gestern gewesen, und dann noch eine und noch eine. Immer hatte Tante Bobbie Moms Autorität untergraben, wenn auch mit Humor und Gelassenheit. Nach einem oder zwei Jahren hatte Mom sicher die Nase voll von Bobbie gehabt und sich gewünscht, dass sie ihr die Erziehung überlassen würde. Ich hatte komischerweise meine Tante immer als diejenige gesehen, die die Familie zusammenhielt, und meine Mutter eher als müde und schwach. Aber stimmte das wirklich? Mom hatte viele Krisen gemeistert, von denen es in ihrem Leben wahrlich genug gegeben hatte.

„Du kennst doch deine Tante, Tracie. Sie glaubt, die ganze Welt tanzt nach ihrer Pfeife. Und sie hat einen ganz heißen Draht nach oben. Wahrscheinlich glaubt sie sogar, dass der Allmächtige ihren Befehlen gehorcht." Mom sagte das mit einem Augenzwinkern, aber inzwischen hatte ich das Gefühl, dass das tatsächlich so war.

Ich fuhr dem Blaulicht hinterher und dachte: *Sie hat mir versprochen, nicht auf dieser Reise zu sterben. Glaubt sie schon wieder, sie hat alles in der Hand?*

Ich ließ die Gedanken kreisen. War Bobbie vielleicht nicht nur zu uns gestoßen, weil wir nach Dads Tod Hilfe brauchten, sondern weil sie vor irgendetwas davonlief? Hatte sie ihr Leben mit meiner Familie ausgefüllt, weil ... ja, warum? Ich wusste nicht, wieso all diese Fragen ausgerechnet jetzt auf mich einstürmten. Ohne es zu merken, kam ich am Krankenhaus an. Die blitzenden Lichter des Krankenwagens erhellten die Nacht mit großer Dringlichkeit, während wir vor der Notaufnahme eines Krankenhauses standen, dessen Namen ich nicht aussprechen konnte, in einer Stadt, die ich nicht kannte.

Ich rannte in die Notaufnahme und sah, wie die Sanitäter Tante Bobbies Krankenliege den Flur hinunterschoben, während Carol nebenherlief und Connie mit Bobbies Handtasche folgte. Schnell schloss ich zu Connie auf, griff nach der Handtasche und kramte hektisch darin herum, bis ich die kleine braune Flasche aus der amerikanischen Apotheke fand.

„Connie, können Sie für mich dolmetschen?"

Sie nickte und gab alles wieder, was ich auf Englisch sagte. „Die Frau hat Krebs und ist in Behandlung." Ich drückte dem Arzt das Fläschchen in die Hand. „Das Mittel verursacht Zittern bei ihr. Vor zwanzig Minuten schwoll plötzlich alles an und sie wurde bewusstlos. Könnte es sein, dass sie irgendetwas gegessen hat, was zusammen mit dem Medikament so eine Nebenwirkung verursacht?"

Der Arzt beugte sich zu Connie und versuchte angestrengt, ihr Deutsch zu verstehen. Dann nickte er und Tante Bobbie wurde durch die Glastüren der Notaufnahme geschoben. Ich brach in Connies Armen zusammen.

Wir saßen zu dritt da und schwiegen. Ich hatte immer wieder die Bilder von Timmys erster allergischer Reaktion im Kopf und erinnerte mich, dass Mom oder ich von da an stets auch so ein kleines Täschchen mit einer kostbaren lebensrettenden Spritze dabeihatten, wo auch immer wir mit ihm waren.

Eine Stunde später kam der Arzt heraus und nickte uns müde aber lächelnd zu. Ich kämpfte mit Tränen der Erleichterung. Der Arzt bestätigte meine Vermutung. Bobbie war Opfer einer komplexen Nebenwirkung ihres Medikamentes geworden. Sie hatte etwas gegessen, was normalerweise für sie völlig harmlos war –Walnüsse im Brot.

„*Danke, danke*", murmelte ich immer wieder. Der Arzt legte mir freundlich eine Hand auf die Schulter. „Danken Sie sich selbst, junge Frau", sagte er auf Englisch mit deutlichem Akzent. „Sie haben Ihrer Tante wahrscheinlich das Leben gerettet."

Mitten in der Nacht konnte ich Tante Bobbie endlich wieder im Gästehaus ins Bett bringen. Ich war zu erschöpft, um zu reden, zu wütend, zu verletzt. Sie hatte mir versprochen, auf unserer Reise nicht zu sterben, und jetzt machte sie solche Sachen! Wir mussten nach Hause! Wenigstens hatten wir hier zehn Tage zusammen gehabt.

Ich wählte die Nummer von zu Hause. Es war zwar schon nach Mitternacht in Wien, aber in Atlanta erst kurz nach sechs Uhr abends.

„Hallo?" Die piepsige Stimme konnte nur Theo gehören – kurz vorm Stimmbruch.

„Hey Theo, ich bin's, Trace. Wie geht's?"

„Hi. Gut. Bin grad vom Footballtraining zurück. Ist es nicht schon ziemlich spät bei euch?"

„Ja. Ich muss kurz mit Mom reden."

„Was ist denn los?"

„Nichts. Ist Mom da?"

„Ja. Bis später."

Ich stellte mir meinen jüngsten Bruder vor, schlaksig und mittlerweile größer als ich. Manchmal wusste er selbst nicht, wo er zu Ende war. Endlich kam Mom ans Telefon. „Trace? Hey, Schätzchen. Alles in Ordnung?"

„Mom." Allein ihre Stimme zu hören, war für mich eine Erleichterung. Dann kamen die Tränen. „Tante Bobbie geht es nicht gut. Sie hat doch dieses Zittern. Aber jetzt ist es noch viel schlimmer geworden.“ Halb flüsternd, halb schluchzend erzählte ich, was passiert war, von unserer hektischen Fahrt ins Krankenhaus und vom Ergebnis.

„Oh, Liebling.“ Sie atmete tief durch. „Wo ist Bobbie jetzt?“

„Hier bei mir. Der Arzt meinte, sie könnte nach Hause und sich ausruhen. Mom, ich hatte solche Angst.“

„Natürlich, Schätzchen. Gott sei Dank hat sie jetzt Ruhe.“

„Sollen wir lieber nach Hause fliegen? Ich meine, dass es so schlimm war, kam ja nur durch die Medikamente und das Essen, aber ich hatte solche Angst. Jetzt geht es wieder einigermaßen und sie will bestimmt nicht nach Hause, Mom. Die meiste Zeit ist sie hier einfach nur glücklich, als würde sie die Krankheit vergessen können. Du solltest sie mal in der ‚Oase‘ sehen. Wie sie mit den Flüchtlingen umgeht. Ach, mit allen.“

„Hör zu, Trace. Geh schlafen. Ich werde Bobbies Ärztin anrufen. Und dann rufe ich dich morgen gegen vierzehn Uhr eurer Zeit zurück.“

„Danke, Mom.“ Ich schniefte. „Wie geht's euch denn? Ist die Rasselbande wohlauf?“

„Alles prima. Thomas hat sich gestern den Arm gebrochen, aber es ist nicht weiter schlimm.“ Brüche gehörten zur T-Bande einfach dazu. Mom machte sich nichts mehr daraus. „Theo hat gestern einen Touchdown geschafft. Tim, Teddy und Travis sind beim Basketballtraining.“

„Hat mich jemand angerufen oder eine Nachricht hinterlassen?“ Ich musste einfach fragen.

„Nein, Schätzchen“, antwortete Mom und wusste genau, was ich meinte. „Doch, Lynn hat angerufen. Sie wusste nicht, wann du wiederkommst. Aber sonst niemand.“

Wir erzählten noch kurz und legten dann auf.

Für ein paar Minuten vergaß ich Bobbie und die Diagnose und die Angst. Ich dachte an Neil und wie er mit mir Schluss gemacht hatte, zwei Tage vor der Rückmeldefrist für das Musical in New York. Ich hatte absichtlich keinen Computer mit nach Frankreich genommen, damit ich nicht andauernd nach E-Mails guckte. Und trotzdem hoffte ich, er würde anrufen. Ich wollte, dass er mir sagte, was für einen Fehler er gemacht habe, dass er am Boden zerstört sei, alles einsehe und dass er mich anflehte, zu ihm zurückzukommen.

Aber das würde nicht passieren.

Von Anfang an, schon vor drei Jahren hatte ich geahnt, dass irgendetwas bei uns nicht stimmte. Am sozialen Unterschied hatte es nicht gelegen. Sein Vater, ein Postmitarbeiter, war sehr engagiert in der Gewerkschaft. Mein Vater hatte einen Riesenbatzen Geld geerbt und war bis zu seinem unerwarteten Tod selbstständig gewesen. Neils Vorstellung von einem lustigen Abend war es gewesen, Sumo-Ringen im Fernsehen anzuschauen; meine *Romeo und Julia*.

Na und? Viele Paare waren gegensätzlich. Und doch gab es da diese kleine Stimme, die mir immer wieder zuflüsterte: „Wenn doch dies und das und jenes anders wäre, ja, dann wäre er dein Traummann."

Wir diskutierten häufig und versuchten uns gegenseitig mit Argumenten zu übertrumpfen. Wir hatten dieselben Kurse und irgendwann während des vorletzten Schuljahrs verliebte ich mich in ihn, trotz der ganzen Wenns und Abers. Tante Bobbie war von Anfang an der Meinung gewesen, dass er nicht zu mir passte, und hielt damit auch nicht hinterm Berg. Aber ich wollte nichts davon hören.

Und nun war ich todunglücklich – und zugleich irgendwie erleichtert. Aber ich war zu stolz, das gegenüber irgendjemandem zuzugeben, denn ich wusste, dass ich es nie geschafft hätte, mich von ihm zu trennen. Anfangs wollte ich nur weg von der T-Bande und mein eigenes Leben führen. Das von Neil und mir schien halbwegs in Ordnung zu sein. Aber jetzt, mit Abstand, wollte ich kein „halbwegs in Ordnung" mehr. Es tat zwar immer noch schrecklich weh und ich wollte, dass er mich auch vermisste, dass er auch Herzschmerz hatte und ich meine Rache bekam, aber ich war auch dankbar. Nun war ich Single, ungebunden, und konnte für Tante Bobbie in ihrem verzweifelten Kampf ums Leben da sein.

Kapitel 10

Stephen

Ich saß noch immer im Haus meiner Eltern und wählte ein letztes Mal die Nummer meiner Mutter, obwohl es schon nach Mitternacht war. Papa und ich waren besorgt über ihre plötzliche Flucht nach Wien. Wir hatten seit drei Tagen nichts mehr von ihr gehört. Und das passte überhaupt nicht zu Connie Lefort.

Die ersten Anrufe waren erfolglos gewesen, aber jetzt, um halb eins, ging sie endlich ans Telefon.

„Stephen! Schön dich zu hören."

„Entschuldige, dass ich so spät noch anrufe. Sag mal, alles in Ordnung bei dir?"

„In Ordnung?" Mom klang atemlos. „Ich hatte einen der schönsten Tage meines Lebens. Die Studentinnen, mit denen ich mitgefahren bin, haben mich durch die Schweiz und durch die österreichischen Alpen kutschiert und du weißt doch, wie wunderschön es hier ist! Und dann haben wir gestern Abend in so einer Station Halt gemacht, wo Flüchtlinge versorgt werden. Sie heißt ‚Die Oase'. Ich habe mit Kindern Karten gespielt und viele der Männer aus dem Iran, dem Irak und Afghanistan haben einen Film über das Leben Jesu gesehen und es war einfach ... ich weiß nicht, wie ich es beschreiben soll. Unbeschreiblich toll."

In meinem Kopf schrillten alle Alarmglocken, noch lauter als in dem Augenblick, als ich auf dem Place Bellecour in Lyon plötzlich in die Unruhen geraten war. Mom klang so ... ja wie nur? Nicht betrunken, Gott sei Dank, aber irgendwie high, ja, als hätte sie Drogen genommen. Ich malte mir aus, wie sie endlich den Entschluss fasste, sich von Papa zu trennen und sich irgendeiner Sekte anzuschließen, die blinden Gehorsam von ihr forderte – kein Ding der Unmöglichkeit bei ihrer Vorgeschichte, die von Depressionen geprägt war.

„Verstehe ... Scheint dir ja wirklich zu gefallen. Ähm, sag mal, was für eine religiöse Gemeinschaft ist das denn genau?"

„Ach, Schätzchen, es sind Christen, keine Angst. Einfach Leute, die die Bibel ernst nehmen. Und Missionare."

Missionare in Europa? In Österreich? Die die *Bibel ernst nahmen.* Also Fanatiker. Ich hielt das Telefon etwas von mir ab und fluchte leise.

„Hast du was von deinem Vater gehört?"

„Nein, heute nicht. Ich glaube, er ist in Hong Kong. Hast du noch nicht mit ihm gesprochen?"

„Nein, ich hatte den ganzen Tag das Handy aus. Wir haben eine Sightseeing-Tour gemacht. Und was wir alles Schönes gesehen haben! Und dann hat Bobbie, eine Frau, die früher mal Bibelschmugglerin war, einen Anfall bekommen. Plötzlich waren meine ganzen Krankenschwesterinstinkte wieder da und mein Deutsch, jedenfalls war ich bis vorhin noch in der Notaufnahme bei ihr. Aber es geht ihr schon besser. Ich hatte überhaupt keine Zeit, auf mein Telefon zu gucken, wie du siehst." Ich meinte, sie kichern zu hören – meine Mutter, die sonst ständig aufs Handy guckte, um ja keinen Anruf oder keine SMS von ihren Kindern oder von Papa zu verpassen.

„Und wie lange willst du dort bleiben?"

„Ach, ich weiß nicht." Schweigen. „Warum nicht mein ganzes Leben?!" Sie lachte ihr tiefes, glucksendes Lachen.

Ich rieb mir die Augen. Ach du lieber Himmel! Es war schon zu spät. Die Fanatiker hatten sie bereits eingelullt. Papa würde auf hundertachtzig sein. Ich atmete tief durch und wechselte die Taktik. „Mom, ich dachte, wir könnten uns vielleicht übermorgen treffen. In Lyon. Ich habe meine Story dann bestimmt fertig. Die Unruhen legen sich langsam."

„Oh, Stephen, so schnell bin ich nicht wieder zu Hause. Das schaffe ich nicht."

Ich konnte es nicht fassen, dass meine Mutter, die Glucke, ihren Sohn für eine Gruppe religiöser Fanatiker sitzen ließ, die für muslimische Flüchtlinge Kaffee kochte.

„Ich höre, dass du dir Sorgen machst, Stephen. Aber das brauchst du nicht. Es geht mir gut! Warum kommst du nicht her, bevor du wieder nach Atlanta fliegst?"

Wir plauderten noch ein paar Minuten, und als ich „Mach's gut" sagte und auflegte, hatte ich mich entschieden. Genau das würde ich tun! Ich würde meinen Chef um ein paar Tage Verlängerung bitten und meine Mutter aus den Fängen dieser Sekte retten.

Hamid

Hamid stand in einer langen Schlange vor dem Regierungsgebäude und wartete mit seinesgleichen darauf, den Flüchtlingsstatus zu beantragen. Die Schlange reichte bis auf den mit grauen Steinen ausgelegten Platz, auf dem ein paar Kinder neben einem Imbissstand spielten. Die UNHCR – das Flüchtlingshilfswerk der Vereinten Nationen – stand eigentlich für Hoffnung, aber das Gebäude mit den hellblauen Fahnen der UN war hinter dicken Zäunen verborgen und wurde von Polizisten in blauer Uniform und Mützen mit dem UN-Emblem bewacht. Uneinnehmbar. Es stand auf einem Hügel über der Stadt Van und schien vom Rest des Lebens weit entfernt zu sein. Auch Hamid fühlte sich vom Leben getrennt, zwischen der vertrauten Vergangenheit und einer ungewissen Zukunft. Elende und verloren aussehende Menschen vieler Nationalitäten warteten mit Decken über den Schultern geduldig in der Morgenkälte. Manche schon seit Wochen, hatte Hamid gehört.

Wochen!

Rasheed trat neben Hamid unruhig von einem Bein aufs andere. „Wir müssen beweisen, dass wir wegen unserer politischen Ideen verfolgt wurden“, drängte er. „Dann werden sie zuhören und uns die Papiere geben, damit wir nach Österreich können.“

Hamid hatte noch zweimal versucht, Jalil zu erreichen, aber immer nur die Computerstimme gehört. Was, wenn seine Nummer nicht stimmte? Wen konnte er anrufen, um Jalils Kontaktdaten zu bekommen? Ihm waren nur Jim und Anna Harris eingefallen. Als Jim am Abend zuvor ans Telefon gegangen war, hätte Hamid um ein Haar geweint. „Alles klar, Hamid. Wir haben jetzt Ihre Nummer. Ich werde sie den Leuten in Österreich weitergeben. Sicher kennt irgendjemand Ihren Cousin. Wenn es etwas Neues gibt, rufen wir Sie an.“

Plötzlich rissen Schreie Hamid aus seinen Gedanken. Er sah, wie ein Mann, den er gestern im Hotel kennengelernt hatte, über den Platz auf die Schlange zulief. Er hielt einen Kanister über dem Kopf.

„Ich zünde mich an, wenn ich nicht meine Papiere bekomme!", rief er.

„Haltet ihn auf!", schrie eine junge Frau mit einem Baby auf dem Arm.

Hamid verließ seinen Platz und lief auf den Verzweifelten zu. Plötzlich fiel ihm sein Name ein. „Bitte, Kalim, bitte. Tu das nicht. Es gibt Hoffnung."

Kalims Augen waren glasig, vielleicht vor Tränen, vielleicht vor Wahnsinn. „Keine Hoffnung!", rief er auf Farsi. „Keine Hoffnung!" Mit dem Kanister in der Hand floh er zurück auf den Platz. Dort übergoss er sich mit Benzin und wiederholte seine Drohung vor den Flüchtlingen und bewaffneten Polizisten. Plötzlich stand er in Flammen.

Die Menge schrie auf. Hamid riss seinen Mantel herunter, rannte auf den brennenden Kalim zu und warf den Mantel über ihn. Polizisten liefen herbei, um die Flammen zu ersticken, die immer höher loderten. Der Geruch von verbranntem Fleisch biss Hamid in der Nase. Er kniete neben Kalim und zitterte vor Ekel. Als die Flammen endlich erstickt waren, lag der Mann still auf den Steinplatten.

Hamid wollte aufstehen, aber seine Beine versagten ihm den Dienst. Rasheed eilte herbei und stützte ihn. Hamid brach in Wehklagen aus. „Er hatte kein Geld mehr. Drei Mal hat man ihm das Asyl verweigert. Kalim hat die Hoffnung verloren. Das hat er mir gestern Abend gesagt, aber ich habe doch nicht mit so etwas gerechnet ..."

Amir

„Ja, Julie. Ich verstehe", beruhigte Amir die älter werdende Missionarin durchs Telefon. „Nein, mach dir keine Sorgen. Ich kümmere mich darum. Ich nehme Kontakt auf und melde mich dann. Und Keith sagt, der Flüchtling ist Iraner? Allein unterwegs. Ja, ein Cousin. Jalil Khalid. Natürlich kenne ich ihn ..."

Amir lauschte der begeisterten Julie und lächelte still vor sich hin. „Wir werden hier in der ‚Oase' ganz besonders an ihn denken. Und sag uns Bescheid, wenn du etwas hörst. Ach so, er heißt übrigens Hamid."

Amir legte auf und dachte über die Neuigkeiten nach. Ein iranischer Flüchtling, der nach Österreich kommen und Asyl beantragen wollte. Amir dachte an Jalil, einen untersetzten, gutmütigen Iraner im besten Alter, dem vor etwa zehn Jahren Asyl gewährt worden war. Er ging in die Moschee in Linz. Amir wollte sich mit ihm in Verbindung setzen und herausfinden, ob er schon Kontakt mit seinem Cousin hatte, der offensichtlich wegen des Besitzes einer Bibel aus dem Iran geflohen war. Die Reise von der Türkei bis nach Österreich konnte viele Monate dauern. Es sei denn ... es sei denn er hatte Papiere und konnte fliegen. Wenn sich Jalil als sehr großzügiger Cousin erwies.

Hamid

Hamid wurde die Erinnerung an den brennenden Flüchtling nicht mehr los. Am nächsten Morgen stand er wieder mit denselben Leuten in der Schlange. Alle, auch die türkische Polizei, wirkten angespannt. Es war keine gute Werbung, einen brennenden Flüchtling in den Abendnachrichten zu haben.

„Die Polizei befürchtet Unruhen", sagte Rasheed und rieb sich die kalten Hände.

Hamid nickte. Aber die Leute sahen nicht gewalttätig aus, sondern erschöpft, ängstlich und verzweifelt. Jung und alt standen in der Schlange, Kinder klammerten sich an ihre Eltern, junge Paare standen mit sorgenvollen Gesichtern eng aneinandergedrängt. Ein alter Mann mit einem verschorften Striemen auf der Wange stützte sich auf eine provisorische Krücke.

„Ich habe gestern mit ihm gesprochen", raunte Rasheed und deutete mit den Augen auf den Alten. „Er wurde von der türkischen Polizei gefoltert. Erst letzte Woche. So lautet die offizielle Version. Aber es war nicht die Polizei. Sondern der iranische Geheimdienst. Sie sind hier, Hamid, und sie suchen uns. Sie kaufen ihre Informationen von den Hotelbesitzern oder von anderen Flüchtlingen. Und nachts kommen sie und verhaften einen."

Die Panik in Rasheeds Stimme und der Zorn in seinem Blick weckten in Hamid erneut den Wunsch, allein zu reisen. Rasheed konnte jeden Augenblick explodieren.

Hamid fühlte sich auf einmal gefangen. Auf der einen Seite die verlorene Heimat, auf der anderen die tägliche Angst vor der Geheimpolizei und vor noch Schlimmerem: einer Hoffnungslosigkeit, die in den Wahnsinn führte. Was sollte er tun? Was konnte er tun?

Er dachte an seine Studenten in den Philosophiekursen. Eigenartig, dass sie ihm gerade jetzt in den Sinn kamen. „Was sollen wir tun, Professor? Welche Hoffnung haben wir denn?"

Er sah sich selbst, wie er noch vor wenigen Monaten – oder waren es bereits Jahre, ein anderes Leben? – das uralte Sprichwort an die Tafel geschrieben hatte: *Wer über einen Fluss springen muss und weiß, wie breit er ist, wird nicht springen. Wer aber die Breite nicht kennt, wird springen, und in sechs von zehn Fällen wird er sicher ans andere Ufer gelangen.*

Hamid atmete tief ein und ging mit der Schlange einen winzigen Schritt nach vorne. Er wusste nicht, wie breit der Fluss war, also würde er springen.

In dieser Nacht wurden Hamid und Rasheed von donnernden Fäusten an der Tür geweckt. „Aufmachen!", ertönte es. Hamid bedeutete Rasheed, im Bett zu bleiben. Langsam stand er auf und zog sich seine Hose an. „Ja?", erwiderte er auf Türkisch.

In diesem Moment krachte es, die Tür sprang auf und zwei Polizisten stürmten herein. Einer ergriff Hamid, der andere zerrte Rasheed aus dem Bett.

„Mitkommen!"

Hamid folgte den unbekannten Männern widerwillig. „Isa, ich habe Angst!", rief er still aus. „Ich springe in den Fluss, ja, aber nur du kannst mich ans andere Ufer tragen."

Amir

Amir klopfte dreimal an die Wohnungstür und wartete. Nach einer Weile öffnete eine Frau Anfang vierzig die Tür. Sie trug ein Kopftuch. Zwei kleine Kinder standen neben ihr und starrten ihn an. „Hallo", sagte er auf Farsi. „Ich bin Amir. Ich habe gestern Abend mit Ihrem Mann gesprochen."

Die Frau lächelte. „Ja, kommen Sie nur herein, Amir. Ich bin Darya. Jalil wird gleich zu Hause sein. Bitte, nehmen Sie Platz."

Sie zeigte auf die bunten Kissen, die im Wohnzimmer der kleinen Wohnung lagen. Amir fühlte sich, als würde er sein eigenes Haus im Iran betreten. Die Frau brachte ein Tablett mit einer silbernen Teekanne und kleinen verzierten Gläsern. „Darf ich Ihnen Tee anbieten?"

Amir nickte.

Kurz darauf kam Jalil mit einem Beutel voller Kuchen und Gebäck herein. Er gab den Beutel Darya, umarmte seine Kinder kurz und schüttelte Amir die Hand. „Sie bringen Neuigkeiten von meiner Familie? Mein Cousin kommt nach Österreich? Ich habe über ein Jahr nichts mehr von Hamid gehört, vielleicht sogar zwei. Er hat mir nie von seinen Plänen erzählt. Sind Sie sicher, dass Sie den Richtigen meinen?"

Amir nahm einen Schluck Tee. „Meinen Informationen nach musste er ziemlich überstürzt fliehen. Seine kleine Tochter wurde mit einem verbotenen Buch erwischt. Dem Injil."

Jalils Mundwinkel zogen sich nach unten. „Ich verstehe."

„Hamid muss geflohen sein, um seine Familie vor der Religionspolizei zu schützen. Er hatte keine Zeit, um irgendjemanden zu warnen. Soweit ich weiß, hat er aber versucht, Sie zu erreichen."

Jalil runzelte die Stirn. „Mich hat niemand angerufen. Aber vielleicht hat er noch meine alte Telefonnummer."

Jalil drehte sich zu seiner Frau und sprach leise mit ihr. Dann sagte er: „Ich möchte meinem Cousin helfen. Wir wissen, wie gefährlich die Reise ist. Ich werde Sie zur Botschaft begleiten und die Behörden in Van benachrichtigen. Ist er allein?"

„Ja, seine Frau und Kinder verstecken sich, soweit ich weiß."

„Frau und Kinder!" Jalil lächelte. „Das letzte Mal, als ich Hamid sah, hatte er seine Nase nur in den Büchern, aber heimlich träumte er von einer jungen Frau, die Alaleh hieß." Zufrieden sah er seine Frau an. „Gibt es eine Möglichkeit, wie ich Kontakt mit Hamid aufnehmen kann?"

„Das werde ich herausfinden und mich dann wieder bei Ihnen melden."

Rasa

Rasa starrte aus dem schaukelnden Busfenster. Nach Westen, hatte Maamaan gesagt. Sie fuhren nach Westen. Rasa dachte daran, dass ihre Lehrerin den Westen überhaupt nicht mochte. So hatte sie es jedenfalls gesagt. „Sehr schlimme Dinge geschehen im Westen. Viele Menschen glauben nicht an Khoda. Sie tragen unangemessene Kleidung. Die Frauen bedecken nicht ihre Haare."

„Fahren wir an diesen schlimmen Ort, Maamaan? Nach Westen?", fragte Rasa ihre Mutter.

Maamaan lächelte. „Nein, Schätzchen. Wir fahren nur in eine andere Stadt im Iran. Ein guter Ort, wo wir bei freundlichen Menschen leben und Baba uns hoffentlich bald nachholt."

Aber nun hatte der Bus angehalten und zwei Polizisten waren eingestiegen. Einer von ihnen blieb stehen und sah Rasa streng an. Sie blickte schnell zu Boden und griff nach Omids winzigen Fingern. Der Polizist thronte über ihnen und sie konnte seinen heißen Atem im Nacken spüren. *Hilfe, Isa,* betete sie und befühlte das kleine Holzkreuz in der Rocktasche. *Mach, dass der böse Mann weggeht. Mach, dass er keine Fragen stellt.*

Der Polizist ging drei Reihen weiter und blieb vor einem Paar stehen. „Papiere!", knurrte er. Rasa wagte nicht, sich umzudrehen.

Sie durfte jetzt bloß nicht zittern. Maamaans Arm war ganz eng um sie gelegt. Sie saßen so dicht beieinander, dass der kleine Omid auf ihrer beider Schoß lag. Rasa hielt ihr kleines Kreuz fest. *Isa, rette uns! Uns alle!*

Endlich stiegen die beiden Polizisten wieder aus. Rasa meinte, einen gemeinschaftlichen Seufzer der Erleichterung zu hören, als der Motor ansprang und der rostige Bus auf der holprigen Straße dahinschaukelte. Rasa starrte auf die zerklüfteten Berge in der Ferne, deren Spitzen mit Schnee bedeckt waren. Ob die Berge in dem anderen Land so aussahen wie diese? Rasa glaubte es nicht. Diese Berge sahen zum Fürchten aus, nahmen den Bus in ihre Mangel, als wollten sie ihm den Weg nach Westen versperren. Rasa atmete tief ein und aus. *Danke, Isa,* dachte sie. *Danke, dass du uns gerettet hast. Bitte bring uns bald zu den schönen Bergen.*

Die zwei Polizisten brachten Hamid und Rasheed mit der Waffe in der Hand in ein unscheinbares Gebäude am anderen Ende von Van. Vier Stunden hing Hamid in einem düsteren Raum an einer Stange, die Hände zusammengebunden, die Füße knapp überm Boden. Er konnte Rasheed nicht sehen, konnte nichts rufen, weil sein Mund zugeklebt war. Immer wieder hörte er markerschütternde Schreie und betete. „Hilf Rasheed, Isa. Hilf ihm."

Hamid dachte an Rasa und Alaleh und den kleinen Omid. Er versuchte die Angst auszusperren, die in jeden Winkel seines Körpers kriechen wollte. Bald würde sein Verhör beginnen, mit einer Polizei, die keine Polizei war, sondern der iranische Geheimdienst.

Als sie ihn in einen anderen Raum mit nackten Zementwänden schleppten, entdeckte er Rasheeds Körper zusammengerollt in einer Ecke. Das schwache Stöhnen verriet, dass sein Freund zumindest noch lebte.

Die Schläge begannen – ins Gesicht, gegen den Kopf, in die Leiste. Dann Elektroschocks. Ein Brett auf den Schädel. So würden sie ihn noch vor der ersten Frage umbringen! *Isa, bitte lass mich sterben, bevor ich meine Familie preisgebe.*

Hamid spürte warmes Blut seinen Rücken hinunterlaufen und wurde ohnmächtig.

Wie lange er bewusstlos gewesen war, wusste er nicht. Alles, was er spürte, war einen Schwall kalten Wassers im Gesicht. „Mit wem arbeitest du zusammen?", schrie einer der Männer. Mehr Schläge folgten, mehr Flüche. „Sag uns, was wir wissen wollen, oder du wirst ausgewiesen und im Iran hingerichtet!"

Hamid schwieg, obwohl sein ganzer Körper unkontrolliert zitterte. Der Schmerz vernebelte ihm die Sinne. Blut sickerte ihm in die Augen. Er hatte das Gefühl, als wäre ihm der Schädel gespalten worden. Vielleicht war er das auch.

Die ganze Nacht wechselten sie zwischen ihm und Rasheed hin und her, wiederholten die Fragen und ließen ihre Wut an ihnen aus. Das einzige Geräusch, das die beiden Flüchtlinge machten, waren die schrillen Schmerzensschreie und dumpfes Stöhnen, wenn die Folter aussetzte.

Als das erste Morgenlicht durch das kleine Fenster hereinschien und einer der beiden Männer gerade mit der Hand ausholen wollte, klingelte Hamids Telefon.

Rasheed warf Hamid einen entsetzten Blick zu. Der größere der beiden Männer lachte barsch auf. „Geh nur ran, du Dummkopf. Vielleicht ist es deine Familie. Dann haben wir, was wir wissen wollen."

Rasheed hielt Hamid das Handy ans Ohr und Hamid brachte ein mühsames „Hallo?" auf Farsi heraus. *Bitte, Isa! Lass es nicht Alaleh sein!* Erst gestern hatte er sie angerufen und ihre Stimme wenigstens einige kostbare Augenblicke lang gehört.

„Hamid, hier ist Jalil, dein Cousin."

Jalil!

„Jalil." Mit seiner geschwollenen Zunge konnte er kaum reden. „Hilf mir."

Der größere der beiden Geheimpolizisten schnappte sich das Handy und brüllte etwas auf Farsi hinein. Auch wenn Hamid alles nur noch verschwommen sah, entging ihm nicht der Gesichtsausdruck seiner Peiniger, als sie merkten, dass er Familie in Österreich hatte.

„Alles in Ordnung? Hamid? Hamid?" Jalils Stimme war zu hören. *„Ich werde die Botschaft anrufen. Hamid ..."*

Die Verbindung wurde gekappt. Die Geheimpolizisten fluchten und schrien herum. Dann zerrten sie Hamid und Rasheed aus dem kleinen Raum und durch einen Flur. Die Tür zum gleißenden Tageslicht öffnete sich und auf einmal waren beide auf der Straße und allein.

Stephen

Ich musste zwei Anrufe tätigen und keiner davon versprach, besonders angenehm zu werden. Zuerst bei meinem Chef. Ich rieb mir die müden Augen und brachte mir in Erinnerung, wie ich überhaupt an diesen Auftrag gekommen war.

Es war an einem Montagmorgen vor ein paar Wochen gewesen, an dem ich wieder einmal zu spät ins Büro gekommen war. Die ersten Bilder von Bränden flimmerten bereits über die Mattscheiben. Der Rest der Kollegen achtete gar nicht auf mich. Die gesamte Redaktion starrte auf den Bildschirm.

Dale Sims war auch um halb neun schon zu Scherzen aufgelegt. „Hey, lasst uns anstoßen!“, rief er. „Auf unsere Freunde, die Gallier! Das habt ihr prima hingekriegt mit den Arabern!“

Der große Fernseher zeigte Bilder von brennenden Autos, wütenden Jugendlichen und einer Polizei, die mehr als nur leicht außer Kontrolle geraten war. Kurz gesagt: Es herrschte Chaos. „Hey, sieh dir das mal an, Stephen“, meinte Frank Dodge. „Ganz Frankreich leuchtet wie ein Weihnachtsbaum. Diese Araber machen überall Aufruhr. Wie viele Autos haben sie noch mal angesteckt, Dale?“

„Fast eintausend. Geschieht denen aber recht, den Froschfressern. Wollten ja nicht mithelfen im Irak. Jetzt sehen sie mal, was sie davon haben.“

Ich hörte nur mit halbem Ohr zu. *Na wunderbar, nicht schon wieder. Amerika gegen Frankreich. Mal sehen, wer diesmal gewinnt.*

„Der Boss will dich sehen, Stephen. Er läuft schon den ganzen Morgen ungeduldig auf und ab.“ Frank nickte in Richtung von Anderson Kimballs Büro, dem Chefredakteur der *Peachtree Press*, einer kleinen und beliebten Zeitung in South Atlanta mit einer wachsenden Online- und Printleserschaft.

Ich ging direkt zu ihm. Da stand er hinter seinem Schreibtisch mit seinen Respekt einflößenden grauen Haaren und seiner imposanten Leibesfülle. Er schüttelte kurz und kräftig meine Hand. „Schön, dass Sie es noch geschafft haben.“ Dabei zog er eine seiner buschigen weißen Augenbrauen nach oben.

„Tut mir leid, Mr Kimball. Der Verkehr.“

„Schon gut. Ich möchte, dass Sie an einer Story arbeiten. Aber nicht hier.“

Mein Beruf als Reporter brachte mich oft in die abgelegensten Käffer von ganz Georgia. „Klar, Boss. Kein Problem.“

Andy Kimball legte einen Stapel Zeitungen zwischen uns auf den Schreibtisch. „Ich brauche eine Story über Frankreich. Live. Ich will, dass Sie dorthin fliegen. Nehmen Sie die hier mit und lesen Sie sie im Flugzeug. Sehen Sie sich die Berichterstattung der letzten Tage an. Die Unruhen dauern jetzt schon zehn Tage an und eine Menge Leute glauben, dass sie noch lange nicht vorüber sind. Wir brauchen jemanden vor Ort. Können Sie heute Abend abreisen? Der Flieger geht um sieben von Hartsfield.“

Ich war erst seit anderthalb Jahren bei dieser Zeitung und abgesehen von einer kurzen Story über den Hurrikan Katrina im September hatte mein längster Bericht bisher den Collegefootball zum Thema gehabt.

„Sind Sie sicher? Das ist nicht gerade das, woran ich so arbeite."

„Ich weiß. Aber Sie wollen mir doch nicht etwa sagen, dass Sie mit der Situation nicht vertraut sind!?" Als Andy Kimball mich mit in seinem dicken Gesicht zu bloßen Schlitzen zusammengekniffenen Augen ansah und sich so weit über den Schreibtisch zu mir beugte, dass sein umfangreicher Bauch fast die Tischplatte berührte, wusste ich, dass dies kein Augenblick zum Diskutieren war.

„Nein, Sir. Ich werde mir alle Mühe geben."

„Tun Sie das. Sie wissen, das Ganze ist ein Pulverfass. Drei Viertel unserer Leserschaft sind der Meinung, jeder Araber sei ein Terrorist. Sie sind stinksauer auf Frankreich, weil sie sich aus der Sache mit dem Irak herausgewunden haben."

„Ich weiß."

„Ich möchte, dass sie denen Ihre Version der Geschichte zeigen. Und machen Sie es ja gründlich. Ihr erster Artikel ist morgen fällig, zwölf Uhr mittags, unsere Zeit. Klären Sie das mit Kate – sie bucht Ihren Flug."

Ich nickte und trat wie benommen aus dem Büro. Frankreich? Heute Abend? Kein Zweifel, der erste Adrenalinstoß war bereits da. *Mist*, dachte ich plötzlich. *Ich habe Pam versprochen, dass wir heute Abend ausgehen.*

„Hey, Steph, alles in Ordnung? Du siehst irgendwie mitgenommen aus. Gar nicht so blass wie sonst", frotzelte Frank. „Schlechte Neuigkeiten vom Boss?"

„Nicht schlecht. Nur sehr überraschend." Ich ging zu meinem Arbeitsplatz und schielte zum Fernseher. „... *Wütende Jugendliche aus den ärmsten Vierteln von Paris und anderen Städten in Frankreich haben nun schon die zehnte Nacht in Folge Autos angezündet ...*", sagte der Reporter gerade.

Ich holte mir einen starken Kaffee und machte mich an die Hetzschriften, die Andy mir gegeben hatte.

Zweimal täglich hatte ich mit meinem Chef Kontakt gehalten und bisher schien er mit meiner Arbeit zufrieden zu sein. Ich wählte seine Nummer und wartete.

„Ja?"

„Mr Kimball, ich bin's, Stephen."

„Stephen! Schöne Story über Lyon! Die Leute hier steigen langsam richtig ein ins Geschehen. Wie lange wird sich das denn noch hinziehen?"

„Erst heute hat das Parlament einen dreimonatigen Ausnahmezustand bewilligt. Die Ausgangssperren werden streng überwacht. Außerhalb von Paris sind in ganz Frankreich die Unruhen zurückgegangen. Es gibt Berichte von weniger als dreihundert angezündeten Fahrzeugen letzte Nacht, im Vergleich zu eintausendvierhundert vor zehn Tagen. In den Banlieues von Paris, Lyon und Toulouse gibt es noch Probleme, aber ich glaube, es ist fast ausgestanden."

„Gut, aber Sie sollten noch ein paar Tage dort bleiben, bis es ganz vorbei ist."

„Ich wollte fragen, ob ich nach den Unruhen vielleicht noch eine andere Story hier schreiben kann."

„Und zwar?" Ich stellte mir Andy Kimball vor, wie er sich über den Schreibtisch lehnte, die Augen zusammengekniffen, die mächtigen Schultern und gewaltigen Oberarme aufgestützt, den Röntgenblick aufs Telefon gerichtet. *Jetzt nur nicht das Falsche sagen.*

„Die Flüchtlingskrise in Wien. Äh, ich habe von den Iranern und Afghanen gehört, die in die Flüchtlingsunterkünfte strömen. Zu einer Unterkunft außerhalb von Wien habe ich auch schon Kontakt. Sie wissen doch, wie gespalten die Amerikaner über der Flüchtlingsfrage sind. Ich habe eine religiöse Gruppierung ausfindig gemacht, die aus Amerikanern besteht und mit Flüchtlingen arbeitet. Das könnte eine ganz gute Geschichte abgeben. Sie wissen schon, Geschichten, die das Leben schreibt." Ich ließ eine Pause. Die Notfall-in-der-Familie-Karte wollte ich um keinen Preis ausspielen. Anderson Kimball hatte nichts für familiäre Notfälle übrig. Sonst hätte er Frank Dodge nicht so eine Standpauke gehalten, als er vergangenes Jahr wegen der schweren 24-Stunden-Geburt seines Kindes Arbeit liegen gelassen hatte.

„*Flüchtlinge*. Und das wird ein Knüller, ja? Sie meinen, das interessiert die Leute hier? Wieso?"

„Es ist auf jeden Fall ein paar Nachforschungen wert. Meine Quellen sind ziemlich gut." Das war gelogen. Er würde mich kreuzigen, wenn das aufflog. *Mach langsam, Stephen. Bring dich nicht in Teufels Küche. Du willst doch deinen Job behalten, oder?*

„Na schön, Sie kriegen drei Tage. Aber das sollte sich besser lohnen, mein Freund."

„Danke, Mr Kimball. Sie werden schon sehen. Und ich fliege mit EasyJet. Keine Sorge, Ihr Geld ist gut investiert."

Das Telefonat mit meiner Freundin Pam, mit der ich zusammenwohnte, dauerte nun schon zwanzig Minuten. Zwanzig Minuten, in denen sie mir vorhielt, ich sei rücksichtslos und wir hätten schließlich Dinge zu planen. „Stephen, weißt du, wie lange du schon weg bist? Hast du überhaupt eine Ahnung, was du hier alles verpasst?"

Ich verdrehte die Augen. *Ja, Liebling*, ich wusste genau, wie viele Tage ich fort war. Neun. Und mir wurde bewusst, wie wenig ich sie bisher vermisst hatte. Ich war die ganze Zeit in Frankreich unterwegs gewesen, hatte die Spätnachrichten mit den brennenden Autowracks gesehen und dann die halbe Nacht die Tastatur bearbeitet, damit Kimball am Morgen seine Story hatte. Ich war todmüde.

Und jetzt noch die Sache mit Mom.

„Ich versuche hier den Laden auf Vordermann zu bringen. Du hast mich darum gebeten, Stephen. Und ich werde wohl einige Entscheidungen ohne dich treffen müssen." Ich hatte nichts dagegen. Pam war Raumausstatterin, talentiert, schlau, clever. Ich hatte sie vor neun Monaten auf einer Party eines Arbeitskollegen kennengelernt. Hübsch war sie auch noch – blond, sonnengebräunt, betörende grüne Augen. Sie wollte es zu etwas bringen, genau wie ich. Wir beschlossen, uns zusammenzutun. Vor vier Monaten war sie bei mir eingezogen. Sie war witzig – nur leider kontrollsüchtig. Ich hatte es zuerst gar nicht so bemerkt, aber mittlerweile ging es mir auf die Nerven.

„Hör zu, Pam. Ich kann noch nicht nach Hause kommen. Der Chef hat mich nach Wien geschickt."

„Wien! Schön, wie du dir einen Lenz machst und durch Europa gondelst, während ich hier hinterm Schreibtisch sitzen muss."

„Pam, das ist für die Arbeit." Wieder eine Lüge, zumindest teilweise.

„Die Arbeit, natürlich. Hast du deine Eltern schon besucht?"

„Nein. Papa ist in China und Mom in Österreich bei irgendeiner religiösen Gruppe. Sehr seltsam."

„Was du nicht sagst. Deine ganze Familie ist seltsam."

„Pass auf, ich rufe dich aus Wien an, wenn ich genauer weiß, wie mein Zeitplan aussieht. Und ich mache das wieder gut, versprochen."

„Wollen wir's hoffen! Muss ich mir also doch eine andere Begleitung zum Dekorateurball suchen. Hört sich ja nicht so an, als wärst du am Samstag wieder da. Vielleicht frage ich Jeff. Meinst du, er hat etwas dagegen, eine arme junge Frau zu begleiten, die von ihrem Freund sitzen gelassen wurde?"

Das saß. Vor neun Monaten hatten alle meine Freunde nach einer Verabredung mit Pam gelechzt, aber ich hatte sie ihnen weggeschnappt.

„Wie hast du das mit Pam gemacht, du halbe Portion?", hatte mein Kollege Jeff mich aufgezogen. „Sie ist zum Sterben schön und du bist sterbenslangweilig – abgesehen von den roten Haaren! Mensch, in Highheels spuckt sie dir auf den Kopf."

Ich hatte mich an die Frotzeleien gewöhnt und störte mich nicht mehr daran. Aber die Vorstellung, dass sie mit jemand anderem ausging, versetzte mir einen Stich. „Pam, es ist doch für die Arbeit. Was soll ich denn deiner Meinung nach sagen?"

„Sag, dass du mich vermisst, dass du jedes Mal an mich denkst, wenn dein Kopf das weiche Hotelkissen berührt, und dass du es gar nicht erwarten kannst, wieder nach Hause zu kommen."

Du Idiot, dachte ich. „Pam, drei Mal Ja! Und du glaubst doch nicht etwa, dass ich drei Tage in Paris war, ohne etwas für dich zu kaufen, oder? Kann es kaum erwarten, dich darin zu sehen."

„Ach tatsächlich", gurrte sie. „Wurde aber auch Zeit, dass du mir etwas wirklich Interessantes erzählst. Diese verrückten Araber mit ihren brennenden Autos habe ich gründlich satt. Als hätte ich nicht schon genug Sorgen mit meinen Kunden. Die brennen nämlich *mein* Auto ab, wenn ich ihnen nicht bis Freitag einen Vorschlag für ihr Haus schicke."

Ein paar Minuten später legte ich lächelnd auf. Ich hatte ihr wirklich ein hübsches kleines Negligé gekauft. *Ganz so dumm bist du nämlich auch nicht, du halbe Portion.* Wenn ich meine Trümpfe gut ausspielte, würde Pam ohne Gejammer auf mich warten.

Kapitel 11

Tracie

Endlich hörte Tante Bobbie mal auf mich. Ich hatte sie angefleht, im Bett zu bleiben, und sie hatte eingewilligt. Natürlich hatte es auch geholfen, dass Carol ihr strikt untersagt hatte, zur „Oase“ zu kommen. Ich konnte sehen, wie enttäuscht Bobbie war.

„Es geht mir doch schon besser“, argumentierte sie. „Es war nur eine allergische Reaktion.“

„Du bist fast gestorben gestern Abend!“, fauchte ich zurück und wurde sofort traurig. „Ach Tante Bobbie, ich möchte nicht mit ansehen, wie du stirbst.“

Sie drückte mich an ihre Brust. „Tut mir leid, Trace. Du warst meine Heldin gestern. Also schön. Dann bleibe ich hier und lese.“

„Ich bleibe auch hier. Wir könnten den ganzen Tag Filme gucken.“

Bobbie zuckte mit den Achseln. „Wenn du willst. Du kannst aber auch ruhig zur ‚Oase‘ gehen. Ich passe auf mich auf, versprochen. Und ich warte auf den Anruf deiner Mutter wegen der Onkologin. Ich hätte sie auch selbst anrufen können.“

„Können ja, wollen nein. Ich kenne dich.“

„Du hast recht. Aber ich telefoniere mit deiner Mutter. Versprochen.“ Sie hielt mir das Handy hin und lächelte.

„Na ja, wenn es dir wirklich nichts ausmacht, dann hänge ich ein bisschen bei den Mädchen in der ‚Oase‘ herum“, sagte ich etwas verlegen. „Wir üben Lieder für diesen Musikabend nächste Woche.“

Tante Bobbies Augen funkelten. „Das sind die besten Neuigkeiten des Tages.“

Bobbie

Nachdem Tracie gemeinsam mit den Studentinnen das Gästehaus verlassen hatte, quälte ich mich aus dem Bett und ging mithilfe meines Gehstocks über den Flur ins Bad. Ich starrte in den

Spiegel und fluchte. Ja, ich fluchte. Die Worte kamen von ganz tief in mir.

Herr, ich will nicht sterben. Noch nicht, nicht jetzt, wo ich so kurz davor bin.

Ich spritzte mir warmes Wasser ins Gesicht, tupfte es mit einem Handtuch trocken und schlurfte völlig erschöpft wieder ins Zimmer. In einem anderen Leben war ich in Rumänien ins Gefängnis geworfen worden; ich hatte Kinder in einem alten Lieferwagen versteckt, als die Polizei nach uns fahndete; ich hatte sogar in eine Pistolenmündung geblickt. Aber solche Angst wie letzte Nacht hatte ich noch nie gehabt. Ich dachte, ich würde sterben, und das Grauen hatte mich gepackt. „Wo ist denn nun dieses große Vertrauen, Gott? Ich dachte, in solchen Momenten spürt man einen Frieden, der alles Verstehen übersteigt?" Wieder kam mir ein Schimpfwort über die Lippen.

Ich kletterte zurück ins Bett, zog die Decke über die Beine und beobachtete, wie sie zitterten, wenn auch nur ganz sachte. Natürlich sagte ich mir, dass die Medikamente für das Zittern verantwortlich seien und irgendeine allergische Reaktion der Grund für die Schwellung und meine Bewusstlosigkeit war. Doch insgeheim hatte ich eine Heidenangst, dass der Krebs sich anpirschte und mich immer weiter zerfraß, meinen Körper, meine Kraft und meinen unbeugsamen Willen einfach verschlang.

Ich schloss die Augen und sah das Gesicht meiner großen Schwester Sally vor mir.

„Bobbie, hör mir zu. Du musst anfangen zu leben! Wie oft hast du mich schon gerettet? Du hast mir geholfen, die Kinder großzuziehen – und sieh uns an. Es geht uns gut. Wir kommen zurecht und nicht nur gerade so über die Runden. Es wird Zeit, dass du ausziehst und dir ein eigenes Leben aufbaust."

„Aber dieses Leben gefällt mir. Willst du mir sagen, dass du mich nicht mehr brauchst?"

„Bobbie, hör auf! Hör auf, alles kontrollieren zu wollen und dir immer so zurechtzubiegen, wie du es willst. Wir werden dich immer lieben und immer brauchen. Aber ich kann für meine Kinder sorgen und es geht ihnen gut. Ich möchte, dass du zu dir selbst findest, ohne uns."

Natürlich hatte Sally irgendwie recht, aber es tat so weh, es zu hören! Ich arbeitete in der Kinderbetreuung der New Dawn Church und mein Zuhause war bei Sally und den Kids. Ihren Kids. *Unseren* Kids.

Ich hatte immer meinen Willen bekommen. Ich wollte nicht gehen.

Nein, ich hatte Angst zu gehen, berichtigte ich mich. Angst, dass ich mich mit der Einsamkeit und den tiefen seelischen Wunden beschäftigen musste, wenn ich Sally und die Kinder verließ. Und so war ich einfach geblieben. Ich überzeugte Sally davon, dass die gegenwärtige Situation für uns alle das Beste war. Schließlich hatte sie, wie so oft, klein beigegeben.

Das hatte mich an Amir immer beeindruckt. Ich konnte ihn nicht herumschubsen. *„Jill, du bist es vielleicht gewohnt, deinen Willen zu kriegen und andere zu retten. Aber mich brauchst du nicht zu retten. Ich komme ganz allein zurecht.*“ Er hatte mir genau ins Herz geschaut, meine Schwäche entdeckt und sie in Worte gepackt. Das hatte noch nie jemand gewagt. Ich war natürlich wütend geworden – *Wie kann er es wagen?* Zu meiner Erleichterung war Amir aber noch nicht fertig. *„Ich lasse mir gerne helfen, aber Mitleid und Almosen, das brauche ich nicht. Ich werde mir wieder ein Leben aufbauen und würde mich freuen, wenn du ein Teil davon bist, aber du wirst mich nicht regieren. Wir können es gemeinsam versuchen. Ich fürchte mich nicht vor dir. Du machst mir keine Angst, kein bisschen.*“

Was er mir anbot, wollte ich haben, um jeden Preis der Welt. Bis ...

Ich griff nach dem Handy, das Carol mir dagelassen hatte, und holte meine alte Telefonkarte heraus, die ich manchmal noch benutzte, wenn es ein Notfall war und ich Peggy erreichen musste. Aber in Atlanta war es erst vier Uhr morgens und ich wollte meine zweiundneunzigjährige Freundin nicht wecken. Ich würde später anrufen. Den ganzen Tag hatte ich dafür noch Zeit. Aber ich wollte ihre Stimme hören. Ich musste ihr sagen, dass ich so nah dran war, aber dass ich es wohl doch nicht schaffen würde.

Ich musste ihr sagen, wie viel Angst ich hatte.

Zu dreizehnt quetschten wir uns in den Kleinbus und sangen auf der fünfzehnminütigen Fahrt vom Gästehaus zur „Oase" aus Leibeskräften. Ungezwungen wechselten wir von Hits aus *Der Fiedler auf dem Dach* zu *Mary Poppins* und *My Fair Lady*. „Und jetzt ‚How Great Thou Art'", schlug Dee irgendwann vor.

„Das kann ich nicht", gab ich zu.

„Macht nichts. Ich fange an. Du hast das bestimmt schon mal gehört."

Und so war es auch. Die Leute in Tante Bobbies Kirche hatten es gesungen. Die Mädchen sangen vierstimmig und ich weiß nicht wieso, aber ich bekam eine Gänsehaut, eine von den guten. Am liebsten hätte ich noch ewig mit den Mädchen im Kleinbus gesessen und gesungen.

Als wir gegen neun in der „Oase" ankamen, waren Carol, Julie, Tom und seine Frau Trish schon da, und natürlich Connie, die bei Carol untergekommen war. Connie redete gerade aufgebracht mit Carol und drehte sich begeistert zu uns um. „Wisst ihr was? Mein Sohn kommt mich morgen besuchen!"

„Schön", sagten Dee und Alice höflich.

„Stephen? Von dem Sie uns gestern erzählt haben?", fragte ich.

„Ja, und nun sag endlich *Du* zu mir. Ich freue mich so! Ich habe ihn fast ein Jahr lang nicht gesehen." Sie erzählte gleich die Geschichte, die einige von uns schon kannten. „Mein Mann und ich leben in Lyon, wie ihr wisst, aber mein Sohn lebt in Atlanta. Er ist Journalist. Sein Chef hat ihn nach Frankreich geschickt, damit er über die Unruhen und die vielen brennenden Autos in Lyon berichtet."

Jetzt hatte sie die Aufmerksamkeit der Mädchen. „Was läuft denn in Lyon?", fragte Janet. „Hier kriegt man irgendwie gar nichts mit. Dabei war es schon vor der Abreise schlimm genug. Wir haben uns schon gefragt, ob wir überhaupt hierherfahren können. Gut, im Studentenwohnheim war es nicht besonders gefährlich, aber zu wissen, dass jede Nacht zig Autos angezündet werden, das war schon ziemlich beängstigend. Meine Mom war froh, dass wir erst mal nach Österreich fahren."

„Und wie gruselig das war", sagte Connie. „Diese verrückten Araber!“ Sie hielt erschrocken die Hand vor den Mund. „Entschuldigung. Ich habe keine Vorurteile, aber ...“

Ich verdrehte die Augen.

„Stephen sagt, die Lage hat sich weitestgehend beruhigt“, fuhr Connie fort. „Jedenfalls kann er euch das morgen alles selbst erzählen.“

„Wie alt ist denn dein Sohn?“, fragte Dee beiläufig.

„Fünfundzwanzig. Journalist. Gut aussehend. Schlau wie ein Fuchs.“

Dee zog die Augenbrauen hoch. „Cool. Ich meine, schön, dass mal ein Mann vorbeikommt. Diese Kurzeinsätze sind doch oft sehr einseitig, was die Geschlechter angeht. Viel zu wenig Jungs.“

„In unserem Fall überhaupt kein Junge“, warf Alice ein.

Connie kicherte. „Also, mein Stephen ist ein ganz feiner Kerl. Aber er hat eine Freundin, mit der er auch zusammenwohnt. Nicht, dass mich das stören würde ...“ Sie kicherte wieder, etwas nervös. „Und er ist nicht so ...“ Connie überlegte. „Nicht so religiös, wenn ihr wisst, was ich meine. Aber er ist trotzdem toll.“

Ich wusste nicht, wieso ich so beschwingt war. *Was für ein Tag*, dachte ich nur. Nach Tante Bobbies Anfall vergangene Nacht hatte sie sich ausgeruht und mich sogar zweimal auf dem Handy angerufen, um mir zu sagen, dass ihre Ärztin sie nicht mit dem nächsten Flieger zurückbeordert hatte.

„Sie meinte nur, ich solle kürzer treten“, hatte Bobbie mir versichert. „Und sie schickt mir eine Liste mit Nahrungsmitteln, die ich meiden soll. Ich habe die Liste ja zu Hause, aber leider vergessen. Als ich ihr von der Schwellung und den Walnüssen erzählt habe, war sie ... nun, etwas aufgebracht.“

Tante Bobbie musste sich also nur schonen und auf die Ernährung achten und alles würde gut werden! Zumindest redete ich mir das ein, während ich mit den Mädchen den Musikabend für die Flüchtlinge plante. Carol kannte einige Lieder auf Farsi und Arabisch, die wir einübten. Auch zwei deutsche Lieder fügten wir zu unserem Repertoire hinzu.

Nach dem Mittagessen organisierte das Team eine Art „Kinderklub“ für einen ganzen Raum voller Flüchtlingskinder. Ich beobachtete Dee und Neta und Connie, wie sie geduldig mit Händen und Füßen und unter vielem Kichern erklärten, wie ihre Bastelidee nachzumachen war. Die Kinder gingen mit den Scheren und Stiften und dem Papier um, als wären es fremde Objekte, kostbar und unbekannt. Ihre Begeisterung war spürbar, während sie kleine Geschenke für ihre Eltern bastelten. Ich half ihnen beim Ausschneiden und Aufkleben und alberte mit ihnen herum, bis unsere Finger klebten. Die Kinder brachten mir im Gegenzug Lieder bei. Ich sang mit und versuchte ihr Farsi nachzuahmen, woraufhin einige Mädchen sich etwas zuflüsterten.

„Sie sagen, du bist eine schöne Frau mit einer schönen Stimme", übersetzte mir Carol und ich wurde rot wie eine Tomate.

Nach dem Kinderklub versammelte sich das ganze Team mit Julie in dem kleinen Raum über dem „Kaffeehaus". Wir ließen uns auf den bequemen alten Sofas nieder und betrachteten die vielen Bilder lächelnder Flüchtlinge an der Wand. „Es gibt ein dringendes Gebetsanliegen", informierte uns Julie. „Jim und Anna Harris haben einen iranischen Flüchtling in Van kennengelernt. Er heißt Hamid und sucht nach Jesus." Schnell skizzierte Julie seine Geschichte. „Und er hat einen Cousin in Linz, der ihm vielleicht helfen kann, hier Asyl zu bekommen. Wir sollten für Hamid um Schutz bitten und dass er mit seinem Cousin Jalil sprechen kann. Ein iranischer Pastor hier in Österreich hat schon Kontakt zu ihm aufgenommen. Und bitte betet für Hamids Frau und Kinder, die sich irgendwo im Iran verstecken."

Alle senkten ihre Köpfe und einer nach dem anderen sprach ein Gebet für einen Mann, den sie nicht kannten. Ich dachte an Naseefs Geschichte und stellte mir die beschwerliche Flucht vor, die Hamid durchmachte. Ich selbst betete nicht – weder laut noch leise –, aber in mir drin wurde es warm.

Als die Flüchtlinge, die meisten davon Männer, sich am Abend wieder in der „Oase" versammelten, schien ich seltsamerweise vor Wohlwollen überzuschäumen. Aber ich wollte doch gar nicht zu einer dieser oberflächlichen Kurzzeithelferinnen werden, die Flüchtlingen beistanden, um sich selbst besser zu fühlen. Oder vielleicht doch? Vielleicht war meine Sicht auf die Dinge ein wenig aus dem Lot geraten?

Stephen

Ich erreichte Wien am 17. November, einem Donnerstag, nachdem ich die halbe Nacht mit der letzten Story für Kimball verbracht hatte. Dank EasyJet war ich in Rekordzeit dort und ließ mich mit einem Taxi an den Ort fahren, den Mom mir am Telefon umschrieben hatte. „*Ein wunderschönes kleines günstiges Gästehaus. Da ist bestimmt noch Platz für dich!*"

Das Gästehaus war glücklicherweise ein ganz normales Haus. Kein Weihrauch, keine abgedunkelten Räume mit Rosenkränzen und Zaubersteinen, keine Säuselmusik und keine Menschen, die wie Untote in Trance durch die Räume schlurften. Ein älterer Mann afrikanischer Herkunft saß an der Rezeption und seine Frau, auch eine Afrikanerin, zeigte mir den Weg zu meinem kleinen, sauberen Zimmer. „Die Duschen sind hier auf dem Flur. Die Toiletten auch." In meinem Zimmer gab es ein Waschbecken. Ich rasierte mich eilig und machte mich zum „Kaffeehaus für Flüchtlinge" auf, wie Mom es genannt hatte. Es war fast sieben Uhr abends und offensichtlich fand dort irgendeine Veranstaltung statt, zu der sie mich eingeladen hatte.

Nein danke, dachte ich. Ich gucke lieber zu.

Das Taxi setzte mich mitten in einem kleinen Ort neben Bahnschienen ab. Ich bezahlte und ging auf ein Gebäude zu, an dem auf einem Schild „Die Oase" stand. Davor saßen einige Jugendliche auf einer Bank, von denen garantiert keiner Österreicher war. Ich nickte ihnen zu und einer rief: „Ameerikan?"

Überrascht, dass ich mich verraten hatte, ohne meinen Mund aufzumachen, beschloss ich, meine Drittkulturkind-Karte auszuspielen. „*Non, en faite, je suis français.*" Natürlich sagte ich dies ohne jeden Akzent und die Jungs lächelten zufrieden. Einer von ihnen, er mochte höchstens sechzehn sein, fing an, mich auf Französisch vollzuplappern. Er kam aus Algerien. Seine Frage, wo ich in Frankreich leben würde, beantwortete ich grinsend, aber dieses Mal auf Arabisch.

Jetzt hatte ich auch die Aufmerksamkeit der anderen beiden Jugendlichen. „Sie sprechen unsere Sprache?", fragten sie aufgeregt. „Woher können Sie Arabisch?"

Ich kann gar nicht genau sagen, was in diesem Augenblick passierte, als die drei plötzlich strahlten, aufsprangen und mir die

Hand gaben. „Ich bin Fareed“, sagte der Älteste. „Ich komme aus dem Iran. Ich spreche Farsi, aber Arabisch kann ich auch.“

„Rachad, aus Algerien.“

„Saquib, Tunesien.“

Ich war noch nicht in die „Oase“ eingetreten, doch schon hatte sich meine Laune gebessert, nur weil ich die Sprachen meiner Kindheit hörte. Wir hatten zu Hause zwar immer nur Französisch und Englisch gesprochen, egal, wohin die Arbeit meines Vaters uns geführt hatte. Aber als wir vier Jahre in Tunesien gelebt hatten und ich dort zur Grundschule gegangen war, hatte ich auch Arabisch gelernt. Ich liebte Sprachen und die Tatsache, dass ich fünf davon recht fließend sprechen konnte, kam mir nicht komisch vor, eher als Begleiterscheinung meiner Kindheit.

Die Jugendlichen erzählten mir ihre Geschichten, als hätte ich sie um ein Interview gebeten, überschütteten mich halb auf Farsi, halb auf Arabisch mit ihren Erlebnissen. Ich hörte konzentriert zu, prägte mir ihre Gesichter ein, ihre Geschichten, ihren verlorenen Blick und die plötzliche Begeisterung über jemanden, mit dem sie reden konnten. Nebenbei fragte ich mich, welche Sprache die Menschen in der „Oase" sprachen.

„Sind Sie Christ? Arbeiten Sie in der amerikanischen Kirche?“, wollte Rachad wissen.

„Nein. Nein, ich bin nur Besucher.“

„Sie sind Amerikaner, aber kein Christ?“, hakte Fareed nach. Das schien sie zu verwirren.

Ich bemühte mich, die alten Sprachkenntnisse hervorzuholen. „Ich bin kein Moslem oder Buddhist oder Hindu, falls ihr das meint. Sagen wir es so, ich gehe einfach nicht zur Kirche.“

„Also sind Sie kein aktiver Christ“, stellte Fareed fest. Er stieß Rachad den Ellenbogen in die Seite. „Rachad ist kein aktiver Muslim. Nur im Ramadan, wenn alle müssen.“ Er gab dem Jungen einen harten Schlag auf den Rücken, sodass diesem die eigentlich unter Muslimen verpönte Zigarette aus dem Mund fiel. Die drei Jungs lachten. „Zum Glück ist der Ramadan vorbei.“

Ich nickte. „Seit dem dritten November, oder?“

Die drei sahen sich grinsend an. „Ein Amerikaner, der kein aktiver Christ ist, aber den Ramadan kennt.“

Als ich erwähnte, dass ich meine Mutter suchen würde, sahen sie mich an, als hätten sie sich verhört. „Ihre Mutter?"

„Ja, sie ist hier."

Die Tatsache, dass ein erwachsener Mann seine Mutter suchte, schien sie zu amüsieren. Sie klopften mir anerkennend auf die Schulter und hielten mir die Tür zur „Oase" auf. Wir traten in einen großen, überfüllten Raum, in dem an den Wänden Tische standen, wo Männer und Kinder Brettspiele spielten, zumeist Schach. Zu meiner Linken gab es einen langen Tresen, hinter dem zwei junge Frauen standen – vermutlich Amerikanerinnen. Ich wollte gerade den Rest des Raums auf mich wirken lassen, als meine neuen Freunde zu rufen anfingen. „Er sucht seine Mutter", zuerst auf Arabisch, dann auf Farsi, und schließlich versuchte sich einer von ihnen auch an Englisch. Sein *mother* klang eher wie „moseer", was einige Anwesende lachen ließ.

Dafür wurden ihre Anstrengungen innerhalb von Sekunden von Moms aufgeregtem „Stephen! Da bist du ja!" belohnt. Sie schlang die Arme um mich wie früher, als ich noch ein Kind gewesen war und ihre Umarmungen noch nicht so besitzergreifend gewirkt hatten; als sie noch nicht *bitte, bitte geh nicht* bedeuteten und mir noch keine Angstschauer über den Rücken jagten, weil meine Mutter wieder in eine tiefe Depression gefallen war.

Diese Umarmung war herzlich und liebevoll. Dann ließ sie mich los und sagte: „Ich möchte dir ein paar neue Bekannte vorstellen. Das hinter dem Tresen sind Dee und Neta." Zwei Mädchen im Collegealter winkten und lächelten, die langen Haare im Pferdeschwanz zusammengebunden. Sie machten einen unschuldigen und frischen Eindruck wie weißes Leinen in einem Raum, der fast nur von dunkelhäutigen Männern gefüllt war. „Sie studieren in Lyon. Dort habe ich sie auch kennengelernt. „Ach, und das da drüben ist Tracie." Sie zeigte auf eine Gruppe junger Männer, die sich angeregt mit einer jungen Frau unterhielten. Sie trug einen gelben Pullover und Jeans, die dunkelblonden Haare waren locker mit einer Haarspange zusammengehalten. Als sie ihren Namen hörte, drehte sie sich um und beäugte mich etwas kritisch.

Die Flüchtlinge waren inzwischen gegangen und ich war umringt von zwölf Studentinnen, die alles über Lyon aus mir herausquetschten.

„Erzähl schon“, gurrte eine hübsche Rothaarige. *Nicht übel*, dachte ich im Stillen. *Belagert von hübschen Mädchen, die mir an den Lippen kleben.* Ich dachte über die Geschehnisse der letzten Tage nach und wählte die beste Geschichte aus.

„Die Einsatzkräfte standen in Vierer- und Fünfergruppen verteilt auf der Rue de la Republique“, sagte ich und wusste, dass meine Zuhörerinnen sich die Szene ausmalten. Die Rue de la Republique, eine Fußgängerzone mit Kopfsteinpflaster in der Nähe des größten Platzes von Lyon, war ein beliebter Ort für Austauschstudenten. „Andere saßen in ihren Polizeiwagen oder in den blauen Polizeibussen und warteten auf Anweisungen. Dann gingen sie voran und versperrten auf einmal den Zugang zum Place Bellecour, wo etwa fünfzig Jugendliche sich versammelt hatten und herumgrölten. Sie fingen an zu randalieren. Sie beschädigten Stände, Autos, alles.“

„Stände? Auf dem Bellecour gibt es keine Stände“, wandte Alice ein.

„Normalerweise nicht, aber es war Flohmarkt und die Leute verkauften ihre Sachen – bis die arabischen Jugendlichen sie angriffen. Die Leute rannten schreiend auseinander, die Rue de la Republique entlang, und die Ladenbesitzer zogen schnell die Rollgitter vor ihren Läden herunter. Kennt ihr ‚fnac‘, diese Handelskette mit Büchern und so?“

„Natürlich“, kam prompt die Antwort.

„Es gab eine ganze Reihe von Kunden, die nun auf einmal hinter den Rollgittern im Laden eingesperrt waren.“

„Krass“, sagte Dee.

„Es war wirklich beängstigend“, fuhr ich fort. „Der Eingang zur Metro wurde vorübergehend geschlossen. Ich konnte die Jugendlichen hören, wie sie sich gegenseitig anstachelten, Autos anzuzünden und noch Schlimmeres.

Die Polizei fing an, Tränengasgranaten in die Menge zu werfen, die sich gerade über die geparkten Autos hermachen wollte. Die Granaten explodierten, die Kids stoben auseinander. Manche flohen und andere bückten sich und warfen alles, was sie in die Finger bekamen, auf die Polizei. Ich sah, wie ein Polizist nach einem verletzten Mann griff und ihn auf die Rue de la Republique in Sicherheit zog."

Die Mädchen lauschten fasziniert.

„Ich war mittendrin und machte wie verrückt Fotos. Studenten und andere Fußgänger liefen schreiend vom Platz und suchten das Weite. Die Polizei versuchte es mit einer zweiten Salve Tränengas."

„Haben sie dich getroffen?"

Ich nickte. „Ja, es tat höllisch weh. Irgendwie schaffte ich es in ein Geschäft, das noch geöffnet war, und fand eine Toilette, wo ich mir die Augen auswaschen konnte. Als ich wieder rauskam, waren die Eingänge zur Metro verschlossen, die Busse fuhren nicht mehr, die Geschäfte waren zu, die Klamottenläden, die Restaurants, die Banken, die Imbisse – alles dicht. Das war ein sehr seltsames Gefühl. Die Stadt, in der ich aufgewachsen bin, war auf einmal wie tot."

„Klingt gruselig", sagte Alice. Sie erntete mehrfaches Nicken.

„Die Polizei verhängte eine Ausgangssperre für alle Minderjährigen. Zwischen 22 und 6 Uhr durften sie nicht mehr auf die Straße. Ich hatte da meine Zweifel, ob das was bringen würde. Später habe ich dann erfahren, dass Lyon die erste Stadt war, in der die Unruhen das Stadtzentrum lahmgelegt hatten und wo bisher die meisten Autos angezündet worden waren."

„Und das haben wir alles verpasst", meinte Dee.

„Also, ich bin froh", entgegnete Alice.

„Oh, Stephen, Schätzchen! Du hättest verletzt werden können!" Dieser Kommentar kam natürlich von meiner Mutter.

Nur eins der Mädchen – Tracie – schien nicht besonders viel Interesse an meiner Geschichte zu haben. Sie war damit beschäftigt, den älteren Frauen zu helfen, den Saal aufzuräumen. Sie musste wohl zu den Vollzeithelfern gehören.

„Bist du auch Missionarin?", fragte ich sie später, als ich höflicherweise den Besen schwang, während sie Tassen in die Schränke zurückstellte.

„Nein. Überhaupt nicht. Ich bin nur mit meiner Tante mitgekommen. Aber sie ist heute nicht da. Sie ist ... krank." Es schien ihr unangenehm, das zu sagen.

„Tut mir leid, das zu hören."

„Ja, keine schöne Sache. Jedenfalls machen wir eine Europareise. Hier hat sie mal gearbeitet."

„*Hier*? Genau hier?" Ich deutete einmal quer durch den Raum.

„So ungefähr. Tante Bobbie hat in den Achtzigern Bibeln hinter den Eisernen Vorhang geschmuggelt."

„Nicht übel." Ich schob anerkennend meine Unterlippe vor. Mir fiel ein, dass Mom irgendetwas über eine Notaufnahme und eine Bobbie gesagt hatte. „Deine Tante ... Gehört sie zu dieser ..." Ich suchte nach einem neutralen Wort. „... *Organisation*?"

Das Mädchen lachte laut auf und dabei entspannte sich ihr verbissener Gesichtsausdruck, was sie gleich ganz anders aussehen ließ. „Du sagst das, als wäre das Wort allein schon Gift." Sie zuckte mit den Achseln. „Komm schon, sag es. Was machen Missionare in Europa? Wieso sind sie nicht in Afrika oder Indien oder China? Du glaubst, meine Tante gehört irgendeiner Gruppe von Fanatikern an."

„Wow. Steht das alles auf meiner Stirn geschrieben?"

„Nein", lachte sie. „Aber das habe ich am Anfang gedacht. Die Flüchtlinge aus dem Nahen Osten habe ich allesamt für Terroristen gehalten. Und was ich von den Missionaren halten sollte, wusste ich auch nicht. Aber die Flüchtlinge sind ganz normale Leute, denen eben schlimme Dinge passiert sind. Ich habe in den letzten fünf Tagen genügend Schauergeschichten gehört, das reicht für ein Leben voller Albträume."

Geschichten. Genau, was Anderson Kimball wollte.

„Und die Missionare sind eigentlich auch ganz normale Leute. Sie kommen aus einem geregelten Leben. Aber sie haben irgendwie diesen Drang, dieses Bedürfnis, den Menschen zu helfen. Nur leider haben sie nichts außer Klamotten und Bibeln." Sie sah zum Tresen hinüber. „Und Tee. Jede Menge Kaffee und Tee."

„Macht es dir etwas aus, wenn wir uns kurz hinsetzen und ich ein paar Notizen mache?"

„Ach ja, du bist ja Journalist. Hat deine Mom gesagt."

„Sagen wir es so: Ich brauche einen guten Vorwand, um hier zu sein. Mein Chef hat mich hergeschickt, damit ich über die Flüchtlinge berichte, aber eigentlich bin ich hier, um sicherzugehen, dass Mom nicht entführt wurde oder so."

Tracie verdrehte die Augen. „Ah, du dachtest, die Fanatiker hätten sich deine Mutter in Lyon geschnappt und gezwungen, hierher mitzukommen, damit sie ihrer Sekte beitritt?"

Ich grinste. „Wenn du das so sagst, klingt es ziemlich lächerlich, aber Mom ist manchmal etwas verrückt."

Tracie runzelte die Stirn. „Finde ich überhaupt nicht. Sie ist eine unglaublich vielseitige Frau, die nur nicht weiß, was sie mit ihrem Leben anstellen soll. Und ich glaube, sie ist einsam."

Als *unglaublich vielseitig* hatte ich meine Mutter noch nie gesehen.

„Sie hat mit ihren Deutschkenntnissen und ihren Fähigkeiten als Krankenschwester meine Tante gerettet. Ehrlich. Und du solltest sie mal mit den Kindern sehen. Sie kann aus einem einzigen Stein oder ein paar Haselnüssen ein ganzes Spiel zaubern. Letztens hat sie die Kinder eine Stunde lang damit beschäftigt, mit einer Nuss einen anderen Haufen Nüsse zu treffen. Die Kids waren begeistert."

Ich musste lächeln. „Ja, das hat sie von den Kindern auf einer der Inseln gelernt, wo Papa eine Zeit lang gearbeitet hat."

„Du nennst deinen Vater *Papa*?"

„Er ist Franzose. So sagt man nun mal ‚Vater' auf Französisch."

„Aha. Und was genau macht dein Vater?"

Ich zögerte und runzelte die Stirn. „Ist nicht so leicht zu erklären. Sagen wir es so: Er arbeitet für einen internationalen Konzern, der ihn regelmäßig von einer Metropole in die nächste versetzt. So etwa alle zwei bis drei Jahre."

„Oder auf eine entlegene Insel."

Die Kleine hatte Biss. „Genau. Einmal auch auf eine Insel. La Réunion. So entlegen ist sie gar nicht. Ist jedenfalls ein französisches Département."

„Und ihr seid immer mit ihm mitgezogen?"

„Ja. Meine Geschwister und ich sind immer hinterhergedackelt, bis zum College. Wir waren in Brüssel und Paris, Tunis, London und Wien und dann sind wir wieder zurück nach Lyon gegangen. Dort habe ich dann den Schulabschluss gemacht."

„Klingt exotisch. Hat dir das gefallen?"

Ich zuckte mit den Achseln. „Manchmal schon. Aber es war auch hart, alle zwei Jahre die Schule zu wechseln und wieder neue Freunde finden zu müssen. Ich habe echt gelernt, flexibel zu sein. Das

Ganze gefiel mir so lange, bis Papas Arbeit anfing, das Familienleben durcheinanderzubringen."

„Deine Mom sagt, dein Vater ist ständig unterwegs."

„Ja, ich habe als Kind nicht viel von ihm gesehen. Meine Schwestern und ich haben das irgendwie weggesteckt, aber Mom ... hat das mächtig zugesetzt."

„Wenigstens *hast* du einen Dad."

„Wieso?"

„Meiner ist tot umgekippt, als ich zehn war. Herzinfarkt. Mom stand da mit sechs Kindern und ich war die Älteste. Der Rest sind Jungs."

„*Sechs* Kinder! Seid ihr Katholiken oder so?"

„Nein. Jedenfalls hätte ich lieber einen Vater, der viel unterwegs ist, aber dafür noch lebt."

„Natürlich. Tut mir leid."

„Ach, egal." Sie sah mich mit ihren braunen Augen an. „Ich würde ja gern mehr über deine Mutter und euer Familienleben hören, aber jetzt muss ich erst mal hier fertig aufräumen. Wir sehen uns später."

Ja, hoffentlich, dachte ich.

Kapitel 12

Hamid

Hamid lag auf seinem Bettlager im Hotel Neumond. Er stöhnte, als Rasheed ihm die blutdurchtränkte Bandage vom Kopf entfernte. Vergeblich versuchte er, die Horrornacht zu verdrängen, die Folter, die Angst.

Das klingelnde Handy.

Trotz der Schmerzen musste Hamid lächeln und erinnerte sich an Jalils Stimme, die verwirrten Geheimpolizisten und die Freilassung.

Da klingelte das Mobiltelefon erneut und Rasheed hielt es Hamid ans Ohr. „Hamid, Hamid, was haben sie mit dir gemacht?“, hörte er Jalils Stimme. „Wo bist du?“

Hamid kniff die Augen zu, weil ihm das grelle Licht noch mehr Kopfschmerzen verursachte. „Im Hotel. Es geht mir gut.“

„Ich bin heute Morgen zur Botschaft gegangen und habe denen von der Folter erzählt. Ich werde noch mehr Details liefern.“ Jalil erklärte Hamid besorgt, was er jetzt tun musste und dass er im Büro der UNHCR für ihn einen Termin machen würde. „Manchmal geht es viel schneller, wenn man schon Familie im Zielland hat“, ermutigte er Hamid. *Und Geld.* Davon sagte Jalil zwar nichts, aber Hamid wusste, dass Geld viele Türen öffnete.

„Jalil. Danke. Ich weiß nicht, wie ich dir danken soll.“ Weil Rasheed neben ihm stand, fügte er hinzu: „Ich muss dir noch sagen, dass wir zu zweit sind. Mein Freund hat so viel durchgemacht ...“

Als das Gespräch vorbei war, brach Hamid auf dem Bett zusammen. Alles drehte sich. „Du musst ins Krankenhaus“, sagte Rasheed.

„Zu gefährlich.“

„Hier ist es genauso gefährlich.“

„Ich weiß, wo wir hingehen können.“

Anna Harris' Ton war ernst, während sie Hamids Kopfwunde säuberte. „Das muss genäht werden, Hamid.“

„Ich kann nicht ins Krankenhaus." Hamid vertraute niemandem, niemandem außer dieser Amerikanerin und ihrem Mann, die ihn schon einmal gerettet hatten.

Anna seufzte. „Ich kann ja verstehen, dass Sie Angst haben. Ich bin froh, dass Sie beide noch leben." Sie wandte sich an Rasheed. „Sie müssen die Wunde sauber halten. Sie darf sich nicht entzünden."

Als Nächstes verarztete sie Rasheed. „Wir große Angst", stotterte Hamid schnell in seinem gebrochenen Englisch, „Angst, zu bleiben in Hotel. Tut mir leid, Sie so in Gefahr. Wir gegangen sehr vorsichtig. Niemand uns gefolgt."

„Schhh", sagte Anna. „Bleiben Sie hier, bis es Ihnen besser geht. Machen Sie sich um uns keine Sorgen."

Aber Hamid machte sich Sorgen. Er hatte keine Gelegenheit gehabt, Anna zu warnen, dass Rasheed kein Interesse an Isa hatte. Ganz im Gegenteil, er stand Christen feindlich gegenüber. Aber Anna schien diese Information scheinbar nicht zu brauchen. Sie nahm keinerlei Bezug auf Isa oder das Injil.

Jim kam am Nachmittag nach Hause. „Ich werde Keith noch einmal anrufen", sagte er sofort. „Vielleicht können wir etwas ausrichten."

Keith

Keith McDaniel parkte sein Fahrrad wieder im Fahrradmeer vor dem Büro von World Wide Radio. Manchmal war es besser, die Dinge nicht zu direkt zu sagen, sichere Telefon- und Internetleitungen hin oder her. Jim Harris hatte schon persönlich mit Julie in der „Oase" gearbeitet, und als er Keith gegenüber kodierte Sprache verwendete, verstand Keith sofort. Leider. Zwei iranische Flüchtlinge waren von der iranischen Geheimpolizei mitten in der Nacht festgenommen, gefoltert, auf mysteriöse Weise wieder freigelassen worden und versteckten sich nun in Harris' Wohnung.

Er schrieb Julie eine SMS. *Bitte weiter an Hamid denken. Von Geheimpolizei verprügelt. Wartet auf Papiere. Hat Hoffnung wegen Folter. Unterwegs mit Freund, der Papy nicht mag. Wohnt bei J und A in Van.*

Jedes Mal, wenn er das Geheimwort für *Gott* schrieb, musste er lächeln. *Papy.*

Keiths Chef Koen hatte an diesem Morgen alle Ingenieure zu einer Sitzung zusammengerufen. Zehn Männer saßen um den Tisch und tranken schweigend Kaffee. Keiths Frau Lindsey machte sich manchmal darüber lustig, dass es für Ingenieure keinen Sollwert an gesprochenen Wörtern pro Tag gebe. „Euch schwirren lauter Zahlen und Frequenzen im Kopf herum, aber bis aus dem Mund heraus schaffen sie es leider nie."

Keith lächelte still vor sich hin. Da ergriff Koen endlich das Wort. Er war groß, über einsneunzig, mit dichten rotblonden Haaren. Und er war typisch Holländer – unverblümt. Ingenieure redeten vielleicht wenig, aber Koen war noch wortkarger.

„Wir beten." Mehr kam nicht.

Die Männer im Besprechungsraum waren ganz unterschiedlicher Herkunft – Holländer, Amerikaner, Engländer, Brasilianer, Afghanen. Sie hatten zwei Dinge gemeinsam: ein logisch denkendes Hirn und ein Herz für Gott. In wenigen Minuten würden sie über Sendefrequenzen diskutieren und über einen Dienst namens „Facebook", der sich explosionsartig in der sozialen Medienszene breitmachte. Koen meinte, Facebook würde irgendwann zu einem Segen werden, um mit Muslimen in abgeschotteten Ländern in Kontakt zu treten, die mehr über Isa wissen wollten.

Aber zuvor beugten die elf Männer ihre Köpfe und beteten für die Männer und Frauen, die durch das Radio vielleicht zum ersten Mal von Gott hörten. Keith betete für Hamid.

Bobbie

Das Zittern hatte nachgelassen, genau wie die Angst, die mir den ganzen Vortag im Magen rumort hatte. Ich war wieder umgeben von freiwilligen Helfern und wir bereiteten den musikalischen Abend vor. Tracie hatte vorgeschlagen, dass ich den Abend moderieren könnte, und ich hatte nur zu gern eingewilligt.

Ich war gerade auf der Suche nach der alten Gitarre auf dem Weg ins obere Stockwerk, als Julie mit ernster Miene im Flur auf mich zukam. „Schlechte Neuigkeiten?", fragte ich.

„Der Flüchtling, von dem ich dir erzählt habe – Hamid. Er wurde gefoltert. Unser Kontakt in Van hat ihn ein, zwei Tage aufgenommen, aber das ist gefährlich. Ich habe gerade mit Amir telefoniert. Er hat sich mit Hamids Cousin getroffen und sie sind zur Botschaft gegangen, um sich für Hamid einzusetzen. Offensichtlich hat der Cousin jemanden in Van erreicht ..."

Amir. Ich hörte nicht mehr zu. Mir wurde heiß.

„Bobbie? Alles in Ordnung? Komm, setz dich."

Julie sah mich voller Mitgefühl an. Sie war seit fünfzehn Jahren in der „Oase" tätig. Sie kannte meine Geschichte. Aufmunternd drückte sie mir die Hand. „Möchtest du ihn wiedersehen?"

Ich schloss die Augen und erinnerte mich an das Telefongespräch mit Peggy am Vorabend. „Es ist noch nicht zu spät, Fräulein! Du wirst dich mit diesem Mann treffen, hörst du! Wehe, du drückst dich davor! Kein Manipulieren. Keine Ausreden. Und keine Angst! Ich bin mir ganz sicher, dass Gott dich nach Wien in die Oase geführt hat. Er wird dich nicht gehen lassen, bis du die Sache nicht hinter dich gebracht hast."

„Ich weiß nicht", sagte ich nur zu Julie. „Ich weiß nicht, ob ich schon bereit dafür bin."

„Du wirst niemals bereit dafür sein. Gott sei Dank respektiert der Herr unsere Gefühle und gibt uns trotzdem hin und wieder einen Schubs."

Die gute Julie. Mit fast siebzig hatte sie noch keinen Gang zurückgeschaltet und war ein Energiebündel wie eh und je. Ich wusste, dass die Flüchtlinge sie als eine Art Muttterersatz sahen, vor allem die jungen Männer, die Tag für Tag mehr zu werden schienen.

„Amir kommt meist einmal im Monat zur ‚Oase'. Eigentlich ist er schon überfällig", sagte sie und zwinkerte mir zu.

Rasa

Rasa kniete neben der kleinen Lagerstatt im Keller der freundlichen Leute. Maamaan war mit dem kleinen Omid noch oben bei der Familie, aber Rasa war nach unten in ihr kleines Versteck geeilt. Sie musste zu Isa beten. Baba hatte heute angerufen, aber dieses Mal hatte Maamaans Gesicht nicht vor Freude geleuchtet. Ihre Stirn war in Sorgenfalten gelegt, sie hatte nach Atem gerungen und ihr war eine Träne die Wange heruntergekullert.

„Was ist denn?“, wollte Rasa hinterher wissen. „Was ist denn mit Baba?“

Ihre Mutter hatte ein tapferes Lächeln aufgesetzt. Aber Rasa merkte immer, wenn Maamaan nur so tat, als ginge es ihr gut. „Baba ist sehr müde. Mehr nicht.“

Rasa konnte es an Maamaans Gesicht ablesen. Irgendetwas Schlimmes war mit Baba passiert. Er war gar nicht müde. Rasa kniete und machte es so wie Miss Beverly ihnen gezeigt hatte. „Lieber Gott, du siehst alles und alle Menschen. Du bist viel größer als das Böse auf der Welt. Pass bitte auf Baba auf. Damit er gesund wird. Und bring ihn irgendwo hin, wo er sicher ist. Maamaan sagt, der Weg ist noch weit. Aber du bist ja bei ihm, Isa. Mach, dass Baba das merkt. Und lass ihn nicht allein. Danke.“

Hamid

Bei jedem Schritt dröhnte Hamids Kopf. Zwei Tage war die Folter nun her und sie kehrten zum Gebäude der UNHCR zurück. Die Schmerzen wollten nicht nachlassen, aber zumindest waren er und Rasheed stark genug, um sich den Behörden zu präsentieren, wie Jalil vorgeschlagen hatte. Dieses Mal stellten sie sich nicht hinten an, sondern wurden durch einen Seiteneingang hineingelassen. Sie übergaben ihre Anträge einer der Beamtinnen, die sie auf die metallene Sitzbank im Flur verwies und verschwand. Nach einer Weile kehrte sie zurück. „Folgen Sie mir“, bat sie.

Schritt für Schritt mühte sich Hamid langsam die Treppe hinauf. Rasheed stützte ihn. Die Frau klopfte an eine Tür, öffnete und bedeutete Rasheed und Hamid, hineinzugehen. Ein schmaler, dunkelhaariger Mann mittleren Alters begrüßte sie lächelnd. „Guten Tag“, sagte er und reichte ihnen die Hand. „Mein Name ist Polat. Nehmen Sie doch Platz.“

Er zeigte auf zwei Stühle vor seinem Schreibtisch. Hamid ließ sich dankbar darauf sinken. Rasheed setzte sich neben ihn.

„Sprechen Sie Englisch?“

Hamid nickte. „Ein wenig. Ich bin Hamid. Das ist Rasheed.“

„Wir haben Sie schon erwartet." Polat sah Hamid an. „Wir sind von Ihrem Cousin in Österreich benachrichtigt worden."

Jalil! Hamid seufzte still und fühlte Erleichterung.

„Er hat Ihnen dies geschickt." Polat gab ihm einen Umschlag, in dem ein Bündel türkischer Geldscheine steckte.

Hamid kniff die Augen zusammen, weil die Schmerzen auf einmal stärker wurden. „Wie lange, bis wir bekommen Papiere? Wann können wir gehen zu ihm nach Österreich?"

Polat lächelte unverändert. „Das ist schwer zu sagen. Wenn es um die engsten Familienangehörigen geht, die voneinander getrennt sind – Kinder von ihren Eltern oder Ehefrauen von ihren Männern –, dann fällt das in den Bereich der Familienzusammenführung. Es ist dann sehr wahrscheinlich, dass die Kinder mit ihren Eltern vereint werden. Aber auch dann kann es noch Wochen oder gar Monate dauern, bis das Ausreisevisum ausgestellt wird.

Ihr Verwandter ist jedoch nur ein Cousin. Daher werden Sie und Ihr Freund den ganz normalen Antragsweg nehmen müssen wie alle anderen Flüchtlinge auch. Sie stellen den Antrag und dürfen darauf hoffen, dass Ihnen der Flüchtlingsstatus zugewiesen wird und ein Land bereit ist, Sie aufzunehmen. Die Tatsache, dass Sie Verwandtschaft in Österreich haben, kann von Vorteil sein, aber es ist keinerlei Garantie dafür, dass Sie tatsächlich in Österreich landen."

Hamid spürte, wie seine Hoffnung schwand. Er wagte nicht, Rasheed anzusehen.

Polat fuhr fort. „Aber nun haben wir es offensichtlich mit körperlicher Misshandlung zu tun." Er deutete auf Hamids Kopfverband. „Das nehmen wir nicht auf die leichte Schulter. Wir sind froh, dass Sie dabei nicht ums Leben gekommen sind." Er sah auf das Formular vor ihm. „Sie sagen, Sie haben den Iran aus religiösen Gründen verlassen und wurden verfolgt."

Rasheed bewegte sich keinen Zentimeter. Hamid nickte und alles begann sich zu drehen.

„In extremen Fällen wie diesem kann der Prozess deutlich beschleunigt werden. Können wir Sie irgendwo erreichen?"

Mit trockener Kehle notierte Hamid seine Telefonnummer auf einem Zettel, den ihm Polat reichte.

„Ich wünsche Ihnen alles Gute. Die Umstände tun mir sehr leid. Ich nehme an, Sie haben Ihre Verletzungen bereits im Krankenhaus behandeln lassen?“

„Nein, kein Krankenhaus“, erwiderte Hamid.

„Aber Sie werden versorgt?“

„Ja.“

Tracie

Ich hatte vor großem Publikum gesungen, in noblen Opernhäusern und auf Musicalbühnen, und ich liebte den Applaus. Aber das Gefühl am Ende unseres Musikabends war viel besser als alles, was ich zuvor erlebt hatte. Ich war vor Menschen in Not aufgetreten, aber auf einmal sang ich nicht mehr *für* sie, sondern *mit* ihnen. Die Studentinnen hatten die Lieder angestimmt, die wir eingeübt hatten, und uns allen lief ein Freudenschauer über den Rücken, als die Flüchtlinge ihre Lieder aus der Heimat erkannten, lachten und fröhlich einstimmten.

Auch auf Englisch sangen wir einige Lieder und ich brachte den Kindern das Bewegungslied „Heads and Shoulders, Knees and Toes“ bei, bis irgendwann alle Flüchtlinge auf den Beinen waren, die englischen Worte riefen, sich an Augen, Ohren, Mund und Nase berührten und vor Lachen bogen, als das Lied immer schneller und schneller wurde. Am Ende brach gemeinschaftliches Gelächter aus und die Kinder bettelten „Again, again!“

Wir öffneten die Runde für Flüchtlinge, die uns etwas vorsingen oder beibringen wollten. Ein junger Afghane namens Armagan brach in Schluchzen aus, als er vor dem alten Keyboard Platz nahm, das Carol irgendwo aufgetrieben hatte. Tränen rannen ihm übers Gesicht, während er fehlerfrei Beethoven spielte. Kein Auge im Publikum blieb trocken. Aus den dunkelhäutigen Möchtegern-Terroristen waren für mich auf einmal Menschen geworden – junge Männer, die so viel Angst und Heimweh hatten und dankbar für jeden Sonnenstrahl waren, den sie in ihrer ungewissen Situation erhaschen konnten.

Ein junger Mann namens Fareed hatte eine einmalige Tenorstimme. Ich ging gegen Ende der Feier auf ihn zu. „Ich möchte singen mit dir“, gestikulierte ich, zeigte zur Verdeutlichung auf seinen Mund und auf meinen. „Du hast eine so schöne Stimme!“

„Thanks!“, erwiderte er mit klarem amerikanischen Akzent.

Ich musste lachen. „Ich bin so ein Dummkopf. Ich dachte, du verstehst kein Englisch.“

„Ach, als Kind habe ich unzählige amerikanische Serien und Filme geguckt“, erklärte er. „In meinem Land wird nichts synchronisiert. Es gibt nur den Originalton und Untertitel. Aber so lernt man wenigstens Englisch. Amerikanisches Englisch.“

„Und wie“, staunte ich. „Aber deine Stimme ist wirklich gut. Erstaunlich gut sogar. Du hast sicher Gesangsunterricht gehabt.“

„Ja. Ich wurde schon früh für meine Stimme gelobt. In unserer Stadt und später im ganzen Land waren die Menschen stolz auf mich. Aber dann wurde mir klar, dass ich niemals singen können würde, was ich will. Oder denken, was ich will.“ Er sah traurig aus. „Also bin ich gegangen. Meine Familie ist immer noch im Iran. Aber sie haben mir geraten, zu gehen. Sie haben gesagt, ich soll weglaufen und ein neues Leben beginnen.“

„Das tut mir leid.“ Etwas anderes fiel mir nicht ein. Der Junge konnte nicht älter als fünfzehn, sechzehn sein. „Aber es freut mich, dich kennenzulernen. Ich bin übrigens Tracie.“

„Du hast auch eine schöne Stimme.“

Ich wiederholte meine Frage. „Wollen wir etwas zusammen singen, Fareed? Heute Abend? Kennst du irgendein Lied? Ein Duett vielleicht?“

„Sehr gern. Es wäre mir eine Ehre.“

Und so sangen wir gemeinsam *The Prayer*, bekannt geworden durch Josh Groban. Als der letzte Ton verklungen war, waren viele Augen feucht – meine auch.

Ich glaube, mein Exfreund Neil war immer ein bisschen neidisch auf meine Gesangsstimme gewesen. Ich war gar nicht so sehr auf Aufmerksamkeit aus, aber ich bekam sie trotzdem. Selbst wenn wir bei einem Footballspiel die Nationalhymne sangen, drehten sich die Leute um und lächelten mich an oder raunten mir ungewollte Komplimente zu.

Neil fiel gerne auf. Er war attraktiv und sportlich. Zuerst war ich so verknallt in ihn, dass ich mir selbst dafür gratulierte, von ihm wahrgenommen zu werden, und nahm gelassen hin, wie sehr er in sich selbst vernarrt war. Aber nach und nach fing es an, mir auf die Nerven zu gehen. Es war sogar ein Punkt auf meiner Liste von fünfzehn oder zwanzig Dingen, die sich ändern mussten, wenn unsere Beziehung Bestand haben sollte.

Wenn ich sang, war Neil nie so richtig begeistert gewesen. Aber hier, in einem Raum voller bunt zusammengewürfelter Menschen, die in vielen verschiedenen Sprachen sangen, fühlte es sich an, als wäre ich dafür geschaffen, als wäre unser kleiner musikalischer Abend eine wichtige Station auf meiner geistigen Reise. Die Musik verband uns. Ich war eine von ihnen.

Nach dem Duett mit Fareed kamen drei schmutzige Kinder mit überhaupt nicht zueinanderpassenden Kleidungsstücken zu mir, kletterten auf meinen Schoß und spielten mit meinen Haaren, während immer mehr Leute darum baten, dass ich noch mehr sang. Ich genoss das Gemeinschaftsgefühl und wie die Gesichter der Flüchtlinge strahlten, alles nur wegen ein paar gemeinsamer Lieder und gelebter Menschlichkeit.

Ich glaube, an jenem Abend verlor ich mein Herz. An Flüchtlinge wie Naseef und Fareed, an die drei Kinder auf meinem Schoß, an Carol und Julie, Tom und Trish, die Tag für Tag ihr Bestes gaben, und sogar an die Kurzzeithelfer, die einfach einmal etwas Gutes tun wollten. Auf einmal verstand ich, wieso Tante Bobbie diese eigenartige Welt vermisste und sich nach ihr sehnte. Es war intensiv, befriedigend, herzzerreißend und manchmal auch einfach beeindruckend. Es war so weit vom Leben der T-Bande entfernt und ich fragte mich wieder einmal, wieso Tante Bobbie nicht früher hierher zurückgekehrt war. Schön, sie hätte ein paar Jahre bei uns bleiben können, bis Mom wieder mit beiden Beinen im Leben stand, aber warum war sie *zwölf lange Jahre* in Atlanta geblieben, wo doch hier so viel Arbeit wartete und sie eigentlich mehr als bereit war, sie zu tun?

Stephen

Ich war eigentlich wegen Mom nach Wien gekommen, aber Anderson Kimball tat sein Übriges dazu. Seitdem der Hurrikan Katrina vor drei Monaten in New Orleans gewütet hatte, hatten die Menschen in Amerika ihr Interesse an Flüchtlingen entdeckt. In unseren Nachrichten hatten wir über die Schrecken des Hurrikans berichtet, über diejenigen, die ihn überlebten – und die, die ihn nicht überlebten –, und über die Flüchtlingslager in den Sportstadien, in denen die obdachlos Gewordenen aufgenommen wurden.

Ich hatte selbst einige Überlebende interviewt. Das war mit Abstand mein bisheriges Lieblingsprojekt gewesen. Als mir am Vortag ein Flüchtling seine Geschichte erzählt hatte, Naseef hieß er, wusste ich, dass ich den Nerv meines Chefs treffen konnte. Kimball hatte meine erste Story gelesen und mich gleich mit einem „Nicht übel, Lefort" am Telefon bedacht.

„Es gibt Dutzende, Hunderte solcher Geschichten hier, Mr Kimball. Man könnte sogar den Bericht eines Katrina-Überlebenden in einer Spalte drucken und daneben ein Interview mit einem Flüchtling aus dem Iran, Tschetschenien oder dem Irak."

Andy gefiel die Idee und er gab mir noch eine Woche, um an der Story zu arbeiten. Meiner Freundin Pam gefiel die Idee weniger. Sie knallte mir ein paar saftige Bemerkungen um die Ohren und legte auf.

Ich war froh über die Verlängerung, weil mir die Sache nicht mehr egal war. Die Flüchtlinge, die Missionare, die amerikanischen Studentinnen – sie alle lagen mir auf einmal am Herzen. Irgendetwas erweichte mein Herz, als sich das Kaffeehaus mit den Tönen einer Symphonie füllte, die ein Jugendlicher einem uralten Keyboard entlockte. Ich fotografierte die strahlenden Gesichter der Flüchtlinge und niemand schien sich an meiner Kamera zu stören. Tracies Stimme erfreute die Flüchtlinge sichtlich, aber auch die von Fareed, den ich vor der „Oase" kennengelernt hatte. Er sang erst voller Inbrunst ein Lied aus seiner Heimat und wechselte dann ins Englische und klang wie ein waschechter Amerikaner. Als er den italienischen Text von „The Prayer" sang und Tracie einstimmte, füllte andächtiges Schweigen den Raum. Mindestens einhundert Männer, Frauen und Kinder standen oder saßen und lauschten gebannt.

Ich dachte über die Situation nach. Zwei junge Menschen aus

verschiedenen Ländern, beide weit von ihrer Heimat entfernt, trafen in einem alten Gebäude voller Flüchtlinge aufeinander und sangen in einer dritten Sprache gemeinsam ein Lied voller Hoffnung. Das Leben war verrückt.

Nach der Musik hatte Tante Bobbie, wie Tracie sie nannte, die Menge mit einer Geschichte aus ihrer Zeit als Bibelschmugglerin unterhalten. Als die Flüchtlinge gegangen waren und wir eine Stunde später den Raum wieder auf Vordermann gebracht hatten, sagte Julie, eine ältere Frau mit grauen Haaren und lustigen Augen: „Wir sollten jetzt beten. Der Herr hat diesen Abend gesegnet. Wir werden ihn um Früchte bitten."

Früchte? Das kam mir irgendwie seltsam vor, aber niemand beschwerte sich. „Und wir werden für Hamid beten. Er und sein Kamerad wurden gefoltert. Aber Gott kann aus Bösem etwas Gutes machen. Hamids Cousin hat sich hier in der türkischen Botschaft für ihn eingesetzt. Lasst uns dafür beten, dass die beiden schnell die nötigen Papiere bekommen."

Alle Anwesenden senkten die Köpfe zum Gebet. Ich saß etwas abseits und fotografierte heimlich. Als Mom betete, bekam ich einen Kloß im Hals. Ich meine, ich wusste nicht einmal, dass sie überhaupt beten konnte. Julie bat Gott noch einmal um Früchte und ich begriff, dass es um eine Art geistlicher Erneuerung oder Verwandlung ging.

Die Gebete hatten etwas Unschuldiges und Naives an sich. Glaubten sie wirklich, dass irgendeine unsichtbare Macht dem Amtsschimmel Beine machen konnte? Ich wusste nicht viel über Flüchtlinge, aber sogar mir war klar, dass für sie keine Wunder geschahen.

Und trotzdem bewunderte ich diese Leute. Ich mochte diesen Ort. Er war wirklich wie eine Oase. Inmitten des chaotischen und ungewissen Lebens der Flüchtlinge taten die Helfer – zumeist Frauen – mit einem Lächeln auf dem Gesicht ihren Dienst. Ja, genau das war es. Sie dienten den Menschen, als wären sie nicht eine unerwünschte Last, sondern wichtige Freunde.

Ja, das traf es. Verstreut zwischen Dutzenden von verloren dreinblickenden Männern, Frauen und Kindern teilten diese Leute Freundlichkeit aus, weil sie an einen Gott glaubten, den sie ihren Herrn nannten.

Kapitel 13

Tracie

Es war schon spät, aber ich war von dem Abend so überdreht, dass ich nicht schlafen konnte. Ich zog mir etwas Bequemes an, putzte mir die Zähne und ließ mich aufs Bett fallen. „Was für ein Abend."

Tante Bobbie hatte bereits ihren hellorangefarbenen Schlafanzug an. Auf meine Aussage hin nickte sie, aber mir fiel auf, wie müde sie aussah.

Sie soll sich schonen, sagt die Ärztin.

„Ich gehe mal kurz runter. Kann sowieso noch nicht schlafen."

„Mach das." Sie schloss die Augen und atmete tief ein, als wollte sie beten. Als ich schon an der Tür war, sagte sie: „Danke, dass du darauf bestanden hast, hierherzukommen. Jeder Tag ist ein Geschenk."

Ich verzog das Gesicht. „Das mag ja sein, aber soll ich dir mal was sagen? Dein Leben ist doch zum Stillstand gekommen, als du zu uns nach Amerika gezogen bist. Eigentlich haben wir dir doch alles ruiniert. Gib's doch zu."

Bobbie sah mich streng an und stemmte die Arme in die Hüften. Ich hatte sie wütend gemacht, ja, mit Absicht. Ich wollte es hören, auch wenn ich bereits wusste, was jetzt kam.

„Sag das nie wieder, Tracie Hopkins! Hast du mich verstanden? Mein Leben war ein einziges Abenteuer und ich möchte mit niemandem auf der Welt tauschen."

„Wie kannst du das jetzt noch sagen? Dein Leben ist doch totaler Mist! Zumindest der Teil mit dem Krebs, oder etwa nicht!?"

„Weil du es nur mit deinen Augen siehst. Du musst es mit Gottes Augen sehen."

Ich verdrehte die Augen, bis man das Weiße sah. „Du meinst etwa *so*?"

„Sehr witzig. Ich meine das ernst. Gottes Augen sehen das Potenzial, schauen hinter die Fassade und wissen, dass alles nur ein Baustein für die Zukunft ist."

„Ach wirklich."

„Ja, wirklich. Nimm doch z.B. einmal nur unsere Reise. Ich wollte schon immer zur ‚Oase' zurückkehren, hatte es schon zigmal geplant, aber doch nie geschafft. Und dann hat Gott mich genommen und hierhergestellt – und da bin ich."

Ich glaubte ihr kein Wort. „Willst du mir damit sagen, dass Gott mich dazu gebracht hat, dich zu unserer Europareise zu überreden, damit er dich hier zur ‚Oase' kriegt und sein verrückter Plan aufgeht? Ja? Hat er aber nicht! Das war *meine* Idee und ich habe ihn schon sehr lange nicht mehr um Erlaubnis gefragt."

„Das weiß ich, Trace. Ich sage nur, dass wir Gott nicht wirklich überraschen können."

Nun musste ich doch lachen. Dann näherte ich mich vorsichtig dem nächsten Thema. „Wollte *Mom* eigentlich immer, dass du bei uns bleibst?"

„Wie meinst du das?"

„Ich weiß, dass du uns in den ersten Jahren eine Riesenhilfe warst. Aber danach. Brauchte Mom dich wirklich? Ich meine, sie hatte uns doch im Griff, oder?"

„Wir waren ein Team und das weißt du. Deine Mutter und ich."

„Ja, aber *brauchte* sie dich? Wollte sie dich? Oder brauchtest du eher uns, Tante Bobbie? Warum bist du bei uns geblieben? Du hättest doch genauso gut hierher zurückgehen können. Du hast selbst gesagt, dass du jeden Tag daran gedacht hast. Und Mom hätte dich bestimmt gehen lassen. Es gab doch eigentlich keinen Grund, dazubleiben – Geld nicht, Zeit nicht, wir Kinder nicht."

Zum ersten Mal in meinem Leben erlebte ich meine Tante defensiv. „Wie kannst du nur so etwas sagen, Tracie? Ich bin *für euch alle* dageblieben."

Ich zog eine Grimasse und mein Herz schlug ein wenig schneller. Es musste jetzt heraus. „Du bist geblieben, *weil du uns ganz genauso gebraucht hast wie wir dich*. Oder sogar noch mehr. Ich glaube, du hattest Angst, hierher zurückzukehren, ich weiß nur nicht, wieso. Vielleicht hast du dich davor gefürchtet, dein Herz wieder zu verlieren, so wie ich."

Eine große Träne kullerte Tante Bobbies Wange hinunter.

Ich bereute sofort, was ich gesagt hatte. „Es tut mir leid. Ich weiß nicht, warum mir immer so was herausrutscht. Das kommt bestimmt durch die ganze Wut, die in mir aufgestaut ist."

„Vielleicht", sagte meine Tante mit geschlossenen Augen. „Aber ich glaube, du stellst tatsächlich Fragen, die ich viel zu lange verdrängt habe. Ich kann vielleicht mit Gottes Augen sehen, aber du siehst einiges im Augenblick viel klarer als ich. Oder zumindest gestehst du dir deine Gefühle ein."

Ich schlang die Arme um meine Tante, als wäre ich wieder ein kleines Mädchen. „Egal, warum du bei uns geblieben bist, ich bin sehr froh darüber. Ich wüsste nicht, was ich ohne dich gemacht hätte."

Sie drückte mich. „Danke, mein Schatz. Geh nur nach unten und guck, wer noch wach ist. Ich sollte mich lieber an die Anweisungen der Ärztin halten und schlafen."

„Gute Nacht, Tante Bobbie. Hab dich lieb."

„Nacht. Ich dich auch."

Auf der Treppe zum Aufenthaltsraum machte ich mir Vorwürfe, Tante Bobbie verletzt zu haben. Auch wenn sie das nicht gesagt hatte, dachte sie wahrscheinlich, dass Gott mich dazu gebracht hatte, diese unangenehmen Fragen zu stellen.

Wir können Gott nicht wirklich überraschen. Ja, da hatte sie wohl recht. Und wenn ich ehrlich war, lag sie noch bei einer anderen Sache richtig. Tante Bobbie und ich hatten sehr unterschiedliche Ansichten, weil wir die jeweilige Situation ganz anders bewerteten. Mit Gottes Augen sehen, nannte sie das. Ob es mir gefiel oder nicht, irgendetwas passierte mit mir und auch meine Augen waren davon betroffen. Mit Gottes Augen sehen konnte ich im Moment bestimmt noch nicht, aber vielleicht eines Tages ...

Bobbie

Tracie war gegangen und ich konnte nicht schlafen. Ihre Worte, ihre Fragen verfolgten mich. Warum, warum nur war ich geblieben? Die arme Sally. Hatte meine Anwesenheit etwa dafür gesorgt, dass sie keinen Partner mehr gefunden hatte? Hatte ich die Männer auf Abstand gehalten? Auf mich traf das jedenfalls zu. Tracie hatte recht. Ich hatte Angst vor der Liebe.

Aber meine Nichte lag auch falsch. Ich wollte ihr sagen, dass ich sehr wohl mein Herz erneut verloren hatte. Und zwar an sie. An alle sechs Kinder meiner Schwester. Ich hatte die Scherben meines Herzens zusammengesetzt und wieder geliebt. Sie hatte recht und zugleich auch nicht.

Mit dieser Erkenntnis ließ ich den Erinnerungen freien Lauf. Auch denen, die ich zwölf Jahre lang immer wieder verdrängt hatte.

Sommer 1992.

Seit die Mauer in jenem turbulenten Jahr 1989 gefallen war und Osteuropa offenstand, hatte der Vorstand verzweifelt nach neuen Aufgaben für uns gesucht. Bibeln zu schmuggeln war unnötig geworden. Wir konnten in jedes osteuropäische Land fahren und austeilen, was immer wir wollten. Und genau das taten wir auch. Manche von uns ließen sich in Rumänien, Bulgarien oder Tschechien nieder. Ich hatte mich in die Flüchtlinge verliebt, insbesondere in einen von ihnen, und blieb und engagierte mich in der aufkommenden Flüchtlingsarbeit in Traiskirchen.

In jenem Sommer beschloss ich, in einem rumänischen Waisenhaus zu helfen, das in einem kleinen Bergdorf lag, in dem nur wenige Menschen Autos besaßen – dafür aber umso mehr Hühner. Ich kam bei einer Familie unter und arbeitete tagsüber mit den Waisenkindern.

Ich hatte mir viele Aktivitäten für die Kinder überlegt, aber das Waisenhaus hatte mir ein wichtiges Detail verschwiegen. Alle Kinder waren taubstumm. Sie konnten mich nicht hören und die meisten beherrschten auch nicht das Lippenlesen.

Also improvisierte ich. Ich wurde zu Marcel Marceau, dem berühmten französischen Pantomimen des 20. Jahrhunderts. Ich brachte die Pantomime auf die Bühne aus zerbrochenen Fliesen in der Mensa des Emmanuel-Waisenhauses im siebenbürgischen Crișcior. An meinem ersten Tag spielte ich den Kindern die Geschichte von Zachäus vor. Die Kleinen waren zwischen zwei und zwölf Jahren alt. Ihre Blicke klebten geradezu an mir und ich konnte den Hunger in ihren Augen sehen. Nicht nur den Hunger nach Brot, sondern nach Nähe – nach jemandem, der Händchen mit ihnen hielt, sie kitzelte und mit ihnen spielte.

Also tat ich den ganzen Sommer lang genau das.

Oft klappte ich die Bibel auf, zeigte auf die Verse und suchte mir dann Kinder aus, die mir beim Darstellen der Geschichten helfen sollten. Wir mimten Jesus, der Andreas und Petrus sein „Folgt mir nach" zurief. Petrus, der auf dem Wasser lief und unterging, oder die Heilung des blinden Bartimäus. Meine Lieblingsszene aber war die Heilung des Tauben aus dem Markusevangelium. Die Kinder klatschten begeistert in die Hände, als sie begriffen, dass der Mann auf einmal hören konnte.

Dann spielten wir, wie Jesus auch sie gesund machte, wie er ihr Herz heilte und ihnen Liebe schenkte, nach der sie sich so sehr sehnten.

Tagaus, tagein arbeitete ich mit Lidia, einer der Angestellten, die für dreiunddreißig Kinder verantwortlich war. Dreiunddreißig dunkle Augenpaare sogen jede unserer Bewegungen auf. Ein kleiner Junge namens Vasilica brauchte besonders viel Aufmerksamkeit. Er konnte nicht still sitzen, rannte andauernd durchs Zimmer und zog die Mädchen an den Haaren, die ihn still anschrien. Vasilica war es egal, ob er uns zum Lachen brachte oder wütend machte. Seine Energie und seine Zuneigung kannten keine Grenzen. Immer wieder versuchte er, uns in seinen Kampf um Aufmerksamkeit hineinzuziehen.

„Er ist nicht ohne. Ein schlaues Kerlchen. Bestimmt könnte er lesen lernen, oder Zeichensprache. Aber niemand hat Zeit, um sich einzeln mit den Kindern zu beschäftigen."

Noch an Ort und Stelle traf ich die Entscheidung, mir für den sechsjährigen Störenfried die Zeit zu nehmen. In jenem Sommer machte ich mit ihm und ein paar anderen Kindern ausgedehnte Spaziergänge. Wir stiegen auf die Hügel, die das Dorf umgaben, fingen wilde Truthähne und kletterten auf Bäume. Bis zum nächsten Jahr hatte ich die Gebärdensprache gelernt. Ich versuchte, sie Vasilica beizubringen, und er begriff schnell. Er fing sogar an, sie anderen Kindern zu zeigen. Mit demselben Buch „Rumänisch für Anfänger", aus dem ich vor Jahren Rumänisch gelernt hatte, brachte ich ihm das Lesen bei. Wir übten gemeinsam. Und ich verlor mein Herz.

„Sind die Kinder eigentlich zur Adoption freigegeben?", hatte ich Lidia am Ende meines zweiten Sommers in Crişcior gefragt.

„Es ist schon schwer genug, Adoptionseltern für die gesunden Kinder zu finden. Niemand will ein taubstummes Kind haben."

„Und wenn doch?"

Sie zuckte mit den Achseln. „Ja, natürlich wäre das möglich."

Da fällte ich meine Entscheidung. Ich wollte Vasilica adoptieren.

Ich ertrug es nicht, an den Rest zu denken. Ich konnte nicht und wollte nicht. Ich knipste das Licht aus und zog mir die Decke über den Kopf, als könnte ich auch meine Erinnerungen zudecken und verstecken. Aber es funktionierte nicht. Ich lag da und sah nur die hübschen braunen Augen von Vasilica und sein strahlendes Gesicht, als er mir seinen schönsten Satz gebärdete: „Hab dich lieb, Bobbie."

Stephen

Die Mädchen aus dem Sommerteam waren eine nach der anderen ins Bett gegangen, nachdem wir mehrere Runden Uno und Dutch Blitz gespielt hatten, aber ich war noch nicht müde. Der musikalische Abend ging mir noch im Kopf herum. Wenn ich die Augen schloss, konnte ich Fareed und Tracie das fulminante Finale von „The Prayer" singen hören.

„Kannst wohl auch nicht schlafen?" Tracie stand mit einer Tasse in der Hand hinter mir.

„Nein, ich bin irgendwie überdreht. Ich dachte, du bist mit den Mädchen nach oben gegangen."

„Nein, ich bin noch hellwach. Und ich möchte Tante Bobbie nicht aufwecken. Da dachte ich, ich trinke einfach noch einen Kaffee." Sie nickte in Richtung ihrer Tasse und lächelte. Dabei hellte sich ihr Gesicht auf und ihre braunen Augen funkelten. „Da kann ich das mit dem Schlafen nämlich gleich ganz vergessen."

Wir setzten uns an den kleinen Tisch, an dem wir Karten gespielt hatten. Ich beobachtete Tracie, die sich über ihren Kaffee beugte. „Du gehörst nicht zum Sommerteam und Vollzeitkraft bist du auch nicht. Warum genau bist du dann eigentlich hier?"

Sie nahm einen kleinen Schluck. „Ich habe meine Tante nach Europa zurückgebracht. Als mein Dad vor zwölf Jahren tot umgekippt ist, hat sie hier alles stehen und liegen gelassen und ist bei uns eingezogen, um Mom mit uns sechs Kindern zu helfen."

„Das ist ja nett."

„Das ist Tante Bobbie – immerzu hilft sie anderen. Sie ist wie eine zweite Mutter für mich. Na ja, jedenfalls bekam sie vor einem Monat ganz schlechte Nachrichten – Krebs im Endstadium. Also habe ich beschlossen, dass wir nach Europa fahren, damit sie mir all die Dinge zeigt, von denen sie immer gesprochen hat, solange sie noch reisen kann."

„Krass." Ich räusperte mich. Mitgefühl zu zeigen fiel mir nie leicht. „Tut mir echt leid für deine Tante. Aber es ist eine gute Idee, sie hierher zurückzubringen. Das war sicher nicht leicht mit der Diagnose."

„Es war die Hölle. Für uns alle." Sie starrte einige Augenblicke stumm auf den Tisch. „Jedenfalls sind wir in Venedig gestartet, dann waren wir in Temeswar und Innsbruck. Schließlich habe ich Tante Bobbie gefragt, wieso wir nicht hierherfahren. Sie hat mir als Kind schon unzählige Geschichten von ihren Tagen als Bibelschmugglerin erzählt, so ähnlich wie die Geschichte heute Abend. Ich glaube ja, sie wollte mir von Anfang an die ‚Oase' zeigen, aber konnte sich nicht aufraffen. Ich weiß nur nicht, wieso. Also habe ich den Druck ein bisschen erhöht – und *voilà*."

„Auf jeden Fall geht sie ganz entspannt mit den Flüchtlingen um, das sieht man. Und nicht nur sie. Ihr alle, würde ich sagen."

„Das war Bobbies Leben hier. Dass ich sie für ein paar Tage darin begleite, fängt offenbar schon an, auf mich abzufärben ..."

„Glaub mir, ich weiß, was du meinst. Was hier passiert, ist nur ein Tropfen auf den heißen Stein, aber trotzdem erscheint es mir viel wichtiger, als einen Artikel über ein Highschool-Footballmatch oder den neusten Tratsch aus Hollywood zu schreiben."

„Da hast du wohl recht." Sie spielte mit einer Haarsträhne.

„Erzähl mir, was du so machst, wenn du nicht gerade mit deiner Tante durch Europa tourst."

Tracie zögerte einen Augenblick und sah mich mit zusammengekniffenen Augen an. „Ich habe keine Ahnung. Ehrlich. Ich dachte, ich hätte meine Zukunft durchgeplant. Vergangenes Jahr im Mai war ich mit dem Studium fertig. Ich habe meine Karriere als Sängerin gestartet und fest damit gerechnet, bald verheiratet zu sein. Aber na ja. Wurde nichts draus."

„Das klingt ja sehr tragisch. Was genau ist denn passiert?"

Sie runzelte die Stirn und musterte mich, als wollte sie entscheiden, ob ich es wert war, ihre Geschichte zu hören. Schließlich sagte sie: „Ich dachte, mein Freund würde mir einen Antrag machen, aber stattdessen hat er Schluss gemacht."

„Fies."

„Genau." Sie seufzte tief. „Ich habe einen Abschluss in Gesang. Eigentlich hatte ich auch schon eine Rolle in einem Off-Broadway-Musical. Aber am selben Tag, als die Zusage kam, machte er Schluss und ich hörte von Tante Bobbies Diagnose. Na ja, da bin ich ausgeflippt und habe alles hingeschmissen. Dumm, ich weiß." Sie warf sich die langen Haare über die Schulter. „Aber jetzt, wo ich etwas Abstand habe, sehe ich erst, wie schlecht Neil – mein Exfreund – für mich war. Ich meine, ich habe das auch schon vorher gesehen, aber ich hatte einfach nicht den Mut, einen Schlussstrich zu ziehen. Ich kann es jetzt kaum noch glauben, dass ich wirklich bereit gewesen wäre, ihn zu heiraten, bloß weil ich Angst hatte, der Wahrheit ins Auge zu sehen. Na ja, jedenfalls bin ich gerade arbeitslos und ich werde mich um meine Tante kümmern, so lange, wie ..." Tracie räusperte sich. „So lange, wie sie es braucht."

„Und dieses ganze Christenzeugs? Glaubst du dran?"

„Als Kind schon. Aber dann sind einfach zu viele Dinge passiert. Ich war einfach stinksauer auf diesen Gott."

Ich lächelte. „Du sagst immer, was du denkst, oder?"

Sie rieb sich die Augen. „Viel zu oft."

Wir saßen uns schweigend gegenüber. Ich dachte daran, wie sehr Tracie dabei gestrahlt hatte, als sie vor den Flüchtlingen sang. „Und was ist mit dir?", unterbrach sie meine Gedanken. „Bist du glücklich in Atlanta oder hast du je daran gedacht, wieder nach Europa zu gehen? Du warst doch in Lyon in der Schule, oder?"

Ich zuckte mit den Achseln. „Dieses ewige Umziehen hatte ich irgendwann satt. Und genauso hatte ich es satt, ständig von mir selbst beeindruckt zu sein – von all den Sprachen, die ich konnte, den Auszeichnungen, und wie weit ich schon in der Welt herumgekommen war. Ich wurde langsam zu einem eingebildeten Lackaffen und ich wollte etwas anderes im Leben." Ich schmunzelte. „Für meine Freundin bin ich immer noch ein eingebildeter Lackaffe." Ich tat es mit einem Achselzucken ab. „Aber das Problem ist, ich weiß immer noch nicht, was ich eigentlich will. Ich mag das Journalistenleben. Es hat mir wirklich Spaß gemacht, in Lyon über die Unruhen zu berichten. Aber das hier", und dabei machte ich eine ausladende Geste und meinte die gesamte „Oase", „das hier erscheint mir noch besser. Nicht nur für die Story. Sondern besser an sich, sinnvoller, wichtiger."

Ich sah nach draußen zum Mond. „Und meine Beziehung ist auch nicht gerade die Welt. Könnte nicht sagen, dass ich mich besonders freue, zu meiner Freundin zurückzufahren. Aber so ist das Leben."

Vielleicht lag es daran, dass ich hier irgendwo im Nirgendwo und weit weg von meiner normalen Umgebung war, vielleicht am Restadrenalin vom lustigen Abend, auf jeden Fall war ich völlig aufgedreht. Tracies Kaffee schien denselben Effekt zu haben. Wir redeten und redeten. Wir redeten an der Tischtennisplatte, tranken noch drei Tassen Kaffee und gingen mit den Jacken nach draußen in die dunklen Weinberge, die nur vom Vollmond erhellt wurden. Wir sprachen über unsere Familien, das Studium, unsere Träume, und irgendwann kam Tracies ganze Wut hoch über den Tod ihres Vaters, die Kontrolle durch ihre Tante, die Verantwortung, die sie für ihre Brüder tragen musste, und vieles andere aufgestaute Zeug. Dann redete ich über meine Wut auf meinen Vater und wie er mit seiner ständigen Abwesenheit die Familie zerstörte.

Wir liefen durch die Nacht und redeten eine Stunde, vielleicht auch zwei, bis uns eiskalt war, wir im Aufenthaltsraum noch einen Kaffee tranken und dann um vier Uhr morgens einander peinlich berührt gute Nacht wünschten.

Ich konnte nicht schlafen. Stattdessen dachte ich an all die Dinge, die ich Tracie nicht erzählt hatte ...

In Lyon war ich selten. Ich war das Älteste von vier Kindern. Meine drei Schwestern waren zum Studium in Frankreich geblieben. Warum ich ausgerechnet in die USA wollte, wusste ich nicht. Na ja, vielleicht doch. Ich wollte zu mir selbst finden, weg von zu Hause, weg von meinen Eltern, vom eisigen Schweigen meines Vaters und der ständigen Nörgelei meiner Mutter, ihrem traurigen Blick, den Tränen, dem Selbstmitleid. Mom vertrocknete förmlich, aber wer wollte sich jetzt noch mit ihr einlassen?

Ich schloss die Augen und rief mir die guten alten Zeiten ins Gedächtnis.

Ich saß im Schlafanzug breitbeinig auf dem Boden und hatte einen Berg Legosteine vor mir. Mom studierte auf Knien die Bauanleitung.

„Gut gemacht, Stephen. Den Verteidigungswall hast du schon." Ich griff nach zwei neuen Legosteinen, rot und weiß, und sie beugte sich vor und baute das passende Zwischenteil ein. Ich roch den Lavendelduft ihres Parfums, das sie jeden Morgen nach der Dusche in einem Kreis um sich herumsprühte. Nach Mom ging ich immer gern ins Bad. Der Duft von Lavendel und frischen Zitronen und der Blick durchs geöffnete Fenster auf den Midi verzauberten mich jedes Mal.

Ich konnte spüren, wie sehr Mom sich freute. Nur wir zwei. Die Mädchen schliefen nebenan und Papa war noch im Büro. „Er wird leider später kommen, mon coeur", hatte sie kurz vorher gesagt, „also machen wir uns eine Suppe und ein Sandwich. Und wie wäre es mit einer Legoburg als Nachtisch?" Hinter ihrem Rücken zauberte sie eine Schachtel mit genau den Legosteinen hervor, von denen ich seit Wochen träumte. Es war weder Weihnachten noch mein Geburtstag, aber so war Mom, überschwänglich in ihren Liebesbekundungen. Ihre hellbraunen Haare fielen weich um ihren Kopf und ihre Augen, die denselben Farbton hatten, konnten erfüllt von Liebe strahlen, aber auch verschmitzt funkeln.

„Stephen, du bist ein schlauer Kopf. Eines Tages wirst du so etwas im richtigen Leben bauen."

Ich konnte nicht mehr genau sagen, wann aus dem weichen Nest zu Hause die Hölle geworden war. Mom hatte aufgehört zu lächeln, Papa kam immer später aus dem Büro heim und dann blieb er tagelang und irgendwann wochenlang weg. Andere Situationen aus meiner Jugend kamen hoch.

„Nie bist du zu Hause, Pierre!" Sie hatte es schon hundert Mal auf hundert Arten gesagt. Mom schrie nicht, wurde nicht laut, aber die Enttäuschung stand ihr in großen Lettern ins Gesicht geschrieben. Mensch, Mom, *dachte ich.* Mach doch mal halblang. Ja, Papa ist oft weg, aber jetzt ist er doch da.

Irgendetwas war geschehen, das die enge Bindung meiner Eltern zerstört hatte. Wir lachten nicht mehr. Mom hatte ihren Humor verloren und war nur noch ernst. Und Papa fing an, ihr aus dem Weg zu gehen. Mit uns Kindern spielte er und alberte herum, aber nicht mit Mom. Sie wurde überkritisch, streng, gereizt. Ich machte mich aus dem Staub, sobald ich mein Abitur mit Auszeichnung – „Mention Très Bien" – in der Hand hatte. Emory College bot mir ein Vollstipendium an und ich zog nach Atlanta, Georgia, um BWL und Journalismus zu studieren.

Ich drehte mich auf den Rücken und dachte an die letzten drei Jahre in der Lyoner Eliteschule Cité Scolaire International, an meine letzten Jahre mit der Familie. Dabei versuchte ich, glückliche Erinnerungen heraufzubeschwören, die Partys, die nächtlichen Streifzüge entlang der Saône, während die Notre-Dame de Fourvière auf mich und meine Freunde hinabschaute. Lyon war eine wunderschöne Stadt. Aber alles, was ich vor mir sah, war Mom, wenn ich nach einem langen Schultag nach Hause kam. Der Tisch war gedeckt, die Kerzen brannten, das Essen war im Ofen.

Und sie war beim vierten Glas Wein.

„Hallooo Stephen", lallte sie und gab mir ein Küsschen auf die Wange. „Deine Sch-schwestern sind schon da, Essen ist fast fertig." Kein Vater. Am Ende überhaupt nicht mehr. Nur Mom, die jämmerlich aussah. Das letzte Schuljahr war angebrochen und meine hübsche, zierliche Mutter, die alle möglichen Ausschüsse in der Schule leitete und Vorsitzende des American Club of Lyon war, trank sich allmählich zu Tode.

Hamid

Hamid bekam kein Auge zu. Er lag auf dem Rücken, hielt das Dokument in den zitternden Händen und flüsterte immer wieder „Danke, Isa." Rasheed lag auf dem anderen Bett, umklammerte ein ähnliches Papier und schnarchte.

Der Anruf war am Nachmittag gekommen, als Rasheed mit der kleinen Lilly spielte und Jim und Hamid den anderen beiden bei den Hausaufgaben halfen. Polat war am anderen Ende gewesen, um ihnen mitzuteilen, dass ihr Antrag bewilligt worden war. Völlig aufgeregt hatte Jim sie sofort mit dem Auto durch die Stadt gefahren und beim Gebäude der UNHCR abgesetzt. Hamid und Rasheed hatten wieder den Seiteneingang genommen, und als sie eine gute Stunde später durch den Hauptausgang getreten waren, hielten sie das offizielle Dokument als Trophäe hoch über dem Kopf wie schon andere vor ihnen. Sie waren nun offiziell vom UNHCR anerkannte Flüchtlinge.

Rasheed lachte trotz aller Verletzungen im Gesicht und stieß einen Freudenschrei aus. Hamid spürte, wie ihm die Tränen kamen, küsste das Dokument und dankte im Stillen Isa. Die Flüchtlinge in der Schlange jubelten und gratulierten ihnen. Hamid und Rasheed konnten nach Österreich ausreisen!

Später, am Esstisch, ergriff Jim das Wort. „Es ist bei uns Tischsitte, uns bei Gott für das Essen zu bedanken. Aber ich möchte ihm auch danken, dass er unsere Gebete für euch erhört hat. Ein Wunder ist geschehen." Hamid beugte mit Jim, Anna und den Kindern sein Haupt. Rasheed, das wusste er, würde einfach still sitzen bleiben und vor sich hinstarren.

Auf dem Weg zurück von ihrem ersten Treffen mit Polat hatte Rasheed gesagt: „Ich bin froh, dass wir wegen religiöser Verfolgung die Türkei verlassen können. Aber denk daran, ich habe kein Interesse an diesem fremden Gott!"

Während des Essens schielten Rasheed und Hamid immer wieder auf das Ausreisevisum, das neben ihren Tellern lag. Träumten sie? Anna und Jim schüttelten ungläubig die Köpfe, warfen sich wissende Blicke zu und lächelten. Im Bett umklammerte Hamid sein Dokument und dachte an Österreich und an Jalil, der vielleicht seine ganzen Ersparnisse eingesetzt hatte, um dieses Wunder zu bewirken.

Ja, Jim hatte es ein Wunder und eine Gebetserhörung genannt. Hamid sah das genauso.

Rasa

Rasa wälzte sich im Bett und konnte nicht schlafen. Unter ihrem Kopfkissen hatte sie das hübsche Injil versteckt, dass Herr und Frau Garabadian, die netten Leute, ihr gegeben hatten. Sie waren so alt wie Maamaan-Bozorg und armenische Christen wie Noyemis Familie. In ihren Bibeln waren andere Zeichen, aber Frau Garabadian hatte Rasa beim Abendessen angelächelt. „Ich habe eine Überraschung für dich, Rasa. Ein Neues Testament. Wir werden dir helfen, damit du die Geschichten von Jesus lesen kannst." Sie gab Rasa ein Injil auf Farsi.

„Darf ich das behalten?", fragte Rasa mit großen Augen.

„Natürlich, es gehört dir."

An den vergangenen zwei Abenden hatten sie und Frau Garabadian sich nach dem Abendessen das Injil genommen und die alte Frau las ihr auf Farsi vor und half Rasa, einzelne Wörter zu entziffern.

Sogar Maamaan lächelte, als Rasa einzelne Worte aus dem Injil vorlas. Sie lächelte überhaupt mehr. Baba hatte wieder einmal angerufen und irgendetwas sehr Gutes war passiert.

Rasa holte das Neue Testament unter dem Kissen hervor und hielt es ganz fest. „Danke, Isa, danke", flüsterte sie.

Peggy

Mitten in der Nacht schreckte Peggy Milner hoch. Eigentlich war das für sie nichts Ungewöhnliches. Seit Jahren, fast Jahrzehnten, konnte sie nicht mehr durchschlafen. Und oft wachte sie nachts auf und hatte das dringende Bedürfnis, für jemanden zu beten. Heute war es Bobbie. Peggy setzte sich auf. Vor ein paar Jahren, mit achtundachtzig, hatte sie nicht mehr auf Knien beten können. Einmal hatte sie es noch versucht, aber beim Aufstehen war sie hingefallen und hatte sich die Hüfte gebrochen. Ihre Kinder, Enkel und Urenkel hatten ihr daraufhin in den Ohren gelegen. „Oma, Jesus weiß doch, dass deine Knie abgenutzt und deine Knochen brüchig sind. Er wird dir genauso zuhören, wenn du nur im Stuhl sitzt."

Oder im Bett, dachte Peggy und faltete die Hände.

„Lieber Herr Jesus, mein Herz ist schwer und ich denke an Bobbie. Ihr körperliches Leiden macht mich traurig, aber das ist nicht der Grund, warum du mich geweckt hast. Sie leidet emotional. Du verlangst von ihr, sich ihrer größten Sehnsucht und ihren größten Ängsten zu stellen. Du lässt sie tief in ihr eigenes Herz sehen und sie fürchtet sich, Herr. Bitte, sei du ihr Fels, ihr Schild, ihr Tröster und ihre Zuflucht ..."

Eine Stunde lang rief Peggy Milner die verschiedenen Namen Gottes an und bat für ihre Freundin. „Bitte Herr, bereite sie darauf vor, Amir gegenüberzutreten. Dein Wille geschehe. Amen."

Kapitel 14

Tracie

Ich kam kaum aus dem Bett. Es war acht Uhr morgens und ich hatte keine Minute geschlafen. Nachdem ich erst Tante Bobbie beleidigt hatte, hatte ich mich die halbe Nacht mit einem jungen Mann unterhalten, den ich vor zwei Tagen kennengelernt hatte und der in ein paar Tagen wieder nach Atlanta zu seiner Freundin fahren würde. Aus Stephen und mir konnte nichts werden. Trotzdem hatte es gutgetan, mit ihm zu reden. Er war ein guter Zuhörer und das spiegelte sich in seinem blassen und sommersprossigen Gesicht bis zur letzten Konzentrationsfalte wider. Ich hatte ihm meine Geschichte erzählt. Besser gesagt: Ich hatte mich mal so richtig ausgekotzt. Hinterher war ich erschrocken darüber gewesen, so viel von mir preisgegeben zu haben, und dementsprechend war mir etwas mulmig zumute, ihm heute wieder gegenüberzutreten.

Tante Bobbie kam mit einem Handtuch über der Schulter ins Zimmer. „Ah, so eine heiße Dusche wirkt doch wirklich Wunder." Sie lächelte mich an, sah aber genauso müde aus wie ich. „Wann bist du denn wiedergekommen?"

Ich zuckte mit den Achseln. „Keine Ahnung. War aber spät. Ich habe Stephen meine ganze Lebensgeschichte erzählt, glaube ich."

Tante Bobbie zog die Augenbrauen hoch.

„Mehr war nicht. Wir haben geredet, sind herumspaziert und haben Kaffee getrunken."

„Scheint ja ein interessanter junger Mann zu sein."

Ich musste unweigerlich grinsen. Immer, wenn Tante Bobbie das Wort „interessant" gebrauchte, um einen Mann zu beschreiben, hieß das, dass sie arge Bedenken hatte. Neil hatte sie einmal „überaus interessant" genannt.

„Du magst ihn also nicht?"

„Nein, im Gegenteil, ich mag ihn. Er ist sehr freundlich zu seiner Mutter und das gibt immer Pluspunkte bei mir. Außerdem macht er mir einen vernünftigen Eindruck. Vielleicht ein bisschen verloren, meinst du nicht?"

Ich verzog das Gesicht. „Verloren wie in *verloren gegangen aus Gottes Herde* oder verloren wie in *nicht ganz sicher, was er mit seinem Leben anstellen soll?*"

„Beides."

„Tja, da liegst du wohl zweimal richtig. Jedenfalls meinte er, er sei unsicher, was er jetzt tun soll. Und als Christ bezeichnet er sich ganz bestimmt nicht." Ich dachte an mein Gespräch mit ihm. „Aber er ist trotzdem echt nett. Irgendwie anders, weißt du? Nicht so amerikanisch. Er hat Kultur im Blut. Ja, das ist es. Er hat überall auf der Welt schon gelebt und weiß eine ganze Menge. Und er nennt sich einen geheilten Lackaffen."

„Ist das etwas Gutes?"

„Ich glaube schon. Neil zum Beispiel ist ein Lackaffe. Zumindest hat Stephen kapiert, dass es einen nicht automatisch zum angenehmsten Zeitgenossen macht, wenn man intelligent und gut aussehend und versiert und kultiviert ist. Er hat Potenzial."

„*Potenzial* also. Bei dir?"

Ich lachte. „Nein, Tantchen. Komm bloß nicht auf dumme Ideen. Außerdem reist er in ein paar Tagen ab."

„Stimmt. Und Fernbeziehungen sind nicht leicht."

Ich ergriff die Chance beim Schopf. „Also schön. Ich warte jetzt schon seit Ewigkeiten, dass du mir mehr von deinem Flüchtling erzählst. Wie hieß er? Denkst du noch an ihn? Und was ist passiert? Ist er verheiratet? Weißt du, wie es ihm geht?"

„Langsam, langsam. Eine Frage nach der anderen." Sie hatte sich ein leuchtend grünes T-Shirt und einen Jeansrock angezogen und bürstete sich das Haar. Dann setzte sie sich auf die Bettkante. „Er heißt Amir. Und ja, er bedeutete mir viel. Sehr viel."

„Hast du ihn geliebt?" Ich fing an, durch das Zimmer zu laufen.

„Ja."

„Und hat er dich geliebt?"

„Ja."

„Wolltest du ihn heiraten?"

Bobbie nickte und holte Luft. „Ja, wir wollten heiraten."

„Und dann?"

„Und dann wurde nichts draus."

„Aber wieso? Jetzt sag doch endlich!" Ich seufzte theatralisch und setzte mich aufs Bett. „Ja, schon gut. Sag nichts – ich kann wieder mal meinen großen Mund nicht halten und stelle unangemessene Fragen. Tut mir leid, was ich gestern Abend gesagt habe. Und es geht mich nichts an, wenn du lieber nichts von Amir erzählen willst."

„Es war kein bisschen unangemessen, was du gestern Abend gesagt hast. Vielmehr glaube ich, Gott benutzt dich, damit ich mich endlich mit der Beziehung zu Amir auseinandersetze. Beziehungsweise mit ihrem Ende. Aber um auf deine anderen Fragen zurückzukommen: Amir lebt noch in Österreich und ist der Pastor einer iranischen Gemeinde in einem kleinen Ort ein paar Stunden westlich von hier. Ich weiß nicht, ob er verheiratet ist, aber ich glaube es nicht. Carol hat mich immer auf dem Laufenden gehalten, natürlich auf ihre stille, unaufdringliche Art, und sie hat nie etwas von einer Frau oder Kindern gesagt."

„Meinst du, wir werden ihn hier noch treffen?"

„Vielleicht." Ihre strahlend blauen Augen waren unentwegt auf mich gerichtet. „Vielleicht, Tracie. Es wäre schön, wenn ich dazu bereit sein könnte."

Ich wollte unbedingt wissen, was dieser Mann Tante Bobbie angetan hatte. Aber ich brachte die Frage nicht übers Herz. Also wandte ich ihre Taktik an und erzählte etwas aus meinem Leben in der Hoffnung, dass sie es mir gleichtun würde. „Als ich mich gestern mit Stephen unterhalten habe, habe ich etwas gemerkt. Ich könnte mich tatsächlich auf einen neuen Mann einlassen. Ich muss Neil gar nicht für den Rest meines Lebens nachtrauern. Und ich konnte mir endlich eingestehen, was ich eigentlich schon längst wusste. Er war sowieso nicht der Richtige für mich."

„Na endlich. Und wenn du das hinter dir lassen kannst, umso besser!" Sie klang wirklich dankbar. „Aber bei mir liegen die Dinge anders. Es schien mir ganz und gar nicht falsch, Amir zu heiraten. Es war nur, nur ..." Sie musste sich zweimal räuspern und konnte doch nicht weiterreden. „Es sind Dinge passiert, die es unmöglich gemacht haben", sagte sie leise. „Und dann starb dein Vater und da wusste ich, dass ich nach Atlanta zurückkehren sollte. Und ich wollte es auch, Tracie. Ich wusste, das war das Richtige."

Wie am Abend zuvor schlang ich die Arme um meine Tante und

hielt sie fest, als wäre ich zehn und hätte ihr gerade mein junges Leid geklagt. „Es war bestimmt richtig, zu uns zu kommen. Und ich hoffe, dass du noch eine Chance bekommst, diesen Mann zu treffen und die Sache in Ordnung zu bringen."

Mehr zu fragen wagte ich nicht, auch wenn ich so gern wollte.

Nachdem wir mit Carol den Gottesdienst in einer kleinen Kirche in Baden besucht hatten, gab es eine Nachbesprechung zum musikalischen Abend im Büro der „Oase". Auch die Studentinnen waren dabei. Danach strömten alle nach unten zum Mittagessen, abgesehen von Carol und Julie. Die beiden Frauen waren mir in den letzten Tagen sehr ans Herz gewachsen. „Darf ich euch was fragen?", setzte ich an.

„Natürlich", erwiderte Carol.

„Tante Bobbie hat mir erzählt, dass ihr schon sehr lange hier arbeitet und dass ihr sie schon kanntet, bevor sie zu uns gezogen ist. Sie hat mir auch von einem Flüchtling namens Amir erzählt. Offensichtlich haben die beiden sich geliebt. Aber sie macht immer nur vage Andeutungen. Könnt ihr mir etwas über diesen Mann sagen? Was ist denn passiert, dass die beiden doch nicht geheiratet haben? Und warum redet Bobbie nicht darüber? Ich bin so wütend auf ihn, weil er sie so verletzt hat."

Carol sah aus, als fühlte sie sich überhaupt nicht wohl in ihrer Haut.

Julie lächelte traurig. „Es ist nicht unsere Aufgabe, dir Bobbies Geschichte zu erzählen. Sie wird es tun, wenn sie so weit ist."

„Aber genau das macht sie eben nicht", protestierte ich. „Ich versuche es und sie fängt sofort an zu weinen. Und ich habe solche Angst, dass ihr nicht mehr genug Zeit bleibt, um die Sache endlich aus der Welt zu schaffen!"

Carol runzelte die Stirn. „Ich bin mir sicher, dass Gott Bobbie aus einem bestimmten Grund hierhergebracht hat. Und er wird ihr auch helfen, ihre inneren Hürden zu überwinden. Ich weiß, dass es dir schwerfällt, deine Tante leiden zu sehen. Du willst ihr ja nur helfen. Aber, Tracie – du wirst deine Tante entscheiden lassen müssen, wann die Zeit gekommen ist."

„Jim und Anna haben mich gefragt, ob ich sie zum Gottesdienst begleite", sagte Hamid zögerlich zu Rasheed. „Diese Leute waren sehr freundlich zu uns. Ich möchte sie nicht verärgern."

Ich möchte endlich einmal einen christlichen Gottesdienst erleben!

Rasheed runzelte die Stirn. „Du hast recht. Sie sind sehr gut zu uns gewesen. Ich mag sie. Aber sie sind Christen! Vergiss nicht, diese Christen haben dir den ganzen Schlammassel überhaupt erst eingebrockt."

„Ja, aber hier in der Türkei dürfen wir Kontakt mit anderen Religionen haben. Das stört niemanden."

Rasheed sah finster drein. „Khoda sieht es. Er sieht alles und weiß alles."

„Ja." Angst keimte in Hamid auf. Wenn Rasheed den Verdacht hatte, dass er nicht nur aus Respekt Jim und Anna gegenüber zum Gottesdienst wollte, sagte er das jedenfalls nicht laut. Aber Hamid konnte es an seinem Gesicht ablesen.

„Wenn du gehen willst, dann geh. Ich bleibe hier." Rasheed grinste. „Ich bleibe hier und träume von Österreich und den schönen Frauen, die ich dort kennenlernen werde."

Hamid saß hinten im Auto der Harris' und hatte den sechsjährigen Jacob auf dem Schoß. Zur Linken saß der achtjährige William und die kleine Lilly griff von der anderen Seite aus ihrem Kindersitz nach Hamids Hand. Hamid träumte davon, wenn sein kleiner Sohn dasselbe tun würde. Eines Tages würde der kleine Omid neben ihm im Kindersitz durch Österreich fahren.

Eines Tages ...

„Ich bin froh, mit euch gehen können zu Kirche", sagte Hamid, „aber vielleicht ist doch keine gute Idee. Rasheed ist strenger Muslim. Rasheed sagt, Khoda sieht, ich gehe mit Ungläubigen zu Gottesdienst."

„Isa passt auf Sie auf, Hamid", versicherte ihm Jim. „Viele Leute auf der ganzen Welt haben für Sie gebetet. Dass ihr das Ausreisevisum so schnell bekommen habt, ist ein echtes Wunder."

„Sie immer sind sehr nett und ich sehe, Isa hilft mir, aber trotzdem ich habe Angst."

„Sie sollten auf jeden Fall weiter vorsichtig sein. Lesen Sie nur im Injil, wenn Sie allein sind. Und verstecken Sie das Buch hinterher wieder."

„Ich habe viele Fragen über Injil, über Isa, aber nun ich muss bald gehen."

„Isa wird bei Ihnen sein", meinte Anna. „Und wenn Sie das Flüchtlingslager in Traiskirchen erreichen, hören Sie genau zu, was die anderen Flüchtlinge sagen. Sie werden sicher über einen Ort reden, der ‚Die Oase' heißt. Dort werden Sie andere Christen treffen, die Ihnen mehr über Jesus erzählen können. Es kann aber ein paar Tage dauern, bis Sie das Flüchtlingslager verlassen dürfen. Haben Sie Geduld. Und laden Sie Rasheed ein, Sie zur ‚Oase' zu begleiten. Alle Flüchtlinge sind dort willkommen. Die meisten sind sogar Muslime. Aber wer wirklich nach Isa sucht, wird dort Menschen finden, die ihm weiterhelfen."

Jim stellte das alte Auto in einer Seitenstraße ab und alle stiegen aus. „Da sind wir", sagte Anna und zeigte auf ein unscheinbares Gebäude. An einem großen Fenster stand „Willkommen" in vielen Sprachen und in der Mitte war ein Kreuz. Das sah so gar nicht nach den Kirchen aus, die Hamid aus den Geschichtsbüchern und Filmen kannte. Das hier war keine große Kathedrale mit Buntglasfenstern und auch keine weiße Kirche mit Türmchen auf einer grünen Wiese.

Als Hamid hinter der Familie Harris eintrat, schlug sein Herz höher. Der Vorraum war voller Männer und Frauen, die sich auf Farsi unterhielten. Es gab ihm sofort ein warmes Gefühl, seine Muttersprache ohne jeden Akzent zu hören. Diese Leute waren Iraner! Und mehr noch: Sie waren iranische *Christen*. Bisher hatte er nur seine armenischen Nachbarn und Jim und Anna gekannt. Aber in diesem einfachen Kirchengebäude begrüßten ihn Männer und Frauen mit einem breiten Lächeln.

Er folgte Jim und Anna in einen rechteckigen Raum, in dem fünfzig oder sechzig einfache Klappstühle standen, von denen die meisten bereits belegt waren. An der hellgelben Wand an der Stirnseite des Raumes hing ein großes Holzkreuz. Das Gelb der Wand ließ das Kreuz plastisch hervortreten, als würde hinter ihm die Sonne scheinen. Hamid starrte darauf und dachte daran, wie Jim ihm seine Bedeutung erklärt hatte.

Jesus ist am Kreuz für uns gestorben. Aber dann stand er von den Toten wieder auf. Das Kreuz ist leer. Ein leeres Kreuz verkündet den Sieg Christi über den Tod ... Das Folterinstrument war Gottes Weg, den Tod zu besiegen. Hamid hatte ein Faible für Paradoxien. Und dieses Kreuz war ein besonders gutes.

Sie suchten sich Plätze. „Der erste Teil des Gottesdienstes ist ein Anbetungsteil", raunte Jim. „Später wird der Pastor dann eine Predigt aus der Bibel halten."

Die Gemeinde stand zum Singen auf und wurde von einer Gitarre und einem Klavier begleitet. Dabei sahen die Gottesdienstbesucher glücklich aus. Muslime betrachteten Musik eigentlich als etwas Weltliches und Respektloses gegenüber Khoda, aber hier schienen die Leute wirklich einen Gott zu preisen, den sie liebten. Sie lachten und sangen, klatschen in die Hände und tanzten sogar! Sie schienen ihren Gott nicht zu fürchten. Leise sang Hamid die Worte von der Leinwand mit. Ihr Inhalt war völlig neu für ihn.

Danke Herr, du bist mein Retter.
Danke Herr, für deine Gnade.
Deine Gunst kann ich mir nicht verdienen.
Aber in Demut und mit Freude
Suche ich dich, Herr.
Danke, Jesus ...

Ein Lied nach dem anderen sprach von einem Gott der Liebe, der bei den sündigen Menschen wohnte und starb, damit ihre Taten vergeben werden konnten. Hamid sog die Wörter *Gnade* und *Vergebung*, *Wahrheit* und *Liebe* in sich auf und spürte inneren Frieden.

Als im zweiten Teil der Pastor fragte, ob jemand zum ersten Mal anwesend sei, standen Jim und Hamid auf. „Viele von euch haben in der vergangenen Woche für Hamid gebetet", erklärte Jim. „Heute ist er unter uns." Hamid wurde rot, als spontaner Applaus aufbrandete. „Hamid hat mir erlaubt, das zu erzählen." Jim legte Hamid einen Arm um die Schulter, als wolle er ihn stützen. „Hamid wurde vom Geheimdienst gefangen genommen und gefoltert, aber dann passierte etwas Unglaubliches. Er wurde wieder freigelassen und hat gestern sein Ausreisevisum für Österreich bekommen."

„Gelobt sei Gott!", murmelten einige, andere „Dem Herrn sei Dank!"

„Bitte betet dafür, dass er Österreich sicher erreicht, auf andere Christen trifft und sich einer iranischen Gemeinde anschließen kann. Betet dafür, dass er sein Leben ganz Isa übergibt. Und dass sein Gefährte auch noch Interesse für Isa entwickelt. Im Augenblick ist er dem Christentum gegenüber sehr feindlich eingestellt."

Auf einmal fingen einzelne Gottesdienstbesucher an, laut zu beten: Manche kurz, manche lang und ausschweifend. Einer nach dem anderen betete für Hamid – um Sicherheit, um Führung durch Gott oder dafür, dass seine Familie bald nachkommen konnte. Hamid lauschte ergriffen. Noch nie hatte er so viel Liebe und eine göttliche Gegenwart gespürt.

„Danke", sagte er zu Jim und Anna auf dem Weg nach Hause. „Ihr und so viele Leute … mein Leben gerettet. Ich niemals vergesse das."

Alaleh

Alaleh beugte sich konzentriert über die Karte, die Astrid Garabadian ihr gegeben hatte. Mit dem Finger fuhr sie lächelnd die Strecke von Van nach Wien nach. Morgen früh würden Hamid und sein Freund Rasheed ein Flugzeug besteigen – ein Flugzeug! – und von Van nach Wien fliegen.

Hamid hatte sie gestern angerufen und so seltsame Dinge gesagt. „Gott hat die vielen Gebete erhört, mein Herz! So etwas gab es noch nie. Sag Rasa, dass sie recht hatte. Isa hört unsere Gebete."

„Schh, Hamid!", warnte sie ihn. „Pass auf, was du sagst!"

Sie widmete sich wieder der Karte. Ihr Professor, der Träumer! Die ganzen Jahre in Teheran hatte er seine politischen Überzeugungen für sich behalten, aber jetzt war er drauf und dran, noch Schlimmeres von sich zu geben, Religiöses, über diesen Jesus. Die strenggläubigen Muslime würden das nicht hören wollen, egal, ob er im Iran, in der Türkei oder in Österreich war. „Wenn du so etwas sagst, werden deine muslimischen Freunde dich hassen! Bitte, sei vorsichtig", hatte sie ihn angefleht.

Die kleine Rasa schien Hamids Worte sofort zu verstehen. Als Alaleh ihr erklärte, warum Hamid Van schon so schnell verlassen durfte, hatte sie gestrahlt. „Maamaan, das ist genau wie im Injil! Frau Garabadian hat mir das erzählt. Ein Mann wurde ins Gefängnis gesteckt, der hieß Petrus. Weil er Isa liebte. Und in der Nacht kam ein Erdbeben, jawohl, und die Türen gingen auf und Petrus war frei! Isa passt auf Baba auf, wie auf Petrus. Isa kriegt jede Tür auf. Miss Beverly hat gesagt, dass Isa alles kann."

Alaleh gab Omid die Brust und fragte sich, woher ihre Tochter diesen naiven Glauben hatte. Und wem hatte Hamid seine Versorgung zu verdanken? Es waren alles Christen gewesen! Erst Noyemis Familie, dann die Garabadians und jetzt dieses Paar namens Jim und Anna in Van. Hamid hatte noch viel mehr Christen erwähnt, iranische Gemeinden in Van und in Österreich, die für ihn beteten. Christen in Kirchen!

Alaleh zitterte. Hamid, Rasa und jetzt auch noch Maamaan-Bozorg in Teheran, alle beteten sie diesen Isa-Gott an. Hatten sie vergessen, dass er sie überhaupt erst in diese Lage gebracht hatte? Hamid war ein Intellektueller und ein Träumer und Rasa eine kleine Mystikerin, aber sie, Alaleh, sah die Dinge pragmatisch. Ganz gleich, wie viele Wunder sie erlebten, sie mussten ihren Mund halten, was diesen Christengott betraf.

Alaleh dachte an ein Sprichwort, das Hamid früher oft im Scherz gesagt hatte: *Vertraue auf Gott, aber binde zuerst dein Kamel an.*

Das war weise gewesen, Hamid! Behalte deinen neuen Glauben für dich!

Sie streichelte den Flaum auf Omids Kopf und fragte sich, wie lange sie bei den Garabadians bleiben konnten. Jeder Christ, der Muslime aufnahm, riskierte sein Leben. Sie wollte nicht, dass diese Leute wegen ihr in Schwierigkeiten gerieten.

Omid hatte genug getrunken und lächelte das zufriedene Lächeln eines Säuglings. Alaleh übermannten die Gefühle. „Ich weiß nicht, zu wem ich beten soll", flüsterte sie. „Aber danke. Danke, wer auch immer uns bisher beschützt hat."

Stephen

Mom und ich saßen am Tisch in der Ecke eines Heurigen und nippten jeder an einem Glas Riesling aus dem Weinberg der Eigentümer. Zuvor hatten wir uns aus der Verkaufstheke eine Zusammenstellung von Fleisch, Wurst und Gemüse ausgesucht. Ich schnitt einen Bissen von einem dicken Würstchen ab und bemerkte erneut, wie sehr Mom strahlte.

„Ich freue mich so, dass wir endlich einmal Zeit für uns haben. Diese kleinen Restaurants sind aber auch gemütlich!"

„Ja, das stimmt. Kann es noch kaum glauben, dass wir beide hier sind." Ich runzelte die Stirn. „Hast du was von Papa gehört?"

Mom schüttelte den Kopf. „Nein." Sie griff nach dem Weinglas und nahm einen großen Schluck. „Stephen ..." Sie hatte plötzlich feuchte Augen. „Du hast doch selbst gesehen, wie unsere Ehe im Laufe der Jahre immer schlechter wurde. Und jetzt, jetzt ..." Sie stellte das Glas hin und sah mich an. Das Strahlen war verschwunden. „Ich fürchte, es geht nicht mehr."

Plötzlich fühlte ich mich leer. Nein, es war keine Überraschung, aber es traf mich wie ein Schlag, das so klar aus Moms Mund zu hören.

Wir saßen eine Weile schweigend da. Mom wischte sich mit einem Finger die Augen und setzte ein tapferes Lächeln auf. „Dein Vater hat ein neues Angebot bekommen, dieses Mal für Hong Kong. Ich habe ihm gesagt, er kann gehen, wenn er will, aber ich komme nicht mit. Ich ertrage nicht noch einen Umzug." Ihre Hände zitterten leicht.

„Das tut mir leid, Mom."

„Weißt du, ich habe deinen Vater schon vor langer Zeit verloren, und doch ..." Sie seufzte und konzentrierte sich darauf, eine kleine Tomate aufzuspießen und in den Mund zu balancieren. Ich suchte fieberhaft nach etwas, was ich sagen konnte, aber mein Kopf war vollkommen leer. Also aß ich etwas Curry-Geflügelsalat. Er schmeckte auf einmal fade.

„Aber seit ich hier bin, habe ich das Gefühl, wieder richtig am Leben zu sein. Ich weiß, das hört sich komisch an. Wie ein Zufall, der eigentlich kein Zufall ist."

Ich war erleichtert, das Thema zu wechseln. Meine ursprünglichen Ängste bezüglich dieses Hilfseinsatzes hatten sich nach einer Woche gelegt, aber noch immer blieben einige Fragen offen. „Erzähl mir doch endlich einmal, wie genau du diese Mädchen überhaupt kennengelernt hast."

„Das war vor einem Monat in einer Kirche in Lyon. Es ging mir nicht gut. Ich hatte gerade besagtes Gespräch mit deinem Vater gehabt – über Hong Kong. Eine Freundin von mir, die auch mit in der Suppenküche hilft, lud mich zu sich in die Kirche ein. Erinnerst du dich an Brigitte? Eine wunderbare Frau – sie hat noch nie hinter dem Berg gehalten mit ihrem Glauben. Und sie wusste, dass es mir nicht gut ging.

Jedenfalls ging ich mit. Der Gottesdienst war so lebendig und es waren mindestens zehn verschiedene Nationen vertreten, obwohl es ein französischer Gottesdienst war. An jenem Morgen waren auch die amerikanischen Studentinnen zu Besuch. Sie haben ein paar Bilder gezeigt von dem, was sie hier vorhaben, und die Gemeinde gebeten, sie im Gebet zu unterstützen. Weißt du, es war alles neu und seltsam und trotzdem hatte ich auf einmal dieses starke Bedürfnis, *unbedingt* mit ihnen zu fahren. Ich meine, es war so ein Zufall, dass ich ausgerechnet an dem Sonntag da war, als sie darüber redeten, nach Wien zu fahren. Und du weißt doch, wie sehr ich Wien mag."

Mom war in Gedanken verloren und schob ihren Knödel auf dem Teller hin und her.

„Wahrscheinlich hat Carol alle Hebel in Bewegung setzen müssen, um sie zu überzeugen, dass ich überhaupt mitkommen darf." Mom wurde etwas rot. „Ich weiß ehrlich gesagt nicht, wieso sie mich letztendlich in ihr ‚Team', wie sie es nennen, aufnahmen. Weder teilte ich ihre religiösen Überzeugungen – jedenfalls zu diesem Zeitpunkt nicht – und ich stand völlig neben mir. Ich muss ausgesehen haben wie ein wandelndes Gespenst."

Ich musste schmunzeln. Das passte überhaupt nicht zu meiner zierlichen Mutter.

„Aber ich nehme an, dass Brigitte und Carol und die anderen Mitleid mit mir hatten. Oder vielleicht lag es daran, dass ich Deutsch kann und als Krankenschwester gearbeitet habe. Na ja, wie auch immer. Ich bin froh, hier zu sein. Was ich mache, wenn ich wieder in Lyon bin, weiß ich zwar nicht, aber das hier ist wie ..." – sie suchte nach einem Wort – „... wie eine lang ersehnte Atempause."

Mom griff nach meiner Hand. „Und bei dir, Stephen? Wie geht es dir? Und Pam?"

Eine Atempause. Mom konnte sich das herausnehmen. „Ich weiß nicht. Scheint alles in Ordnung zu sein in Atlanta. Aber wenn ich ehrlich bin, fühle ich mich gerade ziemlich weit weg davon. Als würde hier in Europa ein längst vergessener Teil von mir wieder lebendig werden."

„Ja, ist schon eine Weile her, dass du hier warst. Hast du Europa vermisst?"

„Eigentlich nicht, aber jetzt, wo ich hier bin, irgendwie doch. Europa fehlt mir, die Mentalität, die Art, wie die Menschen leben. Und natürlich du und Papa." Dabei tätschelte ich ihre Hand. „Klar, es war aufregend, über die Unruhen in Paris und Lyon zu berichten. Aber die ‚Oase' und die vielen Geschichten, das ist noch einmal etwas ganz anderes. Mom, die Woche hat mir wirklich Spaß gemacht. Und du glaubst gar nicht, wie sehr ich mich freue, dich glücklich zu sehen. Hab ehrlich gedacht, du bist übergeschnappt und hast dich irgendeiner finsteren Sekte angeschlossen. Deswegen bin ich umso mehr erleichtert, hier zu sein und zu sehen, wie diese Leute wirklich sind."

Mom nippte an ihrem Wein und zwinkerte mir zu. „Keine Sekte, keine Sorge. Und Pam? Freust du dich schon auf zu Hause?"

„Glaub schon. Pam ist nicht so richtig begeistert über diesen ‚Urlaub', wie sie es nennt." Ich spielte mit meiner Serviette, stopfte mir etwas Würstchen und Kartoffeln in den Mund und kaute bedächtig. „Sie versteht das Ganze hier nicht. Ich dachte, wir hätten eine ganz ähnliche Auffassung vom Leben, aber vielleicht habe ich mich geirrt ... Was ich hier tue, kommt mir viel wichtiger vor als alles, was ich vorher gemacht habe."

„Natürlich. Das ist schon eine sehr spezielle Arbeit hier. Pam kann sich das wahrscheinlich überhaupt nicht richtig vorstellen. Weißt du, Stephen, du musst es ja nicht überstürzen mit der Partnerwahl. Wenn du mit Pam nicht sicher bist ..." Sie starrte ins Leere. „Such dir ein Mädchen, das an dich glaubt und dich unterstützt. Ich habe das bei deinem Vater viel zu wenig getan. Mit meiner Nörgelei habe ich ihn letzten Endes fortgetrieben. Er liebt seine Arbeit." Sie verzog das Gesicht. „Nein, er liebt seine Arbeit *über alles*. Weißt du, wenn es eine andere Frau gewesen wäre, hätte ich um ihn gekämpft. Aber ich wusste einfach nicht, wie ich es mit seiner Arbeit aufnehmen sollte. Also habe ich angefangen, an ihm herumzunörgeln, und wurde dabei immer depressiver. Ich kann es ihm nicht vorwerfen, dass er gegangen ist."

„Er ist nicht gegangen, Mom. Er ist nur woanders im Einsatz."

„Ja, aber da ich ihm ein Ultimatum gesetzt habe, wird er, fürchte ich, nicht wiederkommen." Sie rang sich ein Lächeln ab. „Such du dir ein Mädchen, das dich in dem unterstützt, woran du glaubst, und das du auch guten Gewissens unterstützen kannst."

Ich ließ die Aussage auf mich wirken. *Woran glaube ich denn? Wie soll ich ein Mädchen finden, das mich unterstützt, wenn ich noch nicht einmal wusste, was ich wollte?*

Ich lenkte ab. „Und was hältst du davon, wie die Leute hier ihren Glauben ausleben?"

Moms Augen leuchteten wieder. „Ich bete tatsächlich selbst und hoffe, dass ihr Glaube auch mich ansteckt. Vielleicht habe ich den Virus ja schon." Sie kicherte wie ein kleines Mädchen.

Seit meiner Kindheit hatte ich die Zeit mit Mom nicht mehr so genossen. Ich beobachtete sie heimlich und kam zu dem Ergebnis, dass Tracie recht hatte. Mom war talentiert und begabt. Sie brauchte nur jemanden, der Vertrauen in sie hatte. Und ich seufzte erleichtert, als mir klar wurde, dass sie seit zweieinhalb Stunden am selben Glas Wein nippte. Im Augenblick schien tatsächlich etwas anderes als Alkohol das große Loch in ihr zu füllen.

„Der Film fängt in einer Viertelstunde an", verkündete Dee, als Mom und ich wieder im Gästehaus ankamen.

„Was guckt ihr denn?", wollte Mom wissen.

„*The Sound of Music*, was denn sonst?", lachte Dee.

„Oh, den liebe ich!", erwiderte Mom begeistert. „Ich komme gleich." Und schon erklomm sie neben Dee die Treppen.

Ich war mit der Tischtennisplatte allein. Ich nahm einen Tischtennisschläger und einen Ball und fing an zu zählen, wie oft ich den Ball auf dem Schläger springen lassen konnte. Dabei konzentrierte ich mich so sehr, dass ich Tracie erst bemerkte, als sie „Hallo“ sagte.

Erschrocken knallte ich den Schläger auf die Platte und der kleine weiße Ball flog quer durch den Raum. „Oh, hallo“, sagte ich und fühlte mich irgendwie ertappt.

Tracie schien ein bisschen rot zu werden. „Du kannst das ja ziemlich gut.“ Dann holte sie tief Luft. „Ich, ich wollte mich nur dafür entschuldigen, dass ich dich mit meiner schrecklichen Lebensgeschichte die ganze Nacht wach gehalten habe. Tut mir leid, dass ich dir das Ohr abgekaut habe.“

„Du brauchst dich nicht zu entschuldigen. Mir hat es Spaß gemacht, mit dir zu reden. Außerdem hätte sowieso keiner von uns in dieser Nacht ein Auge zugemacht.“

„Stimmt.“ Sie grinste und nickte in Richtung Treppe. „Finde ich übrigens super, dass du deine Mutter zum Essen ausgeführt hast. Das ist total süß von dir. Deine Mutter hat richtig gestrahlt, als ihr wiedergekommen seid.“

„Ja, ich fand es cool, mal wieder Zeit mit ihr zu haben. Nach all dem, was ich dir da letztens über meine Eltern erzählt habe, hat sie heute ein paar Sachen gesagt, die ... ziemlich hilfreich waren. Zum Beispiel, dass man sich jemanden suchen soll, der einen in seinen Träumen unterstützt und andersherum.“

Tracie ging und hob den Tischtennisball auf. „Recht hat sie. Vielleicht sollte ich mich auch mal daran halten. Neil jedenfalls hat mich kein bisschen unterstützt. Er war entweder neidisch oder mit sich selbst beschäftigt. Das hätte ich echt früher merken sollen.“

Ich zeigte auf den großen Fernseher. „Guckst du dir das Musical an? Mom meinte, in ein paar Minuten geht es los.“

„Vielleicht. Hab ich glaube ich schon mal gesehen.“ Sie zwinkerte mir zu.

Ich kniff die Augen zusammen. „Soll mir das was sagen?“

„Oh, ich habe nur schon jede weibliche Rolle in *The Sound of Music* gespielt und kenne den Film in- und auswendig. Ich habe ihn bestimmt schon fünfzig Mal gesehen. Also, er ist wirklich toll, aber ich weiß nicht ...“

„Vielleicht kann ich dich ja zu einem Glas Wein überreden? Ich kenne da einen tollen Heurigen ums Eck.“

Tracie lachte mich an. „Gerne! Super Idee."

Zehn Minuten später kamen wir an einem schmucken, blassgelben Haus mit einer Laterne über dem Eingang an. Die Laterne leuchtete und war von gusseisernem Efeu umrankt. Darunter hing ein genauso kunstvoll umranktes Schild mit dem Namen *Schafler*. Als wir in den Heurigen eintraten, in dem ich zuvor schon mit meiner Mutter gesessen hatte, lächelten die Kellner und klopften mir im Vorbeigehen auf die Schulter. Die Kellnerin, die Mom und mich bedient hatte, zwinkerte mir zu. „Das Mädchen ist schon eher dein Alter."

Kapitel 15

Hamid

Hamid stand mit Rasheed an der Sicherheitskontrolle des Ferit-Melen-Flughafens in Van und beobachtete, wie die Leute vor ihm Mobiltelefone und Laptops aus dem Handgepäck holten. In Hamids kleinem Rucksack war nur das Radio, das in einem Geschichtsbuch versteckte Injil, sein Handy und das Ausreisevisum, das besagte, dass er die Türkei legal verlassen und nach Wien reisen durfte. Er holte das Radio und das Handy heraus und legte sie in eine der grauen Plastikschalen. Dem Sicherheitsbeamten reichte er das Flugticket und seinen Pass. Der Mann sah auf das Papier, dann auf Hamid, dann wieder auf das Papier. Die Zeit schien stillzustehen. Dann, endlich, mit einem Kopfnicken schickte der Mann Hamid weiter.

Rasheed folgte kurz darauf und Hamid seufzte erleichtert. Sie waren durch die Pass- und Sicherheitskontrolle gekommen! Waren sie tatsächlich auf dem Weg nach Österreich?

„Hast du Angst zu fliegen?“, fragte er Rasheed.

Rasheed nickte. „Ein bisschen. Aber ich sage mir, wir fliegen in die Freiheit. Und das macht mich froh.“

Als die beiden endlich ihren Platz im Flugzeug gefunden hatten, sahen sie sich an und mussten lachen. Es war ein befreites Lachen wie bei Kindern, die den Ernst des Lebens noch nicht geschmeckt hatten.

Irgendwann wurde Rasheed ernst. „Wir fallen zu sehr auf. Das sollten wir nicht. In Wien werde ich bei den schönen Mädchen auffallen, aber jetzt nicht.“

Hamid versetzte Rasheed einen spielerischen Stoß und zwang sich zu einem ernsten Gesicht. „Ja“, raunte er. „Du hast recht.“

Die Wolken unter ihm sahen aus wie pastellfarbene Watteböllchen. Hamid starrte aus dem Fenster. War Gott hier oben? Saß er irgendwo auf einer Wolke und befahl ihnen, wann und wo sie Regen bringen sollten?

Hamid blinzelte in die Sonne. Dann schloss er die Augen und

dachte an ein Gedicht von Rumi, dass der große persische Dichter vor Hunderten von Jahren verfasst hatte:

Ich sagte: „Was ist mit meinen Augen?“
Gott sagte: „Halt sie auf dem Weg.“
Ich sagte: „Was ist mit meiner Hingabe?“
Gott sagte: „Halte sie am Brennen.“
Ich sagte: „Was ist mit meinem Herzen?“
Gott sagte: „Was trägst du darin?“
Ich sagte: „Schmerzen und Kummer.“
Gott sagte: „Halte aus. Die Wunde ist der Ort, an dem das Licht in dich eintritt.“

Ja, jetzt trat Licht ein. Hamid sah aus dem kleinen Fenster und blinzelte wieder in die Sonne. Er war verwundet worden, und wie, aber nun war er bereit für das Licht. Und hier oben wusste er genau, wofür das Licht stand: Hoffnung.

Hamid beobachtete, wie die Passagiere ihre Koffer vom Gepäckband zogen. Er und Rasheed gingen mit ihren kleinen Rucksäcken weiter durch die Glastüren unter dem Schild „Ausgang“ und mitten in eine Menschenmenge hinein. Einige warteten auf ihre Lieben, andere hielten gedruckte Namensschilder hoch. So viele Menschen, und doch schien alles so sauber und modern, vom dunklen Fliesenboden bis zu den hellen Schildern und der leuchtenden Decke. Waren sie wirklich in Österreich?

Aus dem Augenwinkel heraus bemerkte Hamid seinen Cousin Jalil, der überschwänglich winkte. Zehn Jahre waren vergangen, seit sie sich gesehen hatten. Aber Jalil sah aus wie immer – stämmig, dichtes Haar, wenn auch mit grauen Schläfen, eine große Hakennase und ein breites Lächeln, das mehrere Goldzähne offenbarte.

„Hamid! Hamid, du hast es geschafft!“ Jalil umarmte ihn fest.

„Jalil! Danke, Jalil.“

Hamid stellte Jalil Rasheed vor, der sofort mit beiden Händen nach seiner Hand griff. „Danke. Ich weiß nicht, wie ich Ihnen danken soll. Ich stehe für immer in Ihrer Schuld. Aber ich werde Arbeit finden und es Ihnen zurückzahlen. Das verspreche ich.“

Jalil nickte. „Wir sind einfach froh, dass ihr beide hier seid.“ Dann nickte er mit besorgtem Blick in Richtung auf Hamids Kopfverband und die Kratzer in Rasheeds Gesicht.

„Ja, wir sind sehr dankbar“, murmelte Hamid.

Jalil inspizierte Hamids Verband. „Das sieht nicht gut aus. Du musst unbedingt zum Arzt.“

Bei all der Aufregung der letzten zwei Tage hatte Hamid völlig vergessen, den Verband zu erneuern. Er ging auf eine Flughafentoilette und sah, dass Blut durchgesickert war. „Ja, sobald wir untergekommen sind.“

Jalil stellte ihnen einen großen, charismatischen Mann Mitte vierzig vor. „Das ist Amir. Er ist derjenige, dem wir danken müssen. Er hat mir geholfen, euren Fall in der Botschaft zu Gehör zu bringen.“

„Wir sind froh, dass ihr hier seid“, sagte Amir. Als er Hamid freundlich anlächelte, hatte er sofort ein vertrautes Gefühl.

„Kommt, ihr habt bestimmt Hunger. Und dann bringen wir euch nach Traiskirchen zum Flüchtlingslager. Ihr werdet dort bleiben müssen, bis die österreichischen Behörden entschieden haben, wohin sie euch schicken. Das kann schon eine Weile dauern“, erklärte Jalil.

„Die ersten Tage dürft ihr das Flüchtlingslager nicht verlassen. Aber dann bekommt ihr eine Reisegenehmigung und meine Familie und ich werden euch zu uns nach Linz einladen, um eure Ankunft zu feiern.“

„Danke. Danke“, wiederholte Hamid immer wieder. Das war das Einzige, was ihm einfiel.

Hamid starrte aus dem Auto und konnte sich nicht sattsehen. Österreich! Es war in der Tat ein schönes Land – sauber, unberührt, majestätisch. Der Himmel schien ihm größer zu sein, die Wolken heller. In der Ferne machte er sanfte Hügelketten aus, die sicher zu Bergen wurden. Um ihn herum leuchteten die Bäume und Weinberge in Gelb- und Rottönen. Er atmete den Duft von Freiheit ein und seine Mundwinkel zogen sich unweigerlich nach oben.

Sie fuhren an der breiten Donau entlang. Zur Rechten drehten sich Windräder. Hamid versuchte die blauen Autobahnschilder zu lesen, auf denen unbekannte lange Ortsnamen wie Eisenstadt und Guntramsdorf standen.

Als sie von der Autobahn abfuhren und in einen kleinen Ort kamen, stand auf einem bunten Schild „Willkommen in Traiskirchen“. Sie passierten pastellfarbene Häuschen mit roten Ziegeldächern und eine weiße Kirche mit einem zwiebelartigen grünen Turm, der oben spitz zulief. Die Kirche sah aus wie aus einem Märchenbuch. An den Häusern waren sogar jetzt im November noch Blumen zu sehen. Die Vorgärten waren gepflegt, der Rasen grün. Sogar die Schaufenster erstrahlten in bunten Farben.

Sie fuhren auf einer gewundenen Straße durch Weinberge. In der Ferne sah Hamid wieder die bewaldeten Hügel. „Hier ist dein neues Zuhause“, sagte Jalil vom Fahrersitz aus.

Das Flüchtlingslager Traiskirchen stand wie ein Gigant zwischen den Weinbergen. Die Herbstreben schienen mit ihren bunten Blättern den Weg zu einem imposanten dreistöckigen Gebäude mit einem dunkelroten Dach zu weisen.

Mein neues Zuhause. Zu Hause, endlich.

Nein, dachte Hamid. Das war nicht sein Zuhause. Hier würde er nur eine kurze Zeit wohnen, bis er woanders hingeschickt werden würde. Trotzdem lächelte er glücklich. Er war frei, und wenn erst einmal sein Asyl bewilligt worden war, konnte er Alaleh nachholen und Rasa und den kleinen Omid.

Das Auto passierte das Sicherheitstor und gelangte auf das große Gelände. „Du musst dich zuerst registrieren und deine Fingerabdrücke nehmen lassen. Ich habe darum gebeten, dass du sofort befragt wirst“, erklärte Jalil. „Manchmal dauert es ewig bis zur Befragung, aber wenn du gleich drankommst, bekommst du vielleicht sofort eine weiße Karte. Das ist deine vorläufige Aufenthaltsberechtigung. Du bekommst dann eine Unterkunft und eine Grundversorgung vom Staat, bis über deinen Asylantrag entschieden wurde. Das kann ein bisschen dauern, aber wir hoffen einfach mal das Beste.“

„Weiter als bis hier dürfen wir Sie nicht begleiten“, sagte Amir. „Aber hier sind Sie in Sicherheit. Sie bekommen ein Zimmer im Haus für alleinstehende Männer und Familien. Da drüben ist die Mensa, wo es die Mahlzeiten gibt. Und ein Arzt ist täglich verfügbar“, meinte er und deutete auf Hamids Kopfverletzung. „Die medizinische Versorgung ist für Flüchtlinge kostenlos.“

Hamid ergriff Jalils Hände. „Ich danke dir, Cousin. Und Ihnen auch, Amir."

„Ich komme recht häufig nach Traiskirchen", verabschiedete sich Amir. „Nächste Woche schaue ich einmal, wie es Ihnen geht. Alles Gute für Sie beide!"

Während die Polizei die Fingerabdrücke von Hamid und Rasheed nahm, fuhren Amir und Jalil davon.

Hamids Befragung dauerte gerade einmal zehn Minuten. Die Fragen waren einfach. „Woher kommen Sie? Warum suchen Sie Asyl? Welche Papiere und Unterlagen haben Sie?" Jede Frage beantwortete Hamid genau, wie Jalil es ihm aufgetragen hatte – kurz und ohne Umschweife. Der Polizist sah ziemlich gelangweilt aus, als wäre Hamid nur eine Nummer, kein Mensch. Aber Hamid war dankbar, dass er zumindest nicht misshandelt wurde.

Nach der Befragung wurde Hamid in einem Kleinbus in ein Krankenhaus gebracht, wo seine Kopfverletzung gesäubert und behandelt wurde. Die Schwester schüttelte nur den Kopf und murmelte etwas auf Deutsch, aber Hamid verstand ihre Gestik. Die Wunde hätte genäht werden müssen und nun war es zu spät dafür. Aber zumindest hatte er einen neuen Verband und Medikamente, die gegen den Schmerz und vor einer Infektion schützen sollten.

Zurück im Flüchtlingslager führte ihn ein Wärter in die oberen Etagen. „Die Etage hier ist für alleinstehende Männer", bellte er. „Hier gelten strenge Regeln. Keine Frauen. Keine Ausnahmen", knurrte er und öffnete eine Tür. „Abendbrot um sieben." Er ließ Hamid stehen.

„Hamid! Khoda sei gepriesen!" Rasheed war gerade dabei, das obere Bett des Doppelstockbetts zu beziehen. „Du hast ja einen neuen Verband."

„Ja, ich wurde nach der Befragung ins Krankenhaus gebracht."

„Und wie war die Befragung?"

„Ganz gut, glaube ich. Und deine?"

„Ich war noch nicht. Ich muss noch warten."

Auch wenn sonst niemand zu sehen war, erklärte Rasheed, dass die drei anderen Betten bereits belegt seien. „Wir lernen sie sicher nach dem Abendessen kennen."

Hamid nickte und ließ den Blick durch den kleinen Raum schweifen. Die Farbe blätterte schon ab, die Fenster waren dreckig und es miefte. Von einem Fenster aus konnte man auf die Weinberge sehen. Hamid schloss die Augen und dankte Isa für seinen neuen Zufluchtsort.

Ein kleiner Stapel aus Decken und einem Bettbezug lag auf dem letzten freien Bett. In der Ecke standen drei klapprige Stühle. „Die Toiletten und die Duschen sind auf dem Flur“, sagte Rasheed. „Ziemlich spärlich, findest du nicht?“

„Aber wir sind hier“, erwiderte Hamid.

Rasheed nickte halbherzig.

Hamid runzelte die Stirn. „Du wirst dich doch nicht beschweren? *Ich weinte, weil ich keine Schuhe hatte, bis ich einen traf, der keine Füße hatte.*“

Rasheed grinste und fasste seinen Freund bei den Schultern. „Ach, Professor! Immer einen Spruch auf den Lippen. Aber du hast recht. Ich werde mich nicht beschweren. Wir haben Schuhe; wir haben ein Bett; wir sind frei! Khoda sei gepriesen!“

Keith

Am Montag nach Feierabend fuhr Keith mit dem Zug von Amersfoort nach Amsterdam und lief gerade am Kanal entlang, als er eine SMS von Jim Harris bekam. *H und R sicher vor 2 Tagen in W angekommen. Danke, dass du mit Papy gesprochen hast.*

Wow. Das ging schnell. Die beiden mussten den Flieger genommen haben!

Lächelnd winkte er Lindsey zu, die auf einer Bank neben einer großen Wiese saß, auf der sich Kinder trotz der Novemberkälte eine Frisbeescheibe zuwarfen. Es machte ihm Spaß, seine Frau aus der Ferne zu betrachten. Ihre langen blonden Haare fielen ihr über die Schulter auf ihren knallroten Mantel und ihre Augen leuchteten auf, als sie ihn entdeckte. Sie sprang auf und kam zu ihm gelaufen, stellte sich auf Zehenspitzen und gab ihm einen Kuss auf die Wange. „Hallo, schöner Mann“, flötete sie und nahm seine Hand. Wie ihre kleine Hand sich in seine große schmiegte, gefiel ihm jedes Mal wieder aufs Neue.

Sie liefen links an der Wiese vorbei auf ein modernes Gebäude aus Glas und grauem Stein zu. Das Van-Gogh-Museum war einer von Lindseys Lieblingsorten hier in Amsterdam.

„Habe gerade eine coole SMS bekommen", sagte Keith und berichtete Lindsey von Hamids Reise. „Meine Arbeit macht mir ja eigentlich immer Spaß", fügte er hinzu, „aber an Tagen wie diesen habe ich das Gefühl, als würde mir Gott von da oben so ein ‚Daumen hoch' geben."

„Ein ‚Daumen hoch' vom Himmel. Das gefällt mir."

Hand in Hand gingen sie zum Eingang und stellten sich in die Warteschlange der Museumsbesucher. „Eines Tages möchte ich einmal persönlich ein paar von den Flüchtlingen kennenlernen, die unser Radio hören. Wäre das nicht toll? Mit jemandem wie Hamid sprechen zu können?"

Lindsey grinste. „Wird mein Ingenieur etwa sentimental?"

„Vielleicht ..." Keith überlegte. „Was hältst du von einem Kurztrip nach Wien?"

Ihre Augen leuchteten. „Ja, also, das müsste ich mir erst einmal gründlich durch den Kopf gehen lassen."

„Diese ‚Oase' macht jedes Jahr Anfang Dezember eine große Weihnachtsfeier für alle Flüchtlinge. Jim Harris meinte, sie könnten immer Hilfe gebrauchen. Wäre das nicht was? Wir könnten einmal live vor Ort miterleben, was sie tun. Ich meine, wo wir doch mit unserem Radio die ganze Vorarbeit machen ..." Der konkrete Plan ließ alles in ihm kribbeln. „Wär das nicht toll, die Leute einmal von Angesicht zu Angesicht zu sehen? Und natürlich Wien anzuschauen", fügte er hinzu.

„... und vielleicht in die Wiener Oper in ein Stück von Mozart zu gehen oder in die Spanische Hofreitschule zu den Lipizzanern", träumte Lindsey. „Wann genau ist denn die Weihnachtsfeier?"

„Keine Ahnung."

„Dann solltest du das schleunigst mal herausfinden." Sie gab ihm einen flüchtigen Kuss auf die Wange. „Aber Amsterdam ist auch nicht übel. Und jetzt statten wir Vincent erst einmal einen Besuch ab."

Hamid

Zwei Tage nach seiner Ankunft im Flüchtlingslager bekam Hamid die Erlaubnis, das Gelände zu verlassen und die Welt außerhalb der roten Backsteinmauern zu betreten. Er atmete tief durch, lächelte und folgte der Gruppe junger Iraner, die scherzend auf der schmalen Straße in den Ort liefen. Er sog die kühle Herbstluft ein und betrachtete die bunten Blätter an den Reben. Dabei fiel ihm ein Gespräch mit Jim ein, als sie im Injil gelesen hatten. *Ich bin der Weinstock und ihr seid die Reben.* Ja, heute Abend spürte er Hoffnung!

Am Vormittag hatte einer der Flüchtlinge über einen „Ort, wo man Kaffee und Tee bekommt und Spiele spielt" gesprochen. „Anziehsachen gibt's auch. Echt nette Leute. Es sind zwar Christen, aber sie sind trotzdem nett."

Christen! Das war sein Stichwort. Das musste der Ort sein, den Jim und Anna erwähnt hatten. „Kommst du mit, Rasheed?", hatte er seinen Gefährten gefragt. „Kostenloser Kaffee und Tee, Spiele, vielleicht ja auch hübsche Mädchen?"

Rasheed schüttelte den Kopf. „Ich mische mich nicht unter Ungläubige. Ich werde anderswo Mädchen finden."

Hamid folgte den jungen Männern an den Bahngleisen entlang, vorbei an einer Schule und einem Dönerladen. Es roch verlockend. Ein Auto fuhr vorbei und ein Jugendlicher lehnte sich aus dem Fenster und brüllte etwas auf Deutsch.

„Was sagt er?", fragte Hamid. „Er klingt wütend."

Einer der jungen Iraner lachte. „Er möchte uns als Österreicher nicht in seinem Dorf haben. ‚Haut ab, Abschaum!' hat er gerufen."

„Aha." Hamid bereute es, gefragt zu haben.

„Einfach nicht hinhören. Du gewöhnst dich dran."

Hinter der nächsten Ecke blieb Hamid stehen, weil er sich so freute. Vor ihm stand ein cremefarbenes Haus mit einem Ladenfenster und einem Plexiglasschild, auf dem „Die Oase" stand.

Ein Dutzend Jugendliche lungerten vor der Tür herum, rauchten und quatschten. Einer seiner Begleiter ging zur Tür und rüttelte daran. „Zu."

Hamid sank der Mut. Er hatte so sehr gehofft, heute hier Menschen zu begegnen! Er hatte doch so viele Fragen. Und sie brannten in ihm. Es war kaum auszuhalten.

Warum beten Christen drei Götter an? Wie kann ein Gott eine sterbliche Frau heiraten? Was muss man tun, um „Gott zu gefallen"? Und was bedeutete „Gnade", dieses Wort, das Jim Harris andauernd gesagt hatte? Und die wichtigste Frage: *Wie kann ich, ein Moslem, mir sicher sein, dass Isa mich liebt und annimmt? Wie kann ich mir sicher sein?*

Einer der Jugendlichen zeigte auf seine Uhr. „Noch zehn Minuten", sagte er auf Farsi. „Die machen erst um halb acht auf."

Zehn Minuten später war der Bürgersteig vor der „Oase" mit Flüchtlingen überfüllt. Männer, Frauen und Kinder warteten ungeduldig und Hamid erkannte einige von ihnen aus dem Lager wieder. Ein freundlicher Weißer mit vollen blonden Haaren und einem dichten Schnurrbart schloss die Tür von innen auf und rief: „Und bitte langsam. Immer einer nach dem anderen. Ohne Gedrängel."

Überraschenderweise hielten sich alle daran. Im Gänsemarsch gingen sie in das Gebäude und verteilten sich dann im großen Saal, der so groß wie Hamids Seminarräume an der Universität war, an einem guten Dutzend Tische, wo bereits Brettspiele und Karten bereitstanden. Zur Linken war eine lange Theke, an der mehrere Frauen Tassen mit Kaffee und Tee füllten. Hamid ging mit seinen neuen Bekannten in diese Richtung.

Eine attraktive Frau mit schwarzem Haar und leuchtend blauen Augen begrüßte ihn. „Hallo", sagte sie auf Englisch. „Ich glaube, wir kennen uns noch nicht. Ich bin Bobbie. Und Sie?"

Hamid zögerte und sah sich um. Hatte diese Frau gerade *ihn* angesprochen? Mit einem Lächeln? Ihre freundliche Stimme erinnerte ihn an Anna.

„Ich bin Hamid", antwortete er auf Englisch.

„Willkommen, Hamid! Sind Sie gerade erst nach Österreich gekommen?"

Hamid nickte. „Vor paar Tagen." Ihr Blick wanderte zu seinem Kopfverband. „Probleme mit Polizei."

„Das tut mir sehr leid. Woher kommen Sie denn?"

„Iran."

Ihre Augen wurden groß. „Kann ich Ihnen etwas Tee oder Kaffee anbieten?"

Hamid nickte und fühlte sich eigenartig wohl bei dieser Frau. Er wollte mit ihr reden, mit irgendjemandem, und seine Fragen loswerden. Aber der Saal war übervoll mit Menschen, und als die Frau ihm die Tasse überreichte, kam schon der nächste Mann auf sie zu. „Bobbie! Hallo Bobbie!"

Sie kam um die Theke herum und gab dem jungen Mann erfreut die Hand. Hamid wurde traurig. Wie sehr er sich nach einer freundlichen Berührung sehnte! Er stand da, sah sich um und kämpfte gegen die Tränen. Konnte er noch auf mehr Freundlichkeit hoffen?

Die einzigen Leute, auf die er außerhalb des Flüchtlingslagers bisher getroffen war, hatten sich aus dem Autofenster gelehnt und ihn verhöhnt, er solle sich in seine Heimat verziehen.

Bobbie

Mir schlug das Herz bis zum Hals. Hamid, der Mann, für den wir die ganze vergangene Woche gebetet hatten, war gerade in die „Oase" gekommen! Er musste es sein – der Kopfverband war der Beweis. Ein Wunder! Noch nie war ein Flüchtling aus Van so schnell nach Traiskirchen gekommen. Ich erinnerte mich an Julies Gebet, der Herr möge ein Wunder wirken. Und ob er das getan hatte! Ich konnte mich kaum zurückhalten, Hamid nicht an Ort und Stelle zu umarmen, aber eine Frau durfte einen Muslim nicht umarmen. Außerdem durfte ich ihm nicht erzählen, dass wir über seine Situation informiert worden waren und für ihn gebetet hatten – jedenfalls nicht vor den anderen praktizierenden Muslimen im Raum.

Julie kam zu mir. „Bobbie, eine Frau, die gerade im unteren Stockwerk den Jesusfilm gesehen hat, braucht jemanden zum Reden. Sie kommt aus Rumänien. Hast du Zeit?"

Rumänien. Mein Mund war plötzlich ganz trocken.

„Tut mir leid, wenn ich dich überfalle", sagte Julie, als ich zögerte. „Aber ich glaube, es spricht sonst niemand Rumänisch hier. Carol und ich, wir kümmern uns um das junge Paar, von dem wir gestern erzählt haben. Das kann ein bisschen dauern. Tom und Trish und die Mädchen schaffen das mit dem Kaffee sicher allein."

Ich zwang mich zu einem Lächeln und versuchte, so enthusiastisch wie möglich zu klingen. „Na klar doch!" Aber innerlich überschlugen sich die Gedanken. *Was macht eine Rumänin hier? Rumä-*

nen gehören gar nicht zu den üblichen Flüchtlingen in Österreich. Julie eilte davon und ich suchte Tracies Blick. „Ich bin dann mal unten“, raunte ich ihr im Vorbeigehen zu. „Ihr haltet den Laden hier am Laufen, ja?“ Sie nickte.

Tracie

Meine Tante ging und ich wunderte mich einmal mehr darüber, wie sie es schaffte, all die Männer und Frauen so herzlich willkommen zu heißen, Tee und Kaffee auszuschenken, die Jungs zu umarmen, die sie erst letzte Woche zum ersten Mal gesehen hatte, und ihnen zu sagen, wie sehr sie sich über das Wiedersehen freute. Was Tante Bobbie Anfang der Woche gesagt hatte, ließ mich nicht los. „Sie sind alle so einsam. Viele von ihnen sind schlecht behandelt worden. Einige werden sogar verfolgt und gefoltert. Und so kommen sie hierher, völlig verstört und verwirrt. Manchmal reicht schon ein freundliches Wort und ein Lächeln, damit sie wieder Hoffnung schöpfen.“

Nach mehr als einer Woche in der „Oase“ hatte auch ich einige der Lebensgeschichten gehört und wusste, dass Tante Bobbie die Wahrheit sagte. Auch Naseef hatte gelitten. Und wie. Ich beobachtete, wie die Männer sich ihre Plätze suchten und einander zu einer Partie Schach herausforderten. Tom ging lächelnd von Tisch zu Tisch, schüttelte Hände und hatte ein freundliches Wort parat.

Aus dem Augenwinkel heraus entdeckte ich Stephen. Er unterhielt sich mit dem jungen Tenor Fareed. Ich hatte den ganzen Tag noch kein Wort mit Stephen gewechselt und es ließ mein Herz kurz höherschlagen, ihn zu sehen. An den vergangenen vier Abenden hatten wir bis spät in die Nacht hinein miteinander gesprochen.

Ich wollte eigentlich mit Connie und Dee hinter dem Tresen bleiben und immer für Kaffeenachschub sorgen, aber irgendetwas an dem Mann, der nur wenige Meter von mir entfernt stand, erregte mein Mitgefühl. Er war attraktiv, Mitte dreißig, groß und hatte eine Hautfarbe wie Café au Lait. Er trug eine Art Turban auf dem Kopf, der sich bei näherem Hinsehen allerdings als Verband herausstellte. Er sah erschöpft und irgendwie verloren aus. Ganz allein stand er mitten im Raum, nippte an seinem Kaffee und starrte zu den verschiedenen Gruppen hinüber.

Ich weiß nicht, wieso, aber plötzlich stand ich neben ihm. „Willkommen in der ‚Oase'", sagte ich. „Ich bin Tracie. Sind Sie zum ersten Mal hier?"

Er nickte. „Ja. Erste Mal."

„Sprechen Sie Englisch?"

„Ein wenig. Ich heiße Hamid."

Hamid? Hatten wir nicht für einen Hamid gebetet?

„Woher kommen Sie, Hamid?" Tom und Carol hatten den Studentinnen erklärt, dass das eine unverfängliche Frage war. Niemals durfte man fragen „Wie sind Sie hierhergekommen?" oder „Warum haben Sie Ihre Heimat verlassen?", aber „Woher kommen Sie?" war in Ordnung.

„Ich komme aus Iran."

Und was sollte ich jetzt fragen? Was hätte Tante Bobbie getan? „Ist Ihre Familie noch im Iran?"

Er sah sich um, nickte und holte ein Foto von einer hübschen jungen Frau und einem süßen kleinen Mädchen hervor. „Alaleh und Rasa", sagte er und zeigte jeweils auf eine der beiden. „Und Baby." Er zeigte auf seinen Bauch und deutete dann lächelnd auf das Bild seiner Frau.

„Ihre Frau ist schwanger?"

„Baby schon da."

„Ein Junge oder ein Mädchen?"

Er strahlte. „Junge. Omid. Omid heißt ‚Hoffnung'."

Amir

Amir trat in die „Oase" und sog den Geruch der Vergangenheit ein. Hier hatte er das erste Mal von Jesus gehört. Nun kam er etwa einmal im Monat, um ein wenig zu helfen, mit Flüchtlingen zu reden und die alten Freunde wiederzusehen.

Alte Freunde.

Er sah sich um. Ein Dutzend junge Frauen waren zwischen den Asylsuchenden unterwegs – mit Sicherheit die Kurzzeithelfer, die Carol am Telefon erwähnt hatte. Tom, der nette Amerikaner, der ihn überhaupt erst mit Jesus bekannt gemacht hatte, winkte vom anderen Ende des Raumes herüber.

Carol oder Julie sah er nicht.

Oder *sie*.

Ja, er war gekommen, um mit anzupacken. Und um zu sehen, ob Hamid aufgetaucht war. Aber insgeheim war er hier, um sie zu finden. *Sie ist hier, Amir.* Und wenn er sie richtig kannte, war sie das Zentrum der Aufmerksamkeit.

Aber sie war nicht da.

Er spürte einen Anflug von Enttäuschung. Da entdeckte er Hamid, der mit einer hübschen jungen Frau sprach. Amir arbeitete sich zu ihnen vor und reichte Hamid die Hand. „Willkommen, mein Freund. Ich freue mich, Sie hier zu sehen."

Hamids Mundwinkel schnellten nach oben und er umarmte Amir. „Amir, mein Freund", sagte er. „Danke für alles."

Das Mädchen sah erschrocken aus. Sie wurde rot und blinzelte. „Amir?", wiederholte sie, als würde sie ihn kennen.

„Ja", erwiderte Amir und schwenkte um auf Englisch. „Ich heiße Amir. Und Sie sind?"

„Tracie", erwiderte sie und schien sich zu fangen. „Freut mich sehr."

Tracie

Amir! Ich schnappte hörbar nach Luft. Konnte das Tante Bobbies Amir sein? Er war groß, schlank und ziemlich attraktiv, hatte kurz geschorenes rabenschwarzes Haar und freundliche Augen. Er sah ungefähr so alt aus wie Tante Bobbie und schien mir sehr sympathisch.

Was haben Sie mit meiner Tante gemacht?, wollte ich ihn anblaffen. Zum Glück biss ich mir auf die Zunge und lauschte den beiden Männern, die sich wohl aus Höflichkeit auf Englisch über Hamids erste Tage im Flüchtlingslager unterhielten, über eine „weiße Karte" und den Asylantrag. Amir hatte Hamid offensichtlich vor ein paar Tagen schon einmal getroffen. Nach einigen Minuten entschuldigte ich mich und eilte nach unten in den kleinen Raum, wo Tante Bobbie mit einer Frau und ihrer Tochter ins Gespräch vertieft war. Bobbie sah auf und ich formte die Worte „Komm schnell!" mit den Lippen.

„Jetzt nicht", gab sie stumm zurück, senkte den Kopf und führte ihr Gespräch fort.

Zögerlich stieg ich die Stufen ins „Kaffeehaus" hinauf und unterhielt mich mit einigen der Flüchtlinge. Irgendwann ging Hamid mit Amir nach draußen. Kurz darauf kam Hamid allein zurück. Aus Spaß ging ich zur Tür und sah die Straße hinunter in Richtung Bahnhof. Amir überquerte gerade die Schienen und betrat den Bahnsteig. Ein Zug rollte heran.

Enttäuschung packte mich. Tante Bobbie würde ihren Flüchtling heute nicht sehen. Der Zug hielt an, Amir stieg ein und ich ging zurück ins Haus.

Stephen

Eine Nachricht verbreitete sich wie ein Lauffeuer unter den Mädchen und den Vollzeithelfern. Irgendwann erreichte sie schließlich auch mich. *Hamid ist da! Hier und heute! Der, für den wir gebetet haben.* Ich muss zugeben, dass es mich nicht kalt ließ, den Mann mit dem dicken Kopfverband zu sehen.

Da war er wieder. Der unschuldige Glaube dieser Leute. *Wir haben gebetet und Gott hat unser Gebet erhört. Hamid hat es bis hierher geschafft.*

Wenn ich Hamid so anschaute, dann war er wohl nur mit knapper Not entkommen. Er sah nicht gut aus und aus irgendeinem Grund weckte das meinen Beschützerinstinkt. Im Augenblick unterhielt sich Tracie mit ihm und einem anderen Mann. Einige Zeit später sah ich nur noch, wie Tracie nach draußen eilte und mit einem langen Gesicht zurückkehrte.

Tracie. Mein lieber Mann! Ich hatte an den vier vergangenen Abenden jeweils einige Stunden mit ihr verbracht. Es fühlte sich ungefährlich an, mit ihr zu reden – schließlich wollte ich in drei Tagen abreisen und wir würden uns nie wieder sehen. Tracie hatte Tiefgang, um einiges mehr als Pam. Ich zuckte zusammen. Ich sollte sie nicht mit Pam vergleichen. Das war nicht fair. Auf jeden Fall machte es mir Spaß, mich mit Tracie zu unterhalten. Sie war in Bezug auf ihre Zukunft genauso unsicher wie ich, aber ich hatte das Gefühl, dass sie vor meinen Augen aufblühte, so als würde sie die ganze aufgestaute Wut der Vergangenheit herauslassen und sich für etwas Neues öffnen.

Und sie wohnte in Atlanta. War das wieder so ein Zufall, der kein Zufall war, wie Mom immer sagte? Tracie wollte noch hierbleiben, aber irgendwann würde sie zurückkommen. Ich verdrängte den Gedanken.

Ich hatte bisher sechs Flüchtlinge interviewt und drei Interviews an Anderson Kimball geschickt, natürlich nicht ohne vorher den Namen des Flüchtlings zu ändern. Vor zwei Tagen hatte mich Bobbie während der sogenannten „Teamzeit" beiseitegenommen. „Wenn du diese Geschichten gut findest, dann schreib sie auf. Aber vergiss nicht, dass du Menschen interviewst, die großes Leid erlitten haben. Wenn du nur eine rührselige Story für deine Leserschaft suchst, dann lass es lieber. Nutze nicht das Leid dieser Männer für dein Glück aus."

Bobbie konnte genauso unverblümt sein wie ihre Nichte, aber das gefiel mir.

Also zögerte ich. Ich wollte diesen Hamid interviewen. Wäre das nicht eine besonders reizvolle Perspektive? Ein Flüchtling, frisch aus dem Flugzeug, der gefoltert worden war und Frau und Kinder zurückgelassen hatte? Aber würde ich nicht einen Idioten aus mir machen, wenn ich mich nur wegen der hohen Emotionalität seiner Geschichte auf ihn stürzte?

Tracie unterhielt sich inzwischen mit einer Gruppe Jugendlicher und Hamid führte das Gespräch mit dem Mann fort. Ich wandte mich wieder Fareed zu und begrüßte seinen Freund. Er schüttelte mir die Hand. „Ich bin Youcef", sagte er auf Arabisch. „Lust auf eine Partie Schach?"

Das Brettspiel lenkte mich von Tracie und Hamid ab, bis ich irgendwann bemerkte, dass Hamid mit seinem Kompagnon nach draußen ging und allein zurückkehrte. Tracie ging auch hinaus und ich war nicht mehr bei der Sache. Youcef ergriff die Gelegenheit beim Schopf und machte einen cleveren Schachzug. „Schach matt!", rief er bald darauf und lachte. Ich gab ihm zum Sieg die Hand.

Als ich aufstand, fand ich mich plötzlich direkt vor Hamid wieder.

„Hallo, ich bin Hamid“, sagte er in gebrochenem Englisch. Seine Augen waren rastlos.

„Hallo Hamid. Ich heiße Stephen.“

„Ja. Julie gesagt, Sie sind Journalist?“

Ich grinste. „Na ja, ich arbeite für eine kleine Zeitung in den Vereinigten Staaten.“

„Und Sie machen Interview mit Flüchtlinge?“

Meine Augenbrauen schnellten nach oben. „Ja. Das stimmt. Ich habe diese Woche mehrere Interviews geführt.“

„Darf ich Ihnen erzählen meine Geschichte?“ Meinen verblüfften Gesichtsausdruck interpretierte er wohl als Desinteresse, denn er fügte schnell hinzu: „Für meine Familie. Vielleicht es hilft meine Familie.“

„Ich würde mich freuen, Ihre Geschichte zu hören, Hamid.“

„Mein Englisch nicht so gut.“

„Für mich hört es sich sehr gut an. Farsi spreche ich leider nicht, aber Französisch und Arabisch und Deutsch, falls das was nützt.“

Die Sorgenfalten verschwanden aus Hamids müdem Gesicht. „Dann sprechen wir auf Arabisch und Englisch und schauen, wie weit wir kommen“, entgegnete er mir auf Arabisch.

Man sah ihm die Erschöpfung an, nicht nur am Verband, sondern auch daran, wie er ständig die Augen zusammenkniff, als hätte er Schmerzen. „Hamid, darf ich Sie irgendwohin zu einem Happen Essen einladen? Dort lässt es sich bestimmt leichter unterhalten, ohne diesen Geräuschpegel.“

Er blickte mich dankbar an.

Hamid und ich steuerten den Heurigen der Familie Schafler an. Mittlerweile kannten sie mich schon und lachten, als ich hereinkam. „Wo ist die hübsche Amerikanerin?“, fragte einer der Jungs in gebrochenem Englisch.

„Beschäftigt. Heute habe ich einen neuen Freund dabei.“

Wir suchten uns eine ruhige Ecke und setzten uns. Eine junge Kellnerin, wohl eine Tochter des Eigentümers, kam, um die Bestellung aufzunehmen. Hamid winkte beim Wein ab, nickte aber dankbar bei einem Glas Traubensaft mit Mineralwasser. „Das ist eine Spezialität“, erklärte ich. „Davon nehme ich auch eins.“

Die Kellnerin sah mich auffordernd an, also versuchte ich es auf Deutsch.

„*Traubensaft gespritzt.*"

Die junge Frau mit den rosigen Wangen lachte. „Very guut!", sagte sie und ging.

„Das Essen müssen wir am Tresen bestellen", erklärte ich Hamid.

Er zuckte nur mit den Achseln und folgte mir nach vorn. Wir suchten uns etwas Passendes aus der traditionellen Hausmannskost aus: Kartoffelsalat, Tomaten- und Gurkensalat, Gemüsesuppe und Kürbiskernbrot.

Zurück am Tisch merkte ich, dass Hamid mich beobachtete. Ich lächelte zurück und führte den ersten Löffel Suppe zum Mund.

„Sie beten?"

Ich stockte. „Beten?"

„Ja, Christen danken Gott für Essen."

Ah. Ich räusperte mich und ließ den Löffel sinken. „Ich bin kein Christ. Nun, jedenfalls nicht so wie die Leute in der ‚Oase'."

Hamid sah mich verwirrt an. „Sie glauben nicht an Isa?"

„Isa?"

„Jesus."

„Oh", erwiderte ich etwas peinlich berührt. „Nun, ich habe mich nie besonders mit diesem Thema befasst." Er bekam große Augen. „Bis ich hierherkam", fügte ich schnell hinzu.

„Aber wen glauben Sie dann?"

An wen ich glaubte? „Niemand", sagte ich und wusste, dass es eine Lüge war.

„Dann Sie wollen vielleicht doch nicht hören meine Geschichte. Ich glauben jetzt an Isa, wie meine Tochter, und deswegen ich bin Flüchtling."

Hmm. Das hatte ich mir anders vorgestellt. „Hamid, ich interessiere mich sehr für Ihre Geschichte. Und wenn ich etwas für Sie tun kann, dann sehr gern. Ich schreibe, was Sie wollen, und stelle jeden Kontakt her, der Ihnen nützt. Versprochen", sagte ich und schluckte. „Ich verspreche, behutsam mit allem umzugehen, was Sie erzählen. Und Ihre Geschichte erzähle ich so, wie Sie das möchten."

Keine meiner Storys hatte mich je so sehr gepackt. Gebannt lauschte ich Hamids Bericht, wie Rasa das Neue Testament geschenkt bekommen hatte, wie die Religionspolizei davon Wind bekam und wie Hamid mitten in der Nacht geflohen war und dabei seine hochschwangere Frau, seine Mutter und seine Tochter zurücklassen musste. Er erzählte, was er auf seiner Flucht über das Gebirge zufälligerweise im Radio aufgeschnappt hatte. Ich beobachtete sein Gesicht, als er die Schrecken der beschwerlichen Reise beschrieb, die Kälte, die Träume, die Ermordung seiner Kameraden. Hamid erzählte, wie er vor Kälte zitternd mit seinem neuen Gefährten an der Felswand ausgeharrt hatte und stundenlang auf den Schleuser warten musste. Die beiden hatten schon fast aufgegeben. Seine Beschreibung, wie sie um die Kontrollpunkte herumgeschlichen und von den Hunden gejagt worden waren, wie sein Gefährte aufgegeben und Hamid ihn weitergeschleppt hatte, brannte sich mir ins Gedächtnis ein. Mit jedem neuen Detail taute ich innerlich auf. Irgendetwas in mir sagte: *Das sollte ich eigentlich machen. Die Geschichten dieser Leute erzählen. Das hier ist wichtig. Hier kann ich helfen.*

Als Hamid erzählte, wie er seine Frau am Telefon erreicht und von der Geburt seines Sohnes erfahren hatte, bekam ich einen richtigen Kloß im Hals. Jeder Teil seines Berichts war durchwoben von dem Glauben, dass Gott, dieser Isa, ihn geführt und beschützt hatte. Auf Hamids Gesicht spiegelten sich abwechselnd Schmerz, Angst, Hoffnung, Besorgnis und Erleichterung. Als er fertig war, wusste ich, dass ich ihm helfen wollte, seine Familie nach Österreich zu holen. Ich wollte seine Helfer in Van kontaktieren und noch mehr über die Radiosendungen erfahren. Tatendrang und Inspiration durchspülten meine Adern.

Hamid sah müde aus. „Soll ich Sie nach Hause begleiten?“, fragte ich. „Oder Ihnen ein Taxi rufen?“

„Danke“, erwiderte Hamid und schüttelte den Kopf. „Ich schaffe schon.“

„Ich werde in ein paar Tagen in die Vereinigten Staaten zurückkehren. Aber ich hoffe, dass wir uns vorher noch einmal sehen.“

Hamid nickte.

„Am Freitagabend gibt es in der ‚Oase‘ eine kleine Feier. Die amerikanischen Studentinnen werden singen und jeder darf Lieder in seiner Muttersprache beitragen. Spiele und Essen wird es auch geben. Die Mädchen backen Kuchen und Kekse. Ich hoffe, Sie werden dort sein."

Er reichte mir mit dankbarem Blick die Hand. „Danke. Wir sehen Freitag."

Ich sah ihm nach und wunderte mich über den seltsamen Abend. Dieser Mann, der gerade erst gläubig geworden war, hatte mir seine Geschichte erzählt und sie berührte mich, einen Franko-Amerikaner, der bis dato an nichts anderes geglaubt hatte als an sich selbst.

Kapitel 16

Hamid

Sein Kopf dröhnte, aber sein Geist war frei. Hamid wanderte über die Weinberge und auf schmalen Pfaden entlang, bis endlich die Flüchtlingsunterkunft wie ein Betonberg im Mondlicht vor ihm auftauchte. Hamid fand Rasheed, der in seinen Mantel eingewickelt in einem kleinen Hof rauchte. Erleichtert sprang er auf. „Hamid! Ich habe mir schon Sorgen gemacht. Alle anderen sind schon vor Stunden wiedergekommen."

Hamid klopfte Rasheed aufmunternd auf die Schulter. „Entschuldige. Es gibt so viel zu erzählen!" Ja, er konnte vieles erzählen, ohne den Namen Isa zu erwähnen. Isa war den ganzen Abend bei ihm gewesen, davon war er überzeugt, aber Rasheed würde er andere Sachen berichten. „Du musst auf jeden Fall mitkommen zu dieser ‚Oase'. Am Freitagabend gibt es eine Feier. Amerikanische Mädchen machen Musik und es gibt Spiele, Kuchen und Kekse, nicht nur Kaffee und Tee."

Rasheed warf lachend den Kopf in den Nacken. „Amerikanische Mädchen! Los, erzähl schon."

„Es sind gar nicht mal wenige. Aber ich habe nur mit einer von ihnen gesprochen. Sie war sehr nett. Aber ich bin ein verheirateter Mann, wie du weißt, also schaue ich nicht so genau hin."

Rasheed boxte Hamid spielerisch. „Ja, ja! Du hast natürlich überhaupt nichts gesehen."

„Amir war da." Ja, Amir! Ein iranischer Pastor! Das war die beste Neuigkeit des Abends gewesen. Und Amir hatte ihm seine Telefonnummer gegeben. Nun konnte er immer einen iranischen Pastor anrufen. *Danke, Isa.* „Er hat nach dir und deinem Gesundheitszustand gefragt. Und er war froh, dass ich im Krankenhaus war, aber als ich meinte, dass dieses klopfende Dröhnen im Kopf nicht aufhört, bestand er darauf, dass ich morgen noch einmal zur Apotheke gehe." Die Kopfverletzung hatte ihm fast den ganzen Tag Beschwerden bereitet. „Er sendet dir Grüße. Alle waren sehr freundlich. Und es gab viele Iraner dort."

„Iraner, die Khoda anbeten?"

„Ja, ich glaube schon. Es waren Menschen aus allen möglichen Ländern dort. Aber niemand diskutierte über Religion. Sie spielten Schach und andere Spiele. Und dann lernte ich einen jungen Journalisten kennen." Hamid dachte an das Gespräch mit Stephen. „Er ist Amerikaner, aber kein Christ. Er glaubt an überhaupt nichts, was ich nur schwer begreifen kann. Aber er ist ein guter Mensch. Er hat mich in ein Restaurant eingeladen. Da habe ich ihm meine ganze Geschichte erzählt und er hat sie aufgenommen."

„Ist das nicht gefährlich?"

„Ich hoffe nicht. Er hat versprochen, nicht meinen echten Namen zu verwenden. Und er will vorsichtig sein. Er meinte, er will mir helfen, Alaleh und Rasa und Omid herzuholen."

„Aber was kann er schon tun? Ein Amerikaner?" Rasheed runzelte die Stirn.

„Ich weiß nicht. Aber er gab mir Hoffnung." Hamid sah Rasheed an. „Mach dir keine Sorgen. Ich habe ihm deinen Namen nicht verraten und auch nicht, warum du aus dem Iran geflohen bist. Aber er wird am Freitag auf der Feier sein. Ich könnte ihn dir vorstellen, und wenn du willst, könntest du ihm auch deine Geschichte erzählen. Am Sonntag reist er ab."

„Da hast du ja einiges erlebt, mein Freund."

„Und du?"

Rasheed zuckte mit den Schultern. „Ich war mit den anderen auf unserem Zimmer. Und wir haben über Religion gesprochen. Wir haben geschworen, unserem Glauben treu zu bleiben, auch in diesem gottlosen Land."

Hamid nickte. „Natürlich."

„Ich bin froh, dass es dir gut geht", sagte Rasheed auf der Treppe in den dritten Stock. „Morgen wechseln wir deinen Verband und suchen neue Medikamente. Und am Freitag gehen wir auf eine Party!"

Bobbie

Ich stieß einen langen Seufzer aus, als der Schmerz endlich nachließ, schloss die Augen und dachte an das Gespräch mit der rumänischen Frau. Elvira hieß sie und sie hatte regelrecht nach Informationen gedürstet. Eine Frage nach der anderen hatte sie mir gestellt. In Rumänien lebte sie frei, aber sie suchte im Westen nach einem besseren Leben für sich und ihr Kind. Eigentlich war sie kein Flüchtling, aber irgendjemand hatte ihr gesagt, dass sie in der „Oase" ihre Fragen über Jesus beantwortet bekommen würde. Ich redete gerne mit ihr, auch wenn mein Rumänisch zwölf Jahre vor sich hingerostet war.

Nein. Wenn ich ehrlich war, hatte ich *gar nicht* gerne mit ihr geredet.

Mein Magen verknotete sich, als ich mir die Wahrheit eingestand. Der Schmerz, wieder die altvertraute Sprache zu sprechen und dabei die ganze Zeit über Vasilicas strahlende Augen vor mir zu sehen – dieser Schmerz war kaum auszuhalten gewesen.

Ich saß noch eine halbe Stunde in dem improvisierten Filmraum. Elvira war mit ihrer Tochter längst gegangen. Ich konnte zusehen, wie das Zittern von mir Besitz ergriff, und dann war es nicht mehr nur ein Zittern, sondern stechende, schneidende Schmerzen, die so stark waren, dass ich fast schreien musste. Als sie endlich nachließen und ich meine Arme und Beine wieder unter Kontrolle hatte, nahm ich meinen Stock und stieg Stufe für Stufe die Treppe hinauf.

Julie widmete sich gerade dem Abwasch und bemerkte sofort, dass etwas nicht stimmte. „Wir bringen dich zurück ins Gästehaus", sagte sie. Während die restlichen Mitarbeiter aufräumten und sich dabei angeregt unterhielten, machten wir uns auf den Weg. Die gute Julie fing gleich an zu beten, während wir durch die Nacht fuhren.

„Lieber Herr Jesus, sei heute Abend bei Bobbie. Du siehst, dass sie Schmerzen hat. Du weißt, wie müde sie ist. Tröste sie und schenke ihr Frieden, wie du es uns versprochen hast."

Julie betete andauernd und überall. Sie schien eine Standleitung zu Gott zu haben und ein großes Herz für leidende Menschen. Ihr Leben bestand daraus, sich die herzzerreißenden Geschichten der Flüchtlinge anzuhören und Wege zu finden, ihnen zu helfen. Als Julie ihr Gebet beendet hatte, sah sie mich an. „Es tut mir so leid, Bobbie. Das war ein langer Tag für dich."

„So lange nun auch wieder nicht, aber ich bin trotzdem erledigt", räumte ich ein.

„Doch, für diesen Lebensabschnitt war er lang."

Sie hatte recht. In *diesem Lebensabschnitt.* Und wann würde er enden? Und wie? „Julie? Du hast gesagt, dass Amir bald die ‚Oase' besucht. Weißt du wann?" Ich ließ die Frage gar nicht erst lange in der Luft hängen. „Wir sind doch nur noch eine Woche hier und ich glaube, ich muss ihn sehen."

„Aber er war doch heute Abend hier! Er ist eine ganze Zeit lang geblieben. Er hat sich mit Hamid unterhalten. Und auch mit Tracie."

Er war da gewesen! Ich umklammerte den Türgriff, damit meine Hand nicht wie verrückt zitterte. Das Herz schlug mir bis zum Hals und ich war so enttäuscht, dass ich erst einmal gar nichts sagen konnte. „Da habe ich ihn wohl verpasst, als ich mit der Rumänin im Keller war."

Julie blickte finster drein. „Du meine Güte, du hast recht. Jesus! Bring Amir bitte noch einmal zurück. Und zwar sehr bald. Danke, dass du unsere Gebete für Hamid erhört hast. Du weißt, dass Bobbie Amir noch einmal sehen muss, bevor sie uns verlässt. Bitte bring ihn zurück."

Amen, dachte ich nur. *Bitte, Herr. Bitte.*

„Soll ich dich noch hochbringen?", fragte Julie, als wir vor dem Gästehaus standen.

„Nein, es geht schon. Danke, Julie. Für alles."

„Ruh dich morgen aus, dann bist du am Freitag wie neu – für die Party." Sie zwinkerte mir zu.

Hab Dank für Julie, Herr, dachte ich, als ich müde die Stufen zu unserem Zimmer erklomm. *Sie weiß, wie schlecht es mir geht, aber sie lässt nicht zu, dass ich in Selbstmitleid ertrinke. Bei ihr ist das Glas immer halb voll. Und mir wird es am Freitag besser gehen, schon allein deswegen, weil sie dafür gebetet hat.*

Ich wusch mir das Gesicht, putzte die Zähne, zog mich um und legte mich ins Bett. Ich rechnete nicht damit, Tracie noch einmal zu Gesicht zu bekommen. Sie war abends jetzt immer mit Stephen unterwegs und kam auf Zehenspitzen in den frühen Morgenstunden ins Zimmer geschlichen. Tracie fing an, aufzuleben. Ich konnte es in ihren Augen sehen und daran, dass sie neuerdings ständig vor sich hinsummte.

Und ich welkte dahin. *Das Gras verdorrt, die Blume verwelkt, aber das Wort unseres Gottes bleibt ewiglich*, dachte ich noch beim Einschlafen.

Amir. Er war so nahe gewesen. Ich reiste in einer Woche ab und ging dann womöglich bald auf meine letzte Reise. Deshalb musste ich die Sache endlich klären.

Ich sank allmählich ins Reich der Träume und dachte dabei an Amirs freundliches Lächeln, daran, wie wir Händchen hielten, an seine funkelnden Augen und wie er mir nie etwas durchgehen ließ. In unserer vierjährigen Beziehung hatte er mir immer die Stirn geboten und mich ermutigt, die richtigen Entscheidungen zu treffen. Bis auf die eine …

War es nun Sehnsucht oder Erleichterung, dass unsere Pfade sich heute nicht gekreuzt hatten?

Amir

Du benimmst dich wie ein Schuljunge, schalt sich Amir selbst. *Wie viele gefährliche Situationen hast du schon erlebt, aber jetzt bringt dich der bloße Gedanke daran, Jill zu sehen, zum Schlottern?*

Er konnte die Enttäuschung darüber nicht leugnen, dass er sie am Abend zuvor in der „Oase" nicht gesehen hatte. Oder war er erleichtert? So viel Zeit war vergangen. Waren ihre Wunden geheilt? Wollte sie ihn überhaupt sehen? Sie war 1994 so überstürzt abgereist und hatte ihn angefleht, sie in Ruhe zu lassen.

Amir lief in seiner kleinen Wohnung in Mauthausen auf und ab. Die Predigt für Sonntag wartete darauf, fertiggestellt zu werden, diverse Familien wollten besucht werden, ein junger Mann wartete auf Bibelstunden, aber er konnte nur an Jill denken. Carol hatte ihm schon vor mindestens einer Woche gesagt, dass Jill höchstens zwei Wochen bleiben konnte.

Mit zittrigen Fingern wählte er Carols Nummer. Als er Jill erwähnte, hörte er Carols Lachen im Telefonhörer. „Sie war gestern Abend da, Amir. Aber ich glaube, sie hat sich im Keller mit einer Rumänin unterhalten, die unbedingt etwas über Gott erfahren wollte. Was für ein Zufall. Seit Jahren schon ist niemand mehr aus Rumänien in die ‚Oase' gekommen!"

Rumänien. Der Ort, an dem ihre tiefsten Wunden geschlagen wurden.

„Ich würde Jill sehr gern sehen, bevor sie abreist."

„Natürlich. Und ich bin mir sicher, dass sie dich auch sehen will. Aber du weißt schon, dass sie eigentlich Bobbie heißt, oder?", scherzte Carol. „Am Freitag gibt es eine kleine Party mit den amerikanischen Studentinnen. Vielleicht schaust du ja vorbei? Es sind zwar drei Stunden Fahrt für dich, aber ich bin mir sicher, dass es sich lohnt."

Dass es sich lohnt, dachte Amir. *Das ist die Untertreibung des Jahres. Jill zu sehen ist so ungefähr das Wichtigste, was ich mir gerade vorstellen kann.*

Rasa

Baba war in Österreich, dem Land der freundlichen Berge! Rasa machte schnell die Augen zu und stellte sich die schneebedeckte Pracht vor. Da fiel ihr das Telefongespräch mit ihm wieder ein. *„Ich war an einem Ort, wo die Menschen Isa lieben, meine kleine Rasa. Dort gehe ich wieder hin. Das sind gute Menschen."*

Babas Worte machten sie fröhlich. „Aber Maamaan macht sich Sorgen", hatte sie ins Telefon geflüstert. „Sie sagt, du sollst Isas Namen nicht laut sagen. Und dass die Muslime nicht wollen, dass du an Isa glaubst, egal in welchem Land."

„Mach dir keine Sorgen, Prinzessin. Sag deiner Mutter, dass Baba sehr vorsichtig ist. Hier kann mir nichts mehr passieren. Und bald, schon bald sind wir wieder zusammen."

Baba war in Sicherheit, aber sie auf einmal nicht mehr. Frau Garabadian war am Morgen mit tiefen Sorgenfalten im Gesicht hereingekommen und hatte die Hände gerungen. „Liebes", hatte sie zu Rasa gesagt, „würdest du auf Omid aufpassen? Ich muss mit deiner Mutter allein reden."

Das war alles, aber Rasa spürte, dass etwas nicht stimmte. Maamaan hatte nach dem Gespräch rote Augen gehabt und Frau Garabadian auch. Obwohl Baba ihnen so gute Neuigkeiten gesagt hatte.

Hamid konnte sich nicht mehr beruhigen. Bilder seiner Mutter kreisten in seinem Kopf. „Hör auf mit diesem Isa!", kreischte Alaleh hysterisch am Telefon. „Sie haben Maamaan-Bozorg umgebracht! Vor ihrem Haus ermordet, hörst du?" Alalehs Schrei schallte im Telefonhörer wider. Hamid schlug sich die Hand vor den Mund, um nicht laut loszuschreien. Rasheed lag faul auf dem Bett und las. Er durfte es nicht merken!

Hamid stolperte aus dem Zimmer, wankte die Stufen hinunter und nach draußen in die Weinberge, während Alalehs Stimme ihm weiter im Ohr gellte. „Sie haben sie bei Noyemis Familie entdeckt. Mit einer Bibel! Sie wussten alles über sie, über uns, über unsere Flucht. Sie wussten alles, Hamid! Sie haben sie verhaftet. Aber sie sagte: ‚Ich gehe nicht ins Gefängnis. Ihr könnt meinen Körper töten, aber nicht meine Seele. Ich habe keine Angst.' Und da haben sie sie erschossen. Vor Noyemi und ihrer ganzen Familie!"

Hamid fiel zu Boden, raufte sich die Haare und weinte. Alaleh weinte mit. Seine Mutter, seine geliebte, eigensinnige, dickköpfige Mutter. Erschossen. Hamid zitterte am ganzen Körper und musste würgen. „Und was ist mit Noyemis Familie?", fragte er leise.

„Verhaftet und verhört! Mehr weiß ich nicht. Sie werden uns sicher verraten. Die Polizei wird kommen und uns und die Garabadians töten!" Seine sonst so pragmatische Frau war völlig außer sich. Hysterisch. So hatte er sie noch nie gehört.

„Alaleh, mein Herz." Was konnte er sagen? Es wäre ein hohles Versprechen, ihnen zu versichern, dass die Polizei Alaleh und die Kinder nicht finden würde. Und wenn die Polizei Rasa verhörte, würde sie dasselbe sagen wie Maaman-Bozorg. Alaleh und Rasa und Omid mussten den Iran verlassen.

„Wir finden einen Weg. Es tut mir so leid. Mein Herz ist so schwer. Aber hier gibt es gute Menschen. Wir finden eine Lösung."

Nur welche? Nichts konnte Maamaan-Bozorg zurückbringen.

Bin ich schuld, Isa?

Als sie auflegten, schluchzte Alaleh immer noch.

„Das ist zu schwer, Isa!", schrie Hamid auf. „Was du von mir verlangst, ist zu schwer."

Hamid saß eine Stunde lang in der Dunkelheit und dachte an das letzte Gespräch mit seiner Mutter vor zwei Tagen. *„Es geht mir gut, hier bei Noyemi. Mach dir keine Sorgen um mich, mein Sohn. Ich lerne so viel hier. Noch nie hatte ich solchen Frieden."*

Ihre Worte trösteten Hamid ein wenig, genau wie die Gewissheit, dass die Polizei Maamaan-Bozorg nicht verhaftet und geschlagen hatte, oder noch schlimmer. Sie war schnell gestorben. Sie hatte den Tod gewählt. Aber der Trost war schnell verflogen. Maamaan-Bozorg war tot und er konnte noch nicht einmal trauern und sie begraben. Er steckte hier in Österreich fest und eine neue Angst hatte begonnen, sich in ihn hineinzufressen.

Als er schließlich wieder ins Zimmer zurückkehrte, sah ihn Rasheed besorgt an. „Meine Mutter ist gestorben."

„Das tut mir leid."

„Ja, sie war sehr alt", log er. „Und krank." Mehr brachte er nicht heraus, aber Rasheed schien sich an seinen Tränen nicht zu stören.

Der Verband war gewechselt worden, aber die Wunde sah entzündet aus. „Sie müssen sich ein Rezept für Antibiotika geben lassen", mahnte der Apotheker. „Es gibt doch einen Arzt in der Flüchtlingsunterkunft."

Hamid suchte den Arzt auf und bekam das Antibiotikum. Auch wenn die Schmerztabletten halfen, das wütende Donnern in seinem Kopf zu mildern, gegen die Traurigkeit kamen sie nicht an.

„Geh ruhig auf die Party heute Abend, Rasheed. Mir ist nicht danach."

„Nein, ich lasse dich nicht allein."

„Ach, ist doch egal. Geh schon."

„Vielleicht ist ja Amir da und kann dir helfen."

Hamid nickte. „Du hast recht. Also schön, ich komme mit."

„Du musst ja nicht mit reingehen. Ich sehe nach, ob er da ist, und schicke ihn zu dir nach draußen."

Schweigend liefen sie zur „Oase", gefolgt von einer Vielzahl anderer Flüchtlinge. Hamid setzte sich draußen auf eine Bank. „Geh nur, Rasheed. Genieß die Party, die Musik, das Essen."

„Und die Mädchen!"

Wenige Minuten darauf trat Amir vor die Tür und begrüßte Hamid. „Lassen Sie uns spazieren gehen", sagte er.

Hamid erzählte mit belegter Stimme von der Ermordung seiner Mutter. „Meine Frau und Kinder verstecken sich in einer anderen Stadt bei einer armenischen Familie. Aber sie haben Angst. Es ist zu gefährlich! Was sollen wir nur tun? Wie soll ich sie beschützen? Ich habe Jalil angerufen. Ich habe ihm vom Tod meiner Mutter erzählt, aber als Moslem versteht er nicht, wie sie konvertieren konnte. Er trauert natürlich mit uns. Aber was kann er schon tun? Er hat sein ganzes Geld verbraucht, um mich hierherzuholen."

Sie setzten sich auf eine Bank. Amir starrte geradeaus. „Wir finden einen Weg", sagte er leise. „Viele Menschen haben gebetet und Sie sind hier. Heute werden wir um Schutz für Ihre Familie beten und darum, dass sich ein Weg auftut, wie sie den Iran bald verlassen kann."

Hamid lauschte, wie Amir mit starker, sicherer Stimme für Hamid und seine Familie betete. „Ich werde ein paar Leute kontaktieren. Haben Sie Vertrauen, Hamid. Isa ist bei Ihnen."

Hamid nickte, fühlte sich aber genauso verloren wie vorher. Zweifel erfüllten ihn und Angst. Er fragte sich, ob Isa die ganzen Schwierigkeiten wert war, die er und seine Familie erleiden mussten.

Durch Zweifel entsteht der Berg, den Glaube versetzen kann.

Warum musste ihm ausgerechnet jetzt dieses alte Sprichwort einfallen? Ja, er hatte Zweifel! Und wie! Aber hatte er auch Glauben? Die Frage rumorte in ihm, als er neben Amir zurück zur „Oase" lief.

Sie stellten sich hinten in den überfüllten Raum. Ein junges Mädchen spielte auf einer alten Gitarre. Hamid entdeckte Bobbie und Tracie, die ganz vorn saßen. Eine junge weiße Frau bot ihm einen Keks an. Er nahm ihn und biss ein Stück ab. Er schmeckte süß, aber seine Gedanken waren bitter. *Ich will doch nur eins: das Alaleh hier bei mir ist. Isa, gib ihr Kraft. Sie zweifelt an dir und ich jetzt auch. Aber Rasa, Rasa hat einen kindlichen Glauben. So möchte ich auch glauben!*

Rasheed schien sich zu amüsieren. Er war umringt von einer Gruppe amerikanischer Mädchen. Hamid arbeitete sich zu ihm vor. „Ich gehe nach Hause, bleib du, so lange du willst." Rasheed nickte und grinste.

Auf dem Weg zur Tür holte ihn Stephen ein. „Schön, Sie zu sehen." Hamid musste sich überwinden, die ausgestreckte Hand zu schütteln.

„Tut mir leid, ich muss gehen“, sagte er schnell.

„Haben Sie wieder Schmerzen? Der Kopf?“

Hamid verneinte. „Nicht Kopf. Herz.“ Ihm kamen die Tränen. Dieser junge Mann hatte sich seine Geschichte angehört. Da konnte er ihm auch die aktuellen Neuigkeiten erzählen. „Iranische Geheimpolizei hat ermordet meine Mutter. Sie hat gewohnt bei armenischen Christen. Ist geworden selbst Christ.“

Der Schock stand Stephen ins Gesicht geschrieben. „Das tut mir wirklich sehr leid. Ich werde mein Bestes geben, um Hilfe für Sie zu organisieren.“

Hamid nickte. „Ja. Ich habe Angst um Frau, um Kinder. Große Angst.“

Auf dem Weg nach draußen steckte ihm eine ältere Frau einen Zettel zu. „Für später“, flüsterte sie. „Zeigen Sie ihn niemandem.“

Hamid stopfte den Zettel schnell in die Hosentasche, verließ das Gebäude und lief in Richtung Flüchtlingsunterkunft. *Der Berg ist zu groß, Isa*, grübelte er. *Ich kann ihn nicht versetzen. Kannst du es? Bitte, bitte gib mir den nötigen Glauben. Oder versetze ihn am besten selbst.*

Stephen

Hamid war nicht mehr wiederzuerkennen. War er derselbe, den ich vor zwei Tagen interviewt hatte? Sein Körper war ramponiert gewesen, aber seine Augen hatten vor Hoffnung geleuchtet. Heute hingen die Schultern, die Augen waren trübe, er schien gleichgültig, ängstlich, lustlos. Ich konnte nicht begreifen, wie man eine alte Frau brutal ermorden konnte, nur weil sie an etwas anderes glaubte.

Du Idiot, rügte ich mich selbst. *Was willst du schon ausrichten für Hamid? Du weißt überhaupt nichts über die Rettung von Flüchtlingen. Und du hast nichts zu bieten!*

Aber das war nicht die ganze Wahrheit. Ich kannte die Macht des geschriebenen Wortes. Ich konnte sehr wohl etwas ausrichten.

Ich suchte Julie und berichtete ihr kurz, was Hamid mir anvertraut hatte. Sie rang die Hände. „Du lieber Gott! Sei mit diesem armen Mann und seiner Familie.“ Ich glaube, sie betete schon wieder.

„Julie, ich möchte Hamid helfen. Gibt es eine Möglichkeit, Kontakt zu den Leuten in Van aufzunehmen, die ihm geholfen haben? Mich interessieren vor allem die Radiosendungen. Mit dem Radio könnte man sehr effektiv etwas verbreiten."

„Gute Idee. Aber ich darf dir diese Information nicht geben. Wenn du möchtest, könnte ich höchstens Kontakt zu ihnen aufnehmen und sie bitten, dich anzurufen."

„Das wäre toll."

Ich gab ihr meine Handynummer und sie notierte sie auf einer Serviette. „Jim und Anna, das ist das Paar in Van. Sie haben früher hier bei uns gearbeitet. Eine wundervolle, mutige Familie. Und Keith heißt unser Mann in Amersfoort in Holland, der für World Wide Radio arbeitet. Er kann dir jede Menge Informationen liefern, da bin ich mir sicher."

„Dann hoffe ich, dass sie mich auch wirklich anrufen."

„Ganz bestimmt." Sie sah mich an. „Es ist kein Zufall, dass Gott dich gerade jetzt hierhergebracht hat."

Julies Worte verfolgten mich den ganzen Abend, sogar noch, als ich mich wieder auf Tracie konzentrierte, die mit Fareed nach Leibeskräften sang. Ich wollte nicht nach Hause. Ich wollte hierbleiben und helfen.

Aber ich hatte keine Wahl.

Ich lächelte Mom zu, die mit einem Plastiktablett zahllose Runden durch den Raum drehte und den Flüchtlingen allerlei Kekse anbot. Gedankenverloren knabberte ich an einem Haferkeks, der aber irgendwie nach nichts schmeckte.

Bobbie

Tracie schmetterte ein Duett mit Fareed und ihr Gesicht glühte vor Begeisterung. Die Flüchtlinge boten ihre Lieder dar und Armagan spielte zum zweiten Mal eine Sonate auf dem alten Keyboard. Der Duft von frisch gebackenen Keksen durchzog den Raum, wo mittlerweile über einhundert Menschen aus aller Welt beieinandersaßen, zuhörten, sangen, lachten und aßen. Die amerikanischen Studentinnen hatten stundenlang gebacken. Schokoladenkekse, Hafer-Rosinenkekse, Erdnusskekse mit Schokoladenhaube. Unermüdlich boten sie den Flüchtlingen amerikanische Köstlichkeiten an, für die einige Zutaten extra aus den USA mitgebracht worden waren. Ich hatte das Gefühl, dass sich der ganze Saal in einem euphorischen Zuckerhoch befand.

Nur ich war niedergeschlagen. Ich zwang mich, mich nicht immer wieder umzudrehen und nach Amir Ausschau zu halten. Julie oder Carol würden mir schon Bescheid geben. Oder Tracie. „Das hatte ich dir ja sagen wollen, als du mit der rumänischen Frau im Gespräch warst!", hatte sie mir am Mittwochabend in den Ohren gelegen.

Würde er auftauchen?

Ich war nach der Feier gerade mit dem Abwasch beschäftigt, als ich hörte, wie jemand „Jill!" sagte. Ich sah mich nicht um, konnte mich aber auch nicht erinnern, dass irgendeine der Studentinnen Jill hieß. „Jill!", sagte die Stimme erneut und da erstarrte ich, eine Tasse in der Hand, von der Schaum ins Becken tropfte. Langsam drehte ich mich um und da war er. Amir, am andern Ende des Raumes, die freundlichen Augen auf mich gerichtet.

„Amir", sagte ich, aber es kam kein Laut. Sein Haar war noch immer kohlrabenschwarz, sein Teint von einem sanften Braun und die samtschwarzen Augen voller Mitgefühl.

Meine Wangen glühten, ich stellte die Tasse ab und wischte mir die Hände an der Jeans trocken. Ich ging auf ihn zu, blieb stehen, wich zurück. Er lachte und seine Augen tanzten. Dann kam er zu mir, umarmte mich und hob mich von meinen Füßen.

„Jill! Also stimmt es doch. Du bist hier! Ich dachte, ich würde dich nie wiedersehen." Er wirbelte mich herum, setzte mich ab und betrachtete mich mit einer Mischung aus Bewunderung und Sorge. „Meine Jill."

Seine Nähe machte mich schwindelig – dazu der feine Duft arabischer Gewürze, der ihn umgab. Ich schaffte etwas Abstand zwischen uns und konzentrierte mich mit aller Kraft darauf, nicht völlig vor ihm zusammenzubrechen. „Amir. Schön dich zu sehen." Meine Stimme quiekte laut. Ich räusperte mich. „Ich dachte schon, du würdest heute Abend nicht kommen."

„Ich war zu spät. Es gab einen Notfall mit einem der Flüchtlinge." Er sah mich unentwegt an.

Das Adrenalin in meinem Körper wurde auf einmal durch Angst ersetzt. Was sollte ich diesem Mann sagen?

„Wie geht es dir?“ Er hatte Sorgenfalten auf der Stirn. „Carol hat mir erzählt, dass du sehr krank bist. Das tut mir furchtbar leid.“ Wieder dieser durchdringende Blick. „Aber du siehst toll aus. Ganz wie früher.“

Er tat, als wären wir zwölf Monate voneinander getrennt gewesen, nicht zwölf Jahre. Seine attraktive Ausstrahlung ließ meine Knie weich werden. Ich mochte die Art, wie er mich überragte, schlank, stark und mit unergründlichen dunklen Augen, sodass man sich unweigerlich fragte, was hinter diesen Augen vor sich ging. Ja, sie waren unergründlich, aber auch sanftmütig. Ich hatte mich oft darüber gewundert, wie jemand so viel Leid durchmachen und doch so viel Sanftmut ausstrahlen konnte.

Und Liebe. Sie leuchtete in seinen Augen. Nur für mich.

Ich schüttelte den Kopf, um wieder zu mir zu kommen, und merkte, dass Julie und Carol uns beobachteten. Plötzlich fühlte ich mich ungeschützt und nackt. Meine Knie gaben nach und ich suchte schnell nach etwas, wo ich mich hinsetzen konnte. Carol kam herbeigesprungen. Sie hatte die ganze Szene natürlich genau mitverfolgt. „Bobbie, warum gehst du nicht ein paar Schritte? Hier drin ist die Luft so schlecht.“ Sie nickte Amir zu.

Amir fiel natürlich auch auf, dass es mir nicht gut ging. „Könnte ich dich überreden, mich zu unserem Heurigen zu begleiten? Er hat heute offen. Erinnerst du dich?“

Ich schluckte und konnte nichts sagen. Stumm nickte ich. Wir hatten damals stundenlang in einer der günstigen Traiskirchener Schänken gesessen, die von Familien betrieben wurden. „Na gut“, sagte ich und wusste nicht, worauf ich mich da einließ. „Na gut.“

Der Heurige der Schaflers war Anfang der Neunziger Amirs und mein Stammlokal gewesen. Immer nach Feierabend schlenderten wir hinüber, saßen und erzählten. Ich hatte es bisher auf dieser Reise nicht gewagt, einen Fuß hineinzusetzen. Als Amir die geschnitzte Holztür zum Innenhof öffnete, überfluteten mich die Erinnerungen. Die Gaststätte war vergrößert worden, die Farbe am Haus hell und neu, und eine große, mit Kürbissen und Weinranken verzierte

Terrasse lud in den Sommermonaten die Gäste zum Verweilen ein. Die Atmosphäre allerdings war immer noch vertraut. Wir überquerten die Terrasse und traten ein. In einer Kühltheke lagen Käse und kalte Gerichte. Am Tresen waren Weingläser aufgereiht und ein halbes Dutzend kleiner Tafeln darüber präsentierten die Tagesempfehlungen. Ich wandte mich nach rechts und sah die hölzerne Sitzecke mit den geschnitzten Tiroler Figuren, in der wir immer gesessen hatten. *Unsere* Ecke. Alles kam mir so vertraut vor.

Frau Schafler, die stämmige Besitzerin mit dem von der jahrelangen Traubenernte sonnengegerbten Gesicht, erkannte Amir und lächelte ihm zu. Als sie mich sah, schien sie freudig überrascht. „Willkommen“, sagte sie auf Deutsch und nickte dezent in Richtung unserer Sitzecke, als hätte sie die ganzen Jahre nur auf uns gewartet.

Wir bestellten Gemüsesuppe und frisches Brot an der Theke. Dann kam eine Kellnerin und nahm unsere Getränkewünsche auf. Es war wie früher. Das Essen konnte man nur an der Theke bestellen und die Getränke am Tisch. Dieselben Regeln, derselbe Wein, dasselbe Essen, dieselbe Familie, die uns bediente.

Und Amir war auch derselbe.

Nur ich hatte mich verändert. Eine Welle der Erschöpfung überrollte mich.

Wir versuchten uns im Small Talk – was keiner von uns mochte oder besonders gut konnte – und löffelten unsere Suppe. Die Wärme breitete sich im Magen aus, aber ich fröstelte dennoch vor Erschöpfung.

„Du siehst müde aus“, sagte Amir, als unser Gespräch zum Erliegen gekommen war. „Vielleicht solltest du dich lieber ausruhen.“

Vor Amir konnte ich nie etwas verbergen. „Ja, ich fürchte, ich habe heute Abend nicht die nötige Kraft.“ *Aber ich möchte mich so gern mit dir unterhalten! Wieso muss ich gerade jetzt so schwach sein, wo ich einmal stark sein will?* „Ich vermute, irgendjemand hat dir von meiner Krebsdiagnose erzählt?“

Er nickte.

„Inoperabel. Ich nehme gerade Medikamente. Aber die machen mich so müde. Und ich habe dieses Zittern.“

„Das tut mir alles so leid, Jill.“

„Ja, seltsam, was das Leben so mit sich bringt, oder? Jedenfalls wollte meine Nichte unbedingt, dass wir einen Monat durch Europa touren. Tracie ist ein tolles Mädchen. Die Älteste meiner Schwester."

„Ich habe sie vor ein paar Tagen kennengelernt. Sie macht einen sehr vernünftigen Eindruck."

„Ja, sie passt gut auf mich auf. Und sie hat mich dazu genötigt, hier zur ‚Oase' zu kommen."

„Bereust du es?"

Ich lächelte matt. „Kein bisschen. Ich wollte schon so lange wieder hierherkommen. Nur schade, dass erst der Krebs mich endgültig davon überzeugt hat."

Mit jedem Satz ließ Amir die Schultern ein wenig mehr hängen, als würde meine Geschichte ihn belasten. Es herrschte peinliche Stille.

Das Zittern fing wieder an und ich verfluchte es im Stillen. Amir legte seine Hand auf meine. „Ich bringe dich nach Hause. Aber morgen, wenn es dir besser geht, würde ich gerne Zeit mit dir verbringen."

„Du hast doch so viel zu tun, Amir", entgegnete ich schwach. „Carol hat mir davon erzählt. Und morgen ist der letzte Tag der Studentinnen. Ich werde Carol helfen müssen."

Amir lehnte sich zurück, aber seine Hand lag nach wie vor auf meiner, entschlossen und beschützend. Er sah mich einige Augenblicke intensiv an. „Um die Mädchen mache ich mir nicht die geringsten Sorgen. Die kommen schon allein zurecht. Und meine Arbeit kann ich sehr wohl auch irgendwann anders erledigen. Morgen sind wir verabredet – nur wir zwei."

Ich blinzelte so stark ich konnte, aber meine Augen füllten sich mit Tränen.

Kapitel 17

Amir

Amir schloss die Augen und durchlebte noch einmal den Augenblick, als Jill seine Stimme erkannt und sich umgedreht hatte. Bobbie, korrigierte er sich. Sie sah aus wie immer – die blauen Augen voller Vertrauen und Überraschung. Die feinen Lippen, die sich erwartungsvoll nach oben krümmten und dann in dieses Lächeln übergingen, bei dem ihm warm wurde. Das Gefühl, sie im Arm zu halten – stark und doch zart, ihr verspielter und fast exotischer Duft, den nur sie trug, war unbezahlbar.

Sie war dieselbe wie früher. Und doch hatte sie sich verändert. Der Krebs breitete sich in ihr aus und die stolze, starke Bobbie Blake konnte es nicht verbergen. Er hatte sich unzählige Male vorgestellt, wie es wäre, sie wiederzutreffen, aber dass sie ihm in ihrem alten Stammlokal gegenübersaß und keine Kraft zum Reden hatte, das hätte er nicht für möglich gehalten.

Er gab Gas. Morgen würde er endlich Zeit mit ihr verbringen, aber heute Abend noch musste er Jalil sprechen. Er musste mit ihm Hamids Familientragödie überdenken. Das war nicht das erste Mal, dass so etwas passiert war, und selten hatte die Sache einen glimpflichen Ausgang genommen. Amir fragte sich, was mit der armenischen Familie geschehen würde. Armenier durften ihren Glauben im Iran praktizieren, aber auf jegliche Art von Mission standen schwere Strafen, bis hin zum Tod. Es würde Hamid nicht guttun zu erfahren, dass sie wahrscheinlich gefoltert und womöglich umgebracht worden waren.

Um Mitternacht erreichte er Linz und klopfte an Jalils Tür. „Tut mir leid, dich so spät zu stören", setzte er an, als Jalil verschlafen öffnete. „Aber es ist dringend."

„Ich weiß. Ich habe gestern mit Hamid telefoniert. Gut, dass du hier bist. Ich habe ein paar Anrufe gemacht, aber leider gibt es keine Neuigkeiten." Jalils Gesicht, das sonst gutmütig und humorvoll strahlte, war von vielen Sorgenfalten gezeichnet.

Bald gesellte sich auch Darya zu den Männern im kleinen Wohnzimmer, den Bademantel eng geschnürt, das Haupt bedeckt, die Augen voller Angst. „Ich habe Jalils Tante leider nie persönlich kennengelernt, aber wir haben miteinander telefoniert. Sie war eine Frau mit starkem Charakter."

Eine Stunde lang brüteten sie über Ideen. „Ich begreife noch immer nicht, wieso meine Tante so etwas getan hat?!", fragte Jalil perplex. „Wie konnte sie sich zum Christentum bekehren? Sie hat doch gesehen, in wie viel Gefahr sich Hamid schon allein damit gebracht hat, dass er das Injil in der Hand hielt?" Er sah traurig aus. „Sie war eine großartige Frau. Ja, das war sie. Ich bin untröstlich."

Jalil verbarg das Gesicht in den Händen. Dann sah er Amir müde an. „Ich habe versucht, Hamid zu trösten. Ich mache mir große Sorgen um ihn und seinen Kämpfergeist. Was können wir ihm schon sagen? Du weißt genau wie ich, dass wir nichts für seine Frau und Kinder tun können. Selbst wenn Hamids Asylantrag bewilligt wird und seine Familie ein Ausreisevisum bekommt, lässt man sie niemals ins Flugzeug. Und die Flucht über die Berge kann Alaleh mit ihrer kleinen Tochter und dem Baby nicht bewältigen. Hamid ist ja schon fast dabei umgekommen. Sie würden es niemals schaffen."

Amir stimmte zu.

„Ich habe einen Großteil meines Vermögens damit aufgebraucht, Hamid herzuholen. Und Rasheed. Da ist nichts mehr."

„Vielleicht können wir ja zur österreichischen Botschaft gehen und sie drängen, die Asylanträge für Alaleh und die Kinder sofort zu bearbeiten?", schlug Amir vor.

Jalil breitete ratlos die Hände aus. „Ja, aber was soll das bringen? Die iranische Regierung wird das nicht interessieren. Alaleh und die Kinder müssen einen Weg finden, den Iran heimlich zu verlassen. In welchem Teil sind sie gerade?"

„Ein kleiner Ort im Nordwesten." Kaum hatte Amir das gesagt, dachte er an Jim und Anna in Van. „Der Ort ist nahe der türkischen Grenze. Vielleicht könnten wir ja jemanden aus der Türkei finden, der sie rüberholt."

Jalil sah finster drein. „Es würde einen Haufen Geld kosten, einen Schleuser zu finden, der dazu bereit ist."

„Ja, mag sein“, sagte Amir, aber insgeheim dachte er, *für die Richtigen würde es nur eine große Portion Mut und Gottvertrauen kosten.*

Stephen

Ich kannte mich mit dem Jargon der Christen nicht aus, wusste nichts vom Gebet und hatte keine Ahnung von der Bibel. Aber ich kannte die Macht des geschriebenen Wortes. Und ich wusste das eine oder andere über die Spannungen zwischen Christen und Muslimen. Bei den Brandstiftungen in Frankreich ging es um eine verfolgte Minderheit, die auf ihre Weise ihre Rechte einforderte. Wie Muslime dachten, war mir nicht völlig fremd. Enge Freunde von mir waren Araber, einige von ihnen sogar strenggläubige Muslime. Gewalt schockierte mich nicht. Die brennenden Autos waren im Grunde nichts anderes als ein Schrei nach Aufmerksamkeit. Die überwiegende Mehrheit der Araber verdiente weniger als die Franzosen und lebte oft in den schäbigsten Vierteln.

Aber meine Freunde waren keine Mörder. Deshalb konnte ich nicht begreifen, wie man eine alte Frau erschießen konnte, nur weil sie ihre Religion gewechselt hatte.

Nach der Party waren Julie, Carol und ich noch beisammengeblieben und hatten nach Auswegen für Hamids Familie gesucht. Die Studentinnen hatten sich in die Büroräume verzogen und beteten wahrscheinlich noch.

Ein Wunder hatten diese Leute schon erlebt: Hamid war nur wenige Tage nach ihrem Gebetsmarathon in die „Oase“ spaziert. Und jetzt brauchten sie ein zweites Wunder. Und zwar schnell. Ich hatte keine Ahnung, wie man betet, aber auf einmal war ich sehr dankbar dafür, dass sie es wussten. Und es auch taten. Mitten in der Nacht.

Ich für meinen Teil benutzte meine Worte, um andere dazu zu bringen, ihre Worte zu benutzen. Jim Harris rief mich um Mitternacht aus Van an. „Hamid hat mich gestern angerufen und mir die schlechte Nachricht überbracht. Ich habe Keith McDaniel in Amersfoort angerufen. Julie meinte, Sie wollten uns beide sprechen?“

„Ja, richtig. Danke, dass Sie zurückrufen. Ich bin Journalist. Ich wollte gerne wissen, wie man dieser Familie helfen könnte?“

Ich hatte mich noch nie für naiv gehalten, aber ich glaube, für Jim war die Sache klar. „Stephen, das ist einfach eine schreckliche Situation. Solche Dinge passieren häufig in muslimischen Ländern. Aber es gibt leider nicht viel, was man da tun kann, außer auf ein Wunder zu hoffen."

Ich wollte ihm sagen, dass wir doch bereits ein Wunder erlebt hatten, warum dann nicht auch zwei? Aber das wusste er schon.

„Wenn wir die Frau und die Kinder hier nach Van bekommen könnten, gäbe es Möglichkeiten. Aber vom Iran aus? Wir werden überlegen, ob uns etwas einfällt. Man bräuchte einen iranischen Schleuser und ein geeignetes Fahrzeug."

Wir unterhielten uns noch ein paar Minuten und beschlossen, am nächsten Morgen noch einmal zu telefonieren. Ich hatte gerade aufgelegt, da rief Keith an. „Danke, dass Sie helfen möchten, Stephen. Ich hoffe, ich rufe nicht zu spät an. Julie meinte, ich solle mich unbedingt sofort melden." Er klang freundlich. „Ich sage ihnen was, Stephen. Das ist nicht das erste Mal, das so etwas passiert. Wir haben schon aufgehört zu zählen. Aber was soll's, Gott ist größer als unsere Probleme, nicht wahr?"

Ich wusste nicht, was ich darauf sagen sollte. Stattdessen meinte ich: „Ich fliege am Sonntag zurück in die Vereinigten Staaten, aber ich kann doch sicher auch von dort aus etwas beitragen?"

„Das ist echt nett von Ihnen. Das Gute an der Technik von heute ist ja, dass wir Sie auch in den Staaten auf dem Laufen halten können."

„Was ist denn mit dem Radio? Könnten wir das nicht irgendwie nutzen?" Ich überlegte ins Blaue hinein. „Ich werde für meine Zeitung einen Artikel schreiben, aber vielleicht könnten Sie ..." Ja, was?

„Natürlich! Warum ist mir das nicht früher eingefallen? Das ist es! Ich werde nach der Sendung morgen Abend um halb neun einfach einen besonderen Gebetsaufruf einfügen. Verschlüsselt, versteht sich. Das haben wir schon einmal gemacht. Ich rede gleich morgen früh mit dem Chef."

„Hört sich gut an."

„Ja, vielen Dank für das Brainstorming, Stephen. Weiter so."

Als ich auflegte, hatte ich zumindest einen leichten Hoffnungsschimmer.

Tracies Gesicht verlor jegliche Farbe, als ich ihr am nächsten Morgen von Hamid erzählte. „Das ist ja schrecklich! Grausam!“, rief sie. „Jetzt weißt du, warum ich einfach nicht mehr an Gott glauben kann.“

Ich konnte darüber nicht mit ihr diskutieren, aber die Wut, die in ihr hochkochte, ließ mich innerlich zusammenzucken. Andererseits waren wir alle wütend. Vielleicht war es gar nicht so verkehrt, dass für den letzten Tag der amerikanischen Studentinnen eine große Saubermachaktion vorgesehen war. Der Frust ließ sich hervorragend in körperliche Arbeit umsetzen. Wir mussten auch mehrere Kleintransporter voller haltbarer Nahrungsmittel wie Konservendosen, Nudeln und Saftpakete entladen. Tracie schleppte den ganzen Morgen über schwere Kisten und mir schien es, als würde der Schweiß auf ihrem Gesicht helfen, auch etwas von ihrem Frust herauszulassen. Zumindest hoffte ich das.

Bobbie

Ich blieb den ganzen Samstag über im Bett. Ich hatte einfach keine Kraft. Es war eine Ironie des Schicksals, dass mir, der Frau, die immer alles unter Kontrolle hatte, auf einmal ihr eigener Körper nicht mehr gehorchte. „Ich muss mich noch ausruhen“, bat ich Amir, der mich am Vormittag anrief. „Es tut mir leid. Ich möchte dich wirklich sehen.“ Ich hoffte, dass meine Stimme überzeugend genug klang.

Die Studentinnen surrten herum wie ein Schwarm Bienen. Sie hatten bis spät in die Nacht hinein für Hamid und seine Familie gebetet. Nun packten sie ihre Taschen und trafen sich mit Carol für eine Abschlussbesprechung in der „Oase“. *Ich wünschte, ich hätte 1994 eine Abschlussbesprechung gehabt,* überlegte ich, verdrängte aber schnell den Gedanken. Ich wollte nicht an den Grund denken, warum ich unbedingt jemanden zum Reden gebraucht hätte.

Ich konnte hier im Bett nichts weiter tun, als in der Bibel zu lesen und zu beten. Aber auf keines davon hatte ich Lust.

Tracie war beim Team in der „Oase“, kam aber mittags vorbei, um nach dem Rechten zu sehen. „Hast du Angst, Amir zu sehen und mit ihm zu reden? Ich kapier das nicht. Er hat gesagt, er will den Tag mit dir verbringen, und was ist nun? Gar nichts.“

„Es liegt an mir, Trace. Ich fühle mich so erschöpft wie noch nie. Vielleicht klappt es morgen, wenn ich mich heute ausruhe. Amir würde es nicht zugeben, aber er macht sich große Sorgen um Hamid und wird den Tag damit verbringen, nach Lösungen zu suchen. Und er muss seine Predigt für den Gottesdienst morgen noch vorbereiten."

Tracie zog eine Augenbraue hoch. „Dafür, dass du den Mann zwölf Jahre nicht gesehen hast, kannst du seine Gedanken echt gut lesen."

„Geh nur zurück zu den anderen", sagte ich und zwang mich zu einem Lächeln.

Stephen

Am späten Nachmittag kamen ein Dutzend verschleierte Frauen und holten das Essen ab, das am Vormittag geliefert worden war. Tracie verteilte die schweren Taschen. Nachdem alle versorgt und gegangen waren, brachte Amir Hamid zur „Oase". Ohne es bewusst zu wollen, scharten wir uns alle um ihn, manche umarmten ihn, manche weinten und ich versprach ihm, den Artikel in der Zeitung zu veröffentlichen. Hamid hörte zu und nickte und war wahrscheinlich von der ganzen Aufmerksamkeit überfordert. Und doch blieb er, als würde er es brauchen.

Später legten viele der Studentinnen und hauptamtlichen Mitarbeiter ihre Hände auf Hamids Schultern, Rücken und Arme und beteten für ihn. Mir lief ein Schauer über den Rücken. Der Schmerz dieses Mannes hatte uns alle gepackt.

Als Hamid mit Amir gegangen war, wandte sich Tracie an mich. „Wir müssen etwas tun, Stephen! Es muss doch irgendwas geben, wie wir ihm helfen können."

Im Gästehaus begrüßte uns Bobbie mit einem tapferen Lächeln. Auch das ging mir sofort unter die Haut. Sie hatte sich zu schwach gefühlt, um uns zu helfen. Noch nicht einmal für Amir reichte ihre Kraft. Tracie hatte mir immer mal zwischendurch vom früheren Leben ihrer Tante erzählt und ich fand die ganze Sache schrecklich traurig und ihre eigene Story wert.

Mom und die Studentinnen wollten am nächsten Morgen um 9

Uhr zurück nach Lyon. Mein Flieger nach Atlanta ging schon um acht, was bedeutete, dass ich um fünf am Flughafen sein musste. Ich bezweifelte, dass ich in dieser Nacht überhaupt Schlaf bekommen würde. Meinen letzten Abend hatte ich mir irgendwie anders vorgestellt, ohne diesen gemeinschaftlichen Schock und Tracie in Tränen. So sollte unsere Zeit in der „Oase" nicht enden. Aber andererseits war es auch ein würdiges Finale, mit frischen Sorgen und Schmerzen, die wir nicht einfach ad acta legen konnten.

Nachdem alle ins Bett gegangen waren, saß ich wieder mit Tracie allein im Aufenthaltsraum. Plötzlich gingen uns die Worte aus. Irgendwann sagte ich schließlich: „Ich fand es wirklich schön, dich kennenzulernen. Ich weiß nicht, was ich sonst sagen soll ... über uns. Zuerst muss ich mich mit meiner Freundin auseinandersetzen, und das wird nicht leicht."

„Ich weiß." Sie schniefte. „Ich fand es auch total schön. Dabei bin ich gar nicht hergekommen, weil ich was Festes suche. Die Zeit mit dir war einfach so, ich weiß nicht, so hilfreich und aufbauend. Du bist so anders als Neil und das hat sehr gutgetan." Sie wurde rot.

„Vielleicht können wir uns ja mal auf ein Glas Wein verabreden, wenn du wieder in Atlanta bist", schlug ich vor.

Sie grinste. „In deinem Lieblings*heurigen*?"

„Ich bin mir sicher, dass wir etwas ähnlich Altmodisches finden."

„Es würde mich sehr freuen. Ich weiß nur nicht, wie lange ich noch hierbleibe."

„Keine Eile, Tracie." Ich nahm ihre Hand. „Was du für deine Tante tust, das ist der Wahnsinn. Lass dir das von niemandem madig machen."

„Danke."

Wir tauschten Handynummern und E-Mail-Adressen aus. Ich wusste nicht, was ich noch sagen sollte, also gab ich ihr einen Kuss auf die Wange. Ich wollte mehr. Sie auch. Aber der Zeitpunkt war nicht der Richtige.

Sie trauerte noch um ihre zerbrochene Beziehung und ich war viel zu durcheinander.

Tracie

Ich hatte seit Tagen nicht mehr gut geschlafen. Schuld daran war Stephen. Um vier Uhr dreißig am Sonntagmorgen sah ich seinem Taxi zum Flughafen hinterher. Er hatte mich unbeholfen zum Abschied umarmt und dann einfach festgehalten. Ich wollte ihn küssen. Ihn nicht mehr loslassen. Aber wir hatten das mit unserer Beziehung ganz nüchtern durchgesprochen. Es gab keine Zukunft für uns. Zumindest nicht jetzt.

Ich stand abseits, als er sich von seiner Mutter verabschiedete. Connie Lefort war richtig aufgeblüht in den vergangenen zwei Wochen. Sie stellte sich auf Zehenspitzen, gab ihm ein Küsschen auf die Wange und verwuschelte ihm die Haare. „Hab dich lieb, mein Junge. Ruf mich an, wenn du zu Hause bist. Ich bin schließlich deine Mutter, vergiss das nicht. Ich möchte wissen, ob es dir gut geht."

Er lächelte sie an und Grübchen erschienen auf seinem blassen, sommersprossigen Gesicht. Dann beugte er sich vor und umarmte sie fest. „Hab dich auch lieb, Mom. War schön hier."

Dann stieg er ein. Als das Taxi losfuhr, kurbelte er das Fenster herunter, winkte und warf mir einen Luftkuss zu. Ich war froh, dass es noch so dunkel war und Connie nicht sehen konnte, wie mir das Blut in den Kopf stieg. Sie hakte sich bei mir unter. „Ich lege mich noch einmal hin. Schließlich habe ich zugesagt, die erste Strecke zu fahren."

Wenige Stunden später umarmte ich Connie und die Studentinnen zum Abschied und sah dem Minibus hinterher. Bei dem Gedanken, mit wie vielen Vorurteilen ich ihnen begegnet war, musste ich unwillkürlich schmunzeln. War das wirklich erst zwei Wochen her? Es kam mir vor wie Jahre. „Besuch uns mal in Lyon!", rief Dee.

Ich dachte ernsthaft darüber nach.

Nach der Aufregung der vergangenen Tage fühlte ich mich auf einmal völlig ausgelaugt und enttäuscht, als ich die Treppe zu unserem Zimmer hinaufstieg. Ich wusste, wenn ich jetzt nicht aufpasste, würde ich geradewegs von der hohen Klippe stürzen, auf der ich mich in der vergangenen Woche bewegt hatte. Zum größten Teil war ich aber einfach traurig wegen Hamid und seiner Familie und wegen meiner bettlägerigen Tante.

Gott war einfach unfair. „Ich bin so zornig auf dich!“ Es fühlte sich gut an, das in den stillen Hausflur zu flüstern. Doch dann ermahnte ich mich. Ich war extrem übernächtigt. Ich brauchte dringend Schlaf, bevor ich es mit dem Herrscher des Universums aufnahm.

Auf Zehenspitzen ging ich in unser Zimmer, wo meine tapfere Tante wie ein Stein schlief. Ihr Kopf war zur Seite gesackt und ihre schwarzen Locken sahen kraftlos aus. Ich ließ mich aufs Bett sinken und war kurze Zeit später eingeschlafen.

Die Nachmittagssonne schien zum Fenster herein, als ich aufwachte. Tante Bobbie saß im Bett und las. „Hallo, kleine Schlafmütze“, sagte sie lächelnd.

Ich gähnte und rekelte mich. „Oh, Mann, das habe ich gebraucht. Hast du dich mit Amir getroffen?“

Sie schüttelte den Kopf, grinste aber. „Noch nicht, aber er kommt bald vorbei. Er hatte doch die Predigt heute Morgen in seiner Gemeinde, drei Stunden von hier entfernt. Wir sind zum Abendessen verabredet. Ich habe mich gestern den ganzen Tag ausgeruht und heute fühle ich mich besser. Gott sei Dank.“

Das hob meine Stimmung. „Da bin ich aber froh.“ Ich stand auf, ließ mich neben ihr aufs Bett plumpsen und griff nach ihrer Hand. „Bist du nervös, weil du ihn siehst?“

Sie lächelte. „Fürchterlich aufgeregt. Aber auch erwartungsvoll. Als wäre ich noch in der High School und das wäre mein erstes Date.“

Also kamen die Kräfte tatsächlich zurück!

„Bist du bereit für eine Überraschung?“

„Schieß los.“

„Ich glaube, ich möchte irgendwann wieder hierherkommen und in der ‚Oase‘ arbeiten. Irgendwie fühlt sich das hier so richtig an. Ich meine, ich habe nie von so was geträumt oder so. Aber jetzt … Ich könnte Musiktherapie unter den Flüchtlingen anbieten und Musikabende veranstalten und mit den Kindern arbeiten. Es hat sich so gut angefühlt, ihnen ein kleines bisschen zu helfen, so mittendrin zu sein. Ich komme auf jeden Fall wieder her. Das steht fest.“

Bobbie reagierte erst gar nicht. Dann sagte sie: „Das ist ja interessant.“

Oh oh. Da war es wieder, dieses Wort.

„Aber bist du dir dessen bewusst, dass das hier nicht unbedingt humanitäre Hilfe ist? Es ist was vollkommen anderes. Es ist Gottes Werk."

„Du meinst, ich bin nicht gut genug dafür? Nicht wieder diese Leier, bitte. Neil hat mich auch schon immer schlecht gemacht. Und er hat es so gemeint wie du gerade. Dass ich nicht gut genug bin."

„Oh, Tracie, es tut mir leid. So war das ganz bestimmt nicht gemeint. Überhaupt nicht! Ich meine nur, dass es sehr viele Orte gibt, an denen du deine Fähigkeiten in der Musiktherapie und dein Händchen mit Kindern nutzen könntest, um etwas Gutes zu tun. Die Arbeit in der ‚Oase' ist eher eine Art *Berufung* als ein Beruf. Wer hier arbeitet, will nicht nur helfen – er fühlt sich berufen."

„Das weiß ich", verteidigte ich mich.

„Berufen von *Gott.*"

„Und ich bin nicht von ihm berufen, willst du das damit sagen?"

Tante Bobbie runzelte die Stirn. „Ich kann nicht beurteilen, ob Gott dich ruft." Sie sah mich prüfend an. „Ruft er dich denn? Normalerweise spürt man es, wenn Gott mit einem redet."

Wie sollte er mit mir reden, wenn zwischen uns Funkstille herrschte? „Und wie soll das gehen?", grummelte ich.

„Durch die Bibel, durch andere Menschen …"

Ich ließ die Schultern hängen. Wenn etwas glasklar war, dann, dass Gott kein Wörtchen zu mir sagte. Oder zumindest noch nicht. Oder ich hatte nie gelernt, wie man seine Stimme erkannte.

Stephen fehlte mir. Ich hatte Angst um Hamid. Und ich konnte es nicht mit ansehen, wie Tante Bobbie zitternd vor dem kleinen Spiegel stand und sich schminkte. Sie hatte geduscht und zu ihrer Designerjeans eine hellblaue Tunika angezogen. Sie sah wirklich hübsch aus für ihr Date mit Amir.

Während sie sich fertig machte, brütete ich vor mich hin und ging alle möglichen Gründe durch, warum Gott mich nie in seinen Dienst „berufen" würde. Dabei wurde ich immer wütender und wütender, bis es schließlich aus mir herausplatzte, als Tante Bobbie gerade ihre Wimperntusche auftrug.

„Weißt du eigentlich, warum ich so sauer auf Gott bin? Hast du überhaupt eine Ahnung?"

Sie stand mit dem Rücken zu mir, schüttelte langsam den Kopf und drehte sich mit der Mascarabürste in der Hand zu mir um.

Wir hatten schon über so viel gesprochen, aber ich hatte ihr niemals erzählt, was am letzten Tag des Zeltlagers passiert war – dem Tag, an dem sich Gott mir gezeigt hatte; dem Tag, an dem ich vom Tod meines Vaters erfahren und beschlossen hatte, Gott niemals wieder zu vertrauen.

Also packte ich aus, in einer Stimmlage, die meiner aufgestauten Wut entsprach. Ich ließ kein Detail aus, weil ich mich an jedes Detail erinnerte. Ich sah, wie Bobbies Gesichtszüge weich wurden, sah ihre feuchten Augen, wusste, dass sie die Hände ausstrecken und mich in den Arm nehmen wollte wie früher, als ich noch klein gewesen war.

Aber sie tat es nicht. Sie hörte einfach zu, während ich im Zimmer auf und ab lief, von der Tür zum Fenster, vom Fenster zur Tür. Tante Bobbie wartete, bis die ganze Wut raus war, bis ich die Wahrheit ausgekotzt hatte, auch wenn sie sich eigentlich auf ihren wichtigsten Termin vorbereiten musste. Sie unterbrach meinen einstündigen Monolog nicht ein einziges Mal, sah nicht immer wieder zur Uhr, um mir zu signalisieren, dass Amir bald auftauchen würde. Sie hörte zu, hörte einfach zu, erst im Stehen und dann auf ihrem Bett sitzend, die Knie angezogen. Ich merkte gar nicht, wie sehr ich zitterte und wie viele Tränen ich vergoss, bis ich völlig erschöpft in Tante Bobbies Armen zusammenbrach.

Genau fünf Minuten, nachdem ich mir die letzten Tränen abgewischt hatte, klopfte es. Bobbie sah mich an und mir fiel ein, dass sie eigentlich auf Amir wartete. Carol öffnete und sah besorgt aus. „Alles in Ordnung? Amir wartet unten auf dich."

„Ja. Ich wollte gerade kommen. Kannst du ihm sagen, dass ich gleich da bin?"

Carol nickte und ging.

„Kommst du zurecht?", fragte Tante Bobbie.

„Ja, natürlich. Tut mir leid, dass ich mich so bei dir ausgeheult habe. Ich wollte nicht, dass du zu spät zu deiner Verabredung kommst."

„Ich bin froh, dass du es mir erzählt hast. Sehr froh." Sie drückte mich und legte ihren Kopf auf meinen. „Und mach dir keine Sorgen wegen des Zuspätkommens. Wir haben zwölf Jahre aufeinander gewartet, da machen ein paar Minuten mehr oder weniger nichts aus."

Von unserem kleinen Fenster aus beobachtete ich, wie Amir und Tante Bobbie aus dem Gästehaus traten. Ich konnte ihre Gesichter nicht sehen, aber ihre Körpersprache war eindeutig. Sie waren locker und entspannt. Ich seufzte dankbar und sah zu, wie sie in ein kleines schwarzes Auto stiegen und davonfuhren.

Plötzlich hielt ich es nicht mehr allein im Zimmer aus. Ich musste raus, brauchte dringend frische Luft für meinen dröhnenden Kopf. Ich floh aus dem Gästehaus, die Straße hinunter und in die Hügel, die in Weinberge übergingen. Fast alle Trauben waren bereits abgeerntet, außer denen, die für den Eiswein bestimmt waren. Nach dem ersten Frost wurden sie mit ihrer intensiven, natürlichen Süße geerntet. Ich stand zwischen den Reben und atmete schwer. „Ich bin so *wütend* auf dich, Gott! Begreifst du das nicht! Ich halte es nicht mehr aus, Tante Bobbie zu sehen! Ich ertrage ihre Leidensgeschichte nicht mehr. Und die von den Flüchtlingen. Und erst recht nicht die von Hamid. Ich begreife einfach nicht, wie sie an dich glauben können! Du bist doch überhaupt kein Gott, der gibt, sondern einer, der nur nimmt!"

Erst gibst du und dann nimmst du es wieder.

Ich rannte weiter in ein Wäldchen und zog den Mantel enger um mich. Die Dämmerung warf lange Schatten. Ich blieb neben einem leise murmelnden Bach stehen. Ansonsten war es still und ich versuchte, mich zu beruhigen. Ich setzte mich auf einen Baumstamm, schloss die Augen und lauschte dem Wind.

Als ich die Augen wieder öffnete, stand ein Reh so nahe, dass ich fast vor Schreck aufgesprungen wäre. Es bewegte sich nicht und schien überhaupt keine Angst zu haben. Es stand nur da und sah mich an.

Ich saß auf der einen Seite des Baches, das Reh stand auf der anderen. Ich erhob mich und ging in seine Richtung, als wollte ich es verscheuchen. Es blieb. Mit hoch erhobenem Kopf trat es an den Bach, senkte den schlanken Hals und trank.

Einen Augenblick lang war ich wieder das kleine Mädchen, das im Wald auf einem Baumstamm saß. Ich fühlte mich wie mit zehn Jahren, als ich Gott so nahe gespürt hatte, dass ich am liebsten die Hand ausstrecken und ihn berühren wollte.

Im Geiste hörte ich Moms Stimme.

„Schätzchen, was hast du früher immer gestrahlt und diese alten Kirchenlieder gesungen! Du hattest so eine schöne Stimme. Man hat schon früher gemerkt, dass du einmal richtig gut singen würdest. Du hast Gott fröhlich gelobt, mit großer Überzeugung und Liebe. Es tut mir so leid, dass Daddys Tod dir diese Lieder geraubt hat."

Nachdem es getrunken hatte, sprang das Reh davon und ich spürte, wie die Wut nachließ, als würde sie dem Tier ins Unterholz folgen. Ich sank zu Boden und dachte an Tante Bobbies Worte. *Meinst du nicht, dass man im Leben sowohl das Gute als auch das Schlechte annehmen muss?*

„Ich bin so wütend auf dich, Gott", flüsterte ich. „Warum Daddy sterben musste, begreife ich einfach nicht. Aber wenn ich ehrlich bin, muss ich wohl zugeben, dass du mich nie verlassen hast." Eine ganze Zeit lang ließ ich diese Erkenntnis sacken. Viele Situationen fielen mir ein, in denen meine Mutter und Tante Bobbie für mich da gewesen waren.

„Du warst immer da, oder? Du warst immer da und hast mich gehalten, mir Tante Bobbie und so viele andere an die Seite gestellt. Aber ich konnte dich nur anschreien und verfluchen und wegschieben. Bitte vergib mir." So viele Emotionen tobten in mir – Schmerz und Trauer, aber auch ein Funke Hoffnung.

Ein Windstoß strich über mein Gesicht, wie damals, ein sanfter Hinweis auf Gottes Gegenwart. Freude mischte sich in mein Emotionschaos. Ich stand auf und streckte eine Hand aus – dabei stellte ich mir vor, Jesus würde direkt neben mir stehen. Zusammen liefen wir aus dem Wald und zurück durch die Weinberge.

Als das Gästehaus in Sichtweite war, kamen mir erste Zweifel. Hatte Gott mir diese seltsame Situation noch einmal geschickt, weil die nächste Katastrophe schon um die Ecke wartete? Wollte er mir Tante Bobbie genauso entreißen wie meinen Vater? War das seine Vorgehensweise?

Ich fand das Gästehaus leer vor. Alles war still. Bobbie war sicher noch mit Amir aus. Ich musste daran denken, wie sehr sie hierhergehörte, zu den Flüchtlingen, zu Carol und Julie und Tom und Trish. Und zu Amir. Vielleicht starb Tante Bobbie ja gar nicht so schnell. Und doch war ich drauf und dran, sie zu verlieren.

Stephen

Ich ließ den Flughafen von Atlanta hinter mir und fuhr auf die I-75 gen Norden. Der Sonnenball sank genau vor mir dem Horizont entgegen. Ich fuhr nach Hause. Nach Hause! Nach über drei Wochen. Ich seufzte zufrieden. Es machte mich jedes Mal glücklich, nach Atlanta zu kommen. Die beeindruckende Skyline, diese menschengeschaffenen Gipfel, die architektonischen Meisterwerke, die sich gegen den rosafarbenen Himmel stemmten und im Sonnenlicht glänzten, während sich der Verkehr langsam an ihnen vorbeischob, gaben mir das Gefühl, heimzukehren.

Hier gingen die Menschen ihrem Alltag nach. Endlich Alltag! Ich kniff die Augen zusammen, als die Autobahn eine Linkskurve machte und die Sonne groß und rund hinter den Wolkenkratzern auftauchte. Die goldene Kuppel des State Capitol blinzelte mir aus der Ferne zu. Alles kam mir so vertraut und einladend vor. Bald würde ich die Wohnungstür aufschließen, Pam würde mich mit einem Kuss willkommen heißen und alles wäre beim Alten. Das ganz normale Leben.

Mir sank der Mut. Alles beim Alten. Pam, die mich zu kräftig drückte, die zu laut lachte, die jedes Detail über die Reise wissen wollte. Aber es gab so viel, was ich nicht erklären konnte, weil sie es einfach nicht verstehen würde.

Hamid. Mom. Tracie.

Zu Hause. Wo nur war mein Zuhause? Hamid kam mir in den Sinn, wie er mir die Hand schüttelte, als wolle er sie nie wieder loslassen. Wie er sich im Voraus für den Artikel bedankte. Die zierliche, schwer beschäftigte Carol, die mich über die Kaffeetheke hinweg ansah und mir inmitten einer lauten Menge von Flüchtlingen zuraunte: „Glauben Sie mir, es lohnt sich. Es ist jedes Mal ein Riesenaufwand. Aber das ist es wert."

Ich dachte an Tracie, die Haare in einem zerzausten Pferdeschwanz, Schweißperlen auf der Stirn, wie sie am letzten Tag Kiste für Kiste von fast abgelaufenen Lebensmitteln aus dem alten Lieferwagen schleppte. Wie sie das Essen später an die verschleierten Frauen mit den erschöpften Gesichtern verteilte, die sich freuten, als würde Tracie ihnen pures Gold in die Hände legen.

Und ich dachte an Bobbie und wie ihre Augen immer strahlten, ganz egal, wie die Umstände waren. Wie sie in der Ecke saß, einer tschetschenischen Frau die Hand hielt und ihr in gebrochenem Russisch versicherte, dass sie ihr helfen würde, ihre Familie wiederzufinden.

Und schließlich sah ich Moms Gesicht, voll von neuem Lebensmut, wie sie an Frauen und Kinder Kleidung verteilte. Meine Mutter hatte ihren Platz gefunden, bei den Flüchtlingen in einem Vorort von Wien.

Plötzlich war ich unsicher. Ich kehrte hier in meine vertraute Umgebung zurück, in ein Zuhause, für das ich hart gearbeitet hatte. Ich baute an meiner Karriere als Journalist. Meine Arbeit bedeutete etwas. Sie bedeutete sogar sehr viel.

Aber irgendwie bedeuteten mir die Erinnerungen an Traiskirchen mehr.

Bobbie hatte mich mit ihrem Kommentar eiskalt erwischt. „Stephen, du weißt aber schon, dass es auch in Atlanta Flüchtlinge gibt? Und Prostituierte und Obdachlose und lauter andere bedürftige Menschen?“

Ich seufzte, fuhr weiter und sah zu, wie die Sonne von tieforange nach rot wechselte und hinter einem der glänzenden Gebäude verschwand.

Kapitel 18

Peggy

Peggy sah während des Orgelvorspiels zum letzten Lied auf die Uhr. Zwölf Uhr mittags. Dann war es sechs Uhr abends in Österreich. Jetzt war Bobbie mit ihrem Amir unterwegs. Peggy lächelte und dachte an Bobbies Anruf am Morgen, der sie geweckt hatte. „Peggy, oh, es tut mir so leid, aber ich dachte, du solltest das wissen." Bobbie hatte ihr erzählt, was sich in den letzten Tagen alles zugetragen hatte.

Peggy wusste sofort: Sie musste ihre Leute zusammentrommeln und anfangen zu beten. Das hier war kein freundliches Wiedersehen. Bobbie und Amir waren auf dem Weg ins Feindesland, an Orte, die sie seit Jahren verfolgten. Bobbie brauchte Schutz. Als die Gemeinde sich nach dem letzten Lied zerstreute, mühte sich Peggy von ihrem Sitz hoch. Heute spürte sie ihre alten Knochen wieder sehr. Sie umfasste ihren Rollator und lief den Mittelgang entlang. Ein junges Mädchen eilte zu ihr. „Soll ich dir helfen?"

Peggy sah das dünne Mädchen mit der Zahnspange dankbar an. „Ja, Cammie, bitte. Könntest du für mich ein paar Frauen suchen und bitten, in zehn Minuten ins Gemeindebüro zu kommen?" Sie zählte fünf Namen auf.

„Mach ich", antwortete Cammie. „Und soll ich dich dorthin bringen?"

„Das schaffe ich schon", winkte Peggy ab, aber sie hatte noch keine zehn Schritte getan, da war sie schon von einer Gruppe Frauen umringt, die sie geleiteten und ihr folgten wie Jünger ihrem Meister.

Hamid

Hamid war allein im Zimmer und breitete den Zettel auf dem Bett aus, den Julie ihm zugesteckt hatte. Er versuchte, ihre Schrift zu entziffern.

Wenn Sie mehr über Isa erfahren wollen, kommen sie am Dienstag-

abend um halb acht in die „Oase". Kommen Sie allein. Niemand darf Ihnen folgen ...

Hamid dachte daran, wie er am Tag zuvor von Christen umringt worden war, die ihn umarmten, für ihn beteten und mit ihm weinten. Er hatte sich aufgefangen gefühlt, neuen Mut geschöpft. Viele Menschen wollten ihm helfen, Alaleh und Rasa und Omid nach Österreich zu bekommen. Jalil war einflussreich, Amir ebenfalls und die Leute hier in der „Oase" sicher auch. Hamid dachte an Stephen, der inzwischen wieder in den USA war, aber darauf bestanden hatte, einen Beitrag zu leisten.

Hamid wollte gern an dem Treffen am Dienstagabend teilnehmen. Amir hatte ihm erklärt, dass es für diejenigen, die Isa wirklich kennenlernen wollten, verschiedene „Bibelstunden" gab. Aber das war nicht ungefährlich. Muslime sahen es nicht gern, wenn ihre Brüder die Bibel studierten.

Hamid wusste das nur zu gut. Rasheed verbrachte immer mehr Zeit mit den jungen iranischen Mitbewohnern, die dem Islam strenggläubig folgten. Sie waren wie Rasheed aus politischen Gründen geflohen, aber Hamid wusste, dass sie durch und durch Muslime waren und das Christentum verachteten.

Er entzündete ein Streichholz und verbrannte den Zettel. Rasheed durfte ihn nicht sehen, jetzt, wo auch noch die anderen ihn argwöhnisch beobachteten. Als Hamid am Vortag zurückgekehrt war, hatte ihn Rasheed böse angesehen.

„Wo warst du?"

„In der ‚Oase'", hatte Hamid ehrlich geantwortet.

„Warum?"

„Weil sie mir helfen wollen, Alaleh und die Kinder herzuholen. Sie haben gute Verbindungen."

„Hamid, dein Verlust tut mir leid. Ich trauere mit dir um deine Mutter. Ich weiß, du machst dir Sorgen um deine Familie. Ich mir um meine auch. Aber am meisten Sorgen mache ich mir um dich, Hamid. Du darfst deine Zeit nicht mit Ungläubigen verbringen. Das ist zu gefährlich. Begreif das doch endlich. Begreife es!"

Hamid machte das Radio an und war froh, dass seine Mitbewohner ausgegangen waren. Er hörte die Sendung „Leben in Christus". Gerade hatte er die Augen geschlossen, da sagte eine tiefe Stimme:

„Wir haben heute Abend ein dringendes Gebetsanliegen eines Bruders in Europa, dessen Familie in Gefahr ist. Ein Familienmitglied wurde bereits getötet. Die anderen sind auf der Flucht. Es sind Kleinkinder darunter und der Weg ist sehr gefährlich. Legen wir diese Familie in Papys Hände, denn er sieht alles und weiß, welchen Weg sie nehmen müssen."

Hamid schluckte. Es klang als ob … ja, als ob es um seine Familie ginge. Die Vorstellung, dass überall im Nahen Osten Zuhörer nun für ihn und seine Familie beteten, jagte ihm einen Schauer über den Rücken. Der Sprecher las einen Abschnitt aus der Bibel vor. „Aber die Blinden will ich auf dem Wege leiten, den sie nicht wissen; ich will sie führen auf den Steigen, die sie nicht kennen. Ich will die Finsternis vor ihnen her zum Licht machen und das Höckerige zur Ebene ..."

Bobbie

Der Abend hätte schöner nicht sein können. Wir saßen im Heurigen und redeten und redeten. Ich musste oft lachen und genoss Amirs freundliches Augenzwinkern.

Da lächelte er mich an und sagte die Worte, bei denen mir schon vor Jahren immer ganz warm ums Herz geworden war. „Ein Freund ist wie ein Gedicht."

„Ja. Ja, du hast recht. Ich habe oft an deine Worte gedacht."

„Es sind nicht wirklich meine Worte, Bobbie."

„Mein Poet zitiert einen anderen Poeten", säuselte ich und wurde rot. Hatte ich Amir gerade *meinen* Poeten genannt? Er schien es nicht gemerkt zu haben. „Schreibst du noch?"

Er lehnte sich zurück und ließ den Blick schweifen. „Meine Gedichte mache ich heute zu Predigten. Ich hoffe jedes Mal, dass mein Wort verblasst und *sein* Wort bleibt, dass es in offene Herzen fällt und dort Wurzeln schlägt und wächst. Das ist es, was ich jetzt schreibe."

„Das ist deine Berufung."

„Ja, davon bin ich fest überzeugt. Gott hat mich dafür geschaffen, denen sein Wort zu sagen, die danach dürsten."

Und für mich. Ich erschrak bei diesem Gedanken und suchte schnell nach einem banaleren Thema.

„Weißt du noch, als wir uns zum ersten Mal begegnet sind?", lenkte er ab, als hätte er meine Gedanken gelesen.

Unser Gespräch wechselte zwischen Deutsch, Englisch und Farsi. Wir dachten an unsere ersten Jahre zurück und daran, wie Amir zu Gott gefunden hatte. Diesen einen Abend lang übersprang Amir mir zuliebe die Tragödie von 1994, als wäre sie nie passiert. Als wäre ich damals einfach aus Österreich zu meiner Schwester abgereist und nicht überstürzt geflohen.

Wir redeten darüber, was wir in den vergangenen zwölf Jahren gemacht hatten. Es fühlte sich so entspannt, gemütlich und einfach gut an, Zeit mit ihm zu verbringen. Ich war ihm unendlich dankbar, dass er mich nicht zwang, an den dunkelsten Ort meiner Erinnerung zürückzukehren. An diesem Abend hielten wir uns nur in der Zeit vor und nach der Katastrophe auf. Amirs Freundschaft war wie eine Stütze für mich. Wir sprachen ganz offen miteinander und an diesem Abend machten mir das Zittern und die Gefühlsattacken keine Probleme.

Der Heurige wurde immer leerer und irgendwann gab uns Frau Schafler höflich zu verstehen, dass es Zeit war zu gehen. Wir mussten lachen.

Wie früher.

„Darf ich dich am Dienstag besuchen?", fragte Amir, als er vor dem Gästehaus hielt.

„Sehr gern."

Keine Frage zu unserem derzeitigen Beziehungsstatus, kein Wort über unsere Gefühle füreinander. Einen Abend lang fühlte ich mich in Sicherheit.

Das Gästehaus war dunkel. Ich ging an der Rezeption vorbei in den Aufenthaltsraum. Zu meiner Überraschung saß Tracie da und las in der Bibel. Der Lichtschein ließ ihr Gesicht aussehen, als glühe es.

„Und wie war dein Abend?", fragte sie mit einer Vehemenz, die mir sofort signalisierte, dass sie mir etwas sagen wollte.

„Einfach perfekt. Es hat so gutgetan, mit einem alten Freund zusammenzusitzen."

Meinem Poeten.

„Dann hattet ihr Spaß?"

„Ja. Es war wie früher."

Tracie kam und umarmte mich. Das wütende, vor sich hinbrütende Kind von vor ein paar Stunden war verschwunden.

„Du, ich hatte eine unglaubliche Begegnung. Einfach unbeschreiblich. Und das so kurz, nachdem ich dir endlich das mit dem Reh im Sommercamp erzählt habe. Du glaubst nie, was passiert ist!"

In leuchtenden Farben und mit Begeisterung in der Stimme berichtete sie mir von ihrem Erlebnis.

„Wahnsinn", wiederholte ich immer wieder. Beim Zuhören legte sich auf einmal ein Schalter in mir um und ich begriff, dass der Krebs, die Reise mit Tracie nach Europa, der Abend mit Amir und selbst dieser Augenblick alles Werkzeuge in Gottes Hand gewesen waren, um mich auf das zu stoßen, was ich seit fast zwölf Jahren vor mir herschob: Zurückzugehen und mich mit dem Schmerz auseinanderzusetzen. Mit meinem Grauen. Ihm geradewegs ins Gesicht zu sehen, mir zu vergeben und Amir auch. Es war wohl eine Art Offenbarung, denn ich sah die ganze Situation wie von außen und merkte, was Gott da tat. Er hatte alles zusammenwirken lassen, damit ich diesen Augenblick erlebte und bereit wurde, mit ihm den nächsten Schritt zu gehen.

Für Tracie hatte er es getan und nun tat er es für mich. Tracie wusste nicht, dass *ihre* abendliche Begegnung mit dem Reh *meine* Erleuchtung auslösen würde. Aber Gott wusste es. Das war typisch – er nutzte eine Situation, um Dutzende andere zu beeinflussen, sie bedeutungsvoll zu machen und seine Kinder auf einem guten Weg voranzubringen.

Während Tracie noch ganz ergriffen erzählte, wusste ich, was zu tun war. Ich würde zurückgehen und mich konfrontieren, nicht nur mit Amir und unserer unfertigen Geschichte, sondern auch mit der tragischen Geschichte, die sich vor langer Zeit auf der Bergfreizeit für Waisenkinder zugetragen hatte. Tracie verabschiedete sich und ging ins Bett, aber mich zog es nach draußen in die Weinberge. Ich musste nachdenken.

Ich war noch nie richtig verliebt gewesen. Na ja, ich hatte es mir höchstens eingebildet. Natürlich fielen mir die hübschen Jungs auf, aber ich machte eher Armdrücken mit ihnen und brachte sie beim Football zu Boden, als mit ihnen Händchen zu halten und sie anzuhimmeln.

Bis ich Amir kennenlernte.

Er machte sich so überhaupt nichts aus Frauen und gerade das beeindruckte mich. Er drehte sich nicht nach meinen Kolleginnen um – nach Lisa in ihren superkurz abgeschnittenen Jeans oder Kim mit ihrem tiefen Ausschnitt, der viel zu viel preisgab. Es fiel ihm sicher auf, aber was er an mir mochte, ging über das rein Äußerliche weit hinaus. „Du hast mehr Feuer in dir als jede Frau, die ich kenne." In seiner Stimme schwang echte Bewunderung mit. „Du liebst deine Arbeit. Waisenkinder unterrichten ist einfach dein Ding. Sobald du sie um dich hast, blühst du richtig auf und bist ganz du selbst."

Seine Beschreibung gefiel mir. Ganz ich selbst. Ja, er hatte recht. Manche Leute sagten, sie hätten keine Gaben von Gott oder versuchten verzweifelt, sie irgendwie herauszufinden. Ich hatte nie suchen müssen. Meine Gabe, und ich war lange davon überzeugt, nur eine zu haben, war es, mit Kindern umzugehen. Sie kamen in Scharen zu mir und fühlten sich zu mir hingezogen und ich mich zu ihnen. Mit siebzehn war ich mir sicher, dass ich eines Tages das Haus voller Kinder haben würde. Dann hatte Gott mich als Missionarin gerufen und mir noch viel mehr Kinder beschert.

Die Freizeit fand in einem hübschen, wenn auch rustikalen Ferienheim in den rumänischen Bergen statt. Damit die Arbeit zu schaffen war, hatte ich vier Mitarbeiterinnen aus unserer „Kaserne" gefragt, dazu Amir und noch eine Freiwillige, die selbst Flüchtling war und bei uns mitarbeitete, seit sie sich zu Christus hingewendet hatte. Wir nahmen sechsunddreißig Kinder aus dem Emmanuel-Waisenhaus auf die zweiwöchige Freizeit mit. Sechsunddreißig Kinder, die nichts hörten, aber voller Energie steckten.

Für mich war es der abschließende Höhepunkt meiner Sommer in Rumänien. Zum Sommerende 1994 würde Vasilica mit mir nach Hause fliegen. Die Adoptionspapiere waren genehmigt worden.

Amir kannte meinen Plan und unterstützte mich nach Kräften. Er war bereit, die Freizeit als Seelsorger zu begleiten. Das würde mir eine große Hilfe sein und er bekam so die Gelegenheit, Vasilica in einer guten Umgebung kennenzulernen.

Auch wenn ich mein Herz wie im Flug an den achtjährigen Rabauken verloren hatte, bei Amir ging es noch schneller. Natürlich achtete er darauf, dass ihre enge Verbindung bei den anderen Kindern keine Eifersucht auslöste, aber manchmal kam Amir abends zu mir, nahm meine Hand und sagte verträumt: „Unser Sohn! Dieser Junge wird unser Sohn!" Einmal meinte er: „Weißt du was? Wir machen alles in der falschen Reihenfolge. Zuerst du, dann Vasilica, und dann komme ich in die Familie. Wann ist es denn so weit, Jill?"

Ich hatte noch keinen Ring am Finger, aber ich war keine besonders verschwiegene Person und das Team hatte schon seit Monaten darauf spekuliert, dass wir uns bald verloben würden, obwohl wir selbst es uns kaum eingestanden. Ich schätze, es war schon an meinem Lachen und dem Strahlen in meinen Augen abzulesen. Es schien niemanden zu stören. Wir waren alle jung, kühn und bereit für Gottes nächstes Abenteuer.

An einem der letzten Tage der Freizeit gingen Amir und ich mit zwölf Kindern auf eine ziemlich anspruchsvolle Wanderung. Amir ging voraus, dann kamen die Kinder in Zweierpärchen, zum Teil mussten sie Händchen halten, und dann ich. Sie hatten vielleicht nicht die besten Ohren, aber klettern, das konnten sie. Höher und höher stiegen wir auf dem gewundenen Pfad, der bei Touristen aus aller Welt beliebt war. Wir ließen uns auf den Mauern einer Burgruine nieder, die ich den Kindern schon von weit unten gezeigt hatte, als sie sich wie in einem Märchen aus dem Nebel erhob. Rumänien war für mich immer ein dunkles und geheimnisvolles Land gewesen. Beklemmend, ja, aber auch wunderschön.

Ich erzählte den Kindern in Gebärdensprache, dass die Burg im Lauf der Jahrhunderte nie eingenommen werden konnte, weil sie mitten in den unzugänglichen Bergen gebaut worden war. Auf einer Seite der Ruine, wo Touristen nicht hindurften, erhoben sich die Mauern direkt über einer tiefen Schlucht. Die Kinder sahen mir gebannt zu und nickten.

Als der Pfad breiter wurde, rannten sie fröhlich herum, die Köpfe nach hinten geworfen, den Mund offen vor Lachen, das niemand hörte. Aber es war da. Stilles Lachen. Amir und ich spürten es. Ihre Freude, ihre Begeisterung, ihre Freiheit. Wir kamen an eine sehr steile Stelle und ich ließ die Kinder anhalten, ihren Partner an den Händen fassen und warten. Sie gehorchten mir ohne Murren.

Amir winkte mich nach vorn. „Bobbie, du zuerst. Ich hebe dich hoch und reiche dir dann die Kinder." Amir hielt mir seine Hand hin. Die Berührung elektrisierte mich. Sein Blick war so liebevoll. Er liebte mich! Bald würden wir für immer zusammen sein. Eine richtige kleine Familie. Amir und Vasilica und ich.

„Danke", sagte ich und genoss es, als er mich hochhob.

Ich würde diesen Augenblick nie vergessen. Die Art, wie ich „Danke" sagte, der Hauch von Bewunderung in meiner Stimme, die Schmetterlinge im Bauch, die Freude.

Der Schrei.

Wir rissen die Köpfe herum. Die Kinder standen still und starrten uns an. Natürlich hatten sie nichts gehört. „Das war Vasilica", sagte ich und sprang wieder herunter, eilte an den Kindern vorbei um die Kurve des Pfades, wo das Ende der Reihe war. Ich zählte hektisch. Elf. Elf Kinder, wo eigentlich zwölf sein sollten. Vasilicas Partner hockte allein da. Er betrachtete eine Blume und berührte ihre zarten Blütenblätter. Mein Herz pochte wie wild.

„Wo ist Vasilica?", gebärdete ich ihm.

Er begriff nicht, wieso das auf einmal so dringend war. Ich nahm ihm die Blume weg und wiederholte: „Wo ist Vasilica?" Er schob die Unterlippe vor, hatte Tränen in den Augen und zeigte mit zitterndem Finger den Berg hinunter.

„Aber wo?"

Er zuckte mit den Schultern.

Amir hatte die anderen Kinder in einem Kreis versammelt. „Ich glaube, es ist etwas passiert." Ich bekam es kaum herausgekrächzt, so sehr hatte es mir die Kehle zugeschnürt.

„Lass mich gehen, Jill", sagte Amir. Aber ich hörte nicht hin. Ich rannte ohne ihn los und ließ ihn mit den Kindern allein. Schnell kam ich zur Burgruine, wo wir uns niedergelassen hatten. Vorsichtig spähte ich über die abgesperrte Mauer. Die ganze Zeit betete ich, es möge nicht wahr sein, aber als ich mich hochstützte und nach unten sah, entdeckte ich Vasilicas zerschlagenen Körper dreißig Meter unter mir.

Den Rest des Tages erlebte ich seitdem in immer wiederkehrenden Albträumen. Wie ich zu Amir hinüberschrie: „Vasilica ist von der Mauer gefallen! Ich klettere runter!"

„Lass mich das machen, Jill", rief Amir zurück. „Ist er schwer verletzt?"

Und mein verzweifelter Schrei, laut, schrill, verstört. Die Kinder konnten ihn nicht hören, merkten nichts. „Ich glaube, er ist tot."

Dass Vasilicas erstes Wort auch sein letztes war, war eine unerträgliche Ironie des Schicksals. Sein gellender Schrei, das Erste, was ich je von ihm gehört hatte, war zugleich sein Todesschrei gewesen. Amir fand mich in Tränen aufgelöst. Er packte mich an den Schultern. „Du kannst da nicht runter. Vasilica ist tot. Wir müssen die Kinder zurück ins Ferienheim bringen und dann Hilfe holen."

Ich hasste ihn dafür. Auch wenn er recht hatte. Ich wusste, dass Vasilica in dem Augenblick tot war, als er auf den Felsen krachte. Aber was, wenn nicht? Was, wenn er dort lag, blutete und unerträgliche Schmerzen litt, während ihm allmählich das Leben schwand? Ich musste doch zu ihm, irgendwie.

Wir erklärten den Kindern, dass Vasilica verloren gegangen war. Es dauerte zwei Stunden zurück zum Ferienheim. Ich ging benommen voran. Amir führte die Kinder von hinten. Zweimal musste ich mich unterwegs übergeben.

Es dauerte einen ganzen Tag, bis die Hilfskräfte Vasilicas Körper geborgen hatten.

Amir übernahm die Identifizierung.

Der Polizist versicherte uns, dass er sofort tot gewesen war, und meinte: „Er war ein Waisenkind. Wenigstens gibt es keine Familie, die um ihn trauern muss, die darauf wartet, dass er nach Hause kommt."

Er konnte nicht wissen, wie sehr mich seine Worte trafen, aber ich hasste ihn trotzdem, diesen Polizisten, dessen Namen ich noch nicht einmal wusste. Ich hasste ihn und wünschte mir, es hätte ihn anstelle von Vasilica getroffen. Ich hätte ihn erwürgt, hätte Amir nicht neben mir gestanden und meine Hände so fest gehalten, dass ich sie nicht bewegen konnte.

Dieser eiserne Griff blieb mir im Gedächtnis, noch stärker als der zärtliche und feste Griff beim Hochheben. Immer wieder dachte ich daran, wie er mich auf dem Rückweg zwingen musste, weiterzugehen. Aber ich sah auch, wie ich die ganze erste Nacht durchgeheult und mich an Amir festgeklammert hatte. Seine Tränen konnte ich genauso wenig vergessen.

Die letzten zwei Tage der Freizeit war ich kaum zu etwas zu gebrau-

chen. Wir versuchten, für die Kinder da zu sein. Die anderen Helfer spielten mit ihnen und lächelten tapfer. Es gab unzählige Formulare auszufüllen, ein Albtraum aus Formularen. Wir rechneten damit, vom Waisenhaus verklagt zu werden, aber nichts geschah. Ich glaube, es hätte meinen Schuldgefühlen gutgetan, angeklagt und verurteilt zu werden. Stattdessen musste ich mit diesem Bild leben, wie Vasilicas Körper verrenkt und zerschmettert auf dem Felsboden lag.

Unser Träger schickte professionelle Seelsorger für das ganze Team, sogar für die Kinder. Immer und immer wieder hörte ich: „Bobbie, es war ein Unfall. Unfälle passieren nun mal."

Ich machte weiter. Drei Monate lang. Aber ich konnte nicht mit Amir über das reden, was geschehen war. Es schien, als wäre für immer und ewig der Augenblick, als er meine Hand nahm und mich anlächelte, als ich das ganze Ausmaß seiner Liebe für mich begriff, mit dem Augenblick verknüpft, als ich die Augen von den Kindern ließ und Vasilica in den Tod stürzte.

Es war wie eine seltsame Erleichterung, wie ein Tor in die Zukunft, als Sallys Mann starb. Ich musste Österreich verlassen, Rumänien, Amir. Ich musste. Aber ich machte alles falsch. Ich verabschiedete mich nicht von ihm, ich lief davon und nahm Reißaus. Ich brach ihm das Herz und nur ich war schuld daran, genau wie an Vasilicas Tod, und hinterher wusste ich, dass ich nie wieder zurückkehren konnte, um es wiedergutzumachen.

Meine Familie wusste, dass es einen tragischen Unfall gegeben hatte, bei dem eines der Waisenkinder ums Leben gekommen war, aber sie wussten nicht, dass es mein *Waisenkind war, das Kind, das ich hatte adoptieren wollen. Sie ahnten nicht, dass ich mir – und Amir – die Schuld daran gab.*

Niemand wusste es, außer Peggy. Wir hatten unzählige Male darüber gesprochen. Ich hatte Gott um Vergebung gebeten und vor vielen Jahren auch Amir geschrieben und ihn gebeten, mir zu verzeihen. Aber Peggy wusste genau wie ich, dass es nur einen Weg gab, damit diese Wunde heilte. Ich musste zurückkehren.

Ich fröstelte in der Kälte, hatte den Mantel eng um mich geschlungen, das Gesicht nass von Tränen. Es war mir überhaupt nicht aufgefallen, dass ich geweint hatte. Ich sah mich im Mondlicht in den

Weinbergen um, die jetzt fast bedrohlich wirkten. Die Erinnerung hatte mich vollends erschöpft. Ich hatte mein Herz ohne Wenn und Aber an zwei Menschen verloren – einen Mann, den ich heiraten wollte, und ein taubstummes Kind, dass mein Sohn hatte werden sollen.

Vasilicas Tod hatte mir beide entrissen.

Ich gestand es mir ein, gestand es Gott ein, sogar den Reben, deren Blätter mich im Gesicht streiften, als ich kehrtmachte und entschlossen aufs Gästehaus zuhielt.

Ich sah alles lebendig vor mir. Die schreckliche Tragödie war meine Schuld. Ich, Bobbie Blake, hatte immer alles unter Kontrolle gehabt, aber in dem kurzen Augenblick, als ich meine Gefühle ans Steuer gelassen hatte, schlug das Schicksal zu. Vasilica starb und mit ihm meine Hoffnung auf ein Leben voller Liebe.

Ich hatte Amir und Vasilica an ein und demselben Tag verloren.

Eigentlich weinte ich selten. Ich wusste sogar noch genau, wann ich das letzte Mal wirklich geheult hatte. Es war vor zwölf Jahren im Flugzeug gewesen, auf dem Weg zu meiner trauernden Schwester. Erst rollte eine Träne, dann eine zweite und schließlich ein Sturzbach, den ich nicht aufhalten konnte und der der Stewardess solche Sorgen bereitete, dass sie mich schließlich von meinem Fensterplatz in die erste Klasse umsetzte, damit ich mich beruhigen konnte. Ich weinte fünf Stunden ununterbrochen durch, und als wir in Atlanta landeten, waren keine Tränen mehr übrig.

Vielleicht war ich der Meinung, dass mir mehr Trauer nicht zustand. Jedenfalls weinte ich weder bei der Beerdigung meines Schwagers noch mit Sally oder den Kindern. Ich war stark. Ich hatte alle meine Tränen im Flugzeug verbraucht.

Aber jetzt, in der kalten Nachtluft, umgeben von Weinbergen, weinte ich. Ich sank zu Boden, vergrub das Gesicht in den Händen und weinte. Um Vasilica, um Amir. Um die verlorene Liebe. Wegen meiner Diagnose.

Und ich weinte um Hoffnung. *Oh Herr, gib mir ein bisschen Hoffnung.*

Kein Bibelvers tröstete mich, aber es gab einen Satz, der mir ein Lächeln schenkte:

Ein Freund ist wie ein Gedicht.

Stephen

Die E-Mail von Keith McDaniel aus Amersfoort war kurz. *J und A gehen zur Botschaft, heute. Reden Sie mit Papy. Dringend.*

Verschlüsselte Botschaften. Ich sollte dringend mit Papy reden. Nun, dachte ich unwirsch, leider hatte ich keine Ahnung, wie man „mit Papy redete". Keith hatte mir erklärt, dass damit das Gebet gemeint war, als wüsste ich genau, worum es ging. Gut, ich hatte die amerikanischen Studentinnen beten sehen.

Aber ich wollte nicht beten. Stattdessen schrieb ich weiter an Hamids Geschichte, die am Morgen bei *Peachtree Press* gedruckt werden sollte. Während ich tippte, sah ich den überfüllten Raum in der „Oase" vor mir, die jungen Männer mit ihren Blicken, die oft so verloren wirkten. Sie hatten alles hinter sich gelassen. Waren nur mit den Kleidern am Körper geflohen. Und wofür?

Ich dachte an Hamid, wie er mir von seiner Frau und den zwei Kindern erzählt hatte. Sein verstörtes Gesicht erschien vor meinem inneren Auge. „Ich habe Neuigkeiten. Meine Mutter ... erschossen. Gestern Abend. Erschossen." Er hatte die Hände vors Gesicht geschlagen und geschluchzt ...

„Da bist du ja! Hast du mich nicht aus der Küche rufen hören?" Pam stand direkt vor meinem Schreibtisch. „Ich habe dich gefragt, was du von den Stoffmustern hältst. Das alte Sofa wird jetzt bezogen, basta. Ich halte es keine vier Wochen mehr in diesem Zustand aus."

Ich sah zu ihr hoch und konnte kaum ihre Worte aufnehmen. Sie trug einen engen Pullover, der ihre Figur betonte. Die blonden Haare glänzten und waren zu einer frechen Frisur gestylt, die rehbraunen Augen fingen meinen Blick. Ihre Designerjeans saßen eng, das Make-up war perfekt. Und sie machte ihren einmaligen Schmollmund.

Hamid und Fareed und Carol schossen mir durch den Kopf, und dann Tracie, verschwitzt und traurig, wie sie verzweifelt die Hände rang und sagte: „Wir müssen etwas tun, Stephen! Es muss doch irgendwas geben, wie wir ihm helfen können."

„Wir müssen etwas tun, Stephen!" Pams schrille Stimme unterbrach meine Gedanken. „Würdest du mir bitte endlich zuhören? Seit du von deinem Urlaub in Europa zurück bist – ein Urlaub, auf den mich niemand eingeladen hat, wie ich nur mal bemerken möchte –, träumst du andauernd rum, merkst du das? Dafür haben wir keine Zeit! Wir müssen Entscheidungen treffen! Hast du dir die Stoffmuster überhaupt angesehen? Die liegen seit drei Tagen genau vor deiner Nase. Und die Einladung zum Wohltätigkeitsball. Wir müssen langsam mal darauf reagieren! Das ist gut für deine Karriere! Außerdem habe ich ein absolutes Traumkleid gefunden. Es kostet zwar ein Vermögen, aber wir haben doch einiges zu feiern ..."

Sie legte mir den Arm um die Taille, in der Absicht, sich bei mir einzuschmeicheln. Ich rieb mir müde das Gesicht. „Tut mir leid. Du hast recht. Ich bin nicht ich selbst."

„Komm, ich bringe dir ein Glas Wein. Geh unter die Dusche. Das Essen kann warten. Oder möchtest du den Nachtisch lieber zuerst?" Dabei zog sie die Augenbrauen hoch und lächelte mich verführerisch an.

Ich grinste schwach. „Ja, ein Glas Wein vielleicht." Dann seufzte ich und ging ins Bad.

Dieses seltsame Gefühl im Bauch war wieder da. Was machte ich hier mit Pam? Ihr endloses Gequatsche raubte mir den letzten Nerv. Worte, immer nur Worte, die nichts bedeuteten. Sie prallten an mir ab, als würde sie eine Fremdsprache sprechen. Was war mit mir in Europa passiert? Wurde ich verrückt?

Ich hatte versucht, auf dem Laufenden zu bleiben, was Hamid betraf. Aber laut Jim Harris und Keith McDaniel gab es überhaupt nichts Neues von Alaleh. Auch ich hing irgendwie in der Luft. Außerdem fühlte ich mich von Pam eingeengt. Wir mussten reden, aber nicht über Stoffmuster!

Es ging nicht mehr.

Ich lief ins Wohnzimmer, wo Pam auf der Couch ausgestreckt lag. Auf einmal hatte sie nur noch sehr wenig an.

„Hör zu, Pam, wir müssen reden."

„Schenkt mir der feine Herr endlich mal ein bisschen seiner kostbaren Zeit!" Sie klang wie meine Mutter damals, wenn sie mit Dad sprach. Verzweifelt.

„Ja, aber nicht wegen des Sofamusters. Wir müssen über uns reden."

„*Uns*? Was soll das heißen, über uns?“ Ihre Augen wurden schmal.

„Es funktioniert nicht mehr, Pam. Wir, du und ich. Ich glaube, wir sollten eine Auszeit nehmen.“

Sie wurde blass. „Wie bitte? Ich dachte, du wolltest mit mir diese scheußliche Junggesellenbude renovieren. Ich dachte, du wärst derselben Meinung wie ich!“

„Ich weiß. Ich weiß. Aber es hat sich etwas verändert“, erwiderte ich kleinlaut.

„Verändert!“, kreischte sie. „Na wunderbar! Du faulenzt in Europa und kommst als anderer Mensch zurück, während ich mir hier den Hintern aufreiße, um die Sache ins Laufen zu kriegen, Connections zu knüpfen und uns mit den richtigen Leuten zusammenzubringen“, gab sie giftig zurück.

Mir dröhnte der Kopf und mein Magen rumorte. „Es tut mir leid. Es funktioniert einfach nicht.“

„Funktioniert nicht! Willst du jetzt einen Rückzieher machen oder was? Hast du Angst vor der Verantwortung? Ist es das? Ich habe dich nicht um einen Ring gebeten, mein Lieber. Schieb hier nicht so eine Panik!“

Ich versuchte, sie anzusehen und etwas anderes als Abneigung zu empfinden. „Pam, genau das ist es doch. Ich habe das Gefühl, wir haben gar keine Beziehung. Das ist alles so oberflächlich, so ...“ Ich suchte verzweifelt nach dem richtigen Wort, während sie mich hasserfüllt anstarrte. „Ich habe das Gefühl, wir haben überhaupt nichts gemeinsam. Du hast recht. Ich bin ein anderer Mensch geworden.“

„Du hinterhältiger Mistkerl! Du willst dich also einfach aus der Verantwortung stehlen, ja? Aber mir kannst du nichts vormachen. Wer ist sie? Hast du also jemand in Europa kennengelernt, ja?“

„Nein, so ist es nicht.“ Ja, ich hatte jemanden kennengelernt, viele Leute, bedürftige Leute und solche mit einer Mission. „Es funktioniert einfach nicht mit uns, Pam. Ich bin nicht der Richtige für dich. Wir haben einfach unterschiedliche Ziele.“ Meine Stimme war auf einmal heiser. Ich sah, wie Angst in ihren Augen aufflackerte. Sie fing an zu weinen.

Kurz darauf sprang sie auf und schlang die Arme um mich. „Oh Stephen, natürlich bist du müde und verwirrt. In diesem Zustand kannst du so eine Entscheidung doch nicht treffen. Warum nimmst du nicht ein paar Tage frei? Ich werde unsere Höhle hier total aufmöbeln, genau wie es dir gefällt. Du wirst schon sehen." Ich nahm ihre Arme und löste sie von meiner Taille. Dann schob ich sie ein Stück von mir weg. „Pam, hör mir zu. Es funktioniert nicht mit uns beiden. Tut mir leid, dass es so endet. Du kannst die Wohnung behalten, die Möbel. Alles. Ich muss jetzt nachdenken. Alles verarbeiten. Du hast recht. Ich habe dort etwas anderes kennengelernt. Einen Sinn für mein Leben."

Ich hoffte, wenigstens einen Schimmer Verständnis in ihren Augen zu finden, ein Erweichen, einen Funken Interesse an dem, was ich erlebt hatte.

„Feigling!", kreischte sie, riss sich los und ohrfeigte mich. „Ich hasse dich! Hau ab und such deinen bescheuerten Sinn, aber denk ja nicht, dass ich noch hier bin, wenn du wiederkommst!"

Ich ging ins Schlafzimmer und zog den Koffer unterm Bett hervor. Die Gepäckanhänger vom Rückflug aus Wien waren noch dran. Benommen holte ich ein paar Sachen aus dem Schrank und legte sie hinein, nahm meine wichtigsten Unterlagen, packte die Aktentasche und sah mich um, ob ich noch irgendetwas brauchte. Wer wusste schon, wozu Pam im Zorn imstande war – sie konnte meinen ganzen Kram kurz und klein schlagen. Ich sah das Einklebebuch, das Mom mit viel Liebe für mich gemacht hatte, als ich aufs College gekommen war. Ich legte es in den Koffer. Dazu die Waschtasche und meine Anzüge.

Da fiel mein Blick auf den Aktenschrank.

„Ich kann nicht alles gleich mitnehmen", sagte ich, als Pam mit verschränkten Armen im Türrahmen auftauchte. „Gib mir ein paar Tage und dann reden wir noch einmal in Ruhe, ja?"

Sie hielt die Tür auf und aus ihren Augen schossen Blitze.

„Ich rufe dich an." Dann ging ich.

Kapitel 19

Rasa

Maamaan-Bozorg lebte nicht mehr. Das hatte Maamaan ihr unter Tränen erzählt. Seit Tagen hatte sie immer rote Augen und sah nicht nur traurig aus, sondern ängstlich. Aber wie war Maamaan-Bozorg gestorben? Rasa wollte es unbedingt wissen, aber Maamaan sagte es nicht.

„Sagst du mir, was mit Maamaan-Bozorg passiert ist?“, fragte Rasa Frau Garabadian, als sie abends allein waren und in der Bibel lasen.

„Ja, aber du musst es für dich behalten. Deine Mutter redet nicht darüber, weil es sie so traurig macht. Also sag nichts, in Ordnung?“

„Versprochen.“

Frau Garabadian nahm Rasas Hand. „Du weißt, dass es für Muslime gefährlich ist, das Injil zu lesen. Die Polizei erlaubt es uns nicht. Aber Maamaan-Bozorg hat angefangen, an Isa zu glauben, stimmt's?“

Rasa nickte.

„Nun, die Polizei kam zu Maamaan-Bozorgs Haus, weil sie das herausgefunden haben. Sie wollten sie mitnehmen. Aber deine Großmutter weigerte sich.“ Die alte Frau blinzelte ein paarmal und räusperte sich. „Und da haben sie sie erschossen“, flüsterte sie. Sie hob Rasa auf ihren Schoß und drückte sie. „Es tut mir so leid, mein Kind. Du bist eigentlich zu jung, um so etwas zu erfahren.“

Rasa runzelte erschrocken die Stirn und spürte, wie die Tränen zwickten. Schon wieder hatte das Injil Schmerz und Tod über ihre Familie gebracht. Aber das Injil war doch gut! Gott war doch ein guter Gott, oder nicht? „Miss Beverly hat gesagt, wenn Leute sterben, die Isa lieben, kommen sie zu ihm in den Himmel und da gibt es keine Tränen mehr und keinen Tod. Und sie leben für immer bei ihm. Stimmt das?“

„Ja, mein Kind.“

„Dann heißt das doch, dass Maamaan-Bozorg jetzt glücklich ist. Weil sie bei Isa sein kann.“

„Ja, davon bin ich überzeugt.“

„Dann muss ich gar nicht so viel weinen. Aber ich sage Maamaan nichts. Sie hat Isa ja noch gar nicht lieb. Aber hier drin", und sie zeigte auf ihr Herz, „da weiß ich, dass Isa auf Maamaan-Bozorg und auf Noyemi und ihre ganze Familie aufpasst. Selbst wenn sie tot sind, leben sie irgendwo bei Isa."

Alaleh

„Wir müssen es mit den Pferden versuchen, Hamid. Wir haben keine Wahl", flüsterte Alaleh ins Mobiltelefon. „Das ist der sicherste Fluchtweg. Wir können nicht mehr länger hierbleiben. Es ist zu gefährlich für die Garabadians, für uns alle. Sie waren so freundlich zu uns. Aber wir müssen fort." Sie schniefte. „Was mit Noyemi und ihrer Familie passiert ist, wissen wir nicht. Wir haben überhaupt nichts gehört. Wir brechen am Donnerstag ganz früh auf."

„Tut das nicht! Omid ist noch zu klein. Und Rasa auch. Die Kälte, Alaleh! Ich bin diese Route doch gegangen. Das ist mit Kindern unmöglich."

„Wir haben keine Wahl. Wir können nicht hierbleiben. Wenn die Polizei kommt, und sie wird kommen, darf sie hier keine Spur von uns finden. Keine! Sonst bringen sie die Garabadians um und uns auch", flüsterte Alaleh verzweifelt.

„Habt ihr einen Schleuser bezahlt?"

„Die Garabadians kennen jemanden. Er bringt uns nicht bis in die Türkei, aber zu einem Dorf ganz in der Nähe der Grenze."

„Dann werde ich euch jemanden aus der Türkei schicken. Ich habe jetzt Freunde dort", meinte Hamid.

„Vertraust du ihnen?"

„Ja. Und morgen gehe ich mit Amir und Jalil noch einmal zur Botschaft. Wenn mein Asylantrag bewilligt ist, kann ich unsere Zusammenführung beantragen. Nicht mehr lange, mein Herz."

Sie hörte, wie seine Stimme brach, und wusste, dass er sie trösten wollte. Ihr Hamid. Er war immer so überzeugt von allem! Aber sie wussten beide, dass es für Omid und Rasa den Tod bedeutete, im Dezember auf Pferden über die Berge zu fliehen. Sie wollte ihre Wut und Todesangst nicht in den Hörer schreien. Was konnte Hamid schon tun?

„Wir finden einen Weg“, versicherte Hamid ihr und klang müde dabei. „Gab es eine Beerdigung für Maamaan-Bozorg?“, fragte er zögernd.

„Wir glauben, dass dein Onkel gekommen ist und ihren Leichnam geholt hat. Mehr wissen wir nicht.“ Alaleh schwieg einen Augenblick. „Die Garabadians haben hier im Haus eine Trauerfeier für sie abgehalten. Sie glauben, dass sie jetzt im Himmel bei diesem Isa ist.“

Isa! Immer ging es um Isa! Wütend rieb sie sich ein Auge.

„Ich liebe dich, Alaleh. Allein deine Stimme zu hören, gibt mir Hoffnung. Wir werden bald wieder zusammen sein. Ganz bestimmt.“

Träumer, dachte Alaleh verbittert und gab Omid die Brust. Sollte Hamid das doch glauben – sie glaubte kein bisschen daran.

Tracie

Die Freude hielt nun schon zwei Tage an. Plötzlich kamen mir Bibelverse und Lieder aus Kindertagen in den Sinn, als hätte ich gute alte Freunde wiedergefunden. Ich blätterte so lange in der englischen Bibel, die ich im Aufenthaltsraum im Regal gefunden hatte, bis ich endlich den Vers entdeckte, den ich damals mit zehn auf dem Sommercamp auswendig lernen musste. *Darum: Ist jemand in Christus, so ist er eine neue Kreatur ...*

Ja, ich fühlte mich neu. Voller Hoffnung und bereit, Gott zu vertrauen. Vielleicht würde er jetzt zu mir sprechen! Wieso zweifelte ich noch daran? Er hatte es schon zwei Mal getan, fast hörbar. Ich hatte in meinem Leben schon viele sogenannte „Zeugnisse“ gehört, diese „Vorher-Nachher-Geschichten“ von Menschen, die sich zum christlichen Glauben hingewendet hatten. Aber eine Geschichte wie meine war nie darunter gewesen – zwei Begegnungen mit Gott durch ein Reh. *Es ist eben total übernatürlich*, dachte ich.

Und mit Tante Bobbie war auch irgendetwas passiert. „Endlich, endlich konnte ich die Erinnerungen zulassen, Tracie. Bald kann ich dir meine Geschichte erzählen, aber zuerst muss ich Amir sehen. Er hat das Recht als Erster zu erfahren, welchen Prozess Gott in mir angestoßen hat.“

„Ich hoffe, du kannst ihm vergeben. Dass er dich so verletzt hat, tut mir wahnsinnig leid. Weißt du, ich mag ihn nicht besonders, auch wenn ich nicht weiß, warum."

Bobbie sah mich fragend an. „*Das* ist es, was du denkst? Dass er *mich* verletzt hat? Dass er mir das Herz gebrochen hat oder noch schlimmer?"

Ich nickte.

„Nein. Ich war es. Ich war diejenige, die im Unrecht war, und ..." Ihr Blick wanderte in die Ferne. Wir saßen draußen im kleinen Hof des Gästehauses. Stiefmütterchen tanzten fröhlich im Wind und winkten uns von den Blumenkästen mit ihren gelben und violetten Blüten zu. „Und es fällt mir so unglaublich schwer einzugestehen, wie sehr ich ihn verletzt habe. Es war viel leichter, in einem Brief um Vergebung zu bitten. Das habe ich schon vor Jahren getan. Aber ihm von Angesicht zu Angesicht gegenüberzustehen ..."

Tante Bobbie war schuld? Ich kapierte es nicht. Sie musste *ihn* um Vergebung bitten? Ich begriff, wie sehr sie das alles belastete.

Sie sah so kummervoll aus, dass ich irgendetwas sagen musste. „Wollen wir zusammen beten? Wir könnten Gott bitten, dass er beim Treffen mit Amir heute Abend dabei ist."

„Danke, Tracie. So etwas Schönes habe ich schon lange nicht mehr gehört."

Nachdem Tante Bobbie gegangen war, lief ich wieder durch die Weinberge, atmete die kalte Luft ein und dachte an mein Erlebnis. „Danke", sagte ich leise gen Himmel zu meinem unsichtbaren Gott.

Später kehrte ich ins Gästehaus zurück und setzte mich mit einer Tasse Kaffee in den Aufenthaltsraum. Stephen fehlte mir. Ich wollte ihm erzählen, was mir so kurz nach seiner Abreise widerfahren war. Aber es ging nicht. Noch nicht.

Bobbie

Ich hatte Amir an jenem Dienstagabend in die erste Etage der „Oase" gebeten. Wir würden mehr Privatsphäre brauchen, als ein Heuriger bieten konnte. Wir saßen uns auf den abgewetzten Sofas gegenüber, umgeben von Fotos lächelnder Flüchtlinge und Regalen mit Bibeln in verschiedenen Sprachen, Deutschkursen auf DVD,

Bibelkommentaren und alten Romanen. Amir brachte mich bezüglich Hamid auf den neusten Stand und ich erzählte ihm von Tracies Erlebnis.

Dann wurde es still.

Amir trug Jeans, Pullover und sah entschlossen aus. *Was für ein hübscher Mann du bist*, dachte ich im Stillen. Er hatte sich gut gehalten, auch mit Mitte vierzig. Die schwarzen, dichten Haare waren hier und da von grauen Strähnen durchzogen und umrahmten seine breite Stirn. Dichte Wimpern umgaben seine dunklen Augen, aus denen er mich unentwegt ansah. Ich fühlte mich vor diesem Mann so verletzlich. Mein Magen vollführte Kunststücke. Es gab so viel, was ich sagen wollte, aber seine Gegenwart machte mich sprachlos.

„Darf ich dir jetzt die schwierigen Fragen stellen, Jill?", fragte er schließlich. Dann zuckte er lächelnd mit den Schultern. „Bobbie, meine ich natürlich."

Ich nickte. *Ja, bitte, frag du mich, mir fällt das Reden so schwer.*

„Warum bist du nie zurückgekommen?"

Ich räusperte mich zweimal. „Zu schmerzhaft", sagte ich schnell. „Zu viele Erinnerungen. Es war alles mein Fehler. Hätte ich besser aufgepasst, wäre Vasilica noch am Leben."

„Es war ein *Unfall.*"

Ich schüttelte vehement den Kopf und spürte, wie es in mir hochkochte. „Nein. War es nicht. Ich war wie verrückt in dich verknallt, Amir. Ich habe die Kontrolle verloren und das ist dabei herausgekommen. Der Tod."

Amirs Blick sprach Bände. „Ist das dein Ernst? Du warst in mich *verknallt*? Mehr nicht? Eine alberne Schwärmerei? Wir haben uns *geliebt*. Wir wollten *heiraten*." Seine Stimme brach. „Wir wollten ein Kind adoptieren. Das war mehr als nur Verknalltsein."

Mein Herz schlug so wild, als wollte es meinen Brustkorb zertrümmern. „Du hast recht", flüsterte ich und starrte auf meine Hände.

„Sieh mich an, Bobbie. Ich will, dass du mir jetzt zuhörst."

Ich hob den Kopf. Angstschweiß brach mir aus.

„Wir hatten diese Wanderung geplant", setzte er an, als hätte er diese Sätze jahrelang geübt. Wahrscheinlich hatte er sie unzählige Male vor sich hingesagt. „Wir kannten die Strecke. Nichts von dem, was wir taten, war fahrlässig. Ich habe dir lediglich geholfen, auf die nächste Ebene zu klettern." Er klang fast ungläubig. „Ich werde nicht zulassen, dass du dich weiterhin bestrafst. Ich verstehe dich nicht. Wieso musstest du alles an uns auslassen?"

„Ich bin verantwortlich für seinen Tod", wiederholte ich.

„Und selbst wenn, du musst dir vergeben. Warum hast du *uns* bestraft?"

Der Schmerz in seinem Blick brachte alles in mir zum Schmelzen. Warum? Warum? „Ich habe dich nicht verdient, Amir. Und ich ..." Die Worte wollten nicht über meine Lippen.

Amir bewegte sich nicht vom Fleck.

„Und ich habe auch dir die Schuld gegeben. Weil du dafür gesorgt hast, dass ich die Kontrolle verliere. Ich verliere nie die Kontrolle, verstehst du? Wenn ich hätte klar denken können, wäre mir doch aufgefallen, dass Vasilica nicht als Letzter gehen durfte."

Amirs Blick bohrte sich immer tiefer. „Ja, du hast mir die Schuld gegeben. Das hast du in deinem Brief sehr deutlich gemacht. Aber du liegst falsch. Es war weder mein Fehler, noch deiner. Oder Vasilicas. Es war ein Unfall! Du solltest aufhören, an dieser Lüge festzuhalten. Und überhaupt solltest du dir wieder erlauben zu leben."

Er lehnte sich auf der Couch zurück, das Gesicht angestrengt.

„Ich habe ja gelebt", verteidigte ich mich. „Ich habe mir mein Leben wieder aufgebaut und ich habe die Kontrolle wiedererlangt. Jedenfalls bis dieser Krebs kam." Meine Hände waren so verkrampft ineinandergefaltet, dass die Knöchel ganz weiß wurden. „Und jetzt begreife ich, dass mir das verzweifelte Festhalten an der Kontrolle die Möglichkeit verbaut hat, zu lieben. Ich kann kein Waisenkind mehr adoptieren. Es gibt Hunderttausende, aber keins von ihnen braucht eine Mutter, die stirbt, noch bevor die Formulare ausgefüllt sind."

Oh, wie weh es tat, das auszusprechen! Sah er nicht, wie sehr ich mir damals ein Kind wünschte? Dass ich Vasilica von ganzem Herzen geliebt hatte?

„Und ich brauche auch keinen Ehemann, der mir beim Sterben zusieht", sagte ich schnell, bevor Amir reagieren konnte.

Er sah finster drein und lehnte sich vor. „Ich bitte dich nicht, meine Frau zu werden." Seine Stimme klang viel härter als sonst.

Was war nur los mit mir? Das hatte ich überhaupt nicht sagen wollen! Schon wieder war ich dabei, ihm Vorwürfe zu machen, dabei wollte ich eigentlich sagen, wie sehr mir das alles leidtat. Wieso brachte ich die Sätze nicht heraus, die ich mir im Gästehaus zurechtgelegt hatte?

Ich konnte sehen, dass Amir mit dem Verlauf dieses Gesprächs auch nicht glücklich war. Dieser herzensgute Mann sah ernüchtert aus und in seinen Augen loderte Ärger. Ärger auf mich.

Völlig zu Recht. Wir saßen minutenlang schweigend da. Ich konnte ihn nicht ansehen und flehte Gott innerlich um Kraft an, um Mut für das, was ich eigentlich tun wollte.

Irgendwann stand ich schließlich auf und setzte mich neben Amir auf die Couch, nahm seine Hand und sagte: „Ich kann dich zwar nicht ansehen, aber das hier muss ich unbedingt sagen. Es tut mir leid, Amir. Es tut mir leid, dass ich aus einer Tragödie zwei gemacht habe. Es tut mir unendlich leid, dass ich zu verletzt, ängstlich und stolz war, um mir von dir helfen zu lassen und dann Hilfe für uns beide zu suchen."

Ich wagte einen Blick und sah, wie sehr ihn meine Beichte mitnahm.

„Ich habe alles falsch gemacht und dann bin ich einfach abgehauen, um nicht noch mehr verletzt zu werden. Ich habe nicht begriffen, was ich dir damit angetan habe. Es tut mir so leid." Ich konnte kaum weitersprechen. „Ich habe dich geliebt, Amir. Und ich wusste, dass du mich liebst. Es tut mir so unendlich leid, dass ich die Beziehung weggeworfen habe, die mir von allen am wichtigsten war." Ich nahm all meinen Mut zusammen, räusperte mich und sah ihn an. „Ich verdiene es nicht, dass du mir vergibst. Aber ich bitte dich trotzdem darum. Nichts brauche ich mehr als deine Vergebung."

Er legte mir einen Arm um die Schulter und drückte mich an sich, aber nicht wie bei einem Liebespaar, sondern als Schwester, als Freundin.

„Danke, Bobbie", sagte er schließlich. „Vor Gott habe ich dir schon vor langer Zeit vergeben, aber heute vergebe ich dir *um deinetwillen*. Das ist ein wichtiger Schritt, den wir da gerade machen."

Wir saßen schweigend, bis mein Herz aufgehört hatte zu rasen und Kiefer, Schultern und Arme sich allmählich entspannten. Ich badete geradezu in Amirs Vergebung und ließ mir ganz allmählich auch von Gott meine schwere Last von den schwachen Schultern nehmen.

„Wann fliegt ihr denn zurück in die Staaten?", fragte Amir irgendwann.

„Am Samstag."

„Könnt ihr noch umbuchen?"

„Wieso?"

„Damit ihr noch länger bleibt natürlich."

Ich ließ die Sehnsucht in seiner Stimme nicht an mich heran. „Ich bin in Behandlung. Am Montag sind die Tabletten alle. Die Ärztin wollte mich dann wiedersehen."

„Ruf sie an. Verschieb den Termin. Du kannst dich auch hier weiterbehandeln lassen. Die medizinische Versorgung in Österreich ist viel günstiger als in den USA."

Ich schob die Versuchung weg. „Das ist leider unmöglich."

Ach ja? Wieso ist das unmöglich? Du weißt, wie sehr du eigentlich bleiben willst.

„Frag deine Ärztin." Amir sah mich ernst an. Er war sich offensichtlich im Klaren darüber, was alles daran hing. „Mindestens eine Woche. Damit ich dich nach Rumänien fahren kann. Wir werden sein Grab besuchen."

Im ersten Augenblick war ich wie gelähmt. „Nein", flüsterte ich dann.

Aber Amir hatte sich noch nie mit einem Nein von mir zufriedengegeben.

„Doch. Wir fahren hin. Und wir werden uns an sein Grab setzen und um ihn trauern."

Hamid

Hamid hatte Alalehs Stimme gehört. Auch wenn sie zutiefst unglücklich war. Gott sei Dank, sie lebten noch. Selbst das Schreien von Omid im Hintergrund hatte ihn erleichtert. Nach vier Tagen ohne jeden Kontakt hatte er Alaleh endlich erreicht. Der Gedanke, dass sie auf Pferden über die Berge wollten, trieb ihm Sorgenfalten ins Gesicht. Das war keine gute Idee! Aber wohin sollten sie sonst?

Dann werde ich euch jemanden aus der Türkei schicken. Ich habe jetzt Freunde dort.

War das nicht nur ein hohles Versprechen gewesen? Konnte er wirklich einfach Jim und Anna Harris bitten? Hamid plagte sich mit diesen Gedanken und bereitete sich auf das Treffen in der „Oase“ vor.

Wie ein Schatten beobachtete Rasheed mittlerweile jeden seiner Schritte. Er sprach kein freundliches Wort mehr mit ihm, war geradezu feindselig geworden. Hamid wünschte sich, dass Rasheed nicht so viel Zeit mit ihren Zimmergenossen verbrachte.

„Gehst du wieder zu dieser ‚Oase‘?“, hatte Rasheed am Vorabend wissen wollen.

Hamid zuckte mit den Schultern. „Ich trinke einen Kaffee, spiele vielleicht ein bisschen Uno oder Schach.“

Rasheed war von seinem Doppelstockbett heruntergesprungen und hatte sich vor ihm aufgebaut. „Sei bloß vorsichtig. Das sind Gotteslästerer! Christen! Sie sind unsere Feinde.“

Hamid sagte nichts und Rasheed kam ganz nahe an ihn heran. „Ich weiß, was du da tust. Ich weiß, dass du eine Bibel hast. Wenn ich sie finde, dann werde ich sie verbrennen! Und dann werden wir uns um dich kümmern.“

„Warum redest du so mit mir, mein Bruder? Nach allem, was wir gemeinsam durchgemacht haben?“

Für einen Moment lang wurde Rasheeds Gesichtsausdruck etwas weicher. „Ja, es stimmt. Du hast mir geholfen. Ohne dich wäre ich nicht hier. Aber ich habe Angst um dich. Wenn du wüsstest, was meine Freunde Schlimmes über Christen erzählen! Fürchterlich! Bitte – ich weiß nicht, was sie dir antun werden, wenn du dich weiter mit diesen Christen abgibst.“

Hamid zweifelte keinen Augenblick daran. Er hatte die aufgestaute Wut in den Augen der jungen Männer gesehen, dieses Bedürfnis nach Rache, den Hass. Angst packte ihn. Nirgendwo war er sicher, noch nicht einmal in den malerischen Hügeln und Tälern Österreichs. Gab es denn nirgendwo Schutz? Gab es keine Hoffnung?

Aber er war nicht so weit gekommen, um jetzt aufzugeben. Sehnsucht brannte in ihm und heute Abend gab es in der „Oase" eine richtige Bibelstunde. So hieß es jedenfalls. Eine Bibelstunde auf Farsi. Hamid dachte an Julies Zettel. *Kommen Sie allein. Niemand darf Ihnen folgen. Kommen Sie zum Hintereingang und klopfen sie drei Mal. Dann warten Sie und klopfen erneut.*

Würde es ihm gelingen, Rasheed abzuschütteln?

Um fünf ging er zum Kiosk, kaufte eine Packung Zigaretten, hielt das Handy ans Ohr und tat so, als würde er telefonieren. „Natürlich, wir können uns gern treffen. Ich komme in die Stadt. Halb acht." Er hoffte, dass Rasheed ihn belauscht hatte, und glaubte, er würde irgendeinen Iraner auf einen Döner Kebab treffen. Hin und wieder verschmähten die Flüchtlinge das Kantinenessen und leisteten sich von ihrem Taschengeld etwas.

Um sieben lief Hamid eine halbe Stunde herum, um Rasheed und seine Freunde abzuschütteln. Er stieg in einen Bus, bald darauf wieder aus und ging zur „Oase" zurück.

Hintereingang. Dreimal klopfen. Warten und noch einmal klopfen.

Er zählte die Sekunden, die ihm wie Stunden vorkamen, und sah ängstlich über die Schulter. Warum dauerte das so lange? Hamid zitterte. Aus dem Dunkel tauchte eine Person auf. Rasheed? Nein, ein anderer junger Iraner, der erst vor drei Tagen im Flüchtlingsheim angekommen war. Er blieb mit Händen in den Hosentaschen stehen. Hamid stampfte mit den Füßen auf und rieb sich die Hände über die Arme. „Kalt heute", murmelte er.

Der Jugendliche nickte und beäugte ihn argwöhnisch. Hamid wollte sich gerade abwenden, da ging die Tür auf und Julie lächelte. „Kommt rein! Schnell." Sie machte einen Schritt nach draußen, sah nach links und rechts und schloss dann wieder die Tür. „Euch ist niemand gefolgt?" Die beiden Männer sahen sich an. Julie lachte. „Keine Sorge. Ihr habt beide eine Einladung bekommen. Hamid, kennen Sie Samwel schon?"

Die beiden nickten sich höflich zu.

„Willkommen zu unserer kleinen Nikodemus-Versammlung. Keine Angst. Es kann nichts passieren." Julie führte sie die Treppe hinauf und auf halbem Weg kamen ihnen Amir und Bobbie entgegen. Sie blieben stehen und gaben sich herzlich die Hand.

Julie führte Samwel und Hamid in einen kleinen Raum, der ihm bisher nicht aufgefallen war. Die Fenster waren zugeklebt und das

Licht gedämpft. Vier andere Männer saßen auf Stühlen und musterten Hamid und Samwel misstrauisch.

„Wir sind vollzählig", stellte Julie fest. „Bitte, setzt euch." Sie deutete auf den Kreis aus Metallstühlen. „Vielen Dank fürs Kommen. Ich möchte euch Mark vorstellen, unseren Gastredner. Er kommt aus dem Iran." Mark trat ein, die Männer nickten und Julie verließ den Raum.

„Ich werde heute Abend alle Fragen beantworten, die ihr zum Injil oder zu Isa habt. Aber zuerst möchte ich euch meine Geschichte erzählen." Der untersetzte Mann Anfang fünfzig hatte schwarze Haare mit einigen grauen Strähnen und einen durchdringenden Blick. Als er auf Farsi zu sprechen begann, hörten ihm die sechs Männer gespannt zu. Mark erzählte, wie er aus dem Iran geflohen war, über die Berge und in die Türkei, wie Isa ihm im Traum erschienen war und wie er in der „Oase" die ersten Christen getroffen hatte. Hamid hatte das Gefühl, seinen eigenen Lebensbericht zu hören.

Hinterher beantwortete Mark Fragen nach dem Unterschied zwischen Islam und Christentum, zu Sünde und Vergebung. Die Zeit verging, aber die Fragen hörten nicht auf. Die Männer redeten, diskutierten, wunderten sich, aber blieben dabei stets respektvoll. Hamid nahm alles auf wie ein trockener Schwamm. Er war an der Quelle der Wahrheit! Das spürte er.

Mark sprach über das Blut Christi, über die Erlösung und das Leben in der Nachfolge. Dabei spürte Hamid eine unsichtbare Präsenz im Raum. Es war dasselbe Gefühl wie in jener Nacht auf dem Berg, als ihn die Stimme im Traum wachgerüttelt hatte. Diese unsichtbare Gegenwart war fast zum Greifen nahe, aber irgendwie auch nicht. Er wollte die Hand ausstrecken und sie berühren, aber er drückte die gefalteten Hände fest in den Schoß, obwohl sein Herz vor Sehnsucht brannte.

Da stellte Mark die eine Frage, auf die Hamid so lange gewartet hatte. „Möchte jemand von euch Christus nachfolgen? Ihm sein Leben übergeben? Hier und jetzt?"

Niemand antwortete. Die Männer sahen sich um und senkten die Köpfe. Hamid fragte sich, ob sie alle denselben inneren Kampf ausfochten. Die Mischung aus Angst und Beklemmung fühlte sich an, als würde ihn jemand würgen. Hamid nahm all seinen Mut zusammen und stand auf. „Ich. Ich möchte."

Die fünf anderen starrten ihn an. Dann standen sie einer nach dem anderen auf. Mark setzte zu einem besonderen Gebet an und ein Lächeln breitete sich auf Hamids Gesicht aus. Bald hatten sie sich zu einem engen Kreis zusammengefunden und standen Schulter an Schulter. Zwei Männer weinten, flehten Gott um Vergebung an und baten um Beistand. Sie alle beteten und weinten und Hamid spürte, wie Gottes Geist sein Herz berührte und ihm tiefen inneren Frieden schenkte. Da wusste er es. Es gab keinen Zweifel mehr. Etwas in ihm hatte sich tief greifend verändert.

„Manche von euch müssen womöglich morgen schon das Flüchtlingslager verlassen", sagte Mark, als sich die Männer zum Gehen bereit machten. „Aber ihr geht mit einer Bibel in der Hand und wir werden euch erklären, wie ihr im Glauben wachsen könnt. Denkt daran, ihr seid vom Geist Gottes versiegelt worden und ein besonderer Schutz liegt auf eurer Entscheidung, die euch niemand nehmen kann. Niemand."

Schutz.

„Ihr werdet nie wieder allein sein. Isa ist bei euch." Mark gab jedem eine Bibel in Farsi.

Die anderen gingen und Hamid wandte sich an Mark. „Sie wurden für Ihren Glauben verfolgt. Aber Sie haben überlebt. Ich habe Angst, wissen Sie. Meine Frau und Kinder müssen sich im Iran verstecken. Sie versuchen zu fliehen. Und jetzt werde ich auch noch von meinen iranischen Brüdern hier bedroht. Was soll ich nur tun?"

Mark legte Hamid die Hände auf die Schulter und betete kraftvoll um Schutz für Hamid, Alaleh, Rasa und Omid. „Du glaubst an Jesus Christus; du hast dein Vertrauen in Isa al-Masih gesetzt, ist es nicht so?"

Hamid nickte zögerlich. „Ja. Auch wenn ich Angst habe."

„Dann vertrau ihm, mein Bruder. Vertraue ihm."

Als Hamid ins Zimmer trat, saß Rasheed mit drei ihrer Mitbewohner zusammen. „Wo warst du?", wollte Asad, einer von ihnen, wissen.

„Ich habe mich in der Stadt mit einem Freund getroffen und wir haben zusammen gegessen."

„Das glaube ich nicht", erwiderte Nader, ein anderer.

Hamid schwieg. Rasheed sah ängstlich aus.

„Was hast du in deinem Rucksack?" Taher, der Älteste und Größte, meldete sich zu Wort.

Hamid zuckte mit den Schultern. „Meine wichtigsten Papiere. Nichts Besonderes."

„Zeig her!", verlangte Taher.

Hamid zog den Reißverschluss auf und war unendlich erleichtert, dass Mark und Julie darauf bestanden hatten, seine Bibel in der „Oase" zu lagern. „Du kannst sie jederzeit mitnehmen. Aber im Augenblick ist es zu gefährlich, wenn das, was du über Rasheed und seine Freunde erzählt hast, stimmt."

Die jungen Iraner warfen Hamids Rucksack verärgert auf den Boden. „Komm, Rasheed. Beim nächsten Mal erwischen wir ihn." Sie verließen das Zimmer, nur Rasheed sah sich noch einmal um und warf Hamid einen warnenden Blick zu.

Ich bin jetzt Christ, dachte Hamid, als die Tür zu war. *Ich habe es öffentlich vor anderen bekannt.* Wie lange würde es noch dauern, bis er es vor Rasheed zugeben konnte? Würde es ihm Prügel einbringen oder noch Schlimmeres? Aber Rasheed musste es erfahren. Hamid wusste, wie viel Einfluss seine fanatischen Freunde auf Rasheed hatten. Ob er je den Mut fand, es ihm zu sagen?

Hamid zog das kleine Buch unter seinem Kopfkissen hervor, das ihm Jim Harris in Van gegeben hatte. Wenn man es aufklappte und die ersten Seiten durchblätterte, fand man die Geschichte des alten Roms. Erst in der Mitte war das Injil versteckt. Hamid schlug einen Vers auf, über den der Iraner Mark gesprochen hatte. Immer wieder las er die Worte. Sie galten ihm. Worte des Lebens, der Hoffnung. *Darum: Ist jemand in Christus, so ist er eine neue Kreatur; das Alte ist vergangen, siehe, Neues ist geworden.*

Stimmte das wirklich? Hamid spürte etwas Gutes, Hoffnungsvolles in ihm aufkeimen, das noch stärker war als die Angst um seine Familie oder die Trauer um seine Mutter. „Der Geist Gottes lebt nun in dir", hatte ihm Mark versichert. „Er wird dich nie verlassen. Du kannst dich von ihm entfernen, aber er wird immer bei dir sein."

Der Geist Gottes. Muslime beschuldigten Christen immer, sie würden drei Göttern dienen. Aber heute ergab es zum ersten Mal einen Sinn. Diese Kraft des Geistes – Hamid war überzeugt, dass sie bei ihm war. Es gab einen Gott, der sein Volk so sehr liebte, dass er für es starb, dann von den Toten auferstand und seinen Geist bei ihm ließ, um es zu führen. Hamid las den Vers noch einmal. Eine neue Kreatur. Er schloss die Augen und dachte an Alaleh. Morgen würde er mit Carol und Jalil, mit Amir und Jim Harris reden. Morgen würden sie einen Weg finden, seine Familie herzuholen. Und der Geist Gottes würde sie leiten.

Kapitel 20

Alaleh

Die Pferde sahen kräftig aus, zuverlässig. Die braune Stute warf den Kopf in die Luft und schnaubte; der Schimmel wedelte mit dem Schwanz eine imaginäre Fliege davon. Eine echte Fliege würde es bei der Kälte wohl kaum geben. Alaleh setzte Rasa auf die braune Stute vor Davood, den jungen Mann Anfang dreißig, dem sie nun ihr Leben anvertrauten. Er lächelte Rasa zu, setzte sie ordentlich vor sich hin und zwickte ihr in die Wange.

Rasa hatte so viele Lagen Kleidung an, dass sie sich kaum bewegen konnte. Zwei Schals lagen um ihren Hals und Astrid Garabadian hatte ihr noch eine zweite Wollmütze über die erste gezogen. „Und denk dran, immer beide Handschuhpaare anzuziehen, ja?“, hatte die alte Frau Rasa ermahnt. Agop, Astrids Mann, hatte noch eine Decke gebracht und Rasa darin eingewickelt, sodass man sie unter all den Lagen kaum noch sah.

Rasas Augen strahlten. „Maamaan, guck nicht so traurig! Wir machen uns doch auf in die Freiheit!“

Ach, Rasa! Wenigstens sie konnte das Ganze als Abenteuer sehen und nicht als Himmelfahrtskommando. Omid war vorne an Alaleh festgebunden und auch in so viele Decken eingewickelt, dass nur noch Mund und Nase herausschauten. Alaleh stieg in den Sattel des Schimmels. Sie spürte die Wärme ihres Sohnes durch die vielen Lagen hindurch und unterdrückte ein Schluchzen. Würde das Leben nie wieder einfach werden? Aufwachen, Hamid Frühstück machen, Rasa Bücher vorlesen? Stattdessen fraß sich die Angst in jedes Körperteil.

Isa! Das ist alles deine Schuld! Wenn es dich überhaupt gibt.

Und doch waren es Isas Nachfolger, die für sie da gewesen waren, ihnen Unterschlupf und Hoffnung gegeben hatten. Alaleh beugte sich vor und drückte Astrid Garabadian mit ihrem Handschuh fest die Hand. „Gott mit dir“, sagte die alte Frau mit Tränen in den Augen. „Gott bewahre euch alle.“

Alaleh fragte sich, ob die Geheimpolizei auch die Garabadians verhaften würde. „Wenn wir sterben, sind wir bei Isa", hatte Astrid am Vorabend gefasst gesagt. Warum waren sie bereit, für ihren Glauben zu sterben? Sogar Maamaan-Bozorg hatte lieber den Tod gewählt! Was war nur an diesem Gott?

Die Sonne ging hinter den schneebedeckten Bergen auf und ließ den Himmel in rosa, orange und lila leuchten. Astrid reichte Alaleh eine letzte Decke hinauf, die sie um sich wickelte. Sie nahm die Zügel des Schimmels und folgte der braunen Stute in Richtung Berge, in Richtung Hoffnung, in Richtung Leben. In Richtung Hamid.

Bitte, Gott. Ich weiß nicht, zu wem ich beten soll, aber bitte beschütze uns!

Rasa drehte sich um und strahlte ihre Mutter an. „Maamaan, Frau Garabadian hat mir gestern Abend ein neues Lied beigebracht. Es ist aus der Bibel, aus den Psalmen. Sie hat gesagt, das ist ein gutes Reiselied."

Rasa stimmte mit ihrer Kinderstimme eine fröhliche Melodie an. *Ich hebe meine Augen auf zu den Bergen. Woher kommt mir Hilfe? Meine Hilfe kommt vom HERRN, der Himmel und Erde gemacht hat. Er wird deinen Fuß nicht gleiten lassen ...*

Rasa sang immer weiter von Gottes Schutz bei Hitze und Kälte, bei Sonne und Mond. Schutz vor dem Bösen. Schutz für ihre Seelen. Oh, wie sehr sie Schutz gebrauchen konnte! Die Pferde schritten auf dem steinigen Weg voran und tauchten in die immer hügeliger werdende Landschaft ein. Alaleh hielt sich fest und wiederholte im Stillen die letzten Worte des Liedes: *Der HERR behüte deinen Ausgang und Eingang von nun an bis in Ewigkeit.*

Bobbie

Der kleine Ort Baden war gerade einmal fünf Kilometer von Traiskirchen entfernt. Baden war für seine Thermalbäder berühmt, hier ließen sich die Wohlhabenden aus dem ganzen Land behandeln. Die Stadt war nobel, sauber und voller Blumen, sogar jetzt, Anfang Dezember. Ich saß im Warteraum neben Carol. Carol hatte selbst einmal Krebs gehabt und mich zu ihrem Onkologen mitgenommen, der wegen eines ausgefallenen Termins bereit gewesen war, mich zu empfangen.

Eine Schwester brachte uns in den Behandlungsraum und Dr. Schobesberger trat wenige Minuten später ein. Er war groß und schlank, hatte weiße Haare, buschige Augenbrauen und einen dichten weißen Schnurrbart. Nachdem er uns freundlich auf Englisch begrüßt hatte, vertiefte er sich in die Krankenakte, die ihm meine Ärztin am Tag zuvor gefaxt hatte, las den Behandlungsplan und die Überweisung für einen Bluttest. Sein Blick wanderte zwischen den Unterlagen und mir hin und her.

„Ich bin mit dieser Art von Behandlung vertraut", sagte er mit freundlicher Stimme. „Aber hier in Österreich haben wir noch eine andere Alternative. Sie ist in den USA noch nicht zugelassen, aber sie zeigt bei Ihrer Krebsart recht gute Erfolge."

Ich räusperte mich und wollte etwas fragen, aber es kam nichts. *Wollte mir dieser Mann tatsächlich Hoffnung machen?* „Ich habe kein Visum und darf höchstens noch zwei Monate in Österreich bleiben", versuchte ich mich schließlich herauszureden. „Finden Sie nicht, dass das ein bisschen kurz ist, um noch eine neue Behandlungsmethode anzufangen?"

„Für österreichische Staatsbürger ist die Behandlung kostenlos, aber auch für Ausländer ist es noch relativ erschwinglich. Wenn ich Sie wäre, würde ich es versuchen."

Ich atmete tief ein und nickte.

„Und ich würde mich um ein Visum bemühen", fügte er ernst hinzu.

Carol drückte mir die Hand und lächelte. Ein Visum zu bekommen war jetzt nicht mehr so einfach wie früher.

„Wann geht es los?"

„Wir müssen auf die Blutergebnisse warten. Das dauert fünf Tage." Er sah auf den Kalender. „Kommen Sie in einer Woche wieder. Wenn alles in Ordnung ist, fangen wir dann sofort an."

Peggy

Peggy nahm die Lesebrille ab und ließ die aktuelle Ausgabe der *Peachtree Press* sinken. „Ausgerechnet. Herr, was für ein Zufall." Sie musste über ihre Wortwahl lachen. Peggy glaubte nicht an Zufälle. Sie glaubte an einen Gott, der alles in seiner Hand hielt. Ein junger

Reporter namens Stephen Lefort schrieb über Flüchtlinge in Österreich. Und nicht nur das, er schrieb über genau *den* Flüchtling, von dem Bobbie ihr vor ein paar Tagen am Telefon erzählt hatte.

Bei Bobbie musste es längst nach Mitternacht gewesen sein, als sie anrief. Wie fröhlich sie geklungen hatte!

„Peggy, ich habe mich mit ihm unterhalten! Wir haben tatsächlich über alles reden können. Er hat mir vergeben! Ich fühle mich auf einmal so leicht. Ganz leicht! Amir möchte, dass ich noch bleibe und mit ihm nach Rumänien fahre."

„Dann bleib, Kind. Und mach das. Mach nur!", hatte Peggy ihr geraten.

Bobbie hatte ihr von dem Mann namens Hamid erzählt. Und jetzt las sie ausgerechnet in der *Peachtree Press* etwas über ihn, auch wenn der Name geändert war. Und der Autor des Artikels war Stephen, der junge Journalist, der laut Bobbie so viel Zeit mit Tracie verbracht hatte.

Peggy seufzte zufrieden. Wieder einmal ließ der Herr sie erahnen, wie er als Meister des Drehbuchs und Regisseur des Universums arbeitete. Die meiste Zeit geschah alles hinter den Kulissen, irgendwo in den Sphären des Himmels, aber hin und wieder zog Gott den Vorhang einen Spalt beiseite und ließ sie zusehen, wie sich auf der Erde alles zusammenfügte, die Stränge zusammenliefen und sich kreuzten.

Sie stellte sich vor, wie die strahlende Bobbie mit Amir in einem *Heurigen* saß – auch wenn sie dieses eigenartige Wort nie richtig aussprechen konnte. Sie dachte an Tracie, die mit den Flüchtlingen sang, und Stephen, diesen jungen Mann, der laut Bobbie seine depressive Mutter retten wollte. Als er Tracies schöne Stimme gehört hatte, war bei ihm wohl mehr als nur Interesse gewachsen. Peggy stellte sich vor, wie Hamid verletzt und erschöpft in die „Oase" gestolpert war. Stephen hatte ihn interviewt und Bobbie und Tracie versuchten nun, ihm von Österreich aus zu helfen. Amir vertrat ihn bei der Botschaft und Stephen hatte den Artikel über ihn geschrieben.

„Es gefällt mir, wie du im Hintergrund die Fäden ziehst", sagte Peggy laut. „Vor allem bei Bobbie und Amir. Es wurde ja auch langsam Zeit!"

Das Telefon klingelte. Unter großer Anstrengung rutschte sie auf ihrem großzügigen Bett ein Stück nach links und hob den Hörer des alten Telefons schließlich beim fünften Klingeln ab. „Ja, bitte?“

„Peggy! Peggy!“

„Bobbie! Na, das ist ja eine Überraschung. Ich habe gerade mit dem Herrn über dich und diesen Flüchtling geredet.“

„Amir?“

„Nein, den andern. Ich lese nämlich gerade einen Artikel in der *Peachtree Press* über ihn!“

„Über Hamid? Das ist ja verrückt. Nicht übel, dieser Stephen. Weißt du, er meinte, er würde einen Artikel schreiben, und es scheint, als steht er zu seinem Wort. Ich mag ihn.“

„Ich auch, glaube ich. Wusstest du, dass er hier einen Spendenaufruf für die Familie gestartet hat?“

„Das gibt's nur in Amerika.“

„Gibt es noch einen anderen Grund, warum du anrufst, Liebes?“

„Ja! Ich muss dir was erzählen. Ich war gerade bei einem Onkologen hier und er hat mir empfohlen, eine experimentelle Behandlungsmethode zu versuchen. Etwas, das es in den USA noch nicht gibt.“ Bobbies Stimme klang vor Aufregung viel höher. „Peggy, ich habe Angst, wieder zu hoffen, aber weißt du, ich fühle mich jetzt schon so hoffnungsvoll. Ich kann es nicht beschreiben.“

„Man hört es dir an. Ich bin ja so froh! Das muss ich unbedingt in der Gebetsrunde erzählen.“

„Oh Peggy. Danke für alles.“ Kurz war es still. „Was ich noch sagen wollte ... Ich habe eingewilligt, mit Amir nach Rumänien zu fahren, zu Vasilicas Grab. Ich glaube ... ich glaube einfach ...“

„Dass es an der Zeit ist und der nächste wichtige Schritt. Ja, das glaube ich auch.“

Was hatte Peggy nun ihren Gebetspartnerinnen nicht alles zu erzählen! Aber das musste warten. Sie legte auf und spürte plötzlich die Last ihrer zweiundneunzig Jahre.

„Danke für die neue Behandlungsmethode, Herr. Und dass Bobbie endlich die nötigen Schritte geht, um innerlich zu gesunden. Ich weiß, dass ich dich darum gebeten habe, dass ich noch so lange hierbleiben darf, bis es so weit ist. Also darfst du mich ruhig zu dir rufen, wenn die Zeit für mich gekommen ist.“ Sie schloss die Augen und atmete schwer. Dann schmunzelte sie. „Aber wenn du mich fragst, würde ich schon gerne noch ein kleines bisschen bleiben und die nächsten Kapitel deiner Geschichte miterleben."

Tracie

„Die Ärztin hat eingewilligt, dass ich hier mit der Behandlung weitermache!" Tante Bobbies Gesicht leuchtete. „Wir könnten unsere Flüge umbuchen und noch zwei Monate bleiben, aber nur, wenn du auch willst. Tut mir leid, dass wir doch nicht so viel herumgereist sind, wie ich eigentlich wollte. Wenn du am Samstag zurückfliegen willst, habe ich vollstes Verständnis ..."

„Soll das ein Scherz sein? Natürlich bleibe ich! Und zwar genau hier. Gott hat mir zwar noch nicht gesagt, wo mein Platz ist, aber immerhin herrscht keine Funkstille mehr." Ich zwinkerte ihr zu. „Und wer weiß, vielleicht hat er schon etwas vorbereitet und lässt es mich bald wissen. Eins ist auf jeden Fall sicher: Ohne dich gehe ich hier nicht weg."

Als ich Mom anrief und ihr davon erzählte, war sie zuerst überhaupt nicht begeistert. „Ich möchte nicht, dass Bobbie sich umsonst Hoffnungen macht. Keiner weiß, ob die Behandlung überhaupt was bringt." Dann seufzte sie. „Aber natürlich, bleib da, Schätzchen. Pass gut auf sie auf. Ich bin so froh, dass sie diesen Amir wiedergesehen hat."

Ich hatte auf einmal das Gefühl, das Leben wäre ein großes, weites Feld, auf dem ich in jede beliebige Richtung laufen konnte. Das ganze Leben lag vor mir. Keinerlei Beschränkungen.

Trotz der Ungewissheit und der Sorgen um Tante Bobbie fühlte ich mich leicht und unbeschwert. Ich musste auch nicht mehr den ganzen Tag an Neil denken. Es war fast so, als wäre die Beziehung wie eine schlechte Erinnerung weggewischt worden. Stattdessen dachte ich an einen anderen jungen Mann. Er fehlte mir. Er sollte hier sein, um mitzuerleben, wie es mit Hamid und auch mit Tante Bobbie weiterging. Und mit mir. Mit meiner Geschichte. Irgendwie wollte ich ihn unbedingt dabeihaben.

Wir hatten vereinbart, zwei Wochen lang nicht miteinander zu telefonieren oder uns E-Mails zu schreiben. Gerade einmal fünf

Tage waren vergangen. Es kam mir vor wie Jahre. Neuanfang, neue Sehnsucht, neuer Herzschmerz. Einmal versuchte ich für Stephen und seine Freundin zu beten, scheiterte aber kläglich. Das war dann doch zu viel des Guten. Stattdessen bat ich Gott, dass Stephens Bemühungen für die Flüchtlinge und vor allem Hamid irgendwie fruchteten.

Keith

Keith las die E-Mail von Stephen Lefort und grinste in sich hinein. Wenn er eins über den jungen Franko-Amerikaner sagen konnte, dann war es, dass er keine leeren Versprechungen machte. Keine zweiundsiebzig Stunden nach seiner Rückkehr in die Vereinigten Staaten war die erste Story über Hamid erschienen. Eine zweite sollte folgen. Keith klickte auf den Link und war beeindruckt von Stephens Schreibstil. Eingängig, flüssig, detailreich und objektiv. Jeder konnte die Story verstehen, jeder, der die *Peachtree Press* zur Hand nahm oder auf den Link klickte. Eine Geschichte mitten aus dem Leben. Die Namen waren geändert, aber Stephen beschrieb Hamids Flucht sehr überzeugend, den Mord an seiner Mutter und seine Angst um Frau und Kinder.

Keith wählte Jims Handynummer. „Hey, der junge Journalist hat tatsächlich Wort gehalten. Der Artikel ist echt gut. Und hier, hör dir den letzten Absatz mal an. *Es kostet Unsummen, Flüchtlingen bei der Flucht behilflich zu sein. Wenn Sie diesem Mann helfen wollen, damit seine Frau und Kinder den Iran verlassen können, klicken Sie hier.*

„Sieh an! Die Kunst des Verkaufens beherrscht er auch noch."

„Was meinst du, Jim? Hast du was von Hamid gehört?"

„Ja, er hat gestern angerufen. Seine Frau und Kinder sind offensichtlich heute früh aufgebrochen. Ein Mitarbeiter im Iran bringt sie mit Pferden in ein anderes Dorf. Das dauert drei Tage, vielleicht vier. Aber von dort aus müssen wir einen Weg finden, sie mit dem Auto aus dem Iran herauszuholen. Wir brauchen jemanden, der Farsi und Türkisch akzentfrei spricht und keine Angst hat, mit einer versteckten Ladung die Kontrollpunkte zu passieren. Das muss ein Teufelskerl sein."

„Was ist denn mit Amir?", schlug Keith vor.

„Möglich ..." Jim schwieg. „Ich habe eine Idee ...", sagte er nach einer Weile und schmiedete einen Plan, über den Keith lachen musste, weil er so absurd klang.

„Augenblick, Jim. Du willst allen Ernstes einen Kleintransporter kaufen und ihn zu einem Schmuggelmobil umbauen? Außerdem brauchst du gefälschte Papiere und einen Riesenbatzen Geld!"

„Ja, das ist wohl so", bestätigte Jim.

Wir brauchen definitiv ein Wunder, dachte Keith.

Amir

Einen Hinweis von oben, das brauchte Amir jetzt. Er saß am Schreibtisch in seiner kleinen Wohnung in Mauthausen. Die Bibel geöffnet, die Augen geschlossen, Verwirrung im Kopf. Er war eigentlich dabei gewesen, den Flug mit Bobbie nach Rumänien zu buchen, aber vor einer Stunde hatte Jim Harris angerufen und ihn für eine ganz andere Art von Reise um Hilfe gebeten.

Er sollte Hamids Familie aus dem Iran schleusen.

Zwei Mal hatte er so etwas schon gemacht, nachdem er selbst geflohen war. Beide Male war er sich ganz sicher gewesen, dass Gott ihn zu dieser lebensgefährlichen Mission berufen hatte. Bei drei anderen Gelegenheiten hatte er „Nein" gesagt, weil er genauso überzeugt gewesen war, der Falsche für den Job zu sein. Aber bei allen diesen Entscheidungen war eine Sache vorhanden gewesen, die ihm jetzt fehlte.

Zeit.

Amir dachte an Jims Worte. *Dringend. Hamids Familie ist schon unterwegs. Mutter, Tochter, Baby.*

Er sah in die Bibel und las die Verse der heutigen Andacht. Die Worte aus Jesaja waren ihm vertraut: *„Wenn du den Hungrigen dein Herz finden lässt und den Elenden sättigst, dann wird dein Licht in der Finsternis aufgehen und dein Dunkel wird sein wie der Mittag."*

„Herr, zeig mir, was ich tun soll", flehte er gen Himmel.

Morgen früh wollten Jalil und er Hamid zur Botschaft begleiten in der Hoffnung, Hamids Asylantrag zu beschleunigen. Sollte er gleich am nächsten Tag nach Van in die Türkei fliegen? War das wirklich Gottes Wille, sich wieder in Todesgefahr zu begeben? Und die Reise mit Bobbie nach Rumänien dafür sausen zu lassen?

Die Gesichter der Flüchtlinge kamen ihm wieder in den Sinn. Er dachte an die anderen Versuche als Fluchthelfer. Sofort hörte er die Schreie und die Schüsse, sah wieder, wie er den Jungen nahm, sich über die Schulter legte – die Schulter, die gerade von einer Kugel getroffen worden war – und weiterkroch, weiter in Richtung Freiheit. Der Junge, Emad, hatte überlebt. Aber seine Mutter war gestorben. Manchmal sah Amir in seinen Träumen ihren entsetzten Gesichtsausdruck, als die Kugel ihr in die Brust drang. Er sah wieder, wie sie im Schnee zusammengebrochen war, während Amir verzweifelt mit dem Jungen auf dem Rücken weiterkroch.

Manche schafften es, andere nicht. Manchmal erhörte Gott ihre Gebete um Schutz und manchmal ließ er aus Gründen, die nur er wissen konnte, das Schlimmste eintreten, wie bei Emads Mutter. Und wie bei Hamids Mutter.

Einen Hinweis von oben, das brauchte er jetzt. Amir benötigte Zeit und Ruhe, um auf Gott zu lauschen. Sein Herz sagte ihm eigentlich, dass er in Sicherheit bleiben solle, bei Bobbie, um die wenige Zeit mit ihr zu genießen, die ihnen noch blieb. Aber er sah auch Hamid, mit dem Verband um den Kopf, Trauer im Blick. Und Jim Harris, den groß gewachsenen Amerikaner, der einige Jahre in der „Oase" gearbeitet hatte, bevor er mit der Familie in die Türkei ausgewandert war.

Was sollte er tun?

Aus der Stereoanlage sprach eine Stimme auf der Frequenz von World Wide Radio. Amir lächelte. Er hatte sofort Keiths tiefen Bass erkannt.

Und wieder einmal möchten wir in besonderem Maße um Fürbitte für einen neuen Bruder aus einem arabischen Land bitten, der in der Europäischen Union Asyl sucht. Seine Familie ist immer noch auf der Flucht. Kleine Kinder sind darunter. Bitte betet um Schutz, um Sicherheit. Und dass Papy jemanden schickt, der sie sicher aus dem Land bringt.

Die Stimme zitierte einige Verse aus der Bibel. *„Wenn du den Hungrigen dein Herz finden lässt und den Elenden sättigst, dann wird dein Licht in der Finsternis aufgehen und dein Dunkel wird sein wie der Mittag."*

Amir wurde innerlich ruhig. Er würde Jims Plan in die Tat umsetzen.

Keith

Keith schob das Mikro fort und nahm die Kopfhörer ab. Er schwitzte wie verrückt und er wusste auch, warum. Er war persönlich an der Sache beteiligt, spürte eine besondere Verbindung zu der Familie. Nur mit Mühe hatte er seine Stimme unter Kontrolle gehalten, als er die Verse aus der Bibel gelesen hatte, die heute für die Andacht vorgesehen waren. Wer würde reagieren und sich melden?

Vielleicht Amir, vielleicht aber auch jemand anderes. Er wusste nur, dass er sich nicht mehr wie ein Ingenieur hinterm Schreibtisch fühlte. Er war jetzt mittendrin.

Stephen

„Und, was sagen Sie?"

Kimball Anderson las meinen zweiten Artikel über Hamid mit ernstem, prüfendem Blick. Einmal fuhr er sich mit der Hand übers Gesicht – für mich ein Zeichen, dass die Story ihm naheging. „Nicht übel", sagte er schließlich. „Wirklich nicht übel." Er klopfte mir sogar auf den Rücken und ließ sein tiefes, polterndes Lachen ertönen. „Schlauer Schachzug übrigens, das mit dem Geld gleich noch mal zu erwähnen. Die Leute lieben so was. Sie geben gern Geld für scheinbar hoffnungslose Unterfangen."

„Ja, das dachte ich auch. Und es scheint, als mögen sie Hamids Geschichte."

„Mögen? Das ist ja wohl eine Untertreibung. Ja, das kann so in den Druck. Die Flüchtlingssaga Teil zwei."

Ich dachte kurz an Pam. Sie hatte mich am Vortag angerufen, mich durch den Hörer angebrüllt und aufgelegt, bevor ich etwas sagen konnte. Ich war froh, dass sie nicht noch einmal angerufen hatte. Ich hatte das dringende Bedürfnis, mit Tracie zu reden, aber wir hatten vereinbart, zwei Wochen keinen Kontakt zu haben. Bis dahin war sie wahrscheinlich wieder in Atlanta.

Nein, korrigierte ich mich. Wenn ich Tracie und Bobbie richtig einschätzte, kamen sie überhaupt nicht mehr zurück. Ihr neues Zuhause war bei den Flüchtlingen.

Hoffnung! Greifbar! Hamid hielt den Bescheid in der Hand. *Asylantrag bewilligt.*

Jalil und Amir klopften ihm lachend auf die Schulter und begleiteten ihn aus der Botschaft. „Gratuliere, Cousin!“, freute sich Jalil. „Du wirst sehen. Alaleh und die Kinder werden bald hier sein.“

Amir nickte dankbar.

Danke, Isa. Sechs Stunden hatten sie gewartet, bis er den Bescheid bekam, der ihn zum Ausländer mit Arbeits- und Aufenthaltsgenehmigung machte. Auch die nötigen Papiere für die Familienzusammenführung hatte er bekommen. Mark hatte bei dem Treffen am Dienstagabend gesagt, dass einige der Flüchtlinge womöglich schon bald woanders hingeschickt werden würden. Jetzt, wo er das Bleiberecht hatte, konnte er frei wählen, wo er wohnen wollte. Der Mitarbeiter in der Botschaft hatte ihn darüber informiert, dass in einer Pension für Flüchtlinge, die Deutsch lernen wollten, ein Zimmer frei war. Hamid sah noch einmal auf die Adresse. Linz! Wo Jalil wohnte! Und Amirs Gemeinde war im Nachbarort. Die drei lachten befreit.

„Wir sehen uns bald!“, rief er Amir und Jalil zu, nachdem er sich am Bahnhof von ihnen verabschiedet hatte und sich in Richtung Flüchtlingsheim aufmachte.

„Ja! Und zwar in Linz!“, rief ihm Jalil nach.

Eine Viertelstunde später betrat er euphorisch sein Zimmer. Er kam keine drei Schritt weit, als ihn jemand brutal zu Boden schlug.

„Ungläubiger!“, kreischte Taher und hielt das Buch über Rom hoch. „Du hast das Injil versteckt und liest heimlich darin!“ Taher riss das Neue Testament heraus, spuckte darauf und warf es neben Hamid, der sich mühsam aufrappelte, auf den Boden.

Eine Faust traf ihn am Kiefer, ein Tritt in den Bauch, dann ein weiterer in die Weichteile. Die Wut seiner Zimmerkollegen entlud sich in Schlägen und Tritten, bis Hamid fühlte, wie ihm warmes Blut über den Kopf lief und aus Nase, Mund und Augen ronn. Wieder und wieder griffen ihn die Männer an, während Hamid versuchte, sich zu schützen. *Was für ein Irrsinn*, dachte er. *Was für eine schreckliche Ironie. Ich habe die Bewilligung, ich bin frei und darf Alaleh und die Kinder ganz legal nachholen. Und dann sterbe ich hier und besudele mit meinem Blut das Papier, das mir die Freiheit gab, und das Buch, das mir das Leben schenkte.*

Undeutlich nahm er die verzweifelten Schreie von Rasheed wahr. „Hört auf! Hört auf, ihr bringt ihn noch um!“ Dann wurde alles schwarz.

Bobbie

Amir kam zu spät, aber als er unseren kleinen Heurigen betrat, strahlte er über beide Ohren. „Hamid hat es geschafft! Wir waren bis eben in der Botschaft. Er hat seinen Asylantrag bewilligt bekommen und auch die Familienzusammenführung beantragt.“

Ich stand auf und er griff nach meinen Händen. „Oh Bobbie, es ist so schön, das alles mit dir zu teilen.“ Wir lachten, beide etwas peinlich berührt, und nahmen Platz. Sonst war niemand im Restaurant und ich fragte mich, ob Frau Schafler wohl alle anderen Gäste weggescheucht hatte, damit Amir und ich allein sein konnten. Und wenn nicht sie, dann vielleicht Gott.

„Ich dachte eigentlich, wir könnten gleich morgen nach Rumänien fahren, weil du doch noch fünf Tage auf das Blutbild warten musst und erst dann wieder zum Onkologen gehst.“ Seine Miene wurde traurig. „Aber es gibt ein kleines Problem. Keith und Jim haben mich gebeten, nach Van zu fliegen und in den Iran zu fahren, um Alaleh und die Kinder zu finden.“

„Wie bitte? Ist das dein Ernst?“

„Mein voller Ernst.“

„Wann?“

„Morgen.“

„Morgen!“ *Du verschwindest, jetzt, wo ich dich gerade erst zurückbekommen habe?* „Aber warum *du*, Amir? Hast du so etwas schon mal gemacht?“

„Ein paarmal, ja. Sie brauchen einen gebürtigen Iraner.“

„Darfst du dort überhaupt wieder einreisen?“

„Nein. Deswegen brauche ich einen falschen Pass, Führerschein, und – das wird am schwierigsten sein – ein Visum.“

Seine Antworten gefielen mir überhaupt nicht. „Und wie willst du sie außer Landes bringen?“

„Jim Harris hat die verrückte Idee, sie in einem Kleintransporter rauszuschmuggeln."

„Einem Kleintransporter?"

„Ja, er hat schon ein paar Bastler an der Hand, mit denen er einen alten Transporter umbauen will."

Es traf mich wie der Schlag. „Das ist ja wie früher", sprudelte ich begeistert über. „Ja, natürlich. Wir fahren in den Iran, als würden wir irgendeine unschuldige Lieferung tätigen, sammeln die Frau und die Kinder ein und verstecken sie."

Amir lachte. „Bobbie, das ist nichts für dich. Die wollen nur mich."

„Bitte, Amir, lass mich mitkommen. Ich mache das nicht zum ersten Mal. Dutzende Male, ach was, noch öfter. Ich kann eine große Hilfe sein. Vertrau mir."

„Dir vertrauen! Bobbie, das hat nichts mit Vertrauen zu tun." Er sprach nun Farsi, was er immer tat, wenn ihm etwas sehr wichtig war.

„Amir! Ich war Schmugglerin. Fünf Jahre lang! Das war mein Beruf. Schon vergessen?"

„Natürlich nicht. Aber du hast Bibeln geschmuggelt, nicht Menschen! Das ist was ganz anderes!" Er zuckte mit den Achseln. „Keine Ahnung, wie man eine Frau und zwei Kinder in einem Kleintransporter verstecken will."

„Ich habe sehr wohl schon Menschen geschmuggelt. Glaub mir." Ich musste an Dusty denken, unseren roten Kastenwagen mit dem abblätternden Lack. Der Wagen, der so unauffällig aussah und doch gefüllt war mit Büchern! Mit Leben! Mit Hühnern!

„Wir brauchen einen Kastenwagen und wir brauchen Hühner. Jede Menge Hühner!"

„Hast du den Verstand verloren?"

„Höchstens ein bisschen. Pass auf, Amir. Nimm mich morgen mit in die Türkei. Ich habe gesehen, wie die Jungs die Transporter umbauen. Ich kenne ihre Tricks. Bitte. Wir fliegen zusammen. Und wenn ihr alle dagegen seid, dass ich mit in den Iran fahre, dann bleibe ich eben in Van und warte auf deine Rückkehr."

Amir starrte mich wortlos an.

„Was ist? Was ist los?"

„Du benimmst dich wie Jill damals." Seine Stimme war belegt. „Man sieht es dir an. Sogar deine Stimme klingt anders."

Ich berührte seine Hand. „Ich fühle mich auch wie damals. Gib mir diese Chance, Amir. Eine letzte Chance, um etwas zu bewegen. Danach komme ich wieder hierher und fange mit der Behandlung an. Egal, was passiert."

Amir überlegte. „Und was ist mit deiner Erschöpfung und dem Zittern?"

„Du hast es doch gerade gesagt. Man sieht es mir an. Es geht mir gut."

„Ich bin nicht überzeugt. Aber ich kann dir auch nicht verbieten, mitzukommen. Vielleicht ist es ja doch alles Gottes Plan?" Er rieb sich die Augen, als könne er dann klarer sehen. „Jim hat mir geschrieben, dass Stephen Geld aus den Vereinigten Staaten überwiesen hat, damit der Wagen und die falschen Papiere gekauft werden können. Und Flugtickets."

„Alle Achtung. Wenn Stephen einmal loslegt ..."

„Ja, schon. Aber versprich mir, dass du erst einmal mit Gott darüber redest, ja?"

Ich lehnte mich zurück und nickte bedächtig. Mein weiser Poet. „Du hast recht. Versprochen. Gleich heute Abend."

Etwas später nahm ich all meinen Mut zusammen. „Warum hast du eigentlich nie geheiratet?"

Amir sah mich überrascht an. „Willst du das wirklich wissen?"

„Natürlich."

„Nachdem du mir einen Korb gegeben hast, habe ich kalte Füße bekommen, wie ihr so schön sagt. Ich hatte Angst, etwas mit einer Amerikanerin oder Österreicherin anzufangen. Und iranische Frauen, die an Jesus glauben, gab es fast keine. Dann habe ich irgendwann überlegt, dass ich als Single für Gott doch viel besser einsetzbar bin. Nichts war da, was mich ablenkte, und so konnte ich mich einfach in die Arbeit stürzen."

Ich nickte. Diese Art von Argumentation kam mir nur allzu bekannt vor.

„Und dann habe ich mich so sehr in die Arbeit gestürzt, dass ich vergessen habe, wie einsam ich eigentlich war. Tja, jetzt weißt du es. Schätze, ich habe es nie wirklich verwunden, dich zu verlieren."

Ein Blick in sein Gesicht genügte, um zu wissen, dass er die Wahrheit sagte. „Ich bin auch nie über dich hinweggekommen", sagte ich leise.

Stephen

Vom Bad im Hotelzimmer aus hörte ich mein Mobiltelefon klingeln. Ich wickelte mir ein Handtuch um und holte es. Wer würde um diese Uhrzeit anrufen? Kam jetzt die nächste Schimpftirade von Pam? Ich sah auf die Nummer, konnte sie aber nicht zuordnen.

„Hallo, Stephen hier?"

Alles, was ich hörte, war Schluchzen und Schniefen. „Pam? Von wo rufst du an?"

Erneutes Schniefen. „Ich bin's, Tracie." Husten. „Tut mir leid, dass ich so früh anrufe. Aber du solltest das lieber so schnell wie möglich erfahren."

„Ist etwas mit Bobbie?"

Tiefes Atmen. Stille. „Tut mir leid." Jetzt erst erkannte ich Tracies Stimme. „Entschuldige, ich ... Nein, mit Bobbie ist alles in Ordnung. Na ja, sie fängt so eine neuartige Behandlungsmethode hier in Österreich an ..." Ihre Stimme verhallte und ich dachte, die Verbindung wäre unterbrochen. „Nein, es geht um Hamid."

Mir lief es kalt den Rücken hinunter.

„Hat er etwas von Alaleh gehört?" *Lieber Gott, bitte nicht!* Ich war so in meinen Artikel vertieft gewesen, dass ich mich seit vierundzwanzig Stunden weder bei Jim noch bei Keith gemeldet hatte.

„Alaleh und die Kinder sind mit einem Schleuser auf Pferden unterwegs über die Berge ..."

„Du lieber Himmel!"

„Darum geht es nicht. Es geht um Hamid. Er wurde gestern Abend angegriffen. Kurz nachdem er seinen Asylantrag bewilligt bekam, hat ihn eine Gruppe junger Iraner zusammengeschlagen. Es sieht nicht gut aus. Überhaupt nicht gut. Ach, Stephen. Das ist alles so unfair! Er hat doch schon mehr als genug durchgemacht."

Ich sank aufs Bett und vergrub das Gesicht in der Hand.

„Ich dachte, du solltest das wissen“, wiederholte sie. „Tante Bobbie hat gerade angerufen. Sie und Amir waren gestern Abend noch im Krankenhaus. Hamid liegt im Koma.“ Sie schniefte. „Ich glaube, ich werde eine Weile hierbleiben.“

Das kam nicht überraschend für mich. „In der ‚Oase‘?“, fragte ich, um sicherzugehen.

„Ja. Das hört sich vielleicht verrückt an, aber da hat sich einiges getan bei mir, seit du weg bist – Gutes, auf jeden Fall –, und Tante Bobbie braucht mich für die Behandlung. Und ich ...“, sie kämpfte gegen ihre Tränen an, „ich muss einfach hier sein. Ich kann zwar nicht viel für Hamid oder Alaleh tun, aber immerhin kann ich Carol und Julie und den anderen helfen, damit sie den Kopf frei haben für Hamids Fall.“

„Aber du kannst nicht einfach dableiben, oder? Ich meine, brauchst du nicht ein Visum oder so? Das zählt ja nicht mehr als Urlaub, oder?“

„Wir dürfen noch zwei Monate bleiben, bevor wir ein Visum brauchen.“ Sie kämpfte offensichtlich wieder mit den Tränen. „Ich bin völlig übergeschnappt, oder? Aber du lässt jetzt nicht alles stehen und liegen und kommst her.“

Nichts lieber als das.

„Ich musste einfach mit jemandem reden, der einen klaren Kopf hat. Der hier war. Der das alles hier versteht. Und ich wollte deine Stimme hören“, fügte sie leise hinzu. „Tut mir leid. Ich hätte lieber nicht anrufen sollen.“

„Ich bin froh, dass du es getan hast.“ Ich sah mich im schmucklosen Hotelzimmer um und fühlte mich auf einmal einsam und hilflos.

„Ich habe von den zwei Artikeln gehört, die du über Hamid geschrieben hast. Das ist so toll von dir. Tante Bobbie meinte, es könnte sogar Geld dabei herausspringen, mit dem man Alaleh und den Kindern helfen kann.“

„Es *ist* Geld dabei herausgesprungen. Und es könnte noch viel mehr werden.“

Ich hörte sie wieder schniefen.

„Tracie, ich werde mit meinem Chef reden. Vielleicht kann ich ja noch etwas tun.“

„Und was?"
„Zum Beispiel könnte ich wieder rüberfliegen."
„Das will er ganz bestimmt nicht."
„Wer weiß."
„Und was ist mit Pam?"
„Sagen wir einfach, Pam kümmert sich wieder um ihren eigenen Kram."
„Was?"
„Ich bin gegangen. Ich bin im Hotel. Seit drei Tagen."
„Oh, das tut mir leid."
„Nein, tut es nicht", versuchte ich zu scherzen. Ausgerechnet jetzt. Aber ich war einfach so froh, ihre Stimme zu hören.
Sie sagte nichts.
„Ich rufe dich morgen oder übermorgen an. Sag Bescheid, falls irgendetwas passiert."
„Okay."
„Und … Tracie?"
„Ja?"
„Danke, dass du angerufen hast. Wirklich. Ich bin sehr froh."

Kapitel 21

Tracie

Ich stand vor dem kleinen Krankenhaus in Baden. Wie alles in Österreich war es tadellos sauber und gepflegt – die mit Stuck verzierten hellblauen Wände, die Blumenkästen voller gelber und orangefarbener Chrysanthemen. Durch die Eingangshalle zog ein leichter Lavendelduft. Das Krankenhaus war ein einladender Ort, was mich dankbar stimmte, weil mir vor diesem Besuch graute.

Ich lief durch die Gänge und dachte daran, dass ich in ein paar Tagen Tante Bobbie hier besuchen würde. Aber noch war es nicht so weit. Noch war sie in der Türkei. Dabei war alles so schnell gegangen. Erst hatte sie mir die herzzerreißende Geschichte von Vasilica erzählt. Dann hatte sie von Amir gesprochen. Wir hatten unsere Flüge umgebucht, damit sie die neue Behandlung antreten konnte. Und nur wenige Stunden später eröffnete sie mir, dass sie und Amir nach Van fliegen würden.

„Du kannst doch nicht einfach so wegfliegen! Was ist mit deinem Zittern?"

„Ich habe gestern die letzte Tablette genommen. Die Nebenwirkungen sollten jetzt nachlassen. Vielleicht sogar ganz verschwinden."

Ihre Lässigkeit machte mir Sorgen, aber zugleich konnte ich nicht die Augen vor der Tatsache verschließen, dass meine Tante regelrecht auflebte.

Ich setzte mich neben Hamids Bett. Er lag nicht mehr im Koma, aber verlor immer wieder das Bewusstsein. Ich betrachtete das elende Häuflein Mensch und dachte über seine Geschichte nach. Der sanfte Professor, der alles hinter sich ließ und floh, um das Leben seiner Tochter zu retten. Die schreckliche Flucht, die Folter in Van, das Wunder des Ausreisevisums und die Freude, ihn in der „Oase" begrüßen zu dürfen. Und jetzt lag er hier, fast bis zur Unkenntlichkeit zusammengeschlagen.

„Herr", flüsterte ich, „ich habe dich wiedergefunden, aber das Leben ist immer noch so unfair. Bitte, jetzt musst du auch was für

Hamid tun. Mach ihn gesund und bring seine Familie her. Bitte. Du kannst alles möglich machen."

Mir kam eine Melodie in den Sinn, die ich als Jugendliche gelernt hatte. Ein vertonter Bibelvers. Leise summte ich sie vor mich hin. Da griff Hamid nach meiner Hand. Seine Augenlider flatterten und unter großer Anstrengung wandte er mir den Kopf zu. „Singen", sagten seine Lippen.

„Ich soll singen?"

Er nickte. Zögerlich stimmte ich das Lied etwas lauter an. Ich sang Worte, mit denen Jesus uns beiden Mut zusprach. *Das habe ich mit euch geredet, damit ihr in mir Frieden habt. In der Welt habt ihr Angst; aber seid getrost, ich habe die Welt überwunden.*

Bobbie

Es stimmte nicht, dass das Zittern aufgehört hatte. Aber ich versuchte es zu unterdrücken, als ich mit Amir vom Flughafen zu Jim Harris fuhr. Irgendwann griff Amir nach meiner unruhigen Hand. „Ich hätte dich nicht mitkommen lassen dürfen. Es tut mir leid."

„Es tut ja nicht weh. Und außerdem ist das hier wirklich wichtig. Es fühlt sich an ... als ob ich die Chance bekomme, ein paar verlorene Jahre nachzuholen."

„Das hoffe ich."

Das Taxi kurvte durch Van. Die Stadt verkündete an jeder Ecke, dass ich nicht mehr in Europa war: Überall Flachdächer und anstelle von Kirchtürmen Minarette und Kuppeln von Moscheen. Der Nahe Osten.

Wir hielten vor einem Haus, nahmen unser Gepäck und Amir bezahlte den Taxifahrer. Anna Harris begrüßte uns noch unten auf der Straße. Ich erkannte sie von den Fotos der Gebetsbriefe, die Carol vor Jahren verschickt hatte, als die Harris' noch in der „Oase" gearbeitet hatten. Sie war zierlich, hatte zartblaue Augen, aber einen entschlossenen Blick. Ihr Oberteil saß locker, sie trug einen langen Rock und hatte ein langes Tuch um die Haare geschlungen.

„Ich freue mich sehr, dich endlich kennenzulernen", sagte ich und sie umarmte mich wie eine typische Amerikanerin und führte uns ins Haus.

Amir, der Jim schon kannte, stellte uns einander vor. Wir waren sofort per Du. „Freut mich“, meinte ich und schüttelte ihm die Hand. „Habt ihr von Hamid gehört?“, fügte ich leise hinzu.

„Ja, ganz kurz, von Julie.“ Er sah mich mit einer Mischung aus Unverständnis und Ärger an.

„Es war schrecklich“, erzählte ich. „Wir waren Donnerstagabend bei ihm im Krankenhaus. Er ist in keiner guten Verfassung.“

„Das war er auch nicht, als er bei uns war“, erinnerte sich Jim.

„Ja, aber jetzt ist die Kopfwunde wieder offen, dazu gebrochene Rippen, eine gebrochene Nase, innere Blutungen ...“

„Weiß seine Frau davon?“, klinkte sich Anna ein.

„Jalil hat vor ein paar Tagen mit Alaleh gesprochen. Ich habe jetzt Hamids Telefon“, warf Amir ein. „Falls sie anruft, werde ich ihr sagen, dass Hamid krank ist. Ich habe Angst, dass sie umdreht, wenn sie erfährt, wie schlimm es wirklich um ihn steht.“

„Nach allem, was die mit Hamids Mutter gemacht haben? Das wäre das sichere Todesurteil“, stellte Jim bestürzt fest.

„Ja, ich weiß“, seufzte Amir.

Zwei junge Männer kamen zum Mittagessen dazu. „Ali und Emad sind Iraner“, stellte Jim uns einander vor. „Sie werden hier in Van bleiben. Beide haben sich für ein Leben mit Isa entschieden. Und sie sind zwei begnadete Schrauber.“

Beim Essen erzählten Ali und Emad ihre Geschichte. Emad war einer der Flüchtlinge, denen Amir vor vier Jahren bei der Flucht geholfen hatte. Emads Mutter war dabei ums Leben gekommen. Die Verbundenheit der beiden Männer war fast mit Händen zu greifen.

Nach dem Essen brachte uns Jim nach draußen, wo auf einem Parkplatz ein schäbiger grauer Kleintransporter stand. „Gestern kam das Geld von Stephen und heute Morgen haben wir den Wagen gekauft“, erklärte Jim. „Keith hat ein paar Ideen gefaxt, wie man ihn in ein Schmuggelmobil umbauen kann.“ Er tätschelte fast liebevoll die Seitenwand des Kleintransporters und sah mich an. „Ich habe gehört, du hast auch Ideen beizusteuern aus deinen Tagen als Schmugglerin?“

Ich nickte.

„Dann sollten wir anfangen und ein paar Entscheidungen treffen.“

Während Amir und Anna über die gefälschten Papiere redeten, sprachen Jim, Ali, Emad und ich halb auf Englisch, halb auf Farsi ein paar Ideen durch. Jim und ich erklärten, wie wir damals die Fahrzeuge präpariert hatten. „Einmal mussten wir einen wichtigen Politiker aus Rumänien schleusen", berichtete ich. „Wir haben einen doppelten Boden eingebaut, unter den er sich legen konnte. Dann haben wir den ganzen Wagen voller Käfige mit Hühnern gestopft. So viele, dass der Lärm und der Gestank unerträglich waren. Das funktioniert wirklich. Selbst, wenn das Baby von Alaleh schreien sollte – die Hühner gackern noch lauter."

Emad stieß Ali grinsend den Ellenbogen in die Rippen.

Die halten mich für völlig übergeschnappt.

„Und woher sollen wir so viele Hühner bekommen? Kriegen wir das überhaupt organisiert, wenn Amir in das entlegene Dorf im Iran fährt?" Jim hatte seine Zweifel.

Daran hatte ich ehrlich gesagt nicht gedacht. Aber noch bevor ich etwas erwidern konnte, gestikulierte Emad wie wild und redete begeistert in einer Geschwindigkeit auf Jim ein, dass ich kein Wort verstand.

„Was du nicht sagst!" Jim drehte sich zu mir um. „Emad sagt, der Iran ist ein riesiger Geflügelexporteur. Und er kennt einige Leute in dieser Branche. Er wird es so arrangieren, dass einer von ihnen mit den Hühnern zum Checkpoint kommt."

Ich bekam Gänsehaut. Unser absurder Plan schien tatsächlich machbar zu sein.

Emad wartete, bis Jim mir alles übersetzt hatte, und beobachtete meine Reaktion. Dann sahen sich die beiden jungen Männer an und zuckten mit den Schultern. „Nichts ist unmöglich", stellte Emad fest. „Gott hat uns schon aus ganz anderen Situationen gerettet."

Ich lächelte. „Da habt ihr recht. Wir haben ihn auf unserer Seite und er verlangt oft verrückte Dinge von seinen Kindern. Was meinst du, Jim?"

Jim hatte sich vor den Wagen gehockt und ihn etwas genauer begutachtet. Nun stand er mit seinen über einsneunzig auf und seine braunen Augen funkelten vor Aufregung. „Hört sich doch an, als hätten wir einen Plan!"

Den Rest des Nachmittags arbeiteten Jim, Emad und Ali am Wagen. Ali kam hin und wieder zu mir, zeigte auf irgendetwas und sagte mit starkem Akzent „Chickens!“ Dabei machte er ein gackerndes Geräusch und brachte uns alle zum Lachen. Ich lachte mit, aber insgeheim betete ich. *Herr, das ist wieder so ein Himmelfahrtskommando. Ohne dich kann das nichts werden.*

Mir fiel ein Bibelvers ein, den ich damals während meiner Zeit als Bibelschmugglerin auswendig gelernt hatte. Den ganzen Nachmittag behielt ich den Text aus dem Buch Jesaja im Kopf und ließ mich dadurch trösten. *„Aber die Blinden will ich auf dem Wege leiten, den sie nicht wissen; ich will sie führen auf den Steigen, die sie nicht kennen. Ich will die Finsternis vor ihnen her zum Licht machen und das Höckerige zur Ebene. Das alles will ich tun und nicht davon lassen.“*

Aber bitte nicht nur für uns, sondern vor allem für Alaleh und Rasa und Omid. Bitte, Herr!

Hamid

Von irgendwoher drang ihm helles Licht in die Augen. Mühsam versuchte er, die Lider zu heben. Vielleicht war er im Paradies und siebzig Jungfrauen warteten auf ihn? Nein, eher war er im Himmel und Isa lächelte ihm zu.

Isa war Licht.

Was war dieses Licht? Alles drehte sich. Er versuchte, die Augen weiter zu öffnen und sich in Richtung Licht zu drehen. Erst waren es nur Schemen, eine verschwommene, graue Fläche, dann nahm sie die Form eines Menschen an und instinktiv wollte Hamid zurückweichen. Aber er konnte sich nicht bewegen. Ihm fiel der Überfall wieder ein, die Schläge, die Tritte.

„Hamid!“ Er meinte, Rasheeds Flüstern zu vernehmen. Rasheed! Der Verräter. Vielleicht hatte er ihn auch verprügelt. Vielleicht war er hier, um es zu Ende zu bringen. Hamid spürte eine Berührung an der Schulter. Er konnte sich nicht umdrehen, konnte nicht schreien, nur zusammenzucken, auch wenn die Berührung nicht wehtat.

„Du bist wach! Khoda sei Dank, du bist wach.“

Wach war er, aber wo? Hamid starrte an die weiße Decke und

merkte auf einmal, dass mehrere Schläuche von seinem Körper abgingen.

Rasheed beugte sich so über ihn, dass Hamid in das verhärmte Gesicht seines Freundes blicken musste. Freund. *Verräter.* „Es tut mir so leid, Hamid! Sie wollten dir eine Lektion erteilen. Ich konnte nichts dagegen tun; ich hatte Angst. Sie haben deine Bibel gefunden. Ich konnte dich nicht beschützen."

Hamid versuchte etwas zu sagen. Mühsam krächzte er ein „Wo?"

„Du bist im Krankenhaus, in Baden. Heute ist der dritte Tag. Du bist schwer verletzt. Die Kopfwunde ist wieder aufgegangen, deine Nase ist gebrochen, ein paar Rippen auch. Du musst hierbleiben." Rasheed beugte sich noch näher. „Aber ich habe deinen Asylbescheid. Wenn es dir besser geht, dann kommen Jalil und Amir und bringen dich nach Linz in die Pension, wo dein Zimmer frei ist."

„Und ... du?"

Rasheed schüttelte den Kopf. „Nein, ich habe noch keine Papiere. Ich muss in Traiskirchen bleiben. Aber als die Mitarbeiter das mit der Schlägerei herausgefunden haben, wurden unsere Mitbewohner für ein paar Tage rausgeworfen ..."

Er war seit drei Tagen im Krankenhaus! Das bedeutete, Alaleh und Rasa und Omid waren schon seit zwei Tagen auf dem Rücken der Pferde im Gebirge unterwegs. Hamid konnte Rasheed abwechselnd unscharf und dann wieder scharf erkennen. Irgendwann sah er ihn gar nicht mehr.

Als Hamid das nächste Mal zu sich kam, hörte er mehrere Stimmen leise reden. Jalil beugte sich zu ihm und sagte seinen Namen. Hamid versuchte zu nicken und merkte, wie sich sein Kopf bewegte. Aber dieses Stechen! Er gab seinen Augen den Befehl, seine Sicht scharfzustellen. Da hörte er Julies Stimme. „... und wenn die Heilung weiter so gut vorangeht, können Sie in ein paar Tagen nach Linz ..."

Nah und weit weg, nah und weit weg. Hamid hatte das Gefühl, an einem Funkgerät zu sitzen, das nur zur Hälfte funktionierte.

„Alaleh?", brachte er heraus.

„Wir halten Verbindung zu ihr", antwortete Jalil. „Ich habe mit Alaleh am zweiten Tag ihrer Reise gesprochen. Ich habe ihr gesagt, dass du krank bist und nicht reden kannst und dass ich statt deiner mit ihr in Kontakt bleibe."

Alaleh machte sich sicher riesige Sorgen. Sie spürte doch, dass etwas nicht stimmte!

„Und … was jetzt?"

„Amir und Bobbie sind in der Türkei bei Jim Harris", raunte Julie. „Sie bauen einen Wagen um, damit Alaleh und die Kinder gerettet werden können. Ruhen Sie sich aus und werden Sie schön gesund. Sie werden sicher bald kommen."

Ich werde euch jemanden aus der Türkei schicken. Ich habe jetzt Freunde dort.

Danke, Isa, dachte Hamid. *Hoffentlich schaffen sie es rechtzeitig.*

Dann wurde alles wieder dunkel.

Rasa

Es wurde immer kälter. Rasas Finger und Zehen stachen, als sie am Feuer auftauten. Omid schrie und hörte gar nicht mehr auf und ihr Führer Davood schritt die ganze Zeit ungeduldig auf und ab. Maamaan sah völlig teilnahmslos aus.

Rasa nahm ihr Omid ab, wickelte ihn noch fester in die Decken und sah in sein zerknautschtes Gesicht. Sie wusste, was los war. Er hatte einen Hautausschlag von den Windeln! An jedem Bach wusch sie die dreckigen Windeln aus, aber durch den Regen und die feuchte Luft wurden sie gar nicht mehr trocken. Rasa wickelte ihn aus und cremte ihm die roten Stellen am Po ein. Dabei drückte sie ihn fest an sich, damit er nicht so kalt wurde. Er protestierte schreiend.

Der dritte Tag war fürchterlich gewesen. Den ganzen Tag hatte es gestürmt, geregnet und gewittert, sodass sie irgendwann völlig durchnässt waren und zitterten. Maamaan hustete nur noch und sah so teilnahmslos und ängstlich aus, als hätte sie aufgegeben. Aber warum?

Rasa kuschelte sich an ihren kleinen Bruder und ließ sich vom Flaum auf seinem Köpfchen an der Wange kitzeln. Seine Stirn glühte. Der kleine Omid hatte nicht nur Hautausschlag. Er hatte Fieber! Rasa kniete sich neben ihre Mutter. „Maamaan! Omid glüht richtig. Ich glaube, er ist krank!"

Maamaan nahm ihren Bruder und sah sie mit verweinten Augen

an. „Frau Garabadian hat irgendwo Medikamente in die Satteltaschen getan. Schnell, Rasa. Das wird das Fieber senken."

Davood lief unaufhörlich hin und her, legte ab und zu etwas Holz nach und sah sich unentwegt um, als würde jemand da draußen lauern. Vielleicht folgte ihnen ein böser Mann? Auf einmal bekam Rasa Angst.

Und ob ich schon wanderte im finstern Tal, fürchte ich kein Unglück; denn du bist bei mir.

Das hatte Frau Garabadian oft gesagt. Es war ihr Lieblingspsalm. Rasa durchsuchte die Satteltaschen. Als sie die Medikamente gefunden hatte, brachte sie diese ihrer Mutter, die Omid einige Tropfen mit einer kleinen Plastikpipette verabreichte. Omid brüllte und brüllte, dass man es kilometerweit hören musste.

Davood sah Rasa an und schüttelte den Kopf. Sein Blick sagte alles. Omid musste unbedingt mit dem Schreien aufhören, damit sie nicht entdeckt wurden.

Bitte, Isa! Es ist so kalt und wir haben Angst und jetzt ist Omid auch noch krank und Maamaan so traurig.

Rasa versuchte, nicht an die Schmerzen in Händen und Zehen zu denken, kuschelte Omid wieder an sich und klopfte ihm sanft auf den Rücken. „Schhh … kleiner Bruder. Schhh ... Alles wird gut."

Sie ging zu den Pferden, die im Stehen schliefen. Wieso die schlafen konnten, obwohl Omid so schrie? Bestimmt waren die Tiere noch müder als sie. Der Weg durch die Berge war so lang und anstrengend. Rasa lehnte ihren Kopf an die braune Stute und spürte ihre Wärme. Mit einem Arm hielt sie Omid, mit dem anderen berührte sie seine glühende Stirn. „Mach, dass das Fieber weggeht, Isa. Bitte rette uns. Wir haben doch nur dich."

Waren es Minuten oder Stunden, bis Omid aufhörte zu weinen? Rasa wusste es nicht, aber sie schickte ein geflüstertes Danke zum Himmel und kuschelte sich mit ihrem Bruder zu ihrer Mutter auf den Boden, ganz nah an das herunterbrennende Feuer, bis nur noch die Glut in der Dunkelheit glomm.

Am nächsten Morgen konnte Rasa nicht mehr aufstehen. Alles tat weh. Sie versuchte, die Augen aufzumachen, aber sie waren ganz verklebt und ihre Hände gehorchten anfangs überhaupt nicht. Als sie schließlich doch die Augen aufbekam, saß Maamaan auf dem Schimmel und hatte Omid vor sich gebunden. Ihre Lippen sagten irgendetwas zu Rasa. „... steh auf, Davood hilft dir ..." Ihre Stimme war mal leise, mal laut. Warum redete sie denn nicht normal?

Eiskalter Regen fiel und stach in die Wangen. Rasa lag da und konnte sich nicht bewegen. Irgendwann beugte sich Davood über sie und lächelte sie mitleidig an. „Na komm, Rasa. Jetzt musst du stark sein." Er hob sie auf die braune Stute. „Ich weiß, du bist krank, aber du musst versuchen, dich festzuhalten und sitzen zu bleiben", ermahnte er sie.

Rasa schrie auf, als ihre Beine den Sattel berührten. Sie wäre gleich wieder heruntergefallen, hätte Davood sie nicht festgehalten und wäre hinter ihr aufgestiegen. Ihre Zähne klapperten und sie hatte keine Kraft, um sich am Sattelknauf festzuhalten. Sie fühlte sich so schwach. Davood nahm eine Decke und wickelte sie um sie beide.

„Wie lange noch?", fragte Maamaan, als sich die Pferde widerwillig in Bewegung setzten. In Maamaans Augen stand eine Wildheit, die Rasa noch nie gesehen hatte. Sie sah so eigenartig aus, so unberechenbar.

„Zwei Tage, wenn wir schnell sind."

Bisher waren sie nicht schnell gewesen, so viel wusste Rasa, und der Weg sah heute noch gefährlicher aus als gestern. Die Pferdehufe rutschten im Matsch, Omid weinte wieder und der eiskalte Regen peitschte ihnen ins Gesicht. Schritt um Schritt quälten sie sich den steilen Berg hinauf, schlängelten sich aus dem Wald und wieder hinein. Wie ein Abenteuer fühlte sich das schon lange nicht mehr an und Rasa kullerten die Tränen aus den Augen.

Es nahm einfach kein Ende. Rasa schlief immer wieder ein. Sie träumte von Baba und Maamaan-Bozorg und von einem freundlichen weißen Berg. Als sie endlich ein Nachtlager aufschlugen, hob Davood sie vom Pferd und setzte sie auf den feuchten Boden. Alles tat weh.

Rasa hatte Angst. Die innere Ruhe, die sie in den vergangenen Tagen gespürt hatte, war wie weggeblasen. Gestern noch hatten sie sich um das Feuer gekauert und Davood hatte das Radio genommen und den Sender eingestellt, wo die Sendung über Isa lief. Genau wie Baba ihr erzählt hatte, kamen spannende Dinge über Isa und das Injil im Radio. Rasa hörte jedes Mal genau zu.

Aber heute hatte Davood kaum das Radio herausgeholt und eingeschaltet, da fauchte Maamaan verbittert: „Ich will dieses Gerede über diesen Gott nicht hören. Ich hasse ihn!"

Omids Fieber hatte nachgelassen, nachdem Maamaan ihm gestern die Medizin verabreicht hatte. Sein Po war noch immer ganz wund, aber er schrie nicht mehr so laut. Wenn Rasa doch bloß ihrer Mutter irgendeine Medizin gegen die Angst und die Wut geben könnte, aber sie hatte nichts.

Ich habe nur dich, Isa. Hilf mir, dass ich stark sein kann für Maamaan. Und mach, dass sie auch lernt, dir zu vertrauen. Irgendwie. Ich weiß, sie braucht dich.

Rasa konnte nicht einschlafen. Ihr Kopf dröhnte, bei jedem Atemzug fiepte es und ihre Hände und Füße waren vor Kälte ganz taub. *Bitte, Isa.*

Alaleh

Omid saugte an ihrer Brust, aber viel schwächer als sonst. Das Fieber war weg, aber nun war er völlig teilnahmslos. Rasa hatte Erfrierungen und vielleicht noch Schlimmeres. Ihre Augen tanzten nicht mehr abenteuerlustig umher. Sie waren trübe vor Fieber und Schmerz. Alaleh verabreichte Rasa den Rest der Medizin und verfluchte das Wetter.

Schnappte sie allmählich über? Es waren keine Tränen mehr übrig. Keine Kraft. Die Hoffnung war irgendwo auf dieser heimtückischen Reise vom Pferd gefallen und liegen geblieben. *Wir werden alle sterben!* Sie würde mit ansehen, wie ihre Kinder starben, und dann würde sie die Nächste sein. Und nichts war daran zu ändern. Selbst Davood, ihr stiller und erfahrener Fluchthelfer, schien vor Angst erstarrt zu sein.

Wozu noch weitergehen? Irgendetwas war Hamid zugestoßen, das spürte sie. Am zweiten Morgen hatte das Handy Empfang gehabt und sie hatte Hamid angerufen. Aber nicht er war rangegangen, sondern sein Cousin Jalil, der meinte, Hamid sei krank.

Sie fragte sich, ob er tot war. Nichts und niemand konnte Hamid davon abhalten, mit ihr zu reden, ganz egal, wie krank er war. Er wusste, wie gefährlich diese Flucht war, und hätte das Telefon keine Sekunde aus den Augen gelassen. Er hätte sich auf jedes Lebenszeichen und jede Neuigkeit gestürzt.

Aber nun gab es weder Lebenszeichen noch Neuigkeiten, nur diesen Dauerregen, der ihre Kleider und ihr Herz schwer machte.

„Wir sind bald am Dorf. Nur noch eine Tagesreise. Aber wir dürfen kein Feuer machen. Keine Geräusche", hatte Davood sie gewarnt, als die Dunkelheit hereinbrach.

Kein Feuer! Dann würden sie also erfrieren.

„Die Polizei patrouilliert in dieser Gegend bis zur Grenze. Aber der Regen wird die Hufspuren wegwaschen. Sie werden uns nicht finden."

Polizei! Mussten sie auch noch vor der Polizei weglaufen, so wie Hamid? Wenigstens hatten sie die Pferde.

Mit tauben Gliedern zog Alaleh Omid und Rasa an sich. Davood kam und wärmte Omid von der anderen Seite. Die Kinder waren still. Alaleh versicherte sich, dass sich Omids Brust noch hob und senkte, dann Rasas. Noch lebten sie. Aber wie lange konnte sie sie am Leben halten?

Wenn ihr Kopf doch wenigstens funktionieren würde. Erst war ihr heiß, dann war ihr kalt. Manchmal fühlte sie gar nichts.

Sie musste eingeschlafen sein, denn auf einmal rüttelte Davood sie wach und flehte sie flüsternd an, das Baby zu nehmen und aufs Pferd zu steigen. *Schnell, schnell!* Sie hörte eine entfernte Männerstimme und Schritte. Irgendwo tanzte der Lichtkegel einer Taschenlampe. Davood half ihr in den Sattel und reichte ihr Omid.

Rasa! Wo war Rasa? Alaleh formte ihren Namen mit den Lippen und Davood schüttelte den Kopf. Sie wollte schreien, aber Davood presste ihr die Hand auf den Mund. Er sah sie flehend an und stieg auf den Schimmel.

Ihre Tochter! Wo war ihre Tochter? Sie konnten doch Rasa nicht zurücklassen! Die Polizei würde sie finden! Und sie hatten bestimmt Hunde!

Davood griff nach dem Zaumzeug der Stute und zog sie neben sein Pferd, dann galoppierten sie durch die Nacht. Alaleh klammerte sich mit einer Hand an den Sattel und die Zügel, mit der anderen hielt sie Omid, beugte sich tief zur Mähne des Pferdes hinunter und versuchte, den Zweigen auszuweichen, die ihr ins Gesicht peitschten. Sie hatte keine Ahnung, wie lange sie so ritten. Sie wusste nur, dass ihnen am Ende die Lichtkegel nicht mehr folgten und Rasa nicht mehr da war.

Ein Wehklagen drang ihr aus tiefster Kehle. Davood nahm Omid und sie schrie ihren Schmerz hinaus. Tränen liefen ihr übers Gesicht. Rasa! Wie konnte er nur Rasa zurücklassen! War sie etwa schon tot gewesen?

Davood half ihr aus dem Sattel und führte sie gebückt in eine niedrige Höhle. Ein Schwarm Fledermäuse flatterte an ihren Gesichtern vorbei, als sie sich hineinduckten. Alaleh zitterte wie Espenlaub und Omid quengelte leise. Davood kniete sich neben sie. „Ich kenne diese Gegend, jeden Zentimeter. Ich bin diesen Weg schon Hunderte Male gegangen. Bleib hier mit dem Baby. Hier bist du sicher. Ich nehme den Schimmel und hole Rasa. Vertrau mir."

Alalehs Mund gehorchte keinem Befehl, aber sie sprach mit ihren Blicken. *Ich vertraue dir nicht!*

„Ich habe sie gut versteckt. Sie war zu krank, um zu reiten, aber wir mussten doch schnell fliehen. Ich hole sie jetzt. Vertrau mir."

Alaleh vertraute niemandem. Lebte ihre Tochter noch? Gab es überhaupt noch Grund zu hoffen?

Davood machte ein kleines Feuer und die Taubheit verließ allmählich ihre Hände und Füße. „Ich rolle einen Stein halb vor die Höhle, so wird dich niemand finden. In ein paar Stunden bin ich zurück."

Alaleh trank Wasser und zwang sich, etwas altes Brot zu essen. Omid lebte. Sie musste weitermachen, für Omid. Sie legte ihr Kind an ihre Brust und schluchzte leise.

Rasa

Der Lichtkegel der Taschenlampe ging direkt über sie hinweg. Sie sah, wie er durch die trockenen Blätter und über die Rinde eines Baumes huschte. Rasa lag ganz still, wie Davood ihr eingeschärft hatte.

„Du bist zu krank zum Reiten. Ich verstecke dich hier im Wald unter Blättern", hatte er geflüstert und ihr zuerst die Decken umgewickelt und dann feuchtes Laub auf sie geworfen. „Sie haben keine Hunde. Sie werden dich suchen, aber wenn du stillhältst, finden sie dich nicht. Sie werden *uns* verfolgen. Wenn wir sie abgehängt haben, komme ich wieder und hole dich. Versprochen."

Rasa blieb ganz ruhig, obwohl sie die Männer ein paar Meter neben sich hören konnte.

„Sie waren hier. Da, die Pferdeäpfel", sagte eine Stimme. „Lange können sie noch nicht weg sein. Schnell, wir müssen Bescheid geben. Sie sind auf dem Weg ins Dorf. Dort werden unsere Männer sie erwarten."

Und ob ich schon wanderte im finstern Tal, fürchte ich kein Unglück ... Rasa wiederholte den Vers immer wieder, bis Müdigkeit sie übermannte und sie unter den Blättern einschlief.

Davoods Gesicht zeigte frische Tränenspuren, als er Rasa aus ihrem Versteck hob. „Kind, du lebst. Gott sei Dank!"

Vorsichtig setzte er sie in den Sattel, stieg hinter ihr auf und wickelte die Decken um sie beide, sodass Rasa aufrecht saß, obwohl sie sich völlig kraftlos fühlte. Davood ließ das Pferd im Schritt laufen. „Versuch zu schlafen, das ist das Beste, Rasa."

Sie versuchte etwas zu sagen, aber es kam nichts. Sie versuchte es noch einmal. „Männer haben Dorf gewarnt."

„Du hast die Männer gehört, die uns suchen?"

Rasa nickte.

„Und sie haben ihre Männer im Dorf gewarnt?"

Rasa nickte. „Gut", erwiderte Davood. „Sehr gut. Sollen sie warten, bis sie schwarz werden. Wir nehmen einen anderen Weg."

Rasas letzter Gedanke war: *Ich bin wie ein Pferd. Ich bin so müde, dass ich im Sitzen schlafen kann.*

Alaleh

Alaleh wiegte gerade Omid in den Schlaf, als jemand am Stein vor dem Eingang vorbei in die Höhle schlüpfte – Davood brachte ihre Tochter. Rasa lebte! Alaleh übergab Davood den schlafenden Omid und schloss Rasa in die Arme. Sie drückte sie an sich, konnte ihr

Kind aber nicht aufwecken. Eine Stunde lang hielt sie Rasa fest und flehte sie an, doch endlich die Augen zu öffnen. Irgendwann schließlich starrte Rasa ihre Mutter aus glasigen Augen an.

In der Höhle war es warm und sie bot Schutz vor dem nicht enden wollenden Regen. Die Kleider trockneten allmählich. Alaleh kochte eine heiße Brühe und fütterte ihre Tochter, während sie die Melodie summte, die Frau Garabadian Rasa beigebracht hatte.

Lebe, mein Kind. Lebe!

„Wir müssen noch einen Tag warten", stellte Davood fest und ermunterte Alaleh, Obst und Brot zu essen. „Die Polizei sucht noch nach uns. Sie haben ihre Leute im Dorf alarmiert. Wir müssen einen anderen Weg nehmen. Ich werde einen Ort suchen, von dem aus ich Empfang habe. Dann rufe ich unsere Kontaktleute an. Sie werden uns schon vor dem Dorf in Empfang nehmen müssen."

Alaleh nickte. Was sonst sollte sie tun? Sie behielt ihre Tochter den ganzen Tag im Auge. Die Medikamente waren aufgebraucht. Sie legte ihr kühle Wickel auf die Stirn und versuchte, ihre Finger und Zehen vorsichtig mit den Händen aufzuwärmen. Immer wieder drückte sie Rasa an sich und hoffte, dass ihre Körperwärme sie zurückholte, auch wenn in ihrer Tochter das Fieber tobte.

Verzweifelt betrachtete sie ihr schlafendes Kind. Die dichten schwarzen Locken, die vor Schweiß am Kopf klebten, das feine Näschen, das wohlgeformte, weiche Gesicht. Ihre Tochter. Ihr geheimnisvolles Kind. Ihr sterbendes Kind. Alaleh dachte an die Strapazen dieser Reise und weinte bitterlich. „Isa, ich kenne dich nicht. Ich weiß nicht, wie man betet. Aber du hast auf meine Tochter gehört. Du hast mein Leben bei Omids Geburt gerettet und ihn auch. Bitte, kannst du sie nicht auch retten? Ich habe doch niemanden mehr außer dir." Alaleh ließ die Augen geschlossen und legte ihrer Tochter eine Hand auf die glühende Stirn. Im Lauf des nicht enden wollenden Tages flehte sie immer wieder zu diesem seltsamen Gott der Christen.

Kapitel 22

Amir

Den ganzen Tag brachten Amir, Jim, Emad und Ali damit zu, den Kleintransporter in ein Schmuggelmobil umzubauen. Amir tat, wie ihm geheißen, aber seine Gedanken drifteten immer wieder ab. *Sie hat mich ihren Poeten genannt.* Jawohl! Ihren Dichter. *Bobbie, nichts möchte ich lieber sein.* Wie konnte es nur so weit kommen?

Seit so vielen Jahren hatte er die Hoffnung aufgeben, Bobbies Poet zu sein. Um ehrlich zu sein, hatte er die Hoffnung aufgegeben, *überhaupt* jemals wieder ein Poet zu sein. Ja, er nutzte sein Talent, mit Worten umzugehen, jetzt für seine Predigten. Er versuchte, sie so anregend wie möglich zu gestalten und Gott die Ehre zu geben. Aber gedichtet hatte er seit Ewigkeiten nicht mehr.

Der Gedanke daran, wie schnell und unbeabsichtigt seine Kreativität vertrocknet war, tat weh. Mit Bobbie war auch seine Muse aus seinem Leben fortgegangen. Er füllte die Lücke mit Gott, mit der Gemeinde, mit der Hilfe für andere. Aber die Quelle seines dichterischen Talents war versiegt und das hatte ihn schwer getroffen. Aber jetzt, irgendwo im Hinterstübchen oder in einer kleinen Ecke seines Herzens, erwachte diese Quelle wieder. Klar und sprudelnd. Auf Farsi. Ein Neuanfang, hoffnungsvoll.

Ein Gedicht.

Wenn du mich in deinem Herzen getragen hast all die Jahre
wie eine wärmende Erinnerung,
wie einen plötzlichen Sonnenstrahl,
wie einen Funken Hoffnung,
dann komm mit mir zurück ins Heute,
komm zurück und lass uns die Zukunft
gestalten
gemeinsam.

„Morgen sind die Papiere fertig“, sagte Anna und klopfte Amir anerkennend auf den Rücken.

„Na dann – lasst die Spiele beginnen!“ Jim lachte tief und laut. Erstaunlich, wie er in dieser Situation noch Witze reißen konnte, wo Amir doch auf eine lebensgefährliche Mission ging.

„Ich bereite mich wohl besser darauf vor“, antwortete Amir. Er rang sich ein Lächeln ab, aber auf einmal war sein Mund ganz trocken. Ja, er war schon zweimal zurück in den Iran gereist. Jedes Mal, um Flüchtlingen zu helfen. Jedes Mal mit einem falschen Pass, einer falschen Identität. Aber er sagte nicht, wie viel Angst ihm das einjagte. Er hatte nie jemandem erzählt, was beim letzten Mal passiert war und wie er nur um Haaresbreite der Geheimpolizei entgangen war. Bei seiner Rückkehr nach Mauthausen hatte er auf einmal eine E-Mail in seinem vermeintlich anonymen Postfach entdeckt. *„Betrittst du noch einmal iranischen Boden, werden wir dich fassen und töten!“*

Aber nun würde er doch zurückkehren. Amir seufzte und dachte an die Stimme im Radio. Er musste es tun.

„Hey, Leute!“ Anna winkte sie aufgeregt herbei. „Der Fluchthelfer hat angerufen. Offenbar hat er endlich einmal Empfang. Alaleh und die Kinder verstecken sich in einer Höhle einige Kilometer vor dem Dorf. Es geht ihnen nicht gut. Das Mädchen ist kaum noch bei Bewusstsein. Davood klang ziemlich besorgt. Das heißt, wir sollten unser Gefährt lieber schnell fertigbekommen, damit du morgen früh losfahren kannst.“ Anna wandte sich an Jim. „Meinst du, ihr schafft das?“

„Wenn wir die Nacht durchmachen, ja.“ Jim grinste. „Geht doch nichts über eine kleine Herausforderung.“

Amir aber konnte Jims Zuversucht nicht teilen. Ihm lief es kalt den Rücken hinunter. Er kannte Davood. Dieser Mann hatte unzählige Male die Berge überquert und schleuste die Flüchtlinge nicht für Geld, sondern für Gott. Er zeigte nie Angst oder Besorgnis. Wenn er sich um die Frau und die Kinder Sorgen machte, dann stand es ganz und gar nicht gut. Amir nahm Jim beiseite. „Du bist Amerikaner. Ich weiß, wie ihr tickt. Ihr liebt Wunder und Happy Ends und glaubt, ihr könnt alles erreichen, wenn ihr nur genug Unterstützung und Geld und Willenskraft habt. Aber vergiss nicht: In den meisten Ländern dieser Welt gibt es nicht genügend Geld und Unterstützung. Und ganz gleich, wie viel Willenskraft man aufwendet – es ist kein Garant für Erfolg. Ich bin 1989 selbst über die Berge geflohen. Zu Fuß und zu Pferd. Im Winter. Eine junge Mutter mit zwei kleinen Kindern kann das nicht schaffen. Ich weiß, dass ihr alle hart gearbeitet habt und dass ich unter Gottes Schutz und mit Gebet auf den Lippen gehe. Aber das hier ist kein amerikanischer Actionstreifen und ich kann nicht versprechen, dass es so ausgeht, wie ihr euch das wünscht."

Jim seufzte und wurde ernst. „Du hast recht. Wir haben hier den aufregenden Teil, aber die Neuigkeiten sind überhaupt nicht gut. Und du bist derjenige, der die Mission ausführen muss. Wir werden beten. Mehr denn je."

Bobbie

„Darf ich Lilly holen?" Annas Jüngste war aufgewacht. Wenn ich in den vergangenen zwei Tagen nicht gerade den Männern meine Vorschläge unterbreitet hatte, spielte ich mit den Kindern.

„Na klar. Sie kennt dich ja inzwischen. Irgendwann hört sie bestimmt auf zu brüllen." Anna zwinkerte mir zu.

„Keine Sorge." Lächelnd ging ich in Richtung Kinderzimmer. Ich war überrascht und doch nicht überrascht, wie gut ich mich mit Anna verstand, obwohl wir uns erst seit wenigen Tagen kannten. Als Missionarinnen lagen wir auf einer Wellenlänge. Wir hatten unser normales Leben hinter uns gelassen, hatten uns einen Spenderkreis aufgebaut, in der Fremde gelebt, eine neue Sprache gelernt und oft starken Gegenwind erlebt. Situationen wie diese kamen uns beiden so bekannt vor. Während die Männer also am Kleintransporter arbeiteten, bereiteten wir das Essen zu. Währenddessen fuhr ich fort, Anna meine Geschichte zu erzählen.

„Das hört sich vielleicht so an, als hätte ich wer weiß wie viel Lebenserfahrung, aber in Wirklichkeit habe ich mir die wichtigste Sache erst vor ein paar Tagen eingestanden", sagte ich mit Lilly auf dem Arm.

„Keine Angst, ich behalte alles für mich. Bin ich froh, dass wir uns kennengelernt haben! Ich habe natürlich schon von dir gehört, damals in den Neunzigern, als wir ein paar Jahre nach dir in die ‚Oase' kamen. Das ganze Team hat von dir erzählt."

„Ja, das glaube ich gern – nach meiner urplötzlichen Flucht. Ich habe einfach alles falsch gemacht."

„Nein, es hat niemand getratscht. Sie haben dich alle geliebt! Und vermisst. Es war mir nur klar, dass du irgendetwas Schlimmes durchgemacht haben musstest."

„Jetzt weißt du ja, was es war."

„Ja." Anna lächelte. „Und jetzt hast du deinen Flüchtling wieder."

„Zumindest für kurze Zeit."

Anna gab Lilly ein Küsschen auf die Wange. „Wir werden Gott damit in den Ohren liegen, dass aus der kurzen Zeit eine lange Zeit wird."

Ein Kloß bildete sich in meinem Hals und ich schluckte. *Mehr Zeit. Mit Amir. Zeit, um zu trauern, Zeit, um wieder zu lieben, Zeit, um zu leben. Zeit.*

Annas Stimme riss mich aus meinen Gedanken. „Und *du* hattest wirklich die Idee mit den Hühnern?"

„Ja", grinste ich. „Aber nur, weil wir das schon einmal gemacht haben und es funktioniert hat."

„Schön zu hören. Du solltest das Emad lieber ganz genau erklären, damit er weiß, wie viele Hühner und Käfige er bei seinen Bekannten besorgen muss."

„Das mache ich. Sehr gern."

Stephen

„Gute Arbeit, Junge! Unsere Leserschaft wächst. Sie sind ja ein richtiger Goldesel. Immer schön weiterschreiben!" Andy Kimball klopfte mir auf den Rücken und sein dicker Bauch wackelte vor Lachen.

„Freut mich zu hören, Sir. Und ja, keine Sorge, die nächste Folge ist schon in der Pipeline."

„Was macht unser Flüchtling denn so?" So nannte er Hamid.

„Hamid wurde wegen seines Glaubens zusammengeschlagen und seine Frau und Kinder versuchen gerade, über die Berge aus dem Iran zu fliehen. Es ist sehr gefährlich."

„Großartig!", schwärmte Kimball.

Großartig? Hatte er überhaupt zugehört?

„Also schön, ich will, dass Sie vor Ort sind, wenn die Familie aufeinandertrifft. Verstanden?"

„Wie bitte?"

„Auf geht's, Junge. Zurück in dieses kleine Kaff in Österreich! Ich will, dass Sie im Krankenzimmer live dabei sind, wenn Hamid seine Frau und Kinder sieht und zum ersten Mal seinen Sohn im Arm hält. Bilder, Beschreibung, das ganze Programm."

Ich dachte an Bobbies Worte. *Wenn du nur eine rührselige Story für deine Leserschaft suchst, dann lass es lieber.*

„Sie wollen mich also in Österreich haben. Jetzt?"

„Ganz genau!"

„Es ist aber nicht gesagt, dass die Frau und Kinder überhaupt so weit kommen. Das könnte übel ausgehen. Und Hamid ist in keiner guten Verfassung."

„Egal. Schreiben Sie. Es sind doch jede Menge spannender Dinge passiert. Die Leute lieben es! Ich möchte alles über die Flüchtlinge und über diese Missionare auch."

Kimball wollte die Story, aber ich wollte helfen. Einfach nur helfen. „In Ordnung, Sir. Was ich noch fragen wollte: Soll ich auch übers Beten schreiben?"

„Beten?"

„Ja. Die Missionare sind ein bisschen ... seltsam. Sie beten. Andauernd. Gemeinsam. Sie glauben, dass Gott ihre Gebete für die Flüchtlinge erhört."

„Aha. Na ja, bisher scheint es ja funktioniert zu haben."

„Ja. Ist ehrlich gesagt schon ziemlich auffällig, was da alles passiert ist."

Kimball blieb stehen und stützte sich mit seinen dicken Fingern auf dem Schreibtisch ab. Sein Bauch wölbte sich über die Tischkante. „Augenblick. Sind diese Leute auf gute oder schlechte Art *seltsam*?"

„Oh, auf gute Art, Sir."

„Na also. Dann machen Sie mal, dass sie da rüberkommen und schreiben! Und zwar jeden Tag, bis die Sache vorbei ist."

„Und meine Interviews mit den Opfern von Hurrikan Katrina?"

„Das lassen Sie mal meine Sorge sein. Wir haben jede Menge Leute, die das übernehmen können."

Ich verließ etwas benommen Kimballs Büro. Hatte Gott gerade

meinen unausgesprochenen Wunsch erfüllt, zur „Oase“ zurückzukehren?

Im Hotel klingelte mein Handy. „Ja?“

„Stephen! Schön, dich zu hören.“

„Hallo, Mom. Wie geht's? Wie läuft es in Lyon?“

„Gut. Sehr gut sogar. Dein Vater kam am selben Tag aus Hong Kong zurück wie ich aus Österreich. Er hat beschlossen, doch nicht wegzugehen. Er bleibt. Wir werden versuchen, unserer Beziehung noch eine Chance zu geben und an uns zu arbeiten.“ Sie schwieg. „Das heißt nicht, dass es klappt, aber immerhin habe ich ein wenig Hoffnung.“

Guter Schritt, Dad. „Toll! Das ist ja super.“

„Er meinte, ich hätte ihm schon viel früher ein Ultimatum stellen sollen. Wir haben viel geredet, weißt du. Und einander *zugehört.* Ich glaube, wir haben uns seit Langem mal wieder verstanden. Vielleicht seit Jahren zum ersten Mal.“

„Ich weiß nicht, was ich sagen soll. Ich freue mich so.“

„Brigitte hat mir schon oft gesagt, dass dein Vater und ich lernen müssen, miteinander zu kommunizieren. Und dank Carol und Julie habe ich es endlich begriffen.“ Mom überlegte. „Und ich lerne auch, wann ich den Mund halten sollte.“

Mom klang so erleichtert, so hoffnungsvoll. Ich sah sie sofort vor mir, zierlich und fröhlich und unbeschwert – so, wie sie früher gewesen war, bevor alles so angespannt wurde.

„Ich war gestern wieder in Brigittes Kirche. Ach, war das schön, all die amerikanischen Studentinnen wiederzusehen. Sie haben einen Bericht über ihre Zeit in der ‚Oase‘ gegeben. Weißt du, Stephen, sie sind für mich wie Töchter geworden. Wie Töchter. Und Lehrer. Ich lerne so viel über ihre Art *zu glauben.*“

Innerlich zuckte ich ein wenig zusammen, musste dann aber doch lächeln.

„Und bei dir? Gibt es Neuigkeiten mit Pam?“

„Ich fürchte nicht. Ich wohne immer noch im Hotel. Aber mein dritter Artikel über die Flüchtlinge wurde gerade abgedruckt und es kommen neue Spenden für sie rein.“

„Ich bin so stolz auf dich, mein Schatz.“

Ich musste es einfach sagen, auch wenn ich noch keine Zeit hatte, es sacken zu lassen. „Und Andy Kimball hat mich gerade zurück nach Österreich geschickt."

Mom schnappte nach Luft. „Wann?"

„Ich fliege noch heute! Er meinte, die Leserschaft sei in den letzten Tagen so sehr gewachsen, dass er mich hinschickt, um direkt vor Ort zu berichten."

Mom quiekte vor Freude. „Stephen! Wie wundervoll! Und hast du schon von Tracie und Bobbie gehört?"

„Ich habe mit Tracie gesprochen. Leider geht es Hamid nicht besonders gut." Ich erzählte ihr kurz, was ich wusste.

„Der Arme. Ja, Carol hat gestern eine E-Mail an alle geschickt und uns gebeten, im Gebet an ihn zu denken."

„Das kann er sicher gut gebrauchen."

„Ich mag Tracie sehr", sagte Mom auf einmal fröhlich. „Ein schlaues Mädchen. Begabt, sensibel und doch temperamentvoll. Genau so ein Mädchen brauchst du."

„Mom!", empörte ich mich. Doch als ich aufgelegt hatte, grinste ich wie ein Honigkuchenpferd.

Tracie

Ich hatte Hamid zweimal besucht, am Samstag und Sonntag, und war mit Julie am Sonntagvormittag in einer englischsprachigen Gemeinde gewesen. Dreimal hatte ich zu Hause angerufen, aber jetzt war es Montagnachmittag und ich wusste nichts mehr mit mir anzufangen. Ich streunte erst durchs Gästehaus und fuhr dann mit dem kleinen Peugeot zur „Oase", wo Carol und Tom im Büro am Computer arbeiteten.

Ich war viel zu aufgedreht, um mich hinzusetzen. „Carol, hast du nicht irgendwas für mich zu tun? Egal was."

Die beiden sahen überrascht auf. „Da hat aber jemand Hummeln im Hintern", meinte Tom grinsend.

„Ich halte es einfach nicht mehr aus, auf Nachricht von Tante Bobbie und Amir zu warten. Oder darauf, dass es Hamid endlich besser geht. Oder darauf, dass Alaleh und die Kinder sich melden. Ich *muss* irgendwas machen."

„Also, Arbeit gibt es genug“, bot Carol an. „In zwei Stunden werden hier knapp hundertfünfzig Männer aufkreuzen und die Kleiderkammer stürmen. Das ist zwar nicht gerade aufregend, oft ist es sogar ziemlich ermüdend, aber wir könnten deine Hilfe gut gebrauchen.“

„Tante Bobbie sagt immer, jede Arbeit ist wichtig. Sie meinte mal zu mir, als sie hierherkam, hatte sie eine ziemlich feste Vorstellung von dem, was sie hier tun würde. Und dann hat sie gelernt, was es wirklich heißt, den Menschen zu dienen. Nämlich das zu tun, was gebraucht wird.“

„Ja, Bobbie hat recht“, pflichtete Carol mir bei. „Und sie war stets eine der Ersten, die sich freiwillig gemeldet hat. Wir haben sie wirklich vermisst damals. Deswegen freuen wir uns umso mehr, sie wieder bei uns zu haben. Und dass du auch noch hier bist, ist für uns das Sahnehäubchen auf dem Kuchen.“

„Wir könnten auch noch Hilfe bei der Vorbereitung der Weihnachtsfeier gebrauchen“, meldete sich Tom zu Wort. „Die ist doch schon am Samstag. Vielleicht kannst du Julie da unterstützen ... du könntest natürlich auch die musikalische Leitung übernehmen.“ Tom zögerte. „Oder bist du am Samstag nicht mehr hier?“

„Ich bleibe so lange hier, wie Gott will.“

Tom und Carol warfen sich vielsagende Blicke zu. Carol zog eine Augenbraue hoch. „Scheint, als würde die ‚Oase‘ ihre Spuren bei dir hinterlassen.“

„Sehr positive sogar.“

„Morgen Abend ist übrigens das Kaffeehaus wieder geöffnet. Dort wird auch immer jede helfende Hand gebraucht.“

Ich strahlte. „Okay, verstanden! Mir wird hier nicht langweilig werden. Ich werde nach der Kleiderkammer noch einmal zu Hamid fahren. Also, wo fange ich an?“

„Ach du Schreck“, entfuhr es Carol plötzlich. Sie grinste von einem Ohr zum andern und sah mich vielsagend an.

„Was denn?“, fragte ich verdutzt.

„Hab gerade eine E-Mail bekommen. Von Stephen.“

Mir wurde heiß.

„Hier steht: *Carol, es gibt überraschende Neuigkeiten. Mein Chef schickt mich zurück nach Traiskirchen, damit ich weiter über Hamid berichten kann. Ich fliege schon heute Abend und bin morgen Nachmittag da. Wenn ich darf, würde ich gern im Gästehaus schlafen. Ich kann mich um mich selbst kümmern, wollte euch aber nur vorwarnen, dass ich komme ...*"

Alles in mir kribbelte und ich konnte meine Aufregung und Überraschung nicht verbergen. „Ähm, das ist ja ... das ist ..."

„Das ist eine rundum gute Nachricht", lachte Tom, stand auf und drückte mich väterlich.

Hamid

Hamid sah, wie Tracie mit erstauntem Gesicht ins Krankenzimmer kam. „Sie sehen ja schon so viel besser aus!"

Ja, es ging ihm besser, zumindest wurde ihm nicht mehr andauernd schwarz vor Augen und das hämmernde Dröhnen im Kopf ließ hin und wieder nach. Außerdem sah er nicht mehr verschwommen. „Ja. Ich mich fühlen besser. Gibt Neuigkeiten?"

„Ja! Die gibt es. Amir fährt morgen früh in den Iran, um Alaleh und die Kinder zu holen. Er und die anderen basteln noch am Transporter. Sehen Sie – gute Nachrichten."

„Und meine Familie? Geht gut?"

Tracie wirkte kurz unsicher. „Ich ... weiß es nicht genau. Nur, dass der Fluchthelfer die Leute in Van, Sie wissen schon, die Familie Harris, angerufen und einen Ort durchgegeben hat, wo Amir sie treffen soll."

Danke, Isa.

„Und ich habe eine Überraschung für Sie, Hamid." Tracie gab ihm eine Bibel und einen iPod. „Geschenke von Julie. Sie meinte, Sie möchten bestimmt eine Bibel haben, und hier auf dem iPod sind mindestens zwanzig Predigten, alle auf Farsi. Sie kennen doch Julie; sie möchte, dass Sie beschäftigt und guten Mutes sind, solange Sie auf Ihre Familie warten müssen."

„Sagen Sie ihr Danke. Gute Geschenke."

Tracie blieb nur wenige Minuten. Sie schien zu spüren, dass er zu müde war, um lange zu sprechen. Als sie sich verabschieden wollte, sagte er: „Können Sie mir singen eins der Lieder? Wie letzte Mal?"

Er schloss die Augen, als ihre Stimme das Krankenzimmer erfüllte. Sie sang von Glaube und Hoffnung und Liebe und Hamid stellte sich vor, wie Alaleh, Rasa und Omid bald, sehr bald, dieser Melodie mit ihm lauschen würden.

Hamid setzte sich die Kopfhörer auf, legte sich die geöffnete Bibel in den Schoß und widmete sich der ersten Predigt. Amir predigte über das Buch Jesaja. Hamid erinnerte sich, dass Jim Harris ihm daraus vorgelesen hatte. *Das Gras verdorrt, die Blume verwelkt, aber das Wort unseres Gottes bleibt ewiglich.* Und einen Abschnitt über junge Männer, die müde werden und straucheln, aber wer auf den Herrn harrte, bekam neue Kraft. Hamid hatte sich damals gefragt, was das bedeutete, auf den Herrn harren. „Ihm vertrauen", hatte Jim erklärt.

Hamid las angestrengt die Verse in der Bibel mit, die Amir mit kräftiger Stimme vortrug. „Die Wüste und Einöde wird frohlocken und die Steppe wird jubeln und wird blühen ... Sagt den verzagten Herzen: ‚Seid getrost, fürchtet euch nicht! Seht, da ist euer Gott! Er kommt zur Rache; Gott, der da vergilt, kommt und wird euch helfen.'"

Hamid dachte an die Monate der Flucht, die Folter, den Überfall seiner Zimmerkollegen. „Dann werden die Augen der Blinden aufgetan und die Ohren der Tauben geöffnet werden. Dann werden die Lahmen springen wie ein Hirsch und die Zunge der Stummen wird frohlocken. Denn es werden Wasser in der Wüste hervorbrechen und Ströme im dürren Lande."

Ströme im dürren Lande. Hamid stellte es sich bildlich vor. Ströme in der Wüste. Eine Oase. Hatte er nicht genau das gefunden?

Amir las noch immer vor. „Und es wird dort eine Bahn sein, die der heilige Weg heißen wird." Ein Weg! Ein heiliger Weg. Ganz anders als die Fluchtroute, auf der sich Alaleh und die Kinder voranquälten. „Kein Unreiner darf ihn betreten; nur sie werden auf ihm gehen." Die Zukunft war nicht trostlos. Es gab einen sicheren Weg, einen, der nichts mehr mit Flucht zu tun hatte.

„Es wird da kein Löwe sein und kein reißendes Tier darauf gehen; sie sind dort nicht zu finden", las Amir. Hamid dachte an die wie verrückt bellenden Hunde, spürte für einen Augenblick die bleierne Erschöpfung in den Gliedern, Rasheed, der sich auch noch auf ihn stützte und wie sie sich zwangen zu laufen, zu rennen! Was machten Alaleh und die Kinder gerade durch?

„Sondern die Erlösten werden dort gehen." Erlöst. Er war erlöst! „Die Erlösten des HERRN werden wiederkommen und nach Zion kommen mit Jauchzen; ewige Freude wird über ihrem Haupte sein; Freude und Wonne werden sie ergreifen und Schmerz und Seufzen wird entfliehen."

Hamid wurde schwindlig. Ja, der dröhnende Schmerz war wieder da, aber da war auch etwas anderes. Er wollte auf diesen Weg! Einen sicheren Weg, mit Gott als seinem Anführer, Gott, der Hoffnung und Freude schenkte. Eine Oase hatte er bereits gefunden. Vielleicht war der Weg nur einen Schritt davon entfernt.

Bobbie

Amir brütete am Abend über der Karte. „Du wolltest mich sprechen?"

Er nickte, ohne aufzusehen. „Es ist beschlossene Sache. Du kommst mit."

„Was?" Ich hatte ihm nicht mehr mit meinem Vorschlag in den Ohren gelegen, sosehr ich es mir auch wünschte, und war davon ausgegangen, dass es einfach keine gute Idee gewesen war. „Aber wie?"

Amir sah mich an und ich bemerkte, wie müde er war. Er rieb sich die Augen. „Wir haben für dich auch falsche Papiere besorgt." Dabei tätschelte er einen dicken Umschlag auf dem Tisch. „Alle sind der Meinung, dass es besser ist, wenn ich nicht allein fahre."

„Alle?"

„Jim. Keith. Die von der ‚Oase'. Jalil. Wir haben alle darüber gesprochen."

Ich schluckte. „Okay ..."

„Du hast das schon mal gemacht. Du weißt, wie das ist, jemanden zu schleusen. Und du hast keine Angst ..."

Damals hatte ich keine Angst, Amir. Damals.

„... und wenn mir etwas zustößt, kannst du weitermachen. Du wirst sie sicher außer Landes bringen."

„Wenn dir etwas zustößt? Was redest du da?"

Amir streckte den Arm aus und nahm meine Hand. „Was wir da vorhaben, ist sehr gefährlich. Wenn irgendetwas schiefgeht, fährst du mit Alaleh und den Kindern weiter. Hast du mich verstanden?“

„Was soll denn schiefgehen?“

Er antwortete nicht, aber an seinem Blick erkannte ich, was er dachte. *Sehr, sehr viel kann schiefgehen, meine Liebe.*

„Ich habe keine Angst. Oder vielleicht doch, aber was habe ich früher immer gesagt? ‚Mut ist Angst, die gebetet hat.‘ Ich komme mit.“

Meine Hände zitterten und ich versuchte es zu überspielen, aber Amir sah mich ernst an. „Bobbie. Machen wir uns nichts vor. Dir geht es überhaupt nicht gut und mein Leben steht auf dem Spiel, sollte ich je wieder in den Iran reisen. Es ist verrückt, was wir da vorhaben.“ Er zog einen Mundwinkel hoch. „Aber wir sind verrückt um Christi willen, nicht aus uns selbst heraus. Wenn er will, dass wir es schaffen, dann schaffen wir es. Egal, was passiert.“

Ich drückte ihm dankbar die Hand. „Du hast recht.“

„Und jetzt sollten wir uns die Karte vorknöpfen. Wir müssen die Route in- und auswendig kennen ...“

Um vier Uhr morgens schickte ich Peggy über Annas Computer eine E-Mail mit den neuesten Entwicklungen und der Bitte um Gebet. Ich benutzte unsere Geheimsprache, von der ich hoffte, dass sie sie noch verstehen würde. Vor Jahren, als ich noch handgeschriebene Briefe verschickte, brauchte sie jedenfalls keine Erklärung.

Ich hatte kaum auf „Senden“ geklickt und vielleicht drei Minuten dort gesessen, als ein *Pling* mir ihre Antwort ankündigte.

„Verstanden. *Ich mobilisiere die Truppe. Und jetzt schlaf!*“

Alaleh

Alaleh hörte, was Davood sagte: Er hatte Empfang gehabt und mit Hamids Freunden in Van gesprochen. Ein Auto war auf dem Weg – morgen würde sie jemand holen. Morgen! Aber ihr Herz blieb so kalt wie die Hand ihrer Tochter. Das Fieber, das in Rasas Körper tobte, war einem Schüttelfrost gewichen. Wie konnte ein Körper erst glühen und dann so schnell kalt werden? Alaleh kannte den Grund: Rasas Körper gab auf.

Der kleine Omid war eingewickelt und schlief friedlich neben Alaleh auf einer Decke. Rasa schlief auch, aber alles andere als friedlich. Sie japste nur noch ab und zu nach Luft und jedes Mal klang es flach und erbärmlich. Alaleh meinte den Verstand zu verlieren. Sie konnte nicht mit ansehen, wie ihr Kind starb. Verzweifelt versuchte sie die Panik wegzuschieben, aber sie kroch immer näher und wollte ihr die Luft abdrücken. Alaleh wiegte Rasa wie ein Baby im Arm. Sie hielt sie fest, als könne sie sie beschützen, und verfluchte es, dass ihr sich ständig diese eine Szene aus einem Film aufdrängte, wo eine Frau ihr totes Kind im Arm hielt und noch Stunden nach dessen Tod nicht loslassen konnte.

Hilf mir doch, Isa!, schoss ihr der Gedanke durch den Kopf. *Zeig mir, was ich ihr sagen, ihr vorsingen kann, damit sie zuhört und lebt.* Ach, hätte sie besser aufgepasst, als Frau Garabadian Rasa dieses Lied beigebracht hatte. An die Melodie konnte sie sich erinnern, aber die Worte hatte sie vergessen. Sie summte das Lied, so gut es ging.

Neben ihr im Dunkeln summte Davood plötzlich mit. Und dann sang er, ja, genau, den Text, den Rasa an jenem ersten Tag so fröhlich geschmettert hatte – war es tatsächlich nur fünf Tage her? Oder war es in einem ganz anderen Leben gewesen? Rasas kleines Gesicht hatte vor Aufregung gestrahlt, als sie in ihr Abenteuer gestartet waren.

Abenteuer, von wegen! Todesfalle traf es schon eher!

Davood sang weiter und Alaleh wurde langsam ruhiger. *Ich hebe meine Augen auf zu den Bergen. Woher kommt mir Hilfe? Meine Hilfe kommt vom HERRN, der Himmel und Erde gemacht hat. Er wird deinen Fuß nicht gleiten lassen ...*

Die Melodie war eingängig und einfach, der Text wiederholte sich immer wieder. Alaleh spürte warme Tränen auf den Wangen und hörte den rasselnden Atem ihrer Tochter, für die jeder Atemzug ein Kampf war. Stundenlang sangen sie und Davood das eine Lied. Davood wahrscheinlich voller Hoffnung. Für Alaleh war es mehr wie eine Warnung an Gott, sich bloß an seine Versprechungen zu halten. Rasa hätte nicht daran gezweifelt. *Wehe, du tust nichts, Isa!*, dachte Alaleh.

Der HERR behüte deinen Ausgang und Eingang von nun an bis in Ewigkeit.

Kapitel 23

Tracie

Stephen kam durch die Schiebetür vom Wiener Flughafen und ich war überrascht über die Purzelbäume, die mein Herz schlug. Seine kurzen rotblonden Haare waren etwas zerzaust und seine grünen Augen sahen müde aus, aber als er mich anlächelte, machte mein Herz einen Salto. Ich winkte und schob mich durch die Wartenden. Und dann stellte er seinen Koffer ab, hob mich hoch und wirbelte mich durch die Luft. „Ach, ist das schön, dich zu sehen, Tracie. Wirklich!"

Völlig benommen ging ich davon aus, dass er mich nun küssen würde. Er tat es nicht, aber seine Umarmung scheuchte alle Schmetterlinge in meinem Bauch auf.

„Willkommen zurück!", brachte ich heraus.

„Danke, dass du mich abholst." Er setzte mich ab und wurde rot, was seine Sommersprossen zum Leuchten brachte. „Entschuldige die überschwängliche Begrüßung. Mir war auf einmal so."

„Der Schock ist dir gelungen, aber es war ein guter."

Wir fingen gleichzeitig an, etwas zu sagen, hörten auf, und dann passierte es noch mal, bis wir beide lachen mussten. „Du zuerst", meinte Stephen.

„Ich wollte eigentlich nur sagen, dass ich es ziemlich krass finde, dass dein Chef dich wieder hierherschickt."

„Ja, stimmt." Er zog die Nase kraus. „Fast wie eine Gebetserhörung." Dabei zwinkerte er mir zu.

Ich wusste nicht, wie ich reagieren sollte. *Ja. Genau.* Stephen lachte. „Das meine ich ernst."

„Du hast dafür gebetet, zurückkommen zu dürfen?"

„Nein. Aber ich wollte irgendwie … und bevor ich den Mut hatte, es tatsächlich zu tun, da passierte es schon."

Wir saßen wieder einmal im Gästehaus und tranken starken Kaffee. Dieses Mal war sonst niemand da. Im ganzen Haus.

„Gibt's was Neues von der Rettungsmission?", fragte Stephen und unterdrückte ein Gähnen.

„Gestern Abend hieß es, dass Amir und Tante Bobbie heute in den Iran fahren. Sie werden den Kleintransporter mit Hühnern vollstopfen."

„Hühner?"

„Die Taktik hat offensichtlich schon einmal funktioniert."

„Hast du mit deiner Tante noch mal geredet?"

„Ja. Heute früh um fünf." Jetzt gähnte ich. „Und sie klang halb begeistert, halb nervös und total ängstlich."

„Kein Wunder."

„Sie meinte, das Geld von dir hat für den Wagen, die Umbauten, die Flugtickets und die falschen Papiere gereicht."

Stephen lachte. „Freut mich, dass ich den Schwarzmarkt ankurbeln konnte."

„Stephen?"

„Ja?"

„Ich mache mir große Sorgen. Um alle. Hamids Tochter ist schrecklich krank, und wie es dem Baby geht, weiß ich nicht. Was, wenn ... wenn sie es nicht schaffen?"

Stephen nahm meine Hand und es fühlte sich gut und ganz natürlich an. „Ich glaube, das ist nicht die richtige Frage im Augenblick, Tracie."

Stephen

Ich hatte geduscht, mich rasiert und schnell eine Jeans und einen Fleecepullover übergezogen. Tracie wartete im Aufenthaltsraum auf mich. Meine Tracie. *Immer langsam mit den jungen Pferden*, ermahnte ich mich. Ich war drauf und dran, mich in sie zu verlieben, aber vielleicht war das nur eine verrückte Nachwirkung von Pam? Und trotzdem: Es fühlte sich ganz normal und erstaunlich vertraut an, bei ihr zu sein. Eben einfach *richtig*. Ich bewunderte ihre natürliche Schönheit, die vollen blonden Haare, die ihr bis auf die Schultern fielen, ihr Lächeln.

Wow.

„Du leuchtest ja geradezu", meinte ich, als sie uns zur „Oase" fuhr. „Ich meine, du siehst immer toll aus, aber heute … ich weiß nicht. Du strahlst richtig."

Ihre Wangen wurden rot. „Kann eben nicht verstecken, dass ich mich freue, dich zu sehen." Sie konzentrierte sich einige Zeit auf die Straße. „Ich möchte dir was Verrücktes erzählen, was mir passiert ist."

Und das tat sie. Eine Stunde lang saßen wir im Peugeot vor der „Oase" und sie berichtete mir von ihren beiden Begegnungen mit einem Reh.

„Hältst du mich jetzt für übergeschnappt?", fragte sie mitten im Satz.

„Nein, überhaupt nicht. Du weißt doch, ein Journalist ist immer für eine gute Story zu haben. Und die hier ist gut. Sehr gut sogar."

Und etwas seltsam. Aber das hatte ich Kimball ja gesagt.

Ich hörte aufmerksam zu, nicht nur, weil Tracie mich faszinierte, sondern weil ich den Eindruck hatte, dass ihr die Sache wirklich naheging, auch wenn sie für mich ehrlich gesagt etwas gruselig klang.

Meine Mutter und Tracie, beide hatten sie geistliche Entdeckungen gemacht. Anders konnte ich es nicht beschreiben. Es schien, als hätte Jesus sich fast gegen ihren Willen in ihrem Leben gezeigt. Auch Hamid hatte er sich offenbart, ganz zu schweigen von den Hauptamtlichen und Kurzzeitmissionaren, die sowieso ein aktives Glaubensleben hatten.

Vielleicht war es der Jetlag, aber mein Kopf war ganz benebelt, als würde ich verzweifelt versuchen, irgendeinen Gedanken zu fassen, der vage in der Luft hing. Als Tracie ausstieg, schüttelte ich heftig den Kopf, um mich zu befreien. Dann folgte ich ihr hinein. „Wir bauen alles fürs Kaffeehaus auf und dann besuchen wir Hamid", sagte sie, lächelte mich an und der Nebel war verflogen. Alles, was ich sah, war Gottvertrauen.

Hamid

„Ich wusste nicht, dass sie so schlimm sind! Es tut mir leid!" Rasheed lief im Krankenzimmer auf und ab. „Aber du wirst schon wieder stärker. Das sehe ich. Wann wirst du entlassen?"

„Morgen. Jalil kommt und fährt mich nach Linz."

„Und Alaleh und die Kinder?"

„Ich weiß nicht. Ich warte auf Neuigkeiten." Rasheed setzte sich auf den Stuhl neben Hamids Bett und faltete beschwörend die Hände. „Hamid, ich verspreche dir, ich werde auf sie aufpassen, wenn sie hier ankommen. Niemand wird ihnen ein Haar krümmen."

Hamid nickte. *Isa wird aufpassen, dass ihnen kein Haar gekrümmt wird, nicht du. Dir vertraue ich nicht mehr.*

„Willst du wirklich weiter diesem Gott folgen, der dir solche Schwierigkeiten macht?", fragte Rasheed beim Gehen. Er deutete auf die Bibel, die öffentlich sichtbar auf dem Nachttisch lag. „Warum wirfst du das Buch nicht weg und vergisst diesen Gott? Ich verstehe dich nicht, mein Freund."

Natürlich nicht. Wie auch?

„Selbst wenn ich wollte, Rasheed, ich könnte diesen Gott nicht rauswerfen. Er ist in mir, als Geist, er lebt in meinem Herzen. So steht es im Injil und ich glaube daran. Egal, was mir die Menschen tun, Isa wird bei mir sein. Hier drin." Hamid legte eine Hand aufs Herz. „Das Injil sagt, dass mein Herz mit Gottes Geist versiegelt ist. Ich kann ihn nicht mehr loswerden, Rasheed."

Hamid wollte in Traiskirchen bleiben, um seine Familie willkommen zu heißen. Aber er hatte keine Wahl. Morgen ging es nach Linz in die Pension. Der österreichische Staat bezahlte Privatpersonen, damit sie Wohnraum an Flüchtlinge vermieteten, dreizehn Euro pro Tag pro Flüchtling.

„Manche sind sehr freundlich und helfen den Flüchtlingen. Aber andere nehmen viel zu viele auf. Für sie ist das nur eine Masche, um Geld zu verdienen, und die Unterbringung ist miserabel. Es ist schwer, mit so vielen auf engem Raum zu leben", hatte ihn Jalil gewarnt. „Aber du bist ganz in meiner Nähe. Ich und meine Familie, wir werden uns um dich kümmern."

Morgen stand eine weitere Etappe seiner Reise an. Und Amir und Bobbie waren gerade im Iran. *Bitte, Isa! Schenk ihnen Mut und beschütze sie.*

Er dachte daran, wie enthusiastisch Bobbie immer war und wie weise Amir. Konnten sie es zusammen schaffen? War es nicht eigentlich unmöglich?

Eine sanfte Hand kann einen Elefanten am Haar leiten.

Hamid dachte an das persische Sprichwort, das er seinen Studenten für schwierige Zeiten beibrachte. *Dann gib ihnen eine sanfte Hand, damit sie den Elefanten, die Geheimpolizei, führen können. Und zwar weit, weit weg von Alaleh und Rasa und Omid.*

Hamid erlaubte sich, von Alaleh zu träumen, davon, wie er sie im Arm hielt, wie sie eng aneinandergekuschelt im Bett lagen. Welches Bett war doch egal. Hauptsache, sie waren zusammen.

Bobbie

In der Morgendämmerung fuhren Amir und ich nach Norden in Richtung Bazargan, der Grenzstadt im Iran. Die Fahrt dauerte keine vier Stunden. Der große Vansee glitzerte in scheinbar unendlichem Blau im Westen und begleitete uns fast über die Hälfte der zweihundert Kilometer langen Strecke.

Um zwei Uhr morgens waren die Männer damit fertig geworden, das Versteck unsichtbar zu machen. Dann hatten Jim, Anna und ich uns durch die Klappe hinter dem Fahrersitz gezwängt und Schulter an Schulter in dem kleinen Zwischenraum gelegen, über den dann die Hühnerkäfige gestellt werden sollten.

„Echt brillant!“, freute sich Jim, nachdem wir wieder herausgeklettert waren.

Anna atmete erst einmal durch. „Da drin kriegt man Platzangst.“

Ich war ganz Annas Meinung und trotzdem voller Hoffnung und Abenteuerlust.

„Sie müssen es ja nur eine oder zwei Stunden darin aushalten“, beschwichtigte Amir.

Anna und ich hatten Lebensmittel und Medikamente für Alaleh und ihre Kinder gekauft, die wir unter dem Zwischenboden versteckten. Das Bündel mit den falschen Pässen und dem iranischen Visum lag zwischen Amir und mir, dazu drei Karten mit unserer Route.

Keiner von uns sagte etwas.

Ich beobachtete, wie der Ararat vor uns auftauchte, vielleicht hundertfünfzig Kilometer entfernt, die Spitze in fünftausend Metern Höhe mit gleißendem Schnee bedeckt. Ich versuchte mir vorzustellen, wie Noah mit seiner Arche vor Tausenden von Jahren auf diesem schlafenden Vulkan gelandet war. „Ist er nicht wunderschön, Amir? Sieh nur diese Aussicht. Wahnsinn."

Aber Amir sagte nichts, sein Blick klebte auf der Straße, seine Gedanken Millionen von Kilometern entfernt. „Tut mir leid", kam nach einer Weile. „Ich bin gerade ganz woanders. Ich gehe jede mögliche Komplikation durch und wie wir darauf reagieren können."

„Dann lasse ich dich lieber denken."

Ich sah seinen angestrengten Blick und fand sein zerfurchtes, konzentriertes Gesicht genauso wunderschön wie den Berg. Still bat ich Gott, den alten Transporter mit Frieden zu erfüllen und uns neuen Mut und Vertrauen zu schenken.

Plötzlich nahm Amir eine Hand vom Lenkrad und legte sie auf meine. So fuhren wir eine ganze Weile, das karge, flache Land vor uns und den zerklüfteten Berg in der Ferne.

„Sag was, Bobbie. Erzähl mir was. Ich muss mich irgendwie ablenken."

Also erzählte ich ihm, wie ich mich um Tracie und ihre Brüder, die ganze T-Bande, gekümmert hatte. Ich erzählte davon, wie Peggy mir vor Jahren schon damit in den Ohren gelegen hatte, ich solle doch zur „Oase" zurückkehren. Ich redete und redete, immer in der Hoffnung, seine Ängste zu beruhigen. Und meine.

Der Berg Ararat thronte weithin sichtbar über dem Land und irgendwann fing Amir an, Psalmen aufzusagen, die die Herrlichkeit Gottes verkündeten. So verbrachten wir die nächste Stunde, und als wir Doğubeyazıt erreichten und nach Osten abbogen, zitierte Amir den gesamten Psalm 121, der auch für mich ein ganz besonderer war. Beim letzten Vers brach seine Stimme. *Der HERR behüte deinen Ausgang und Eingang von nun an bis in Ewigkeit.*

Eigentlich fühlte es sich an wie damals in den Achtzigerjahren, als wir noch Literatur nach Osteuropa geschmuggelt hatten. Damals war ich jung, naiv und scheinbar unbesiegbar gewesen. Heute fühlte ich mich alt, schwach und fragte mich zum hundertsten Mal, wie das hier ausgehen würde. Aber eine Sache hatte sich kein bisschen verändert – wir hatten keine Chance, es sei denn, Gott würde eingreifen.

Vor der Grenze hielten wir an einer Tankstelle und ich zog mir das lange schwarze Kleid und das schwarze Kopftuch an, das Anna mir gegeben hatte. Sofort spürte ich eine neue Last und Bedrückung auf mir, als hätte der schwere schwarze Stoff sich um mein Herz gelegt. *Fühlten sich iranische Frauen immer so?*, fragte ich mich und verbarg meine Haare unter dem Tuch.

Wir kamen an ein großes, eisernes Tor mit einer türkischen Flagge darauf und fuhren in Richtung Grenzkontrolle. Überall standen gepanzerte Fahrzeuge und Militärjeeps. Die Reihe vor uns schien kilometerlang, aber irgendwann erreichten wir den ersten Kontrollposten, wo ein Beamter kurz unsere Pässe kontrollierte, sie Amir zurückgab und uns mit einem Nicken weiterschickte.

Wir fuhren auf einer Straße, die links und rechts mit Stacheldrahtzaun gesichert war. Um uns herum schwärmten Geldwechsler vom Schwarzmarkt, die unsere türkischen Lira in iranische Rial tauschen wollten. Vor uns tauchte der letzte türkische Posten auf. Noch einmal überprüften bewaffnete Beamte unsere Pässe, sahen die Visa für den Iran an und stempelten sie ab.

Das war geschafft!

Amir rollte Zentimeter für Zentimeter eine leichte Anhöhe in Richtung der iranischen Grenze hinauf. Ein übergroßes Wandbild des Ajatollah begrüßte uns, daneben ein riesiges Schild, auf dem „WELL COME IN IRAN“ stand. Amir und ich erkannten zugleich den Fehler und lächelten uns flüchtig an.

Mehrere iranische Soldaten kamen auf unseren Kleintransporter zu, um die Pässe zu kontrollieren. Amir versteifte sich etwas, sprach Farsi und wartete. Und wartete. Ich saß völlig unbeweglich, die Augen geöffnet, und betete fieberhaft im Stillen, genau wie damals. *Mach sie blind, Herr. Lass sie die Papiere akzeptieren.*

Endlich öffnete sich das unheilvolle eiserne Tor und ließ uns auf iranischen Boden. Amir fuhr hindurch, parkte den Kleintransporter ein und wir gingen zum Einreiseschalter. Amir füllte die Einreiseformulare aus und mein Herz machte einen kleinen Sprung, als nach einer langen Wartezeit und vielen stillen Gebeten unsere Pässe erneut abgestempelt wurden.

Erst als wir wieder im Wagen saßen und den Ajatollah und das Tor hinter uns gelassen hatten, ließ die Anspannung bei Amir etwas nach.

„Wir haben es geschafft!“, freute ich mich.

„Ja. Aber das war der leichte Teil.“

Wir rollten in Richtung Bazargan und Amir zeigte auf die schier unendliche Schlange von LKW, die sich in der Gegenrichtung stauten. „Das da erwartet uns auf dem Rückweg.“

Jetzt war ich es, die seine Hand nahm. „Amir?“

„Ja?“

„Denk daran. Du bist mein Poet.“

Er sagte nichts.

Ich gab ihm einen Kuss auf die Wange. „Danke, dass ich mitkommen darf. Alles wird gut.“

Dienstagmittag

Irgendwo hinter Bazargan bog Amir hinter einem schlichten Haus ab und fuhr den Wagen in eine Scheune. Amir und ein Mann namens Aref beluden ihn mit Hühnerkäfigen, bis er bis unters Dach vollgestopft war. Unsere Berechnungen erwiesen sich als korrekt. Der letzte Käfig passte gerade noch hinein. Die erste Reihe Käfige direkt hinterm Fahrersitz ging vom Boden bis unters Dach. Dahinter kam der neue Zwischenboden, der von der ersten Reihe verdeckt wurde und ebenfalls zugestapelt war.

Dreiundsechzig Hühner gackerten unaufhörlich. Ich hatte vergessen, wie schrecklich der Gestank war. Wenn ich nicht so nervös gewesen wäre, hätte ich laut losgelacht. Stattdessen stieg ich wieder ein. „Wir schaffen das. Mit Gottes Hilfe, ja?“

„Wenn du das sagst.“

Amir

Amir schaltete das Handy aus und versuchte, einen klaren Gedanken zu fassen. Davood hatte fast panisch geklungen. „Überall Straßensperren! Die Polizei vermutet uns noch immer auf iranischem Boden.“

„Keine Angst, Davood. Ich lasse mir was einfallen.“

Er und Bobbie warteten im Transporter abseits der Straße darauf, dass Davood die kleine Familie zu ihnen brachte. Amir beschloss, dass ein einfaches Opfer die Mission retten konnte.

Er war sich sicher, dass Bobbie sie zurück über die Grenze bringen konnte. Ja, es würde Schwierigkeiten geben, aber sie konnte es schaffen, was sehr wichtig für ihre Genesung war. Sie musste das hier tun. Ihre Augen strahlten vor Abenteuerlust, sie trat der Gefahr mutig entgegen und war beseelt von dem Wunsch, zu helfen. Sie war wieder da und jetzt würde sie die Familie aus dem Iran bringen und dann nach Österreich zurückfliegen und ihre neue Behandlung anfangen. Ob diese ihr Leben verlängern würde, konnte niemand sagen, aber alle Hindernisse waren aus dem Weg geräumt, damit sie ihren Frieden finden konnte. Sie hatte getan, was getan werden musste, vor sich selbst und vor Gott.

Da fiel ihm das Grab in Rumänien ein. Ja, diese eine Sache stand noch aus, aber er hatte sie darauf gebracht und sie konnte diesen Weg sicher auch allein gehen. Oder Tracie würde sie begleiten.

Wie sehr er sie liebte. *Ihr Poet.* Sie hatte es wieder gesagt! Es tat weh, dass seine Erkenntnis genau jetzt kam, wo ihm auch klar wurde, dass er sie nie wiedersehen würde. Ihre gemeinsame Zeit war abgelaufen.

Aber *diesen* Tag hatte er noch. Es blieben noch ein paar Minuten mit ihr.

„Ich habe deine ganzen Papiere hier hineingelegt, falls mir etwas zustößt", sagte er und zeigte auf das Handschuhfach. „Hamids Handy ist auch da drin. Fahr einfach und denk nicht an mich. Ich bin nicht wichtig. Sammle die Familie ein. Ich stoße später wieder zu euch."

Er sah, wie sie zusammenzuckte. „Aber wie finde ich den Weg?"

„Du schaffst das. Du hast die Route im Kopf."

„Und was passiert mit dir?"

Er rang sich ein Lachen ab. „Mit mir? Die verhören mich. Und wenn schon! Das kenne ich doch alles. Sie werden wütend und schreien herum und dann lassen sie mich gehen. Aber das kann ein paar Stunden dauern und die Zeit ist zu kostbar." Amir zwang sich, die Kiefermuskeln zu entspannen und fröhlich zu klingen. „Vielleicht besteche ich sie ja mit den Hühnern?"

Bobbies Sorgenfalten blieben. „Soll ich nicht lieber ein Stück vorfahren und dann abseits der Straße auf dich warten?"

„Nein. Nein, du brauchst nicht zu warten. Bobbie, du kennst

mich. Ich komme auch so raus. Ich habe es schon drei Mal geschafft. Mach dir keine Sorgen, ja?"

Hilfe! Ich habe solche Angst!

„Okay." Sie sah nicht überzeugt aus. „Aber so weit kommt es doch sicher nicht."

Doch. Davood hat es mir bestätigt. Sie warten schon. Aber wenn alles gut geht, schnappen sie nur mich.

Hatte er den Mut, jetzt reinen Tisch zu machen? Aber wenn das hier seine letzte Chance war, warum beichtete er ihr nicht, was sie längst schon wusste?

„Die letzten Tage waren für mich wie ein schöner Traum." Er strich ihr zärtlich eine Strähne aus dem Gesicht. „Danke, dass du zurückgekommen bist. Danke, dass du mir dein Herz ausgeschüttet hast. Jetzt bin ich dran." Er sah ihr tief in die blauen Augen. „Ich liebe dich. Ich liebe dich, Jill. Ich liebe dich, Bobbie. Nicht einen einzigen Tag habe ich aufgehört, dich zu lieben." Er rutschte noch ein kleines Stück näher, zögerte, sah in ihren Augen, dass sie bereit war, und dann fanden seine Lippen die ihren. Sie schmeckte süß, wie reife Himbeeren mit Puderzucker. Ein Geschmack wie aus dem Paradies.

Sie hielt die Augen geschlossen und hatte den Kuss offensichtlich genauso genossen wie er. So küsste er sie noch einmal.

„Möge das der erste Kuss von vielen sein", flüsterte sie.

Es ist unser Erster und zugleich unser Letzter.

Jetzt küsste sie ihn heftig und schlang die Arme um ihn. Dann lehnte sie ihren Kopf an seine Schulter. „Gott wird uns ganz bestimmt noch Zeit schenken, Amir."

Nein, sie läuft gerade ab!

„Natürlich, mein Darling. Aber egal was passiert, vergiss nie, dass ich dich liebe. Du, nur du bist in meinem Herzen. Für immer." Noch ein Kuss. Wie gerne er bei ihr bleiben wollte!

Aber Davood war nicht mehr weit.

„Ruh dich noch ein paar Minuten aus. Mach die Augen zu, bis sie kommen."

Die Hühner gackerten, der Motor brummte vor sich hin und Bobbie träumte in Amirs Armen.

Alaleh

Davood klappte das Mobiltelefon zu. „Sie sind da! Wir müssen los. Schnell, schnell!"

Und Hamid? Wo war Hamid? Jedes Mal, wenn sie ihn fragte, schüttelte Davood den Kopf. „Ich weiß es nicht. Aber es geht ihm sicher gut. Er wartet in Österreich auf euch."

Wieder stieg Alaleh auf den Schimmel und beugte sich vor, um Omid aus Davoods Händen entgegenzunehmen. Dann sah sie zu, wie Davood vorsichtig Rasa über den Widerrist der Stute legte. Rasa wirkte leblos, kein bisschen Kraft steckte mehr in ihr. Alaleh war taub vor Angst um sie.

Bei fast jedem Huftritt drehte sich Alaleh um und sah nach, ob sie verfolgt wurden. Dann wieder sah sie nach vorn auf das Bündel, das einst ihre Tochter gewesen war. Die Pferde bahnten sich ihren Weg durchs dichte Unterholz und kamen schließlich auf eine freie Ebene. Der Tag war klar und kalt, der Himmel hatte sich der Sturmwolken entledigt und weit in der Ferne erhob sich der majestätische Ararat. Hamid hatte immer davon geträumt, mit ihr einmal dorthin zu fahren, ihn zu besteigen und von oben die Länder zu bestaunen, die ihn umgaben: die Türkei, den Iran, Armenien, Aserbaidschan. Alalehs Blick blieb an den schneebedeckten Gipfeln hängen. Wenn Rasa das hier nur sehen könnte. Sie würde neue Hoffnung schöpfen.

Auf einmal galoppierten die Pferde los. Alaleh rief noch, Davood solle langsamer reiten, aber bevor sie endgültig in Panik verfiel, trabten sie schon wieder und gingen dann in Schritt über, bevor Davood das nächste Wäldchen ansteuerte.

Hamid, bitte sei am Leben! Ich komme! Wir kommen! Bitte gib jetzt nicht auf.

Bobbie

Ich träumte gerade von Amirs Küssen, als die Pferde eintrafen, nervös herumtänzelten und ihr Missfallen durch Schnauben kundtaten. Ich war tatsächlich eingeschlafen und jetzt drang mir der Gestank der Hühner umso stärker in die Nase.

Als ich die Pferde sah, musste ich weinen. Ich konnte nicht anders. Da war sie – die kleine Familie. Wir hatten sie tatsächlich gefunden! Die Frau wirkte unter ihren Decken und Tüchern so blass. Das Baby hatte sie umgeschnallt, sodass ich sein Gesicht nicht sehen konnte. Aber das kleine Mädchen, Rasa hieß sie, sah so ...

Angst schoss mir durch die Adern. Ich dachte an ein anderes Kind, vor langer Zeit, das auch völlig still dagelegen hatte.

Vorsichtig hob der Fluchthelfer das Mädchen vom Pferd und reichte es Amir. Schnell machte ich die Tür auf und Amir legte die Kleine auf den Beifahrersitz. Sie lebte, aber ihr Atem war so flach, dass ich ihn kaum noch wahrnahm. Ich stieg auf der Fahrerseite ein, öffnete so schnell ich konnte die Klappe zum Versteck und holte die Medikamente hervor. Dann zog ich die Pipette auf und schob sie vorsichtig zwischen die blassen, aufgeplatzten Lippen der Kleinen.

Die Frau, die zart und sehr hübsch war, schrie auf, als Amir ihr zeigte, wo sie sich verstecken sollte. Ich konnte sehen, wie sie mit Tränen und neuer Angst kämpfte. Amir erklärte ihr, dass wir dem Baby etwas geben würden, damit es müde wurde und schlief, damit sie alle schlafen konnten.

Ja, das Baby musste schlafen, aber die kleine Rasa, sie musste aufwachen und leben. Als wir die drei endlich in Decken gewickelt und im Versteck untergebracht hatten, war mir kalt bis auf die Knochen, vom Wetter, aber auch vor Angst.

Alaleh

Alaleh wollte nur noch schreien! Sie würden hier drin ersticken, unter all den Hühnern. Das Gackern hörte überhaupt nicht mehr auf. Dabei hatte sie doch Platzangst! Diese Leute waren sehr freundlich. Sie riskierten ihr Leben für sie, aber vielleicht machten sie alle einen Fehler. Wie sollte das hier funktionieren? Ihr Mut sank. Der Wagen rumpelte los und Omid fing an, sich zu regen. „Wenn du schreien musst, mein Kleiner, dann tu es jetzt, bevor wir an die Grenze kommen."

Sie versuchte, ihren Atem unter Kontrolle zu bringen. Sie durfte jetzt keine Panik bekommen. Für ihre Kinder musste sie nun stark sein! Für die kleine Rasa, die sich überhaupt nicht mehr bewegte.

Alaleh fragte sich, wo Hamid wohl in diesem Augenblick war. *Wir kommen, Hamid. Ganz bestimmt. Bitte sei da. Bitte sei am Leben.*

„Maamaan?" Rasas Stimmchen riss sie aus den Gedanken.

Alaleh tastete mit ihrer Hand unter den Decken nach ihrer Tochter. „Rasa?", raunte sie.

„Maamaan?"

Rasa war wach! Die Angst, die noch Sekunden zuvor ihr Herz zerquetschen wollte, war wie weggeblasen.

„Maamaan, hier stinkt's."

Es stinkt!

Ein Lachen brach sich in Alaleh Bahn. Ihre Tochter konnte riechen, konnte reden. *Danke, Isa*, dachte sie.

Rasa war aufgewacht.

Amir

„Überall gibt es Wachposten. Ihr müsst die kleinsten Wege fahren. Ich zeige es euch." Davood fuhr auf der Karte die Linien nach und Bobbie und Amir nickten konzentriert. Amir war froh, dass Bobbie den Rest nicht hörte, den Davood ihm zuraunte. „Jedes Auto wird kontrolliert, schon lange vor der Grenze. Sie haben den Verdacht, dass Menschen geschleust werden. Die Sache mit den Hühnern ist eine gute Idee, aber die Frau muss sich bei den anderen verstecken. Du musst allein fahren, Amir."

Davood stieg auf die braune Stute und führte den Schimmel am Zügel. Amir sah ihm mit klopfendem Herzen nach. Jetzt lag es nur noch an ihnen.

Sie waren erst wenige Kilometer gefahren, als Amir die Straße wieder verließ und anhielt.

„Sind wir schon an der Grenze?"

„Nein, nur ein Kontrollpunkt", erwiderte Amir. *Ein ganz neuer Kontrollpunkt. Und sie suchen nach uns.* „Schnell. Klettere zu Alaleh und den Kindern. Ich will nicht, dass sie dich sehen. Wenn sie mich rausholen, werden sie glauben, dass das Auto führerlos ist. Dann denk an das, was ich dir gesagt habe. Denk daran! Und fahr! Wenn sie mich aus dem Auto zerren, warte zehn Minuten. Keine Minute länger. Wenn ich nicht wiederkomme, fährst du über die kleinen Straßen zur Grenze. So wie auf der Karte. Hast du verstanden?"

Glücklicherweise zweifelte sie nicht an Amirs Entscheidung, nickte nur und hob einen Hühnerkäfig hoch, um darunterzukriechen und die Klappe zum Versteck zu öffnen. Sie hatte sogar geübt, wie sie ohne Hilfe wieder dort herauskam.

Sie fuhren weiter und nur wenige Minuten später kam die erste Straßensperre in Sicht. Amir ließ den Wagen langsam ausrollen und blieb stehen. Die Polizisten umkreisten den Wagen, drei Männer, mit Gewehren bewaffnet. Sie leuchteten mit der Taschenlampe ins Wageninnere. „Papiere! Was haben Sie da drin?"

„Hühner. Ich exportiere sie in die Türkei."

Der Bewaffnete sah Amir lange an und öffnete dann die Heckklappe. Erstaunt schnalzte er mit der Zunge. „Wieso führen Sie die Hühner aus dem Iran aus? Haben Sie eine Genehmigung?"

„Natürlich", erwiderte Amir auf Farsi. Bedächtig holte er die Papiere hervor.

„Und den Pass."

Die drei Männer standen beieinander und studierten die Papiere. Kurz darauf kam einer von ihnen zur Fahrerseite zurück. „Mitkommen."

„Aber meine Hühner! Stimmt etwas nicht mit den Hühnern? Ich habe alle nötigen Papiere. Alles ist in Ordnung."

„Die Papiere interessieren uns nicht." Er warf sie zurück in den Kleintransporter, hielt Amirs Pass aber fest. „Mitkommen."

Amir stieg aus und schickte ein Stoßgebet gen Himmel. *Herr, gib ihr den Mut, ohne mich zu fahren. Und beschütze sie alle.*

Da fiel ihm sein Lieblingssprichwort ein. *Es bleibt einem im Leben nur das, was man verschenkt hat.*

Ich gebe alles hin, Herr. Alles für dich.

Bobbie

Zehn Minuten, elf. Zwölf. Ich lag eingequetscht neben Alaleh und der kleinen Rasa und zählte die Sekunden. Amir kam nicht wieder. *Bitte, Herr!*

Geh! Geh!

Alaleh hielt mich am Arm fest, als ich mich aus dem Versteck zwängen wollte. „Keine Sorge", entgegnete ich mehr oder weniger deutlich auf Farsi. Das Herz schlug mir bis zum Hals. Ich öffnete die Klappe, schob den Käfig vor, schlängelte mich bis auf den Fahrersitz und ließ den Motor an. Ich war nicht ich selbst.

Herr, mach du. Ich habe solche Angst.

Keine sechs Meter vor uns entdeckte ich die provisorische Hütte, in die sie Amir bestimmt geführt hatten. Sie würden es sicher bemerken, wenn der Wagen plötzlich davonfuhr!

Herr, mach sie blind und taub!

Ich legte den Rückwärtsgang ein und drehte den Kleintransporter, bis er in die Richtung zeigte, aus der wir gekommen waren. Panisch tastete ich nach den Karten unter dem Fahrersitz. Dabei wiederholte ich, was Davood mir eingeschärft hatte. „Zurück bis Maku. Beim Ortseingang die kleine Straße nach links ...

Sie werden uns verfolgen. Ich habe solche Angst.

Ein Bild aus meinen Zeiten als Bibelschmugglerin schoss mir durch den Kopf: Wir hatten den Lieferwagen voller Bibeln, unser Kontaktmann war aufgeflogen, die Polizei war uns auf den Fersen, aber wir sangen gegen unsere Angst an, lobten Gott und hängten unsere Verfolger auf wundersame Weise ab.

Ich fing an zu singen, so laut ich konnte, versuchte noch die Hühner zu übertönen mit den Liedern, die wir für den Liederabend in der „Oase" gelernt hatten. Ich hatte keine gute Stimme. Um ehrlich zu sein, konnte ich die Töne nicht richtig treffen. Aber ich sang aus fester Überzeugung. Auf Englisch, Deutsch, Farsi und Arabisch schmetterte ich einen vertonten Bibelvers nach dem anderen heraus, bis ich mich auf meiner Fahrt durch den grauen und verhangenen Nachmittag beruhigt hatte.

Rasa

Rasa nahm ein Geräusch wahr, entfernt und doch vertraut. Sie versuchte sich zu bewegen, aber es ging nicht. Sie war in zu viele Decken gewickelt und in diesem winzigen Zwischenraum gefangen. Über ihr waren Hühner, hatte Maamaan gesagt. Sehr viele Hühner. Es fiel Rasa nicht schwer, ihr das zu glauben. Es stank fürchterlich!

Aber durch den Gestank und das Gegacker hindurch hörte sie ein Lied! Frau Garabadian hatte es ihr beigebracht. Rasa versuchte, die Worte zu verstehen.

„Maamaan! Hör doch! Hörst du das?“

Maamaan weinte und hielt Rasas Hand ganz fest. „Ja, mein Kind, hör zu und bete zu deinem Isa. Wir sind auf dem Weg zur Grenze.“

Aber Rasa war zu benommen, um zu beten. Sie hatte das Gefühl, einen Monat lang geschlafen zu haben. Ihr Mund war geschwollen und die Arme und Beine taten so weh. Sie konnte sich nicht vorstellen, wo genau sie gerade waren, aber Maamaan und Omid lagen neben ihr, über ihr protestierten lauter Hühner und irgendwo war noch jemand, der sang. Der zumindest *versuchte*, zu singen

Rasas Augen fielen zu. Eine richtige Melodie war das ja nicht, es klang mehr geschrien als gesungen. Aber es waren die Worte aus dem Psalm. *Und ob ich schon wanderte im finstern Tal, fürchte ich kein Unglück.*

Rasa lauschte. So, wie ihre Nase wegen des Gestanks brannte, brannte ihr nur ein Wunsch auf den Lippen. Sie hatten es fast geschafft. Berge, Freiheit, Baba, Leben. *Isa!*

Bobbie

Wir fuhren über verschlungene Wege abseits der großen Straßen und plötzlich wurde mir alles klar. Amir würde nicht kommen. Er hatte sich von mir verabschiedet. Er hatte gewusst, dass es so kommen würde, dass man ihn festhalten würde. Vielleicht hatte er es sogar mit Absicht gemacht, damit wir es schaffen konnten. Seine Umarmung, die leidenschaftlichen Küsse, seine Liebeserklärung – das war echt und zutiefst empfunden gewesen, aber zugleich auch alles, was ich je haben würde. Er hatte Lebewohl gesagt.

Schon seit Tagen hatte er es immer wieder durchblicken lassen. *Es ist sehr gefährlich für mich, wieder in den Iran zu reisen. Wenn sie meine Fingerabdrücke nehmen, ist es aus.*

Tränen liefen mir übers Gesicht. Ich hatte meine zweite Chance bekommen und Gott hatte alles wiedergutgemacht. Amir wusste, dass ich ihn liebte. Dass ich ihn immer lieben würde. Er hatte mir vergeben und mir seine Liebe gestanden. Ich konnte Österreich in Frieden verlassen. Ich konnte diese Welt in Frieden verlassen.

Aber ich wünschte mir ein ganz anderes Ende.

Ich durfte jetzt nicht darüber nachdenken. Ich musste im Hier und Jetzt bleiben. Auf der Fahrt zur Grenze mit Alaleh, Rasa, Omid und einem Haufen Hühner.

Die Grenze in Bazargan war Tag und Nacht geöffnet. Jetzt, am späten Nachmittag, war die Schlange der LKW viel kürzer als vorher. Ich stellte mich hinten an, legte mir die Papiere und eine gute Geschichte zurecht.

Wie erwartet gefiel dem Grenzpolizisten der Anblick meiner Fracht überhaupt nicht. Er lehnte den Kopf durchs Fenster und schrie mich an. „Hühner! Viel zu viele! Das ist verboten!"

Ich hielt mich an Englisch. „Das ist alles legal. Ich habe die nötigen Papiere." Ich hielt ihm die Dokumente hin und flehte derweil Gott an, mein wie wild schlagendes Herz zu beruhigen. Der Beamte nahm die Papiere, rief einen weiteren Polizisten herbei und zusammen knöpften sie sich die Unterlagen vor. Ihr Blick wanderte immer wieder zum Wagen, zu mir, zu den Papieren.

„Sie sind Amerikanerin und leben in der Türkei?"

„Ja, das stimmt."

„Und warum sind Sie verschleiert?"

„Aus Respekt für Ihr Land."

Er sah mich finster an und wollte mich offensichtlich einschüchtern. Ich zuckte nicht mit der Wimper. „So viele Hühner. Zu wertvoll! Zu viel." Er schüttelte den Kopf und befahl mir mit einer Handbewegung, auszuscheren und ihm nachzufahren.

Wohin, Herr? Was kommt jetzt?

Da erkannte ich die Gier in seinem Blick. Er wollte seinen Anteil.

Ich parkte, wo mir geheißen, trat in die kalte Abendluft und öffnete die Heckklappe. „Ich gebe Ihnen ein Viertel der Hühner, aber mehr nicht. Ich muss Geld verdienen. Sie kriegen die zehn obersten Käfige."

Einen Augenblick sah er verärgert aus, aber dann lächelte er. „Schön, dass wir uns einig werden konnten, Madam."

Und genau wie vor vielen Jahren sah ich mit eigenen Augen,

wie Gottes Plan aufging und der Grenzpolizist zehn Hühnerkäfige auslud und neben dem Wagen aufstapelte. Die Hühner gackerten verstört und der Polizist hielt sich die Nase zu. Dabei grinste er zufrieden, fast boshaft. Er winkte mich zu seinem kleinen Schalter. Dort sah ich mit feuchten Augen, wie er meinen Pass abstempelte.

„Gute Reise."

Kapitel 24

Hamid

Hamid ertrug die Wartezeit nicht mehr. Er versuchte die Evangelien zu lesen, wie Jim Harris ihm aufgetragen hatte. Hier störte ihn niemand. Ob er in Linz auch in Ruhe lesen konnte? Hamid fragte sich, was er wohl für Mitbewohner haben würde. Hoffentlich würde man ihn dort in seinem eigenen Zimmer in Ruhe lassen. Das Zimmer wollte er schließlich bald mit Alaleh und Rasa und Omid teilen.

Er kam zum vierzehnten Kapitel des Johannesevangeliums. Wieder kam die Sprache auf den Tröster, Gottes Geist, der den Menschen gegeben war, die an Isa glaubten. Er würde sie nicht verlassen und sie leiten, ihnen helfen und sie lehren. Wie sollte Rasheed das begreifen, wenn noch nicht mal er, Hamid, es richtig verstand?

Gott mit ihm. Gott *in* ihm. Allmählich verstand er das Konzept der Dreieinigkeit. Als Moslem hatte man ihm beigebracht, dass die Christen mit der Dreieinigkeit Gott, Maria und Jesus meinten. Aber es waren stattdessen Gott der Vater, sein Sohn Isa und dieser Helfer, dieser *Geist*. Sie waren drei und doch einer. Es war ein Mysterium.

Hamid liebte Mysterien. Gott in ihm – der Gedanke beflügelte ihn. „Niemals hätte ich diesen Weg gewählt", flüsterte Hamid in den Raum und dachte an die Worte aus Jesaja. „Aber du hast mich hierhergebracht, Gott, und wenn das mein Weg war, dann kann ich dir nur danken. Danke. Ich bin jetzt frei, Isa."

Hamid fragte sich, was Isa wohl von Rumi, dem persischen Dichter, hielt. *Du musst immer wieder dein Herz brechen, bis es sich öffnet.* Bestimmt sah Isa das genauso.

„Mein Herz ist gebrochen, Isa. Und jetzt ist es offen für dich."

Tracie

Stephen und ich traten Hand in Hand in Hamids Krankenzimmer. Hamid saß im Bett, hatte Kopfhörer auf und die Augen geschlossen. Die Verletzungen im Gesicht jagten mir noch immer einen Schauer über den Rücken, aber er schien schon wieder etwas Farbe bekommen zu haben. Stephen ging sofort zu seinem Bett und Hamid nahm lächelnd die Kopfhörer ab und reichte Stephen eine kraftlose Hand.

„Mein Freund“, sagte Hamid. „Tracie hat mir gesagt, dass Sie wiederkommen.“

„Ja. Ich freue mich auch. Sehr.“ Stephen musste sich räuspern.

„Tracie, hallo.“ Hamid streckte die Hand nach mir aus.

Ich trat ans Bett und drückte sie ihm vorsichtig. „Sie können ja schon wieder sitzen. Und Sie benutzen den iPod!“

„Predigten. Von Amir. Gut für meine Seele.“ Seine Augen waren noch geschwollen, aber sie funkelten schon wieder ein bisschen.

„Dann lasse ich euch mal in Ruhe miteinander unterhalten.“

Von der Ecke des Krankenzimmers aus beobachtete ich die beiden Männer und hatte ein rundum gutes Gefühl. Stephen zog sich einen Stuhl heran. „Mein Chef hat mich wieder hergeschickt, damit ich Ihre Geschichte aufschreibe. Aber ich schreibe nichts, was Sie nicht auch wollen, Hamid.“

„Ich vertraue Ihnen. Und Tracie hat gesagt, Artikel in Zeitung haben Geld gebracht für Papiere und Wagen und noch viel mehr. Gute Chef. Ich werde beantworten alle Fragen.“ Hamid lächelte. „Und Foto auch! Wenn die Leute angucken kaputtes Gesicht mit Narbe, dann zweifeln sie nicht an der Geschichte, ganz bestimmt!“

Stephens Stirn legte sich in Sorgenfalten und aus Mitgefühl heraus nahm er Hamids Hand. Mit dieser kleinen Geste schlich er sich in mein Herz. Stephen war ein guter Mann. Und während er die neue, innerlich gewachsene Tracie erleben konnte, die nicht mehr unbedingt das letzte Wort haben wollte und nicht mehr verbittert und enttäuscht war, sondern der Zukunft mit offenen Armen entgegenging, hatte ich das Gefühl, auch bei ihm positive Veränderungen zu bemerken. Es war mir, als könnte ich einen kurzen Blick in sein Herz werfen und Zeuge werden, wie er sanfter wurde und seine Ziele neu steckte. Mir gefiel, was ich sah.

Ich ließ die beiden allein und versprach, später wiederzukommen, damit wir Hamid zu seinem neuen Zuhause in Linz fahren konnten. Dann fuhr ich zur „Oase“ und plünderte mit Carols Erlaubnis die Kleiderspenden, um einiges davon für Hamid herauszusuchen. Tom half mir, auch noch Bettlaken, Handtücher und eine Bettdecke zusammenzupacken.

„Und vergesst nicht Putzmittel mitzunehmen“, meinte Carol, als ich vollbeladen vor ihr stand. „Solche Unterkünfte sind oft ziemlich schmuddelig. Dir und Stephen macht das Putzen doch nichts aus, oder?“

„Hamid helfe ich gern.“

„Super. Jalil und seine Frau machen bestimmt auch mit. Und wir haben ein paar Gemeindeglieder aus Linz angefragt.“

Nachdem ich alles in Tüten verpackt und in den Peugeot geladen hatte, widmete ich mich der Weihnachtsfeier. Julie und ich setzten uns neben das Büro in die kleine Sofaecke. „Normalerweise kommen bis zu zweihundert Leute“, erklärte mir Julie. „Drei Gemeinden schicken uns Freiwillige und dann machen wir für jede Familie Geschenke fertig. Ein Renner sind immer auch die Familienfotos, die wir für die Flüchtlinge entwickeln lassen.“

„Tom ist der offizielle Fotograf“, rief Carol aus dem Büro.

„Mach ich total gern“, erwiderte Tom. „Und Carol ist die offizielle Elfe!“

„Was ist *das* denn?“

Carol fing an zu lachen. „Elfe, ja? Na warte! Da fällt mir sicher noch was ganz anderes ein.“

Ich hatte keine Ahnung, wovon sie sprachen, und ich glaube, das gefiel ihnen.

„Du wirst schon sehen. Sehr bald.“

Julie hatte Fareed, den jungen Tenor, am Nachmittag eingeladen, damit wir zusammen die Lieder aussuchten. Ohne dass es mir wirklich bewusst war, diente die Musik als eine Art Therapie für uns beide. Fareed und ich übten gemeinsam und mit den traurigen Liedern, die er für mich sang, verarbeitete er all das Schreckliche, das er in seinen jungen Jahren schon erlebt hatte.

Fareed war gerade gegangen und ich war auf dem Weg zum Auto, als mein Handy klingelte. Stephens Mutter Connie war dran. „Schöne Grüße aus Lyon!“

„Hallo!", erwiderte ich überrascht.

„Weißt du was? Ich habe die Einladung zur Weihnachtsfeier erhalten und werde auf jeden Fall kommen!" Sie klang fröhlich. „Das mit Hamid tut mir so leid. Ich habe gehört, dass Amir und Bobbie in den Iran gefahren sind, um seine Familie zu holen?"

„Ja, das kam alles ein bisschen überraschend. Um ehrlich zu sein, mache ich mir große Sorgen."

„Natürlich, völlig verständlich. Sag mal, hast du Stephen schon gesehen?"

„Ja, wir haben miteinander gesprochen, aber nur über Hamid und die ganze Situation."

„Also, ich finde, du solltest dir Stephen schnappen, in den kleinen Heurigen gehen und dir noch ein paar andere Sachen von ihm erzählen lassen."

Mit Vergnügen, Connie.

„Also, in zwei Tagen bin ich da", fuhr Connie fort. „Am Donnerstag. Lass mir noch ein bisschen Arbeit übrig, ja?"

Ich lachte und legte auf. Connie Lefort konnte genauso direkt sein wie meine liebe Tante Bobbie.

Keith

Keith trommelte mit den Fingern auf dem Schreibtisch. Er brauchte endlich Neuigkeiten. Diese Wartezeit war unerträglich! Jedes Mal, wenn sein Telefon klingelte, sprang er vom Stuhl auf. Wann kam der Anruf?

Ständig klang ihm im Ohr, was Jim ihm kurz nach Amirs und Bobbies Abreise gesagt hatte.

„Alles ist so gut vorbereitet wie nur möglich, aber Amir hat sich trotzdem ziemliche Sorgen gemacht. Er meinte, er könne sich nicht vorstellen, dass eine junge Mutter mit zwei kleinen Kindern das überlebt."

Ja, auf seine ungestüme amerikanische Art und aus der sicheren Distanz von seinem Büro aus hatte Keith das Ganze als großes Abenteuer verstanden. Natürlich konnte es funktionieren. Aber Jim hatte echte Bedenken. „Auf Amirs Kopf ist eine Belohnung ausgesetzt. Vielleicht hätte ich ihn nicht gehen lassen sollen."

„Aber du kennst Amir gut, oder?"

„Ja, wir haben jahrelang in der ‚Oase' zusammengearbeitet. Ich kenne keinen besseren Mann."

„Auf mich macht er jedenfalls nicht den Eindruck, als würde er es sich ausreden lassen, wenn er einmal von einer Mission überzeugt ist", wandte Keith ein.

„Ganz genau. Aber ich weiß nicht, ob er wirklich überzeugt war."

War Amir sich wirklich nicht sicher gewesen?, fragte sich Keith seitdem.

Keith rechnete noch einmal alles zeitlich durch. Wenn Amir und Bobbie wie geplant noch vor dem Mittag die Grenze erreicht hatten, hatten sie sich mittlerweile mit dem Fluchthelfer getroffen. Vielleicht waren sie schon auf dem Rückweg in die Türkei.

Beschütze sie alle, Herr.

Bevor Keith Feierabend machte, rief er noch einmal Carols E-Mail von vor ein paar Tagen auf. *Am Samstag findet unsere Weihnachtsfeier für die Flüchtlinge statt. Wenn du Zeit hast – wir können jede Hilfe gebrauchen! Es müssen auch keine Kleintransporter umgekrempelt werden. Nur ein paar Leben.*

Keith lächelte und beschloss, dass er hinfahren würde. Er würde mit Lindsey endlich ein Wochenende in Wien verbringen. Sie würden über die Weihnachtsmärkte schlendern und in ein Konzert gehen, aber hauptsächlich würden sie die Weihnachtsfeier in der „Oase" besuchen und hoffentlich nicht nur Amir und Bobbie treffen, sondern auch Hamid und Alaleh und die Kinder. Seltsam, wie wichtig ihm diese Leute waren, obwohl er sie noch nie zuvor gesehen hatte.

Komme mit Lindsey, schrieb er und schickte die Mail ab. Dabei lachte er in sich hinein. Lindsey würde sich fragen, was mit ihrem schüchternen Ingenieur passiert war, und sich freuen, dass er diese Entscheidung getroffen hatte. Dann würde sie ihm um den Hals fallen. „Oh, Keith, hoffentlich lernen wir bei der Feier auch Hamid und seine Familie kennen!"

Bobbie

Als ich über die Grenze in die Türkei fuhr, fing es an zu regnen. Ich kniff die Augen zusammen, aber die Tränen ließen alles zusätzlich verschwimmen. Wir hatten es geschafft! Diesen Rausch hatte ich schon oft verspürt, viele Male, wenn wir nach einer aufregenden Fahrt wieder über die Grenze in die Freiheit gefahren waren. Aber jetzt tobten in mir zwei entgegengesetzte Gefühle und wollten mir schier das Herz zerreißen: Freude, das Gefühl, Gottes Beistand und Schutz zu haben. Aber auch Angst. Amir war nicht bei mir. Er saß bei der Polizei im Iran fest.

Ich kann nichts machen, Herr. Du bist am Zug. Hilf mir, die Sache hier ordentlich zu Ende zu bringen, auch wenn ich nur noch heulen möchte.

Erst nach einer guten Viertelstunde Fahrt fiel mir Hamids Mobiltelefon ein, das Amir im Handschuhfach deponiert hatte. Ich fuhr rechts ran und wählte Annas Nummer. „Anna, wir haben es geschafft! Wir sind über die Grenze."

„Gott sei Dank! Bobbie, was sind wir froh!"

Ich schluchzte und versuchte, ruhig zu bleiben. „Wie lange muss ich warten, bevor ich Alaleh und die Kinder rauslassen kann?"

„Frag Amir. Er wird das wissen."

„Amir ist nicht da", flüsterte ich in den Hörer, als könnte die Geheimpolizei mich jetzt noch hören. „Er wurde festgehalten. Ich bin allein weitergefahren."

Ich hörte, wie Anna um Fassung rang. „Das tut mir so leid."

Sie holte schnell Jim und brachte ihn auf den aktuellen Stand. „Wenn du eine Stunde gefahren bist, dann müsstest du auf der sicheren Seite sein", meinte er. „Fahr irgendwo rechts ran, wo man dich nicht sieht, und hol sie raus. Ist das Kind stark genug, um noch heute Abend bis hierher zu fahren?"

„Weiß ich nicht. Sie war kaum bei Bewusstsein, als wir sie versteckt haben. Das war vor drei Stunden."

„Wenn es irgend geht, dann bring sie so schnell wie möglich hier nach Van. Ich werde mit Polat reden, dem Mann vom UNHCR. Wir können sie morgen dorthin bringen und dann kriegen sie gleich ihre Ausreisepapiere. Geld ist genug da und Hamid hat sein Asyl ja schon erhalten. Es sieht also sehr gut aus. Wir fliegen sie am Donnerstag nach Wien."

Ich hatte Schwierigkeiten, die ganzen Informationen aufzunehmen. „Ja, gut. Ich hoffe, ich schaffe es."

„Es tut mir wirklich leid, das mit Amir …", meinte Jim zögerlich. „Was ist passiert?"

Schluchzend erzählte ich, was vorgefallen war, erwähnte aber natürlich nicht die Liebeserklärung. „Er wurde festgehalten. Er meinte, ich soll nicht warten. Die Polizei würde wütend sein und ihn verhören, aber dann würden sie ihn gehen lassen und er würde allein das Land verlassen."

„Okay ... Ja, das schafft er. Ganz bestimmt." Sein Zögern sprach jedoch eine ganz andere Sprache.

„Aber wie will er denn allein über die Grenze kommen?", wagte ich zu fragen.

„Mach dir um Amir mal keine Sorgen, Bobbie. Das ist nicht das erste Mal, dass er vor dem Problem stand. Er ist ein sehr findiger Kerl. Konzentriere du dich darauf, hierherzufahren."

Ich fand eine gute Stelle, räumte so schnell ich konnte die Hühnerkäfige beiseite und öffnete die kleine Klappe.

„Wir haben es geschafft!", rief ich auf Farsi. „Wir sind in Sicherheit!"

Vorsichtig half ich Alaleh und Rasa und Omid aus ihrem kleinen Gefängnis. Sie zitterten und das Baby schrie mit zerknittertem Gesicht seinen Protest heraus. Alaleh wiegte ihn, bis er sich beruhigte. Sie sah mich an, diese junge Mutter, so verletzlich und zart, zitternd und weinend, und wiederholte in einem fort: „Thank you. Thank you. Thank you." Ich vermutete, dass das die einzigen englischen Worte waren, die sie sprechen konnte.

Erleichtert stellte ich fest, dass Rasa wach war. Wir legten sie auf den Beifahrersitz und ich fütterte sie mit Joghurt, Saft und einer frischen Dosis von Medikamenten. Ihre Augen waren glasig, aber immerhin offen. Sie lächelte matt und sagte auch leise: „Thank you."

Wir ließen die Türen einen Augenblick offen, damit frische, kalte Luft hineinkam und den Gestank etwas erträglicher machte. Alaleh stand draußen im Nieselregen, nahm tiefe Atemzüge und drückte das Deckenbündel mit Omid darin fest an sich.

Rasa war zu schwach, um allein zu stehen, aber ich nahm sie hoch und ließ auch sie frische Luft schnappen. „Maamaan!“, raunte sie erstaunt, bevor ich sie wieder in das Auto setzen konnte. „Guck mal, der Berg! Ist das nicht schön.“ Sie zeigte matt auf den Ararat und sagte noch ein Wort, das ich nicht kannte. Aber ich wusste sofort, was sie meinte. Der Regen hatte aufgehört und im schwächer werdenden Licht war ein Regenbogen vor dem Berg Ararat zu sehen, als wolle er den Berg herausfordern und ihm seine Schönheit streitig machen.

Ich stand da, starrte auf den Regenbogen und war mir sicher, dass Gott ihn extra für uns dort platziert hatte. Er hatte alles unter seiner Kontrolle.

„Das ist ein guter Berg“, krächzte Rasa.

„Ja, aber es kommen noch bessere“, erwiderte Alaleh. Sie sah mich an, als wäre ihr gerade aufgefallen, dass Amir nicht da war. „Der Mann?“, fragte sie auf Farsi.

Ich zeigte in die Richtung, aus der wir gekommen waren. „Er ist geblieben.“

Alaleh runzelte die Stirn. „Im Iran? Nein!“

„Doch.“

Ihre Augen füllten sich mit Tränen. „Warum?“

„Für euch, für die Kinder. Für Hamid. Für Gott.“

Alaleh starrte mich ungläubig an. „Unmöglich. Er hat sein Leben gegen unseres getauscht.“

Schlagartig wurde mein Mund trocken. Ich konnte nur nicken.

Amir

Amir lauschte dem Regen und sah den Regenbogen vor dem Bergmassiv des Ararat, so unendlich weit entfernt. Ob Bobbie ihn sehen konnte? Hatte sie es über die Grenze geschafft? Und das Kind? Er kniff die Augen zusammen, um das tiefe Purpur auszumachen, das unscharfe Rosa, das immer mehr verblassende Gelb. Er war so aufgewühlt. Aber Gott hatte versprochen, sein Volk nie im Stich zu lassen.

„Steh ihnen bei“, flüsterte er leise in seinem Gefängnis. Ja, er war noch im Iran. Aber nicht in einem richtigen Gefängnis und dafür war Amir zutiefst dankbar. Vor seinem inneren Auge zogen die Ereignisse der letzten Stunden vorüber.

Es hatte nicht lange gedauert, bis den Polizisten aufgefallen war, dass etwas nicht stimmte. Ein Kollege warf dem anderen abfällig die Stichworte zu. „Illegal. Falsche Papiere. Fingerabdrücke."

Amir hatte gehofft, dass sie ihm nicht die Fingerabdrücke nahmen. Wenn doch ... war alles verloren. Er war froh, dass sie ihn anschrien, und fing an, zurückzuschreien, so laut, wie er sich nur traute, damit sie nicht hörten, was er hörte: der Kleintransporter wurde angelassen und fuhr davon.

Amir fragte sich, ob sie ihn im Wald erschießen würden. Aber das war eher unwahrscheinlich. Stattdessen würden sie ihn nach Teheran bringen, dort stundenlang foltern und ihn schließlich vor ein Erschießungskommando stellen. Er kannte die Geschichten. Viel zu viele davon.

Ein Polizist beugte sich am Tisch über die falschen Papiere, der zweite kam mit vorgehaltenem Gewehr auf ihn zu, als wollte er ihm die Mündung gegen den Kopf rammen. Amir wich instinktiv zurück. In diesem Augenblick fiel ein Schuss und etwas zischte durchs offene Fenster. Der Polizist brach zusammen. Ein weiterer Schuss krachte und der zweite sackte mit einem dumpfen Schlag am Tisch vornüber. Als der dritte Polizist in die Hütte gestürmt kam, krachte es erneut und auch er ging zu Boden.

„Amir! Schnell!" Davoods Stimme kam von draußen.

Amir stürzte benommen aus der Hütte. Der Schleuser saß noch immer auf dem braunen Pferd und hielt ein Gewehr in der Hand. „Wir müssen sie fesseln. Das waren nur Betäubungspfeile. In zehn Minuten sind sie wieder wach."

Davood stieg ab, machte die Pferde fest und holte lange Seile aus den Satteltaschen. Gemeinsam fesselten sie die Polizisten an Stühle und stopften ihnen ein Stück Stoff in den Mund. „Das sollte deiner Bobbie eine Stunde Zeit geben, vielleicht zwei. Sie sollte besser die Grenze passiert haben, bevor das hier auffliegt."

„Da hast du recht."

„Verschwinden wir."

Davood stieg auf und deutete auf den Schimmel, der unruhig neben seiner Stute tänzelte. Amir nahm die Zügel von Davood entgegen, warf sie dem Pferd über den Kopf und zog sich nach oben in den Sattel. Dann tat er es Davood gleich, der sich weit nach vorn beugte und seiner Stute die Sporen gab. Äste klatschten ihm beim Reiten ins Gesicht und zerkratzten ihm die Arme.

Sie saßen auf einer winzigen Lichtung. Kilometer um Kilometer waren sie durch Wald und über offenes Land geritten, bis sie die Ausläufer eines Berges erreichten. Erst hier hielt Davood an, stieg ab und brachte die Pferde in ein Versteck.

„Danke, dass du mir geholfen hast. Ich dachte schon, es wäre aus."

„Ich dachte mir schon, dass sie dich festhalten. Sie wussten, dass wir die Grenze noch nicht passiert haben, und wollten uns unbedingt schnappen. Deswegen bin ich euch bis zum Kontrollpunkt gefolgt. Dein Plan, die Polizisten abzulenken, hat übrigens funktioniert. Der Wagen konnte unbehelligt davonfahren."

Amir war unendlich erleichtert. „Danke, mein Freund."

„Ich war mir nicht sicher, ob das klappt."

„Meinst du, sie schaffen es?"

„Wenn diese Bobbie so clever ist, wie du sagst, dann wird sie es packen." Davood sah auf die Uhr. „Es ist sieben. Hoffentlich konnten sich die drei Polizisten noch nicht befreien." Er schüttelte den Kopf. „Du musst verrückt sein, hier wieder aufzutauchen. Völlig übergeschnappt." Davood grinste. „Aber das ist ja nicht deine erste Rückkehr. Erinnerst du dich an dieses Gebirge? Es wird ab jetzt dein Freund sein, dein bester Freund, bis du die Türkei erreichst." Er zeigte in Richtung des Ararat, wo der Regenbogen verblasste. „Isa wird bei dir sein."

Amir fühlte sich auf einmal schrecklich müde. Ja, er war schon einmal über die Berge geflohen und nun sah es so aus, als würde er es wieder tun – zu Pferd und zu Fuß. Wie 1989. Damals war sein Ziel die Freiheit gewesen, Freiheit für sich selbst und für seine Eltern.

Heute hatte er nur ein Ziel. Bobbie Blake.

Stephen

Das Zimmer in der Pension war leer und trotzdem nicht unbewohnt. Es gab Unmengen von Kakerlaken. Im supersauberen Österreich hatte ich irgendwie nicht mit Kakerlaken gerechnet. Wir luden Hamids wenige Habseligkeiten aus, von denen die meisten eigentlich aus der „Oase“ stammten. Hamid lehnte sich begeistert an mich. „Isa sei gelobt. Wir kriegen Zimmer nur für uns! Ein Geschenk. Ein kleines Stück Paradies.“

Er war tatsächlich dankbar für dieses ungezieferverseuchte Loch.

Jalil war auch zu uns gestoßen. „Die vorherigen Mieter scheinen erst gestern ausgezogen zu sein“, sagte er auf Englisch. „Eine sechsköpfige Familie.“

„Pfadfinder waren sie jedenfalls nicht“, stellte Tracie fest. Jalil sah sie fragend an. „Deren Motto ist doch, einen Ort immer sauberer zu verlassen, als sie ihn vorgefunden haben.“

„Andererseits, wer weiß schon, wie die ihn vorgefunden haben?“, warf ich ein und Tracie steckte mir daraufhin die Zunge heraus.

„Ich nehme dich mit zu mir nach Hause, wenigstens ein, zwei Tage, bis du wieder auf den Beinen bist“, sagte Jalil. „Darya hat alles vorbereitet. Sie freut sich schon, dich zu sehen.“

Hamid humpelte mit Jalil zum Auto. „Danke, Cousin. So freundlich zu mir.“ Er drehte sich zu uns. „Ihr alle so freundlich.“

„Ich schicke heute Abend noch die nächste Story an meinen Boss“, versprach ich Hamid. „Mit den Fotos“, fügte ich grinsend hinzu und auch Hamid lächelte. „Morgen früh steht das schon in der Zeitung.“

Ich zögerte zu gehen. Er war für mich zu einer Art Freund geworden.

„Ich kann nur Danke sagen“, flüsterte er.

„Wir kommen wieder und holen dich ab, sobald feststeht, wann deine Familie in Wien landet“, versprach Tracie. Mittlerweile waren wir alle beim Du.

„Und du weißt, was mein Chef gesagt hat“, meinte ich scherzhaft. „Ich muss unbedingt dabei sein, wenn ihr euch wiederseht.“

Hamid lächelte erwartungsvoll. „Ist gut. Machst du so viele Fotos, wie du willst. Aber dann bringe ich sie hierher und wir sind allein.“

Jalil lachte. „Ja, versprochen, wir lassen euch in Ruhe.“

Auch Tracie schien es schwerzufallen, sich von Hamid loszureißen. „Denk dran, am Samstag ist die Weihnachtsfeier. Da musst du unbedingt dabei sein.“

„Ich komme. Ich hoffe, meine Familie auch da sein kann – alle zusammen."

Eine halbe Stunde lang putzten Tracie und ich schweigend vor uns hin. Ich glaube, die enorme Tragweite eines Lebens als Flüchtling überwältigte uns einfach. „Hast du gesehen, wie glücklich er über das Zimmer hier war?", sagte ich irgendwann. „Ein Stück vom Paradies hat er es genannt."

„Vielleicht ist es das ja auch", erwiderte Tracie und riss das Fenster auf. „Es ist ein Neuanfang und das komplette Gegenteil von seinem früheren Leben."

Ich lehnte mich auf den Besen und runzelte die Stirn. „Sind das die Auswirkungen davon, wenn man glaubt? Hast du ein neues Paar Augen bekommen? Siehst du jetzt alles mit anderen Augen?"

Sie lehnte sich an das kleine Waschbecken in der Ecke und überlegte. Ich nutzte die Zeit, um ihre feinen Gesichtszüge zu betrachten „Hm. Gute Frage. Und ich glaube, die Antwort heißt ‚ja'. Der Glaube verändert meine Sichtweise auf die Dinge. Auf das, was ich will, was ich brauche, was ich unbedingt haben muss." Sie griff nach dem Schwamm und fing an, das Waschbecken zu schrubben. „Tante Bobbie hat übrigens mal genau dasselbe gesagt wie du. Dass der Glaube für sie wie ein neues Paar Augen war."

Mitten in der Bewegung hielt sie inne und dachte nach. „Sie meinte, gläubige Augen sehen immer das Potenzial in allem. Und wenn sie zurückschauen, sehen sie die Vergangenheit als Vorbereitung für die Zukunft."

Bobbie

Rasa lag auf dem Sitz zwischen mir und Alaleh. Die ersten Minuten versuchte Alaleh noch, wach zu bleiben und sich irgendwie mit mir zu verständigen.

„Schlafen Sie. Ruhen Sie sich aus. Sie sind in Sicherheit", versuchte ich sie zu beruhigen.

In ihren dunklen Augen stand eine Mischung aus Dankbarkeit und Erschöpfung. Schließlich lehnte sie sich ans Fenster und schlief. Im Arm hielt sie Omid und die andere Hand lag auf Rasas Rücken.

Das einzige Geräusch neben dem Tuckern des Motors war das Gegacker der Hühner und Rasas rasselnder Atem.

Ich verbrachte die erste Stunde damit, Gott für das Wunder zu danken, dass Hamids Familie neben mir im Auto saß. Dann fing ich an, für Amir zu beten. Mit der Mondsichel als meinem steten Begleiter ließ ich die vergangenen zehn Tage mit Amir Revue passieren und war froh, dass Alaleh und die Kinder schliefen, weil es mir peinlich war, vor ihnen zu weinen.

Er hat sein Leben gegen unseres getauscht, hatte Alaleh gesagt.

Oh, Amir, ist das wahr? Hast du das im Sinn gehabt?

Tausend Fragen stürmten auf mich ein. Wieso sollte ich in Österreich bleiben und die neuartige Behandlung antreten, wenn es Amir nicht mehr gab? Warum fehlte mir auf einmal der Lebensmut? Sofort fühlte ich mich schuldig. Wollte ich nicht wegen der „Oase" bleiben? War das nicht mein eigentliches Motiv gewesen? Oder ging es die ganze Zeit nur um Amir?

Die Zweifel wollten mich übermannen und ich zwang mich zu der Form der Verteidigung, die mich die letzten zwanzig Jahre über am Leben gehalten hatte. Ich zitierte einen Bibelvers nach dem anderen und kämpfte so gegen die Ängste, Zweifel und Lügen, die mich einwickeln und ersticken wollten.

„Sei stark und mutig", redete ich mir selbst gut zu. „Erschrick nicht und fürchte dich nicht! Denn der HERR, dein Gott, ist mit dir, wo auch immer du hingehst."

Diesen Vers aus dem Buch Josua mochte ich besonders. „Hilf mir, Herr", betete ich laut. „Und sei mit Amir, wo auch immer er ist. Ich will dir vertrauen, aber dafür brauche ich deine Hilfe. Ich weiß nicht, wie es weitergehen soll. Führe du mich."

Kaum hatte ich das letzte Wort ausgesprochen, schreckte Alaleh hoch. Sie blinzelte und zog erschrocken ihre Hand von Rasa zurück. „Sie atmet nicht mehr!", kreischte sie auf Farsi.

Ich fuhr sofort rechts ran und hielt mein Ohr vor Rasas Mund. Ich hörte nichts. Das war kein Schlaf – das Kind war bewusstlos. Ich schüttelte sie. „Rasa! Rasa, wach auf!"

Zu meiner unendlichen Erleichterung regte sie sich und hustete unter großer Anstrengung. Alaleh fing an zu weinen.

„Alles in Ordnung", beruhigte ich Alaleh und versuchte derweil, meine eigene Angst unter Kontrolle zu bekommen. „Nur noch eine Stunde. Dann bringen wir sie sofort zu einem Arzt."

Rasas Augenlider flackerten. „Singst du?", murmelte sie.

„Ich kenne den Text nicht", stammelte Alaleh.

„Welchen Text?", wollte ich wissen.

„Was Sie uns vorgesungen haben, als wir dort unten drin waren", erklärte Alaleh auf Farsi und deutete auf den doppelten Boden des Transporters.

Ich musste fast lachen. „Ich kann nicht besonders gut singen. Aber ich versuch's. Und bald werdet ihr meine Nichte kennenlernen. Die hat eine Stimme wie ein Engel."

Also sang ich noch einmal den Text aus der Bibel, auf Englisch und Farsi. Irgendwann stimmte Alaleh vorsichtig mit ein. Wir sangen zu Gott, um Rasas willen. Wir flehten ihn an, sich unser zu erbarmen.

Stephen

Tracie und ich redeten auf der zweistündigen Fahrt von Linz nach Wien ohne Punkt und Komma und kamen dabei vom Glauben auf Journalismus, Musiktherapie und blöde Witze. Ich genoss jede Minute mit ihr. Es war schon nach zehn, als wir an der „Oase" ankamen. Tracie parkte direkt davor. „Ich weiß, du bist erschöpft vom Jetlag, aber macht es dir was aus, wenn wir hier noch einen kurzen Abstecher machen? Ich will nur sichergehen, dass Carol, Tom und Julie nicht beim Aufräumen noch Hilfe brauchen. Heute war doch ‚Kaffeehaus'."

Ich gähnte und winkte ab. „Ich, müde? Niemals."

Die Flüchtlinge waren schon gegangen und Tom stellte gerade die Stühle aufeinander, während Carol den Boden wischte.

„Braucht ihr noch Hilfe?", fragte Tracie.

„Ja, gerne", meinte Carol, aber sie schien sich überhaupt nicht zu freuen. „Ich habe leider schlechte Nachrichten von Jim und Anna Harris." Sie stützte sich auf ihren Besen. „Aber zuerst die guten Nachrichten. Bobbie ist gerade eben mit Alaleh und den Kindern angekommen. Das Mädchen ist ziemlich krank, aber sie haben es geschafft."

Wir sahen Carol erwartungsvoll an. „Die schlechte Nachricht ist, dass Amir im Iran festgehalten wurde. Bobbie musste allein weiterfahren."

Mir war plötzlich flau im Magen. Tracie entfuhr ein kleiner Schrei und ich griff schnell nach ihrer Hand.

„Oh, nein", stöhnte sie. „Das verkraftet sie nicht."

Gemeinsam stellten sie sich zusammen und beteten. Ich betete nicht mit, aber ich stellte mich dazu, lauschte und dachte über meine Story nach. Ich würde das erwähnen müssen. Der nächste Artikel würde mir keine Freude bereiten.

Kapitel 25

Bobbie

Erschöpft trat ich um 23 Uhr vor Jim und Annas Wohnung auf die Bremse. Die beiden mussten die ganze Zeit am Fenster gewartet haben. Sie waren sofort draußen. Jim trug Rasa hinein und Anna nahm Omid. Ich half Alaleh, die steif neben mir herhumpelte.

„Das Kind muss ins Krankenhaus", warf ich ein. „Die Kleine ist ganz schwach und verliert zeitweise sogar das Bewusstsein."

Anna runzelte die Stirn. „Ein Krankenhaus ist keine so gute Idee. Ich rufe den Arzt an. Ich habe ihn schon vorgewarnt, dass wir ihn womöglich heute Nacht brauchen."

Um Mitternacht traf der Arzt ein und untersuchte die drei Flüchtlinge. „Sie sagen, es ist zu gefährlich hier für sie?", versicherte er sich. „Wenn sich das Kind morgen ausruht, ist es am Donnerstag reisefähig. Ich lasse Ihnen etwas da, das seinen Kreislauf in Schwung bringt."

„Aber sie muss morgen für die Ausreisepapiere im UNHCR anwesend sein", entgegnete Jim.

Der Arzt holte Medikamente aus seiner Arzttasche. Er legte Rasa nachdenklich eine Hand auf die Stirn. „Dann muss sie essen und schlafen. Das wird morgen sehr anstrengend für sie werden."

Also wechselten Anna, Alaleh und ich uns mit Rasa ab – wir badeten sie in warmem Wasser, verbanden ihre Erfrierungen an Händen und Füßen, saßen an ihrem Bett und flößten ihr Brühe ein. Irgendwann bestand Anna darauf, dass auch Alaleh ein Bad nahm und schlafen ging. „Sie sind hier in Sicherheit. Wir passen auf Ihre Kinder auf. Gehen Sie schlafen."

Dann drückte sie ihr ein Mobiltelefon in die Hand. „Aber zuerst rufen Sie Hamid an und sagen ihm die guten Neuigkeiten. Sie sind in Freiheit."

Alaleh kamen die Tränen. „Danke, danke", flüsterte sie auf Farsi. „Ich habe mich nicht getraut zu fragen. Aber ich rufe ihn jetzt sofort an."

Hamid

Hamid wurde wachgerüttelt. Instinktiv riss er die Arme hoch, um sich vor dem Schlag zu schützen, aber stattdessen drang ihm Jalils sanfte Stimme ins Ohr. „Ein Anruf für dich, Hamid. Wach auf!"

Hamid mühte sich, die Augen zu öffnen, und setzte sich auf. Schmerz schoss ihm durch den Körper und er zuckte zusammen, aber das Leuchten in Jalils Augen ließ ihn alles vergessen. Er wischte sich mit der Hand übers Gesicht, atmete tief ein und nahm Jalils Handy. „Hallo?", sagte er leise.

„Hamid?" Alaleh klang aufgeregt. „Hamid?"

„Alaleh! Bist du das? Alaleh, ich bin's, Hamid!"

Sie fing an zu schluchzen. „Oh, Hamid! Du lebst. Ich hatte solche Angst! Du hast dich nicht mehr gemeldet und ich dachte, du bist tot."

„Nein, nein, es geht mir gut, mein Herz. Und dir? Wie geht es dir? Wo bist du?" Hamid schloss die Augen und rief sich ihr hübsches Gesicht ins Gedächtnis.

„Wir haben es geschafft", sagte Alaleh und Hamids Augen füllten sich mit Tränen. „Wir sind gerade in Van angekommen, hier bei deinen Bekannten. Sie sagen, wir können unsere Ausreisepapiere morgen bekommen und schon am Donnerstag fliegen. Ist das wirklich möglich?"

Hamid schniefte und rieb sich das Gesicht. „Ja, das geht. Ein Wunder, aber es ist möglich! Wie geht es den Kindern?"

Er merkte, wie Alaleh zögerte. „Gut. Es geht ihnen gut."

Erleichterung machte sich in Hamid breit und sie sagten beide nichts mehr, nur noch leises Schluchzen ging von einem Hörer zum anderen.

Bobbie

Nach einem tränenreichen und erfreulichen Telefonat legte sich Alaleh schlafen. Jim und Anna und ich saßen im Wohnzimmer und redeten über Amir. Wo war er nur? Und würde die kleine Rasa die Reise überstehen?

Plötzlich schnappte ich erschrocken nach Luft.

„Was ist?“, fragte Anna besorgt.

„Die Hühner! Ich habe die Hühner im Auto vergessen. Was machen wir denn bloß damit?“

„Mensch, die Hühner“, pflichtete Anna mir bei.

Aus irgendeinem Grund lösten sich die Spannung, die Erschöpfung und die ganzen Sorgen in einem einzigen Lachanfall. Anna und ich kicherten hysterisch herum, bis uns die Tränen kamen. Jim sah verwirrt von einer zur andern.

„Die Hühner? Das ist unsere kleinste Sorge. Die werden wir morgen auf dem Markt los, garantiert!“

Hamid

Hamid hatte Jalil darum gebeten, ihm ein paar Stunden Ruhe in der Pension zu gönnen. Er wollte Jalil und Darya nicht verärgern, wenn er in ihrer Wohnung in der Bibel las. Hier war er allein. Allein und doch nicht allein. Der Tröster war da. Er war mit eingezogen und würde auf ihn aufpassen, auf ihn und seine Familie.

Die Tapete war fleckig und löste sich schon an manchen Stellen und eine Kakerlake huschte über den Boden, aber es roch frisch und sauber. Ein älterer Herr, Gustav hieß er, hatte mit einer Gruppe von Gemeindegliedern am Morgen das sauber gemacht, was Tracie und Stephen nicht mehr geschafft hatten. Hamid saß verblüfft auf dem ausgeblichenen Sofa. Alles in diesem Raum war gebraucht oder geliehen, aber er fühlte sich wie ein König. Sie hatten einen Kleiderschrank, einen Schreibtisch, einen kleinen Tisch mit drei Stühlen, dieses Sofa und ein Bett. Hamid war peinlich berührt, als er daran dachte. Ein Doppelbett für ihn und Alaleh.

Die Gemeindeglieder hatten traurig den Kopf geschüttelt. „Es tut uns leid, dass Sie hier wohnen müssen.“

Ihm tat es nicht leid. Wie ging das persische Sprichwort: *Manche suchen einen gemütlichen Ort; andere machen einen Ort gemütlich.* Er würde diesen Ort gemütlich machen.

Hamid dachte an das nächtliche Telefonat mit Alaleh und seufzte zufrieden. Sein Engel hatte mit ihm gesprochen!

Und vorhin hatte sie aufgeregt angerufen und ihm mitgeteilt, dass sie die Ausreisepapiere bekommen hatten. Morgen stiegen sie in den Flieger! In weniger als vierundzwanzig Stunden würde seine Familie die Türkei verlassen und nach Wien fliegen. Stephen und Tracie würden ihn abholen und zum Flughafen bringen. Nur noch einmal schlafen.

Aber Amir würde fehlen.

Hamid ließ die traurige Neuigkeit sacken. Ihm fiel etwas ein, das Amir in einer Predigt auf dem iPod gesagt hatte. Offensichtlich stand es irgendwo im Injil. „Denn Christus ist mein Leben, aber noch besser wäre es, zu sterben und bei ihm zu sein." Amir hatte tatsächlich sein Leben für das von Hamids Familie geopfert.

Es war so kostspielig, Isa zu folgen. Kostspielig ja, aber trotzdem war es das wert.

Keith

„Die Nachricht ist angekommen, danke", antwortete Keith, als Jim am Telefon wieder einmal in Rätseln sprach. Keith wusste nicht, ob er weinen oder lachen sollte. Was für eine Story! Hamids Familie war in der Nacht bei Jim und Anna angekommen und hatte heute schon die Ausreisepapiere vom UNHCR erhalten. Der Plan war aufgegangen! Sie waren in der Türkei. Mit Bobbie. Aber *nur* mit Bobbie.

Amir steckte irgendwo in den iranischen Bergen.

Jim hatte recht behalten – die Sache war zu gefährlich für Amir. Aber er würde das schaffen. Irgendwie.

Keith schielte auf die Zeitanzeige auf seinem Handy. Zeit für die kleine Gebetsgemeinschaft. In Koens Büro richteten sich sofort die Augen der anderen Mitarbeiter erwartungsvoll auf ihn. Seitdem er Jim seine Ideen für den Umbau des Kleintransporters gefaxt hatte, hielt er seine Kollegen auf dem Laufenden. Er erzählte ihnen von der geglückten Rettung und der Festnahme und sie fanden sich zum Gebet zusammen.

Bobbie

Nachdem Jim, Alaleh, die Kinder und ich erfolgreich vom Flüchtlingshilfswerk der Vereinten Nationen zurückgekehrt waren, war Anna nicht davon abzubringen, Alaleh und Rasa und Omid gleich nach dem Mittagessen wieder ins Bett zu schicken. Anna wirbelte herum wie eine Krankenschwester, gab Rasa ihre Medizin, sah nach Omid, brachte Alaleh ins Bett und passte auf, dass ihre Patienten zur Ruhe kamen.

In etwa zwanzig Stunden würden wir in den Flieger nach Österreich steigen. Aber jetzt hatte ich erst einmal Zeit, nachzudenken.

Nachdenken? Worüber? Amir festgehalten, gefesselt, gefoltert ... Ich konnte diese Gedanken nicht ertragen. Was hatte er zu mir gesagt?

„Nein. Nein, du brauchst nicht zu warten. Bobbie, du kennst mich. Ich komme auch so raus. Ich habe es schon drei Mal geschafft. Mach dir keine Sorgen, ja?“

Aber die Sorgen fraßen mich fast auf.

„Gott wird uns ganz bestimmt noch Zeit schenken, Amir.“

„Natürlich, mein Darling. Aber egal was passiert, vergiss nie, dass ich dich liebe. Du, nur du bist in meinem Herzen. Für immer.“

Er würde mich für immer lieben. Dann würde ich eben warten. Ich hatte bis jetzt zwölf Jahre gewartet. Welchen Unterschied machten da ein paar mehr Jahre?

Ich telefonierte mit Tracie. Sie klang schrecklich besorgt. „Tante Bobbie, geht es dir gut?“

„Ein bisschen müde, mehr nicht.“ In Wirklichkeit war ich so erschöpft wie nie.

„Ich bin so stolz auf dich. Du hast sie rausgebracht! Aber das mit Amir tut mir so leid“, fügte sie leise hinzu.

„Ja. Das war ein ziemlicher Schock.“ Ich versuchte, hoffnungsvoll zu klingen, auch wenn mein Magen ein einziger Knoten war. „Amir ist pfiffig. Der findet bestimmt einen Weg.“

„Natürlich. Ganz bestimmt!“ Ich war dankbar für ihr frisches Vertrauen. „Übrigens haben Stephen und ich Hamid nach Linz gebracht und geholfen, in seiner neuen Wohnung klar Schiff zu machen ...“

„Augenblick mal.“ Ich dachte, ich hatte mich verhört. „Hast du *Stephen* gesagt? Ist er wieder da? Bei dir?“

Tracie lachte und erklärte mir aufgeregt, dass Stephens Chef ihn wegen der Flüchtlingsstory wieder nach Österreich geschickt hatte. Ich hörte es sofort an ihrer Stimme – sie war verblüfft über Gottes Timing. Und sie war verliebt.

„Wir sehen uns morgen, ja? Hab dich so lieb, Tantchen."

Ich legte auf und dachte nach. Für einen Augenblick ließ ich die emotionale, körperliche und geistige Erschöpfung einfach über mich hinwegrollen. Wie oft war ich direkt nach einem erfolgreichen und gefährlichen Einsatz in ein tiefes Loch gefallen? *Harre auf den Herrn. Vertraue ihm. Vertraue Amir. Vertraue der neuen Behandlungsmethode.*

Meine inneren Stimmen diskutierten miteinander. *Das Zittern ist so stark wie nie. Es gibt keine wirksame Behandlung mehr für dich! Und woher willst du wissen, dass Amir es schafft?*

Ich spürte eine Hand auf der Schulter. „Bobbie, ruh dich aus. Du brauchst jetzt Ruhe, nichts anderes." Anna sah mich ernst an. Sie hatte recht. Entweder ich gönnte mir nach diesem großen Sieg Ruhe oder ich machte endgültig schlapp. Sie brachte mich in Lillys Zimmer, schlug die Bettdecke zurück und deckte mich zu.

Ich schlief sofort ein.

Am späten Abend, nachdem Jim und Annas Kinder im selben Zimmer wie Rasa und Omid schlafen gegangen waren, saßen wir Erwachsenen noch im Wohnzimmer beieinander. Anna hatte Alaleh eine hübsche blaue Bluse und einen bunten Rock gegeben, was ihre Ausstrahlung sofort veränderte. Sie kam zu mir und sprach mich auf Farsi an. Jim half mir, wenn ich etwas nicht verstand. „Jim sagt, dass Ihnen dieser Mann, Amir, viel bedeutet. Ist das wahr?"

Ich nickte.

„Es tut mir so leid, was passiert ist. Aber Jim sagt, er hat es schon einmal geschafft zu fliehen, ja?"

Ich nickte wieder.

Zögerlich berührte sie mich an der Hand. „Wenn euer Gott mich und meine Familie retten kann", sagte sie und wartete, bis Jim es mir übersetzt hatte, „dann rettet er auch den Mann, der für uns sein Leben riskiert hat."

„Das hoffe ich auch", stammelte ich.

„Euer Gott hört seinem Volk zu, das weiß ich. Und wenn Sie erlauben, werde ich mit Ihnen gemeinsam zu ihm sprechen. Ich werde ihn bitten, diesen Mann sicher aus dem Iran zu bringen."

Ich wusste nicht, was ich sagen sollte.

Rasa

Rasa lehnte ihren Kopf an die Schulter ihrer Mutter und döste. Sie und Maamaan und Omid waren in einem echten Flugzeug mit der anderen hübschen Frau, Bobbie! Sie hatte kaum die Kraft, aufgeregt zu sein, aber trotzdem klopfte ihr Herz. Maamaan hatte gesagt, sie würde Baba bald sehen.

„Rasa, schau mal!", meinte Maamaan.

Rasa spähte aus dem kleinen Fenster. Große Schäfchenwolken zogen vorbei und weit unter ihnen breitete sich ein zerklüftetes Gebirge mit weißen Gipfeln aus.

„Das sind die guten Berge, Rasa", sagte Maamaan leise. „Du hattest die ganze Zeit recht, mein Engel. Wir haben es bis zu den guten Bergen geschafft."

Rasa steckte ihre Hand in die Rocktasche und befühlte das kleine Holzkreuz. Die guten Berge! Und ein Land, in dem sie das Kreuz nicht mehr verstecken musste. Bald würden sie endlich frei sein. Rasa wollte etwas sagen, aber ihre Kraft reichte nur für ein Lächeln.

Hamid

Hamid lief am Wiener Flughafen ungeduldig vor dem Ankunftsgate auf und ab. Konnte es sein, dass er selbst erst vor zweieinhalb Wochen durch diese Schiebetür gekommen war? Und würde sie sich tatsächlich jeden Augenblick für seine kleine Familie öffnen?

Jalil und Darya warteten schweigend neben ihm und Tracie stand nahe bei Stephen, der die Kamera schon im Anschlag hatte. Hamid lief, nein, humpelte weiter auf und ab. Bei jedem Schritt schmerzten ihm die Rippen. Aber das Warten war noch schlimmer als die Schmerzen.

Isa! Mach, dass alles gut gegangen ist.

Die ersten Leute strömten durch die Tür und Hamid hielt die Luft an. Zehn Minuten lang ging die Tür auf und zu, aber kein Zeichen von Alaleh. Hamid dachte an den Zoll, die nötigen Papiere und alles andere.

Hatten sie das Flugzeug verpasst? Wurden sie in der Türkei festgehalten?

Wenn du Angst hast, erinnere dich an Gottes Verheißungen. Sie werden dich beruhigen. Hamid dachte an Amirs Predigt. Er kannte bisher nur ein paar wenige Verse, aber die sagte er im Stillen auf. Wenn doch nur sein Herz sich beruhigen würde!

Und dann war sie da, Alaleh, in einer neuen blauen Bluse und einem langen Rock mit Blumenmuster. Das dichte schwarze Haar floss ihr über die Schulter und ihre gesamte Körperhaltung verkündete Freiheit. Hamid wusste, wie erschöpft sie sein musste, und doch war sie nie schöner gewesen als jetzt. Jedes Blinzeln ihrer schwarzen Augen mit den langen Wimpern war eine Liebesbotschaft an ihn. Und sein Sohn! Sie hatte seinen Sohn im Arm. Hinter ihr trat Bobbie mit Rasa auf dem Arm durch die Glastür.

Hamid stürzte zu ihnen und schlang die Arme um Alaleh und Omid. Er drückte sie fest an sich. Er sog den Duft seiner Frau ein und küsste sie auf den Mund. Oh, wie süß! Der Kuss schmeckte wie ihr allererster Kuss und vor Freude kribbelte alles in ihm.

Als er sich Rasa zuwandte, versuchte sie tapfer zu lächeln. „Baba, wir haben es geschafft", flüsterte sie.

Seine kleine Rasa! Seine Tochter so schwach zu sehen, schmerzte ihn. Vorsichtig nahm er sie Bobbie ab. Sie war ganz blass und hustete. Zögernd berührte sie sein angeschwollenes Gesicht und fing an zu schluchzen. „Oh, Baba, du bist verletzt und ich bin krank. Aber Isa hat uns gerettet. Er hat uns gerettet."

„Ja, Rasa. Das stimmt. Und jetzt werden wir beide ganz schnell wieder gesund. Hast du gehört?"

Sie schniefte, nickte und vergrub ihr Gesicht an seiner Brust. Einige Augenblicke stand Hamid einfach nur da, hielt Rasa auf dem Arm und umarmte Alaleh. Das Blitzlicht nahm er nur vage wahr. Dann nahm Jalil ihm Rasa ab und Alaleh gab ihm Omid. „Hamid, dein Sohn."

Hamid wiegte seinen winzigen Sohn im Arm und sah zu Stephen herüber. Der drückte genau in diesem Moment auf den Auslöser.

Bobbie

Ich spürte einen kleinen Stich im Herzen, als ich beobachtete, wie Hamid den kleinen Omid im Arm hielt. Ich war dankbar und sprachlos. Was da gerade passierte, war nichts weniger als ein Wunder, ein von Gott angeordnetes und von vielen Menschen ausgeführtes Wunder.

Aber für einen Augenblick fühlte ich mich auch unendlich einsam. Tracie umarmte mich. „Ich bin so froh, dass du wieder da bist!“ Sie hakte sich bei mir unter. „Und wie geht es dir?“

Ich drückte sanft zu. „Sagen wir es so: Die Liebe hält mich am Leben.“

Sie sah mich ernst an. „Danke, dass du so mutig warst, trotz allem.“

Trotz allem. Oh, Amir ...

Stephen kam herüber und begrüßte mich mit einer Umarmung. „Scheint, als wärst du die große Heldin heute. Wirklich eine Glanzleistung. Macht es dir was aus, wenn ich dich mit Hamid und Alaleh und den Kindern fotografiere?“

„Ganz und gar nicht.“

Hamid gab seinen Sohn zurück an Alaleh, kam zu mir und nahm meine Hände. Eine drückte er an sein Herz und weinte. „Danke, Bobbie. Ich nur kann sagen Danke. Und weil Amir nicht hier, ich sage Ihnen Danke auch für Amir. Habe ich gelesen Vers in der Bibel: ‚Die größte Liebe beweist der, der sein Leben für die Freunde hingibt.‘“

Ich saß im Warteraum des Krankenhauses in Baden. Rasa wurde gerade aufgenommen. Nach vier Stunden Warten waren Alaleh und die Kinder endlich im Flüchtlingslager Traiskirchen registriert worden. Nur mit ihrer weißen Karte durften wir Rasa ins Krankenhaus bringen. Ich sah noch die Sorgenfalten auf dem Gesicht des Arztes, als er Rasa untersuchte und dann sofort weiterverwies. Alaleh hatte das Flüchtlingslager nicht verlassen dürfen, aber Hamid folgte besorgt dem Krankenhausbett. Ich hatte Alaleh in den vergangenen zwei Tagen immer wieder Mut gemacht und ihr versichert, dass mit ihrer Tochter alles wieder in Ordnung kommen würde, aber in Wahrheit war ich ziemlich beunruhigt. Hoffentlich würde sie wieder ganz genesen.

Tracie brachte mich zum Fahrstuhl und wir fuhren in eine andere Etage, wo ich meinen Termin bei Dr. Schobesberger hatte. Nach kurzer Wartezeit wurden wir in einen kleinen Raum gebeten und bald darauf begrüßte mich der weißhaarige Arzt mit einem freundlichen Lächeln. „Wie war die Woche ohne die Medikamente, Miss Blake?"

Ich hatte keine Ahnung, was ich sagen sollte. „So gut es eben ging, angesichts der Umstände, glaube ich."

Er fragte nicht weiter nach und sah auf sein Klemmbrett. „Ihre Blutergebnisse zeigen, dass die alten Medikamente leider wenig bewirkt haben."

Tracie griff nach meiner Hand. Mir rutschte das Herz in die Hose.

„Also schlage ich vor, dass wir sofort mit der neuen Behandlung anfangen." Er begann, sie uns aufs Genaueste zu erklären. Sätze wie „ganz natürlich" und „den Körper für den Kampf gegen den Krebs stärken" und „experimentelle Behandlung über sechs Monate" rauschten an mir vorüber. *Und warum willst du das auf dich nehmen, wenn es keinen Amir mehr gibt? Wozu hierbleiben? Du willst doch nicht etwa Tracie für Monate hier fesseln, oder? Und wenn sie nicht da ist, wer kümmert sich dann um dich, wenn es nicht mehr geht?*

Ich gab Dr. Schobesberger die Hand und ging benommen nach draußen. Alles, was ich mir gemerkt hatte, war: „Wir fangen dann am Montag an."

Wir gingen zurück und fanden Rasas Zimmer. Hamid saß an ihrem Bett. Rasa war wach und die beiden schienen sich angeregt zu unterhalten.

„Hallo, Miss Bobbie", sagte Rasa leise auf Englisch und sah mich schüchtern an.

„Hallo, Rasa", erwiderte ich. „Mensch, du siehst ja viel besser aus! Es hat dir schon sehr geholfen, deinen Vater zu sehen, nicht wahr?"

Hamid übersetzte. „Der Doktor sagt, ich muss eine ganze Woche hierbleiben. Aber wenn ich alles mache, was er sagt, dann bin ich bald schon wieder ganz stark." Rasa lächelte und wurde sofort wieder traurig. „Aber Baba sagt, *du* bist ganz krank."

„Es geht mir nicht so gut, das stimmt."

„Aber Isa macht dich doch wieder gesund, oder? Wer an ihn glaubt, wird gesund, oder nicht?"

„Er macht auf jeden Fall die Seele gesund. Aber manchmal entscheidet er sich, den Körper nicht gesund zu machen. Nicht, bis wir im Himmel unseren neuen Körper bekommen."

Rasa runzelte die Stirn. Ihr Kopf rauchte. „Miss Beverly hat das mit dem neuen Körper im Himmel schon mal gesagt. Ich glaube, das ist mit Maamaan-Bozorg auch passiert. Isa hat gar nichts gemacht, als sie sterben musste." Ihre Kinderaugen füllten sich mit Tränen. „Aber manchmal macht Isa auch gesund. Maamaan und Omid nämlich. Und wir können zu ihm beten und vielleicht macht er ja deine Seele gesund *und* deinen Körper."

Tracie brachte mich ins Gästehaus. Stufe für Stufe quälte ich mich zu unserem gelben Zimmer hinauf. Dabei versuchte ich mir in Erinnerung zu rufen, was der Arzt gesagt hatte, aber es war sinnlos. Ich fühlte mich, als würde ich durch einen dichten Nebel waten. Ich brauchte Schlaf. Aber zuerst nahm ich mir das Telefon und wählte Peggys Nummer.

„Ich bin's. Ich bin wieder zurück."

„Gelobt sei der Herr."

„Ja", erwiderte ich und erzählte ihr dann doch die ganze Geschichte. Peggy konnte so gut zuhören wie niemand anderes. Sie unterbrach mich kaum und stellte keine komischen Fragen. Erst als ich endlich fertig war, sagte sie: „Das mit Amir tut mir wirklich sehr leid."

„Ja. Ich glaube, ich habe das noch gar nicht so richtig begriffen."

„Und jetzt fragst du dich, was du machen sollst."

„Ja. Tracie kann auf keinen Fall hierbleiben. Sie muss ihr eigenes Leben leben, und wenn ich das richtig sehe, hat sie sich gerade frisch verliebt."

„Und hast du Tracie schon in Kenntnis gesetzt, was du für sie entschieden hast?"

Peggy! Sie redete nie um den heißen Brei herum. „Willst du damit sagen, dass ich schon wieder die Kontrolle an mich reißen will?"

„Ganz genau. Lass das Kind sich selbst entscheiden. Und was sagt dir dein Herz?"

„Ich habe Angst. Für diese neue Behandlung gibt es keine Garantien, ich weiß nicht, wie das mit dem Visum gehen soll, und warum in aller Welt sollte ich den Leuten hier in der ‚Oase' weiter Sorgen bereiten?"

„Und Amir?"

„Ich weiß ja nicht mal, ob er je wiederkommt."

„Du musst dich eben entscheiden, ohne es zu wissen, Bobbie. Wenn du mich fragst, solltest du dir dringend Zeit nehmen und Gott um Rat fragen. Du hast in den vergangenen Tagen kaum Zeit gehabt, nachzudenken. Gott ist nicht in Eile, meine Liebe. Egal, wie es uns geht."

„Du hast wahrscheinlich recht."

„Und ... Bobbie ... habe ich dir schon gesagt, wie stolz ich auf dich bin? Ich hoffe, das ist nicht untergegangen."

„Danke. Und danke bitte auch allen in der Gebetsrunde. Ich habe das alles nicht aus eigener Kraft heraus getan, das wisst ihr." Ich dachte zurück. „Im Iran habe ich ganz klar gespürt, dass ich überhaupt nichts in der Hand habe. Aber Gott hat mich nie im Stich gelassen."

„Ja, so ist er."

„Grüß bitte alle von mir und erinnere sie daran, dass ein Flüchtling noch im Iran festsitzt."

Kapitel 26

Stephen

Ich fuhr zum zweiten Mal an diesem Tag zum Wiener Flughafen. Als Mom durch die Glastür kam, umarmte ich sie und hob sie dabei fast hoch.

„Mein Liebling! Wie schön, dich so schnell wiederzusehen", rief sie. „Dein Vater schickt dir Grüße und meinte, du kannst ruhig einen Abstecher nach Lyon machen, bevor du wieder nach Atlanta fliegst."

„Also ist er da?"

„Ja." Sie nahm meine Hand, als wäre ich ein kleiner Junge. „Und wir geben unser Bestes, alle beide. Schritt für Schritt. Ich bin vorsichtig optimistisch."

„Dann sollten wir beide auf jeden Fall nach Lyon fliegen, wenn das hier vorbei ist."

„Das wäre so toll. Und weißt du, was dein Vater dann sagt?"

„*Vaux mieux tard que jamais*", kam es gleichzeitig aus unser beider Mund. „Besser spät als nie."

Auf einmal fühlte ich mich in meine Kindheit versetzt, Mom und Papa hielten Händchen und schwatzten munter in einem fort, sie auf Englisch, er auf Französisch.

Und da begriff ich. *Das* war mein Zuhause. Zu Hause war überhaupt kein Ort. Zu Hause war die Familie. Wie viele Jahre hatte ich sie wegen der ganzen Spannungen gemieden? Aber jetzt war der Groschen gefallen. Zu Hause war immer dort, wo meine Eltern waren. Eines Tages würde ich eine Familie gründen und mein eigenes Zuhause schaffen. Vielleicht mit einer hübschen blonden Frau und Kindern. Aber für den Augenblick genügte es, neben meiner Mutter zu laufen, und ich war zu Hause.

Ich lieferte Mom in der „Oase" ab, wo Carol sie sofort in Beschlag nahm. Dann brachte ich ihr Gepäck ins Gästehaus und zog mich auf mein Zimmer zurück, um an den nächsten Artikeln zu arbeiten. Ich hatte ziemlich viele Fotos von der Familienzusammenführung gemacht, die ich gerne dem Artikel beifügen wollte. Andy Kimball war so begeistert davon, wie sich die Sache entwickelt hatte, dass er noch drei weitere Fortsetzungen drucken wollte. „Und sehen Sie zu, dass Sie diesen anderen Kerl auch zurückholen", hatte er mir am Telefon aufgetragen, als hätte ich persönlich Amirs Zukunft in der Hand.

Schön wär's, dachte ich.

Tracie

Ich wusste, wie sehr die schlechten Blutergebnisse Tante Bobbie getroffen hatten, aber sie zeigte es nicht. Die Tabletten hatten nichts geholfen und jetzt blieb nur noch diese völlig ungewisse Methode. Vor Erschöpfung war ihr wahrscheinlich noch nicht einmal richtig klar, was sie da überhaupt erwartete. Keine Chemo, sondern eine Art natürlicher Ansatz.

Das mit Amir machte ihr sicher noch mehr zu schaffen, und weil mir einfach nichts einfiel, was es ihr leichter machen würde, hielt ich den Mund.

Wir waren in unserem Zimmer und ich schminkte mich für das Abendessen mit Stephen und seiner Mutter.

„Nervös?", fragte Bobbie.

„Ein bisschen. Ich weiß nicht, es fühlt sich an wie ein richtiges Date, auch wenn Connie dabei ist. So, als würden wir allmählich festlegen, was wir eigentlich für eine Art von Beziehung führen wollen."

„Es wird bestimmt ganz toll. Connie hat dich doch praktisch schon adoptiert." Tante Bobbie zögerte. „Ich wollte dir noch etwas sagen. Zu dieser Behandlung. Ich weiß, es gibt keine Erfolgsgarantie, und wenn ich das richtig verstanden habe, dauert sie mindestens ein halbes Jahr. So wie es aussieht, bist du drauf und dran, in eine neue Lebensphase zu starten, und ich möchte dir keinesfalls im Weg stehen ..."

„Halt, halt", unterbrach ich sie. „Hast du vergessen? Du brauchst mein Leben nicht mehr für mich zu planen. Ich bin schon groß, Tante Bobbie." Ich ging spontan zu ihr und umarmte sie. „Und außerdem hast du so viele Jahre lang Opfer für mich gebracht." Sie wollte protestieren, aber ich ließ mich nicht beirren. „Ja, ich weiß, du siehst das nicht als Opfer, sondern du hast es aus Liebe getan. Dann weißt du ja, wie es mir geht. Ich habe dich lieb, Tante Bobbie, und deswegen bleibe ich hier und helfe dir – egal, was passiert. Ich lasse mir von dir nichts vorschreiben. Ich bleibe."

Bobbie seufzte und nickte. „Wie Peggy vorhergesagt hat."

„Peggy?"

„Eine Freundin von mir. Und was ist mit Stephen?"

„Stephen muss sich über viele Dinge klar werden. Und außerdem ist er nicht auf den Kopf gefallen. Wenn er mich sehen will, findet er einen Weg. Um Stephen brauchst du dir keine Sorgen zu machen."

Bobbie

Ich blieb den ganzen Freitag im Bett, während Tracie, Stephen, Connie und die anderen Mitarbeiter und zahllosen ehrenamtlichen Helfer die Weihnachtsfeier vorbereiteten. Ich wollte Kräfte sparen, um dabei sein zu können.

Als ich tags zuvor in unser kleines Zimmer gekommen war, hatte ich ein hellrotes und leuchtend grünes Elfenkostüm auf dem Bett vorgefunden. Schon beim Anblick hatte sich mein Magen zusammengezogen, weil ich genau dieses Kostüm vor zwölf Jahren auf einer der ersten Weihnachtsfeiern in der „Oase" getragen hatte. Carol musste es irgendwo ausgegraben haben.

Mir war nicht nach Feiern zumute. Ich wollte einfach nur, dass die Feier vorüberging. *Amir.*

Aber Gott wollte anscheinend nicht locker lassen. Ich musste tun, was Peggy wollte. Ich musste stillhalten und hinhören, was er mir in der Stille dieses Tages zu sagen hatte.

Sally kam mir in den Sinn, die T-Bande, Vasilica, Amir. Ich ließ sie vor meinem inneren Auge vorüberziehen und wartete geduldig. Das schöne Gefühl, die kleine Lilly im Arm zu halten, kam hoch und weckte eine lange unterdrückte und so vertraute Sehnsucht. Sie erinnerte mich an meine immer noch leeren Hände.

Gott würde sie mir füllen, hier in Traiskirchen. Nicht heute. Heute brauchte ich Ruhe. Aber sie brannte mir im Herzen, die Liebe für Flüchtlinge, für Kinder. Ich konnte das Feuer spüren, tief in mir. Ich war zu Hause.

Rasa

Rasa konnte den ganzen Morgen kaum still sitzen – sie ging heute auf eine Party! Eine richtige Weihnachtsfeier, wo die Christen ihren wichtigen Feiertag begingen. Der Arzt hatte gesagt, sie dürfe hingehen, wenn sie versprach, sich nicht so sehr aufzuregen. Aber wie sollte sie denn jetzt nicht aufgeregt sein? Baba und Maamaan wollten auch kommen. Zuerst war Maamaan noch dagegen gewesen, Omid würde ja viel zu viel Lärm machen, aber Rasa hatte gebettelt und gebettelt. „Es kommen auch noch andere Babys. Ganz bestimmt! Miss Bobbie hat extra gesagt, dass die ganze Familie eingeladen ist."

Das kleine Holzkreuz lag auf der Bettdecke. Rasa griff danach. Sie dachte daran, wie Miss Beverly zum ersten Mal vom Kreuz gesprochen und dazu genau dieses hochgehalten hatte. Dann hatte sie die Geschichte von Isa erzählt, dem Gott, der sein Volk so sehr liebte, dass er wie sie wurde und dann auch noch für sie starb. Ein Gott, der sogar sie, Rasa, liebte und immer besser kennenlernen wollte.

Und ich will dich auch immer besser kennenlernen, Isa. Mach, dass Baba und Maamaan und Omid und ich und du richtige Freunde werden.

Bobbie

Am Samstagmorgen fühlte ich mich stark genug, Tracie, Stephen und Connie zur „Oase" zu begleiten. Carol, Julie, Tom und Trish waren schon dabei, eine Puppenbühne aufzubauen und die Tische zu decken. Um fünfzehn Uhr kamen zwei Dutzend Helfer zusammen, um Weihnachtstüten für die Besucher zu packen. Die drei österreichischen Kirchen, die für die Unkosten der Feier aufkamen, hatten hervorragend vorgesorgt und alles reichlich zur Verfügung gestellt, sodass wir über dreihundert Tüten für Männer, Frauen, Jungen, Mädchen, Kleinkinder und Babys füllen konnten. Auf einigen Tischen vorn im Raum aufgestapelt leuchteten die Tüten rot und grün. Irgendjemand hatte alte Weihnachtslieder eingelegt.

Die Stimmung war fröhlich und ausgelassen, aber ich fühlte mich innerlich schrecklich leer. Nichts wünschte ich mir mehr, als Amir durch die Tür kommen zu sehen. Ich schluckte und schluckte, aber meine Kehle blieb trocken und ich musste mehr als einmal Tränen wegblinzeln.

Um fünf öffneten wir die Türen und eine halbe Stunde später war der Raum voller Männer, Frauen und Kinder in jedem Alter. Beim Hereinkommen wurde von allen Familien in einem Nebenraum ein Familienfoto gemacht, das sie in der kommenden Woche abholen konnten. Ich hörte, wie Tom gutmütig lachte, während er eine Familie nach der anderen begrüßte.

Als Hamid mit Alaleh, Rasa und Omid ankamen, begleitete ich sie in den Nebenraum. Tom ließ sie sich für das Familienfoto aufstellen. Ihren Anblick würde ich so schnell nicht vergessen.

Ich brachte sie zur Theke, wo Keith und Lindsey McDaniel Punsch ausschenkten. Ich hatte das Paar aus Holland gerade erst kennengelernt, obwohl ich schon von Keiths Arbeit bei World Wide Radio gehört hatte.

„Das ist übrigens der Mann, der sich das Versteck im Kleintransporter ausgedacht hat“, erklärte ich Alaleh und sie bedankte sich mit ihrem schönsten Lächeln.

Einen Augenblick später färbten sich ihre Wangen rot und sie flüsterte Hamid etwas zu, der es übersetzte: „Sie sagt, hat ihr nicht gefallen zuerst, Auto und viele Hühner, aber heute sie findet großartige Idee und sagt Danke.“

Keith lachte, dass sein Bauch wackelte. „Mit den Hühnern habe ich nichts zu tun. Das war allein Bobbies Idee, soweit ich weiß.“ Er griff nach Hamids Hand. „Es ist mir und Lindsey eine riesengroße Freude, Sie kennenzulernen.“ Er kniete sich vor Rasa hin. „Wir haben viel für euch gebetet“, sagte er auf Farsi. „Und es ist ganz toll, dass ihr jetzt hier seid.“

Hamid entgleisten die Gesichtszüge. „Das waren *Sie*! Sie sind die Stimme im Radio!“

„Ja“, bestätigte Keith verblüfft. „Woher wissen Sie das?“

„Ich erkenne Ihre Stimme“, erwiderte Hamid. „Wie oft habe ich neue Hoffnung geschöpft, wenn Ihre freundliche Stimme im Radio kam!“

Keith blinzelte. „Danke. Sie glauben gar nicht, wie viel mir das bedeutet.“ Er wandte sich wieder Rasa zu und machte Späße mit ihr, während Lindsey die Arme ausstreckte, um Omid halten zu dürfen.

Connie schenkte Tee und Kaffee aus. Stephen machte ein Foto nach dem anderen und im Laufe des Abends schnappte ich von ihm französische und arabische Wortfetzen auf.

Tracie schmetterte ein Potpourri aus amerikanischen Weihnachtsliedern, zu denen Fareed den Flüchtlingen die englischen Worte beibrachte, damit sie einstimmen konnten. Die freiwilligen Helfer aus Österreich schufteten die ganze Zeit in der Küche und ließen ein Blech mit typisch österreichischem Gebäck nach dem anderen kreisen. Ungefähr nach der Hälfte der Feier schlüpfte ich in das Elfenkostüm, genau wie vor zwölf Jahren. Ich zwang mich zu lächeln und verteilte Bonbons, spielte mit den Kindern und ließ mich mit ihnen fotografieren. Dann war es Zeit für die Puppenbühne.

Alaleh

Alaleh hatte am Morgen die Erlaubnis erhalten, das Flüchtlingslager zu verlassen, und nun saß sie mit Rasa auf ihrem Schoß neben Hamid, an dessen Schulter Omid schlief. Sie lächelte und hatte zugleich einen Kloß im Hals. Sie waren hier, gemeinsam.

Dieses Haus, das sich „Oase" nannte, war bis auf den letzten Platz mit Familien gefüllt und fröhliches Geschnatter in verschiedenen Sprachen ließ die Luft vibrieren. Rasa konnte kaum still sitzen. Sie rutschte hin und her, drehte sich um und strahlte ihren Vater an, wollte die Arme um ihn schlingen. Ach, Rasa! Ihre Lebensgeister kehrten zurück.

„Maamaan, Baba! Guck mal, es geht los."

Alaleh richtete ihre Aufmerksamkeit nach vorn, wo eine Puppenbühne stand. Rasa zuliebe wollte sie das Stück ansehen. Das Stück hieß „Jesus, der Flüchtling". Der Erzähler sprach auf Englisch und wurde dann auf Farsi, Arabisch und Deutsch übersetzt. Er erzählte davon, wie Maria und Joseph auf eine lange Reise gingen. Maria ritt auf einem Esel und war hochschwanger. Sie seien so müde gewesen, erklärte der Erzähler, ein Mann namens Tom. Er sprach davon, dass die Reise des Paares so lange gedauert hatte, und als sie an ihr Ziel gekommen waren, hatte es keinen Raum für sie gegeben!

Das konnte Alaleh sofort nachvollziehen. Kein Raum! Sie nickte still und merkte, dass einige um sie herum es ihr gleichtaten. Diese Geschichte konnten sie alle gut verstehen.

Als Maria den kleinen Jesus in einem Stall zur Welt brachte, musste Alaleh an Omids Geburt in der winzigen Speisekammer denken. Die Geschichte kam ihr so bekannt vor!

Der Erzähler fuhr fort, wie Maria und Joseph mit dem kleinen Jesus in ein anderes Land fliehen mussten, weil der König böse war. Alaleh stiegen Tränen in die Augen. Sie sah Hamid an und nahm seine Hand. Warum hatte sie diese Geschichte noch nie zuvor gehört? Jesus war schon als Baby genauso auf der Flucht gewesen wie Omid.

Astrid Garabadian hatte ihr von Isa als dem Retter erzählt, von einer Jungfrau geboren. Sie hatte gehört, dass er Gott war, ohne Fehler, und dass er Sünden vergeben konnte. Er war herrlich und mächtig und hatte all das aufgegeben, um wie sie zu werden – ein Mensch. Aber dass Jesus ein *Flüchtling* gewesen war, hörte sie zum ersten Mal.

Auf einmal fühlte sie sich von Isa verstanden. Er hatte Interesse an ihr, an ihrer Familie! Alaleh konnte die Tränen nicht mehr aufhalten. Sie sah unentwegt nach vorn zu der improvisierten Puppenbühne und lauschte der Geschichte. Dieser Isa, dieser Jesus, wusste, was sie durchmachte. Er kannte all ihren Schmerz.

Isa, der Flüchtling.

Alaleh wischte sich mit dem Ärmel übers Gesicht. Dann beugte sie sich zu ihrer Tochter. „Dieser Isa gefällt mir“, flüsterte sie.

Hamid

Hamid sah sich das Puppenstück an und war von der Geschichte Jesu bewegt. Sie war seiner Geschichte und der seiner Familie so ähnlich. Er war so gebannt von den Puppen und dem Erzähler, dass er zuerst gar nicht bemerkte, wer sich neben ihn setzte. Erst als er Hamid die Hand reichte, fiel ihm auf, dass es Rasheed war. Hamid zögerte einen Augenblick.

Rasheed verfolgte das Puppenstück interessiert. „Ich bin überrascht, dich hier zu sehen“, sagte Hamid hinterher vorsichtig.

„Ja, ich weiß. Ich bin nur hier, um zu gucken, ob hübsche Frauen da sind." Er grinste. „Und weil ich gehofft habe, dich und deine Familie zu treffen."

„Dann will ich sie dir mal vorstellen", antwortete Hamid und wies nacheinander auf Alaleh, Rasa und Omid.

„Ich freue mich, euch kennenzulernen! Es ist ein Wunder, dass ihr hier seid." Rasheed erklärte Alaleh kurz, dass er mit Hamid geflohen war. „Ich werde mein schlechtes Verhalten bei deinem Mann nie wiedergutmachen können. Ich stehe für immer in seiner Schuld."

Hamid sah, wie Alaleh die Stirn runzelte. „Du bist doch viele Kilometer und viele Wochen mit Hamid unterwegs gewesen. Er hat sicher oft Sprichwörter verwendet, nicht wahr?"

„Oh, ja."

„Dann wird es dich nicht überraschen, was er zu mir immer sagt, wenn Freunde oder Kollegen uns enttäuschen: ‚Wir alle sind nur Menschen.' Nur Gott macht keine Fehler. Wir sind alle nur Menschen, Rasheed. Er hat dir längst vergeben."

Hamid wunderte sich über die Worte seiner Frau. Sie hatten noch keine Gelegenheit gehabt, in Ruhe über alles zu sprechen, aber er nahm sich vor, das bei nächster Gelegenheit nachzuholen. Am Montag sollte Rasa aus dem Krankenhaus entlassen werden, Alaleh und Omid durften dann das Flüchtlingslager verlassen und er würde sie zu sich nach Linz holen. Es war ein weiter Weg, aber er führte nach Hause.

Bobbie

Die Party war vorbei, und als Hamid sich zum Gehen wandte, eilte ich schnell zu ihm, um mich zu verabschieden. „Isa wird bei euch sein in Linz. Und ich komme euch besuchen", versprach ich. Er hielt den schlafenden Omid auf dem Arm.

Alaleh legte mir dankbar beide Hände ans Gesicht und Rasa umklammerte meine Beine. Wir brauchten keine Worte, um uns zu verstehen. Ich blieb an der Tür stehen und sah ihnen nach, wie sie eng umschlungen die Straße hinunterliefen.

Ein tiefer Seufzer entfuhr mir.

Noch immer waren einige Flüchtlinge da, ein paar Helfer und das

Team. Julie fing mich auf dem Weg zur Besenkammer ab. „Für dich ist es jetzt Zeit, nach Hause zu gehen, Bobbie."

„In Ordnung", antwortete ich erschöpft, „aber war die Feier nicht toll?"

Julies Augen leuchteten. „Ich glaube, die Flüchtlinge konnten Gottes Liebe spüren. Ich habe viele gesehen, die sich verstohlen eine Träne weggewischt haben, als es darum ging, dass Jesus ein Flüchtling war."

Ja, Jesus war auch ein Flüchtling gewesen, so wie sie.

„Ich will nur kurz aus diesem Kostüm schlüpfen, aber dann können wir fahren."

Als ich in Jeans und Pullover wieder den großen Saal betrat, kam Tracie begeistert auf mich zu. „Kommst du mit Stephen und Connie und mir zu Schaflers in den Heurigen?"

Ich schüttelte den Kopf. „Nein. Geh nur, Tracie. Viel Spaß. Julie fährt mich ins Gästehaus zurück."

„Nichts da, du *musst* mitkommen! Unbedingt!"

Ich kniff die Augen zusammen. „Tracie Hopkins, du willst doch nicht etwa ..."

Sie wurde rot.

Hatte Stephen Tracie einen Heiratsantrag gemacht? War das nicht ein bisschen überstürzt?

„Bist du sicher, dass es so wichtig ist?", bohrte ich nach.

„Absolut."

„Also schön", gab ich nach. „Aber ich bleibe nicht lang."

„Super! Das bedeutet mir echt viel."

Stephen trug gerade einen der Klapptische in den Abstellraum. „Tracie – Mom und ich machen das hier gerade noch fertig. In einer halben Stunde kommen wir nach."

„Hört sich super an", strahlte Tracie.

Sie hakte sich bei mir unter und schwebte fast aus der „Oase" in Richtung Heuriger. Selten hatte ich sie so aufgeregt erlebt. Ich humpelte mit dem Gehstock neben ihr her.

Kurz vor dem Restaurant blieb sie stehen. „Mist! Ich habe mein Portemonnaie liegen lassen. Geh doch schon mal rein und ich hole es schnell."

Etwas verwirrt blieb ich zurück. Sie war doch sonst nicht so durcheinander. Frau Schafler begrüßte mich sofort mit einem breiten Lächeln und deutete in Richtung unseres Stammtischs. Ich zögerte. Musste ich ausgerechnet an diesem Tisch wirklich so tun, als würde ich mich für Tracie freuen?

„Sieht aus, als wäre er besetzt", raunte ich Frau Schafler zu. Ein Mann saß dort mit dem Rücken zu uns. Ich war unendlich erleichtert.

Er stand auf und drehte sich um. Meine Knie wurden weich.

Es war Amir.

Er sah aus, als wäre er gerade vom Berg herabgestiegen: Dreitagebart, dreckige Jeans, fleckiges Hemd. Die schwarzen Haare, die er sonst so sorgfältig kämmte, hingen ihm ins Gesicht und seine Augen waren vor Erschöpfung ganz rot.

Für mich aber sah er aus wie ein Engel.

Wir standen uns einen Augenblick wie erstarrt gegenüber. Dann breitete er die Arme aus und ich lief auf ihn zu und sank erleichtert hinein.

„Hallo, Bobbie Blake", sagte er. Die Liebe, die in seiner Stimme mitschwang, wärmte mich von Kopf bis Fuß. „Deine Nichte meinte, hier wäre der beste Ort für unser Wiedersehen. Wie du siehst, bin ich gerade erst angekommen."

Epilog

Januar 2006
Hamid

Hamid betrat die kleine Kirche in Linz, Hand in Hand mit Alaleh. Seinen kleinen Sohn trug er auf dem Arm. Heute wollten die iranische und die österreichische Gemeinde einen gemeinsamen Gottesdienst feiern und hinterher zusammen essen.

Rasa rannte vor. „Onkel Gustav! Onkel Gustav!“ Sie umarmte den alten Mann. Rasa lernte sehr schnell Deutsch. In zwei Tagen sollte sie eingeschult werden.

Der gute alte Gustav kam jeden Tag in die Pension und las mit Hamid und Alaleh in der Bibel, er auf Deutsch und sie auf Farsi. Sonntagnachmittags und mittwochabends gingen Hamid und Alaleh in die iranische Gemeinde. Und einmal pro Woche, am frühen Donnerstagmorgen, kam Amir die eine Stunde aus seinem kleinen Ort herübergefahren, um mit Hamid zu frühstücken und über die Bibel zu reden.

Hamid seufzte. Seine Verletzungen heilten langsam ab, er schlief mit seiner Frau in einem Bett und er konnte miterleben, wie sich seine Kinder an das Leben in Österreich gewöhnten. Manchmal redeten sie über Maamaan-Bozorg und erinnerten sich an seine starke und dickköpfige Mutter. Sie fehlte ihnen schrecklich. Nicht alle von ihnen hatten es aus dem Iran geschafft.

Aber sie waren alle zu Hause.

Mit Omid im Arm ging Hamid nach vorn und kniete vor dem einfachen Steinaltar nieder, der von den alten Buntglasfenstern in viele Farben getaucht wurde. Dabei fiel ihm eins seiner Lieblingssprichwörter ein. *Der Ast, der die meisten Früchte trägt, beugt sich dankbar zum Boden.*

„Ich möchte viel Frucht für dich bringen“, betete Hamid. „Ich gehöre dir.“

Peggy

Peggy mühte sich nach dem Gottesdienst aus der Kirchenbank. Gerade hatte sie ihren Rollator umfasst, da kam ein junges Paar auf sie zu. Sie hielten Händchen. Der junge Mann hatte rote Haare, Sommersprossen und intensive grüne Augen, die strahlten, als würde er sie kennen. Aber Peggy war sich sicher, ihn noch nie zuvor gesehen zu haben. Die junge Frau mit ihren blonden Haaren und freundlichen braunen Augen drückte Peggy die Hand.

„Mrs Milner! Endlich lerne ich Sie einmal kennen. Ich bin Tracie Hopkins."

Peggy schnappte nach Luft. „Ja, ist das zu fassen! Das ist ja eine Überraschung! Aber sag doch Peggy zu mir."

„Ich bin Bobbies Nichte."

„Ich weiß genau, wer du bist. Bobbie redet schon seit Jahren von dir. Sie hat dich sehr lieb, weißt du."

„Und das ist Stephen Lefort."

„Hab ich's mir doch gedacht." Peggy gab ihm die Hand. „Ich habe alle deine Artikel gelesen. Ganz hervorragend! Man hat das Gefühl, als würde man Hamid und seine Familie persönlich kennen."

„Das freut mich, Mrs Milner", sagte Stephen und wurde rot.

„Peggy! Ich heiße Peggy. Also hat Bobbie dich doch noch überzeugt, nach Atlanta zurückzukehren, ja?", wandte sie sich an Tracie.

„Oh, nein. Das habe ich schön allein entschieden. So ist unsere Abmachung, seit sie und Amir ..."

Peggy kicherte wie ein kleines Mädchen und war selbst ein bisschen überrascht. „Das war ein Scherz. Bobbie hat gestern angerufen und mir die Neuigkeiten erzählt."

Tracie strahlte. „Dann weißt du es schon!"

„Ja."

„Eine Frage, Mrs Milner – ich meine, Peggy", meldete sich Stephen zu Wort. „Es ist so ... Wir haben das Gefühl, dass Gott irgendetwas mit unserem Leben anfangen will." Stephen suchte nach Worten. Peggy hatte ihn schon ins Herz geschlossen. „Könnten Sie – ich meine, du – uns helfen? Was wir da jetzt machen sollen? Na ja, Tracie kriegt das besser hin als ich. Vielleicht gibt es ja jemanden, der mir dabei helfen kann, die ganze Sache mit Gott und dem Glauben besser zu verstehen?"

„Da finden wir ganz bestimmt jemanden“, antwortete Peggy.

„Und wenn es nicht zu viele Umstände macht“, warf Tracie ein, „dann würde ich dich gern mal besuchen. Vielleicht könnte ich dir einen schönen Tee kochen und dann ein paar Fragen stellen?“

„Das wäre mir eine Freude, Tracie.“

Mit Stephen auf der einen und Tracie auf der anderen Seite schlurfte Peggy am Rollator ins Foyer. *Dann muss ich wohl doch noch ein bisschen hierbleiben, lieber Gott*, dachte sie.

Bobbie

Die Angst lag mir wie Wackersteine im Magen, als wir auf den Friedhof in *Crişcior* traten. Warum hatte ich zugelassen, dass Amir mich hierher zurückbrachte? Um was zu sehen? Vasilica war damals einfach in ein Erdloch gelegt worden. Es gab noch nicht mal ein richtiges Grab.

Ich stockte, aber Amir nahm mich an der Hand und zog mich weiter. Mit verhärteter Miene starrte ich auf den Boden. Amir drückte sanft meine Hand, bis ich ihn ansah. *Alles wird gut,* sagte sein Blick. Sein Lächeln war voller Mitgefühl.

Wir schlängelten uns an den Gräbern vorbei, bis Amir vor einem kleinen Grabstein stehen blieb. Ein Junge mit einem Lamm auf dem Schoß war in den Stein graviert. *Dann werden die Augen der Blinden aufgetan und die Ohren der Tauben geöffnet werden. Jesaja 35,5* stand darunter. Vasilica Leittit, 1986–1994.

Der Friedhof war klein und gepflegt. Auf seinem Grab stand ein Topf mit gelben Chrysanthemen. Ich sank auf die Knie und weinte.

Oh, Vasilica. Wie habe ich dich geliebt!

Ich dachte daran, wie viele Monate ich die Gebärdensprache gepaukt hatte, bis spät in die Nacht, wenn alle Flüchtlinge gegangen waren, wie ich dreimal im Jahr nach Rumänien geflogen war, um ihn zu besuchen. Wenn ich abreiste, klammerte er sich an mich und heulte.

Ich dachte an den monatelangen Papierkrieg, die endlosen Formulare, das vierfache „Adoption abgelehnt“, und dann das überraschende „Ja“, beim fünften Mal. Erst als ich den Bescheid in der Hand hielt, traute ich mich, Vasilica zu sagen, dass er am Ende des Sommers mit mir nach Hause kommen würde.

Zwei Wochen hatten wir gelebt wie im Traum, Amir und Vasilica und ich. Wir waren zusammen und eines Tages würde dieses Kind, an das ich mein Herz verloren hatte, mein eigenes Kind sein. Und dieser gute, freundliche und attraktive Mann in nicht allzu ferner Zukunft mein Ehemann.

Das pure Glück.

Und dann der Albtraum.

Als Vasilica tot war, hatte ich die ganzen Papiere in Rumänien liegen gelassen, ein zerknüllter Haufen, direkt auf Lidias Schreibtisch. Und dann war ich abgehauen.

Aber jetzt, an Vasilicas Grab, ließ ich den Tränen freien Lauf und wusste, dass es richtig gewesen war, hierherzukommen. Ich merkte erst, wie fest ich Amirs Hand umklammerte, als er behutsam meine Finger aufbog. Dann nahm er mich in den Arm und hielt mich fest.

Lange danach, als die Sonne schon über den mit Reif bedeckten Hügeln unterging, liefen Amir und ich zurück zum Waisenhaus, jeder in Gedanken. Amir war der Erste, der das Schweigen brach. „Und jetzt, Bobbie Blake, ist es an der Zeit, nach Hause zu gehen."

„Ja. Für den nächsten Behandlungszyklus."

„Und für die Hochzeitsplanung.

„Ja, das auch", flüsterte ich.

Ich starrte auf den einfachen Ring aus Gold, der meine linke Hand zierte. Als ich Amir wieder ansah, küsste er mich zärtlich, und da war es wieder, das Glück.

Wir kannten die Zukunft nicht, aber wir hatten das Heute. Wir hatten uns. Und wir hatten Gott auf unserer Seite.

„Bald werde ich in aller Öffentlichkeit versprechen, dich für immer zu lieben", raunte er mir ins Ohr.

„Ja. Vielleicht einen Monat, vielleicht ein Jahr."

„Nein, Bobbie. Bis in alle Ewigkeit."

Danksagungen

Als Paul und ich uns als junge Missionare auf einen Kurzzeiteinsatz in Frankreich vorbereiteten, wurden wir zusammen mit anderen geschult, die Bibeln hinter den Eisernen Vorhang schmuggeln sollten. Auf Missionskonferenzen in den 1980er-Jahren hörten wir immer wieder erstaunliche Geschichten darüber, wie Gott seine Hand über diese gefährlichen Unternehmungen hielt. Nach der Öffnung des Eisernen Vorhangs hörten wir in den 1990er-Jahren von der missionarischen und sozial-diakonischen Arbeit unter Flüchtlingen in Traiskirchen und einer Begegnungseinrichtung namens „The Oasis". Dann, im Jahr 2010, wurden Paul und ich zu einer neuen Aufgabe berufen: Wir sollten uns seelsorgerlich um alle amerikanischen Missionare kümmern, die mit „International Teams" ihren Dienst in Europa versahen. Im Rahmen dieser Arbeit durften wir auch all die Orte und Einrichtungen besuchen, von denen wir in den vielen Jahren zuvor immer wieder gehört hatten.

Eine dieser Reisen führte uns zu „The Oasis". Während ich die Mitarbeiter dort beobachtete, wie sie beständig und treu Kaffee und Tee für die Flüchtlinge aus dem Nahen Osten zubereiteten und ihnen von Jesus erzählten, gab mir der Herr eine Idee für mein neues Buch ins Herz. Daraus entstand „Und jenseits der Berge das Leben".

Ganz besonders danken möchte ich:

Julie Soltis, Carol Halm, Tom und JoAnn Richards, Dan und Marie Lincoln, Werner und Lisa Schobesberger, Hamid und Debbie Fallahian, Christian Freed – danke, dass ihr mir so viele Geschichten aus der „Oase" erzählt habt und dort seit vielen Jahren so beständig und gut euren Dienst tut.

Außerdem Scott und Vicki McCracken, Kenn und Lisa Dirrim, Kent und Myrna Morley, Tim und Donna Sirinides, Ilir und Kate

Cami, Christy Taylor, Tasha Hayes – von eurem Dienst unter Flüchtlingen in Athen habe ich viel gelernt und viele Informationen und Einsichten erhalten. Ich bin eurem Team sehr dankbar, ebenso wie der Autorin Helena Smrcek und vielen ehemaligen Flüchtlingen, deren Geschichten in dem Buch Kingdom Beyond Borders aufgeschrieben sind.

Ich danke auch all den Flüchtlingen, deren Namen ich hier nicht nenne und die mir ihre Geschichten von der Flucht in die Freiheit erzählt haben – ich bete, dass mein Buch dazu beiträgt, den Lesern eine Vorstellung davon zu geben, wie sehr ihr gelitten habt, wie mutig ihr gewesen seid und wie fest ihr geglaubt habt.

Dankbar bin ich auch Harry und Eileen Bettig – die allererste Idee zu diesem Buch kam mir, als ich mit Harry in einem Restaurant im holländischen Ermelo saß. Harry strahlte, als er mir davon erzählte, wie die christlichen Programme von „Trans World Radio" Menschen in den für das Evangelium verschlossenen Ländern erreichen und ihre Leben verändern.

Auch danke ich Jere und Barbara Goldsmith, meinen überaus großzügigen Eltern, sowie Doris Ann Musser, meiner energiegeladenen, liebenswürdigen Schwiegermutter und allen anderen Mitgliedern der Goldsmith- und Musser-Familien dafür, dass sie unsere Missionsarbeit in Europa schon viele Jahre unterstützen: Jere und Mary Goldsmith, Glenn und Kim Goldsmith, H.A. und Rhonda Musser, Steve und Janet Granski, Scot und Carol Musser, Bill und Beth Wren, sowie alle meine Nichten und Neffen.

Herzlichen Dank auch an meine Freunde auf beiden Seiten des Atlantiks, die mich immer wieder ermutigen: Valerie Andrews, Odette Beauregard, Cathy Carmeni, Dominique Cottet, Margaret DeBorde, Marlyse Francais, Kim Huhman, Letha Kerl, Laura McDaniel, Heather Myers, Trudy Owens, Michele Philit, Marie-Helène Rodet, Thom Shelton, Marcia Smartt, Cheryl Stauffer, Lori Varak.

Sehr dankbar bin ich, dass mein Mann Paul und ich zusammen im selben Dienst stehen. Paul – deine Liebe und Unterstützung, dein großartiger Humor und deine Freude treiben mich an. Ich liebe dich sehr. Du bist das größte Geschenk für mich.

Andrew und Lacy und Chris – keine Mutter oder Schwiegermutter könnte stolzer auf euch sein, als ich es bin. Ich danke euch für eure Unterstützung und Liebe über „den großen Teich" hinweg.

Jesse, Nadja-Lyn und Quinn – was die Leute sagen, ist wirklich wahr: Enkelkinder sind für Großeltern einfach eine riesengroße Freude. Ich bin froh, dass ich euch kennen darf.

Und schließlich gehört all meine Bewunderung, meine Verehrung und mein Dank dir, Herr. Du führst und inspirierst mich Tag für Tag. Ich freue mich, dass wir zusammen unterwegs sein können und dass ich eines Tages vollends bei dir zu Hause sein darf.

An meine Leser

Die „Oase“ („The Oasis“) existiert auch in Wirklichkeit: Es ist ein sozial-diakonisches Begegnungszentrum in Traiskirchen, in dem ein internationales Team von christlichen Mitarbeitern Flüchtlingen aus der ganzen Welt in Wort und Tat dient. Kürzlich haben die Mitarbeiter dort das 25-jährige Bestehen der „Oase“ gefeiert. Viele Flüchtlinge sind sehr offen für das Evangelium, sodass dringend mehr vollzeitliche Mitarbeiter gebraucht werden. Wenn Sie an der Arbeit von „International Teams“ in Traiskirchen interessiert sind (sei es als Volontär, Kurzzeit-Mitarbeiter oder als Missionar mit längerfristiger Perspektive), besuchen Sie doch die Webseite oasis.iteams.org/deutsch oder melden Sie sich direkt bei den Mitarbeitern vor Ort unter highway@iteams.at.

„World Wide Radio“, der evangelistische Radiodienst, der in meinem Buch eine Rolle spielt, ist zwar vom Namen her erfunden, aber inspiriert durch die real existierende Arbeit von „Trans World Radio“. Das weltumspannende Radionetzwerk wird mittlerweile durch neue Technologien wie Dienste für das Smartphone und das Internet ergänzt. Auf diese Weise kann TWR das Wort Gottes in 160 Ländern und in über 230 Sprachen und Dialekten verbreiten. So können auch Menschen mit dem Evangelium erreicht werden, die in entlegenen Gebieten leben, in Regionen mit instabilen Verhältnissen oder in Ländern, die dem christlichen Glauben ablehnend gegenüberstehen. Von den Diensten von TWR profitieren deshalb auch eine wachsende Anzahl von Flüchtlingen, beispielhaft dargestellt durch den Iraner Hamid im vorliegenden Roman. Mehr über die Arbeit von Trans World Radio erfahren Sie auf der deutschen Website des ERF unter www.erf.de/international/partner/twr/8524 oder unter www.twr.org.
Unter www.twr360.org erhalten Sie Zugang zu biblischen Texten, christlicher Musik und Filmen in Deutsch und vielen anderen Sprachen der Welt.

Weitere Bücher von Elizabeth Musser

Der Garten meiner Großmutter
ISBN 978-3-86827-390-8
448 Seiten, Paperback

„Das Leben beantwortet dir nicht jede Frage. Manche Antworten bekommst du nie. Aber solange du die wichtigste Frage geklärt hast, kannst du damit leben, dass andere unbeantwortet bleiben."

An dieser Aussage seiner Großmutter beißt sich Emile fast ein Leben lang die Zähne aus. Soll er wirklich einfach so hinnehmen, dass sein Vater einst auf mysteriöse Weise aus seinem Leben verschwand? Dass er sein Zuhause in Frankreich Hals über Kopf verlassen und mit seiner Mutter in die USA ziehen musste?
Gerade als Emile meint, damit leben zu können, dass er manche Antworten wohl tatsächlich nie bekommen wird, wirbelt ein hochaktueller Fernsehbeitrag die alten Fragen wieder auf. Und mit ihnen meldet sich eine Frau in seinem Leben zurück, die ihm einst alles bedeutete, die aber nie wirklich die seine war …

Eine Freundschaft in Atlanta
ISBN 978-3-86827-452-3
384 Seiten, Paperback

Atlanta 1933:

Anne Perrin Singleton und Mary Dobbs Dillard haben so gut wie nichts gemeinsam. Perri ist die Tochter eines vermögenden Bankers, begeistert sich für Fotografie und Partys und genießt es, zur feinen Gesellschaft von Atlanta zu gehören. Dobbs ist die Tochter eines Predigers, in armen Verhältnissen aufgewachsen, lehnt sich gegen jegliche Form von Ungerechtigkeit auf und stammt aus Chicago.

Doch die Weltwirtschaftskrise und ihre Folgen führen die beiden jungen Frauen zusammen. Plötzlich ist nichts mehr, wie es einmal war. In einer Zeit voller Turbulenzen müssen Perri und Dobbs um ihre Zukunft kämpfen – und werden einander zum einzigen Halt. Aber kann eine so ungleiche Freundschaft Bestand haben?